上野理著

人麻呂の作歌活動

汲古書院

人麻呂の作歌活動　目次

目次

Ⅷ　物語歌一

Ⅸ　物語歌二

目　次　六

人麻呂の作歌活動

I　はじめに

序章　人麻呂の作歌活動

一　讃歌

人麻呂や人麻呂歌に関する研究は盛んであるが、人麻呂の作歌活動を全体として捉えることは、現状ではかならずしも容易ではない。研究は細分化して他との関わりを絶ってある一面のみを追求する傾向が続いているし、不明な部分は不明なままに残されている。人麻呂は種々の儀式や饗宴を発表の場として、個人の立場を離れて多数の人々に聴かせることを考えて作歌していよう。作歌活動を全体として捉えるには、当時の儀式や饗宴の実態やそうした場における楽人や歌謡との関わりも知りたいし、このような視点に立って前代に活躍した中皇命や額田王との相異も考えてみたいが、こうした考察もまだ十分に行われていない。

人麻呂の作歌活動は、作品を通して推測するほかはないが、その作品のなかで占める意味や使用することで人麻呂が歌おうとしたものを無視して、ある歌語や表現から「古代性」を恣意的に取り出すことは、人麻呂や人麻呂歌の本質を追求することにはならないし、ある作品の特色やある分野の特徴を人麻呂の作歌活動のすべてに及ぶと考えるのも適当ではない。

枕詞や序詞であっても人麻呂は全体の抒情と無関係に使用することはない。歌い込まれる地名も主題に関連させて多数の地名の中からもっともふさわしい地名を選択しているのであり、たまたま作者がそこにいたから詠み込んだというのではない。また、人麻呂は確かに多数の挽歌を制作しているが、人麻呂を職業的な挽歌歌人と見なし、人麻呂歌の多くに挽歌的発想が見受けられるといい、『安騎野遊猟歌』（1―四五～四九）や『近江荒都歌』（二九～三一）を挽歌として読むことが主張されたりするが、こうした推論は慎重でなければなるまい。論拠となる道行きや皇統譜の歌い込みも検討してみると論拠といえるものではなく、『近江荒都歌』については後述するが、『安騎野遊猟歌』は『吉野讃歌』（三六～三九）や『猟路池遊猟歌』（3―二三九～二四一）『矢釣山雪朝歌』（二六一・二六二）に等しい作品であり、中皇命の『宇智野遊猟歌』（1―三・四）に始まる遊猟歌の型を踏まえた讃歌であるように思われるのである。

おそらく天皇の遊猟を巡狩に近いものと考えたところから、巡狩之銘や游覧詩に相当する遊猟歌が作られ、人麻呂の時代になって新しい時代思想を盛り込んだ、詩として完成度の高い作品が求められたのであろう。中皇命の『宇智野遊猟歌』は、袁杼比売の『志都歌』（記―一〇四）の歌詞を使用して天皇への憧憬を歌って天皇を讃美し、讃美の表現を〈弓弭の音が聞こえる〉という表現に連続させる。この表現は神事の始まりを神に告げる際に〈弓弭が見える〉という神事歌謡の表現を借りたもので、天皇讃美の表現を天皇が朝狩りに出発することを叙した表現に連続させたことを意味する。長歌はこの表現を二度繰り返し、反歌においても宇智野への出猟を歌い讃美する。

人麻呂の『吉野讃歌』は、第一群で永遠の忠誠を誓い、第二群で女帝の〈河の狩り〉への出発を讃美する。国見歌の影響が重視されているが、大枠は狩猟歌と見るべきであろう。人麻呂は、中国の天子が巡狩に際して「望祀山川」を行うことを考え、望祀に類似した国見を摂取したのであろうが、持統天皇が国見で見たものが国ではなくて山川であるのも、巡狩や望祀を強く意識した作品であることを物語っている。二群を別時の作とする説もあるが、『文選』巻二十二所収の顔延年の游覧詩『車駕京口に幸し三月三日侍して曲阿の後湖に遊ぶ作』が、宋の文帝の巡狩に際して山川の神々が道中を守護し、多数の侍臣が供奉したことや、天子の威光を人民や魚鳥も畏れ、天子は山川の神々を懐柔するに到った、と讃美するのを承けて、人事と自然の二面から帝徳を讃美し、人事は供奉者の多さでこれを表現し、自然は山川の神々が服従していることでこれを表現して、二群一組の作品として読まれることを要求している。

『安騎野遊猟歌』も第四反歌「日並知の皇子の命の馬副《な》めて御猟立たしし時は来向ふ」（1―四九）で、軽皇子が朝狩りに出発するのを讃美するが、この作品の主張に合わせて朝日が昇ろうとする時に日並皇子の再来という姿で出発しようとする、と歌う。長歌は軽皇子を讃美し、皇子への忠誠を誓う形になるはずであったが、太子再生の奇蹟を詩によって表現しようとして、軽皇子に父太子を追慕させ、その追慕を供奉者たちに引き継がせ、追慕のなかで前太子と現皇子を一体視させようとしたために、忠誠は思慕に置き変えられたのであろう。

『猟路池遊猟歌』には朝狩りへの出発は歌われていないが、遊猟後の獲物を前にした宴の歌である理由によろう。獲物やその場の光景に合わせて長皇子への永遠の忠誠が歌われ、『矢釣山雪朝歌』においても、眼前の雪に合わせて長歌では新田部皇子に対して永遠の忠誠が誓われ、反歌では「矢釣山木立も見えず落り乱《まが》ふ《ふ》雪に驟《うぐつ》く朝《あした》楽しも」（3―二六二）と早朝に皇子とともに馬を走らせる楽しさが歌われる。

狩猟歌の背後には巡狩之銘や游覧詩があるが、狩猟歌に歌われる永遠の忠誠は、『推古紀』における馬子の『上寿歌』（紀―一〇二）を継承しているので、その背後には『楽府詩集』のいう「王公上寿酒歌」「王公上寿詩」がある、と考えてよかろう。しかし、『吉野讃歌』を除くと他はすべて皇子の狩猟であり、皇子は巡狩や望祀をすることはないので、皇子の狩猟を巡狩や望祀に結びつける必要はない。狩猟歌や上寿歌の形を借りていても、皇子への献呈歌は、中国の游覧詩や上寿酒歌・上寿詩との関わりは直接的なものではない、と考えてよかろう。『安騎野遊猟歌』と郊祀歌、『猟路池遊猟歌』と畋猟歌との関わりを重視する主張もあるが、これらの作には『吉野讃歌』と游覧詩に見られたような直接的な影響関係を指摘することはできない。天皇に献呈した『吉野讃歌』と皇子に献呈した讃歌（狩猟歌）

とでは作品の機能の面で相違し、その相違は発想や表現の面に及んだが、軽皇子に献呈した『安騎野遊猟歌』と長皇子や新田部皇子に献呈した『猟路池遊猟歌』や『矢釣山雪朝歌』との間にも同様な相違が見受けられる。持統天皇や軽皇子の讃美には、天皇や皇子の神性や絶対的な統治力が強調されるが、長・新田部両皇子の讃美には、そうした政治性は除去されて、代って即事的で機智的な表現が注目される。

律令制の精神を国家や国民の隅々にまで行き渡らせるために、礼楽が重視され、新たな礼楽を実験し、実習するために、新たな宮廷行事や饗宴や行幸が催されたが、人麻呂らはそうした折の歌舞に相当するものとして作歌しているのであろう。宮廷歌人の宮廷での作歌は皇子の宮にまで及んだが、政治性はおのずから除去されて即興的な作品が制作されるに到る。人麻呂はこうした行事や狩猟のすべてに参加した形で作歌しているが、詩にするためにはそうした形を採る必要があってそうしているのであり、すべての行事や狩猟に参加しているわけではなかろう。『吉野讃歌』や『安騎野遊猟歌』は、人麻呂がそれぞれの場で作歌し、天皇や皇子に献呈した形を採る、と考えてよいが、全国民を対象にして十分な準備をして制作した作品であり、実際にその行幸や狩猟に参加したか否かは不明、とするべきであろう。

二　挽　歌

『魏志倭人伝』は殯の折に歌舞が行われたことを記すが、中国においては殯の折に歌舞が行われることはない。挽歌は葬送の折の歌であり、『文選』等に収める死の文学としての挽歌詩や誄・哀が制作されるのも死後しばらく時が経ってからのことである。『魏志』は倭国の殯の歌舞を野蛮な習俗として記すのであろう。礼楽の重視は宮廷の死の礼楽にも及び、人麻呂の時代になると殯は長期化し、葬後の行事も種々行われて、宮廷の葬儀は多数の人々を集めて一体に儀式化、荘厳化し、葬儀の種々の段階で種々の歌舞が演奏されるようになり、各段階の葬儀の目的や機能に合わせた歌舞が求められた。後世の哀傷歌には、葬送の夜、四十九日等の〈のちのわざ〉の日、一周忌の〈はて〉の日の歌があるが、人麻呂もそうした折に作歌している。

河島皇子に対する挽歌（2―一九四・一九五）については諸説があるが、左注に葬歌と記されており、他の「殯宮挽歌」とは区別する必要がある。また、題詞に「殯宮の時」とある殯宮挽歌も内容を検討すると、『高市皇子挽歌』（一九九〜二〇二）は葬送直後の〈葬送の夜の歌〉、『明日香皇女挽歌』（一九六〜一九八）は葬送後しばらく時が経った〈のちのわざの歌〉、『日並皇子挽歌』（一六七〜一六九）はさらに時が経った〈はての日の歌〉であろう。

葬送歌は、『大御葬歌』（記―三四〜三七）や『読歌』（記―八九・九〇）や『鮪臣葬歌』（紀―九四・九五）を見ても、葬送の参加者が遺族に対して歌いかけた部分と遺族が死者に対して歌いかけた部分からなっており、葬送歌が古くから存在し、一定の形式を有していたことがわかる。『河島皇子葬歌』も、忍壁皇子をはじめとする葬送の参加者が遺族である泊瀬部皇女に歌いかけた長歌と、遺族である皇女が亡夫河島皇子に歌いかけた反歌からなり、人麻呂は葬送歌の形式に合わせて参列者と遺族に成り代って詠んだ、と解することができる。

葬送歌には伝統があり、発想や表現に一定の形式があったが、殯宮挽歌にもそうした伝統はあったであろう。近江朝挽歌群の額田王と舎人吉年の『大殯挽歌』（2―一五一・一五二）をはじめとして、高市皇子の『十市皇女挽歌』（一五六〜一五八）、持統天皇の『天武天皇挽歌』（一五九）、大伯皇女の『大津皇子挽歌』（一六三・一六四）、丹生王の『石田王挽歌』（3―四二〇〜四二二）等の人麻呂以前の挽歌はすべて思慕と悔恨を歌い、挽歌の主題が思慕と悔恨にあったことを明示している。挽歌の散文篇に相当する国風の誄を「しのひごと」というのも、主題が思慕であった理由によろう。国風の誄の姿を推測させる光仁天皇の左大臣藤原永手や能登内親王の死を悲しむ恩詔（詔五一・五八）を見ても、突然の訃報に接した驚愕に続いて悔恨と思慕の言葉が記されている。国風の誄は後に葬儀の折の贈諡の誄のみとなるが、本来は殯の折のものであったであろう。中国の誄は殯の終了時の啓殯の折に遺骸に対して読みあげるものである。

殯宮挽歌は思慕と悔恨を主題とし、思慕と悔恨を主題とする挽歌は殯宮挽歌である、と考えてよいように思うが、人麻呂の「殯宮挽歌」は思慕と悔恨を主題とはせず、『高市皇子挽歌』は〈葬送の夜の歌〉、『明日香皇女挽歌』は〈のちのわざの歌〉、『日並皇子挽歌』は〈はての日の歌〉と見られる、すべて葬後の挽歌であった。〈はての日の歌〉は近江朝挽歌群中の額田王の『退散歌』（2―一五五）の系譜を承けており、まったく前例がないわけではないが、〈葬送の夜の歌〉や〈のちのわざの歌〉には前例はなく、また、多数の人々を集めて行う儀式ばった葬儀は、近親者のみが集まって死者の死を悲しむことに終始する葬儀とは異なり、死者を讃美する必要もあったが、こうしたことも前例はなく、詩文を模倣する必要が生じたのであろう。

人麻呂の「殯宮挽歌」に見られる死者讃美は、すでに推測されているように、中国の誄や漢文の誄（例えば『貞恵伝』中の『貞恵誄』等）の影響を受けていよう。『天武紀』や『持統紀』には追贈・贈賻の記事が頻出するが、多数の誄が当時執筆されたことであろう。誄は通常死者の世系や行跡を累列して讃美し、諡を定めるが、人麻呂はこの構成を詩に移し、詩になりがたい誄の散文性を詩に変えようとしたのである。

『日並皇子挽歌』においては、世系の讃美は先祖は神、父は天武天皇であることに限定し、行跡の讃美は皇太子であった一点に絞り、さらに両者を皇子の即位は天地開闢時の神々の協議によってすでに決定しており、父天武の崩御を承けて即位するはずであった、と一体化し、その期待が潰えた心惑いという形で抒情化し、第二反歌の「茜さす日は照らせれど烏玉《ぬばたま》の夜渡る月の隠らく惜しも」（2―一六九）に日に並んでこの世を統治する月の意の「日並皇子」の諡号を詠み込んで誄の機能を充足させる。

『高市皇子挽歌』においても、世系を天武の皇子、行跡を壬申の乱で全軍を統帥し、後に太政大臣として執政したことに絞り、しかも両者を天武の命で全軍を統帥した、という形で統一し、高市皇子が皇太子として追尊されたことを、「皇子の御門」「御門の人」「御門の原」や「舎人は惑《まと》ふ」という言葉を使用することで表現する。独立した役所や舎人を有するのは、天皇や皇后を除くと皇太子のみであることはいうまでもない。『明日香皇女挽歌』においても、皇女を「吾ご大君」、夫君の邸を「宮」と呼び、婦徳を備えた貞淑な妻であった、と歌うことで世系と行跡を讃美し、長歌で「御名にかかせる明日香川」、第二反歌で「明日香川明日だに見むと念へやも吾ご大君の御名忘れせぬ」（一九八）と御名を特筆する。追尊や御名の特筆も諡号の詠み込みと同じく誄の機能と深い関わりを有していよう。

人麻呂は激しく変貌する時代を生きていた。『日並皇子挽歌』では第一反歌で「皇子の御門の荒れまく惜しも」（一六八）と島の宮の荒廃を憂慮し、『舎人慟傷歌』でも島の宮の荒廃していく姿が歌われている（一七三・一八一）が、『高市皇子挽歌』では荒廃させることはない、という「万代に過ぎむと念へや」の決意が表明されている。持統朝も藤原京の時代に、死の穢れを怖れて遷都した時代から都市の論理によって死の穢れを克服する時代に入るのであろう。持統朝は飛鳥京の前期と藤原京の後期とでは、神観念や神話においても、愛や死や時間といった種々の認識においても変化し、人麻呂はそうした変化を自己の問題として歌っているのである。

例えば、神は本来死なないものであり、古い神の退場は新しい神の登場と不可分に結びついている。神話もすでに存在しているものであり、創作するものではない。『日並皇子挽歌』は、死者の日並皇子を神として描くことはしないし、神話を詠み込む場合もすでに存在する神話を切り取る形を採用している。この挽歌においても皇子の父天武は神として描かれているが、神として描くとその死は天武が天上に帰ってその代りに皇子が即位することが期待された、というように、古い神の退場は新しい神の登場と不可分に結びついてしまう。したがって日並皇子の死を神として描こうとすると、新しい皇太子を登場させる必要が生じ、皇子の死を悲しむ挽歌の主題を損なうために、そうした表現は困難を伴った、と推測されるが、『高市皇子挽歌』ではこの種の規制はまったく除去されている。『高市皇子挽歌』では天武の死を高市の即位と関連づけて表現することはないし、壬申の乱をめぐる天武神話を自在に創作し、また、高市の行動を神として描き、新しい皇子を登場させることもせずに神としての死を描くのである。

人麻呂以前の古代文学においては、深い愛を主題とする物語はすべて悲劇として描かれているが、深い愛は異常なものと考えられ、讃美されることはなかった理由によろう。『河島皇子葬歌』においても、夫婦仲のよさは寝室の中のこととして性愛の面でとらえられているが、『明日香皇女挽歌』においては、同棲し、手に手を取って散歩する夫婦が描かれ、夫婦仲の良さは婦徳の表われとして讃美される相違を見せる。また、『河島皇子挽歌』では、人間の生は明日香川の玉藻と同一視されたが、『明日香皇女挽歌』では、人間は玉藻のように再生・復活することはない、と区別され、不可遡の比喩とされる川の流れはとどめられても、死者が遠ざかり行くのをとどめることはできない、と自然と人事を支配する時間がそれぞれ異なるとの認識を見せる。こうした時間認識は、死者は転生も示現も復活もしない、死者をこの世に連れ戻すことができるのは追憶という行為のみだ、という認識を形成し、『高市皇子挽歌』や『明日香皇女挽歌』においては永遠の思慕が表明されて抒情を深めるに到る。

人麻呂は持統朝の問題を歌う点で正しく持統朝の歌人であったが、皇子や皇女の舎人や資人として歌うことは、そうした立場に立って葬儀に参加したとしなければ抒情できないために、詩の方法としてそうするのであり、人麻呂が皇子や皇女の舎人や資人であった、とする論拠にはなり得ない、と考えるべきであろう。

三　物語歌

人麻呂の時代には、『記』『紀』の歌謡がさまざまな本縁や作歌事情を語る物語と結びつけられて享受されていたであろうが、そうした本縁や物語の多くは当時の人々の関心から推測して近代宮廷史に取材していたことであろう。初期万葉の歌々も近代宮廷史に取材した物語とともに享受され、巻十三所収の歌謡や長歌のあるものもすでに成立し、同様な形で享受されていたであろうが、物語への関心の高まりから作歌事情がさまざまに語られ、その物語に合わせて歌が改作されたりもしたであろう。宮廷内外の楽人や芸能人によって歌謡や和歌や、それらと結び付いた物語は管理されていたが、歌と物語の改作・改編が彼らによって繰り返され、創作に類似した行為も行われるようになると、彼らに親しい歌人の中から、そうした作業に長じたものも現われて、歌や物語の改作・改編に従事し、物語と関わりを持つ歌の創作に着手するのであろう。歌人の行為は文芸性を意図したものであり、その作品が物語の主題を正確に歌い、物語歌でありながら高い抒情性を有したことはいうまでもない。

人麻呂の歌は題詞によるとすべて人麻呂の立場で自己の体験を歌う形を採るが、讃歌や挽歌において述べたように、行幸や皇子の狩猟に参加した、といい、皇子や皇女の側近の舎人や資人として葬儀に参列した、という形を採らなければ詩にならないために、詩の方法としてそうした設定をした、と考えるべきであろう。物語歌の場合はさらに一歩を進めて、他者となって歌うのである。

『近江荒都歌』（1—二九〜三一）は近江朝ゆかりの人、高市黒人の言葉を借りれば、「いにしへの人」（三二）が荒都に立って感慨にふける設定であろうし、『吉備津采女挽歌』（2—二一七〜二一九）は、采女が逢おうと努力して逢ってくれたのに、自分はそれほどに思わなかったことを「おほに見しこと悔しきを」と後悔しており、人麻呂の立場の歌ではなかろう。采女が逢おうとして逢った人物、そうして采女に逢えた人物は、人麻呂ではなく天皇であるはずであり、この挽歌は『大和物語』の『猿沢の池』（一五〇）のような物語を語っているのであろう。『人麻呂歌集』の旋頭歌「青角髪《あをみづら》依網《よさみ》の原に人に相はぬかも　石走る淡海県の物語せむ」（7—一二八七）に「近江県の物語」という言葉が見えるが、人麻呂のこれらの作品は、「近江県の物語」や〈新近江県の物語〉に相当する物語歌と考えてよかろう。

巻十三の挽歌に、家族への愛に引かれて無理に難所を渡って遭難した道行き人への挽歌『道行き人挽歌』（三三三五～三三三八）とこの歌を改作した調使首の『神島浜挽歌』（三三三九～三三四三）がある。『道行き人挽歌』は、道行き人が道行く途中で行き倒れの道行き人を見て道行き人のあわれさを歌っているが、旅を職業とした最初の人々は調使となった調使首氏であったであろう。『神島浜挽歌』は『道行き人挽歌』が自他の区別を欠いたり、民謡的な〈通俗的な詠嘆〉を行ったりしているのを整理し、抒情化しているが、人麻呂の『狭岑島挽歌』（2—二二〇～二二二）は抒情化の傾向をさらに進めている。

人麻呂は愛の国豊饒の国の讃岐の中心地中の湊から船出をする。対岸の神島に向けて難所を渡るという設定であろう。彼は「時つ風」が吹くと海の恐しさを知っていて狭岑島に船を着ける。そこで予想もしなかった行旅死人に出逢うが、そこに到るまではどうも『神島浜挽歌』を知っているという感じである。『神島浜挽歌』の四首の反歌には人麻呂の影響が認められるが、人麻呂の『狭岑島挽歌』は聖徳太子の『片岡山の歌』（紀—一〇四）や『道行き人挽歌』『神島浜挽歌』等の行旅死人の文学を集積して抒情化しており、人麻呂の体験に即した作品ではなく、調使麻呂や聖徳太子などを主人公にした物語歌であることが推測されてくるのである。

巻十三には異伝を記す「或本の歌に曰く」があるが、相聞と問答の各一群にはその或本に代って「柿本朝臣人麻呂の歌集の歌に曰く」と「柿本朝臣人麻呂の集の歌」がある（三二五三・三二五四、三三〇九）。人麻呂は巻十三の歌謡や長歌の伝承者とともに、歌謡や長歌の改作や創作に従事しているのであろう。

『石見相聞歌』（2―一三一〜一三七）は二群からなるが、第一群は先行の長歌や歌謡との関わりが指摘されている。第一群が古来の別れを集大成して古典的であり、音楽的であるのに対して、妻や我の身の上や、津野の里・高津の山の所在や、妻の家のある土地の地勢や、驄馬に乗っての旅であることを説明して物語的であり、秋の紅葉を浴びながら登山臨水の地での別れを美しく漢文学的に現代的に描いている。

楽府に対して楽府体の詩を作る詩人や、先行の歌謡や長歌を改作する巻十三の歌人や伝承者の行為を承けて、人麻呂は新旧の別れを新旧の手法を用いて描き分けたが、この作品で獲得した手法を彼は『泣血哀慟歌』（2―二〇七〜二一二）に適用する。『泣血哀慟歌』の第一群は、妻の訃報に接した驚愕、妻をしばしば訪問しなかった後悔、亡き妻への思慕を歌い、妻を忍び妻として、禁じられた恋を描き、夫婦仲のよさを「なびきし妹」と性愛の面でとらえ、すべてに古典的である。第二群は、葬儀後の追慕や一周忌の墓参の悲しみを歌うが、嬬屋や墓地での追慕や月を見ての思慕に潘岳の『悼亡詩』（『文選』巻二三）の影響が指摘されている。また、第二群の妻は「頼めりし児ら」と信頼され、妻問い婚の時代に嬬屋を構えて同棲していた妻であり、大家族制度の時代に妻の死後乳呑児の世話を夫自身がするような、核家族的で都会的な風俗を描いているが、すべてにおいて漢文学的で現代的である。

『石見相聞歌』と『泣血哀慟歌』は、『近江荒都歌』『吉備津釆女挽歌』『狭岑島挽歌』が近代史に取材した時代物であるのに対し、現代の愛を主題にした世話物であり、持統朝を生きる作家の関心を歌っている。虚構性の強い作品であり、人麻呂の実人生と結びつけて考える必要はない。モデルも当然あるであろうが、楽人や芸能人が他者となって歌い、『記』『紀』の歌謡や巻十三の歌謡や長歌の改作者や作者が他者になり代って改作し、創作したのに等しい行為であり、こうした抒情も特別なことではない。

四　組歌その他

短歌は抒情に適し、物語を語るには不向きであるが、何首かを連続させたり組み合わせたりすることで、物語を語り、唱和・贈答・問答のドラマを構成することができる。『記』『紀』の歌謡中にも、短歌や短歌に近い歌体の歌謡を組み合わせた連作・唱和・贈答・問答が見受けられる。歌謡は和歌に比較して歌劇的であり、その点は宮廷外の歌謡も同様である。童謡に特定の形式はないが、組歌の形式をとるのが普通であり、神楽歌や歌垣は本と末に分かれる歌唱形式をとる。催馬楽も短歌に改めてみると二首以上になるものが多い。人麻呂は長歌において歌謡の物語的、歌劇的傾向を継承しながら抒情を行ったが、短歌においてもそうした方法があるならば、採用しないはずもなかった。

『留京三首』（1—四〇～四二）は伊勢行幸に供奉した妻を思う心の動きを物語的に追うが、妻と贈答した形の『み熊野の歌四首』（4—四九六～四九九）もそうした形の作品として創作したものであろう。臨死歌の『鴨山自傷歌』とその関連歌には種々の問題があるが、「鴨山の磐根し枕ける吾をかも知らにと妹が待ちつつ有るらむ」（2—二二三）の死に臨んで貞淑な妻の姿を想像し、想像した妻の姿に思慕をつのらせる、という発想は人麻呂のものであり、「鴨山」という地名も妻を思いつつ死ぬ山が夫婦仲のよい鳥である鴨という名を山名とする鴨山であることを詠み込んで、あいにくな山中横死の悲劇性を強調するのであり、こうした地名の選択も人麻呂らしさを感じさせる。

依羅娘子の二首「今日今日と吾《あ》が待つ君は石水《いしかは》の峡《かひ》に一に云ふ、谷に交りて有りと言はずやも」（二二四）「直《ただ》の相ひは相ひかつましじ石川に雲立ち渡れ見つつ偲はむ」（二―二二五）の「石水の峡」「石水の谷」や「石川に雲立ち渡れ」は表現に無理があり、すべて「鴨山の峡」「鴨山の谷」「鴨山に雲立ち渡れ」と表現されなければならないところであるが、夫の死体がどこにあるのかわからず、発見できない、という設定があって「鴨山」が使用できず、「鴨山」にもっとも縁の深い「石川」が特に使用された、といった事情によるのであろう。依羅娘子の二首は『鴨山自傷歌』の組歌として制作された、と考えてよかろう。

『羇旅歌八首』（3―二四九～二五六）も組歌と見て水手《かこ》と船君が航海の往復に抱いた感懐を歌った作であろう。第一首と第二首は水手の歌で、ようよう船君が出発を宣言したことや、はやくも海人の国である淡路の野島に船が近づいたことを喜ぶ。第三首と第四首は船君の歌で、水手の喜ぶ野島や鱸《すずき》を釣る船が散在する藤江の浦に旅愁を歌う。第五首と第六首は水手の歌で、第五首では水手の根拠地である加古に近づくことを喜ぶが、第六首では帰途になり、明石海峡に入ると故郷が見えなくなることを考えて嘆く。第七首と第八首は船君の歌で、明石海峡より故郷の大和の山々が見えたことや淡路の笥飯の海に散在する釣り舟を見て航路の安全を喜ぶ。『羇旅歌八首』にもこうしたドラマの構成が読み取れる。

『人麻呂歌集』は多数の短歌を収めるが、組歌と見られる作品も少なくない。問答の歌群（11―二五〇八～二五一六、13―三三〇九）が歌劇的であることはいうまでもないし、『七夕歌』（10―一九九六～二〇三三）にも多くの研究者が歌劇的なものを認める構成を読み取ることができる。『巻向歌群』は、種々の歌題に分類され、所々に配列されて現在は歌群としての形態をなしていないが、「詠雲」（7―一〇八七・一〇八八）、「詠山」（一〇九二～一〇九四）、「詠河」（一一〇〇・一一〇一）、「詠葉」（一一一八・一一一九）などが連作の形を採っているのは偶然ではあるまい。この歌群を人麻呂の実人生と結びつけて読む読み方もあるが、彼の本貫が添上郡櫟本和爾であるならば、都との往還に山辺の道を通って始終見たはずの巻向の檜原の山を、「動神《なるかみ》の音のみ聞きし巻向の檜原の山を今日見つるかも」（一〇九二）と詠むはずもなく、人麻呂の実人生とは無縁な物語を読み取る必要があろう。

　巻二に収められた大伯・大津・日並・但馬・弓削の皇子・皇女の相聞や、有間・高市・大伯の皇子・皇女の挽歌が、恋や政争の宮廷悲話を物語るように思われ、作者を別に求めたくなるのも、こうした相聞・挽歌が連作や贈答の組歌形式を採用している理由によろうが、組歌の構成歌に、「鶏鳴《あかとき》露に吾が立ち霑《ぬ》れし」（一〇五）、「妹待つと吾立沾《ぬ》れぬ」（一〇七）、「まさしに知りて我が二人寝し」（一〇九）、「片寄りに君に寄りなな」（一一四）、「遺《おく》れ居て恋ひつつ有らずは追ひ及《し》かむ」（一一五）、「己《おの》が世に未だ渡らぬ朝川渡る」（一一六）、「浅香の浦に玉藻刈りてな」（一二一）、「浜松が枝を引き結びま幸《さき》く有らば亦かへりみむ」（一四一）、「旅にし有れば椎の葉に盛る」（一四二）、「山清水汲みに行かめど」（一五八）、「なにしか来けむ君も有らなくに」（一六三）、「なにしか来けむ馬疲《つか》らしに」（一六四）、「二上山を弟《いろせ》と吾が見む」（一六五）、「生ふる馬酔木《あしび》を手折らめど」（一六六）のように、自己の行為を直接的に歌い、自己の行動を説明する表現が多数の歌に見えることは、やはり特異なことであり、悲劇に遭遇した皇子や皇女がたまたま物語的な組歌形式を採用し、ドラマティックに自己の行動を説明したのではなく、宮廷悲話をドラマティックに語ろうとした人々がそうした方法を採用した、と読み取るべきであろう。巻二には、三方沙弥と園臣生羽女との贈答歌（一二三〜一二五）も収められているが、三方沙弥は後世にもその名を知られた芸能人的歌人である。宮廷の内外ではこうした組歌が流行していたのである。

　人麻呂は持統朝の新しい儀礼に合わせて讃歌や挽歌を作り、歴史や物語への関心の高まる中で物語歌を作った。こうした宮廷歌人の営為は、楽府の伶人や歌謡の作者や伝承者の営為に類似し、その作品は高い抒情性を有しながらも芸謡と広い共通部分を有するものとなった。当時の宮廷歌謡の実態は不明部分も多く、その担当者についても推論を重ねることになり、宮廷外の歌謡やその担当者の問題になると、現状ではまったく不明としかいいようはないが、正規の楽府のほかにも宮廷の内外には種々の芸能集団があって、各地・各氏族の神事芸能や民謡を芸能化して人々の娯楽に供し、恋の歌についての情報を提供していたのであろう。

人麻呂の組歌もそうした宮廷内外の芸能集団を通して多数の人々に享受されたのであろう。『人麻呂歌集』には、旋頭歌（7―一二七二～一二九四、11―二三五一～二三六二）をはじめとして民謡を採集して整理したものか、人麻呂が新作民謡として創作したものか、と思われる作品も少くないが、こうした民謡も芸能集団を通して採集し、芸能集団に歌わせるために制作しているのであろう。

平安朝の一般の人々も日常生活の中で恋の歌を贈答するが、彼らは恋の歌の典型に合わせてバリエーションを作る手法で贈答する。こうした褻《け》の歌の贈答が可能になるには、基本となる歌語や褻の歌の典型となる何首かについて共通の理解が必要であり、褻の歌の歌学の媒体として、歌がたりや歌物語や歌集の存在を必要不可欠としたが、人麻呂の時代は、都市の成立や歌垣の消滅という歴史社会の変化を承けて、人々が自邸で恋歌の贈答を始めた褻の歌の始発の時代であり、褻の歌の贈答には手本とする恋歌を記憶し、それらを改作する歌学を学習する必要があったが、書物による学習はまだ不可能な時代であった。

当時の一般の人々には、律令制の滲透を意図して礼楽の思想を盛り込んだ宮廷の讃歌や挽歌よりも、同じ宮廷のものであっても、近代史や新時代の愛に取材した物語歌の方が興味深く、歌学学習の一助ともなるものであったであろうが、芸能集団の持ち歩く組歌や民謡は、単なる娯楽にとどまらず、彼らが恋愛生活を送るうえに必要な歌学を教授してくれるものであった。一般の人々の関心が恋歌にある以上、芸能集団の組歌や民謡も恋歌に重点を置くようになり、宮廷歌人の人麻呂たちも、芸謡や民謡を正述心緒や寄物陳思等の恋歌に改作し、新しい恋歌を創作する仕事に没頭するようになるが、その作歌は芸謡や新作民謡の場合と等しく、一般の多数の人々の手本となる恋歌の作歌であり、人麻呂個人の抒情とは質を異にするものであった。

人麻呂は古代文学形成期に現われた最大の作家であり、種々の分野で活躍している。人麻呂の作歌活動は宮廷歌人の営為を中心とするが、『人麻呂歌集』の世界は多岐にわたる。不明部分も多いが、人麻呂の作歌活動は古代文学の重要問題と密接しており、我々は人麻呂の作歌活動の全体を捉えるために不断の努力を続けなければならない。

『国文学』平成二年二月号に「人麻呂作歌の営為を全体としてどう捉えるか」として発表し、平成五年八月十三日に改稿した。

Ⅱ　宴と狩の歌

第一章　記・紀の酒宴の歌

——酒楽の歌をめぐって——

一　宴の女歌

『記』『紀』の歌謡といっても様々な歌謡があるので、一様に論じることはできないが、多くの歌謡は、『記』『紀』に採り入れられる以前には、宮廷の様々な場で様々な折に演奏され、宮廷で伝承されていたのであろう。宮廷の様々な場、様々な折といっても、宮廷の酒宴に興を添える歌が多数を占めることは十分に推測されるところであり、『記』『紀』に酒宴で歌ったと記されたものも少くない。本章では、『記』『紀』に酒宴で歌ったと記されている酒宴歌を採り上げ、『酒楽歌』を中心に、これらの歌謡の諸相を考察することにしたい。

『酒楽歌』は、『古事記』によれば、皇太子（応神天皇）の凱旋に際して、息長帯日売が「待酒を醸みて」献った歌と、建内宿祢が皇太子に代って歌った歌の二首よりなるが、『書紀』（神功皇后摂政一三年二月一七日）も、皇太后の「挙觴寿歌」と武内宿祢の「答歌」の形で二首を載せ、『琴歌譜』も「十六日節酒坐歌二」として二首を収める。平安朝においても正月十六日の踏歌の節会に大歌として演奏された歌謡であった。左に、『古事記』によって二首を引用する。

是《ここ》に、還り上り坐す時、其の御祖息長帯日売命、待酒を醸みて献ります。爾《しか》して、其の御祖御歌《うた》ひまして曰く、

此の御酒は　我が御酒ならず　酒《くし》の司《かみ》　常世に坐す　石《いは》立たす　少御神の　神寿《かむほ》き　寿き狂ほし　豊寿き
寿き廻《もとほ》し　献《まつ》り来《こ》し　御酒ぞ　浅《あ》さず飲《を》せ　ささ（記―三九）

如比《かく》歌ひて、大御酒献ります。爾して、建内宿祢命、御子の為に答へまつりて歌ひて曰く、

此の御酒を　醸みけむ人は　其の鼓　臼に立てて　歌ひつつ　醸みけれかも　舞ひつつ　醸みけれかも　此
の御酒の　御酒の　あやに　転楽《うただの》し　ささ（四〇）

此は酒楽《さかくら》の歌ぞ。

「酒楽」をサカクラと訓むのは、『琴歌譜』の「酒坐歌」をサカクラノウタと訓むのに倣ったもので酒席を意味する。古くから雅楽寮や大歌所に相当する楽府で管理され、宮中の酒宴で伶人たちによって歌われた歌であったろうが、『記』『紀』が神功皇后と武内宿祢の歌として伝え、前者が第一首を〈待酒の歌〉とするのは、いかなる理由によるのであろう。「待酒」という言葉は、大伴旅人が大弐の丹比県守の民部卿遷任に際して贈った歌中に、待酒を詠んだ歌は、巻十六にある娘子の歌として見えるが、本来は、妻が自分のもとを訪れる夫のために準備した酒であった、と考えてよかろう。

大宰帥大伴卿、大弐丹比県守卿の民部卿に遷任するに贈る歌一首

君がため醸みし待ち酒安の野に独りや飲まむ友なしにして（4―五五五）

味飯《うまいひ》を水に醸みなし吾《あ》が待ちし代《かひ》は曾《さね》なし直《ただ》にしあらねば（16―三八一〇）

右、伝へて云はく、昔娘子あり。その夫を相別れて、望《うら》み恋ひて年を経たり。その時、夫君更に他《あた》し妻を取り、正身《ただみ》は来ずて、ただ裹物《つと》のみを贈る。これに因りて、娘子はこの恨むる歌を作りて、これに還し酬ふ、といふ。

『酒楽歌』は酒を献じた折に歌った歌であるが、女が酒を献じた折に歌った歌の例は多く、倭建命と美夜受比売の『月水問答歌』（記―二七・二八）も、「大御食献る時、其の美夜受比売、大御酒の盞捧げて献る」時の歌であったし、三重采女・皇后若日下部王・雄略天皇の三者が歌う『天語歌』（記―一〇〇～一〇二）も、「豊楽為たまひし時、伊勢国の三重婇、大御盞を指挙《ささ》げて献りき」という時であった。同じ豊楽の日に、雄略天皇と袁杼比売の間に『宇岐歌』（記―一〇三）と『志都歌』（記―一〇四）の贈答があったが、これも袁杼比売が大御酒を献った折の贈答であった。

是の豊楽の日、亦、春日の袁杼比売、大御酒献る時、天皇歌ひたまひて曰く、

水灌《みなそそ》く　臣の嬢子《をとめ》　秀罇《ほだり》取らすも　秀罇取り　堅く取らせ　確《した》堅く　彌《や》堅く取らせ　秀罇取らす子（記―一〇三）

此は宇岐歌ぞ。爾して、袁杼比売歌献る。其の歌に曰く、

やすみしし　我が大君の　朝間《と》には　い倚り立《だ》たし　夕間には　い倚り立たす　脇机《わきづき》が　下の　板にもがあせを（一〇四）

此は志都歌ぞ。

雄略が『宇岐歌』で、袁杼比売に酌をする時の注意を与える形ではやく酌をせよ、とせきたて、袁杼比売は、雄略に対して天皇が朝夕寄りかかる脇息になりたい、脇息になるのが無理ならば、脇息の下の板にもなりたい、と天皇に対する強い恋情を歌っているが、こうした恋情の表明が酒を勧める表現になっていたのであろう。

土橋寛は『古代歌謡全注釈・古事記編』において「歌の実体」の項に、「所伝では雄略天皇の歌に対する袁杼比売の答歌のようになっているが、歌詞そのものから見ると、前の歌とは無関係な歌である。『あせを』の囃し詞からすれば、采女などの歌ではなく、雅楽寮の歌人の歌と思われ、歌の主旨は天皇の讃美にある。それはあたかも『幣《みてぐら》に

ならましものを皇神《すべがみ》の御手に取られてなづさはましを』（神楽歌七、幣）が、神に対する讃美であるのによく似ている」という。「宇岐歌」「志都歌」の名称から見て、雅楽寮や大歌所に相当する楽府で管理された歌謡と考えられる。『宇岐歌』は『琴歌譜』に「盞歌」（一三）として収められているので、平安朝においても大歌として歌われたことが知られるが、『琴歌譜』は女の立場で歌う歌謡は収めていないので、『琴歌譜』が袁杼比売の『志都歌』を所有していないことを理由に、『宇岐歌』と『志都歌』が一組みの作品であることを疑うことはできない。

確かに歌詞そのものに共通するものはないので、発生の時点から密接な関連を有した、とはいい難いが、物語に合わせて創作した物語歌を除くと、歌謡の問答・唱和・贈答・連作は、ある時、ある期間に一組みの作品と認められた、というものであり、発生論的には問題を残すものが多い。『志都歌』の恋情表明は、「御手に取られてなづさはましを」に等しく、天皇に対する讃美になっている、という土橋氏の指摘は正しいが、この讃美が宴の女歌の酒を勧める表現になっていることも、忘れてはなるまいと思う。

爾《しか》して、大后歌ひたまふ。其の歌に曰く、

大和の　此の高市に　小高かる　市の高処《つかさ》　新嘗屋《にひなへや》に　生ひ立《だ》てる　葉広　斎《ゆ》つ真椿　其《そ》が葉の　広り坐《いま》し　其の花の　照り坐す　高光る　日の御子に　豊御酒　献らせ　事の　語り言も　是《こ》をば（記一〇一）

右は、皇后の若日下部王が歌った『天語歌』の第二首である。まず冒頭に「大和の　此の高市に　小高かる　市の高処　新嘗屋に」と場所を指示し、続いてその所に見られる「生ひ立てる　葉広　斎つ真椿」と景物をあげ、さらにその景物を「其が葉の　広り坐し　其の花の　照り坐す」と譬喩にして「高光る日の御子」を修飾する。この歌の発想や表現は、宮廷寿歌の典型として研究者の注目を集めているが、宴の女歌の発想や表現であったことも忘れてはなるまい。「高光る　日の御子に、豊御酒　献らせ」の「に」の部分に問題を残しているが、本来は酒宴において女が天皇に酒を勧める歌であった、と考えてよかろう。『天語歌』において、若日下部王が「葉広斎つ真椿」の葉や花によりて雄略を讃美して酒盃を勧めたように、『志都歌』においても、袁杼比売は雄略に自己の恋情を訴える形で天皇を讃美し酒盃を勧めるのであろう。「豊御酒献らせ」の真意は、『天語歌』と深い関わりを持つ『神語』第四首によって知ることができる。

爾《しか》して、其の后、大御酒坏を取り、立ち依り指挙《ささ》げて、歌はして曰く、

八千矛の　神の命や　吾《あ》が大国主　汝《な》こそは　男《を》に坐《いま》せば　打ち廻《み》る　島の崎々　搔き廻る　磯の崎落ちず
若草の　妻持たせらめ　吾はもよ　女《め》にしあれば　汝を除《き》て　男は無し　汝を除て　夫は無し　綾垣の　ふはやが下に　苧衾《むしぶすま》　柔《にこ》やが下に　栲衾《たくぶすま》　騒《さや》ぐが下に　沫雪の　若やる胸を　栲綱《たくづの》の　白き腕《ただむき》　撫《そだた》き　撫《たた》き
交《まな》がり　真玉手　玉手差し枕《ま》き　股《もも》長に　寝《い》をし寝《な》せ　豊御酒　献らせ（記―五）

須勢理毘売は、八千矛神に向って、八千矛神が自分にとって頼ることのできる唯一の夫であることを訴えたあとで、綾織の帷帳のふわやかな下の、絹の夜具の柔らかな下の、栲の夜具がさやさやと音を立てる下の、と豪華な寝室のすばらしい夜具の中に身を横たえる自分をいい、その自分のもっとも美しい、沫雪のように柔らかな胸や栲の綱のように白い腕をあげ、そうした胸や腕を愛撫し、抱擁し、自分の美しい手を枕にして脚を伸ばしてぐっすりお休みください、といったあとで、「豊御酒献らせ」、芳醇なお酒をお召しあがりください、という。

須勢理毘売は、八千矛神が自分と共寝をし、心安らかに眠ることを求めて、八千矛神の行動を促しているが、その初めにすることが、豊御酒を飲むことであった。『古事記』も、八千矛神と須勢理毘売が酒を酌み交わし、仲良く首に手を懸けあったことを、「如此《か》歌《く》はす即ち、うきゆひ為て、うながけりて、今に至るまで鎮り坐す」と記す。女が神や天皇や尊者に大御酒盞を献じて豊御酒を飲むことを勧めるのは、女の側から神や天皇や尊者に共寝をすることを

求めたのであり、宴の女歌も酒を勧め、共寝を求める機能を有していたところから、須勢理毘売は身のあわれさを訴え、女の魅力を強調して八千矛神を挑発した表現を「豊御酒献らせ」に連続させ、皇后の若日下部王も斎《ゆ》つ真椿による雄略讃美を「豊御酒献らせ」に連続させている。若日下部王の雄略讃美や袁杼比売の雄略に対する恋情表明は、女の側から共寝を求める宴の女歌の本義において必要な表現であり、袁杼比売の『志都歌』に「豊御酒献らせ」の言葉はないが、酒を勧める表現に連続する恋情表現であった、と考えてよかろう。

大御酒盞を献じることが、女の側から共寝を求めることを意味したので、「大御酒の盞捧げて献」った美夜受比売に対して倭建命は、「織細《ひはぼそ》　撓《たわ》や腕《がひな》を　枕《ま》かむとは　吾《あれ》はすれど　さ寝むとは　吾は思へど」（記—二七）と歌い、丸邇日触臣が「大御饗献る時、其の女矢河枝比売命に、大御酒の盞を取ら令めて献」った時に、応神は「この蟹や何処《いづく》の蟹」で始まる『矢河枝比売の歌』（記—四二）に、比売を得た喜びを、「斯《か》もがと　我《わ》が見し子ら　斯《か》くもがと　我《あ》が見し子に　うたたけだに　向ひ居るかも　い添ひ居るかも」と歌い、また応神は髪長比売を皇子の大雀命（仁徳）に与えようとして、「豊明聞こし看す日に、髪長比売に大御酒の柏を握《と》ら令めて、其の太子に賜」い、『赤ら嬢子の歌』（記—四三）に髪長比売を皇子にすすめて、「ほつもり　赤ら嬢子を　いざささば　宜《よら》しな」と歌うのであろう。

三重采女が『天語歌』第一首を歌ったのは、雄略天皇が長谷の百枝槻の下で豊楽を催し、三重采女が雄略に大御盞を捧げ奉った折であったが、采女は大嘗祭や神嘗祭においても神饌の供進に奉仕し、節会においても御膳を供進し、一献に際しては、第一の采女が御酒を供し、第二の采女が盞を持って御前の間の西辺より出でて柱の南東面に立つ定めになっていた（『江家次第』元日宴会）。『続日本後紀』（承和三年四月二四日）に「（入唐大使）常嗣朝臣、座を避けて進み、采女を喚ぶこと二声、采女御盃を擎げ来り、陪膳の采女に授く、常嗣朝臣跪き平を唱ふ。天皇之が為めに挙げ訖りて、行酒の人進みて常嗣朝臣に酒を賜ふ」、『西宮記』（臨時八、臨時宴遊）に「延長二・正・廿五、甲子、院より子日の宴を大裏に奉らる。天皇南殿に御す。中務卿親王、座を避け立ちて采女を喚ぶ。采女称唯し、御酒を進む。陪膳采女、盞を擎げて献らんと欲す。爰に親王進み跪き平を唱ふ。天皇即ち御飲し畢りて精と称す」とあるように、天皇は采女より酒盞を受け取ることが、酒宴の作法となっていた。天皇に酒盞を勧める宴の女歌の起源は古く遠い、と考えてよかろう。

『古事記』には以上に述べたように、神功皇后の『酒楽歌』のほかにも、沼河日売・須勢理毘売の『神語』（記―三・五）、美夜受比売の『月水問答歌』（記―二八）、三重采女・若日下部王の『天語歌』（記―一〇〇・一〇二）、袁杼比売の『志都歌』（記―一〇四）のような宴の女歌があるが、『書紀』は神功皇后の『酒楽歌』を除くと、これらの女歌やその関連歌（記―二・四・二七・一〇二・一〇三）を所有していない。

『書紀』は宴の女歌に限らず、出来る限りは女の歌を除去しようとする明確な意図を有していたのであろう。『書紀』は、『古事記』が所有する伊須気余理比売の歌（記―一七・二〇・二一）とその関連歌（一五・一六・一八・一九）、弟橘比売命の歌（記―二四）、倭建命の后と御子の歌（記―三四〜三七）、黒日売の歌（記―五五・五六）とその関連歌（五二〜五四）、八田若郎女の歌（記―六五）とその関連歌（六四）、衣通王の歌（記―八七・八八）とその関連歌（八九・九〇）、引田部赤猪子の歌（記―九四・九五）とその関連歌（九二・九三）を所有していない。

『記』『紀』の歌謡数を『古代歌謡集』（日本古典文学大系）によって数えると、『古事記』の歌謡百十二首、『書紀』の歌謡百二十八首となり、『書紀』の所有しない『古事記』の特有歌は、六十首になるが、右にあげた女の歌やその関連歌は三十八首に及ぶ。『古事記』の特有歌中には他に、応神天皇が矢河枝比売に歌いかけた歌（記―四二）、速総別王が女鳥王に歌いかけた歌（記―六九・七〇）、木梨軽太子が軽大郎女に歌いかけた歌（記―七九・八〇・八五・八六）、雄略天皇が若日下部王や吉野の嬢子や袁杼比売に歌いかけた歌（記―九一・九六・九九）があり、女の歌・恋の歌は

『古事記』特有歌六十首中四十八首を占めるが、『書紀』は国家の正史として、政治に関わる男の世界を公的なものと重視し、恋や神事に関わる女の世界を私事・小事として軽視し、採択する歌謡を取捨選択しているのであろう。

『酒楽歌』は神功皇后が歌った歌であり、『古事記』は「待酒を醸みて献ります」と記している。その点のみを見ると、宴の女歌となるはずの歌であるが、母后が皇子（『書紀』によれば十四歳）に献じた待酒であり、通常の宴の女歌になるはずもない。歌も女歌であることをまったく考慮しておらず、皇子を讃美したり、皇子への恋情を表現したりもしないで、ただその酒の優れていることを来歴を語る形で歌い、盃をほすことを求めている。『書紀』が『酒楽歌』を収めているのは、通常の女歌と考えなかったことが大きく作用していようが、そのほかにも種々の理由が考えられる。

『書紀』の歌謡総数は、百二十八首であるが、『古事記』と比較する場合、『古事記』は推古朝で終っており、また、歌謡を収めるのは顕宗朝までであるので、『顕宗紀』や『推古紀』で打ち切って比較することも必要なことであろう。また、『古事記』が清寧朝に載せる袁祁命（顕宗）と志毘臣の歌垣の歌を『書紀』は太子（武烈）と鮪臣の歌垣の歌として『武烈紀』（即位前紀）に載せているので『武烈紀』で打ち切って比較することも必要な処置であろう。『武烈紀』で打ち切ると、『書紀』の歌謡は九十五首、『古事記』との共有歌は五十二首、『書紀』の特有歌は四十三首となる。

『書紀』が、女の歌や恋の歌を軽視していることは先に述べたが、『応神紀』は、天皇が大鷦鷯尊（仁徳）に髪長媛を与える時の歌と大鷦鷯が髪長媛を得て喜んだ歌（紀―三五～三八）、『仁徳紀』は、皇后磐之媛の嫉妬に苦しんで玖賀媛を速待に与える天皇と速待の問答や、八田皇女の入内をめぐる天皇と皇后の問答と贈答（紀―四四～五八）、『允恭紀』は、天皇と衣通郎姫との贈答（紀―六五～六八）と、木梨軽太子の同母妹との恋に苦しむ歌（紀―六九～七一）、『武烈紀』は、即位前の天皇と鮪臣の歌垣の歌と、鮪を失って悲しむ影媛の歌（紀―八七～九五）をそれぞれ所有しており、その総数は三十五首である。三十五首中には『古事記』との共有歌が十四首あるので、『書紀』の特有歌は、『仁徳紀』の十五首中の九首、『允恭紀』の衣通郎姫との贈答四首、『武烈紀』の九首中の八首、計二十一首である。『允恭紀』の木梨軽太子の同母妹との恋や『武烈紀』の天皇と鮪臣との影媛をめぐる争いは、木梨軽太子が人心を失い、穴穂皇子（安康）に滅ぼされ、平群真鳥と鮪の擅横の行為ゆえに太子（武烈）に滅ぼされた、と主張するために必要なものであったが、『允恭紀』の衣通郎姫と天皇との恋の贈答は、正史の重視する政権をめぐる抗争とは無縁である。衣通郎姫は姉の皇后を憚って藤原に住み、また、衣通郎姫を召し出す際に功績のあったのが中臣烏賊津使主であるので、藤原氏の伝承した恋物語と推測されるが、『書紀』編纂時に力のあった藤原氏の要請を入れて挿入したものであろうか。

衣通郎姫や『仁徳紀』の磐之媛の物語には、『書紀』編纂時の恋物語や歌物語に対する、抑えても抑え切れない強い関心が感じられるが、磐之媛の物語は『古事記』においても大きく扱われており、建内宿祢に関する伝承とともに、『記』『紀』が共通の資料としたものにおいて重視されていた、と推測される。『応神紀』における髪長媛をめぐる天皇と太子の歌物語は、理想的な父子関係を語ることを主題にしていようが、『古事記』によれば、父子間の問題を仲介したのは武内宿祢であり、共通の資料においては、武内宿祢の功績を讃美していたことであろう。『酒楽歌』も、武内宿祢が太子（応神）に代って神功皇后の歌に答えており、武内宿祢関連歌として考慮しなければならない一面を有している。

『酒楽歌』は『記』『紀』が共通の資料としたものに、すでに神功皇后と建内宿祢の歌として収められていたのであろうが、神功皇后の歌は、通常の宴の女歌とは大きく相違する。あるいは、古来の宴の女歌とは別系統の宴の歌が存在し、その宴の歌の正統性を主張しようとして、その起源を古く遠くする必要があり、しかも、勧酒歌は本来女歌であったところから、女の歌でありながら女の歌でない母の歌とし、太子は酒を飲み、返歌する年齢になっていないとして、建内宿祢にここでも花を持たせ、神功皇后と建内宿祢の歌と設定したのではなかろうか。

二　国栖の歌と三輪神宴歌

『酒楽歌』は、女が尊者に酒を勧める形をとるが、酒の由来を語って酒を勧める点では『国栖の歌』（記―四八、紀―三九）や『三輪神宴歌』（紀―一五～一七）に類似する。まず、『国栖の歌』を『古事記』によって左に引用する。

又、吉野の白檮《かし》の生《ふ》に、横臼《よくす》を作りて、其の横臼に大御酒を醸み、其の大御酒献る時、口鼓を撃ち、伎為て歌ひて曰く、

白檮の生に　横臼を作り　横臼に　醸みし大御酒　美味《うまら》に　聞こしもち食《を》せ　まろが父（記―四八）

此の歌は、国主等大贄献る時々、恒に今に至るまで詠《うた》ふ歌ぞ。

『応神紀』（一九年一〇月朔）には、「吉野宮に幸す。時に国樔人来朝《まうけ》り。因りて醴酒を以て、天皇に献りて、歌《うたよみ》して曰《まう》さく」と記し、さらに説明を加えて、「歌既に訖りて、則ち口を打ちて仰ぎて咲《わら》ふ。今国樔、土毛献る日に、歌訖りて即ち口を撃ち仰ぎ咲ふは、蓋し上古の遺則なり。夫れ国樔は、其の為人、甚だ淳朴なり。毎に山の菓を取りて食ふ。亦蝦蟆を煮て上味とす。名《なつ》けて毛瀰と曰ふ。其の土は、京より東南、山を隔てて、古野河の上に居り。峯嶮《さが》しく谷深くして、道路狭く巘《さが》し。故に、京に遠からずと雖も、本より朝来ること希なり。然れども此より後、屢参赴《まうき》て土毛を献る。其の土毛は、栗・菌及び年魚の類なり」という。

『国栖の歌』は、『記』『紀』に明らかなように、吉野の国栖が上京をして大贄を献ずる際に歌笛として奏したもの

で、『記』『紀』は応神朝、『姓氏録』（大和国神別、国栖）に允恭朝に始まるとするが、「上古の遺則」として伝承され、『内裏式』や『貞観儀式』や『延喜式』等の平安朝の儀式の書を見ても、正月元日・七日・十六日・五月五日・九月九日の節会や新嘗祭・大嘗祭の豊明節会に奉仕している。

また、大嘗祭の卯日祭には、宮内官人に率いられた吉野国栖十二人が楢笛工十二人とともに祭場に入り、古風を奏す定めになっていたが、国栖が古風を奏すと、それに続いて悠紀の国が国風を奏し、語部が古詞を奏し、隼人が風俗の歌舞を奏す、とあって大贄を献上する記載はない。『記』『紀』の記載は、節会における奉仕と連続するようであるが、国栖が献る大贄は、『書紀』によれば、「栗・菌及び年魚の類」であるが、歌はそうした「土毛」には触れずに酒についてのみ歌い、酒席に召されたわけでもないのに、「美味に聞こしもち食せ」と歌い、『西宮記』（辰日新嘗会豊明賜宴事）にも「賀芝乃不爾　与古羽須恵利天　賀女多於保美岐　味良居　於世　丸賀朕」の形で記録されている。

他人に物を贈る際に、その物をどのようにして手に入れたかを説明したり、その物の来歴を述べたりすることは、『百人一首』に採られた光孝天皇の「君がため春の野にいでて若菜つむわが衣手に雪は降りつつ」（『古今集』二一）などがその一例となるが、多数の例があげられるので、古くから習慣となっていた、と考えてよかろう。国栖もそうした例にならって「白檮の生に　横臼を作り　横臼に　醸みし大御酒」と特殊な醸造方法によって得た美酒であることを説明している。

国栖は酒宴に召されたわけでもないのに、「美味に　聞こしもち食せ　まろが父」と酒を飲むことを勧めているが、国栖の奏が「觴行一周」（『内裏式』元日）、「一觴之後」（七日）、「一盞之後」（十六日）、「觴行一両周」（新嘗会）、「一觴之後」（『儀式』大嘗祭午日）という時であったので、この言葉はその場にふさわしいものとなったのであろう。『古事記』は、「吉野の白檮の生に、横臼を作りて、其の横臼に大御酒を醸み、其の大御酒献る時」というが、酒を吉野から持参してくるということがあったのだろうか。『主計式』を見ると、調・庸・中男作物としてさまざまな食品が列挙されているが、酒はその中にはない。『古事記』の前文は歌から構文したものであるが、『書紀』は応神天皇が吉野に行幸した折に、国栖が醴酒を献って歌を歌ったことをいい、国栖が諸節会に御贄を献じ、歌笛を奏する起源とするものの、その贄は「栗・菌及び年魚の類」といい、酒には言及しない。

吉野の国栖の歌であるので、吉野の人々の間から自然発生的に生まれた、純国風の素朴な作品である、と考えられていようが、こうした作品がある時代に流行し、『国栖の歌』がその影響を受けていることも考えられないことではない。

出雲は　新墾《にひばり》　新墾の　十握稲《とつかしね》を　浅甕《あさらけ》に　醸み大御酒　美味《うまら》に　飲喫《やら》ふるがね　吾《あ》が子等《こども》

右に引用したのは、『顕宗紀』（即位前紀）で天皇が室寿きを行った際の『室寿詞』第二段であるが、「出雲は　新墾　新墾の　十握稲を　浅甕に　醸み大御酒」は、原料と醸造方法を述べており、「白檮の生に　横臼を作り　横臼に醸みし大御酒」に等しい。「浅甕」と「横臼」も口の広い、底の浅い容器という点で共通しようか。言葉の面でも「醸みし大御酒」とそれに続く「美味に」が共通しているが、「美味に　飲喫ふるがね　吾が子等」は、『国栖の歌』の「美味に　聞こしもち食せ　まろが父」に等しい。特殊な宮廷行事である国栖奏を宮廷とは無縁な『室寿詞』が継承するとも思えないし、『室寿詞』が民間のものであっても、国栖は『書紀』も記しているように交通の不便な吉野という特殊な地域に住む人々であり、直接的な影響関係を主張することは、現在のところ困難であろうが、両者に共通した発想や表現が存在する点から見て、両者が無縁であった、とは考えられない。明徴はないが、ある時代にこうした発想や表現が流行し、両者はそれぞれその影響を受けて、国栖は歌笛を奏する折が節会の一献の折であったので大贄とは無縁に酒を勧める歌を歌い、室寿きを行う者も室寿きを行う場が酒宴であった所から『室寿詞』に酒を勧める言葉を加えた、と考えることにしたい。

土橋寛は、『酒楽歌』の二首について『古代歌謡集』（日本古典文学大系）に、「古代の勧酒歌と謝酒歌で、主人側が勧酒歌を、客の側が謝酒歌を歌う」という。土橋の用語で述べると、『国栖の歌』も『室寿詞』第二段も勧酒歌に相当するが、『国栖の歌』の場合は主人側に立っての勧酒歌というには問題があろう。『国栖の歌』は本義においては天皇に対して酒を勧める歌であり、節会においても天皇に対して御贄を献じ、歌笛を奏している、と考えなければならないが、現実においては多分に芸能化し、節会を主宰する天皇の側に立って廷臣に酒を勧めるといった機能をも有するものになっていたのであろう。

酒宴の歌としては、『酒楽歌』にさらに類似したものに、『崇神紀』の『三輪神宴歌』がある。

八年の夏四月の庚子の朔乙卯に、高橋邑の人活日を以て、大神の掌酒とす。冬十二月の丙申の朔乙卯に、天皇、大田田根子を以て、大神を祭らしむ。是の日に、活日自ら神酒を挙げて、天皇に献る。仍りて歌《うたよみ》して曰はく、

　此の神酒《みき》は　我が神酒ならず　大和成す　大物主の　醸みし神酒　幾久　幾久（紀―一五）

如此《かく》歌して、神宮に宴す。即ち宴竟りて、諸大夫等歌して曰はく、

　味酒　三輪の殿の　朝門《あさと》にも　出でて行かな　三輪の殿門を（一六）

茲に、天皇歌して曰はく、

　味酒　三輪の殿の　朝門にも　押し開《ひら》かね　三輪の殿門を（一七）

即ち神宮の門を開きて、幸行す。所謂大田田根子は、今の三輪君等が始祖なり。

第一首は、高橋の活日が崇神天皇に神酒を献った折の歌といい、『酒楽歌』と同じく、「此の神酒は我が神酒ならず」と歌い出し、その酒の来歴を説明して、「大和成す　大物主の　醸みし神酒」という。掌酒の名を高橋邑の活日

と特定するのは、高橋邑は、宮廷の食饌に奉仕した膳氏や膳部氏の人々が居住し、後に高橋朝臣氏を名乗る機縁となる、高橋神社を所有する高橋と思われるので、崇神朝といった古い時代ではあるまい。活日の名も、『通釈』が推測するように、歌詞の「幾久幾久」に基づく、と考えてよかろう。鴻巣隼雄が『古事記・上代歌謡』（日本古典文学全集）に「宮中の食膳管理職にいた高橋氏が、同時に芸能・神事にも奉仕していた事実がこれで明らかになる」というのは、『三輪神宴歌』やこの歌謡に関連した伝承を高橋氏が伝えていた、と考えるのであろうか。

土橋寛は『古代歌謡全注釈・日本書紀編』に、『三輪神宴歌』の素性を推測して、「この歌が三輪神社の神宴における勧酒歌であることは、歌詞そのものがよく示しており、宮廷の勧酒歌である『酒楽之歌』と好一対をなすものといえる。では酒を勧める場やその対象は誰かというと、三輪神社に参拝した尊者を賓客とする神宴の場であろうと思う。活日を三輪神社の『掌酒』に任じたという伝承は、三輪神社に宮廷と同様に『掌酒』が置かれた事実に基づくものと考えられるとともに、その掌酒が三輪神社の祭神である『大物主の醸みし御酒』を捧げる相手は、天皇または勅使以外には考えられない」という。『書紀』は掌酒に「佐介弭苔」の訓注を付しているが、掌酒が神や天皇に酒を献じるというのは、古来の習慣から考えると、きわめてめずらしいこととはならないだろうか。また、歌詞からこの歌を三輪神社の神宴の歌、御酒を捧げる相手は天皇または勅使、と特定することができるだろうか。

柳田国男は、酒と女との関わりの深さをいい、『民謡の今と昔』（『定本柳田国男集』一七巻）に「日本では、古くから酒の監理者は婦人であつた。単に醸す場合だけでなく、汲んで来るのも酌をするのも女であつた」といい、『明治大正史・世相篇』（二四巻）、『女性と民間伝承』（八巻）、『木綿以前の事』（一四巻）、『民謡覚書』（一七巻）、『物語と語り物』（七巻）に同様の主張を繰り返している。

『丹後国風土記』逸文は、奈具社の天女が酒を造った、と記し、柳田国男も指摘しているように、『霊異記』（中巻第三二）は、紀伊国名草郡の薬王寺が基金を増殖させるため、基金を「岡田村主《すぐり》の姑女《をばめ》」の家に貸して酒を作り、利息を増やしていた、と記す。柳田国男はさらに『神楽歌』の『酒殿歌』「酒殿は今朝はな掃きそ舎人女《とうねりめ》の裳引き裾引き今朝は掃きてき」（八六）に「舎人女」の見えること（『令集解』にも造酒司に女司が来て倶に造ると見える）や、大嘗祭の折に神に供える御酒を斎庭で醸す造酒児《さかつこ》や『皇太神宮儀式帳』の酒作物忌が女であること、『三代実録』（貞観八年一一月朔）によれば、造酒司に大邑刀自・小邑刀自・次邑刀自甕神という女神が祭られていること等を論拠に、女によって醸造の行われたことを主張する。

大嘗祭や神嘗祭において、神饌を供進するのは采女であったし、伊勢内外宮の月次、神嘗等の祭日に、倭舞の終わるごとに宮司以下の各舞人に柏酒を勧めるのも酒立女であった。酒立女の名称は『三代実録』（元慶七年一一月五日）や『延喜式』（巻四・神祇・伊勢太神宮・六月月次祭）に見える。酒立女は一人が柏を持ち、一人が酒を持つ二人一組の形を採るが、斎王が参加した場合は、采女や女孺が酒立女となった。節会においても通常の酒宴においても天皇に対しては、二人一組みの采女が酒を勧めている。宴の女歌がこうした習慣を通底していることはすでに述べた。

もちろん、男が酒の醸造や酒の酌をしなかったわけではない。宮内省所管の造酒司には、正・佑・令史が各一名いたが、酒や醴や酢の醸造を監督し、酒宴に奉仕した。『令集解』の『穴記』は、女司がこの司に来て倶に造る、と注しているが、男が醸造に従事していることはいうまでもない。節会においては造酒正が空盞を貫首の人に授けて酒宴の開始を告げ、一献に際しては内豎とともに御酒を臣下に給しているし、『令』の本注に「掌らむこと、行觴に供せむこと」とある酒部は、酒宴開始時に罇下に立ち、行酒が盞を把って昇殿者、不昇殿者に賜うている。行酒は、宴席で酌をすることを意味するが、造酒司の官人や酒部が担当していよう。通常の酒宴においても、臣下が酒を賜う折には行酒より賜う形をとっている。『続日本後紀』（承和三年四月二四日）の「（入唐大使）常嗣朝臣、座を避けて進み、采女を喚ぶことを二声、采女御盃を擎げ来り、陪膳の采女に授く、常嗣朝臣跪き平を唱ふ。天皇之が為めに挙げ訖りて、行酒の人進みて常嗣朝臣に酒を賜ふ」の条は、その間の事情を語ってくれる。

酒宴は古くは神殿に巫女が神を迎えて行う神事であったのであろう。神に代って王が座る酒宴の場も神殿に等しい祭場であり、寝室ともなる密室であったが、多数の廷臣を集めて朝堂で行う饗宴は、『漢書』（宣帝紀）に「酒食の会は礼楽を行う所以なり」というように天皇の政治を国家や国民の隅々にまで行き渡らせるために、天皇の定めた礼楽を行うことを目的としており、政治に属するものであったことはいうまでもない。政治に属する饗宴は官人によって行われるはずであり、造酒司の前身の役所が設置され、掌酒《さかびと》が定められたが、酒宴が神事から政治に変化し、担当者が女から男に変化し、饗宴が酒人によって行われるようになるのは、伴造制より律令官司制に変化する過渡期の、蔵人や史の活躍する人制の時代であったであろう。掌酒は神事に明け暮れる三輪神社とは無縁な別世界の存在であり、おそらく宮廷の掌酒となった高橋の氏人がこの歌を伝え、家職の古さを主張しようとして活日が酒の神の三輪神社の掌酒になったのに始まる、と主張したのであろうが、『崇神紀』の記載は疑問視してよかろう。

『三輪神宴歌』の冒頭の二句は、『酒楽歌』と等しく「此の御酒は我が御酒ならず」という。この冒頭形式は、『神楽歌』の「幣《みてぐら》は　我がにはあらず　天に坐す　豊岡姫の　宮の幣　宮の幣」（六）に連続しているが、土橋寛は、『古代歌謡全注釈・古事記編』の『酒楽歌』の部分に、「日常的な物を神聖化する呪詞の慣用句」と注を付し、『古代歌謡全注釈・日本書紀編』の同歌謡の考説に、この種の発想や表現が朝鮮の時調や民謡に見られることを指摘している。

召しませ、召しませ、この酒一杯召し上りませ。この酒はただの酒とは違います。漢の武帝の乗露盤に、受けたこの酒、召し上りませ。この酒一杯召しませば、千年万年長生します。（許南麒氏「朝鮮の民謡と民話」『歴史学研

究・別冊』昭和二八年六月）

舞ひつつ、此の一杯を傾けなば、南山の寿を保つよ。且つ此の酒は普通の酒にあらず。昔漢の武帝が承露盤に取りし酒なり。遊ばん、若き時遊ばん。花なく十月紅葉す、月も盈つれば欠くるならむ。人生は僅なり。業終らば、誰も一杯を傾けよ。（『日本民謡大全』韓国・勧酒歌）

『三輪神宴歌』や『酒楽歌』の冒頭形式は、他人に物を贈与する時の言葉や神事歌謡の表現と連続しているが、新しい饗宴の作法は中国や朝鮮の作法を学んでいようし、酒の新しい醸造方法も朝鮮から学んだと推測されるので、酒宴において勧酒歌を歌うということをはじめとして、わが国の勧酒歌が朝鮮の歓酒歌の影響をうけたことは考えられないことではない。

『三輪神宴歌』は、「此の神酒は我が神酒ならず」に続いて、「大和成す　大物主の　醸みし神酒」という。三輪の神を酒の神としたところから、三輪の祭神である大物主神の名をあげ、「大物主の醸みし神酒」と歌うが、大物主神の名をあげて酒を勧めたからといって、三輪神社の神宴における勧酒歌であった、といい切ることは困難であろう。高野辰之の『日本歌謡史』は『御饌歌古譜』にこの歌が平安朝に春日神社の神楽歌として歌われたことを記しているが、歌詞は一般性のあるもので人に対して歌ってもよく、歌われる場所も神宴ではなく、宮廷であってもよい。大物主の修飾語に「大和成す」を使用するが、大物主神が国を作ったという伝承はないので大己貴神の伝承と習合した、と考えてよかろう。

第二首・第三首は、宴が終って諸大夫が歌い、天皇が歌った歌と記されているが、土橋は前掲書に、「二首は、所伝から切り放して、歌詞そのものについて見ると、三輪神社に伝えられた立歌と送り歌であろうと思われる」といい、『古代歌謡の世界』に、第二首を諸大夫が歌ったというのはともかく、第三首を天皇の歌と解することはできないとして、その理解を左のように記している。

「朝戸にも　出でて行かな」は、直訳すれば、朝になったら戸を開いて出て行きたい、ということになるが、真意はむしろ朝になるまではここに寛いでいたいという意であり、「朝戸にも　押開かね」は朝になったら出て行きなさい、というよりも、朝になるまではゆっくりしておいでなさい、という意味である。つまり後者は酒宴の終りに立とうとする賓客を引き留める心持で、歌い手は酒宴の主催者、所伝に即していえば三輪の神主であるべきであり、前者は私どもも朝までゆっくりしていたいと思います、という意味であるから、歌い手は客人側、所伝に即していえば天皇またはそのお伴の諸大夫の歌とあってしかるべき歌である。

土橋は、酒宴が終わって退出する際に、客人の側から歌う挨拶の歌を「立歌」と呼び、民謡の『お立酒歌』に連続するとするが、『日本書紀編』に『儀式』の大嘗祭儀下、午日の条に「治部雅楽率二工人一奏二立歌一。訖退出」と見える「立歌」をその初見とする。『内裏式』や『貞観儀式』の立歌は、大歌所の大歌に対して治部省雅楽寮の立歌として記されているもので、『儀式』が初見ではなく、『令集解』所引の『古記』や『令釈』に見え、大歌所が開設されないで大歌が雅楽寮で管理されている時代から、立歌は大歌に対応するものとして存在している。『儀式』の立歌は、列をつくり、立ちながらあるいは行進しながら演奏する立楽に相当するものであり、民謡の『お立酒歌』とは区別する必要があろう。なお、大歌・立歌と並称されるところから、立歌を短歌形式の小歌とする説もあるが、これも誤りであろう。

酒宴を閉じる際の挨拶の歌が存在したことは、山上憶良の『罷宴歌』「憶良らは今は罷らむ子泣くらむ其彼《それそ》の母も吾《わ》を待つらむぞ」(3―三三七)によっても明らかであるが、『三輪神宴歌』第二首の三・四句「朝門にも出でて行かな」を「朝になるまではここに寛いでいたい」と解し、第三首の三・四句「朝門にも押し開かね」を「朝になるまでゆっくりしておいでなさい」と解するのはいかがであろう。鴻巣隼雄は前掲の『古事記・上代歌謡』に、第二・第三首を第一首の勧酒歌に対する謝酒歌（謝酒は饗宴に際し、群臣に酒杯を賜う時に群臣が再拝することをいう。酒宴に先だつものであり、この名称もかならずしも適切ではないが、通説に従う）と見て、第二首を「三輪の社の高殿の朝の戸口をゆったりと、みんな一緒にさあ出よう。三輪の社殿の戸の口を。ゆうべはずいぶんちょうだいしたな」、第三首を「三輪の御殿の朝戸の口で、戸を押しあけて、明りましょう。三輪の社の御殿の戸口」と解している。

『三輪神宴歌』の第二・第三首は、鴻巣のように、第二首で朝の戸口に出ようと歌い、第三首で朝の戸口を押しあけて帰ろうと歌っている、と解するのが自然であろう。謝酒歌の特色については後述するが、酒の良さや快く酔ったことを表明する部分はなく、「今は罷らむ」のみを主題にすると思われるので、両首とも罷宴歌と見なしてよかろう。三輪神社の神宴を罷る際に歌った歌と考えてよいが、三輪は味酒《うまさけ》や神酒を意味するので、酒宴を催した神殿や種々の御殿や邸を「三輪の殿」と呼んだり、見なしたりすることも不自然ではなく、種々の酒宴で歌われた、と考えてよかろう。

土橋は、『日本書紀編』に、朝鮮においても酒宴の初めに酒を勧め、終宴時に終わりを告げる歌を歌う慣習があって、妓生の間に口承されたり、時調の作品として歌集に収められ、「勧酒歌」「将進酒曲」「初筵曲」や「罷宴曲」「罷燕曲」と呼ばれていることを指摘している。

　罷燕曲歌いましょう。北斗七星傾いたわい。引留める方は引留め、私なんぞはお帰し下さい。童よ、履物出せ、
　行路忙しい。

右は、作者不明の口承歌謡であるが、北斗七星の傾きによって夜が更けたことを、「お帰し下さい」という願望の形で「今は罷らむ」の意志を、童に「履物出せ」と命じる形で戸口に出たり、戸口を開けたりする退去の具体的行為

を、それぞれ表現している、と考えてよかろう。『三輪神宴歌』と右の『罷燕曲』との間に、同様の構造形式が認められたことになるが、わが国の罷宴歌は、朝鮮の罷燕曲とけっして無縁ではなく、勧酒歌や謝酒歌ともども朝鮮の歌謡の影響下に成立したことを推測してよかろう。

三 伶人の歌

『酒楽歌』第一首は、酒の来歴を語り、少彦名神が「神寿き《かむほ》 寿き狂ほし 豊寿き 寿き廻し《もとほ》」、ことほき歌い、ことほき舞いまわって造った、めでたくも楽しい酒であることをいって杯を乾すことを求めているが、益田勝美氏は「祭のあと」(『日本古典評釈全注釈叢書月報』一五〈古代歌謡・古事記編〉)に、特にこの部分に関して左のような疑問を記している。

土橋寛氏が『古代歌謡集』(日本古典文学大系)で、「古代の勧酒歌と謝酒歌で、主人側が勧酒歌を、客の側が謝酒歌を歌う」という注を付しておられるのは、すでに大局をみごとに把握した立言であるが、それからさきのことを、わたしたちが考えていかなければならないだろう。第一に、なぜ、この置酒歌において、主人側が酒楽《くし》の神スクナビコナを担ぎ出さねばならぬのか、客側がそれを逸らして、「この御酒を 醸みけむ人は」と歌い返さねばならないのか、ならないとまでではなくても、そういうことが許されるのかと言ってもいいが、そういう疑問が湧く。第二に、「豊寿きもとほし 神寿き狂し 祭り来し……」とは、具体的にはどういうことだろうか。どんなイメージをそれに対して作り出したらよいのか。第三に、うたは宴の中でどういうふうに歌われただろうか。次々と問題が待ち受けているように、わたしには思える。

益田氏のすべての疑問に答えることはできないが、少彦名神を担ぎ出すことについては、宣長が『古事記伝』に横井千秋の説を紹介している。少彦名神が酒を「掌《しり》賜ふ事」は書物に見えないが、大己貴神とともに国土を作り固め、『神代紀』（第八段一書第六）には「療病之方」や「禁厭之法」を教え定めて人々に多くの恩恵を与えた、と見え、「凡て万の事も物も此の二柱の神の恩頼《みたまのふゆ》」によるものであるので、『三輪神宴歌』第一首で「大物主の醸みし神酒」というように、「酒の本を此の二柱の神に係《か》けて其の首長《つかさ》たる神の献り賜ふ御酒ぞとよみ賜へるなり」という主張である。

宣長は、千秋説を「此の考へ宜く聞ゆ」と支持し、千秋説は今日でも多くの支持を得ているが、千秋説は、なぜ大己貴神でなくて少彦名神なのか、という疑問には答えていない。武田祐吉が『全講』に、「酒の首長とすることは、海を渡って来た異風の神であること、農民の間に語り伝えられる神であること、オホナムチの神に伴なえること等から導かれてくるので、酒作りなどが祭っていたのだろう」と推測したのは、酒は古くから存在したが、大陸の醸造法が伝えられて製法が一変して、酒は海を渡って来たと考えたために、海を渡って来た異風の神である少彦名神と結合したとして千秋説の不足を補うのであろう。

しかし、少彦名神が「神寿き　寿き狂ほし　豊寿き　寿き廻し」という行為をした、というのはどう考えればよいのであろう。宣長も千秋も武田祐吉もその点にはまったく論及していない。宮岡薫氏は『古代歌謡の構造』に、石田英一郎や大林太良・安永寿延両氏の諸説を援用して、少彦名神の素性を穀霊と見なし、「『常世にいます』と歌われる少彦名神は、生命の再生の場であった常世から、『年々海を渡って去来し、死と再生を繰り返す穀神』（安永氏説）としての職能を持ち、そして『穀霊の死と再生の信仰と結合した、共同体の死と再生の祭式である』（同氏説）新嘗祭に、少彦名神の神話的属性が結びつく必然性があった」と説いているが、特異な行動をするこの歌の少彦名神を穀霊と認定することができるであろうか。また、この歌は、平安朝においては正月十六日の節会に大歌として演奏されているが、新嘗祭の歌と特定できるのであろうか。

益田勝美氏は前掲の「祭のあと」に、この『酒楽歌』が宮廷の祭祀のあとに歌われたことを推測し、第一首の少彦名神の酒造りを第二首で「この御酒を醸みけむ人は」と歌い変えたことについては、「神祭りのあとの饗宴であるから、神の賜わり酒の強調が、勧酒のうたとしては必要だが、謝酒のうたとしては、それはそのまま受けとめて返すわけにはいかないいきまりも、そこにあったのではなかろうか」といい、「聖なる契機の歌いかけを俗なる契機で歌い返す」必要があった、という。少彦名神の特異な行動については、第二首の「其の鼓　臼に立てて　歌ひつつ　醸みけれかも　舞ひつつ　醸みけれかも」のイメージに対応しているといい、「祭りの準備段階でありつつ、すでに祭りのプロセスの一部でもある醸み酒が、人びとの聖俗二重のイメージでとらえられていた」というのは、饗食の「俗」なる光景にあわせて少彦名神の「聖」なる行動を描いた、と主張するのであろうか。

益田勝益氏は、『酒楽歌』を演奏した時を「祭のあと」、宮廷の祭祀のあとという。『酒楽歌』二首は『琴歌譜』に「十六日節酒坐歌二」として収められているが、『琴歌譜』は天元四年十月二十一日に大歌師前丹波掾多安樹によって書写されているので、その所載歌は大歌であった、と考えてよかろう。大歌は平安朝においては節会に行われるので、「祭のあと」と見るのも不適切ではないが、節会の歌舞は時代によって種々の変遷があった。『西宮記』『北山抄』『江家次第』によると、節会における歌舞は、三献の折に雅楽寮の奏する立楽となり、大嘗祭や新嘗祭の豊明節会を除くと、大歌所の大歌も行われなくなるが、『内裏式』や『儀式』の時代には、一献の折に国栖奏に続いて、大歌所の大歌と雅楽寮の立歌が行われていた。

○觴行一周、吉野国栖、於㆓儀鸞門外㆒奏㆓歌笛㆒（若有㆓蕃客㆒不㆑奏他皆効㆑之）訖大歌別当一人、奉㆑勅下㆓殿東階㆒、出㆑自㆓儀鸞門㆒喚㆓歌者㆒、歌者共称唯、即別当率㆓歌者㆒相分入（或時有㆑勅止㆑之、立歌亦同）……歌者立㆑庭撞㆑鐘三下、搥㆑鼓三下、然後就㆑座、奏歌訖退出或時喚㆓別当㆒侍㆓殿上㆒、不㆔必待㆓歌畢㆒掃部、入㆑自㆓同門㆒却座下亦同少時復入、安㆓立歌座㆒訖、治部雅楽率㆓工人等㆒参入奏㆑歌若有㆓蕃客㆒不㆑奏㆑之訖退出（『内裏式』上、元日節会式）

○一觴之後、吉野国栖献㆓御贄㆒若有㆓蕃客㆒不㆑奏㆑歌、他皆効㆑之奏㆓歌笛㆒、及大歌立歌人等奏㆑歌如㆑常或不㆓必召㆒、若有㆓蕃客㆒亦不㆑奏、他皆効㆑之（同、上、七日）

○一盞之後、吉野国栖於㆓儀鸞門外㆒奏㆓歌笛㆒、献㆓御贄㆒、及大歌立歌人等、参入奏㆑歌如㆑常若有㆓蕃客㆒並不㆑奏訖宮人踏歌（同、上、十六日踏歌式）

○觴行一両周、吉野国栖、於㆓儀鸞門外㆒奏㆓歌笛㆒進㆓御贄㆒、訖大歌別当大夫、率㆓歌者㆒参入就㆑座、坐定奏㆓大歌㆒舞㆓五節㆒或於㆓殿上㆒舞、不㆑構㆓舞台㆒……次大斎親王以下避㆑座、下㆑階倶拝舞或命㆓小斎大夫等三、両人㆒令㆑奏㆓倭舞㆒訖治部雅楽率㆓工人等㆒参入、奏㆓立歌㆒或有㆑勅停㆑之（同、中、十一月新嘗会式）

○一觴之後、吉野国栖於㆓儀鸞門外㆒奏㆓歌笛㆒、幷献㆓御贄㆒、訖伴佐伯両氏、率㆓舞人㆒入㆑自㆓儀鸞門㆒左伴氏、右佐伯氏、五位已上相分而列就㆓中庭床子㆒所司預設奏㆓久米舞㆒廿人二列而舞訖退出、次安倍氏人五位已上相分而列奏㆓吉志舞㆒出入門並人数行列等同㆓久米舞㆒訖退出、次悠紀主基両国司、率㆓歌人歌女㆒入㆓同門東西戸㆒就㆓左右幄㆒奏㆓風俗楽㆒、歌舞一曲退出、次奏㆓大歌並五節舞㆒、訖皇太子先起在㆓座後㆒、……次治部雅楽率㆓工人㆒奏㆓立歌㆒（『儀式』四、践祚大嘗祭儀・午日）

『内裏式』の元日節会の大歌や立歌に関する部分に「或時有㆑勅止㆑之」、七日の節会に「或不㆓必召㆓」、新嘗会に「或有㆑勅停㆑之」とあるが、立歌や大歌はすでに影の薄い存在であったのであろう。『西宮記』『北山抄』『江家次第』に立歌はなく、大歌も豊明節会のみとなるが、『北山抄』は立歌消滅の時期を、二巻（十一月）の「辰日節会事」の条に、「或小忌大夫和舞、雅楽寮奏㆓立歌㆒云々」と記したあとで、「停止已久」と注し、五巻の「大嘗会事」（午日）の条に、『儀式』をあげて「儀式此次雅楽奏㆓立歌㆒者」と記したあとで、『寛平式』をあげて「寛平式、年来无㆓此事㆒云々」と注している。大歌は豊明節会においてその後もながく行われており、他の節会においてもその退場は立歌におくれようが、大きくおくれたことは考えられない。『内裏式』や『儀式』に記載された音楽はその直後に大きく変化して、国風の大歌や立歌が後退して立楽に席を譲ったのである。多安樹が『琴歌譜』を書写したのはそれから百年余を経過しており、踏歌の節会で『酒楽歌』を奏すこともなかった、と考えないわけにはいかないが、『酒楽歌』等の大歌が行われた情況は、『内裏式』や『儀式』より推測してよかろう。

『酒楽歌』は大歌所が創設された後は大歌所で、それ以前は雅楽寮でそれぞれの役所で大歌として管理され、踏歌の節会の折などに歌人（伶人）たちによって奏された。歌舞は天皇に奉ることを目的としているので、『酒楽歌』は、『記』『紀』が神功皇后が太子（応神）に対して酒を勧めて歌った、と伝えるように、天皇に酒を勧めた歌であることを本義とする。したがって『酒楽歌』は『国栖の歌』についても同様なことを述べたが、廷臣が天皇に勧めることはなく、節会は天皇が主宰するものであるので、第一首は、天皇の側に立って廷臣に酒を勧める勧酒歌、第二首は、廷臣の側に立って謝意を述べる謝酒歌と考えてよかろう。

益田勝美氏の提起した問題に戻りたいが、少彦名神が「神寿き　寿き狂ほし　豊寿き　寿き廻し」という特異な行動をしたことについて、土橋寛は『古事記編』に、「ここは酒を醸す時に酒甕のまわりで踊り狂い、歌舞の力を酒に感染させて醱酵を助けることをいうのである」という。杜氏の歌う酒もみ歌もあるので、醸造時に歌を歌うこともあったであろうが、古代の勧酒歌にそうした例はなく、『酒楽歌』の二首に集中するのは、やはり特別な理由がある、と考えなくてはなるまい。『国栖の歌』も『古事記』は、「其の大御酒献る時、口鼓を撃ち、伎為て歌」った、と記すが、この歌舞は大贄を献る時のもので、醸造時のものではないので論拠にはならない。

　此の御酒を　醸みけむ人は　其の鼓　臼に立てて　歌ひつつ　醸みけれかも　舞ひつつ　醸みけれかも　此の御
　酒の　御酒の　あやに　転楽《うただの》し　ささ

　第二首の謝酒歌は、第一首がはじめに酒の来歴を詳しく説明したのにあわせて、この酒を醸造した人は鼓を臼のように立てて歌いながら、舞いながら醸造したのでこの酒はこのように楽しいのか、と来歴を推測する形を採るが、勧められた酒の良さを讃美し、快く酔ったことを表明した謝辞であることはいうまでもない。『古事記』の応神天皇の歌や『顕宗紀』（即位前紀）の『室寿詞』第三段や『常陸風土記』（香島郡）の卜氏の歌に同様の表現を見ることができる。

　須須許理が　醸みし御酒に　我酔ひにけり　事無酒《ことなぐし》　笑酒《ゑぐし》に　我酔ひにけり（記―四九）

　あしひきの　此の傍山《かたやま》に　牡鹿《さをしか》の角　挙《ささ》げて　吾が儛ひすれば　旨酒《うまさけ》　餌香の市に　直《あたひ》以て買はぬ　手掌《たなそこ》も
　憀亮《やらに》　拍《う》ち上げ賜ふ　吾が常世等《たち》（室寿詞・第三段）

　新栄《あらさか》の　神の御酒《みさけ》を　飲《た》げと　言ひけばかもよ　我が酔ひにけむ（風土記・六）

『室寿詞』第三段の「手掌も憀亮に拍ち上げ賜ふ」の「拍ち上げ賜ふ」は原文に「拍上賜」とある。『日本書紀・上』（日本古典文学大系）は「手掌も憀亮に拍ち上げ賜ひつ」と訓み、「手をうつ音もさわやかにこのお酒を頂いた」と謝酒の意に解しているが、土橋寛は『日本書紀編』に「手掌も憀亮に拍ち上げ賜はね」と訓み、「（だからこの酒を召し上がって）手の音もさわやかに、拍手を取ってください」と勧酒の文脈で解している。本稿では、第二段の勧酒の言葉を承けて、「手をうって快く飲んでいらっしゃる」とそこに座す「吾が常世等」の謝酒の姿を「常世等」に代って外部から描いていると解し、「拍ち上げ賜ふ」と訓んだ。謝酒の変奏と見たが、謝酒歌の用例としては問題を残している。

　右の三例は、いずれも「須須許理が醸みし御酒」「事無酒笑酒」、「餌香の市に直以て買はぬ」酒、「新栄の神の御酒」と、その酒の来歴とその酒の良さを歌い、「我酔ひにけり」、「手掌も憀亮に拍ち上げ賜ふ」、「我が酔ひにけむ」と快く酔ったことを表明している。同様な表現構造が見受けられることからこの種の謝酒歌が広く流行したことが推測される。『室寿詞』の「餌香の市に直以て買はぬ」は、餌香の市で金で買うことのできない良い酒の意であり、餌香の市では金で良酒を売買していたのであろう。『釈紀』（述義八、顕宗）は「旨酒餌香市」に「私記曰、師説、高麗人来住二餌香市一、醸二旨酒一、時人競以二高価一買飲、故云」と注している。『古事記』によれば、秦造の祖や漢直の祖とともに応神朝に渡来した須須許理を、『本朝月令』（六月朔）、所引の『日本決釈』は「百済人須曾己利人名酒公」、『住吉大社神代記』は「辛島恵我須須己理」と記すが、韓国から渡来した須須許理が餌香で新しい製法によって酒を作り、販売したのであろう。謝酒歌に相当する朝鮮の古謡はまだ報告されていないが、男による新しい醸造や市における酒の販売は、宮廷における酒宴の意味やあり方の変化と連動しながら、新しい飲酒の作法や酒の歌を作り広めていたのであろう。

『酒楽歌』第二首は、謝酒歌の基本に従って、美酒を讃美し、その来歴を述べ、快く酔ったことを表明するが、来歴を推測することに多くの言葉を費している所に特色を持つ。益田勝美氏は、第一首の少彦名神の特異な行為に、「祭のあと」の「俗」なる光景を読み取ろうとするが、節会で伶人が歌う現実の光景が『酒楽歌』の第一首と第二首の表現を大きく律している、と読むべきなのであろう。

第二首の謝酒歌において作者は、酒の来歴の叙述や美酒の讃美や快く酩酊したことへの謝辞を抒情的に表現しようとして主題を一つに絞り込み、このような特殊な醸造方法を採った美酒であるのでこのように快いのか、と歌うが、強い抒情への欲求は「あやに転楽し」を自分のものとするために、一切を現在の自分に引き付けるのであろう。この歌の作者は伶人の立場に立っており、伶人の中にいる、と考えてよかろう。彼は鼓を手に歌い、舞い、節会に参加した廷臣たちと楽しさを共有しているが、この酒がこのように楽しいのは、自分たちがしているようなことをしながら醸造したからなのか、と推測するのである。

第二首の特異な推測は、作者の抒情への強い欲求が基底にあって、現在の自分にすべてを引き付けようとしたために生じた推測であろう。歌謡ではあっても解読に際しては、民謡とは異なる抒情詩に対するような配慮を必要としよう。「歌ひつつ　醸みけれかも　舞ひつつ　醸みけれかも」は、歌舞の力を酒に感染させて醗酵を助ける習慣があって、それを反映した、と読むべきではなく、自己に強く執着したために抱いた幻想と読む必要があろう。第一首の少彦名神の特異な行動も同様な解読を必要としよう。

此の御酒は　我が御酒ならず　酒《くし》の司《かみ》　常世に坐す　石《いは》立たす　少御神の　神寿《かむほ》き　寿き狂ほし　豊寿き　寿き
廻《もとほ》し　献《まつ》り来《こ》し　御酒ぞ　浅《あ》さず飲《を》せささ

第一首においても伶人である作者は、自分の現在に引き付けて酒の起源に関する幻想を歌うのである。酒の神が酒を作る行為は、第二首の世界をそのまま遡らせながらも、「歌ひつつ　醸みけれかも　舞ひつつ　醸みけれかも」を神話化し、観念化して、「神寿き　寿き狂ほし　豊寿き　寿き廻し」としたのであろう。酒の神の名は当然、『三輪神宴歌』の大物主が選ばれて、「此の神酒は　我が神酒ならず　大和成す　大物主の」と歌い出されるはずであったが、作者は現在の自分に引き付けることに熱心であったために、〈酒の司少彦名〉の名を口にする必要があった。酒や音楽と何の関わりもない少彦名神を大物主神の代りに登場させるのは、やはり強引であり、唐突である、と考えたところから、常世の神であり、また石神として目にしていることを思い出させるために「常世に坐す」と「石立す」の二句を挿入したのであろう。

作者の伶人は第一の勧酒歌においては、廷臣たちに酒を勧める酒人、後の造酒司の官人の立場にいる。造酒司では酒・醴・酢を醸造したが、造酒司の官人は節会に奉仕した。造酒正は、王卿が酒席に就く際の礼である謝座の礼である謝座の再拝を行うと、その貫首に空盞を授ける。『古事類苑』（礼式部四・饗礼）は「空盞とは、酒を盛らざる盃なり。節会の時、酒正これを蔵人頭に授くるは、恩酒を賜ふべきことを告示するものなり」と解説している。『西宮記』以下の儀式書には、御酒の勅使が二献や三献に登場して恩酒を勧める言葉をいうが、そうした時代になっても、一献を王卿に賜う際には、造酒正が内豎を率いて酒を給し、「唱平」を行っている。作者の伶人は酒人というより、造酒正や内豎と心を一つにしているのではなかろうか。

一献を臣下に給すことについて、『西宮記』（正月上・節会）は「唱平、酒正・内豎給レ之」、『江家次第』（正月・元日宴会）は「酒正率二内豎一献レ之、唱平両行」と注し、『建武年中行事』は「臣下の一献、酒のかみ、さかづきをもつ。内豎、へいじをもつ。その人のまへにて、さけのかみうけて、平をとなへて、各すすむるなり。奥の座は、内豎のかみ、さかづきをとる。酒のかみにおなじ」と記す。『内裏式』や『儀式』には、臣下の一献について誰が杯を持ち、誰が瓶子を持ったかの記載はないが、宮廷の酒宴においては、造酒正と内豎の二人一組が臣下の王卿に酒を勧めるという形が古くから採用されていた、と推測してよかろう。

内豎は『倭名抄』（五、官名）に「知《ち》比《ひ》佐《さ》和《わ》良《ら》波《は》」、『江家次第』（正月、元日宴会、内弁細記）に「知《ち》不《ふ》佐《さ》和《わ》良《ら》和《わ》」とあり、『建武年中行事』にも「ちいさわらは」とある。『安閑紀』（元年閏一二月四日）に「僮豎」とあって「しとべわらは」と訓ませ、『続日本紀』（天平勝宝八年五月一〇日）には「内豎淡海真人三船」をはじめとする多数の例が見え、『万葉集』（20―四四九三題詞）に「豎子」の語も見える。三船は天平勝宝八年に三十五歳であるので大人も内豎となっているが、本来は少年がなるものであろう。節会に供奉し、殿上に駆使されたが、節会では酒食の給事に当る。

節会における内豎の活躍は、『内裏式』『儀式』以下の儀式書に見える。酒宴に先だって酒部八人が酒罇の下に立ち、臣下に酒を賜う準備をするが、内豎が酒部になることも、内豎が酒部に加わることもあった。また、臣下に餛飩等を賜うのも内豎の仕事であり、『建武年中行事』（元日節会）にも、「内弁、臣下のこんとんをもよほす。大弁の宰相つたへて、ちいさわらはを二声めして仰するなり。内竪、こんとんをするゑをはりて、大弁の宰相、御はしを申し、内弁に気しよくす」と見える。

伶人は、第二首で廷臣と一体となって快く酩酊したことを謝したように、第一首では酒人（造酒正）と僮豎（内豎）と一体となって廷臣に酒を勧めるのであり、しかも、伶人は、現在の自分に引き付けて、第二首では快さを表わすために酒人たちが歌い、舞いつつ醸造したことを歌い、第一首ではその行為をその起源にまで遡らせて酒の神が歌い、舞いつつ醸造したことを歌うが、廷臣に酒を勧めるものが、酒人（造酒正）と僮豎（内豎）であったところから、両者を合体させて〈酒の神〉を「酒の司《かみ》」とし、三輪の神と縁の深い童形の神である少彦名神を三輪の神の代りに立てて〈酒の司少御神〉とし、現在の歌い、舞う自分の姿をそこに投入して、少彦名神が歌舞の神のごとき行為をした、と表現したのであろう。

『酒楽歌』は、酒や宴や宴の歌が女の世界から男の世界に移り、宴が節会に近づき、造酒正や内豎に類した酒人や僮豎が宴に侍し、伶人が楽を奏する時代に、伶人によって創作され、楽府に相当する役所で管理されていたのであろう。こうした勧酒・謝酒・罷宴の歌謡は、酒の醸造や流通や酒宴の作法とともに、中国や朝鮮の酒の文化の影響を濃厚にうけていよう。『記』『紀』は、『酒楽歌』を神功皇后と建内宿祢の歌とするが、これはこうした宴の歌の正統性を主張しようとしたものであり、おそらく大化前代にそうした主張も現われた、と推測している。『国栖の歌』も『三輪神宴歌』も新しい酒宴の歌であり、その成立も『酒楽歌』の時代を遠く遡ることはないであろう。

『比較文学年誌』第二十六号（平成二年三月）に発表。

第二章　雄略天皇の阿岐豆野の歌

一　叙事詩的・歌劇的な歌謡

『記』『紀』の歌謡が、いつどのような人々によって作られ、どのような過程を経て『記』『紀』に収められたか、という成立・作者・伝来の問題は、一括して論じられない問題であり、作品ごとに個別に論じようとしても手掛かりが得られず、十分な考察を行うことはなかなか困難である。人麻呂の作歌活動を和歌史的に考察しようとすると、人麻呂に先立つ「歌人」たちの作歌活動を推測して、人麻呂の作歌活動との関わりを検討することになるが、歌謡にうかがわれる「歌人」たちの営為をあとづけることはなかなか困難である。

本書においては、まず、雄略天皇の『阿岐豆野の歌』をとりあげ、この種の歌謡の伝来の問題を考えてみることにしたい。

即ち、阿岐豆野に幸して、御獦《みかり》したまふ時、天皇御呉床《みあぐら》に坐す。爾《しか》して、𧉫《あむ》御腕を咋《く》ふ即ち、蜻蛉来て其の𧉫を咋ひて飛ぶ。〈蜻蛉を訓みて阿岐豆と云ふ。〉是《ここ》に、御歌作りたまふ。其の歌に曰く、

み吉野《えしの》の　袁牟漏《をむろ》が岳《たけ》に　猪鹿《しし》伏すと　誰ぞ　大前に奏《まを》す　やすみしし　我が大君の　猪鹿待つと　呉床《あぐら》に
坐《いま》し　白栲の　袖著具《きそな》ふ　手腓《たこむら》に　虻《あむ》かきつき　その虻を　蜻蛉早咋《ぐ》ひ　かくの如《ごと》　名に負はむと　そら
みつ　大和の国を　蜻蛉島とふ（記―九七）

故《かれ》、其の時自《よ》り、其の野を号《なづ》けて阿岐豆野と謂ふ。

（雄略四年）秋八月の辛卯の朔戊申に、吉野宮に行幸す。庚戌に、河上の小野に幸す。虞人《やまのつかさ》に命《みことのり》して獣《しし》駈《か》らしめたまふ。躬ら射むとしたまひて待《お》ひたまふ。虻、疾《と》く飛び来て、天皇の臂を噆《く》ふ。是に、蜻蛉、忽然《たちまち》に飛び来て、虻を嚙《く》ひて将《も》て去ぬ。天皇、厥《そ》の心有ることを嘉したまひ、群臣に詔して曰はく、「朕が為に蜻蛉を讃めて歌賦《うたよみ》せよ」とのたまふ。群臣、能く敢へて賦む者莫し。天皇、乃ち口号して曰はく、

大和の　鳴武羅の岳に　猪鹿《しし》伏すと　誰かこの事　大前に奏《まを》す一本「大前に奏す」といふを以て、「大君に奏す」といふに易へたり。大君は　そこを聞かして　玉纏《たままき》の　呉床《あごら》に立たし一本「立たし」といふを以て、「坐《いま》し」といふに易へたり。
倭文纏《しつまき》の　呉床に立たし　猪鹿待つと　我がいませば　さ猪待つと　我が立たせば　手腓《たくふら》に　虻《あむ》かきつき
その虻を　蜻蛉早咋ひ　這ふ虫も　大君にまつらふ　汝《な》が形は　置かむ　蜻蛉島大和一本「這ふ虫も」以下を「かくの如　名に負はむと　そらみつ　大和の国を　蜻蛉島といふ」といふに易へたり。（紀―七五）

因りて蜻蛉を讃めて、此の地を名けて蜻蛉野とす。

『古事記』と『日本書紀』とでは、作歌事情と歌詞に相違があるが、雄略が吉野で狩りをした折に、虻が天皇の腕を刺すとただちに蜻蛉が飛んで来てその虻をくわえて飛び去ったので、蜻蛉を讃美してその地を蜻蛉野と呼ぶようになった、といい、歌も同様な内容を歌っている。『記』『紀』が種々の起源を語り、歌謡がそうした起源譚にしばしば組み込まれることは、一々例をあげるまでもなかろう。

地名起源に関する歌謡も、同じく『雄略記』の袁抒比売の物語中にあって、天皇の行幸を見て袁抒比売が「岡辺」に逃げて隠れたのを口惜しく思い、「媛女の　い隠る岡を　金鉏も　五百箇もがも　鋤き撥《ば》ぬるもの」（記―九九）と歌ったので、以後、「故《かれ》、其の岡を号《なづ》けて金鉏の岡と謂ふ」ようになった、というが、『阿岐豆野の歌』は、歌そのも

のが地名伝説を語る、めずらしい歌謡である。

歌謡は抒情詩と比較すると叙事性は高いが、『阿岐豆野の歌』は、地名起源説話を歌謡によって語っているので、叙事詩的傾向は特に高い、と考えてよいが、「み吉野の　袁牟漏が嶽に　猪鹿伏すと　誰そ　大前に奏す」という歌い出しは、問答の始まりであり、歌劇的である。『書紀』は、「誰かこの事　大前に奏す」に続けて天皇を「大君」と呼んで、「大君は　そこを聞かして　玉纏の　呉床に立たし　倭文纏の　呉床に立たし」と歌うが、「大前」「大君」と三人称で呼んだ天皇は、次の部分では「我」と一人称に変化して、「猪鹿待つと　我がいませば　さ猪待つと　我が立たせば」と歌われる。

「我」と「いませ」「立たせ」の敬語は矛盾といえば矛盾であるが、次の部分では、「我」は再び「大君」に変化して、「手腓に　虻かきつき　その虻を　蜻蛉早咋ひ　這ふ虫も　大君にまつらふ」と表現されるが、最後はまた、一人称の「我」が二人称に歌いかける形になって、蜻蛉に向かって、「汝が形は　置かむ　蜻蛉島大和」と歌って一首を締めくくる。『書紀』における人称の転換は目まぐるしいが、『古事記』においては、天皇を「大前」「我が大君」としてとらえ、天皇と虻のドラマを外側から描く。「這ふ虫も　大君にまつらふ」という言葉はないが、「かくの如名に負はむと」の部分は、このような蜻蛉の奉仕を名に負おうとしての意であろう。

『古事記』と『日本書紀』を比較すると、第一段の「み吉野の　袁牟漏が岳に　猪鹿伏すと　誰そ　大前に奏す」と「大和の　鳴武羅の岳に　猪鹿伏すと　誰かこの事　大前に奏す」とでは、五・七・五・三・八の歌謡の形をとる『古事記』が、短歌形式の『書紀』よりも古い形になるが、歌謡を収束する「かくの如　名に負はむと　そらみつ大和の国を　蜻蛉島とふ」と「這ふ虫も　大君にまつらふ　汝が形は　置かむ　蜻蛉大和」の場合は、『古事記』が短歌形式をとり、『書紀』が五・七・五・三・八に近似した五・九・五・三・八の句法をとる。

『書紀』の歌謡の収束部は、一本によれば「かくの如 名に負はむと そらみつ 大和の国を 蜻蛉島といふ」となって『古事記』に等しい。五・七・五・三・八から短歌形式へという移行は一応承認してよく、『書紀』の歌謡も、本文から一本へと変化した、と考えてよいであろうが、句法の差は『古事記』と『書紀』の新旧を決定する尺度にはなるまい。『阿岐豆野の歌』の人称の転換について山路平四郎は『記紀歌謡評釈』に「『大君』から『我』への人称の転換は、立体的な演劇表現を、平面的な物語表現としたためであろう」といい、この歌謡が本来、「立体的な演劇表現」をとった、つまり演劇的傾向の強い作品であったことを推測するが、土橋寛は『古代歌謡集』に、「地名の起源を語る物語歌」といい、『古代歌謡全注釈・古事記編』に、「『書紀』の歌詞は、初めは天皇を三人称で、途中から一人称で述叙する形式（自称敬語を含む）になっており、共に物語歌ではあるが、『古事記』の歌のほうが、より新しい統一的な様式といえよう」と評価する。

土橋は物語歌について前掲の『古代歌謡集』（解説）に、「これは物語を背景として創作された歌で、物語を離れて独立することの出来ない歌のことである」という。『源氏物語』等の物語において、登場人物の詠む歌は、作者が物語の展開を考えながら、登場人物のその時々の意志や感情を表わすものとして創作される。『記』『紀』の歌謡のなかにも、その編者たちによって創作された物語歌は少くなかろうが、物語歌は物語の展開上不可欠なものとして作者が創作するものであり、創作の必然が論理的にも心理的にもたどれるはずである。

たとえば、弟橘比売が走水の海に入水する際に詠んだ「さねさし相模《さがむ》の小野に燃ゆる火の火中《ほ》に立ちて問ひし君はも」（記―二四）について、われわれは、短歌形式をとったすぐれた抒情詩であり、弟橘比売の作ではなく、弟橘比売に仮託された物語歌と考えるが、この歌の場合は、編者なりこの物語の作者なりがこの歌を創作した理由を推測することができるであろう。弟橘比売の歌について、山路平四郎は前掲の『評釈』に、「命の『水難』を救うために、身を犠牲にして入水した弟橘比売が、別離にのぞんで、『火難』の際に、危険を忘れて自分の安否を気遣ってくれた命の愛情を回想して詠んだかたちの歌である」と評しているが、倭建命の物語において、走水の「水難」そのものが、焼津の「火難」に対応する一対のものとして構想されていた。神や王の言語は、日常の言語とは異なるとする古代人の言語通念から、物語に登場する神や王の言語は会話に相当する部分であっても、晴の言語に相当する歌謡や和歌が採用されるが、「水火の難」のクライマックスに当る弟橘比売のこの感動的な場面においては、歌による別離の表明は、必要にして不可欠なものであり、走水の辞世の歌に焼津の「火難」が回想されるのも理由のないことではなかった。

『阿岐豆野の歌』は、地名の起源を語る物語のなかに組み込まれた形をとっており、民謡や神事歌謡とは無縁であり、物語歌と呼んでよいように思うが、歌自体が叙事詩的に地名の起源を語っており、叙事詩的なものとして記録される以前は演劇的傾向の強い歌劇的なものとして存在したことを推測させている。土橋は、『古代歌謡の世界』において、「科白による真の演劇の存在」を否定し、「演劇歌謡の想定も甚だ困難」とするが、物語に組み込むために創作した物語歌のほかに、物語によらず叙事詩的な歌謡によって物語を語り、すでに存在する歌謡を改変したり、新たな歌謡を交えたりして歌謡を点綴させることで物語を語ることも行われている。三人称から一人称に人称が転換したり、問答や唱和の形式を採用したりする歌謡も存在し、俳優や侏儒に関する記載も存在しているので、叙事詩的な歌謡や歌劇的な歌謡の存在を否定するのは適当ではない。

土橋は、『古代歌謡全注釈・古事記編』（解説）においても、物語歌の特徴を論じて「物語歌の特徴としては、第一に所伝と歌詞とが完全に一致していること、第二に抒情的性格が比較的著しいこと、第三に物語中の人物の名が歌詞の中に詠まれていること、第四にいわゆる自称敬語が用いられることなどをあげることができるが、それらはいずれも、物語述作者の創作であることからくる特徴にほかならない」というが、物語歌とは、弟橘比売の歌などに対して限定して使用するべきではないか。物語歌の概念をあまりに拡げ、さまざまな歌謡をその中に取り入れると、その特徴を抽出することは困難になり、無理に抽出すると、その特徴は個々の物語歌に当てはまらなくなるように思うが、いかがであろうか。

『古事記』や『書紀』が、雄略の阿岐豆野での狩りを記録したのはいかなる理由に基づくのであろう。雄略を始祖的な王と考えたので雄略に関連させて国号の起源を語ろうとして、あるいは、吉野離宮の置かれる宮処の地名の起源を語ろうとして、物語を創作し、歌謡を創作したのであろうか。物語歌であるなら、土橋の主張するように、物語と歌謡に矛盾はないはずであるが、物語は吉野の阿岐豆野の名号の所由を語るが、歌謡は国号の起源を歌う。『古事記』よりも古形をとどめると考えられる『書紀』の歌謡には吉野の地名は記されておらず、冒頭を「大和の　嗚武羅の岳に」とする。

『記』『紀』の完成期は抒情詩の時代である。物語歌であるなら、土橋の主張するように、弟橘比売の歌のようにもっと抒情的であってよい。阿岐豆野を狩する意志や、虻に刺された時の怒り、蜻蛉が虻を咋ってくれたことへの喜びを短歌形式で歌うことも可能であったはずである。阿岐豆野の地名起源を語る物語の中に、地名起源を語る叙事詩的で歌劇的な歌謡をわざわざ創作して組み入れることは重複であり、矛盾であり、不必要なことと考えてよかろう。また、物語は雄略が歌った、としながら、『記』は天皇を「やすみしし　我が大君」と呼び、『紀』には先に述べた人称の転換がある。これも、物語と歌謡の矛盾に数えてよかろう。土橋は、自称敬語や人称の転換を物語歌の特徴の一つに数えているが、これは物語歌の特徴からは除外するべきであろう。

『記』『紀』の歌詞に異同があり、『紀』はさらに、「大前に奏す」、「呉床に立たし」、「這ふ虫も　大君にまつらふ

汝が形は　置かむ　蜻蛉島大和」の部分は一本にそれぞれ、「大君に奏す」、「呉床に立たし」、「かくの如　名に負はむと　そらみつ　大和の国を　蜻蛉島といふ」とあったことを記している。こうした本文の異同や異伝の存在を見ても、『記』『紀』の編者たちが創作した物語歌であるとは考えられない。『記』『紀』が資料とした『旧辞』等にさまざまに記されていたのかも知れないが、『阿岐豆野の歌』が物語から分離しても歌謡のみで国号の起源を語ることのできる、自立性の高い叙事的で歌劇的な作品であることを考慮すると、『旧辞』等の述作者が創作したものではなく、本来、歌謡として創作され、伝承されたことが推測される。

津田左右吉は『日本古典の研究・下』に、雄略に関する『記』『紀』の歌謡を論じて、「これらの歌曲の詞章が如何にして作られたかといふに、それは一様ではあるまいが、其のうちには宮廷の饗宴のために特に製作せられたものがあるらしい。雄略の巻の天語歌はいふまでもなく、『やすみしゝ我が大君』といふ語のあるものは、みなそれであ」る、と宮廷歌謡として制作されたことを推測している。国号の起源を語る『阿岐豆野の歌』は、宮廷のどのような饗宴で歌われた、と考えればよいのであろう。

二　秋津島・八隅知之と南葛城

秋津島の名は、『記』『紀』の国生みの条に、本州の名として「大倭豊秋津島」、またの名「天御虚空《あまつみそら》豊秋津根別」（記）、「大日本豊秋津洲」（紀第四段）と見え、『神武紀』（三一年四月朔）に、国名として見え、天皇が腋上の嗛間丘に国見をして、「妍哉乎《あなにや》、国を獲《え》つること。内木綿の真迮《まさ》き国と雖も、蜻蛉の臀呫《となめ》の如くにあるかな」と発言したところから「秋津洲の号《な》」が起こったことを記す。

宣長は『国名考』に、「孝安天皇の百余年久しく敷坐りし京師の名なるから、秋津嶋倭とつゞけていひならひ、その倭に引れて、つひに天の下の大名にもなれることは、師木嶋と全《もはら》同じ例なら」というが、孝安天皇が実在したとは考えない現在の常識からは、孝安天皇が百余年秋津島を都としたので京師を意味する大和を修飾して「秋津嶋倭」といい、大和（京師）との関係で、秋津島を国号とするに到った、とする宣長説はそのままの形では承認することはできない。

真淵は『万葉考別記・一』（山跡乃国）に、大和国の国名の由来を考察して、「国の名は郷の名より始れり」と記しているが、この真淵説を国号の大和や敷島に当てはめて、郷名から大和国（奈良県）の国名に、そして日本国に相当する国号になったと考え、この過程を秋津島に当てはめることも、広く行われている。左に『日本国語大辞典』の「あきつしま」の項を引用するが、秋津は大和や敷島と同様に考えることが許されるであろうか。

「あきづ」は古くは大和国葛上郡室村（奈良県御所市室）あたりの地名、「しま」は「くに、地方」と同義であるから「あきづの国」の意と考え、それが次第に周辺をも合わせた広い地域をさすようになって、「大和国」の意味として用いられ、さらに、広く日本全体をさすようになったもの。

大和の場合は、城下郡に大和郷があり、倭国造もいてその一族が史上に活躍し、大和坐大国魂神社もある。磯城の場合も、磯城県や磯城郡があり、師木県主の一族が史書に登場し、志貴御県坐神社もある。磯城は十市とともに古くから倭国造の支配下にあった、といわれ、「敷島の大和」の接続に無理はなく、崇神天皇の磯城瑞籬宮や欽明天皇の磯城島金刺宮の存在も疑いがない。しかし秋津には、郡・郷・県の名もなく、この名の氏族も神社もない。

もちろん、孝安天皇が室に秋津島宮を造営したということは、まったく信じられないことであるにしても、南葛城郡の牟婁に「秋津」という地名があったことは、疑わない方がよいかもしれない。神武天皇が国見をして「蜻蛉の臀呫の如くにあるかな」といった腋上の嗛間丘も室に近い。神武が「蜻蛉の臀呫の如く」という比喩を使用し、「秋津洲の号」を起したというのも、国見をした腋上の嗛間丘が室の秋津に近い、という設定であろう。室は『履中紀』(三年一一月六日)に「掖上室山」と見え、「非時《ときじく》」の桜が咲いていた所と記されているが、嗛間丘と同じく腋上にあった。

「秋津」を名に持つ神に、瓊瓊杵《ににぎ》尊の母の万幡豊《よろづはた》秋津師比売命(記、神代紀第九段一書第一に万幡豊秋津媛命)がいるが、万幡豊秋津師比売命は『記』や『神代紀』(第九段一書第六・第八)によれば、瓊瓊杵尊の兄の天火明命の母でもあった。天火明命は『神代紀』(第九段本文・一書第六・第八)や『姓氏録』(左京神別下)に尾張連の祖と見えるが、尾張氏の本貫も南葛郡の高尾張であるので、万幡豊秋津師比売命の「秋津」は、孝安天皇の秋津島宮の「秋津」と無縁ではなかろう。孝安天皇の母も尾張連氏の出で、『孝昭記』に「尾張連が祖、奥津余曾が妹、名は余曾多本毘売命」と見え、『孝安紀』にも「母をば世襲足媛《よそたらしひめ》と曰す。尾張連の遠祖瀛津世襲《おきつよそ》の妹なり」と見える。

秋津島の名は、『仁徳紀』(五〇年三月五日)の天皇と武内宿祢の問答体の歌謡に見えるが、『仁徳記』の歌謡(記—七一〜七三)は、「秋津島」を所有しない。

たまきはる　内の朝臣《あそ》　汝《な》こそは　世の遠人　汝こそは　国の長人　秋津島　大和の国に　雁産《こ》むと　汝は聞かすや(紀—六二)

やすみしし　我《わ》が大君は　宜《うべ》な宜な　我《われ》を問はすな　秋津島　大和の国に　雁産むと　我は聞かず(六三)

また、『継体紀』(七年一二月八日)の勾大兄に対する詔に、「盛りなるかな勾大兄、吾が風を万国に光《てら》すこと。日本《やまとのくに》邕邕《やはら》ぎて、名天下に擅《ほしきまま》なり。秋津《あきづしま》は赫赫《さがり》にして、誉《ほまれ》王畿《うちつくに》に重し」と、『欽明紀』(一三年一〇月)の蘇我稲目の言葉に、「西蕃の諸国、一に皆礼《ゐやま》ふ。豊秋日本《とよあきづやまと》、豈独り背かむや」とそれぞれ見え、『万葉集』の舒明天皇の

『望国歌』（1—二）の「うまし国ぞ　蜻嶋　大和の国は」以下の諸例がそれに続く。

神武の国見も南葛城で行われ、孝安の秋津島宮も南葛城で営まれた、と伝えられ、万幡豊秋津師比売命も、南葛城の高尾張を本貫とする尾張連氏の祖神であるが、「秋津島」という言葉は、なぜか南葛城と深い関わりを持つ。仁徳天皇と武内宿祢の問答体の歌謡は、武内宿祢を尊重し、重視しているので宿祢に関する伝承として伝えられたものであろうが、宿祢は葛城氏や蘇我氏の祖であり、南葛城と深い関わりを有している。継体天皇の詔も勾大兄（安閑）の側で管理し、伝承していたであろうが、勾大兄は尾張連草香の女、目子媛を母としていた。蘇我稲目の言葉も、仏教伝来に果たした蘇我氏の功績を語るものとして、蘇我氏の伝承したものであろうが、蘇我馬子が葛城県の割譲を推古天皇に迫って、「葛城県は、元臣が本居なり。故、其の県に因りて姓名を為せり。是を以て、冀はくは、常《ときは》に其の県を得《たまは》りて、臣が封県とせむと欲《ねが》ふ」（推古三二年一〇月朔）といい、蘇我蝦夷が葛城の高宮に祖廟を立てたこと（皇極元年是歳）は知られている。舒明天皇も蘇我氏に擁立された天皇である。

雄略の『阿岐豆野の歌』は、先に述べたように『書紀』は歌い出しの「み吉野の袁牟漏《をむろ》が岳に」を「大和の鳴武羅《おむら》の岳に」とするが、「み吉野」を「大和」に変えると、『記』『紀』ともにこの歌謡は、国号の起源を語っており、吉野での作とする論拠は弱まる。「袁牟漏が岳」や「鳴武羅の岳」について、吉野郡東吉野村大字小村（旧小川村大字小《おむら》）を当てる説もあるが、聴衆に周知の地名や普通名詞的な地名と見るべきであり、あまり特殊な地名を考えるべきではなかろう。斉明天皇の歌に見える「今城なる小山《をむれ》が上」（紀—一一六）の「小山《をむれ》」や「小室《をむろ》」「峰群《をむら》」を考えるべきであろう。『古事記』（日本思想大系）は「小室が岳」として「峰の群がった山」と注し、『日本書紀・上』（日本古典文学大系）は「峰群の嶺」として「山山の頂上」と注している。

神武は嗛間丘の国見で、「蜻蛉の臀呫の如くにあるかな」と国状を讃美したが、尾張連の祖神の万幡豊秋津師比売命の「秋津」も、『万葉集』の「秋津羽の袖ふる妹」（3―三七六）に関連させて考えると、蜻蛉の意味を有するであろう。西宮一民氏は『古事記』（新潮古典集成）に「多くの布帛で、多くの蜻蛉の羽のように薄い上質なものを作る技師」という。南葛城に関わる「秋津」は蜻蛉を連想させているが、蜻蛉の功績をたたえる雄略天皇の『阿岐豆野の歌』も、本来は、吉野の歌ではなく、南葛城の室の秋津島の地名起源を語る歌であったのではなかったろうか。

本州の名に使用される「秋津」の意味も考えておかなければならないが、「大倭豊秋津島」の命名は、筑紫島・伊伎島・津島・佐度島とは異なり、伊予之二名島・隠伎之三子島・淡道之穂之狭別島のように、特有の形態や性格を表わす言葉を加えた形式を採る。伊予・隠伎・淡道の例から、「大倭」が本体、「豊秋津島」が属性を表わす、と考えてよかろう。「大和島根《やまとしまね》」という言葉もあるので、「大倭島《おほやまとしま》」や「大和島《やまとしま》」で本州を表わすことも可能であったであろうが、その意味での使用例はない。別名の「天御虚空豊秋津根別」は、「秋津」を重視した命名であるが、西宮一民氏は『古事記』（新潮古典集成）にその名義を「天《てん》のみ空に群れ飛ぶ蜻蛉の男子」と解している。

秋津島は、「豊葦原《とよあしはら》之《の》千《ち》秋長《あきのなが》五百《いほ》穂之水穂国」（神代記）や「葦原千五百秋之瑞穂国」（神代紀・第九段一書第一・天壌無窮の神勅）などから推測して、秋の国、稲のよく実る国、豊饒の国といった意味であろうが、他の島々の命名とは異なる。津田左右吉は『日本古典の研究・上』に、「此の物語の述作者が八島の名を列挙するに当つて、本州の名が無かつたため、仮にかう称したに過ぎなからう」という。国生み神話の成立をいつ、と明確に述べることは困難であり、古くからさまざまな神話が存在したことと思うが、『記』『紀』及び『紀』一書第一が大八洲生成を語る形をとり、「大八洲国」とは記さないが、『紀』一書第六・第七・第八・第九がみな大八洲生成を語る形をとり、特に八島を挙げているのは注目の要があろう。

「八島国」の語は、『神語』（記―二）の歌謡中に見えるが、「大八洲」は天皇権の及ぶ範囲を述べたもので、『公式令』（詔書式）の「明神と御大八洲《おほやしまのくにし》らす天皇が詔旨《おほむごと》らま」等に見られる国土認識と関連を持とう。この認識は『孝徳紀』（大化二年三月二〇日）の「現為明神御八嶋国天　皇《あきつみかみとやしまぐにしらすすめらみこと》」や『天武紀』（一二年正月一八日）の「明神と御大八洲らす倭根子の天皇の勅命」や『文武紀』（元年八月一七日）の「現御神と大八嶋国知らしめす天皇が大命らま」（詔一）にも同様に見受けられるが、「大八洲」の国土認識はさほど古いものではなく、大八洲生成神話が現在の形をとったのも、けっして古いことではあるまい。津田左右吉のように、「此の物語の述作者が八島の名を列挙するに当って、本州の名が無かったため、仮に」、本州を「大倭豊秋津島」や「天御虚空豊秋津根別」と呼んだのであれば、この命名も、けっして古いことではあるまい。

本州の名に使用される「秋津」と、南葛城や南葛城と地縁を有する人々と深い関わりを有する「秋津」とは、おそらく無縁なものではなかろう。その関わりについて、南葛城の室のあたりにあった「秋津」という地名が、次第に拡大して大和国を指すようになり、さらに日本全体を指す国号に成長する過程で本州の名になった、ということが考えられるが、「秋津」には、県・郷・郡・国（奈良県に相当する）等の現実に存在する行政区画名として使用されている実例はなく、実在する神社名や氏族名にも使用例はないので、大和や敷島とは同一に論じられず、「秋津」には、大和や敷島が所有した、自ら成長し、おのずからに版図を拡張する能力はなかった、と考えざるを得ない。

「秋津」や「秋津島」の使用例は、南葛城や南葛城と地縁を有する神や人に関するものに集中するので、あるいは、南葛城の人々によって使用された特異な言葉か、ということが推測されよう。「秋津」や「秋津島」を蜻蛉に関連づけるのも、南葛城や南葛城と地縁を有する神や人に関するものに限定できようが、神武の嗛間丘の国見とその折の言葉や、雄略の『阿岐豆野の歌』を伝承したのは南葛城の人々であり、大八洲生成の物語を伝承し、本州を「大倭豊秋津島」「天御虚空豊秋津根別」と名付けたのも、南葛城の人々である、というには、なお、多くの問題を残している。

『古事記』が物語において雄略が「御歌作りたまふ。其の歌に曰く」としながら、歌謡においては一人称の表現にはしないで、三人称の表現にして「やすみしし我が大君の」と讃美している矛盾については、先に述べた。津田左右吉が、「やすみしし我が大君」とある歌は「宮廷の饗宴のために特に製作せられた」と推測していることについても、すでに述べたが、「やすみしし」の原義は明らかでない。

『万葉集』の表記を見ると、「安美知之」が一例、「安見知之」が六例であるのに対し、「八隅知之」が二十例あるので、『万葉集』の時代には、八隅を知ろしめす天皇の意味で「我が大君」を修飾する枕詞として使用していることがわかる。「知る」「知らす」がどうして「知し《し》」になるかが理解できないので、原義は他にあった、と考えられるが、『釈日本紀』（和歌三・仁徳）も「八隅知也。言レ馭二四海八埏一也」と注している。

「八隅」は八方を意味し、転じて全世界を意味する。八区・八紘・八荒・八表などと等しいが、全世界といっても海外は考慮外と見てよかろう。『釈日本紀』の『四海八埏』も、「四海」は四方の海の内、「八埏」は八方の遠いはてを指しての天下や全世界の意である。「八紘一宇」という言葉は、海外侵略のスローガンともなったが、『神武紀』（即位前紀己未年三月七日）の「六合《くにのうち》を兼ねて都を開き、八紘《あめのした》を掩《おほ》ひて宇《いへ》にせむこと、亦可《よ》からずや」の「八紘」は「六合」に等しく、国内を対象にした、八方の隅、地のはてを指しての天下全世界と考えてよかろう。『古事記』（序）は、天武の天下統一を「乾符を握りて六合を総べたまひ、天統を得て八荒を包《か》ねたまひき」と記すが、この「八荒《やものきはまり》」も同義の天下、全世界であろう。「八隅」は、「大八洲国」に、「八隅知し我が大君」は、「大八嶋国知らしめす天皇」に限りなく近似した言葉である、ということができよう。

「やすみしし我が大君」という歌詞は、『記』『紀』の歌謡中には、倭建命と美夜受比売が月水について問答をした美夜受比売の歌（記―二八）、仁徳天皇と武内宿祢が雁の産卵について問答をした武内宿祢の歌（紀―六三）、雄略天皇の本章で問題にしている『阿岐豆野の歌』（記―九七）と、葛城山狩猟時の『榛が枝讃歌』（記―九八、紀―七六）、袁杼比売が雄略の『宇岐歌』に答える形で献じた『志都歌』（記―一〇四）、春日皇女が勾大兄（安閑）の求愛に答えた形の歌（紀―九六）、蘇我馬子が推古天皇に献じた『上寿歌』（紀―一〇二）に見え、『万葉集』の舒明天皇に献じた中皇命の『宇智野遊猟歌』（1―三）以下の諸例がこれに続く。

美夜受比売・袁杼比売・春日皇女・中皇命と女の歌が半数を占め、美夜受比売と袁杼比売の歌は酒宴の折の歌であり、他の春日皇女・中皇命の歌も、主客に酒を飲むことを勧める宴の女歌と見ることができるので、その原義は、折口信夫が「みやすどころ」に関連させて、「祭りの晩に、尊い方が、添ひ寝のものとやすまれる処が、やすみどのであったらしい」といい、「やすみしゝも、何か祭りの時の、印象のある言葉かと思ふ。その時天皇は、遠い処から来たやうな、変つた風をして、常に会はぬ正殿で、改つて人に会ふ、といふ様な事があつたかも知れぬ」（「古代に於ける言語伝承の推移」全集三巻）と推測している方向で考察を深めてよいようであるが、今はこの問題に深入りしないこととする。

「秋津」や「秋津島」は、本州の意の用例を例外として、南葛城や南葛城と地縁を有する人々の周辺に集約的に現われたが、「やすみしし我が大君」にも同様な傾向が見受けられる。「秋津」を名に負う万幡豊秋津師比売は、尾張連の遠祖に当り、秋津島宮を造営した孝安天皇の母も尾張連の出であるが、倭建命を「やすみしし我が大君」と讃美した美夜受比売も『記』は「尾張国造の祖」と記し、『景行紀』（四〇年是歳）も「尾張氏の女」と記す。

「秋津島」と「やすみしし我が大君」は、一見するに特別な関わりはないようであるが、同様な人々の同趣の意図や論理によって形成され、使用された言葉なのであろう。両者は親密な関係を有している。仁徳と武内宿祢の雁の産卵をめぐる問答に「秋津島」が詠み込まれていたが、宿祢はその答歌で「やすみしし我が大君」と仁徳を呼ぶ。宿祢が葛城・蘇我両氏の祖であることはいうまでもない。

雄略の『阿岐豆野の歌』は、国号の『秋津島』の由来を語るが、『古事記』は歌詞に「やすみしし我が大君」を有し、『榛が枝讃歌』もこの讃美の言葉を使用する。『榛が枝讃歌』は葛城山で狩猟をした折の歌であり、『阿岐豆野の歌』も本来は吉野の歌ではなく、南葛城での作であったらしいことはすでに述べた。尾張氏を母とする勾大兄（安閑）に対する継体天皇の詔中に「秋津」が使用されたが、春日皇女が勾大兄の求愛に答えた形の歌に「やすみしし我が大君」が使用される。蘇我稲目が欽明天皇に奏上した言葉の中に「豊秋日本《とよあきつやまと》」があったが、稲目の男馬子は、欽明の皇女推古を「やすみしし我が大君」と讃美する。蘇我氏が南葛城と深い関わりを有し、馬子が推古に「葛城県は、元臣が本居なり」といったことはすでに述べた。蘇我氏に擁立された舒明天皇の『望国歌』に「蜻蛉島」が使用されていたが、中皇命は舒明に献じた『宇智野遊猟歌』に「八隅知し我ご大王」と天皇を讃美する。

「秋津」や「秋津島」は、南葛城や南葛城と地縁を有する人々と深い関わりを有しており、南葛城の人々は「秋津」や「秋津島」に特別な意味や価値を認めて、聖地の名や神聖な神や人の名とし、同音の蜻蛉の連想から、神や人の名前を作り、蜻蛉の形態や性情から地名起源説話を作ったが、「やすみしし我が大君」の讃美も、南葛城の人々と関わりの深い言葉であった。本州の名に使用された「秋津」も、大八洲生成神話が現在の形を採った折に命名されたと推測されるが、この「大八洲」は、「大八嶋国知らしめす天皇」の国土認識と等しく、また、この天皇に対する称辞も、歌語の「やすみしし我が大君」に限りなく近い言葉であることを思うと、大八洲生成神話を現在の形に近づけ、本州を「大倭豊秋津島」「天御虚空豊秋津根別」と命名したのも南葛城の人々であった、と推測されるのである。

三　蘇我氏の修史と歌舞

雄略天皇と春日の袁杼比売（丸邇佐都紀臣の女）は、南葛城と特別な関わりはない。また、袁杼比売が雄略に献った『志都歌』（記―一〇四）も、南葛城との関わりは見出せないので、『志都歌』の「やすみしし我が大君」は、例外として扱う必要があるかもしれない。『志都歌』は、主客に酒を飲むことを勧め、そうしておそらくは女の側から共寝を誘うことを目的とした、典型的な宴の女歌であり、「やすみしし我が大君」の「やすみしし」は、〈御寝をなさる〉といった原義で使用され、大八洲生成神話と深い関わりを持つ「大八嶋国知らしめす」の意義は所有していない、と考えてよかろう。

やすみしし　我が大君の　朝間《あさと》には　い倚《よ》り立《だ》たし　夕間には　い倚り立たす　脇机《わきづき》が　下の　板にもが　あせを（記―一〇四）

『志都歌』は、開化・応神・反正・雄略・仁賢・継体等の諸朝の後宮に、しばしば女を入れた和珥臣氏やその一族が伝承したと考えてよい歌謡である。和珥氏は南葛城と特別の関係はないが、葛城の室に秋津島宮を造営したと伝える孝安天皇は、孝昭天皇と尾張連の祖、奥津余曾の妹、余曾多本毘売命との間に生れた第二皇子であり、孝安天皇と南葛城との縁は、父の孝昭が葛城に掖上宮を造営し、母の余曾多本毘売命が葛城の高尾張を本貫とする所に生じたものであるが、和珥臣氏の始祖、天押帯日子命（『紀』には天足彦国押人命）は、孝昭と余曾多本毘売命との間に生れた第一皇子であり、和珥臣氏も始祖の時点では、孝安天皇と同程度の地縁を南葛城に有していた、ということができる。『志都歌』は、「あせを」の囃し言葉を持つが、同じ囃し言葉を持つ歌謡に、倭建命が伊勢の尾津の崎で詠んだ『一つ松讃歌』（記―二九）と雄略天皇（『紀』によれば舎人）が葛城山の遊猟で詠んだ『榛が枝讃歌』（紀―七六）がある。『一つ松讃歌』は、「尾張に直《ただ》に向かへる」と歌い出されるが、「御刀《みはかし》」を守っていた「一つ松」を讃美した歌であり、倭建命が辞世の歌に「嬢子《をとめ》の　床の辺《べ》に　我が置きし　つるきの太刀　その太刀はや」（記―三三）と詠んだ草薙の剣に関わりを持つ「御刀」の歌とすると、尾張氏が伝承したと推測することも許されるかもしれない。『榛が枝讃歌』も、葛城山で怒り猪に襲われ、危急を避けた榛の木を讃美した歌であり、樹木讃美の歌であることを考慮すると、この歌謡の伝承者も尾張氏の周辺に求めることができよう。『志都歌』は、脇杌や脇机の下の板を讃美した歌ではないが、あるいはそのようなものを讃美した歌と考えられたのであろうか。『志都歌』は、和珥氏が伝承した歌謡と考えるべきであろうが、和珥氏の始祖は尾張氏と深い関わりを有しており、宮廷歌謡の伝承者としての両氏は親密な関係を保持していた、と推測してよかよう。

尾張に　直《ただ》に向かへる　尾津の崎なる　一つ松　あせを　一つ松　人にありせば　太刀佩けましを　衣着せましを　一つ松　あせを（記―二九）

やすみしし　我が大君の　遊ばしし　猪《しし》の　うたき恐《かしこ》み　我が逃げ縁《のぼ》りし　在峰《ありを》の上の　榛《はり》が枝《えだ》　あせを（紀―七六）

雄略天皇は、葛城山で狩猟をし、一言主神に出会ったりし、『阿岐豆野の歌』も、先に推測したように、本来は南葛城の室で詠んだ形で伝承されていた、と考えられる。こうした雄略と南葛城の縁は、雄略の父母が南葛城と深い関わりを有したために生じたものではなく、雄略自身がすすんで葛城に出かけたために生じたり、雄略を始祖的な王と考えた人々が彼を南葛城における起渡譚の主人公に選んだために生じたりしたものと考えられる。

神武天皇は、即位前の己未年二月二十日に高尾張邑の土蜘蛛を葛の網を作って、その網によって殺したが、その葛の網の縁で高尾張邑を葛城と改め、神武二年二月二日には、大和入りに功績のあった人々に行賞して剣根を葛城国造にし、神武三十一年四月朔には、南葛城の腋上の嗛間丘に登って国見をして、「蜻蛉の臀呫の如くにあるかな」と国土を讃美したが、初代の天皇は、当然のことながら、南葛城と特別な関係を有していたわけではない。神武が高尾張の土蜘蛛を討ったのは、土蜘蛛が敵対勢力であったためであり、討った後に功績のあったものを国造や県主にすえる必要もあった、という設定であろう。また、葛城は、綏靖天皇が葛城高丘宮を、孝昭天皇が葛城掖上宮を、孝安天皇が葛城室之秋津島宮をそれぞれ都にしたように、天皇家と縁の深い土地と考えたために、初代の神武を葛城の命名者と設定したのであるが、同様な考えは国号にも及び、神武は葛城の中心地で聖地とも考えられた室に行幸して国見をし、「蜻蛉の臀呫の如」き国状を見ることにもなるのである。

雄略もまた即位以前に、天皇家と対立する勢力となっていた葛城臣氏を滅ぼして葛城県に相当する葛城の五処の屯《み》宅《やけ》（『雄略即位前紀』に葛城の宅七区）を収公する。眉輪王が安康天皇を殺害し、葛城円大臣の宅に走ったのを追い、円大臣が葛城の屯宅を添えて韓媛を献上するという申し出も無視して、眉輪王ともども円大臣を焼き殺す（『記』によれば、自殺させる）。雄略は、韓媛を妃として清寧天皇と栲幡《たくはた》姫皇女（この名は、万幡豊秋津師比売命の別名の栲幡千千姫（神代紀第九段本文）、栲幡千千姫万幡姫命（同一書第六）、天万栲幡千幡姫（同一書第七・八）に酷似する）を儲けており、その点を重視すると葛城と深い関わりを有するが、その関わりは敵対勢力を討ち、征服するために生じたものであった。雄略が葛城山で狩猟をし、一言主神に出会ったりするのもそうした理由によろうが、雄略に『阿岐豆野の歌』を詠ませるのは、雄略を神武に等しい始祖的な王と見なしたために、神武のように聖地の室（嗚《を》武《む》羅《ら》・袁《を》牟《む》漏《ろ》）で巡狩や国見に等しい狩猟をし、国号を定めた、と物語る必要があった理由による、と考えてよかろう。

葛城臣氏は雄略によって滅ぼされるが、葛城氏に代って蘇我氏が台頭する。蘇我臣氏の祖は武内宿祢の子石川宿祢であるが、『履中紀』（二年一〇月）に蘇賀満智宿祢の名を見る。満智は『古語拾遺』（長谷朝倉朝）に、雄略朝の三蔵創設に際して、三蔵（斎蔵・内蔵・大蔵）を検校した、と記し、また、同書は秦氏がその物を出納し、東西文氏がその簿を勘録した、と記す。『古語拾遺』の記載は史実を正確に伝えるものではないにしても、帰化人たちの力を借り、宮廷官僚としての地位を築いた蘇我氏の手法を語っていよう。

雄略・清寧の崩御後、履中天皇と葛城襲津彦の孫で葦田宿祢の女である皇妃黒媛との間に生まれた飯豊皇女が皇位を継ぎ、皇女の同母兄の市辺押羽皇子の子の顕宗・仁賢両天皇が皇位に即いた。こうしたことが葛城系諸氏の復権に多大な影響を与えたことであろうが、継体朝には葛城氏と関わりの深い尾張連氏出身の尾張連草香の女目子媛が後宮に入り、安閑・宣化両天皇を儲けている。蘇我稲目宿祢は、宣化・欽明両朝の大臣となるが、欽明天皇の後宮に堅塩《きたし》媛と小姉君を入れ、用明・推古・崇峻の三天皇をはじめとする十八人の皇子・皇女を儲けさせている。蘇我氏は天皇家の外戚となり、稲目に続いて馬子は、敏達・用明・崇峻・推古四朝の大臣、蝦夷は、舒明・皇極両朝の大臣となり、政権を掌握した。

『推古紀』（二八年是歳）は、聖徳太子と馬子が「天皇記及び国記、臣連伴造国造百八十部并て公民等の本記」を撰録したことを記す。『記』『紀』の資料となった『帝紀』や『本辞』がすでに編纂されていたが、推古二十年二月二十日に、用明・推古両天皇の母である皇太夫人堅塩媛を檜隈大陵に改葬した際に、馬子が八腹臣等（一族）を引率し、同族の境部臣摩理勢に「氏姓の本を誄《しのひごとまう》さし」めているように、蘇我氏の歴史への関心は高まりを見せており、『帝紀』や『本辞』を改編する必要を痛感していたのであろう。「各氏や部や公民の本記などは、名称も熟していないし、完成したとは考えられない」（日本古典文学大系『日本書紀・下』）と見るのが一般であり、承認してよいが、蘇我氏の進める新しい政治が社会の基底にある母系制的なものを変化させているのであり、母系制と相入れない氏族伝承や氏族の系譜に対する関心は高まりを見せていた、と考えてよかろう。

『書紀』は蘇我氏擅横の行為を記し、大陵・小陵の造営に関しては、上宮大娘姫王に「蘇我臣、専《たくめ》国の政を擅にして、多《さは》に行無礼《いやなきわざ》す。天に二つの日無く、国に二の王無し。何に由りてか意の任《まま》に悉に封《よさ》せる民を役《つか》ふ」（皇極元年是歳）と非難させ、入鹿誅殺に際しては、中大兄に、「鞍作（入鹿）、天宗《きみたち》を尽し滅して、日位を傾けむとす。豈天孫を以て鞍作に代へむや」（皇極四年六月八日）と弁明させている。

蝦夷や入鹿の擅横をすべて否定しようというのではないが、蘇我氏には後の律令官僚的性格があったように思う。加藤謙吉氏は『蘇我氏と大和王権』に、伴造制より律令官司制への過渡期に人制という官司制的傾向を持つ制度が蘇我氏の領導下に成立したとする直木孝次郎氏の『日本古代国家の構造』の説を承けて、「直木氏が人制の推進者を蘇我氏と推定されたごとく、この氏は単に朝廷の官司機構の中に自己を適応させていくことに甘んじていたのではなく、官司機構そのものの形成と発展に、大きく寄与したことが知られるのである。その意味で、蘇我氏は典型的な官司制的氏族ということができる」というが、蘇我氏が官司機構の中にあってその機構の形成と発展に尽力し、尽力して得た政治力によって蘇我氏に本来的に不足する経済力や軍事力を補おうとしたはずである。

蘇我氏に擅横の行為があったとしても、蘇我氏が政権を掌握したのは、官司機構の形成と発展に尽力し、また、天皇の外戚となることで政治力を獲得したからに外ならない。したがって天皇が強力な王権を確立し、これを主張することは、自氏の存立の基盤を強固にするためにも不可欠であったし、天皇権を背景にした政治力である以上、天皇家と自氏との親密な歴史を主張する必要があった、と考えてよかろう。

現在の『記』『紀』の中に、蘇我氏の主張がどれほど盛り込まれているか、具体的に述べることは困難であり、その主張も、大化の改新以後の諸情況の中で種々の改変を受けていようが、南葛城を聖地とし、天皇家と南葛城の諸氏は親密な歴史を有し、武内宿祢や葛城襲津彦の活躍は著しいものがあった、とする主張は、蘇我氏を中心とする人々のしたものであろう。『皇極紀』（四年六月一三日）は、「蘇我臣蝦夷等、誅されむとして、悉に天皇記・国記・珍宝を焼く。船史恵尺、即ち疾く、焼かるる国記を取りて、中大兄に奉献《たてまつ》る」と記すが、大化の改新以後も蘇我氏と関わりの深い船史氏が少くとも『国記』の一部を伝えていた、と考えてよかろう。加藤謙吉氏は前掲の書に左のような興味深い推測を記している。

皇極四年　蘇我蝦夷が滅亡に際し、天皇記・国記・宝物を焼いたとき、船史恵尺がその中から国記をとり出し、中大兄に献じたとあり、これは王辰爾の一族が推古二十八年に厩戸皇子と馬子が共に議して録したとする『天皇記』『国記』以下の史書の編纂に加わっていたことを示唆すると同時に、この一族が蘇我氏側近のブレインとして台頭した氏族であることを意味するのであろう。

『記』『紀』には、建内宿祢や磐之姫の歌と伝える歌があるし、南葛城の諸氏と関わりを持つ歌や南葛城で詠んだとされる歌も存在する。雁の産卵をめぐる仁徳天皇と武内宿祢の問答歌で仁徳は宿祢を「たまきはる　内の朝臣《あそ》」（記—七一、紀—六二）と呼び、馬子の『上寿歌』に対して推古天皇は蘇我氏を「真蘇我よ　蘇我の子らは」（紀—一〇三）と歌い、馬子に答えた。また、磐之姫は『志都歌の歌返』中に「我が　見が欲し国は　葛城高宮　我家《わぎへ》のあたり」（記—五八、紀—五四）、と葛城の地名を歌い、仁徳天皇も磐之姫との問答歌に、「朝妻の　避介《ひか》の小坂を　片泣きに道行く者も　偶ひてぞ良き」（紀—五〇）、と南葛城郡葛城村大字朝妻（御所市朝妻）の地名を歌い、飯豊皇女が角刺宮に臨朝秉政した時代の当世詞人は「大和辺に　見が欲しものは　忍海《おしぬみ》の　この高城《たかき》なる　角刺《つのさし》の宮」（紀—八四）、と南葛城郡忍海村大字忍海（北葛城郡新庄町忍海）の地名を歌い、蘇我蝦夷は祖廟を葛城の高宮に立てて八佾の舞を舞い、「大和の　忍の広瀬を　渡らむと　足結手作《あよひたづく》り　腰作らふも」（紀—一〇六）と歌ったという。『言別』の説くように、蝦夷は「今間もなく大八洲を広く押領せん」という野望を歌っていようが、「忍」は当世詞人の歌った忍海を指す。南葛城を歌い込んだ歌は以上のように存在するが、雄略の『阿岐豆野の歌』も南葛城の室で歌ったと推測されることはすでに述べた。

南葛城や南葛城と地縁を有する人々と関わりを有する歌謡も、伝承の過程で蘇我氏と接触し、蘇我氏の主張する歴史に組み込まれていったのであろうが、歌謡の伝承には物語とは異なる独自の経路が存在することも考慮しておく必要があろう。先に、「秋津」や「八隅知之」に関連して、万幡豊秋津師比売命や孝安天皇や美夜受比売や安閑天皇について述べた際に、これらの人々が尾張連氏と縁の深い人々であることを述べたが、尾張氏は、葛城の高宮を指すかと思われる高尾張を本貫とする。また、倭建命と美夜受比売の『月水問答』(記―二七・二八)や、倭建命の『一つ松讃歌』(記―二九・紀―二七)や『辞世歌』(記―三二)は、尾張氏が伝承した、と考えてよい歌であるが、尾張氏はまた歌舞と関わりの深い氏族であった。

尾張氏と関わりの深い土地はいうまでもなく尾張国であり、高尾張との関わりに疑問がないわけではないが、『旧事紀』(天孫本紀)は尾張氏系譜の部分に、七世までが葛城氏と通婚していることを記し、『三代実録』は貞観六年八月八日の条に、天孫火明命の後であることを理由に、尾張国海部郡の治部少録従六位上甚目《はため》連公宗氏・尾張医師従六位上甚目連公冬雄等同族十六人に高尾張宿祢の姓を賜うたことを記している。尾張氏と葛城氏との関わりは古く遠く、葛城の高尾張を本貫とする所伝は強く深く存在した、と考えてよかろう。

尾張氏が天皇家に明らかな形で接近するのは、尾張連草香が女目子媛を継体天皇の妃として安閑・宣化両天皇を儲けさせた時からである。蘇我稲目は宣化朝に大臣となるが、継体朝のころから、蘇我・尾張両氏の同盟関係は始まるのであろう。『宣化紀』(元年五月朔)は詔として稲目に、「蘇我大臣稲目宿祢は、尾張連を遣して、尾張国の屯倉の穀を運ばしむべし」と命じている。

尾張氏には、『令集解』（職員令・雅楽寮）所収の『古記』（天平年間の成立）に名を留める大属尾張浄足や、平安初期の楽人で舞楽の名手として知られ、承知六年正月七日に外従五位下に叙せられ、同十二年正月八日に百十三歳で自作の和風長寿楽を舞った尾張連浜主もいる。南葛城には、白鳥陵を作った琴弾原（御所市富田）がある。倭建命の陵であるので尾張氏との関わりが推測されるが、この外にも音楽に関わりを持つ地名に笛吹（新庄町笛吹）がある。笛吹神社は火雷神と笛吹連の祖を祭る（大和志・神祇志料）が、『姓氏録』（河内国神別）は笛吹氏を尾張連氏と同祖とし、「火明命之後也」と記す。

尾張氏や尾張氏と同祖の氏族の出身者に楽人が多いように思われるが、これも尾張氏が歌舞と関わりの深い氏族であったためで偶然ではなかろう。『三代実録』貞観四年六月十五日条に「播磨国揖保郡の人、雅楽寮答笙生（一本に笛生）無位伊福貞（一本に貞俊）、本姓五百木部連に復す」とあるが、伊福部宿祢（左京神別）・伊福部（山城国神別）・伊福部連（大和国神別）も五百木部連（河内国神別）も、尾張連と同祖とし、「火明命之後也」と記している。

『楽所補任』を見ると、狛・多・豊原・大神等の諸氏の楽人に混じって、尾張氏の則時・時兼・則元・兼次・兼元・兼則・則廉、小部氏の正清・清延・清久・清兼・清近、玉手氏の則清・吉恒・清貞・重貞・吉清・宗清の名が見える。楽所の尾張氏は尾張浜主の子孫であり、小部は、『姓氏録』（右京神別下）に「火明命五世孫建額明命之後也」とする尾張氏と同祖の子部であるはずであり、玉手も、『姓氏録』（右京皇別上）に「同（武内）宿祢男、葛木曾頭日古命之後也。日本紀合」とする葛城氏の玉手朝臣であるはずであるが、小部（戸部《こべ》とも記され、トベとも訓まれる。笛相伝の家）・玉手両氏は『戸部系図』（続類従一八三）に、尾張浜主の子孫の右木正枝（式玉手氏）、戸部春吉を祖とする尾張氏の支族と記されている。先祖を同じくしたり、地縁を有したりする子部氏や玉手朝臣氏の職務を尾張氏が吸収したのであろうか。

新興の蘇我氏に対して、物部・大伴・丸邇・三輪・阿倍等の諸氏は、古来の正当な信仰や、その信仰と不可分の関係にある芸能を豊富に伝承していたであろうが、蘇我氏は、これらの諸氏の神事や芸能による主張を政治力によって屈服させ、また、尾張氏の力を借りることで自氏の信仰や芸能がこれらの諸氏の信仰や芸能に劣ることなく、古く正当なものであることを主張する一方、帰化人たちの力を借りて宮廷官僚としての地位を築いたように、帰化人たちに新時代にあわせた歌舞を創作させ、旧来の芸能観を改めさせよう、としたのであろう。

蘇我氏は物部氏を滅亡させると、蘇我氏は物部氏の信仰を制圧しようとして、石上神社の神主を柿本朝臣氏と同祖の布留宿祢氏に変えている。『姓氏録』の布留宿祢（大和国皇別）の条に、「斉明（皇極の誤）天皇の御世、宗我蝦夷大臣、武蔵臣を物部首、幷びに神主首と号す。茲に因りて臣姓を失ひて、物部首と為る。男正五位上日向、天武天皇の御世、社地の名に依りて、布瑠宿祢姓に改む」と見える。物部氏滅亡に先立つ、いわばその前哨戦で三輪君逆を失った三輪氏や中臣勝海連を失った中臣氏に対しても、蘇我氏は同様なことを行い、物部氏からの離反を迫っていよう。

大伴氏は欽明元年九月五日に大伴大連金村が継体六年の百済外交の失敗を物部大連尾輿等に批判されて失脚して以来、宮廷での勢力を回復せず、蘇我・物部の合戦には、大伴毘羅夫連が武装して日夜、馬子を守護し（用明二年四月二日）、大伴連咋が軍兵を率いて合戦に参加した（崇峻即位前紀）。和珥氏は当時中央において蘇我氏に対立する勢力ではなかった。

『欽明紀』（一五年二月）に百済楽人の交代の記事があるが、林屋辰三郎は『中世芸能史の研究』に雅楽寮に相当する楽府の成立を欽明朝と推測している。『推古紀』は二十年是歳の条に、百済人味摩之が伎楽儛を伝え、二十六年八月朔の条には、高句麗が隋の滅亡を伝え、鼓吹等を貢献したことを記す。外来楽が伝来して宮廷で演奏され、そうした影響下に国風の歌舞も宮廷で行われるようになり、新たな歌謡も創作されることとなった。推古二十年正月七日の宴で馬子が歌った『上寿歌』(紀―一〇二)は、そうした新しい歌謡であり、『楽府詩集』の言葉を借りれば、「燕射歌辞」の「王公上寿酒歌」に相当しようが、中国的な歌謡観に立てば、饗宴時の歌である「燕射歌辞」と共に、天地を祀り、祖先を祭る際の歌である「郊廟歌辞」を必要としよう。

『皇極紀』(元年是歳)の「蘇我大臣蝦夷、己が祖廟を葛城の高宮に立てて、八佾の儛をす」の記事について、同族の本家初代の祖廟を立てて、天子の行う縦横八人計六十四人の八佾の儛を行うというのは、ともに中国的な習俗であり、蝦夷の分を超えた横暴なふるまいを宣伝したい『書紀』の編者が、『論語』(八佾第三)で孔子が魯の大夫がこれを行ったことを、もっとも忍ぶべからざる無礼な行為と非難したのにあわせて採用した文飾と考えられている。津田左右吉も『日本古典の研究・下』に、「八佾の舞はいふまでもなく、祖廟を立てたといふことも、此のころの宗教思想から考へて、事実とは認め難いことを考ふべきである」という。

新興の蘇我氏は、新しい歌舞を興こし、他氏の古来の信仰や芸能を否定することで人々を自らが信じる新しい政治体制に向かわせ、同時に自氏の他氏に優越していることを主張しようとする。信仰と不可分の関係にある歌舞を政教的な芸能観に立って政争の具に利用しようと考えたことになろう。初代ともいうべき建内宿祢や、臣下の女が立后した初代の皇后ともいうべき磐之姫にまつわる歌が歌われるが、蘇我氏は強固な天皇権を自氏存立の基盤としたので、強固な天皇権と天皇家と親密な自氏の歴史を歌うことになったのであろう。

蝦夷が祖廟を立てた葛城の高宮は、葛城襲津彦が新羅から連れ帰った「漢人等が始祖」を住まわせた四邑、桑原・佐・糜・高宮・忍海中の高宮で、雄略が葛城円大臣から収公した葛城の五処の屯宅《みやけ》とも、葛城の宅七区とも呼ばれ、馬子が蘇我氏の本居として推古に割譲を迫った葛城県の中心地であり、磐之姫が『志都歌の歌返』中に「我が　見が

欲し国は　葛城高宮　我家《わぎへ》のあたり」（記―五八、紀―五四）と歌った、蘇我氏にとっても天皇家にとっても縁の深い土地であり、歌謡をはじめとする古伝承を伝える尾張氏が本貫とする高尾張であり、初代の神武によって葛城の名が与えられ、また神武とともに始祖的な王と考えられる雄略に収公されるという天皇家と蘇我氏一派との親密な歴史を有する故に、彼らの聖地となり、祖廟が立てられたのであろう。

綏靖の都を葛城高岡宮（葛上郡森脇村、御所市森脇）とし、孝昭の都を葛城掖上宮、御陵を掖上博多《はかた》山上とし、孝安の都を葛城室之秋津嶋、御陵を玉手岡上としたのも、天皇家と親密な関係を主張する蘇我氏たちであろう。掖上と室は『履中紀』（三年一一月六日）に「掖上の室山」と見え、「非時」の桜が咲く聖地であった。神武が国見をして「蜻蛉の臀呫の如くにあるかな」といった腋上の嗛間丘も室に近く、雄略が『阿岐豆野の歌』を詠んだ「袁牟漏」（嗚武羅）も同所であろう、とすでに繰り返して述べたが、掖上の室が聖地となったのも、蘇我氏と天皇家との親密な関係を主張するために、蘇我氏の聖地に隣接した土地から天皇家の聖地を選択したのであろう。

宮廷の饗宴には「燕射歌辞」に相当する新しい歌謡が演奏され、聖地の高宮や室では「郊廟歌辞」に相当する歌謡が楽人たちによって演奏されたことであろうが、蘇我氏と天皇家との親密な関係を強調するために創作したものも多く、他氏の信仰や伝承を否定しようとする政治的意図が濃厚であり、「やすみしし我が大君」と天皇を讃美しても、自氏存立の基盤を強固にするための天皇讃美であったので、八佾の舞であるといった他氏の非難を逃れることはできなかった。

歌舞は恐らく尾張氏が主として担当したであろうが、従来の歌舞とは異なり、新しい政治的意図に基づいて、饗宴や祖廟で演奏される歌舞であり、しかも、外国から輸入した楽器を使用して外国のメロディーに合わせて演奏する歌舞であるので、こうした歌舞の創作には、帰化人系の人々の種々の助力を必要としよう。雄略朝に蘇賀満智宿祢が三蔵を検校した際に、秦氏が物の出納を、東西文氏が簿の勘録を担当した、という『古語拾遺』の所伝は史実そのままではないにしても、蘇我氏が倉人や史を使用して新しい政治を行い、蘇我氏の修史事業に王辰爾の一族が参加したことは十分推測できることであるので、新しい歌舞の創作にも種々の面で帰化人系の人々が助力した、と推測してよかろう。

尾張氏が歌舞の家となったように、歌舞は子孫に伝承される。『孝徳紀』（大化五年三月）で中大兄に代って『造媛挽歌』（紀—一一三・一一四）を詠んだ野中川原史満が史であり、『斉明紀』（四年一〇月一五日）で天皇から『建王追慕歌』（紀—一一九〜一二一）を後世に伝えることを命じられた秦大蔵造万里が倉人であるのは偶然ではあるまい。『続日本紀』（宝亀元年三月二八日）によれば、称徳天皇の河内由義宮行幸に際して葛井・船・津・文・武生・蔵の六氏の男女二百三十人が歌垣に供奉したが、葛井・船・津の三氏は王辰爾、文・武生は王仁の子孫であり、みな史・倉人を家職とする。

『顕宗即位前紀』は、飯豊皇女が忍海角刺宮に臨時秉政した時代に「当世詞人」が「大和辺に　見が欲しものは忍海の　この高城なる　角刺の宮」（紀—八四）と歌った、と記している。飯豊皇女の時代にこのような宮廷讃歌を作る「当世詞人」が存在したことは信じがたいが、『書紀』編纂時にすでにこの歌謡が存在し、宮廷歌人が作る宮廷讃歌にふさわしい、と考え、「当世詞人」の作と記したのであろう。磐之姫の『志都歌の歌返』中の歌詞「我が　見が欲し国は　葛城高宮　我家のあたり」（記—五八、紀—五四）とも共通しているが、作者を推測する方法はない。蘇我・尾張両氏が自氏のゆかりの土地を聖地としていることを考えると、両氏の歌舞の創作に協力したのは、帰化人系の人々の中で特に葛城に居住した人々か、といった推測は不可能ではなかろう。

葛城の蘇我氏の周辺には多数の帰化人がいたが、歌舞と関わりの深い秦氏も本貫を葛城と主張することがあった。

『姓氏録』は秦忌寸（山城国諸蕃）の条に、功智王と弓月王が応神十四年に来朝したが、上表して帰国し、百二十七県の伯姓を率いて帰化し、金銀玉帛等の宝物を献じたところ、天皇は喜び、大和の「朝津間・腋上」の地を賜い、そこに居住させた、と記している。朝津間は御所市朝妻、腋上はすでに述べた天皇家の聖地である。『続日本紀』（養老三年一一月七日）は「少初位上朝妻子手人竜麻呂に海語連姓を賜ひ雑戸の号を除く」と記す。海（天）語連は『天語歌』（記―一〇〇～一〇二）を伝えた、と考えられるが、天語連氏も秦氏や朝妻氏に混じって朝妻に居住していたのであろう。

『阿岐豆野の歌』も、『記』『紀』の現在の形になるまでには幾たびかの変化を経過していよう。ある時は、蘇我氏が栄花を誇る葛城の祖廟や権勢を振う宮廷の饗宴で、「郊廟歌辞」や「燕射歌辞」に相当する新しい歌謡として歌われ、始祖的な天皇が葛城で国号を定めた歌としてもてはやされたであろうが、葛城を聖地とする考えは、蘇我氏の滅亡によってまもなくその提唱者を失い、吉野が人々の注目を集めるようになると、『阿岐豆野の歌』は吉野での作と考えられるに到った。

皇極四年六月十四日の孝徳天皇への譲位に先立って古人大兄は出家して吉野に赴き、斉明二年には吉野宮が造営される。同五年三月朔には吉野行幸が行われ、肆宴もあった。天智四年十月二十日には大海人皇子が菟野皇女とともに吉野入りをして潜竜の時期を過したが、天武は天武八年五月五日に皇后や草壁以下の六皇子を伴って吉野宮に行幸し、皇子たちに勅命に随うことを誓わせたのも、吉野が盟約にふさわしい聖地であった理由によろう。持統天皇も吉野に三十一度の行幸をする。

吉野離宮は、金村の歌に「み芳野の蜻蛉の宮は」（6―九〇七）とうたわれる。離宮は、人麻呂の歌に「吉野の国の

花散らふ　秋津の野辺に　宮柱　太敷きませば」（1―三六）と秋津に立っていたという。吉野の「あきづ」はどのような意味を有していよう。地名の意味を正しく理解することは困難であるが、吉野を豊饒の地とする所伝もなく、「蜻蛉の宮」や「秋津の野辺」や、「み芳野の秋津の川」（6―九一一）、「み吉野の飽津の小野」（6―九二六）の用例から見て、「あき」を秋、「づ」を助詞と解することは不可能であるので、蜻蛉を連想されることはあったが、秋の国、稲のよく実る国、豊饒の国と解することの可能な「秋津島」の「あきつ」とは異なるように思う。人麻呂の『吉野讃歌』は、秋津宮に船が往復し、離宮のある「河内《かふち》」から船出するとうたっているし、葛井広成は『懐風藻』所収の不比等の『遊吉野』に和した『奉和藤太政佳野之作』に、「仁を開きて山路に対かひ　智を猟りて河津を賞す」（一一九）と吉野川の渡し場の景を讃美している。吉野の秋津の「津」には津の字義を認めてよいのであろう。

山路平四郎は『評釈』に、この『阿岐豆野の歌』がかつて吉野地方の「山地芸能」であったことをいい、つぎのような優れた推測を記している。

　これには鹿猪《しし》狩りがあり、山地に多い虻があり、第一段の「大前に奏す」と第二段の「鹿猪《しし》待つと　呉床に坐まし」の間には、呉床の前に蹲う人々の姿が想見され、どうやら山地芸能に附帯した謡物らしく思われるのだが、蜻蛉の登場は、御冠に成れる神の名を、「アキグヒノウシの神」（『古事記』、禊祓の段）、大海原に持ち出した諸の罪穢を、かか呑む神の名を、「ハヤアキツヒメ」（『祝詞』、六月晦大祓）というように、アキツに、大口を開いてかか呑む意を持たせた滑稽で、あるいは蜻蛉に扮装した人物の登場する、天皇礼讃の、吉野地方の山地芸能があり、それに附帯した謡物であったかも知れない。要するに「オホヤマト豊アキヅ島」という呼称が先であって、その解釈として生れた「アキヅはやくひ」であり「アキヅのトナメ」であったのである。

『阿岐豆野の歌』は演劇的傾向の強い歌劇的な歌謡であり、先行する芸能の強い影響を構成や発想や表現の面で承けていよう。その芸能がいかなるものであるか、現在のところ明言しがたいが、山路平四郎の「山地芸能」説も考慮してよいものと思う。山路平四郎はまた、蜻蛉の登場や「蜻蛉はや咋ひ」という滑稽表現がこの歌謡に見られる必然を求めて、伊耶那岐命が橘の小門の檍原で禊祓をした際に生れた飽咋之宇斯神の神名や、『六月晦大祓祝詞』で祓った罪穢を最終的に処理する「高山・短山《ひきやま》の末より、さくなだりに落ちたぎつ速川の瀬に坐す瀬織津比咩と云ふ神、大海原に持ち出でなむ。かく持ち出で往なば、荒塩の塩の八百道の、八塩道の塩の八百会に坐す速開都比咩と云ふ神、持ちてかか呑みてむ」という速開都比咩の神名やその「かか呑」む行為に注目してそれらの影響を推測している。

速開都比咩は、岐・美二神が「水戸《みなと》の神」として生んだ速秋津日子・速秋津比売の一神であり、この「開都」「秋津」は「開津」（港）を意味する。『古事記』の「此の速秋津日子、速秋津比売の二はしら神、河海に因りて持ち別けて、生める神は……」の「生める」の主体は、この二神とも、岐・美二神ともする説があるが、この二神が以下に生れる河海の種々の神と関わりの深い神、と考えられていたことはいうまでもない。吉野の秋津の「津」は河津であったようであり、秋津も「開津」（河津）と考えられていたのかもしれない。吉野川は確かに「さくなだりに落ちたぎつ速川の瀬」であり、吉野を禊祓の霊場とする立場に立てば、吉野の秋津（河津）で港の神の速秋津比売の名や、この川の瀬を流れる罪穢を「かか呑」む速秋津比売の行為を想起するのは自然であり、その連想から、蜻蛉の登場や「蜻蛉はや咋ひ」の表現を思いついた、というのも、さらに無理のない推測となるであろう。山路平四郎は、また「秋津島」や「大倭豊秋津島」という呼称がすでにあって、その解釈として神武の〈蜻蛉の臂咋め〉や雄略の〈蜻蛉はや咋ひ〉の説話や歌謡の表現が生れた、という。

本書では、『阿岐豆野の歌』は、蘇我氏の活躍する時代に、葛城の秋津で詠んだ歌として作られ、また、葛城の秋津はしばしば蜻蛉と結合して思考され表現された、と考えている。吉野での作となるのは、吉野が聖地となる次の時代と考えているが、『阿岐豆野の歌』が吉野での作となった時、山路平四郎が推測したように、『六月晦大祓祝詞』の詞章や速秋津比売の神名が人々に想起され、歌謡を現在の形にしたのであろう。大祓や『大祓祝詞』の淵源は遠く古く、『仲哀記』に天皇崩御の後に国の大祓を行ったと見えるが、史実として信用できるのは、『天武紀』の五年八月二日、十年七月三十日、朱鳥元年七月三日の大祓である。天武朝で国の行事として行われ、『大宝令』以後、制度化し定例化するのであろう。

天つ神と国つ神を対比させ、天つ神やその子孫の天皇に国つ神は奉仕するべきである、という思想が『記』『紀』や人麻呂の歌に見えるが、これも、天武・持統朝から奈良朝にかけて強調された時代思想であった。吉野は神武の大和入りに経過した土地であり、そうした時代思想を濃厚にとどめる「神話」を人々に想起させるが、『阿岐豆野の歌』において『書紀』が「這ふ虫も　大君にまつらふ」と歌うのには驚かされる。昆虫は「昆《は》ふ虫の災」として『大祓祝詞』にも見え、害をのみなすものと考えられていた。この大げさな表現は「蜻蛉はや咋ひ」とともに、地名起源説話特有の笑いを聴衆に与えることを意図していよう。『阿岐豆野の歌』が吉野での歌となり、現在の形に定着したのは、持統朝以後のことと考えてよかろう。

山路平四郎・窪田章一郎編『記紀歌謡』（古代の文学1、昭和五一年四月、早稲田大学出版部）に「阿岐豆野の歌」として発表し、平成元年九月六日に全面的に改稿した。

Ⅲ　女歌

第三章　中皇命と遊宴の歌

一　宇智野遊猟歌

中皇命の歌として『万葉集』巻一に『宇智野遊猟歌』の長歌・反歌（三・四）と『紀温泉往路三首』（一〇～一二）がある。二群の作品とも、中皇命とはだれを指すか、作者は中皇命か否か、といった点をはじめとして、さまざまな未解決の問題を有している。本書においては、『紀温泉往路三首』を旅の途中で開いた遊宴の歌と見、『宇智野遊猟歌』は、天皇の遊猟を讃美した歌で、後の行幸供奉歌と連続する作品であるが、狩猟後あるいは狩猟前夜の宴で発表された歌と見、中皇命を額田王と同様な遊宴の歌人と考え、その作歌活動を和歌史のなかに位置づけてみたい、と思う。

歌が制作され、享受される場として、さまざまな場面が想起されるが、もっとも重要な場は宴であろう。宴がしばしば歌を制作・享受する場になった、ということは、遊宴での作歌が、中皇命や額田王に限定されないことを意味し、ひいては、中皇命や額田王を遊宴の歌人と和歌史に定位させることが不都合なことのように思われるかもしれないが、宴といってもさまざまな種類があり、中皇命や額田王の参加した宴は、遊宴と呼ぶのがもっともふさわしい宴であり、そうした遊宴がはじめて催された時代に、彼女たちがその宴に参加して作歌した、という意味で、彼女たちを「遊宴の歌人」と呼びたい、と思う。

宴のなかには、神事としての宴や神事に従属した宴、儀式として行う饗宴や公事の後宴、詩歌管絃を楽しむ雅宴があるが、神事としての宴が古く、詩歌管絃を楽しむ雅宴が新しいことはいうまでもない。宴の新旧を歌の制作・享受に関連させていうと、古いかたちの宴においては、すでに存在する歌を享受し、新しいかたちの宴においては、その宴にあわせて歌を制作し、そして享受する、と考えてよかろう。

『記』『紀』の歌謡や『万葉集』中の古歌のなかには、古代の神事や宴において繰り返し歌われた歌も少なくなかろうが、宴が神事との関係を稀薄にし、人々が楽しむものとなり、雅宴としての要素を持ちはじめると、新たな歌が求められ、遊宴の歌人が出現するのであろう。作品を通して、作品の制作された場を推測し、さらに、そうした場における歌人の作歌活動を考える、というのは、方法として問題があるかもしれないが、中皇命の作歌活動を総合的に考えようとしても、二群の作品があるのみであり、作品を通して推測する以外の方法はない。

天皇の内野に遊猟したまひし時に、中皇命の、間人連老をして献らしめし歌

やすみしし　我ご大王の　朝には　取り撫で賜ひ　夕には　いより立たしし　御執らしの　梓の弓の　奈加弭の　音すなり　朝猟に　今立たすらし　暮猟に　今たたすらし　御執らしの　梓の弓の　奈加弭の　音すなり（1―三）

反歌

玉きはる内の大野に馬数《な》めて朝ふますらむその草深野（四）

『宇智野遊猟歌』は、題詞に作歌事情を記して「天皇の宇智（内）野に遊猟したまひし時に、中皇命の間人連老をして献らしめし歌」という。舒明天皇が宇智野で狩をした時、献った歌であることは明らかであるが、作者が中皇命か老か、どこで作ったか、ということも明らかでない。やはり、作品から考えるほかはない。作品は、二段構成をとるが、第一段「やすみしし　我ご大君の　朝には　取り撫で賜ひ　夕には　いより立たしし　御執らしの　梓の弓の

奈加弭の 音すなり」は、すでに指摘されているように、『雄略記』で春日の袁杼比売が天皇に献る『志都歌』の発想や表現を継承している。

やすみしし 我が大君の 朝間《あさと》には いより立たし 夕間には いより立《だ》たす 脇几《わきづき》が 下の 板にもがあせを

（記―一〇四）

『志都歌』は、豊楽の日に袁杼比売が雄略天皇に大御酒を献る際に歌いかけた献歌であるが、初代の天皇としての性格を持つ雄略天皇と、古代の伝承を伝える丸邇臣氏の女袁杼比売とに仮託されていることから推測されるように、古代の宴の歌の一典型として宮廷に伝えられていたのであろう。宴において座の取りもちをする女が、主人や客に対して恋心を表明するかたちで主人や客を讃美する歌であり、豊楽で献歌する袁杼比売の行為は、かって神事としての宴において、神を迎え神の妻となった巫女の姿を推測させせないものでもない。宮中の豊楽も、神事としての宴の本義を直接に継承するものであったのであろう。

『志都歌』の詞章ではじまる中皇命の『宇智野遊猟歌』は、天皇讃美の心をみなぎらせながら、天皇の手にする梓弓の「奈加弭」の音が聞こえることをうたい、第二段においてもこれを、「朝猟に 今立たすらし 暮猟に 今立たすらし 御執らしの 梓の弓の 奈加弭の 音すなり」と繰り返す。「奈加弭の 音すなり」が、この長歌のもっとも重要な部分であるが、「奈加弭」については諸説がある。

原文には「奈加弭」とあるが、「加」は清音仮名であり、「加」を「ガ」と訓む例は、きわめて少数であるので、「なか弭」と訓むべきであり、「中弭」の意か、と思われるが、弭は弓の先端を指すので、「中弭」では意味をなさない。弦の中程の矢筈をつがえる所か、という推測も行われているが、弦に対していう言葉のようには思われないし、弓弦を引いて鳴らす弦打ち（鳴弦）をする際にその弦が弭に当る弭の内側の部分を「中弭」といったと仮定しても、その「中弭」という特殊な弭の箇処をあげ、なぜ、その音が聞こえるというのか理解しにくいし、他の誤写説にも賛成しにくい。

「奈加弭」の「加」は清音仮名であり、「なか弭」と訓むべきであることはいうまでもないが、清音仮名で濁音を表記することはめずらしいことではなく、『万葉集』ではふつうのことであるので、「なが弭」と訓み、「長弭」の意と解釈することも不可能ではない。弓の音は、人麻呂の歌にも「弓弭のさわき」（2―一九九）と弓弭に関連させて表現しており、〈弓弭の音が聞こえる〉というのは、自然な表現であろう。なぜ、「長弭」というのかが問題になるが、この長歌が、なにをうたっているかを考えるべきであろう。

窪田空穂が『評釈』に、「猟に先立って、猟の幸を祈るための呪法として、弓の中弭を鳴らされる音をお聞きになり、同じく猟の幸を祈る御心をもって献られた賀の歌と解される」というのは、「奈加弭」の音を猟の幸を祈る鳴弦とし、それを聞いて同様に、猟の幸を祈る心を抱いて詠んだ賀歌と主張することになるが、こうした理解が多数の人々に支持され、西郷信綱氏も『万葉私記』に、「古義のとくようにたんに弓をとりしらべるというより、猟に出で立とうと、弓弭をうち鳴らす儀礼があり、しかもナカツスメラミコトなる尊貴の女性が、そのさい歌を以て寿ぐならいがあったのではないか」と推測する。

西郷氏によれば、この長歌は、弓弭を鳴らす儀礼をうたっており、こうした歌をうたうことが、「猟を祝福する儀礼」になると主張するごとくであり、伊藤博氏も『万葉集の歌人と作品・上』に、「この歌は、中皇命が天皇（このばあい舒明）の狩場の幸を予祝したもの」といい、橋本達雄氏も『万葉宮廷歌人の研究』に、「この歌が弓讃めの形をとっていることは、立派な威力がある弓をもってする鳴弦の呪法により、天皇をはじめとする猟場におもむく群臣の身辺より魔を払い、今日の猟のつつがなきことを祈る点に力点があるのであって、結果として猟場の幸を招く呪歌となるのではなかろうか」と丁寧に説明しているが、弓弭を鳴らす儀礼をうたうことがどうして、「猟を祝福する儀礼」になり、「狩場の幸を予祝したもの」になり、「猟場の幸を招く呪歌（儀礼歌）」になるというのか、理解しがたい。

神野志隆光氏は「中皇命と宇智野の歌」（『万葉集を学ぶ・第一集』）に、益田勝美氏の説を紹介しながら、弓弭の音と出発との関係を調整する必要を主張するが、たしかにこの点を見過ごしてはなるまい。稲岡耕二氏は『万葉集』（鑑賞日本の古典）に、「奈加弭」を「金弭」の誤りとし、「『金弭の音』とは、鳴弦の儀礼の際に生ずる音であろうか。あるいは、現実に弓を発射する際に生ずる音なのであろうか」としながら、「大君愛用の梓弓の金弭のひびきに、いよいよ出発の時至ると知り、作者の心もはずんでいることが、『今立たすらし』にあらわれている」という。天皇が弓弭の音をなぜたてているか、また、弓弭の音がなぜ出発を意味するかは不明であるが、この歌の主題は、稲岡氏の指摘する通りであろう。

狩猟に先立って弓弭を鳴らす習慣が確認できれば、それにこしたことはないが、弓弭への言及は、狩猟開始の表現にふさわしい。神事歌謡のなかには、左のように弓弭に注視を求める作品がある。

猟夫《さつを》らが持たせの真弓奥山に御猟すらしも弓の弭見ゆ（『神楽歌』採物・弓・或説・末、一八）

あちめ　おおお　猟夫等が　もたぎの真弓　奥山に　御狩すらしも　弓の弭見ゆ（『年中行事秘抄』十一月中寅日鎮魂祭歌）

あはりや　弓弭と申さぬ　朝座に　天つ神国つ神　降りましませ
あはりや　弓弭と申さぬ　朝座に　鳴る雷も　降りましませ
あはりや　弓弭と申さぬ　朝座に　上つたえ下つたえも　参りたまへ（『皇太神宮年中行事』六月十五日興玉社御占神事歌）

中皇命が『宇智野遊猟歌』の第一段を「梓の弓の　長弭の　音すなり」で閉じ、音がするのは狩猟を始めるからだ、というかたちで、第二段を「朝猟に　今立たすらし　夕猟に　今立たすらし」とうたいながら、そのことを推測し、ふたたび「梓の弓の　長弭の　音すなり」を論拠として確認するのは、右の『神楽歌』や『鎮魂祭歌』において、「御狩りすらしも」と推測し、「弓の弭見ゆ」を論拠として歌うに等しい。

『神楽歌』や『鎮魂祭歌』において、弓弭が見えるというのは、神事に際して神を祭の場にまず降ろす必要があり、すみやかな神の降臨を願って、すでに神事も始まった、弓弭も見えている、と催促するのであろう。『興玉社御占神事歌』三首は、「あはりや弓弭と申さぬ」で始まるが、〈ああ、弓弭ではございませんが〉は、〈本来弓弭を使用するべきですが〉の意であり、弓弭は、天つ神や国つ神や雷や「上つたえ下つたえ」が、降臨するもっとも理想的な憑代であったことを意味する。

『宇智野遊猟歌』は、『志都歌』の詞章で始まり、天皇への憧憬をうたって天皇を讃美し、せめて〈御執らしの梓の弓〉になりたい、とうたいおさめるか、と思っていると、梓弓への注意をうたう。神が降臨する所や憑代となるものは、しばしば讃美の対象となるが、『志都歌』の文脈では、〈御執らしの梓の弓〉は天皇ゆかりの軽微なるものを意味し、『神楽歌』の「採物」や『鎮魂祭歌』においては、弓弭を讃美する心をまったく所有しない、ということはないが、神事が始まった、という表現を借りて、狩猟の開始をうたおうとしており、折口信夫がこの長歌を「弓讃めの形で終始して居る」と評した意味での「弓ぼめ」の発想表現は認めがたい。讃美というなら天皇への憧憬をつのらせるものとして、弓も「讃美」され、作者は弓弭の音に聞き入る、と考えるべきであろう。

神事歌謡は、いうまでもなく神に対して歌いかけるが、中皇命は、神事歌謡の発想表現を借用しながら、舒明天皇に対して、天皇の引く弓弭の音に聞き入る自分の姿と心を伝えようとする。神事歌謡が神々に向って、〈神事が始まる様子です（ご用意願います）。弓弭も見えていますので〈おまちがいなく〉と降臨することを催促し、その場を指示するのに対して、中皇命の長歌は、天皇が狩猟の出発に先立って試みに弓を引き、弓弭を鳴らしているのに聞き入り、いままさに出発しようとする光景を思いうかべて胸を高鳴らせている心をうたう。きわめて抒情性の高い作品であり、「弓ぼめ」の「呪歌」などという作品があれば、その対極に位置する作品と考えるべきであろう。折口信夫がこの長歌を「歌儛所の台帳に伝った古曲の一つ」と評したことは知られているが、中皇命の手を離れると楽府の管理するところとなり、古曲となって伝承され、天皇を讃美し、朝狩りへの出発を賀する発想・表現は、人麻呂や赤人に影響を与えることとなるが、中皇命の時代に「古曲」であった、と考える必要はない。

朝狩りへの出発を賀する歌において、「朝猟に　今立たすらし　暮猟に　今立たすらし」と対句表現を重んじて不必要な「暮猟」に言及することに対し、稲岡耕二氏が前掲書に、「この出発をさして、『朝猟』への出発とのみ言うのは、どうであろうか。『夕猟』を含め、一日の猟に出発したというのが事実であり、また人々の観念にも即したものではないのか。『朝猟に　今立たすらし　夕猟に　今立たすらし』という〈対句〉は、そうした一日の狩猟の出立ちを美しく言い取ったものに違いない」というのは、この歌に抒情の新しさを読もうとする主張であり、傾聴に価するが、この長歌は、『志都歌』や神事歌謡の古代的な発想や表現に寄りかかりながら、独自の抒情をとげている作品であり、『万葉考』や『古義』がそれぞれ、「この朝暮は、上の朝夕てふ言を転しいふ文《あや》也」、「朝猟暮猟とならべ云へるは、上の朝庭夕庭をうけて文なせるのみなり。反歌に朝布麻須等六とあるにて、実は朝猟に出で賜ふをきこしめしてよませ賜ふなり」というように、第一段の「朝には……夕には……」に合わせて「今立たすらし」とうたう際に、「朝猟に……暮猟に……」と表現した、と考えても、この歌の価値をとくに貶めることにはなるまい、と思う。

本稿では、「梓の弓の　長弭の　音すなり」は、神事歌謡の「弓の弭見ゆ」に相当する表現であり、弓弭の音は狩猟の始まりを告げるものと考え、その弓弭の音が何のためであったか、という点はあまり重視していない。かりに、予祝や除禍という神事のための鳴弦であっても、神事を詠み込み、神事歌謡の発想や表現を使用していても、そうしたことはこの歌が呪歌であり、神事歌謡である、といった論拠にはならないし、この歌の抒情とはほとんど関係がない、と考えた理由による。また、狩猟に先立って形式のきまった鳴弦の神事があれば、そうした神事を確認する方法もあろうと思うが、狩猟に先立つ鳴弦の神事についての報告がないのは、いかなる理由によるのであろう。

神事歌謡が「弓の弭見ゆ」とするのに対して、中皇命が「長弭の音すなり」と変えたのは、中皇命は天皇が弓を引く場所にはおらず、少し離れた所にいる、という設定なのであろう。夏の薬猟であり、中皇命もその薬猟に参加しているが、女は狩猟とは無縁な存在であり、狩猟や狩猟と関わる場所に立ち入ることは禁じられていたので、少し離れた所で弓弭の音を聞き、出発の時刻のせまったことを考え、胸を高鳴らせているのである。作者と天皇との現実の距離や、作者の所在が狩り場か宮中か、といった問題は問うべきではない。天皇との距離を遠ざけ、狩猟への出発を自分と無縁なこととしては歌にならないので、作品においては当然近づけることになろう。

反歌「玉きはる宇智の大野に馬数《な》めて朝踏ますらむその草深野」は、今ごろ天皇は多数の人々を従え、馬を並べて朝の野を踏ませていることであろう、あの草深い野を、と宇智野にいる天皇の雄姿を推測する。長歌を狩猟の成功を祈る予祝の呪歌と見る諸説に対し、繰り返し反対を表明したが、反歌を同様な心から詠んだ予祝の呪歌と見るのもいかがであろう。予祝という言葉をあえて使用するならば、狩猟の成功を予祝したものではなく、宇智の大野に雄々しく馬を進めてもらいたい、という願望に基づく「予祝」と見るべきであろう。「その草深野」と詠歎を結句に集約するのは、『代匠記』が「草深き野には鹿や鳥などの多ければ、宇智野をほめて再び云ふ也」というように、宇智野を「宇智（内）の大野」、宇智野への出御を「馬数めて」とまずそれぞれを拡大したのをうけて、背景としての宇智野の自然を具体的に拡大し、長歌の出発についての推測を一歩進めて、鳥や獣で満ち満ちた草深い宇智の大野に馬を進める天皇の姿を脳裏にうかべ、これを讃美していることを意味している。

こうした発想・表現は、大伯皇女の「二人行けど行き過ぎ難き秋山をいかにか君が独り越ゆらむ」（2―一〇六）や、当麻真人麻呂の妻の「わが背子は何所《いづく》行くらむ奥つもの隠の山を今日か越ゆらむ」（1―四三）や、『伊勢物語』（つつゐづつ）の「風吹けば沖つ白波立つ田山夜半にや君がひとり起ゆらむ」等の留守の歌に継承される。中皇命が自己の願望する情景をうたい、その点で寿（呪）歌的性格を有しているのに対して、留守の歌は憂慮をうたい、抒情性を増大させているが、「風吹けば」の歌を妻は、『伊勢物語』は化粧して歌った、といい、『古今集』（九九四）は琴に合わせて歌った、と記し、留守の歌が平安朝においてなお、神事歌謡（呪歌）としての機能を有していたことを伝えている。

反歌と長歌は同一の主題をうたい、抒情の質においても等しく、一組みの作品と考えてよい。反歌が長歌の推測の場面を一歩進めているので、別時の作という印象を与えないものではなく、神野志隆光氏は前掲の論に、長歌は「宮廷にあって猟をことほぐ立場で、猟への宮廷出発に際して」うたい、反歌は「のちに猟場へ」献じたもので、それ故に反歌の「非見前性」も生じた、と推測する。人麻呂の作品を見ても、長歌と反歌の関わりはさまざまであり、長歌を要約したものを反歌本来の姿とし、他を例外とするのは、あまりに窮屈な考え方であるように思う。

『宇智野遊猟歌』は、題詞に「天皇の宇智野に遊猟したまひし時に、中皇命の間人連老をして献らしめし歌」とあり、中皇命が老に命じて献らせた、というのは、たんにこの歌を老に運搬させ伝達させただけであるならば、運搬・伝達者の名前をとくに記録する必要もないので、老に制作させた意であろう、とする説が行われている。この作品は、すでに見てきたように、豊楽の日に雄略天皇に大御酒を献る際に袁杼比売が歌ったという『志都歌』の発想・表現を借りて天皇への憧憬を添えて天皇を讃美する女歌であり、反歌も留守をあずかる女の歌う女歌である。

『古事記』によれば、袁杼比売の『志都歌』は、大御酒を献らせることを督促する雄略天皇の『宇岐歌』に答えたものであり、両者は一組みの作品と考えられていたごとくであるが、『宇岐歌』は『琴歌譜』にも収められているので、『志都歌』も琴歌であったことが考えられないではない。神降しの歌も琴に合わせて歌われるので、弓弭への注意をうたう『宇智野遊猟歌』に影響を与えた神事歌謡も琴歌であったはずであり、留守の歌も琴に合わせて歌われるが、狩猟歌が歌われる際の楽器は、古来の琴ではなく、外来の鼓吹であろう。

狩猟も鼓吹も男の世界に属しているが、古来の琴に合わせて歌う神事歌謡の要素を持つ女歌が、外来の鼓吹に合わせて歌う遊猟歌となり、新しい天皇讃歌となるには、大陸の文化に通暁した男の協力を不可欠としよう。『宇智野遊猟歌』は、中皇命の立場の女歌であり、中皇命の作と見てよい歌であるが、男の世界で発表されている。老は、この歌のたんなる運搬・伝達者ではなく、中皇命と老の合作といってもよいような協力をしていよう。老によって発案され、老によって狩り場（あるいは宴）にもたらされ、発表された作品であろう。

間人連老は、白雉五年（六五四）二月に遣唐副使となるが、同族の者には、推古十八年（六一〇）十月の任那使入京に際し導者となった間人連塩蓋、斉明三年（六五七）に新羅使とともに新羅に行き、新羅経由で入唐しようとした間人連御厩、天智二年（六六三）三月に前将軍となって新羅を討った間人連大蓋もおり、大陸の文化に深い理解を有していた、と推測される。

鼓吹は、中国の正式の音楽であるので、鼓吹は、中国や中国楽を輸入した半島の三国から伝来した、と考えられる。百済楽は、欽明十五年（五五四）二月の楽人交代の記事から、欽明朝にはすでに伝来していたことがわかるし、高句麗楽も、推古二十六年八月に高句麗が隋の滅亡を報じて種々のものを貢献した際に鼓吹を伝えている。推古十六年六月に隋使裴世清を江口に迎えた際のことを、『書紀』は「飾船三十艘を以て」した、と記すのみで鼓吹の記載はないが、『隋書』（倭国伝）は、「儀仗を設けて鼓角を鳴らして来たり迎ふ」と鼓角の存在を記し、舒明四年十月に唐使高表仁を江口に迎えた際には、『書紀』も、「船三十二艘及び鼓吹、旗幟、皆具に整飾へり」と記している。舒明朝にあっては、中国風の整飾の鼓吹はすでに可能な状態にあった。鼓吹楽の存在を疑問視する説もあるが賛成しない。

二　紀温泉往路三首

『紀温泉往路三首』も、作者についての問題がある。題詞には中皇命の歌とありながら、左注が斉明御製とするためである。

　　中皇命の紀の温泉に往きたまひし時の御歌

君が歯《よ》も吾が代も知るや磐代の岡の草根をいざ結びてな（1―一〇）

吾が背子は仮庵作らす草《かや》なくは小松が下《もと》の草を刈らさね（一一）

吾が欲りし野島は見せつ底深き阿胡根の浦の珠ぞ拾りはぬ　或は頭に云はく、吾が欲りし子島は見しを（一二）

　右は、山上憶良大夫の類聚歌林を検ふるに曰く、天皇の御製の歌なり云々、といふ。

題詞と左注の矛盾について、額田王の場合を中皇命に及ぼし、中皇命は額田王と同じく天皇に代って歌を詠む代作歌人であり、『万葉集』の題詞は、実作者を重視して中皇命や額田王の作として記し、左注に引用する憶良の『類聚歌林』は名目上の作者を重視して天皇の御製とした、としてその矛盾を解決しようとすることが試みられている。よく考えられた学説で、多くの人々に支持されており、なぜ、中皇命や額田王が天皇の代作をするか、ということに関しても、中皇命や額田王は天皇に代って歌を詠むことを仕事とする「御言持ち歌人」であったり、「詞人」であったりするため、と説明されているが、「御言持ち歌人」の存在や中皇命や額田王が「詞人」である、といった点に関しては、なお問題を残すごとくであり、題詞と左注の矛盾も、こうした学説以外、解決の方法がない、というものでもないように思う。

「みこともち」は、本来〈天皇のお言葉の伝達者〉を意味し、〈地方に出て政治をする官吏〉に対して使用する。女に対して使用した例も、歌人に対して使用した例もともに存在しないので、女流歌人に対して使用する言葉ではない。中皇命や額田王を「みこともち」と呼ぶのは、折口信夫が『古代研究』等で使用したのにはじまるが、折口信夫に「みこともち」という特異な職能をもつ女流歌人の存在を空想させたのは、おそらく、「中皇命」という言葉ではなかったろうか。折口信夫は、「中皇命」の「皇命」が天子の詔を意味するところから、官吏を意味する「みこともち」の原義を推測し、「中」を神と天皇の中、あるいは天皇と臣民の中とし、神や神となった天皇の言葉を天皇や臣民に仲介する、古代的な特殊な歌人の存在を思い描いたのであろう。多くの人々に支持されているが、「みこともち」「御言持ち歌人」という言葉は、研究書を離れては存在しない。これらの言葉に相当するかと思われる言葉も、「中皇命」が一語存在するのみであるが、額田王を「中皇命」と呼ぶことはないので、「中皇命」をそうした特異な職能を表わす普通名詞と考えることはできない。

伊藤博氏は前掲書に、「神々と天皇のあいだにあった『みこともち』といえば、ずいぶん原始的でむつかしく聞こえるが、要するに、天皇のかたわらにあって祭祀を司った女性の神名的な呼称が『中皇命』であったと信ぜられる」といい、さらにこれを説明して、

　具体的にいえば、斉明朝中皇命は斉明女帝と皇太子との仲に立ち、舒明朝中皇命は皇后と天皇との仲に立ってう

たったのであり、そのうたいかたの本質には差はなかったのである。舒明朝の皇后と天皇との関係がヒメヒコ制の擬制であることはいうまでもないが、斉明朝の女帝と皇太子の関係も、変態的ながらそれであったと見られる。神の声を聞く中皇命とは、現実的には皇后と天皇の仲に立って祭祀のことにあたる神的存在のことでなかったか。すくなくとも原始的なシャーマンを離れた時期にはそういう女性を中皇命と呼んだのであり、万葉の中皇命はあたかもそれを具体的に示すものではないか。

といい、伊勢の斎宮に類する存在であるとして、「大和朝廷では、『斎宮』制度が確立するまでのそれに相当する女性を『中皇命』と呼んでいたのではないか」とまで推測する。古代文学の研究には、こうした大胆な推測が必要であるが、斎宮は歌人ではないし、天皇に代って歌を詠む任務も習慣もない。『宇智野遊猟歌』について伊藤氏は、中皇命は舒明天皇と皇后の間に立って、本来は皇后に代って神の声を天皇に取り次いだり、神となった天皇の言葉を臣民に伝えたりするのだが、この歌の場合は、皇后に代って祭祀を行うという立場で作歌しており、それは、『紀温泉往路三首』の場合も同じである、と考えるのであろう。

『宇智野遊猟歌』にうたわれた、朝狩りに出発する天皇を讃美する心は、中皇命の心であるが、狩猟に直接参加することのできない皇后をはじめとする多数の女たちの心でもあろう。皇后に代って作歌した、ということはけっして理解できないことではないが、作歌活動を祭祀に近づけ、『宇智野遊猟歌』を「狩場の幸を予祝したもの」とする読みに賛成しないことはすでに述べた。『紀温泉往路三首』についても、伊藤氏は作歌を祭祀に近づけている。

伊藤氏は、「第一首は、岡の草を結んで、君（中大兄）と我（斉明）の命のさきわいを願った予祝儀礼の歌であること、一読して明瞭だ。第二首も、仮廬のための霊力あるかやは神聖な小松の下にあることを教えた歌と見える。……第三首も、女性らしい欲望を装いながら、内実は神祭りに欠くことのできない真珠をうたったもので、それを希求することが前途の予祝につながったのであるかもしれない」とすべてを神事に関わる予祝の歌として読もうとする。

呪文や呪歌は、本来神に対して唱えられ、歌われるものであるが、この三首は神に対してうたいかけた歌ではない。今日使用する〈おめでとう〉〈お元気で〉という言葉が「予祝」の意味を持つというならば、人間間の「予祝」も存在するし、そうした「予祝」を神事に類したものと考えたり、そうした「予祝」に神事に類したものが伴われていたと考えたりすることができるならば、人間間における予祝の呪歌も存在することになるが、三首は、草結びができましょう、小松の下の草が刈れましょう、よい珠が拾えましょう、と予祝するのではなく、草結びを勧誘し、仮庵に必要な草の存在を教示し、珠を拾いに連れて行ってくれと依頼しており、神事に関わる予祝の歌として読むことは困難である。

〈神の声を聞く中皇命〉の歌として読もうとするならば、神の声を聞き、神の立場で詠んだ託宣の歌に近づけて読むことを試みるべきであろうが、作品を正しく読むならば、小西淳夫氏が「中皇命の献歌」（山路平四郎・窪田章一郎編『初期万葉』）に、「三首共、女性から男性に対し、優しい親愛感をもって歌いかけた形であり、恋歌的な抒情性を十分に備えているように思う」といい、「三首を呪的儀礼歌として捉え、そこから中皇命の特殊な立場を仮想していく説にはやはり疑問を感ぜざるを得ない」と主張する読みに従うべきであろう。

第一首「君が歯も吾が代も知るや磐代の岡の草根をいざ結びてな」は、「君」とわれの命のながからんことを願って一緒に草結びを行うことを勧める。「君」とわれの命をきわめて密接な大切なものとしてとらえ、磐代が人の寿命を支配するというはかない伝承を信じ、熱心に草結びを勧めている歌で、「君」に対する作者の強い愛情と作者の愛らしい姿を伝える。第二首「吾が背子は仮庵作らす草なくは小松が下の草を刈らさね」は、今夜二人が宿る仮庵を作るために草を刈る「夫」に向って、愛らしい言葉をかけて助勢する歌であり、はずんだ調べは作者が新妻であることを暗示するようでもある。額田王の「金《あき》の野の美草刈り葺き宿れりし兎道のみやこの仮庵し念ほゆ」（1―七）も、同様に仮庵の準備をする「夫」にうたいかけた作であろう。第三首「吾が欲りし野島は見せつ底深き阿胡根の浦の珠ぞ拾りはぬ」は、自分の見たがっていた野島を見せてくれた「夫」への感謝と、さらに阿胡根の浦に珠を拾いに連れて行ってもらいたい、という甘え心をうたっている。

第一首と第二首は、戸外で共同の神事や労働をする男たちに向って、神事に加わり、労働にはげむことを勧めながら、恋心や憧憬をうたいかけている。こうした発想は民謡の発想に見られるもので、民謡と関係の深い『人麻呂歌集』の旋頭歌などにも見うけられる。民謡の発想や表現を借りてうたっている、と考えてよかろう。第一首が、草結びの神事をうたうのは、草結びの神事を行った後の宴でうたわれた、といったことが作用しているのかもしれないが、神事に関わりを持ち、神事をうたっていても、神事歌謡でないことはすでに述べた。その点では、第一首と他の二首は等しく、第一首と第二首における、新妻のものともいうべきかわいい愛の表明は、第三首の甘えに連続するが、甘えた誘いは、旅へのさらなる誘いとなって、この三首の主題を完結させるのであろう。宴に参加した男たちは、かならずしも楽しいことばかりではない行幸供奉の旅中であるこの歌を聞き、ふと新妻に誘われて珠を拾いに行く旅を思い、心をなごませるのであろう。

中皇命の『紀温泉往路三首』は、歌和史的には袁杼比売が宴において天皇を讃美する心から天皇に対する恋情を表明した宴の女歌の伝統をうけて、旅中で行われた宴で男たちに対して恋情をうたうのであろう。その宴が密室における神や天皇を対象とする閉鎖された宴ではなく、戸外における多数の人々の参加する開放された宴であったために、民謡の発想や表現が採用され、多数の人々が共同して行う神事や労働に関連させて男たちへの愛がうたわれ、最後に旅へのいざないがうたわれるのである。この旅へのいざないは想念の世界におけるいざないであり、所在未詳の阿胡根の浦は珠の名産地としての歌枕を想定するべきであろう。

中皇命の『紀温泉往路三首』は、民衆の一人がある集団を代表して民謡を歌うように、宴に参加する斉明天皇をはじめとする女たちを代表して、中大兄をはじめとする男たちにうたいかけた、と見るべきであろう。天皇に代って詠む特異な呪歌ではないし、天皇の心中に深く入ってよむ特異な抒情でもないし、兄中大兄のみを対象とする歌でもない。一方では、行幸を主宰する斉明女帝の歌ともなり、参加した女たちの中でもっとも目立つ存在であった中皇命の歌ともなる歌であったために、和歌が抒情詩となった時代に、中皇命の歌であると同時に、天皇の歌であり、その宴に参加する全女性の歌である、といった理解が忘れられ、特異な情況下にいる特定な個人の特異な抒情と考えられ、作者に関する異伝が生じたのであろう。

神野志隆光氏が前掲の論で、「歌のありかたの側から」当時の歌は、「先人の歌が自己の歌であり得る、また、自分の歌が他人の歌になり得る」という状態にあったことをいい、作者異伝の問題を「歌の共有」という視点から考えようとしているが、本書ではあるいは、神野志氏のいう「歌の共有」が、どのような和歌史をうけて、どのような歌人によって、どのような場で形成されるかを論じているのかもしれない。しかし、中皇命は斉明天皇とのみ『紀温泉往路三首』を共有しているのではなく、宴に参加した多数の女たちとこの歌を共有し、『宇智野遊猟歌』を間人連老と共有しているのではなく、皇后をはじめとする後宮の女たちとこの歌を共有する、と考えている。

＊　　＊　　＊

中皇命に関する諸説は、曾倉岑氏の「中皇命序説」（上代文学会編『万葉の争点』）に丁寧に整理されているので、中皇命の意味や誰を指すか、ということに関しては、結論のみを述べることとするが、間人連老と親しいことや間人皇女の名が『万葉集』に見えないことから考え、間人皇女を指す、と解するのがもっとも自然のように思う。間人皇女がなぜ中皇命と呼ばれ、『万葉集』がなぜその別称を記録したかが問題になるが、『万葉集』には、中臣鎌足を内大臣藤原朝臣、高市皇子を高市皇子尊、草壁皇子を日並皇子尊と、後の官職や姓や追尊や諡号で記録することがあるので、中皇命を間人皇女の諡号と考えることも不可能ではない。おそらく、つねに斉明天皇の傍にあって天皇の私的なお言葉を伝える、宮中における皇命の伝達者という皇女の役割を賞讃した「中皇命の尊」といった諡号であったのであろうが、後に本来の意味が忘れられ、天智と天武の間の天皇のごとき皇女、中宮であって（あるいは、宮中にあって）天皇のごとき権勢を有した皇女の意と誤解されて、仲天皇、中宮天皇と記載されることもあった、と考えておきたい。

中皇命が、宮中における（内部の、私的な）皇命の伝達者を意味するとすると、「御言持ち」の意味に近づくが、祭祀を担当したり、皇命の伝達者として作歌している、とは考えていない。中皇命の時代になると、宴は神事から次第に独立し、多数の人々が参加する人々の楽しむものとなる。神事としての宴や神事に密接した宴においては、古代の神事歌謡が繰り返し歌われたが、多数の人々が参加する人々が楽しむ開かれた新しい宴においては、神事に代って人々の心を融合させる新たな宴の歌が求められた。なぜ、中皇命がそうした新しい宴の歌の担い手になったのか、ということが問題になるが、中皇命がその宴に参加する女性を代表する立場にあった理由によろう。新しい宴においても、前代の宴で歌われた歌謡が楽人たちによって歌われていたであろうが、そうした歌謡は、新しい宴においては、添えものであり、宴は天皇を取りまく貴族たちが楽しむものであった。楽人たちは宴に侍して貴族たちに奉仕しているのであり、みずから宴を楽しむことはなく、貴族と同列の立場で宴に参加する人々の心を代表して歌うことはなかった。宴に集う女性を代表してうたうのは、楽人ではなく、現実に女性を代表する中皇命や額田王であったのであろう。

中西進氏は、『万葉集の比較文学的研究』において中皇命や額田王を「詞人」とよび、「宮廷歌人」として「その場の首長の代作を果」したという。「御言持ち歌人」という言葉が研究書を離れては存在しないのに対して、「詞人」は『顕宗即位前紀』に見えており、宮廷歌人に包摂させているのも理解しやすく、傾聴に価するが、中皇命や額田王の作歌活動は、人麻呂や赤人らの宮廷歌人や、後の貫之や躬恒らの専門歌人の作歌活動とは区別する必要があるように思う。

『孝徳紀』によると、野中川原史満は造媛の死に際して中大兄に代って『造媛挽歌』（紀—一一三・一一四）を詠んでいる。満の行為と宴に集う人々の心を代表する中皇命の作歌は、あるいは同一のように思われるかもしれないが、満は中大兄という個人になり代って作歌しており、自分の立場で造媛の死を悲しんではいない。他人に代って歌を詠むというのは、皇女がすることではなく、特定な歌人の行為であろう。

中皇命が『紀温泉往路三首』を宴に参加する女たちを代表して詠むことができたのは、中皇命が宴において女たちを代表していたためであり、そうした宴があったためであるが、『宇智野遊猟歌』を詠むためにも、後宮の女たちを代表し、後宮の女たちの心と中皇命の心とを融合させる宴が必要であったように思う。この歌が発表されたのは、狩りの前夜や狩りの終った当夜の宴であろうが、そうした宴に参加して詠んだのではなく、留守をあずかる女たちも別に宴を催し、持統天皇の伊勢行幸に際して京に留まった人麻呂が『留京三首』（1—四〇〜四二）を作ったように、歌作することもあったのであろう。

『宇智野遊猟歌』も、宴の女歌と考えてよいが、天皇に対する献歌であり、天皇を讃美し、その狩猟を荘厳にする整飾の歌謡に相当する役割を有している。また、和歌史の上では、人麻呂や赤人の『吉野讃歌』に連続する作品であり、宮廷歌人の作歌活動と連続する一面を有していたことも無視することはできない。整飾の和歌が求められ、専門歌人の登場が待たれていたことを物語るごとくであるが、そうしたことを痛切に感じていたのは、中国の文化に通じ、音楽や和歌の政教的機能を理解していた間人連老たちであったろう。老によってこの歌は公的な場に運搬されたが、この歌が宴の女歌を抜け出て、宮廷歌人の整飾の讃歌のように見えるのも、老の協力がさまざまな面に及んでいたからであろう。

『国文学研究』第八十九集（昭和六一年六月）に発表した。

第四章　額田王と遊宴の歌

一　蒲生野贈答歌

谷馨は『額田王』や『額田姫王』（紀伊国屋新書）に、額田王を「遊宴の花」と呼び、伊藤博氏も『万葉集の歌人と作品・上』に谷説を承けて同様に王を「遊宴の花」と呼ぶが、額田王はたしかに遊宴の歌人と呼ぶのにふさわしい歌人である。しかし、遊宴の歌人といっても、谷のように「采女的な公的な存在」として、宮廷の祭祀や遊宴で作歌したとか、伊藤氏のように、「御言持ち歌人」として天皇に代って祭祀や遊宴で作歌したとか、考えているわけではない。まず、遊猟時の宴の歌から考察することにしよう。

天皇の蒲生野に遊猟したまひし時に、額田王の作りし歌

茜草《あかね》さす紫野行き標野《しめの》行き野守は見ずや君が袖ふる（1―二〇）

皇太子の答へし御歌　明日香宮に宇御《あめのしたをさ》めたまひし天皇。諡して天武天皇と曰ふ。

紫草《むらさき》のにほへる妹をにくく有らば人嬬故に吾恋ひめやも（二一）

紀に曰く、天皇の七年丁卯の夏五月五日、蒲生野に縦猟したまふ。時に大皇弟・諸王・内臣と群臣と、皆悉く従ひきといふ。

右の贈答は、額田王が贈歌をうたい、大海人皇子のちの天武天皇がこれに答えたものである。人が立ち入ることを

禁じた紫草の栽培地の中で皇子が王を見、親しみをこめて袖を振った際に、王がよみ、その贈歌に皇子がただちに答えたかたちの恋の贈答であるが、こうした秘密にしておくはずの恋の贈答が、人々に知られて『万葉集』に収められていることも、思えば不思議なことであり、しかも、恋の贈答を収める巻二の「相聞」には採択されず、巻一の「雑歌」に採択されているのも、この『蒲生野贈答歌』がたんなる恋の贈答でないことを主張するようでもある。池田弥三郎は『万葉百歌』（中公新書）に、この贈答を狩猟後の「宴席での唱和の歌」としてとらえ、つぎのような批評を記す。

これは深刻なやりとりではない。おそらく宴会の乱酔に、天武が武骨な舞を舞った、その袖のふりかたを恋愛の意志表示とみたてて、才女の額田王がからかいかけた。どう少なく見積っても、この時すでに四十歳になろうとしている額田王に対して、天武もさるもの、「にほへる妹」などと、しっぺい返しをしたのである。

宴席での作といった指摘は注目に価するが、王が「からかいかけ」、皇子が「しっぺい返しをした」贈答で「深刻なやりとりでない」という池田弥三郎の読みは、あまりに軽妙にすぎ、この贈答の行われた遊宴を後世の酒宴と同一視し、遊宴の歌を酔余の戯れ、座興の戯歌と見なしているのには賛成しがたい。池田説の宴席の作とする部分は、多くの支持を受け、伊藤博氏は『万葉集の歌人と作品・上』に、「この歌は、個の実用の『相聞歌』ではけっしてなく、天智天皇以下宮廷男女の集う宴席で、本日の狩を祝福し人々の興を満たすためにうたった雅の『恋歌』だった」といい、稲岡耕二氏も『万葉集』（鑑賞日本の古典）に、「宴席での贈答歌であって、全く個人的な『忍ぶ恋』の表白のように解するのは、恐らく誤りであろう」という。しかし、私的で実用的でない、つまり褻ではない、公的で集団的な「雅」に属する恋歌、つまり晴の恋歌とはいかなるものであろう。また、宴席でそうした恋の歌が、なぜ、歌われるのであろう。伊藤氏は、前掲書につぎのようにいう。

蒲生野の遊猟に従った女たちは、現実には誰の妻であろうと、その日一日は、宰領者天智の一夜妻のごときものだったのでないか。……宰領者を本日の女性の独占者としてうたうことが同時に本日の遊猟とその主宰者とを讃美することにつながったのであろう。そもそも、本日の狩の景物を道具立てにすること自体が名立ての讃美だったはずだ。

伊藤氏は、額田王がその贈歌にうたう「茜草」「紫野」「標野」「野守」を狩の景物と考え、そうした景物を詠み込むことに讃歌性を認め、「名立て（評判が立つようにするの意か）の讃美」であった、という。詠み込まれた恋の心も、遊猟に参加した女たちは、「天智の一夜妻のごときもの」であったので、その点に考慮をはらって、王が「私が占有され監視されている野（私を占有する夫の領域）」にあることをいい、大海人皇子が「人嬬故に」とうたうことで、同様に「名立ての讃美」が行われた、と考えるのであろうが、王たちはどうしてこのような迂遠な讃美をするのであろう。

さきに、「中皇命と遊宴の歌」（本書第三章）において、『紀温泉往路三首』（1―一〇～一二）に中皇命の作歌活動の特色をさぐり、中皇命が、宴において天皇を讃美する心から天皇に対して恋情を表明する、袁杼比売の『志都歌』（記―一〇四）に見られる宴の女歌の和歌史を承けて、旅中で行われた宴において、中大兄をはじめとする宴に参加する男たちに対して恋情を表明したことを述べた。また、その宴が、かつての密室において神や天皇を対象とする閉鎖された宴ではなく、戸外において多数の人々が参加する開放された宴であったために、民謡の発想や表現が採用され、多数の人々が共同して行う神事や労働に関連させて男たちへの愛がうたわれたことを述べたが、額田王の遊宴の歌についても、同様なことを指摘することができるように思う。

額田王は、紫野において道ならぬ恋をしかけられて当惑した、とうたうが、「紫野行き標野行き」の主語が問題となっている。野守を主語にしては、野守の行為が重視されすぎ、主題が分裂してしまうし、「君」を主語とするのが通説となっているが、「君」だけが行っては、「君」は「吾」からひたすらに遠ざかって行ってしまう。この部分は、稲岡氏が前掲書に、「狩猟後の宴席で額田王がこの歌を口誦披露したとすれば、聴く人々すべてが野を行き来した一日の遊びを想起しつつこの句を享受するわけで、第四句・第五句から倒逆的に『行き』の主語を考えるような、記載文学的な理解はこの歌に即さないものと思う」といい、「『野守』も『君』も『吾』も含めた集団の行為としての『行き』を考える方がいっそうふさわしい」というのに従うべきであろうが、こう解すると、「吾」が重視され、王は紫野でたまたま皇子に出逢い、皇子から一方的に袖を振られた、というのではなくなるようだ。

「茜草さす紫野行き標野行き」と作者は、「紫野」「標野」を歩きながら、距離を置いて同様に「紫野」「標野」を行く皇子を見ている。作者も皇子も実際にはそれぞれが小グループを作り、仲間と一緒であったはずであるが、そうした人影は消され、「君」と「吾」のみが人の立ち入ることを禁じた野を行き行くのであろう。立ち入りを禁じた野を行くのは、禁じられた恋の世界に踏み込むことを意味し、そうした罪の意識を持つ故に、「野守」の視線を強く感じるのであろうが、罪の意識とはいっても、禁じられた野が「あかねさす紫野」であるために、明るく美化されている。そうした「標野」を「君」と「吾」とが二人行き行くことをたがいに強く意識していたが、ああ、「野守」は見ないであろうか、「君」は「吾」に向って袖を振った、と王はうたう。軽い当惑と当惑に隠された強い喜びをうたっていることはいうまでもない。

額田王と大海人皇子が他の人々と別れて、二人のみで「標野」に行くわけもなく、道ならぬ恋に落ち入り、罪を犯そうとすることを明るく美しくうたい、全体として強い喜びをうたっているのも、事実としては不思議なことで、皇子との間にそうした事実はなかった、と考える方が理解しやすい。遊猟後の宴において、王は、主客の男に向って恋情や憧憬を表明して主客を讃美する宴の女歌をうたうこととなったが、この宴が戸外における多数の人々の参加した開かれた宴であったために、王は遊宴の歌人として、遊宴に参加した全女性を代表して天智天皇をはじめとする全男性にうたいかけるのであろう。稲岡耕二氏は前掲書に、王を「口誦末期の宴席のヒロイン」としてとらえ、この贈歌を「万座の中で披露した」と推測し、この歌には、「当日参加した大宮人の誰彼に共通する内容」が認められる、という。

道ならぬ恋がうたわれるのは、この宴が薬猟後の宴であったために、薬猟中に歌垣に類似した場面が展開したとして、道ならぬ恋をうたうのであろう。歌垣においては、そうした道ならぬ恋も許されており、そうした恋もおこりうると考えていたのであろう。王は、遊宴の歌として男たちに向って恋情を表明し、袁杼比売が『志都歌』で「脇机が下の板にもが」――どんなかたちでもよいから、あなたの傍にいたい、愛されたい――と歌ったように、求愛の歌をうたうのであるが、歌垣に類似した薬狩後の宴であったために、道ならぬ恋も行われたとして、道ならぬ恋をしよう、道ならぬ恋を仕掛けてくれ、とうたうのである。王は、男たちに向って、人の立ち入りを禁じた野を行き、「君」から袖を振られていささか当惑したが、たいへんうれしかった、というのであり、男たちがさらに勇敢な行為をすることを求めていることはいうまでもない。

王が「君」を挑発する大胆な歌を詠めたのも、宴の女歌を継承し、事実から離れ、個人の立場を離れて全女性を代表して全男性にうたいかけているからであろう。王は相対立する、現実と非現実、個人と集団の間に、あるいは、そうした相対立するものの間というよりも、そうした相対立するものの融合する中に、身を置くのであり、王の歌のもつ〈つややかさ〉は、そうした中から発生するのであろう。

王の歌は、すでに述べたように、宴に参加した男たちにうたいかけた贈歌で、大海人皇子個人を対象にしてはいないが、男たちは王の挑戦をうけて答歌をうたう必要があった。そうした情況下で皇子は、王の贈歌のもっともふさわしい答歌のうたい手として選ばれたのであろう。皇子はいかにも皇子らしい歌を詠んでいるが、贈歌のような歌を詠みかけられては、男は誰であっても、そうした危険な恋に殉じよう、身も心もささげよう、とうたわざるをえまい。皇子の歌は、王の求めるものに素直に答えたものであり、「紫草の」や「人嬬故に」の表現も、王の贈歌を承けたものであることはいうまでもない。

* * *

額田王の生年の推定は、孫の葛野王についての『懐風藻』の伝が資料になっている。持統十年（六九六）七月十日に高市皇子が薨じて後、皇太子を定める皇室会議が開かれた折に、葛野王が「子孫相承」を主張し、さらに弓削皇子の発言を封じたために、皇太后（持統天皇）が喜んだことを記し、その伝を「皇太后其の一言の国を定めしことを嘉《よ》みしたまふ。特閲して正四位を授け、式部卿に拝《め》したまふ。時に年三十七」で閉じる。

葛野王が三十七歳である年から逆算すれば、額田王が祖母となった年は判明するが、基準とする年については三説を立てることができる。高市皇子が薨じて皇室会議が開催された年、つまり、高市が薨じて軽皇子が皇太子に立つ持統十年七月十日から十一年二月十六日の間、おそらく十一年（六九七）とするのが第一説。葛野王が正四位式部卿になったといっても、正四位式部卿という官職は、『大宝令』の定める官職であるので、新令を制定し、官名や位階の制を改正した大宝元年（七〇一）三月二十一日とするのが第二説。三十七歳は行年で、『続日本紀』に「正四位上葛野王卒」と見える慶雲二年（七〇五）十二月二十日とするのが第三説である。

『懐風藻』の伝が、皇室会議の開催された折の葛野王の年齢や正四位式部卿になった年の年齢を特に問題にして記録するとも思われないので、三十七歳は、第三説の行年と考えるべきであろう。逆算すれば、葛野王は天智八年（六六九）の誕生となり、その年に額田王は四十歳であったとすれば、額田王の生年は舒明二年（六三〇）となる。『蒲生野贈答歌』を詠んだのは、葛野王が誕生する前年天智七年のことであり、額田王推定年齢三十九歳。天武は『本朝皇胤紹運録』の行年六十五歳説に立てば四十七歳、六十五歳を五十六歳の誤りとする説に立てば三十八歳。兄の天智は『舒明紀』（一三年一〇月）によれば四十三歳。大友皇子は『懐風藻』（伝）によれば二十一歳。額田王の娘十市皇女は推定年齢十九歳であった。

二　春秋競憐判歌と三輪山惜別歌

『春秋競憐判歌』は、天智天皇の御前で廷臣たちが春秋いずれが美しいかを競いあった時に、額田王が歌によって判定した作品である。宴が催され、廷臣たちが詩を作り、春秋の美が美として認識されて詩に表現され、いずれが美しいかが競われたのであろう。『懐風藻』（序）は近江朝の文学について、「旋《しばしば》文学の士を招き、時《よりより》に置醴の遊を開きたまふ。此の際に当りて、宸翰文を垂らし、賢臣頌を献る。雕章麗筆、唯に百篇のみに非ず」という。『春秋競憐判歌』はそうした詩宴における判歌である。

天皇の内大臣藤原朝臣に詔して、春山万花の艶《うるはし》きと秋山千葉の彩《いろど》れるとを競ひ憐ましめたまひし時に、額田王の歌を以てこれを判めし歌

冬ごもり　春さり来れば　喧かざりし　鳥も来鳴きぬ　開《さ》かざりし　花もさけれど　山を茂《し》み　入りても取らず
草深み　執りても見ず　秋山の　木の葉を見ては　黄葉《もみ》つをば　取りてぞしのふ　青きをば　置きてぞ歎く　そ
こし恨めし　秋山吾《あれ》は（1―一六）（「秋山そ」説はとらない）

額田王は、春に心を寄せているように歌いだしながら、春を否定し、それでは秋に心を寄せるはずだ、と思わせながら秋をも否定し、春に回心するのだな、と思っていると、突然に「秋山吾は」と判定を下すが、この春秋に揺れ、突然に判定するうたい方について、犬養孝は『万葉の風土』に、その宴に参加している春秋それぞれの季節に心を寄せる二群の人々の反応を十分意識してのものとし、「春に心を寄せる者も、秋に心を寄せる者も、心情発展の漸を逐うて一喜一憂、全く翻弄され通しで、しかも両者に一刻たりとも緊張をゆるめる時を与へず、最後のせりあげに持つてゆく呼吸、寸分隙のない構成となつてゐる」と評しているが、まさにその通りであろう。

春秋いずれが美しいか、と尋ねられた時、われわれは、それぞれの季節の美を一つ一つ列挙し、その多寡を数えて判断するであろうが、こうした列挙による相対的な評価は、もっとも歌（詩）になりにくいものであろう。窪田空穂は『評釈』に額田の判定が、「近寄って、手に折り取って、しみじみと賞美しうることを条件としてのもので、優劣の差は、一にその事のできるできないによって定ま」っていることを指摘し、そこに「女性の興味」と「女性の心情」を認めているが、この興味と心情が、この歌（詩）になりにくい〈春秋競憐の判定〉を歌（詩）になしえたのであろう。

この長歌は、犬養が推測するように、「天皇初め鎌足及び諸廷臣の集ふ席上、何らかの曲節で朗詠されたもの」であろう。十八句という偶数歌体であり、五七七七で結んでおり、長歌というよりも歌謡として発表されたものであろう。即興的に歌いあげた作品であるが、作者は、判断に迷いながらもやはり秋がよいという主張を、宴に集う人々の心に直接訴えようとする。「近寄って、手に折り取って、しみじみと賞美しうる」か否かの一点に拘泥するのも、〈春秋競憐の判定〉を自分の問題にし、自己に引きつけて抒情化するために、不可欠の方法であったのであり、一座の人々を深く感動させたことは想像にかたくないが、額田王が「遊宴の花」となりえたのも、宴が古代性を脱却した詩宴となり、個人の抒情が強く求められていたからにほかならない。

　　額田王の近江国に下りし時に作りし歌、井戸王即ち和せし歌

味酒　三輪の山　青によし　奈良の山の　山の際《ま》に　い隠るまで　道の隈　い積るまでに　委曲《つばら》にも　見つつ行かむを　しばしばも　見放《さ》けむ山を　情無く　雲の　隠さふべしや（1―一七）

　反歌

三輪山をしかも隠すか雲だにも情有らなも隠さふべしや（一八）

　右の二首の歌は、山上憶良大夫の類聚歌林に曰く、都を近江国に遷せし時に三輪山を御覧《み》たまひし御歌なり、といふ。日本書紀に曰く、六年丙寅の春三月辛酉の朔の己卯、都を近江に遷しき、といふ。

綜麻《へそ》形の林のさきの狭野榛の衣に着くなす目につくわが背（一九）

　右の一首の歌は、今案《かむが》ふるに、和せし歌に似ず。但し、旧本この次に載す。故に以て猶しここに載せたり。

『三輪山惜別歌』には左注があって、天智（中大兄）御製とあるところから、遷都に際して神事を行ない、その神事に関連して天智天皇が歌を詠む際に、額田王が天皇に代って詠んだ、という解釈が広く行なわれている。

谷馨は『額田王』に、「この遷都に際して、旧都を去らんとして望見すれば、密雲低く三輪山を蔽い、恰も神霊譴《いか》るが如きものを思わせる時、胸中一抹の不安を感ぜざるはなかったであろうと考える。この時、君をはじめとして諸卿群臣等しく祭祀及び咒歌あるべきを期したであろう。その咒歌の作者として、王が選ばれたのであろう。こう推定して、はじめて此の歌の切実なる声調が分る」といい、伊藤博氏は『万葉集の歌人と作品・上』に、「異例な新都の安泰と繁栄を祈誓するためには、天皇を中心とする宮廷集団一行は、今や古里として置き去りにする大和への惜別の情を高らかにうた」う必要があり、この歌を「大和と山背の国境い奈良山」で、「大和鎮魂の儀礼」を行なった際に、

天皇に代って詠む「国ぼめ」としての「国偲ひ歌」である、といい、橋本達雄氏もまた『万葉宮廷歌人の研究』に、この歌は、「大和を遠く去る画期的な遷都によって、再びまみえることのできなくなる三輪山を、ふり返りふり返り見て、タマフリをしつつゆく形をとって」おり、「三輪山にこもる天皇霊を皇太子（天智）の身に付着するためのタマフリの呪術にともなう呪歌」であって、天智に代って詠んだ、という。

額田王は、つまびらかに見つづけよう、しばしば振り返って見ようとした三輪山を雲が隠すことを歎き、反歌においてもその歎きを反復する。三輪の神を慰撫するのであれば、三輪山を直接讃美するであろう。思慕は讃美と連続するが、讃美を意図するのであれば、もっと直接的な方法があるであろうし、新都の安泰や繁栄を祈る場合も同様であろう。〈タマフリ説〉に対しても、寺田純子が『古典和歌論集』に、「そこに力点があるなら、国見歌のように、見えても見えなくても見えた見えたとうたわなければならない。それが呪歌の呪歌たる使命というものであろう」と批判し、戸谷高明氏も「額田王」（上代文学会編『万葉の歌びと』）に、「予祝・讃美を基本的内容とするものであるならば、この三輪山の歌においても、奈良山の間に隠れるまで三輪山を見つづけることができる、雲も三輪山を隠さないなどとうたわれることになるであろう。見たいものが見える、それをうたうことが儀礼歌の伝統であった」という。〈見ることのタマフリ〉は、三輪山が見えなくては、三輪山に宿るという「天皇霊」を身につけることも出来ないはずであり、見えないことを歎いても、〈見ることのタマフリ〉をしたことにはなるはずもない。

土橋寛も『万葉集開眼・上』に、「公的な神事とはむしろ相反する私的抒情の歌」である、といい、近江遷都時の天皇の「私的心情」を代弁したと評している。『三輪山惜別歌』は、やはり、大和との別れ、三輪山との別れを悲しむ歌と考えるべきであろう。左注があって天智御製とするので、天智に代って、あるいは、天智をも含めてその場にいる人々の心を代表して詠んだ、と考えたいが、天皇に代って、あるいは、天皇をも含めてその場にいる人々の心を代表して作歌した、となると、歌をどうしても詠まなくてはならない必要が生じたことになり、「私的抒情」という意味の「私的」「公的」とは、いささか意味を異にするかもしれないが、「私的」というよりは「公的」な必要から、「公的」な場で作歌したことになろう。

この惜別歌が制作され、発表された場について具体的に述べることは困難であるが、遷都に際しての神事や儀式後の宴や旅中の宴を想像してよかろう。井上靖は小説『額田女王』において、この歌を神事後の宴で遷都を悲しむ人々の心をうたった、とし、長歌において三輪山との惜別をうたい、反歌においては、「三輪山の姿を隠している雲に対して、まるでその雲を霽《は》らさずにはおかぬといった烈しい」心をうたい、その歌を聞く人々に、「しかし、やがて、必ず霽れるに違いない」といった思いを抱かせた、という。井上はまた出発の当日を描いて、「隊列が都を突切って行く頃から、陽が当たり始めた」といい、その時の王の心を「中大兄の心で詠い、民の心で詠い、自分の心で詠ったと思った。そしてそれは一応自分の満足できる形で詠えたという気持であった」と説明しているが、おそらくそうした理解でよいのであろう。

王以前にも、家郷を見て懐かしむ歌は左のように存在するが、懐郷歌が国見歌の伝統に立って家郷を讃美し、雲や陽炎に遮ぎられて家郷を望み見ることができなくても、雲や陽炎を家郷から立ち昇ったものとして、実際に家郷を見たと同じ心意を懐き、家郷を見た喜びにひたるのに対し、王は家郷を讃美せず、雲を家郷を隠すものとしてとらえ、家郷を見ることのできない悲しみをひたすらにうたう。

はしけやし　我家の方よ　雲居立ち来も（記―三二）

つぎねふや　山城川を　宮上り　我が上れば　青土よし　奈良を過ぎ　小楯　大和を過ぎ　我が　見が欲し国は
葛城高宮　我家のあたり（五八）

埴生坂　わが立ち見れば　かぎろひの　燃ゆる家群　妻の家のあたり（七六）

額田王が懐郷歌の伝統を継承して見ることを強調しながら、家郷を讃美せずに惜別をうたい、雲を懐かしい家郷から立ち昇るものとせずに懐かしい家郷を隠蔽するものとしてうたうのは、神事歌謡である国見歌の持つ呪的で楽天的な讃美の表現を捨て、自己の心を自由に切実に表わす抒情の表現を採用したことを意味しよう。人麻呂が『羈旅八首』中に、大和の山々が視界から消え去ることを悲しみ、のちに『伊勢物語』（つつゐづつ）で高安の女が詠んだとされる巻十二の作者未詳歌が、大和を代表する生駒山が雲に隠れるのを悲しんだりするのも、額田王が抒情詩とした懐郷歌の和歌史を引き継ぐのであろう。

燈火《ともしび》の明石大門に入らむ日や漕ぎ別れなむ家のあたり見ず（3―二五四）

君があたり見つつを居らむ生駒山雲なたなびき雨は降るとも（12―三〇三二）

神事との関わりが重視される『三輪山惜別歌』も、参加する人々の心を代表する遊宴の歌と考えてよかろう。中大兄の心でもあり、宴に参加するすべての人々の心でもあり、王の心でもあった。惜別の情をうたっては、遷都を断行する中大兄の心に背くようであるが、抒情詩とはなりがたい『春秋競憐判歌』を抒情詩にしたように、抒情への欲求が高まりをみせていた時代であった。人々のはげしい惜別の情を正確に過不足なくうたうことが、人々を惜別の悲しみから立ちあがらせる力ともなるのである。こうした詩の効用を額田王たちは理解していたのであろう。

＊　　＊　　＊

この惜別歌には、井上王の唱和した「和歌」「綜麻形の林のさきの狭野榛の衣に著くなす目につく我が背」（1―一九）が添えられているが、この「和歌」は、額田王の惜別歌が、後世の行幸等の宴席で望郷歌として歌いつがれて行くうちに、王が大海人皇子との仲をさかれて天智天皇に召され、皇子との別れを惜しみつつ近江に向った折の歌、といった理解が行なわれ、こうした理解を強調する心から、夫との別れを悲しむ井上王の歌が唱和のかたちで添えられたのであろう。

井上王の歌は、さ野榛が衣に付着したように目に焼きついているわが背よ、と途中まで送ってくれた夫に対する強烈な印象をうたい、忘れがたい別離の悲しみをうたうが、「狭野はりの衣につく」は、三輪山伝説の、正体不明の男の衣に「閉蘇《へそ》紡麻《を》を針に貫きて、其の衣の襴に刺」し、その紡麻の行方によって男が三輪の神であることを知った、という物語を強く暗示する。糸巻きに残った「閉蘇紡麻」が「三わ」であったのでその地を三輪と名付けた、というが、初句の「綜麻形」は、糸巻きに「三わ」残った「閉蘇紡麻」の形状であろう。「綜麻形」は「三輪山」と訓読してよいのだろうが、通説のように「へそがた」を訓読しても、初句の「へそ」と「はりの衣につく」とは縁語の関係になる。長い序詞を有し、「衣につくなす目につく」と反復することに注目して、井上王の歌を古歌とし、三輪の神を讃美する神事歌謡とみたり、三輪山伝説をうたい込んだ民謡と考えたりし、その成立を額田王の歌と同時、あるいはそれ以前と推測したりすることが行われているが、一首の構成に見せる作者の配慮から推測すると、王の作よりもかなり後の作と考えるべきであろう。

三　宇治回想歌と熟田津船乗歌

以上において額田王を遊宴に参加する人々を代表してうたう歌人と考え、王の作歌を神事と関わると見る諸説を否定してきたが、『宇治回想歌』と『熟田津船乗歌』を他の雑歌と同様に遊宴の歌と見ることは不可能であろうか。

額田王の歌　未だ詳らかならず

金野《あきのの》の美草刈り葺きやどれりし宇治のみやこの仮廬し念ほゆ（1―七）
右は、山上憶良大夫の類聚歌林を検《かむが》ふるに曰く、一書に戊申の年に比良宮に幸《みゆき》したまひし大御歌なり、といふ。但し、紀に曰く、五年の春正月己卯の朔の辛巳、天皇、紀の温湯より至る。三月戊寅の朔、天皇、吉野宮に幸して　肆宴《とよのあかりきこしめ》す。庚辰の日、天皇、近江の平浦に幸したまひき、といふ。

額田王の歌

熟田津に船乗りせむと月待てば潮もかなひぬ今はこぎいでな（八）
右は、山上憶良大夫の類聚歌林を検ふるに曰く、飛鳥岡本宮に　宇御《あめのしたをさ》めたまひし天皇の元年己丑の九年丁酉の十二月己巳の朔の壬午、天皇と大后と、伊予の湯宮に幸したまひき。後岡本宮に　宇馭《あめのしたをさ》めたまひし天皇の七年辛酉の春正月の丁酉の朔の壬寅、御船西に征き、始めて海路に就き、庚戌、御船、伊予の熟田津の石湯の行宮に泊りき。天皇、昔日より猶し存する物を御覧《み》たまひ、当時忽ちに感愛の情を起こし、所以《このゆゑ》に因りて歌詠を製りて哀傷を為したまひき、といふ。即ち此の歌は天皇の御製なり。但し、額田王の歌は別に四首有り。

『宇治回想歌』は、標目に皇極朝の作、題詞に額田王の歌、と記すが、左注は、『類聚歌林』が一書によって戊申、つまり孝徳大化四年（六四八）の比良宮御幸時の御製と記すことを紹介し、さらに斉明五年（六五九）三月三日の平の浦行幸を記す。左注記者は、斉明五年御製説を主張するのであろう。行幸時の宴において、王は天皇をはじめとする宴に参加した人々を代表してうたい、後に、御製とする異伝が生じた、と考えたいが、一首の歌から制作年次等の詳細を推測することは困難である。
額田王はおそらく皇極（斉明）天皇のお供をして旅中にあるのであろう。『家伝上』は、鎌足薨去時の天智天皇の詔を伝え、薨去した鎌足に対して、もし先帝（舒明）や皇后（皇極・斉明）に逢うことができるならば、かつて先帝が淡海や平浦の宮処を遊覧したことを眼前に思いうかべ、先帝の言動にもとづいて行動している、と奏上せよ、と依頼しているが、『書紀』に記されていない舒明天皇の比良行幸もあったのであろう。皇極（斉明）天皇の比良行幸は夫との思い出を懐しむ感傷旅行であったことになり、額田王も、人々の心を強く支配する、この行幸の目的でもある懐古をうたうことになるが、王が詠まなければならない歌は、女のうたう戸外における開かれた宴の歌であり、中皇命がのちに『紀伊温泉往路三首』で試みたように、民謡の発想や表現を借りて、戸外における労働をうたいながら、それに男たちに対する憧憬や恋情を添える必要があった。

中皇命が「わが背子」に向って、「わが背子は仮廬作らす草なくは小松がもとの草を刈らさね」（1—一一）とうたいかけるように、額田王も、草を刈る男たちにうたいかける。民謡には労働する男女がたがいにうたいかける歌が多数見られ、民謡の特色になっていることは、説明を要するまい。中皇命の歌が、「夫」に対して今夜二人で宿る仮廬に関心を寄せ、草が足らなければ小松の下の草を刈れ、と教え助勢し、そううたうことで「夫」への愛を表明したように、額田王も、草を刈り仮廬を作る「夫」に向って、かつて宇治において「夫」がそうした行為をしてともに宿った仮廬を懐しく思い出し、いま「夫」と共有する楽しかりし思い出にひたっている、ということで「夫」への愛を表明した、と解するべきであろう。『記』『紀』の歌謡にも、共寝をしたことを回想して変らぬ愛を誓う左の作がある。

沖つ鳥鴨どく島に我が率寝し妹は忘れじ世のことごとに（記—八）

蘆原のしけしき小屋に菅畳いやさや敷きて我が二人寝し（記—一九）

額田王の最も初期の作品であるが、すでに王の歌が持つつややかさを感じさせる。このつやは、いかにも女らしい男心をそそる品のよい媚態といってもよいのであろうが、これは宴の女歌が方法として民謡の発想や表現を吸収しながら、しかも抒情性を増加させる和歌史のなかで獲得したものであろう。斉明天皇をはじめとする全女性を代表して、宴に参加する男たちにうたいかけた女歌である。女帝の心をも、額田王の心をもうたい、回想を主題にする。左注が推測するように、比良行幸途上の宴で詠んだものであろうが、季節は秋でなくてもよく、詠んだ場所も宇治でなくてもよい。作歌事情や作歌年次等を明らかにしがたい作品である。

『熟田津船乗歌』にも左注があって斉明天皇の御製とする。題詞と左注の矛盾を額田王が女帝に代って詠んだとし、神事や儀式の場で詠む歌であったためにそうする必要があった、として矛盾を整合させることが試みられている。谷馨は、『額田王』に、「筑紫を目指す船団の解纜に際しての詠」で、「作者の意図するところのものは、全く航海の平安を期し、同時に士気を鼓舞せんとするにあり、その意味において、将に集団的所要の作であり、察するに祭祀の直後、大君の命を受けて詠める応詔歌に相違ない」と推測する。

谷馨のように読むと、船団は月の出るのを待って夜船出したことになるが、この「月」について、沢瀉久孝は『注釈』に、正月二十二、三日ごろの午前二、三時ごろの下弦の月、「御船出は、夜に入ってからのものでなく夜をこめてのもの」といい、直木孝次郎氏は、『夜の船出』に、船団の船出が夜であっても不都合でないことを力説しているが、われわれは表現されたものに注目するべきであり、表現を離れて瀬戸内海で夜の船出が可能か否か、実際に行なわれていたか否かの解明に熱中することには賛成しない。

重要なのは、月が何を意味し、なぜ詠み込まれたかであろう。月は出発の時を表わすが、特殊な下弦の月であるならば、作者はそうした特殊な月であることがわかる表現をする。夜の船出をうたう左の『遣新羅使歌』も、前の二首は、夜の船出を月明に誘われてのことと特殊化し、後の一首も、われのみの特殊な体験とした後で、前の二首と同様に、そうした特殊な体験を通して旅愁をうたう。

月読の光を清み神島の磯間の浦ゆ船出す我は（15―三五九九）
月読の光を清み夕なぎに水手《かこ》の声呼び浦廻《み》漕ぐかも（三六二二）
我のみや夜船は漕ぐと思へれば沖辺の方に梶の音すなり（三六二四）

初句の「熟田津に」にも同様な問題がある。「熟田津」は、『石見相聞歌』或本（2―一三八）にも「柔田津の荒礒の上に」と見えるが、〈熟田のある津〉を連想させる多分に普通名詞的な固有名詞である。西征進発を命令し、宣言するのであれば、そうした特殊な情況下にいることがわかる表現を採用するはずであるが、作者は、どうして特殊な切迫感を表現しにくい、平和でどこにでもありそうなこの「熟田津」を詠み込むのであろう。また、進発であるなら、「熟田津に」ではあるまい。なぜ、〈伊予から〉〈日本から〉とか、〈那の大津へ〉〈筑紫へ〉〈韓の国へ〉という大きな地名に起点や目的地を表わす助詞を添えて進発を表現しないのであろう。

みのり豊かな熟田のある船着き場で船に乗ろうとして月を待っていると月も出て、潮も船に乗るのに都合のよい潮になった、というのである。月は夕刻に出る満月に近い月であろう。熟田のある津で待っていた満月が出、希望通りの満潮を迎える、すべてが充足した情況下の船出であり、その船出も熟田津における「船乗り」のための船出である。花田比露思が『万葉集私解』で、土屋文明が『私注』で〈船遊び説〉を主張しているが、両説はもっと重視されてよいように思う。

山本健吉は『万葉百歌』に、池田弥三郎がこの「船乗り」を「宗教行事としての船乗り」と考え、「当時、海路を夜行くことは危険なことだったので、この『船乗り』は長途の旅行ではなく、また今風の海上での船遊びでもあるまいから、女帝の職務に関連した『聖水』――神をまつるために必要な神聖な水――を求めての、宗教行事としての船乗りと見たい」というのをうけて、〈西征進発説〉を否定し、祭事の折の歌とするが、歌そのものについては、〈船遊び説〉に都合のよい批評を記す。

月明、満潮の夜、浜辺に上げていた御座船を下ろし、高潮を待って沖へ漕ぎ出して、華やかな行事が繰り拡げられる。月の出を待つことが、満潮を待つことでもある。二十三日午前二、三時とする学者の説（村上司卿・沢瀉久孝）もあるが、それほど厳密に決めなくともよい。ただし、熟田津で船乗りをするのであって、熟田津へ船出するのでも、熟田津を船出するのでもない。人麻呂の「あみの浦に船乗りすらむ処女らが、玉裳の裾に　潮満つらむか」（巻一・四〇）と詠んだ場合と同様である。この軍旅には、斉明女帝・大田皇女をはじめ、婦人の同行者が多かった。厳粛な祭事ではあるが、楽しい祭事でもあり、その華やかさや楽しさへのあふれるような期待が、「今は漕ぎ出でな」の結句の字余りに現れていよう。

山本健吉の「熟田津に船乗りせむと」の「に」への注目や、この歌の持つ「華やかさや楽しさへのあふれるような期待」への注視は、〈西征進発説〉を否定し、〈船遊び説〉を応援する論拠となろう。土橋寛は、『万葉開眼・上』において〈船遊び説〉を否定するが、この歌と神事との関わりを否定して、「この歌が歌われた場に ついて、熟田津出航にあたって盛んな神事が行なわれたとする説もあるが、航海の安全や戦勝を祈願するのは難波出航に先立って、住吉三神に対して行なわれるのであって、停泊地で一々神事を行なう必要はなく、歌そのものにも何ら祈願の意は認められない。歌の場は単に酒宴と考える方がよい」と「酒宴」の歌であることを主張する。

土橋は、〈船遊び説〉を否定して、「事実関係からいっても、百済救援の軍船を率いての西征途中で、舟遊びどころではなかったはずである」というが、土橋の想定する「酒宴」はどのようなものであろう。軍旅に額田王たち女性が加わっていたことは将兵たちに大きな安らぎを与えたことであろうが、『熟田津船乗歌』がうたわれた酒宴も、将兵たちに安らぎを与え落ち着かせるためのものであろう。そうした肆宴であれば、酒宴の目的に添った、人々に慰安を与える歌が作られるであろう。

月の出る潮流の止まった満潮時は、船遊びに最適の条件を備えているが、こうした現実の条件とは別に、熟田津はのどかに船遊びを行うにふさわしい地名であり、月の出や満潮は、熟田津という地名表現とともに、船遊びの美しく平和で充足した気分をもりあげる表現としてふさわしい。そうしたすべての面で条件の満たされた中での船遊びの始まりを額田王は宣言するのである。実際に船遊びが行われたか否かは、今日では明らかにする方法もないが、海浜での酒宴であったために、その宴を盛儀の船遊びのごとく見なし、船遊びを宣言する歌を詠んだ、ということも考えられないことではない。

『熟田津船乗歌』は、美しく満ちたりた気分を伝え、この歌を聞く人々に大きな慰安を与え、軍旅の苦しさを忘れさせたことであろうが、「今はこぎいでな」という船遊び開始の宣言は、労働をする男女が歌いかわす民謡において、相手に対して行動を起こすように促す歌いかけに似るが、それがしっかり働こうというのではなく、しっかり遊ぼうという内容であり、しかも女の側からの歌いかけであるために、女が男に対して恋をしかけ、挑発する感じを伴わせ、将兵たちの耳には、船遊びや遊宴へと誘う、私的な愛の世界に誘惑する言葉となって響いたことであろう。

『紀温泉往路三首』で中皇命は、「吾が欲りし野島は見せつ底深き阿胡根の浦の珠ぞ拾りはぬ」（1―一二）と詠んだが、中皇命は旅の宴で「夫」への甘えを美しく歌うことで、その旅を、供奉しなければならない行幸ではなく、「妻」にせがまれて白珠を拾いに行く私的な心楽しい旅に変化させ、明日の旅立ちを心うきたつものに変えたように、この額田王の誘惑も、苦しい軍旅を心楽しい船遊びに変化させ、将兵たちの心に重くのしかかる西征進発への不安をうっかり忘れ、心うきたつ遊覧に出かけるような思いに変えたことであろう。

『熟田津船乗歌』は、船遊びの宴の歌と見てはじめて女歌のあやしい魔力を発揮する作品であり、西征進発を命令した歌ではなかろう。宴に参加する斉明天皇をはじめとする宮廷女性を代表して、将兵に向って心を遊宴に傾けることを求めて船遊びの始まりを宣言した歌で、女帝の御製ともなりうる歌であった。左注引用の『類聚歌林』は、斉明天皇が二十二年ぶりに熟田津に行幸し、かつて舒明天皇とともに見たものがそのままの形で存在していたのを見て、昔懐しさにうたれて、舒明天皇の崩御を悲しんで詠んだ、とその作歌事情を記す。題詞と左注の矛盾について、今日では、作者のみを問題にし、作歌事情に関する所伝は無視しているが、おそらく、『宇治回想歌』などとともに、後にこの歌が所々の宴席でしばしば歌われた際に、女帝が船遊びの開始を宣言した歌と理解され、さらにその船遊びの動機が穿鑿された際に、『宇治回想歌』の比良行幸が思い出を追う感傷旅行であった類推から、熟田津でも昔懐しさや舒明恋しさから船遊びをした、と推測し、そうした作歌事情が考えられたのであろう。

四　和歌史上の位置

額田王の時代は、宴が神事との関わりを弱め、人々が楽しむ宴に変化しはじめていたのであろう。巫女が神殿に神や天皇を迎え、神や天皇を対象として行う閉鎖された秘儀の宴から、天皇や貴族たちが宮殿や戸外に多数の人々を迎えて、彼ら自身が多数の人々とともに飲食や詩歌や音楽を楽しむ開放された盛儀の遊宴に変化しはじめていたのであろう。

巫女が神や天皇を迎え、神や天皇を讃美し彼らの一夜妻になりたいと歌った恋の歌謡のスタイルは、宴の女歌のスタイルとなって王たち遊宴の歌人に承けつがれるが、特定の日に神殿において神や天皇を対象とする歌謡とは異なり、王たちの歌はさまざまな開放された場において多数のさまざまな人々を対象として、情況に合わせて歌を創作する必要があった。歌謡が神と巫女とを一つにしたように、遊宴の歌人は歌によって宴に集う人々の心を一つにしようとして、宴に集う女を代表して宴に集うすべての男たちに向って恋情を表明するのであろう。

開かれた場で人々の心をうたう遊宴の歌のあり様は、戸外で歌う歌垣の歌や民謡とも共通していたために、王たちはきわめて自然にこの種の歌謡の発想や表現を新しい遊宴の歌に導入し、自己の作風を形成していった。彼女たちの雑歌が雑歌といいながら恋歌に等しいものであり、つややかなあやしい魔力を力強く発散しているのもそうした理由によろう。遊宴という場において、種々の儀礼や飲食や音楽を通して個人の心が集団に融合するが、そうした融合した心をさらに強固にするように、歌垣の歌や民謡の発想や表現を借りて王たちはうたう。その歌は、遊宴という場において集団と個人、非現実と現実とが融合した特異な心境がうたわれるのである。

遊宴に生じた特異な心境をうたう点や、宴の女歌を継承し、歌垣の歌や民謡と関わりを持つ点において王の歌は古代的であるが、抒情への欲求は強く、その作品はすべて高い抒情性を持つ。繰り返しは避けたいが、歌になりにくい『春秋競憐判歌』を歌にしているところに王の抒情に対する強い欲望を知るが、故郷との別れを悲しむ『三輪山惜別歌』が遷都の旅の宴で歌われて人々の心を慰め、船遊びや酒宴に心を向けることを求める『熟田津船乗歌』が軍旅の宴で歌われ、人々にうけ入れられた、と推測されるのも、この時代の人々が抒情によって悲しみや苦しみが慰藉されるのを知り、自分たちの心をうたう歌人を求めていたからであろう。抒情への関心の高さから見て、この時代の和歌は、神事歌謡や呪歌とは一線を画する、と考えるべきであり、したがって王を〈釆女的な宗教的存在〉と考えたり、〈御言持ち歌人〉として祭祀の場で作歌した、と考えたりすることには賛成しがたい。

〈御言持ち歌人〉という言葉は、現在の研究書や小説にのみ見られる言葉であり、そうした歌人の存在が危ぶまれるのに対して、中西進氏は『万葉集の比較文学的研究』において王を「詞人」と呼び、宗教性を除去して「王はあくまでも宮廷歌人であり、その場の首長の代作を果す、詞人ともいうべき性格をもつ」と評している。「詞人」という言葉は『書紀』（顕宗即位前紀）に見えているし、「詞人」の意味を多くの人々がその存在を認める「宮廷歌人」に包摂させているのも理解しやすく、傾徳に価するが、『顕宗紀』に収める「当世の詞人」の歌は左のごとき歌である。

大和辺に見が欲しものは忍海《おしぬみ》のこの高城なる角刺の宮（紀―八四）

「詞人」は、詞賦に長じた人、詩文を作る人を意味し、「うたつくるひと」「うたつくりひと」「うたびと」と訓読されている。「当世の詞人」は、『書紀』のなかでしばしば時事批評的な歌を作る「時人」と同一視されるが、右の「詞人」の歌は、〈角刺の宮讃歌〉と呼んでよい作品であり、人麻呂以後の人々が見たならば、人麻呂のごとき「宮廷歌人」の歌と考えるであろう。顕宗前紀の時代にこうした歌人がいるはずもなく、山路平四郎は『記紀歌謡評釈』に「『書紀』の編纂時代、すでに半ば専門化した歌人が存在し、そうしたことを反映する編者の筆の走りがあったかも知れない」と推測しているが、「詞人」は「時人」とは異なるこうした整飾の歌を作る歌人であり、中西氏の考えるように、儀式や遊宴や行幸の折々に命をうけて讃歌を作る「宮廷歌人」である。

しかし、額田王は、秦大蔵造万里のように和歌の伝承を要求されていないし、野中川原史満のように特定の個人に代って作歌してはいない。宴の主客を楽しませるために己を空しくして作歌しているわけでもない。遊宴において参加する人々を代表して作歌しているが、王は稲岡耕二氏が『万葉集』（鑑賞日本の古典）にいうように「宴席のヒロイン」であり、現実に宴に参加する人々を代表する立場にあって代表してうたうのである。最上流の貴族であり、「詞人」のように整飾の歌を詠んではいない。人麻呂や赤人ら宮廷歌人や、後の貫之や躬恒ら専門歌人とは区別する必要がある。

もちろん、王に専門歌人的な行為がまったくないわけではない。平安朝の歌書を見ると、専門歌人が上流貴族の宴に呼ばれて作歌を命じられ、その宴のすばらしさを讃美して招待されたことを謝し、難題を巧みに詠みこなし、機智に富んだ歌を詠んで人々を楽しませている場面に出逢う。人麻呂たちもこの種の歌を詠んでいるが、王が『春秋競憐判歌』を詠んだ場面は、平安朝の専門歌人が活躍する場とまったく無関係ではなかろう。この歌が作られたのは、廷臣たちの集う詩宴であり、判歌という他に例のない歌を作る王の行為は、上流貴族に呼びよせられて余興の歌をうたい、即興的に難題を詠みこなす専門歌人の行為に、似通う部分がないものでもない。時代は、専門歌人（宮廷歌人）の登場を待ち望んでいたのであろうが、王の新しい作歌活動が詩宴という新しい遊宴の場で行われたことは、おそらく偶然ではなかろう。

王の歌は、それぞれが特定の遊宴で制作され発表された後も、しばしば宮廷や行幸時の宴席で歌謡として歌われたことであろうが、個人の抒情が重視される時代に入ると、個人が集団と融合し、参加した人々の心をうたう遊宴の歌を正しく理解することは困難になり、遊宴の主催者である天皇の御製と考えられたり、王が個人の立場で特殊な情況下で詠んだ抒情詩と考えられたりするようになる。中皇命の歌とともに王の歌が、作者や作歌事情について異伝を有し、今日なお諸説が主張されているのも、遊宴の歌の特異な抒情に基因していよう。

王の歌はまた、歴史上の大事件を目撃した生き証人の歌、恋多き情熱的な美貌の女流歌人の歌と考えられたりもする。すなわち、『宇治回想歌』は、舒明・皇極両朝の比良行幸に実際に参加した女の歌、あるいは、行幸の途上においても大海人皇子と恋を語った女の歌、『熟田津船乗歌』は、全軍に西征進発を命じた女の歌、あるいは、軍旅にあっても恋や遊びに熱中する女の歌、『三輪山惜別歌』は、近江遷都を見た女の歌、あるいは、大海人皇子との仲をさかれて泣く泣く近江に下った女の歌、『春秋競憐判歌』や『蒲生野贈答歌』は、天智・天武両帝の対立抗争を見た女の歌、あるいは、両帝に愛された数奇な運命にもてあそばれた女の歌、という読みや理解である。

額田王の歌を、王個人の特異な体験に結びつけて読むことは、正しい態度とはいえないが、こうした読みや理解は、近代の宮廷史や皇子や皇女の恋の葛藤に特別な関心を抱く、『万葉集』所載歌の最初の「読者」である、藤原・奈良時代の人々に始まるものであった。額田王の作品を正確に読み、和歌史上に正しく位置づけることはけっして容易なことではない。本書では不賛成の立場をとったが、王を呪歌や儀礼歌の歌人としてとらえ、和歌史上に位置づけようとする諸氏の試みも、古来の王の作品に対する読みや理解を改めようとする貴重な試みであることはいうまでもない。

『国文学研究』第九十二集（昭和六二年六月）に「額田王の雑歌と遊宴」として発表した。

Ⅳ　人麻呂の時代

第五章　天武・持統朝の宴と歌

『天武紀』『持統紀』を見ると、宴や饗や、行幸や楽に関する記事が他の時代に比較してきわめて多いことに気付く。楽の記載が多いというのは、天武・持統両朝が歌舞を重視したことを意味することはいうまでもないが、楽の重視は、楽とともに礼を重視する礼楽重視の儒教的な政治思想にもとづいて礼楽を重視し、歌舞を重視した、と考えるべきであろう。天武天皇が礼楽を重視したことは、聖武天皇の『皇太子に五節の舞を舞はしめて太上天皇に奏し給へる宣命』（詔九）に左のように見える。

天皇が大命に坐せ、奏し賜はく、掛けまくも畏き飛鳥の浄御原宮に、大八洲知らしめしし聖の天皇命、天下を治め賜ひ平げ賜ひて思ほし坐さく、上下を斉へ和らげて、動き无く静かに有ら令むるには、礼と楽と二つ並べてし、平けく長く有る可しと、随神《かむながら》も思ほし坐して、此の舞を始め賜ひ造り賜ひきと、聞きたまへて、天地と共に絶ゆる事無く、彌継つぎに受け賜はり行かむ物として、皇太子斯の王に、学はし頂き荷た令めて、我が皇天皇の大前に貢る事を奏す。

聖武天皇は、天武天皇が五節を創始した動機を、上下の関係を整え和らげてこの世を動揺させず、静穏に保つには礼楽を並べ行うことが肝要と考えたため、という。本居宣長は『続紀歴朝詔詞解』に、聖武天皇が「礼と楽と二つ並べてし」と特筆したことを、「さて礼も楽も、世の中の万の事の中の一つにこそあれ、かくとりわきて、此二つをならべて、国を治むるわざの第一として、言痛《コチタ》くさだするは、漢国のこと也」と批判し、礼と楽で国を治めることは中国では必要であるかもしれないが、わが国では不要であり、楽はたんなる遊びであるとして、「みだれやすく治まりがたき国を治むる、戎国《カラクニ》の王どもこそ、かかるわざをも頼みて、治むるやうもあらめ、天照大御神の天つ日嗣を受継《ウケツガ》して、神ながらしろしめす、天皇の御政に、かかるわざをしも、むねと頼み給ふことは、あるべくもおぼえぬを、何事もただ、漢をならひ給へる御世の御しわざとてぞかくは有りける。移《シ》レ風《ヲ》易《フルハ》レ俗《ヲ》莫《シ》レ善《キハ》ニ于楽《ヨリ》一、などいふことも、皇国にしては、さらに用なく、あぢきなきわざ也。楽はただあそびの外なきものをや」と非難する。

宣長が「何事もただ、漢をならひ給へる御世の御しわざとてぞかくは有りける」というのは、天武朝を「何事もただ、漢をならひ給へる御世」というのではなく、聖武朝をさして漢風重視の御代といい、聖武天皇が天武天皇の五節舞の創始を中国的な礼楽重視の政治思想に基づく、と忖度するのは、聖武朝が漢風重視の時代であった理由による、と主張するのであろうが、天武天皇が礼楽を重視したことは歴史に明らかである。

(1)天武八年正月七日の詔……正月拝賀の礼を年長の二等親以内の親族や氏上以外のものに行うことや、自分より出自の低い母を拝すことを禁じる。

(2)同年十月十一日の勅……僧尼の法服や従者や馬などについて定める。

(3)天武十年四月三日の「禁式九十二条」と詔……衣服・氈褥《せんじょく》（毛織の敷物）・冠・帯等の服飾について定める。

(4)天武十一年三月二十八日の詔……大化三年の位官や古来の服制を禁じる。

(5)同年四月二十三日の詔……男子の髻、女子の垂髪を禁じ、乗馬に際しては女子も鞍に跨って乗ることを命じる。

(6)同年八月二十二日の詔……宮廷においてとるべき礼儀、使用すべき言語を定める。

(7)同年九月二日の勅……古来の跪礼・匍匐礼を禁じ、立礼を行うことを命じる。

(8)天武十三年閏四月五日の詔……衣服に関する規定を緩めるが、式服を襴衣・長紐、圭冠、括緒褌と定め、四十齢以上の女に限って結髪・乗馬の規定を緩める。

(9)天武十四年七月二十六日の勅……明位以下進位以上の朝廷に出仕する際に着用する服の色を定める。

(10)朱鳥元年七月二日の勅……十一年三月二十八日に禁止した、男子の脛裳着用を解除し、十一年四月二十三日に禁止した女子の垂髪を解除する。

礼楽という際の「礼」の範囲を厳密に述べることは困難であるが、作法や服飾等の規定に関する天武の詔勅に右のようなものがある。男子の脛裳着用や女子の結髪や乗馬の規定が緩められたり、旧に復したりする例もないではないが、古来のものを廃して新しい中国的なものを取り入れ、生活の細部にわたる部分まで統一し、朝服の色に見られるように階級的な差を明確にしようとするのである。こうした詔勅を経て、作法や服飾等の「礼」に関する規定も、持統三年六月二十九日に発布される『浄御原令』に定着することとなるが、持統朝に入っても、この種の詔勅が見られ、「礼」に関する深い関心をうかがわせる。

(11)持統四年四月十四日の詔……天武十四年七月二十六日の勅の朝服の色に関する規定を改正し、さらに文様に関する規定を定め、組紐の帯、白袴を任意に使用することを許す。

(12)同年七月七日の詔……自邸で朝服を着て開門前に参上することを命ず。

(13)同年同月九日の詔……朝堂の牀席で、親王、大臣、二世の王に出逢った折の作法を定める。

(14)同年同月十四日の詔……九日の詔を改めて大臣に対する作法を二世の王と同じと定める。

(15)持統七年正月二日の詔……百姓が黄色の衣を、奴が皁衣を服することを命じる。

持統の詔は、天武の詔や浄御原令を改定するが、天武が、浄位以上をすべて朱花、正位を深紫としたのに対し、持統は、浄位を二分して、浄大壱以下広弐以上、浄大参以下広肆以上に分けて前者を黒紫とするが、後者を正位と同じ赤紫とする。浄位の過半を占める皇族を正位八級の廷臣と同じ赤紫としたことは、持統が皇族以外の廷臣を重んじ、法の前に平等であるべきとする、律令の精神を重視している、と考えてよかろう。百姓や奴の服色を規定するのは、「礼」を人民のすみずみにまで及ばせようと考えたことを物語っていよう。

天武・持統両朝の歌舞に関する記事も抄出してみよう。

(1)天武二年九月二十八日……金承元等に難波に饗へたまふ。種々の楽を奏す。物賜ふこと各差有り。

(2)天武四年二月九日……大倭・河内・摂津・山背・播磨・淡路・丹波・但馬・近江・若狭・伊勢・美濃・尾張等の国に勅して曰はく、「所部の百姓の能く歌ふ男女、及び侏儒・伎人を選びて貢上《たてまつ》れ」とのたまふ。

(3)天武十年正月七日……親王・諸王を内安殿に引入る。諸臣、皆外安殿に侍り、共に置酒して楽を賜ふ。

(4)同年三月二十五日……天皇、新宮の井の上に居しまして、試に鼓吹の声を発したまふ。仍りて調へ習はしむ。

(5)同年九月十四日……多祢島の人等に飛鳥寺の西の河辺に饗へたまふ。種々の楽を奏す。

(6)天武十一年七月二十七日……隼人等に明日香寺の西に饗へたまふ。種々の楽を発す。仍、禄賜ふこと各差有り。道俗悉に見る。

(7)天武十二年正月十八日……小墾田儛及び高麗・百済・新羅三国の楽を庭の中に奏《つか》へまつる。

(8)同年六月三日……大伴連望多薨《みう》せぬ。天皇、大きに驚きたまひて、則ち泊瀬王を遣して弔はしめたまふ。仍、壬申の年の勲績及び先祖等の時毎の有功を挙げて、顕に寵賞したまふ。乃ち大紫位を贈《おひ》てたまひて、鼓吹を発して葬る。

(9)天武十四年九月十五日……詔して曰はく、「凡そ諸の歌男・歌女・笛吹く者は、即ち己が子孫に伝へて、歌笛を習はしめよ」とのたまふ。

⑽朱鳥元年正月十八日……御窟殿の前に御しまして、倡優等に祿賜ふこと差有り。亦歌人等に袍袴を賜ふ。

⑾同年四月十三日……新羅の客等に饗へたまはむが為に、川原寺の伎楽を筑紫に運べり。仍りて皇后宮の私稲五千束を以て、川原寺に納む。

⑿同年九月三十日……国々の造等、参赴《まうでく》るに随ひて、各誄たてまつる。仍りて種々の歌儛を奏《つか》へまつる。

⒀持統元年正月朔……奉膳紀朝臣真人等、奠奉る。奠畢へて、膳部・釆女等発《みねたてまつ》哀る。楽官、楽奏る。

⒁持統二年十一月四日……皇太子、公卿・百寮人等を諸蕃の賓客とを率て、殯宮に適《まう》でて慟《み》哭《ね》たてまつる。是に、奠奉りて楯節儛奏る。諸臣各己が先祖等の仕へまつれる状を挙げて、逓《たがひ》に進みて誄たてまつる。

⒂持統六年三月二十日……車駕、宮に還りたまふ。到行します毎に、輒ち郡県の吏民を会へて、務《ことねむごろ》に労《ねぎら》へ、賜《ものたま》ひて楽作《おこ》したまふ。

⒃持統七年正月十六日……漢人等、踏歌奏《つか》へまつる。

⒄持統八年正月十七日……漢人、踏歌奏へまつる。

⒅同年同月十九日……唐人、踏歌奏へまつる。

⑵⑼は、歌人・歌女等の制度に関する詔であり、奏楽に関する記事ではないので除外する。⑻も、大伴望多の葬送時の鼓吹、⑿〜⒁も天武殯宮時の歌舞に関する記事であるので、後章で考察することにし、いまは除外する。他の十二条のうち、⑷で、天皇が新宮の井のほとりで鼓吹を試みた、というのは何を目的とするものか明言できないが、⑴⑸⑹⑾の四条は、外国の使節や辺境の人々を饗応するための奏楽であり、⑶⑺⑽の三条は、節会の饗宴における奏楽であり、⒃〜⒄の三条は、そうした折の踏歌である。⒂は、伊勢行幸時の記載であるが、行幸に際して奏楽が行われ、しかもその歌舞が「郡県の吏民」を対象に行われていることを知ることができる。持統朝の「礼」が一般人民や奴に

も及んだように、「楽」も多数の人々を対象とするものになっていた。

宣長は認めたくはないであろうが、天武・持統両朝が礼楽を重視していたこと、その礼楽重視が『孝経』に、「風を移し俗を易ふるは楽より善きは莫く、上を安んじ民を治むるは礼より善きは莫し」というような政治的効果を考慮していたことは推測して誤まることはなかろう。天武・持統両朝が律令法に規定される律令国家の成立期であることは周知の事実であり、説明を必要としない。浄御原令は天武朝に準備され、持統朝で発布されるが、律令と礼楽との関係は、令が、職員令や官位令等によって官僚組織を規定し、戸令・田令・賦役令によって人民を公民として支配することを規定するなど、国家秩序や国制を定め、律が、国家秩序や国制を破壊から守る働きをするが、礼楽は、律令を国家や人民のすみずみにまで行きわたらせ、律令制の精神を実質化する働きをしよう。礼楽を中心にして述べるならば、礼楽の思想を体現したものが律令となろう。『礼記』（楽記）は、「礼は民心を節し、楽は民声を和し、政以て之を行ひ、刑以て之を防ぐ。礼楽刑政四ながら達して悖らざれば、則ち王道備はる」という。

礼楽は、秩序を正し人心を和げ、正しい政治を行ううえで必要不可欠のものであったが、『安閑紀』（元年閏一二月四日）が梁の裴子野『丹陽尹湘東王善政碑』（『芸文類聚』治政部、論政）にもとづいて、「礼を制《さだ》めて功成ることを告し、楽を作《おこ》して治《まつりごと》の定まることを彰す」と記すように、制礼作楽は自らの治世を誇り、顕彰する手段ともなり得るものであった。天武・持統両天皇がさかんに行った制礼作楽には、そうした意味あいがあったであろうが、饗宴や行幸には、百寮が美しく着飾って参加し、定めに従って行動しており、楽人たちが歌舞を演奏していた。天武・持統両朝の饗宴や行幸は、礼楽の思想を実修し、同時に、新しい礼楽を発表し、自らの成功や治世を誇り、顕彰する場ともなるものであった。饗宴や行幸の実態を見ておくことにしよう。左に、饗宴の記事を抄出する。

(1)天武元年十一月二十四日……新羅の客金押実等に筑紫に饗へたまふ。即日禄賜ふこと各差有り。

⑵天武二年正月七日……置酒して群臣に宴したまふ。

⑶同年閏六月二十四日……貴干宝等に筑紫に饗へたまふ。祿賜ふこと各差有り。

⑷同年九月二十八日……金承元等に難波に饗へたまふ。種々の楽を奏す。物賜ふこと各差有り。

⑸同年十一月二十一日……高麗の邯子・新羅の薩儒等に筑紫の大郡に饗へたまふ。祿賜ふこと各差有り。

⑹天武四年正月七日……群臣に朝廷に宴を賜ふ。

⑺同年三月十四日……金風那等に筑紫に饗へたまふ。

⑻同年八月二十八日……新羅・高麗、二国の調使に筑紫に饗へたまふ。祿賜ふこと差有り。

⑼同年十月十日……置酒して群臣に宴したまふ。

⑽天武五年正月十五日……百寮、初位より以上、薪進る。即日に、悉に朝庭に集へて宴賜ふ。

⑾同年同月十六日……天皇、嶋宮に御して宴したまふ。

⑿同年十月朔……置酒して群臣に宴したまふ。

⒀天武六年二月……多祢嶋人等に飛鳥寺の西の槻の下に饗へたまふ。

⒁同年四月十四日……送使珍那等に筑紫に饗へたまふ。

⒂天武八年八月十一日……泊瀬に幸して迹驚淵の上に宴したまふ。

⒃天武九年正月八日……天皇、向小殿に御して王卿に大殿の庭に宴したまふ。

⒄同年四月二十五日……新羅の使人項那等に筑紫に饗へたまふ。祿賜ふこと各差有り。

⒅天武十年正月七日……天皇、向小殿に御して宴したまふ。是の日に、親王・諸王を内安殿に引入る。諸臣、皆外安殿に侍り。共に置酒して楽を賜ふ。

⒆同年四月十七日……高麗の客卯問等に筑紫に饗へたまふ。祿賜ふこと差有り。
⒇同年六月五日……新羅の客若弼に筑紫に饗へたまふ。祿賜ふこと各差有り。
(21)同年九月十四日……多祢嶋の人等に飛鳥寺の西の河辺に饗へたまふ。種々の楽を奏す。
(22)天武十一年正月十一日……金忠平に筑紫に饗へたまふ。
(23)同年七月二十七日……隼人等に明日香寺の西に饗へたまふ。種々の楽を発す。
(24)同年八月三日……高麗の客に筑紫に饗へたまふ。
(25)同年十月八日……大餔す。
(26)天武十二年正月七日……親王より以下群卿に及るまでに大極殿の前に喚して宴したまふ。
(27)天武十三年二月二十四日……金主山に筑紫に饗へたまふ。
(28)天武十四年三月十四日……金物儒に筑紫に饗へたまふ。
(29)同年九月九日……天皇、旧宮の宮殿の庭に宴す。
(30)朱鳥元年正月二日……大極殿に御して宴を諸王卿に賜ふ。
(31)同年同月十六日……天皇、大安殿に御して諸王卿を喚して宴賜ふ。因りて絁・綿・布を賜ふ。各差有り。
(32)同年同月十七日……後宮に宴したまふ。
(33)同年同月十八日……朝庭に大酺す。是の日に御窟殿の前に御して倡優等に祿賜ふこと差有り。亦歌人等に袍袴を賜ふ。
(34)同年五月二十九日……金智祥等に筑紫に饗へたまふ。祿賜ふこと各差有り。
(35)持統二年二月十日……金霜林等に筑紫館に饗へたまふ。物賜ふこと各差有り。

(36)同年九月二十三日……耽羅の佐平加羅等に筑紫館に饗へたまふ。物賜ふこと各差有り。
(37)同年十二月十二日……蝦夷の男女二百一十三人に飛鳥寺の西の槻の下に饗へたまふ。仍りて冠位を授けて物賜ふこと各差有り。
(38)持統三年正月七日……公卿に宴して袍袴賜ふ。
(39)同年同月十六日……百官の人等に食賜ふ。
(40)持統四年正月三日……公卿に内裏に宴したまふ。
(41)同年同月七日……公卿に内裏に宴したまふ。仍、衣裳賜ふ。
(42)持統五年正月七日……公卿に飲食・衣裳賜ふ。
(43)同年三月三日……公卿を西の庁に宴したまふ。
(44)同年七月七日……公卿に宴したまふ。仍りて朝服賜ふ。
(45)同年十一月二十八日……公卿より以下主典に至るまでに饗へたまふ。
(46)同年同月三十日……神祇官の長上より以下、神部等に至るまで及び供奉《そのことにつかへまつ》れる播磨因幡の国の郡司より以下、百姓の男女に至るまでに饗へたまひ、幷て絹等賜ふこと各差有り。
(47)持統六年正月七日……公卿等に饗へたまふ。仍、衣裳賜ふ。
(48)同年同月十六日……公卿より以下、初位より以上に至るまでに饗へたまふ。
(49)同年七月七日……公卿に宴したまふ。
(50)同年十一月十一日……新羅の朴憶徳に難波館に饗祿したまふ。
(51)持統七年正月七日……公卿大夫等に饗へたまふ。

(52)持統八年正月七日……公卿等に饗へたまふ。
(53)同年同月十六日……百官の人等に饗へたまふ。
(54)同年五月六日……公卿大夫に内裏に饗へたまふ。
(55)同年十二月十二日……公卿大夫に宴したまふ。
(56)持統九年正月七日……公卿大夫に内裏に饗へたまふ。
(57)同年同月十六日……百官の人等に饗へたまふ。
(58)同年五月十三日……隼人大隅に饗へたまふ。
(59)持統十年正月七日……公卿大夫に饗へたまふ。
(60)同年同月十六日……公卿百寮人等に饗へたまふ。
(61)持統十一年正月七日……公卿大夫等に饗へたまふ。
(62)同年同月十六日……公卿百寮に饗へたまふ。

(1)(3)〜(5)(7)(8)(13)(14)(17)(19)〜(24)(27)(28)(34)〜(37)(50)(58)の二十三条は、新羅や高麗や耽羅の使節や、多祢島や隼人・蝦夷の人々を迎えて饗応する記事である。外国の使節や辺境の人々を饗応することは、欽明朝以来しばしば見られ、めずらしいことではないが、(4)(21)(23)のように楽を奏するのは、天武・持統朝に入ってのことであり、注目に価する。また、(34)には、楽に関する記載はないが、朱鳥元年四月十三日の条には、楽(11)に引用したように、金智祥饗応に関して「新羅の客等に饗へたまはむが為に川原寺の伎楽を筑紫に運べり」と見え、伎楽等の歌舞が行われたことを推測させる。奏楽の記載のない饗応においても、歌舞が行われたことを推測してよかろう。同様なことは他の饗宴についてもいえる。(30)(40)は、正月二日と三日の宴であるが、元日の宴と考えてよかろう。(2)(6)(16)(18)(26)(38)(41)(42)(47)(51)(52)(56)(59)(61)が、正月七日の白馬、⑾⒀⒆⒇(53)(57)(60)(62)が、正月十六日の踏歌、(43)が、三月三日の上巳、(54)が、五月五日の端午、(44)(49)が、七月七日の七夕、(29)が、九月九日の重陽であり、節会の日の饗宴が多数を占めている。残りは、⑼⑽⑿⒂(25)(32)(33)(45)(46)(55)の十条であるが、⑼は、十月十日の重十、⑽は、正月十五日の御薪献上の日、⑿は、十月朔日の孟冬旬の日であるので、同様に節日や公事後の宴と考えてよかろう。(45)(46)は、持統五年十一月二十八日と三十日の大嘗祭とその後宴、(55)は、持統八年十二月十二日の遷都を祝う饗宴である。さきに(31)を、正月十六日の踏歌の宴と考えたが、(32)は、十七日の後宮の宴であり、(33)は、十八日の大酺である。(32)は、元日の節会に対する中宮大饗、男踏歌に対する女踏歌のごときものであり、(33)の大酺も、(31)(32)に連続するのであろうが、詳細は明らかでない。⒂の泊瀬の迹驚淵における宴や、(25)の大酺も詳細は明らかでない。

何を喜ぶ饗宴か、明らかでない饗宴が二三あるが、節会や公事後の饗宴が多数を占めていることは明らかであり、正月七日の宴は、推古二十年、天智七年に、五月五日の宴は、天智十年に見えているので、白馬や端午の節会が天武・持統朝にはじまった、ということはできないが、元日・踏歌・上巳・七夕・重陽の節会は、天武・持統朝にはじまったごとくであり、御薪献上・孟冬旬・重十の宴は、みなその初例である。白馬・踏歌・上巳・端午・七夕・重陽・孟冬旬・重十は、みな中国の宮廷行事であるが、律令制の成立期である天武・持統朝に、律令制を根づかせ、その精神を国家や人民のすみずみに行きわたらせるために、新しい礼楽を制作し、そうした礼楽を発表し、実習する場として新しい宮廷行事が必要となり、王朝の年中行事が創始されていくのであろう。

歌舞に関する記載を有する宮廷の饗宴は、(18)(33)の二例のみであるが、歌舞が行われなかったわけではない。(26)に載げた天武十二年正月七日の宴においては、筑紫大宰丹比真人嶋が献上した〈三足の雀〉を群臣に示したが、十八日には、これを祥瑞として「小建より以上に、祿給ふこと各差有らむ。因りて大辟罪より以下、皆赦す。亦百姓の課役、並に免す」という賜祿・大赦・課役免除の詔をくだし、『書紀』はつづいて楽(7)に掲げた「是の日に、小墾田儛及び高麗・百済・新羅三国の楽を庭の中に奏へまつる」と記す。廷臣への賜祿は、饗宴後に行うのが通例であるので、十八日の賜祿や奏楽は、十八日の宴の記載が漏れたか、七日の宴に連続するものとして行われたかのいずれかであり、楽(7)の奏楽も饗宴で行われたことを推測させる。

楽(16)〜(18)に記した持統七年正月十六日と翌八年正月十七、八日の漢人や唐人の踏歌も饗宴の記載のなかにはない。歌舞はふつう饗宴において行われるものであり、饗宴の記載がなくても饗宴で行われた、と考えてよく、逆に歌舞の記載がなくても、饗宴においては歌舞が行われた、と考えてよい。持統七年正月十六日には、京師の八十歳以上の生活困窮者に布を賜い、持統八年正月十七・十八日には射礼が行われているが、こうしたことと踏歌との関わりも明らかでない。

持統朝は天武朝を継承するが、律令制の面においては、浄御原令を発布させたことをはじめとして大きな発展を見せた。持統は即位すると、天武が独裁していた政治を高市皇子を太政大臣に、丹比嶋を右大臣に任じて委ね、服色についても、皇族以外の廷臣を重視する配慮が見られた。超法規的存在である天皇の政治を律令に定めるものに移し、法の前に万人が平等であるべきものとして皇族の持つ特権を抑制するのであろう。服色に関していえば、この規定は百姓や奴にまで及んだが、持統朝は、礼楽重視の政治を百姓や奴にまで及ぼそうというのであろう。こうした持統朝の政治家たちの視野の拡大は注目の要があろう。

饗宴に関する記事を見ても、『天武紀』は参加者を「群臣」(2)(6)(9)(12)と記すこともあるが、皇族を重視して「王卿」(16)、「親王より以下群卿に及るまで」(26)、「諸王卿」(30)(31)と記す。(18)のように、親王と諸王を「内安殿」に、諸臣を「外安殿」にと差別して着席させることもあった。参加者の人数も少く、薪を献上した人々「百寮、初位より以上」をことごとく朝庭に集めて宴を賜うた、という⑽の宴は例外に属す。

『持統紀』においては、「親王」「諸王」が参加者から〈消え〉、参加者数が増加する。参加者は、「公卿」(38)(40)(41)～(44)(47)(49)(52)、「公卿大夫」(51)(54)～(56)(59)(61)と記され、参加者が増加していることを、「百官の人等」(39)(53)(57)、「公卿より以下主典に至るまで」(45)、「公卿より以下、初位より以上に至るまで」(48)、「公卿百寮人等」(60)、「公卿百寮」(62)と記す。「王卿」と「公卿」の差はたんに表現上の相違ではなく、皇族を重視する天武朝と、皇族の特権を抑制し、法の前に平等であろうとする持統朝との相違として理解するべきであろうし、参加者数が増加するのは、いうまでもなく、饗宴の規模を拡大し、礼楽を国家のすみずみにまで行きわたらせようというのであう。なお、多数の人々の参加する(39)(48)(53)(57)(60)(62)は、みな正月十六日の踏歌の宴であるが、この饗宴は、とくに礼楽の実習を強く意図した饗宴であったのであろう。

天武朝と持統朝との相違は、さまざまな面に現われている。大嘗祭後の大嘗祭に奉仕した官人らへの饗応や賜禄についても、『天武紀』（二年一二月五日）に「大嘗に侍奉《つかへまつ》れる中臣、忌部及び神官の人等、幷て播磨・丹波、二つの国の郡司、亦以下の人夫等に、悉に祿賜ふ。因りて郡司等に、各爵一級賜ふ」とあるのみであるのに対して、『持統紀』の(45)(46)においては、公卿以下の官人をはじめとして播磨・因幡両国の百姓に至るまでを対象とし、饗応と賜禄を行っている。「大嘗に侍奉れる中臣・忌部及び神官の人等」に相当する「神祇官の長上より以下、神部等に至るまで」という記載を見ても、持統朝に至って律令制が整備され、進歩をとげたことが理解されよう。

行幸に関しても、饗宴と同じことがいえる。天武朝には十五度、持統朝には四十二度の行幸が行われたが、行幸にはつねに政治的な意味が与えられている、と考えてよかろう。天武・持統両天皇が最初に行幸したのが、天智六年十一月に築かれ、壬申の乱で争奪の対象となった高安城であった（天武四年二月二三日、持統三年一〇月一一日）のは偶然ではあるまい。天武が天武八年五月五日に吉野に、九年三月二十三日に宇陀安騎に行幸するのは、壬申の乱ゆかりの地であり、また、聖地であった理由によろうが、持統も吉野に三十一度の行幸をし、持統六年三月六日に伊勢に、九年十月十一日に宇陀吉隠に行幸する。天武が天武八年八月十一日に、持統が持統四年六月六日に、それぞれ泊瀬に行幸するのは、泊瀬が聖地であり、両帝は聖地を巡礼するのであろう。

持統が即位直後の持統四年二月五日に、腋上陂に行幸して「公卿大夫の馬を観」るのは、天武が天武九年九月九日に朝妻に行幸して、「因りて大山位より以下の馬を長柄杜に看す。乃ち馬的射させたまふ」という騎射を行わせたのに倣ったものであろう。腋上は朝妻と同じ御所市にあって近接しているが（腋上は井戸）、神武天皇が国見をしたという嗛間丘や孝昭・孝安二帝の都城となったという掖上池心宮や秋津島宮も近く、古代の聖地であった。持統が六年正月二十七日に行宮した高宮も、蘇我蝦夷が祖廟を立てた葛城の高宮であれば、腋上に近い御所市の森脇・宮戸あたりとなるが、蝦夷は祖廟を立てて、「大和の忍の広瀬を渡らむと足結《あよひ》手作《たづく》り腰作らふも」（紀―一〇六）と歌っているので、広瀬とも近いことになる。天武が天武十年十月に行宮を作り、十三年七月に行幸した広瀬は、広陵町大野と考えられているが、忍海（新庄町忍海）の広瀬と見て葛城の高宮に近づけて考えることも不可能ではない。天武と持統は、古代の聖地を巡礼しているごとくであり、持統は、天武の行為を模倣しているように見える。

持統四年九月十三日の紀伊行幸も、天武の天武八年三月七日の斉明陵参拝を模倣し、同時に斉明女帝の斉明四年十月十五日の紀伊の湯行幸を模倣したものであろう。持統は、斉明女帝への憧憬も強く、斉明は斉明二年に多武峯山上に周垣を作り、また山上の二本の槻樹の辺に道観、両槻宮を建てたが、持統も持統七年九月五日に多武峯に行幸し、十年三月三日には両槻宮に行幸している。

持統は天武を模倣し、天武が聖地を巡礼したごとく、古代の聖地に行幸する。行幸に政治的意味あいを秘めている点で、両朝の行幸は等しいが、その内実は異なっている。両朝の行幸を代表する天武八年五月五日の吉野宮行幸と持統六年三月六日の伊勢行幸の記事を比較すると、その相違はさらに明瞭になろう。天武は、皇后の持統や皇太子の草壁をはじめとする六皇子を伴って吉野に行幸し、皇子たちに争いをおこさない盟約をさせる。天武は皇子たちに盟約をさせるために行幸したのであり、盟約は政治的であるが、持統の伊勢行幸の政治的意味とは性質を異にする。

　持統は出発に先だって二月十一日に、行幸用の衣服の準備を命じ、陰陽博士の法蔵・道基に銀二十両を賜うている。陰陽博士が日程や行程についての吉凶の判断をした労に報いるためであろう。二月十九日には刑部省に詔して軽繫を解き放っているが、これも行幸の成功を願っての恩赦であろうし、「幸」を「みゆき」というのは、『独断』(上)に「世俗幸と謂ひて僥倖と為すは、車駕至る所、民臣其の徳沢を被り、以つて僥倖と為す。故に幸と曰ふ也」というように、民臣が天子の徳沢を被り、これを僥倖と思う理由によるが、この恩赦はそうした徳沢の予告であり、持統の行幸は広く民臣を巻き込むものであった。中納言三輪朝臣高市麻呂が二度にわたって、「農作の節、車駕、未だ以て動きたまふべからず」と諫言したのも、持統の行幸が農民をも考慮に入れた政治的効果をねらったものであったからであろう。

　壬午(三月十七日)に、過ぎます神郡、及び伊賀・伊勢・志摩の国造等に冠位を賜ひ、并て今年の調役を免《ゆる》し、復、供奉《そのことにつかへまつ》れる騎士・諸司の荷丁・行宮造れる丁の今年の調役を免して、天下に大赦す。但し盗賊は赦例に在らず。甲申(十九日)に、過ぎます志摩の百姓、男女の年八十より以上に、稲、人ごとに五十束賜ふ。乙酉(二十日)に、車駕、宮に還りたまふ。到行《おは》します毎に、輒ち郡県の吏民を会《まうつど》へて、務《ことねむごろ》に労《ねぎら》へ、賜《ものたま》ひて楽作《おこ》したまふ。甲午(二十九日)に、詔して、近江・美濃・尾張・参河・遠江等の国の供奉《そのことにつかへまつ》れる騎士の戸、及び諸国の荷丁・行宮造れる丁の今年の調役を免す。詔して、天下の百姓の、困乏《まど》しくして窮《せま》れる者に稲たまはらしむ。

男には三束、女には二束。……庚子（四月五日）に、四畿内の百姓の、荷丁と為れる者の、今年の調役除《や》めたまふ。……丙辰（二十一日）に、有位、親王より以下、進広肆に至るまでに、難波の大蔵の鍬賜ふこと、各差有り。庚申（二十五日）に、詔して曰はく、「凡そ繋囚・見徒、一に皆原《ゆる》し散《あか》て」とのたまふ。五月の乙丑の朔庚午（六日）に、阿胡行宮に御しましし時に、贄進りし者紀伊国の牟婁郡の人阿古志海部河瀬麻呂等、兄弟三戸に、十年の調役・雑徭服《ゆる》す。復、挟杪八人に、今年の調役を免す。

伊賀・伊勢・志摩三国の国造に冠位を与え、三国の調役を免除するが、調役の免除は、近江・美濃・尾張・参河・遠江の奉仕者や、贄の献上者や船頭に及び、大赦・恩赦を行幸中と行幸後にも行い、行幸中に志摩の八十歳以上の老人に、行幸後に全国の生活困窮者に稲を賜うている。二十一日に、難波の大蔵の鍬を有位者に賜うた、という記事が、伊勢行幸に関する記事か否か明らかでなく、後考をまちたいが、まさに大盤ぶるまいといった感じであり、民臣が徳沢を被り、これを僥倖と思う、「幸」のあるべき姿を示している。

二十日の条は、さきに楽⒂に引用したが、行幸の先々で吏民を集めてねぎらい、ものを賜い、歌舞を奏した、という。天皇が儒教的な意味における聖天子であることを、地方の吏民に見せつける大規模な行幸を行って多数の人々に礼楽を知らせ、また多数の廷臣を礼楽にもとづく行幸に参加させることによって礼楽を実習させる、といった行幸の政治性は、皇子たちの盟約をとりつけるためといった政治性とは、規模や性質においてまったく異なる、といってよかろう。

持統が、こうした行幸の意味をどれほど正しく理解していたか、推測することは困難であり、持統の意識においては、天武の思い出にひたりたい、というのが、伊勢行幸の目的のもっとも大きな部分を占めていたであろうが、そうした天皇の個人的な感傷をこえて、行幸が政治的意味あいを主張し、行幸を通して礼楽の意味をもっとも切実に学習したのが天皇自身であったであろうところに、持統朝における律令制の達成度を推測することができよう。天武・持統両朝の饗宴や行幸における歌舞や和歌が、いかなるものであり、いかなるものを目指していたかも、こうした饗宴や行幸の実態に関連させて推測することができよう。

昭和六十一年三月二十七日執筆。

第六章　柿本人麻呂とその時代

一　宮廷歌人の誕生

初期万葉の歌人としては、中皇命や額田王がおり、和歌史的には人麻呂たちも彼女たちの作歌活動を継承している。中皇命が舒明天皇の朝狩りへの出発を讃美して詠んだ『宇智野遊猟歌』（1―三・四）は、人麻呂が持統天皇や軽皇子に供奉して詠んだ『吉野讃歌』（1―三六～三九）や『安騎野遊猟歌』（1―四五～四九）に継承されるし、額田王が、天智天皇より春秋の美のいずれが美しいかを判定するよう命じられて詠んだ『春秋競憐判歌』（1―一六）も、王朝の専門歌人が雅宴において難題を与えられて即詠するのに類似している、といえないものでもない。人麻呂が長皇子に献じた『猟路池遊猟歌』（3―二三九～二四一）や長忌寸意吉麻呂が得意とした『物名歌』（16―三八二四～三八三一）もそうした作品であろうが、上流貴族と宮廷歌人の作歌活動にはおのずからなる相違があろう。

王朝の上流貴族もみなたくみに歌を詠んだが、彼らが制作したのは恋の褻《け》の歌であり、歌合や屏風や賀宴等の装飾的な晴の歌を詠むことはなかった。晴の歌を詠むのは専門歌人であり、専門歌人と一般貴族の間にそうした役割分担があったのである。人麻呂らが制作する整飾の讃歌や挽歌を上流貴族が作ることはなく、意吉麻呂らが制作するアクロバティックな和歌表現の技能のさえを見せる物名歌を一般貴族が作ることはなかった、と考えてよかろう。また、専門歌人は、古歌を蒐集し、作歌の故実を学習し、一般貴族に作歌や歌学を教授したが、『万葉集』の宮廷歌人も同様なことをしていよう。

中皇命や額田王が作歌し、彼女たちの歌を発表した場は宴であったろうが、その宴では楽人たちが前代から伝承した歌舞を演奏していた。楽人たちの奏楽と上流貴族の作歌は、同じ宴で行われてもおのずから相違があろうが、王朝の御遊や御会から推測して、楽人たちが伝承した古来の歌舞を演奏し、宴たけなわとなって上流の貴族たちが楽器を執り、唱歌し、ついで自作の詩歌を発表する順序をとったことであろう。

雄略天皇の巻頭歌（1―一）や舒明天皇の『望国歌』（1―二）は、宮廷の楽人たちが伝承し、儀式や儀式後の宴で演奏されたために記憶され、さらには記録されて『万葉集』に収載されるに到ったのであろうが、中皇命や額田王の歌も、彼女たちがある宴で発表した後は、やはり楽人たちが管理し、伝承して折々の宴でしばしば演奏したために、散逸を免れたのであろう。宮廷歌人が出現して、先行作品を蒐集し、記録する以前に初期万葉の歌々を管理していたのは楽人であろう。楽人たちは彼らの基準で初期万葉の歌人の作品を取捨選択し、時には改変を加えたりしながら、自己の作品に近い形で歌い継いでいたのであろう。人麻呂ら宮廷歌人は、和歌史的には中皇命や額田王の作歌活動を継承するが、同時に、和歌史にその名を見せない楽人たちの営為を継承しているのである。

挽歌に相当する歌謡も、『大御葬歌』（記―三四～三七）が代々の天皇の御葬送に歌われたように、殯宮や葬送や葬後の種々の儀礼で歌われたが、そうした歌謡や『万葉集』の近江朝挽歌群（2―一四七～一五五）所収の挽歌も、宮廷の楽人の一派が伝承し、歌い継いでいたのであろう。『孝徳紀』は中大兄に代って『造媛挽歌』（紀―一一三・一一四）を作り、琴にあわせて歌った野中川原史満の名を伝え、『斉明紀』は斉明天皇より御製の『建王追慕歌』（紀―一一九～一二一）を世間に末長く広めることを命じられた秦大蔵造万里の名を伝えているが、満や万里はそうした楽人であったのであろう。

満の場合は、中大兄に代って作歌したと見られるので、楽人というよりも歌人と考えるべきかも知れないが、『造媛挽歌』には種々の問題がある。第一首「山川に鴛鴦《をし》二つ居て偶《たぐひ》よく偶へる妹を誰か率《ゐ》にけむ」（紀―一一三）には、『詩経』の『関雎』を踏まえた発想・表現が見られ、第二首「本毎《もとごと》に花は咲けども何とかも愛《うつく》し妹がまた咲き出来《でこ》ぬ」（一一四）には、自然は回帰する時間の中にあるが、人間は直進する時間に支配されている、という時間認識が見られ、孝徳朝の作品としてはあまりに新しすぎる印象を受ける。野中川原史の野中は、『令集解』（喪葬令）所引の『古記』が「遊部」に対して「野中・古市の歌垣の類」という、葬儀に関する芸能集団の根拠地であった河内国丹比郡野中郷であろう。この『造媛挽歌』も野中の芸能集団が歌い継いでいたのであろうが、その間に歌が新しい歌詞に変えられたか、この挽歌は本来藤原朝以降の新しい作品であったが、権威づけのために孝徳朝の満に結び付けられたかのいずれかであろう。満の行為を代作と見なし、孝徳朝に宮廷歌人が存在したように考えるのは危険であろう。

楽人は楽器を演奏し、歌を歌い、舞を舞うなどの行為をし、特殊技能を修得する必要があるので特定氏族が家職として相伝したが、宮廷歌人の仕事は一代限りである。王朝の専門歌人も、中世歌学が形成され、歌道家が成立するまでは、作歌を家職とすることはなかった。宮廷歌人は楽人の伝承する歌謡とは違って、時々の宮廷の要請をうけて詩として完成度の高い讃歌や挽歌を作成する必要があった。宮廷歌人は楽人と接近した所で仕事をしており、楽人やその家から宮廷歌人が誕生することもあったかも知れないが、楽人やその家を出自とすることは、宮廷歌人誕生の必須条件ではなかろう。

柿本氏は孝昭天皇の皇子天足彦国押人命を祖とする和邇氏の一族であり、和邇氏は、応神・反正・雄略・仁賢・継体・欽明・敏達の七朝の後宮に、九人の后妃を入れた外戚氏族である。古代の豪族として『古事記』に記された反乱征討や後宮の事件に関する物語や芸能を伝えていたことであろう。柿本氏の同族ということであれば、『新撰姓氏録』

(大和皇別)は、物部氏を滅ぼした蘇我氏が斉明朝(皇極朝)に柿本氏と同祖の布留氏を物部氏が祭る石上神宮の神主とし、『類聚三代格』(巻一)所収の太政官符(弘仁四年一〇月二八日)は、和邇氏の一族の小野氏と和邇氏配下の和邇部氏が鎮魂祭に舞楽を奉仕する猿女公氏に代って猿女を貢上していた、という。和邇氏の氏族は他氏の神事や芸能を代行する能力を有してもいた。

和邇部氏には、著名な伶人で雅楽寮の権大允となった大田麻呂がおり、小野氏には、老・綱手・国賢・淡理の万葉歌人がおり、『古今集』の小町・小町姉・貞樹・滋蔭・篁・千古母・春風・美材が続く。柿本氏について「本来、芸能を世襲する家柄」(『日本古代氏族人名辞典』)といい、人麻呂を歌手や俳優と見なす説があるが、人麻呂は一代限りの宮廷歌人であり、柿本氏からは人麻呂のほかは歌人も伶人も出してはいない。柿本氏が和邇の一族であり、同族の小野氏や関連の深い和邇部氏が歌人や伶人を出しているのはその通りであるが、柿本氏が芸能を世襲したという論拠とはならないであろう。

饗宴の相伴人や舞楽の舞人・楽人を、えが・えんが・かいもとと呼ぶが、柿本はその「かきもと」(垣本)を意味するとか、人麻呂は遊部や巡遊伶人の出身であるとかいわれることがある。そういうことが論証できるとよいのであるが、現在のところ、特別な論拠を加えることはできない。人麻呂と同時代の歌人として、高市連黒人・山上臣憶良・坂門人足・調首淡海・春日蔵首老・長忌寸意吉麻呂・置始東人の名をあげることができるが、どのような氏族の出身者が歌人になるというものでもない。宮廷歌人の誕生は出身氏族と特別な関係はない、と考えてよかろう。

人麻呂が天皇や皇子を神として讃美することについても、大和の古い氏族の出であったことが関連を持つ、といわれたりもする。たしかに、壬申の乱の功臣の中には、和邇系氏族の和珥部臣君手や本貫の近い三輪君子首や大神朝臣高市麻呂もいた。同族の柿本臣猨も功臣の一人かと考えられている。人麻呂の一族は天武とともに戦い、天武に強い尊敬の念と親愛の情を寄せていたのであろうが、「やすみしし我ご大君」「高照らす日の御子」「神ながら神さびせすと」といった天皇観は、人麻呂の時代に共通する天皇観であった。

天皇に神性を認める現神の思想は、世界の多くの民族に見られるもので、わが国においても古くからのことと考えられるが、『天武紀』（一二年正月）の「明神御大八洲倭根子天皇《あきつかみとおほやしましらすやまとねこのすめらみこと》の勅命」のように、現神の思想が天皇の絶対的な統治力と結合して現われる点にこの時代の天皇観の特色がある。「やすみしし」の本義は不明であるが、八隅知之の表記から推測して、大八洲を統治する明神と讃美するのであろう。

天皇を「我ご大君」と親しみをこめて呼びかけ、一方では「高照らす日の御子」と讃美するのも、『記』『紀』が天皇の神性を日神や天神の末裔であることに求め、天皇を諸氏族とは隔絶した存在としながらも、系譜上・伝説上は天皇を諸氏族の宗主とする天皇観に等しい、と考えてよかろう。天武天皇は『帝紀』『本辞』を削偽・定実し、修史事業を起こし、氏上を定めさせ、姓を定めているが、こうした修史や氏姓と関わりを持つ現神の思想や天皇観は、法の前には万人が平等であるべき律令制と相入れないものであり、律令制への道を歩きながら、天皇独裁の傾向の強い天武朝の思想であり、天皇観であった。

『記』『紀』の歌謡は、倭建命・仁徳天皇・雄略天皇・勾大兄皇子（安閑天皇）・推古天皇を「やすみしし我が大君」と讃美し、『万葉集』においても、中皇命（1―三）や舎人吉年（2―一五二）は、舒明天皇や天智天皇を同様に讃美する。人麻呂たちも同様に讃美し、奈良朝の歌人たちにもこの讃美表現は継承されるが、天皇の神性を日神の末裔であることに求める「高照らす日の皇子」の讃美表現は、その使用例が限定される。

「高照らす（光る）日の御子」は、『書紀』にはなく、『古事記』の歌謡（記―二八・七二・一〇〇・一〇一）の倭建命・仁徳天皇・雄略天皇の讃美に見え、『万葉集』の人麻呂の『安騎野遊猟歌』『日並皇子挽歌』（2―一六七）『猟路池遊猟歌』『矢釣山雪朝歌』（3―二六一）のほか同時代の持統天皇の『夢裏御製』（2―一六二）、置始東人の『弓削皇子挽歌』、作者未詳の『藤原宮の役人の歌』（1―五〇）『藤原宮の御井の歌』（五二）『舎人慟傷歌』（2―一七一・一七三）『山辺の御井の歌』（13―三二三四）に見えるが、奈良朝の歌人たちの作には継承されていない。人麻呂の歌う現神の思想は、当時の人々が抱いた時代の思想であったが、讃美の表現は、楽人たちが伝える宮廷歌謡の表現を継承しているのであろう。

二　新しい作歌の場

『続日本紀』天平十五年五月五日の条は、聖武天皇の宣命を収めるが、天武天皇が創始した五節の舞に関する発言がある。天武は、壬申の乱平定後、君臣の秩序を保ちながら、両者の関係を和らげるには、礼楽を盛んにする必要があると考えて五節の舞を創始した、という発言であるが、『天武紀』『持統紀』を読むと、礼楽の記事や饗宴や行幸の記事が多いことに気付くであろう。

天武朝には、衣服・氈褥《せんじょく》（毛織の敷物）・冠・帯等の禁式九十二条のほか、正月の拝賀の祈の範囲、結髪や乗馬、宮廷での礼儀や言語、朝服の服色等の規定に関する詔が出され、持統朝においては、『浄御原令』が発布されて『儀制令』『衣服令』によって規定されるが、朝服の服色や文様、朝服の着用の仕方、百姓や奴の服色、朝堂における官人の礼の作法等に関する詔が出されている。

天武四年二月に諸国に出された詔「所部の百姓の能く歌ふ男女、及び侏儒・伎人を選びて貢上《たてまつ》れ」は、雅楽寮の歌人・歌女制度のはじまりとして注目されるが、奏楽に関しても、新羅の使節や多祢島の人々や隼人を迎えての饗応に楽を奏したことが記録され（天武二年九月・一〇年九月・一一年七月・朱鳥元年四月）、正月七日（天武一〇年）や正月十八日（天武一一年・朱鳥元年）の宴の奏楽が記録される。正月十六・十七・十九日の踏歌も行われ（持統七年・八年）、行幸における奏楽も記録されている（持統六年三月）。

礼楽の効用について『孝経』は、「風を移し俗を易《か》ふるは楽より善きは莫く、上を安んじ民を治むるは礼より善きは莫し」というが、令によって国家秩序や国制を定め、律によってそれらを破壊から守り、礼楽によって律令の精神を国家や国民の隅々にまで行き渡らせようとする。また、『安閑紀』（元年閏一二月）は梁の裴子野『丹陽尹湘東王善政碑』（『芸文類聚』治政部・論政）に基づいて、「礼を制《さだ》めて功成ることを告し、楽を作《おこ》して治《まつりごと》の定まることを彰す」というが、制礼作楽は自らの治世を誇り、顕彰する手段ともなり得るものであった。

官人たちが新しい礼によって身仕度をし、挨拶を交し、新しい楽を聴く、そうした新たな礼楽を実習する場が必要となり、新しい儀式や饗宴が催されるのであろう。また、宮廷外の地方の人々に新しい礼楽を示すために、行幸が大規模に美々しく行われるのであろう。天武・持統両朝には、新羅・高麗・耽羅の海外の使節や多祢島や隼人・蝦夷の辺境の人々を迎えての饗宴がしばしば催されたが、節日の宴も頻繁に催されている。

正月二日や三日の宴は元日の宴であろう（朱鳥三年・持統四年）が、正月七日の白馬の宴（天武二年・四年・九年・一〇年・一二年・持統三年〜一一年）、正月十六日の踏歌の宴（天武五年・朱鳥元年・持統三年・六年・八年〜一一年）、三月三日の上巳の宴（持統五年）、五月五日の端午の宴（持統八年）、七月七日の七夕の宴（持統五年・六年）がある。『雑令』に「凡そ正月一日、七日、十六日、三月三日、五月五日、七月七日、十一月大嘗の日を皆節日と為よ」とあるが、天武・持統両朝に節会がほぼ成立した、と考えてよかろう。十一月の「大嘗」は新嘗であろう。持統五年十一月二十八日と三十日に大嘗祭の後宴が行われているが、新嘗祭の翌日十一月中の辰の日に行われる豊明の節会に関する記載はない。

　右の節会の外にも、正月十五日の宴（天武五年）は御薪《みかまぎ》献上の宴があるし、正月十七日の後宮の宴（朱鳥元年）は女踏歌に相当する宴であろうし、その翌日の大酺も、この日に倡優《わざおき》や歌人《うたびと》たちに禄を賜うとあり、十五日から三日間、大がかりな芸能をともなう踏歌の宴が催されたようだ。九月九日の重陽の宴（天武一四年）、十月朔日の孟冬旬の宴（天武五年）、十月十日の重十節（天武四年）もあり、さまざまな年中行事の宴が試みられていた。

　正月七日の白馬の節会の宴は、推古二十年と天智七年に、五月五日の端午の節会の宴は天智十年に見えるが、元日・御薪献上・踏歌・上巳・重陽・孟冬旬・重十の宴は、みなその初例であり、中国の宮廷行事を積極的に取り入れていたことがわかる。節会は新しい礼楽の場として創始されたはずであり、奏楽の記載のない宴においても楽が奏された、と推測してよかろう。また、七夕の初例は持統五年であるが、『人麻呂歌集』の七夕歌（10―二〇三三）には「此の歌一首、庚辰の年に作る」とあり、天武九年の作と考えられている。節日として記録される以前にも、宮廷で内々に宴が催され、儀式化が試みられ、楽人や歌人が召されたりしたのであろう。新しい雑歌が作られ、発表される制作や享受の場を得たのである。

　持統天皇の御製『夏来るらし』（1―二八）は、夏の到来を喜ぶが、御製はなぜ夏の到来を喜ぶのであろう。春が三月三十日に去って夏が四月一日に来るという、新しい暦の知識は、天子は暦を定めて季節の運行に責任を持ち、自己の政治の正しさ故に四季は正確に推移するという政治哲学を抱かせ、春が過ぎて夏が来たことを喜ぶのであろう。天武五年に孟冬旬がある上に、同十二年十二月に各孟月朔日に朝参せよとの詔を出しているので、四月一日の孟夏旬の宴も試みられ、持統の御製はそうした折に披講されたのであろう。

　その季節に特有なものを発見した、と表現することでその季節感を歌うことは、現代の短歌や俳句においてもしばしば行うことであり、持統もその方法を採用したのだが、緑の天の香具山を背景に白妙の夏の衣が干され、初夏の風に翻っている、と歌うのは、当日が衣更えの日であり、また平安朝の諸例から推測すると、宴の最中に扇を賜わるが、すべてが終了して賜わる祿は「衣」「御衣」であるので、特に選択されたのであろう。香具山を背景にしたのは、香具山が基点になる山であった理由によろう。

持統朝は、天武朝を継承して律令制国家への道を歩むが、両朝を比較すると、天武朝には天皇独裁の傾向が強く、皇族や豪族の特権が温存される傾向が見うけられたが、持統朝には高市皇子が太政大臣、多治比嶋が右大臣となって役割を分担し、皇族や豪族の特権を排除し、法の前に国民の権利を平等にする傾向を見せる。饗宴も天武朝においては、皇族中心であったものが、持統朝においては、「公卿より以下初位より以上」、「百官の人等」が参加するものとなり、礼楽の思想に基づいて催されるものとなり、行幸も、その本義に基づいて車駕の到るさきざきで臣民に恩沢を与え、幸を与えるものとなり、礼楽を地方の人々に示すものとなった。『持統紀』（六年三月）は伊勢行幸の条に、「到《お》行《は》します毎に、輒《すなは》ち郡県の吏民を会《まうつど》へて務《ことねむごろ》に労《ねぎら》へ、賜《ものたま》ひて楽《うたまひ》作《おこ》したまふ」と記す。

持統朝の宴や行幸の楽は、百官や郡県の吏民を対象として律令の精神を国家や国民の隅々にまで行き渡らせるために行われるのであり、従来とは異なった楽が必要となるのである。『藤原宮の役民の歌』は、藤原宮造営に勤しむ役民の姿を通して天皇の現神性を讃美し、役民が天皇に献った形を採りながらも、天皇と役民の正しい関係を役民をはじめ国民に広く知らせようとする。人麻呂の『吉野讃歌』や『安騎野遊猟歌』も、人麻呂が持統天皇や軽皇子に献る形を採りながら、百官や国民に天皇や皇子が神性や絶対的な統治力を有することを知らせようとする。持統天皇の御製は、御遊後に詩歌の会が催されて披講されるのであろうが、『藤原宮の役民の歌』や人麻呂の讃歌は宴や行幸の奏楽や奏楽に続くものとして発表されたのであろう。

〈近江朝挽歌群〉を見ても、臨終の折に蘇りを求める呪歌（2―一四七）、殯の誄《しのひごと》に相当する悔恨と追慕の歌（一四九・一五一・一五二）、葬送の亡魂の旅立ちを詠んだ歌（一五三）、一周忌等の退散時の歌（一五五）がすでに存在し、殯葬の種々の場で種々の挽歌が制作・享受されていたことがわかる。天武・持統朝においても、すでに存在する挽歌が伶人たちによって歌い継がれていたが、両朝は葬儀においても新しい礼楽を加えていた。

天武天皇の二年三か月に及ぶ殯は、その長さ故に注目されているが、二年三か月は二十七か月であり、三年の喪に相当する。殯とはいっても葬後の服喪の儀礼が行われたのは当然である。朱鳥元年十二月十九日には百か日の無遮大会が五大寺に、持統元年九月九日には一周忌の斎が諸寺において行われたが、その他の追善供養に相当する行事も行われている。持統元年と二年の正月朔日と持統元年正月五日（庚午）と二年十一月四日（戊午）には、皇太子が公卿以下百官を率いて殯宮に慟哭している。これらは服喪の間の朔望や忌日（丙午）の魂祭りであろう。

歌舞の奏は、諸国の国造の誄に続く種々の歌舞（朱鳥元年九月三〇日）や、その舞のあとに諸臣が先祖の服属の由来を誄したという楯節舞《たてふしのまい》（持統二年一一月四日）が注目を集めているが、諸国や諸氏族が献る歌舞は特殊なもので、持統元年正月朔日に皇太子が慟哭し、奉奠に続く「楽官奏楽」が通常のものであろう。饗宴に奏楽が行われるように、殯葬の儀礼においても、奉奠に際して奏楽が行われたのであろう。

宮廷の新しい礼楽を発表し、実習する場として新しい節日を定め、年中行事を創始したように、天武の崩御に際して、朝廷は殯葬の新しい礼楽を国民に示す必要があった。皇太子を中心に新しい殯宮儀礼が試みられたが、その儀礼は葬後に行う仏教の追善供養や中国風の服喪の間の朔望や忌日の魂祭りを行うほかなく、葬や葬後の儀式を重視する必要性を人々に気付かせることになったのであろう。『文選』所収の挽歌詩や誄・哀等の死の文学も、みな葬後の服喪の間の悲しみを表現しており、そうした詩文の影響下に、葬や葬後の儀式に供えるものとして、葬送のあしたや四十九日等ののちのわざ等の挽歌が制作されるようになるのである。

三　宮廷詩の方法

持統天皇には、天武天皇崩御に際し、長歌一首（2―一五九）と短歌二首（一六〇・一六一）の御製がある。長歌は天武に対する思慕を歌い、天武がつねに見て心にとめていた神丘の紅葉を独り見る悲しさを嘆く。誄に相当すると考えられる光仁天皇の藤原永手を弔う恩詔（五一）に類似表現が見受けられるので殯の挽歌と考えられるが、一書の第一首「燃ゆる火も取りて裹《つつみ》て袋には入ると言はずや面《おも》知らなくも」（一六〇）は結句の訓に問題を残すが、奇跡を望みながらもその不可能であることを嘆き、第二首「北山にたなびく雲の青雲の星離《さか》り行き月を離りて」（一六一）は去り行く雲に亡魂との別れを歌っており、二首は葬送歌として制作されたと考えられる。

『大御葬歌』から『天武天皇挽歌』『天武天皇葬歌』に至る挽歌相当歌は、すべて近親者の悲しみを歌っている。死の悲しみが近親者の悲しみに限定されていた時代はそうした挽歌で事足りたが、天武殯宮では皇太子が公卿以下百官を率いて慟哭し、奉奠後に楽官に楽を演奏させている。新しい礼楽の思想にあわせて新しく加えた儀式に多数の人々を参加させ、新しい死の音楽を聴かせる必要があった。種々の儀式には酒食を供える奉奠が行われるが、奉奠には楽官の奏楽が行われる。奏楽の記載を欠く種々の儀式にも奏楽が行われていることを考慮する必要があろう。既成の挽歌が楽官によって演奏され、持統天皇の『天武天皇挽歌』や『天武天皇葬歌』も重要な場面で発表されたことであろうが、公卿以下の百官や諸国の国造を集め、新しい礼楽の楽として聴かせる挽歌としては十分ではなかった。諸国や諸氏族の献った歌舞は、大嘗祭の服属の歌舞の原理に基づいて献られたものであり、悲歌であるはずもなく、場違いのはなはだしいものであるが、新しい時代の挽歌が求められていたことを物語っている。

人麻呂は、葬送の歌として『河島皇子葬歌』（一九四・一九五）、葬送のあしたの歌として『高市皇子挽歌』（一九九～二〇二）、のちのわざの歌として『明日香皇女挽歌』（一九六～一九八）、はての歌として『日並皇子挽歌』（一六七～一七〇）を制作した。葬送歌は、『大御葬歌』も『読歌』（記―八九・九〇）も『鮪《しび》葬歌』（紀―九四・九五）も、葬送の行列を組む者が遺族の悲嘆に同情して歌い、遺族がそれに和しながら死者との別れを歌う形式をとるが、人麻呂も『河島皇子葬歌』ではその定型どおりに、葬送に参加した忍壁《おさかべ》皇子たちが遺族の泊瀬部皇女に同情して歌いかけ、皇女がそれに和して夫の河島皇子との別れを歌う形式を採用するが、葬後の挽歌にそうした定型はなく、近親者の悲嘆とは異なる多数の参列者を対象とした政教的理念を盛り込んだ新しい挽歌を作るために一工夫する必要があった。

『日並皇子挽歌』『高市皇子挽歌』『明日香皇女挽歌』は、題詞に「殯宮の時」と記すが、葬後の作であることは先に述べた。人麻呂は、死者に親しく仕える舎人等の側近の立場で歌うが、死者と無縁であっては死の悲しみは歌えず、儀式に参列しなくては参列者の悲しみは表現できないためにそうするのであり、宮廷詩の一方法と考えてよかろう。作者は舎人等側近の立場に身を置き、それぞれの挽歌が演奏される儀式の目的にあわせて死者を讃美し、死者と舎人等側近との理想的な主従関係を歌う。

『日並皇子挽歌』は、一周忌を迎えて舎人たちが皇子の島の宮から退散する悲しみを歌う『舎人慟傷歌』（一七一～一九三）と同時の作であろうが、人麻呂も、一周忌の儀式にあわせて皇子を讃美し、退散する心惑いを歌う。死者の讃美はわが国の挽歌の歴史にはなく、中国の誄を学んだことになるが、誄は死者の世系や行跡を讃美し、諡号（贈り名）を定める機能を有し、「誄は累なり、その徳行を累列す」という文体を有する。和歌は抒情詩として累列の方法は採用できないので、世系の讃美は祖先が神であり、父が天武である二点に絞り、行跡の讃美も即位の待たれた皇太子であった一点に絞り、さらに世系と行跡の讃美を一つにして、天地開闢時の神々の協議で即位が約束され、神であった父天武の後を承けて皇位に即くべきであった皇太子と讃美し、理想的な皇太子に仕えた舎人の期待は潰えて舎人は途方に暮れている、と歌われるが、こうした舎人の心惑いも理想化されている、といえよう。諡号も第二反歌で太陽とともに地上を照らす月のごとき皇太子と歌って「日並知《ひなみし》」を表現し、誄の条件を満している。

『高市皇子挽歌』も、世系と行跡の讃美を一つにして、皇子は神であった父天武の命を受けて壬申の乱の大将軍となり、平定後は太政大臣として国政を担当して国を栄えさせたと讃美し、後皇子尊の諡号が贈られたことには触れないが、居所を御門《みかど》、近侍する人々を舎人と呼ぶことで、死後に皇太子に追尊されたことを表現している。『明日香皇女挽歌』においても、婦徳を具えた皇女が薨じて夫君が悲嘆に暮れる様を葬儀の次第を追って歌うことで、皇女の行跡を讃美し、現在がのちのわざの日であることを表現し、明日香川に関連する形で皇女の名が強調される。また、両挽歌とも皇子・皇女を永遠に慕い、その名を記憶すると歌う。

人麻呂は、死者の側近として主君を失った悲しみを歌うが、誄は本来天子の立場で記すものであり、人麻呂は死者の側近であると同時に、天皇なり国家の官僚なりの立場で死者を論評しているのであり、舎人等側近の嘆きとして歌われたものも、現実の舎人等側近に対して、かく嘆けと指示する側面をも有するのである。いうまでもないが、人麻呂は主君の死にあって挽歌を制作しているのではなく、新しい礼楽に奉仕する宮廷歌人としてこうした挽歌を制作しているのであり、儀式や儀式の構成員に種々の配慮を見せている。

『高市皇子挽歌』には、百済の原を通って葬送が行われたという記載があって葬送後の挽歌であることが判明するが、葬送前の殯宮に奉仕する舎人等の悲嘆を描く二十四句中に「春鳥のさまよひぬれば」の二句があるので、高市皇子は持統十年七月十日に薨じ、数ヶ月の殯の後、十一年の春になって城上に葬送され、埋葬された、と考えてよかろう。この挽歌には壬申の乱の描写があり、天武方の将兵の戦闘に三十句が費やされ、注目されている。

葬儀に参列した高市皇子の舎人は、壬申の乱を戦った天武（大海人）の舎人の子弟であろうが、人麻呂は葬儀に参列した舎人たちに、かつて高市皇子の指揮下に将兵として激戦に参加したという共同の幻想を抱かせようとする。壬申の乱は六月二十二日から七月二十六日に至る晩夏初秋の戦いであったが、人麻呂は現在の季節にあわせて冬から春に至る季節とし、葬具である鼓・小角《くだ》・旗にあわせて戦闘場面を構成する。かつては祭祀が参加する人々にその始源に関する共同の幻想を抱かせ、神話という形で共通の過去を幻視させたが、人麻呂は、そうした能力を持たない儀式のために、参列者に儀式の本義と参列の意義を教え、祭祀の参加者が味わったがごとき共同幻想をも抱かせようとする。

讃歌においても同様であろう。『吉野讃歌』や『安騎野遊猟歌』を演奏するのは、宮廷の内外で催す持統天皇や軽皇子を中心とする儀式や宴においてであろう。人麻呂は、天皇や皇子を讃美する儀式や宴の本縁を語り、それらを天皇や皇子を讃美する空気で充満しようとする。古来の歌謡の形や歌詞を使用して、古代の王に寄せる人々の信仰を掘り起こしたりもするが、彼は天皇や皇子の尊さは、神性や絶対的な統治力を有する故とし、その尊さを有することを、『吉野讃歌』においては、多数の大宮人が行幸に供奉し、山川の神々が奉仕する姿で明示し、『安騎野遊猟歌』においては、軽皇子が亡き日並皇子の再来である点に明示する。

天皇や皇子を讃美する儀式や宴に参加し、その本縁としてこの讃歌を聴いた人々は、完成度の高い抒情詩であるために、共感することを強く求められ、そのような経験を持たない人々も、天皇や皇子に供奉して吉野や安騎野に行った思いを抱き、安騎野に行ったと錯覚した人々は、夜明けの東の空に、西の空に沈む月に代って射し初めた曙光を見て、父皇太子に代って新しい皇太子が日の出とともに朝狩りに出発する共同幻想を抱くであろう。人々は讃歌にあわせて、天皇や皇子に対して永遠の忠誠を誓い、朝狩りへの出発を讃美し、参加した儀式や宴を天皇や皇子の讃美で充満する。

儀式や宴に参加する人々に対する配慮は、劇作家が観客に払う配慮に共通するようだが、人麻呂の『留京三首』（1―四〇～四二）、『鴨山自傷歌』とその関連歌（2―二二三～二二七）、『羈旅歌八首』（3―二四九～二五六）、『み熊の歌四首』（四九六～四九九）等が組歌形式を採用するのも、歌謡が連作・贈答・問答・唱和の形式を採用し、歌劇的傾向を見せるのを継承している。

『人麻呂歌集』中には問答歌（11―二五〇八～二五一六、13―三三〇九）もあるし、『七夕歌』（10―一九九六～二〇三三）には歌劇的な構成も見受けられ、牽牛や織女の立場で詠んだ歌も収められている。『巻向歌群』は、種々の歌題に分離されて歌群の形をなしておらず、人麻呂の実人生と関連づけて読まれているが、「詠雲」（7―一〇八七・一〇八八）をはじめ、連作の形を採るものが多く、実人生と関連づけると、本貫との往復に山の辺の道を通って始終見たはずの山を今日初めて見た、「鳴る神の音のみ聞きし巻向の檜原の山を今日見つるかも」（一〇九二）と歌うのも不可解であり、この歌群も独自な構成のもとに物語歌を集めていたことが推測される。

巻十冬雑歌中の非略体歌「あしひきの山路も知らず白橿の枝もとををに雪の降れれば」（二三一五）について、『枕草子』（四〇）は、「白樫といふものは……いづくともなく雪のふりおきたるに見まがへられ、素盞嗚尊《すさのをのみこと》出雲の国におはしける御ことを思ひて人丸がよみたる歌などを思ふに、いみじくあはれなり」という。『枕草子』の所伝に従えというのではないが、人麻呂たち宮廷歌人は歌劇的な物語歌を制作してもいるのであろう。この歌の左注は、或本に三方沙弥の作と記されているというが、三方（形）沙弥は園臣生羽女との相聞歌（2―一二三～一二五、6―一〇二七）や藤原房前の前で誦した歌（19―四二二七・四二二八）を残す芸能人的歌人である。人麻呂たちはこうした歌人とも接触しているのであろう。三方沙弥は後世にも知られ、『袋草紙』（雑談・希代歌）『古今集序注』（下・乞食歌）『古今著聞集』（巻五和歌・一八六）は、「乞食しける法師」という。『懐風藻』の詩人、大学頭従五位下山田史御方との同人説もあるが、賛成しがたい。『歌経標式』が伝える角沙弥も同様な歌人であろう。

四　都市の文学

『日並皇子挽歌』と『高市皇子挽歌』、『河島皇子葬歌』と『明日香皇女挽歌』は発想や表現の面で多くの共通点を持つが、相違点も目に付く。おそらく、『日並皇子挽歌』は皇子が持統三年四月に薨じてその翌年の晩春の作、『河島皇子葬歌』は皇子が持統五年九月に薨じて、その年の作と持統朝前期の作であるのに対し、『高市皇子挽歌』は皇子が持統十年七月に薨じて翌年春の作、『明日香皇女挽歌』は皇女が文武四年四月に薨じてその夏の作と持統朝後期以後の藤原京の作であることに関わりを持とう。

『日並皇子挽歌』の第一反歌は、島の宮の荒廃を惜しみ、『舎人慟傷歌』も同様な嘆きを主題にするが、『高市皇子挽歌』は、香具山の宮は皇子が万代まで栄えることを考えて造ったもので、万代まで亡びることはない、と歌う。都は御代ごとに営まれ、死のけがれを怖れて遷都したが、藤原京の造営と遷都は、死のけがれを怖れてのものではなく、浄御原令が発布されて官僚組織が整備され、政治機構としての都が手狭になったためであり、藤原京は律令制が造った都市であり、中国の都に倣った万代を目指した都城であった。高市皇子は太政大臣としてこの都城の造営に尽力したのであり、死のけがれ＝信仰を、都市の論理によって克服する思想の持ち主であり、自邸をも万代を目指して建築したことは想像に難くはない。

『高市皇子挽歌』には、壬申の乱の折に天武天皇が伊勢神宮から神風を吹かせ、太陽を黒雲で蔽って賊軍を潰滅させた「神話」が記されるが、当時、持統の『夢裏御製』（2―一六二）などで天武が伊勢の神になったことが主張され、また、天武が漢の高祖に私淑していたことが注目されて、『大風歌』や睢水《すいすい》の激戦の故事を踏まえて創作したのであろう。神話はすでに存在するものであり、創作するものではない。神話を作品の中に取り入れる場合も、大枠を改変することは不可能なはずである。

神の根拠地は高天原であり、神は高天原より天降り、任務が終われば高天原に帰る。神は死なず、古い神の退場は新しい神の登場と不可分の関係にある。こうしたことは改変不可能な部分であろうが、『高市皇子挽歌』は、神である天武の根拠地を伊勢とし、天武の死を高市の即位と無縁に描き、『日並皇子挽歌』では皇太子を神と呼んでは、その死は新しい皇太子の登場と関連づけて表現する必要があり、強い制約を受けるために見合わせたが、高市皇子の場合はそうした制約はなく、神として死んだと表現される。人麻呂は都市の論理に立って神々の呪縛を逃れ、神話を創作する自由を獲得したのである。

創作された神話は真の神話ではなく、物語に近づくが、神話を支配していた「時間」にも変化が生じる。『明日香皇女挽歌』は『河島皇子葬歌』と同じく明日香川の川藻・玉藻の描写から始まるが、『河島皇子葬歌』では夫婦の睦みあう形容となり、人間と同次元のものと見られた川藻・玉藻が、『明日香皇女挽歌』では円環し、永却回帰する時間に支配される自然物となり、直進する時間に支配される人間とは対立する異次元の存在となる。また、不可逆な時間の比喩に使用される川も工夫さえすればその流れは塞き止めることができるが、死者が遠ざかって行く時間の流れは止める術はない、と嘆く。

『高市皇子挽歌』や『明日香皇女挽歌』が終束部で永遠の思慕を誓って死者の名を忘れない、と歌うのも、新しい時間認識と関わりを持とう。円環する永劫回帰の時間認識に立つと、死者は、花が散り鳥は去っても、また春を迎えて花が咲き鳥が囀るように、どこかに転生し、時には示現もしよう、と考えられたが、直進する時間認識に立つと、死者は、蘇生はもとより、転生も示現もしないことになり、死者をこの世に連れ戻せるのはわれわれの心の中のみだ、という認識に到達するのであろう。新しい時間認識が死の認識を深めさせ、死の認識の深まりが抒情を深めさせ、都市の文学を豊かなものにするのである。

人麻呂は、『石見相聞歌』(2―一三一〜一三七)や『泣血哀慟歌』(二〇七〜二一二)を二群構成にし、新旧の愛と別れや愛と死を対照的に歌い分けた。第一群に伝統的で古風な愛と悲しみを配し、第二群で中国的で当世風な愛と悲しみを配したもので、詩人たちが楽府に対して楽府体の詩を作るのを一人で行った形になっているが、新旧の愛と愁嘆の歌い分けは、激変する時代を生きる人麻呂の関心を表現して興味深い。

男女の愛は古くは秘密にするべきもので讃美されることはなく、古代の恋愛譚は悲劇的な結末を採るが、藤原京では、夫婦が同居する傾向も見られ、夫婦仲のよさを讃美する気風も生れかけていた。『明日香皇女挽歌』にも、夫婦仲のよさを美徳とすることが歌われているが、『石見相聞歌』や『泣血哀慟歌』の第二群に描かれた、夫婦で月見をし、手に手を取って散歩をし、夫婦が同居し、夫の家に妻屋を作り、妻の死後残された幼児を夫が世話するといった、新しい愛の風俗は父系的で核家族的、つまりはもっとも都市的なものであったが、都市的なものは人麻呂の心を強く惹き付けていた。

人々の神や時間や愛や死についての認識さえも変革させたほどであり、都市が形成され、人々が村落から都市に移住したことは、さまざまな分野のさまざまなものを変化させていた。恋や結婚の仕方も変化した。見知った者同士が結婚する村内婚の時代とは異なり、都において見知らぬ者同士が階級を同じくする理由から結婚するようになると、村内婚の時代には必要としなかった恋の会話が必要になり、夫婦の会話も丁寧にするようになろう。また、都と村、都と地方に別れて暮らす夫婦も増加し、相聞往来が活発に行われることにもなった。

『万葉集』や『古今集』を代表するのは、数の上では作者未詳、よみ人知らずの恋の歌であるが、こうした一般の人々が作る、私的で実用的な類想を類型に当てはめて制作する恋の歌を褻《け》の歌と呼び、宮廷歌人や専門歌人が作る、公的で文芸的な晴の歌と区別することが行われているが、褻の歌は、藤原・奈良の時代から平安時代にかけて流行の一途を辿るのであり、都市生活が流行の一因となったことは想像に難くはない。

褻の歌は規範に合わせてバリエーションを作る形で作歌し、贈られた者も規範に合わせて理解し、また同様な方法で返歌するので、褻の歌の贈答には、規範とする歌や使用する歌語について共通の理解を必要とする。平安時代になると、種々の歌書も作られ、一般の人々の間にも歌がたりが行われたが、褻の歌の発生期にはそうしたものはなく、共通の媒体となったのは種々の歌謡であったであろう。恋の歌の発生には歌垣の歌を想定する必要があろうが、歌垣や民謡等の歌謡は、すでに存在する本歌を改作する形で歌い継ぐ可変的なものであったために、褻の歌は歌謡の手法を容易に継承した。もちろん、歌垣も神事であり、その歌謡は晴に属する。民謡も特別な折の特異な言語表現として、晴の要素を多分に持つ。晴の歌謡が褻の歌になるには、歌謡が都市に流入して、特定な神事や氏族や地域との関わりを絶って芸能化し、一般の人々に親しいものになっていたからであろう。

楽府の楽人や宮廷外の芸能人が伝承した神事や儀式と関わりを有した歌謡も、人間が楽しむものとなって芸能化し、歌劇的な形で演じられることもあったであろう。民謡も芸謡化したであろうが、褻の歌の規範となる恋の歌が宮廷内外の楽人たちによって歌われたり、誦詠されたりして大流行し、一般の人々の恋の会話に使用されるようになったのであろう。新しい時代の要請を受けて宮廷歌人は新しい儀式や饗宴の歌を創作したが、楽人たちは身近にいる宮廷歌人に、新しい歌劇や新作民謡や褻の歌の規範となる新しい恋歌の創作を依頼したことであろう。

『人麻呂歌集』は多数の恋歌を収めるが、簡略表記が注目される略体歌では、さらに恋歌の占める比率は高く、ほとんどすべてが恋歌という有様である。稲岡耕二氏は『人麻呂の表現世界』等で略体歌が天武八年以前に成立したことを推測する。漢文体から宣命体を経て仮名文体が成立する表記や文体の歴史を大観し、しかも子細な検討を経た立論であり、傾聴に価するが、褻の歌を都市の文学とする立場に立つと、天武朝の成立はいささか早すぎる印象を受ける。

　天武朝以前の恋の歌は少なく、天武朝は褻の歌の流行する時代ではなかった、と考えられるが、そうした時代に、多数の恋歌を作ったり、集めたりするであろうか。また、略体歌を今日解読することができるのは、多数の類似歌を知っており、類句や歌語についての知識を有しているからであるが、恋歌が集積されず、歌語や歌語の接続に習熟しない時代には、こうした表記をしても他人が読むことは不可能であろう。

『記』『紀』の歌謡は長い伝承の過程を経ていながら、意味がかなり明快にたどれ、仮名表記にもある程度の統一が保たれているのは、伝承歌謡を表記するさまざまな試行錯誤をすでに経験しているからであろう。固有名詞の仮名書は古い歴史を持つが、『琴歌譜』の譜の部分に見られるような音声の表記は文章の表記と異なる歴史を有する、と考えてよかろう。『古事記』の「天の石位《いはくら》を離れ、天の八重多那《やへたな》雲を押し分けて、伊都能知和岐知和岐弖《いつのちわきちわきて》、天の浮橋に宇岐士摩理《うきじまり》、蘇理多多斯弖《そりたたして》」も何かの資料に依っていようが、その資料にも同様な音声表記が行われていた、と考えてよかろう。

　歌謡ははじめ音声に即して表記され、史書に採択されるようになって、種々の整理が行われ、意味内容を重視した文章として表記することが工夫されたであろうが、褻の歌やその手本となる恋の歌の表記もそうした過程をとったであろう。褻の歌やその手本となる恋の歌も、はじめは歌われたり、誦詠されたりして人々の間にあった。記録する必要はあまりなかったであろうが、音声に即した表記は十分可能であったであろう。しかし、褻の歌は歌謡ではないので、文章として完結した意味内容を正確に伝達しようとする性質を有し、人を介して伝言されるようになるとその性質をさらに強め、手紙の形で贈答されると、記録の必要も生じてくる。

『人麻呂歌集』の略体歌は、人々の間で口承されていた種々の恋の歌や褻の歌を整理し、修正を加えて記録し、褻の歌の規範集として編集したものであろう。整理・修正・記録という作業は創作に等しい行為であったろうし、人麻呂の創作したものも多数に及んでいよう。人々のよく知っている歌を意味を明らかにし、文章として定着させるために記録したのであり、漢文体に近い「古体」の表記方法を採用したが、褻の歌は都市の恋歌であり、宮廷の新しい儀式や饗宴の歌と同時代の作品と考えてよいであろう。

『万葉集Ⅱ』(和歌文学講座3、平成五年三月、勉誠社)に「人麻呂とその時代」として発表した。

V 狩猟歌

第七章　吉野讃歌

——巡狩に歓呼し跳躍する自然——

吉野宮に幸したまひし時に、柿本朝臣人麻呂の作りし歌

やすみしし　吾ご大君の　聞こしめす　天の下に　国はしも　さはにあれども　山川の　清き河内《かふち》と　御心を
吉野の国の　花散らふ　秋津の野辺に　宮柱　太敷きませば　ももしきの　大宮人は　船並《な》めて　朝川渡り　船《ふな》
競《ぎほ》ひ　夕川渡る　この川の　絶ゆる事なく　この山の　いや高知らす　水激《たぎ》つ　滝の都は　見れど飽かぬかも

（1—三六）

反歌

見れど飽かぬ吉野の川の常滑《とこなめ》の絶ゆる事なくまたかへり見む（三七）

やすみしし　吾ご大君　神ながら　神さびせすと　吉野川　たぎつ河内《かふち》に　高殿を　高知りまして　登り立ち
国見をせせば　たたなはる　青垣山　山神《やまつみ》の　奉《まつ》る御調《みつき》と　春へは　花かざし持ち　秋立てば　黄葉《もみち》かざせり
一に云ふ、黄葉かざし　ゆき副《そ》ふ　川の神も　大御食《おほみけ》に　仕へ奉ると　上つ瀬に　鵜川を立ち　下つ瀬に　小網《さで》さし渡す　山
川も　依りて仕ふる　神の御代かも（三八）

反歌

山川も依りて仕ふる神ながらたぎつ河内に船出せすかも（三九）

右は、日本紀に曰く、三年己丑の正月、天皇吉野宮に幸したまひき。八月、吉野宮に幸したまひき。四年庚寅の二月、吉野宮に幸したまひき。五年、吉野宮に幸したまひき。五月辛卯の正月、吉野宮に幸したまひき。四月、吉野宮に幸したまひき。といへば、未だ詳らかに何れの月に従駕して作りし歌なるかを知らず。

一　国見歌・宮廷寿歌の影響

人麻呂の『吉野讃歌』については、すでに詳細な読みが試みられ、先行する国見歌や宮廷寿歌の影響についても、土橋寛の「人麻呂における伝統と創造」（『日本古代の政治と文学』）や『万葉集―作品と批評』や、清水克彦氏の『柿本人麻呂―作品研究―』によって精細に検討されている。この問題について付け加えることはほとんどないが、論述の都合上、第一・第二長歌が、ともに舒明天皇の国見歌（1―二）の構成を継承していることを簡単に見ておくことにしたい。

天皇の、香具山に登りて国を望みたまひし時の御製歌

大和には　群山あれど　とりよろふ　天の香具山　登り立ち　国見をすれば　国原は　煙《けぶり》立ち立つ　海原は　鷗《かまめ》立ち立つ　うまし国ぞ　あきづ島　大和の国は（1―二）

第一長歌で、「やすみしし　吾ご大君の　聞こしめす　天の下に　国はしも　さはにあれども」といいながら、「山川の　清き河内と　御心を　吉野の国の　花散らふ　秋津の野辺に」と吉野の秋津を選択するのは、舒明天皇が、「大和には　群山あれど　とりよろふ　天の香具山」といって、天の香具山を選択するのと同様であり、つづいて

「登り立ち国見をすれば」に相当する「宮柱太敷きませば」が置かれる。

「宮柱太敷きませば」と「登り立ち国見をすれば」とでは、大きな相違があるようだが、第二長歌には、「やすみし　吾ご大君　神ながら　神さびせすと　吉野川　たぎつ河内に　高殿を　高知りまして　登り立ち　国見をせせば」とあるので、「宮柱太敷きませば」は、「宮柱　太敷きまして　登り立ち　国見をせせば」の意であることが理解される。

舒明天皇は、国見で見た光景を、「国原は　煙立ち立つ　海原は　鷗立ち立つ」と陸と海の二面からのべ、ついで「うまし国ぞ　あきづ島　大和の国は」と総括するが、人麻呂も、第二長歌で、「たたなはる　青垣山　山神の　奉る御調と　春へは　花かざし持ち　秋立てば　黄葉かざせり　ゆき副ふ　川の神も　大御食に　仕へ奉ると　上つ瀬に　鵜川を立ち　下つ瀬に　小網さし渡す」と国見で見た光景を二面からいい、「山川も　依りて仕ふる　神の御代かも」と総括し、第一長歌においても、見えた光景を「ももしきの　大宮人は　船並めて　朝川渡り　船競ひ　夕川渡る」といい、二面からのものではないが、総括はこれにつづき、しかも、「この川の　絶ゆることなく　この山の　いや高知らす　滝の都は　見れど飽かぬかも」と二面から総括する。

長歌の主題は、それぞれの終末部である「水激つ　滝の都は　見れど飽かぬかも」や「山川も　依りて仕ふる　神の御代かも」によみこまれており、吉野離宮や持統朝を讃美し、さらにそれぞれに反歌を添えて、全体として持統天皇の帝徳を讃美するが、帝徳讃美を主題としながら、長歌はなぜ国土を讃美する国見歌の構成を採用するのであろう。天皇を讃美する寿歌として、『古事記』で磐之姫が仁徳天皇を慕う歌謡や、雄略天皇の大后が天皇にうたいかける『天語歌』の第二歌がある。

つぎねふや　山城川を　川泝《のぼ》り　我が泝れば　川の辺に　生ひだてる　さしぶを　さしぶの木　しが下に　生ひ

だてる　葉広　斎《ゆ》つ真椿　しが花の　照りいまし　しが葉の　広《ひろ》りいますは　大君ろかも（記―五七）

大和の　この高市《たけち》に　小高《こだ》る　市のつかさ　新嘗屋に　生ひだてる　葉広　斎つ真椿　そが葉の　広りいまし
そが花の　照りいます　高光る　日の御子に　豊御酒　献らせ　ことの語りごとも　こをば（一〇一）

右の寿歌との類似もすでに土橋によって指摘されているが、「川の辺に」「新嘗屋に」の場所につづいて「さしぶ」や「真椿」という景物をあげ、〈その花のごとく〉〈その葉のごとく〉と尻取式に天皇を讃美する構成は、『吉野讃歌』にも見え、第一長歌は、「山川の清き河内と」の「山川」をうけて「この川の　絶ゆることなく　この山の　いや高知らす」といい、第二長歌も、山川の神々の奉仕をうけて「山川の　依りて仕ふる　神の御代かも」という構成をとる。しかし、天皇讃歌とはいえ、第一長歌は直接的には離宮を、第二長歌は御代を讃美しており、天皇を直接讃美してはいない。

人を讃美するさいにその家屋を讃美することも行われているが、よく例に引かれる『顕宗即位前紀』の『室寿詞』は、「築《つ》き立つる稚室葛根《わかむろかづね》、築き立つる柱は、此の家長《いへのきみ》の御心の鎮《しづまり》なり。取り挙ぐる棟梁《むねうつはり》は、此の家長の御心の林なり……」というように、建造物の各部を一つ一つあげて、それを建てた家長を讃美するもので、天皇への讃美を直接表現せずに余情とする『吉野讃歌』とはことなる。むしろ、『推古紀』（二〇年正月七日）の蘇我馬子の『上寿歌』の方が『吉野讃歌』に近い。

やすみしし　我が大君の　隠ります　天の八十蔭《やそかげ》　出で立たす　御空を見れば　万代に　かくしもがも　千代にも　かくしもがも　畏《かしこ》みて　仕へ奉《まつ》らむ　をろがみて　仕へ奉らむ　歌づきまつる（紀―一〇二）

「隠ります天の八十蔭」と「出で立たす御空」の関係が不明瞭だが、「御空」を大空と解するにせよ、「天の八十蔭」のいいかえと解するにせよ、推古天皇の座す御殿の広大さを讃美し、明言しないが、天皇の御稜威《みいつ》が「天の八十蔭」

「御空」のごとく広大無辺であることを実感していることを暗示させ、さらにその御稜威が永遠につづくことを祈り、つづいて永遠の忠誠を誓う。「万代に　かくしもがも　千代にも　かくしもがも」は天皇の御稜威に対して、「畏みて仕へ奉らむ　をろがみて　仕へ奉らむ　歌づきまつる」は天皇に対しての言葉だが、文章上は両者とも、「天の八十蔭」や「御空」に対しての言葉である。宮殿が天皇やその威光の比喩である点では『吉野讃歌』と異なるが、天皇やその威光と文章上、一体視されている点で『吉野讃歌』に近い、といえる。

『吉野讃歌』は、宮廷寿歌の伝統を継承しているが、その影響は、第一長歌においても国見歌に比較して小さく、第二長歌に及ぶことはない。天皇讃歌でありながら、国土讃美の国見歌の要素が大きく、統一を欠くとまでいわれるのはなぜであろう。しかし、国見歌の影響をあまり過大視するのもどうであろう。「水激つ　滝の都は　見れど飽かぬかも」やそれをうける第一反歌「見れど飽かぬ吉野の川の常滑のたゆることなくまたかへり見む」の「見る」ことを強調した讃美は、「大和辺に見が欲しものは忍海《をしぬみ》のこの高城なる角刺《つぬさし》の宮」（紀―八四）にも見え、その通りなのだが、第二長歌の「山川の　依りて仕ふる　神の御代かも」の聖代讃美や、第二反歌「山川もよりて仕ふる神ながらたぎつ河内に船出せすかも」の船出の讃歌も、国見歌や宮廷寿歌の表現とは無縁である。『吉野讃歌』は、国見歌や宮廷寿歌にさらに新たな要素を加え、それらを総合したものなのだ。

二　狩猟歌の構想

『吉野讃歌』の二首の反歌は、長歌の終末部をくりかえすもっとも古い形式の反歌と考えられている。第一反歌は、何を「かへり見む」というのか、第二反歌は、誰が「船出せすかも」というのか、をいわず、長歌に依存した自立性を欠く作品のように見うけられるが、両首は長歌をたんに反復・要約する短歌ではない。第一反歌は、第一長歌の離宮讃美を飛躍させて、永遠の忠誠を誓い、第二反歌は、第二長歌には見られぬ船出をうたう。

永遠の忠誠を表明することは、馬子の『上寿歌』に見えていたが、人麻呂は、この種の心を挽歌や狩猟時の献歌にうたう。挽歌の例としては、『明日香皇女挽歌』の終末部「音のみも　名のみも絶えず　天地の　いや遠長く　偲ひ行かむ　み名にかかせる　明日香川　万代までに　愛《は》しきやし　我ご大君の　形見にここを」（2―一九六）や、『高市皇子挽歌』の終末部「然《しか》れども　我ご大君の　万代と　思ほしめして　作らしし　香具山の宮　万代に　過ぎむと思へや　天のごと　ふり放《さ》け見つつ　玉だすき　かけて偲はむ　恐《かしこ》かれども」（2―一九九）に、その名を永遠に忘れない、万代まで栄える香具山の宮をふり仰ぎ皇子をしのぼう、と見えるが、狩猟時の献歌の例としては、長皇子や新田部皇子への献歌がある。

やすみしし　我ご大君　高光る　我が日の皇子の　馬並めて　み狩立たせる　わかこもを　猟路《かりぢ》の小野に　しし
こそば　い這ひ拝《をろが》め　鶉こそ　い這ひ廻《もと》ほれ　ししじもの　い這ひ拝み　鶉なす　い這ひ廻ほり　恐《かしこ》みと　仕へ
まつりて　ひさかたの　天見るごとく　真澄《まそ》鏡《かがみ》　仰ぎて見れど　春草の　いやめづらしき　我ご大君かも（3―
二三九）

やすみしし　我ご大君　高輝る　日の皇子　栄えます　大殿の上に　ひさかたの　天伝ひ来る　雪じもの　往き
通ひつつ　いや常世まで（3―二六一）

長皇子への献歌は、皇子を尊んで敬礼し、いかに仰ぎ見てもますます讃美の心を増す大君よ、というものであるので、現在の讃美の心のみをのべたものとなり、永遠の忠誠心を表明した例としては適切さを欠くようだが、いくら仰ぎ見ても讃美の心を増す、という部分に未来にわたるものを読みとってよかろう。新田部皇子への献歌が、皇子の御殿に末長く通おうというかたちで、永遠の忠誠を誓っていることは説明を要するまい。皇子の邸での歌で狩り場での歌ではないが、狩猟に出発する前夜の作であろうか。

『吉野讃歌』の第二反歌は、船出を賀しているが、狩猟時の歌には、朝狩への出発を賀する歌がある。舒明天皇の宇智野遊猟に際して、中皇命が間人連老に命じて献上させた長歌に添えられた反歌「たまきはる宇智の大野に馬並めて朝踏すらむその草深野」（1—四）がそうだし、人麻呂も『安騎野遊猟歌』に添えた四首の短歌の最終歌や、『新田部皇子献歌』に添えた反歌に、朝狩への出発をうたっている。

日並皇子《ひなみしのみこ》の命《みこと》の馬並めて御猟立たしし時は来向ふ（1—四九）

矢釣山木立も見えず降りまがふ雪にうぐつく朝楽しも（3—二六二）

『安騎野遊猟歌』の四首の短歌は、軽皇子が安騎野に夜営したおり、それに供奉した者の立場で作歌しているが、その最終歌に人麻呂は、軽皇子の朝狩りへの出発をうたってこの一連の作品を収束しようとする。「日並皇子の命の」と軽の父日並（草壁）の狩猟をうたうが、日並と軽とを一体視させようとする特異な意図にもとづくもので、一首としては、軽皇子の朝狩への出発を賀した、と考えてよい。新田部皇子への献歌については異論もあろうが、さきにあげた長歌を狩に出発する前夜の歌、反歌を朝狩への出発を賀する歌と見た。「雪にうぐつく」は、原文に「雪驟」（流布本には「雪驪」）とあり、「雪にさわける」（『新大系』では「雪につどへる」）ともよまれている。その雪に出仕の人々が騒いでいる意ともとれるが、狩猟の歌とみて「うぐつく」を採用した。「驟」は馬の疾歩をいい、「うぐつく」に相当するが、「うぐつく」は歌謡としては少々堅苦しい感じもする。いっそのこと、狩猟の歌らしく「雪に馬並む」とよんでみてはどうであろう。

『吉野讃歌』は、奈良朝の歌人たちに大きな影響を与えたが、赤人の吉野の歌もそうした作品の一つである。

山部宿祢赤人の作る歌二首 短歌を幷せたり

やすみしし　我ご大君の　高知らす　吉野の宮は　たたなづく　青垣ごもり　川なみの　清き河内《かふち》ぞ　春へは
花咲きををり　秋されば　霧立ち渡る　その山の　いやますますに　この川の　絶ゆることなく　ももしきの
大宮人は　常に通はむ（6—九二三）

反歌二首

み吉野の象山《きさやま》のまの木末《こぬれ》にはここだもさわく鳥の声かも（九二四）

ぬばたまの夜のふけゆけば久木生ふる清き川原に千鳥しば鳴く（九二五）

やすみしし　我ご大君は　み吉野の　秋津の小野の　野の上には　跡見《とみ》するゑ置きて　み山には　射目《いめ》立て渡し
朝狩に　しし踏み起こし　夕狩に　鳥踏み立て　馬並めて　み狩ぞ立たす　春の茂野に（九二六）

反歌一首

あしひきの山にも野にもみ狩人猟矢《さつや》手挟《たばさ》み騒きたり見ゆ（九二七）

一読すれば、人麻呂の言葉をそのまま使用し主題を継承していることは明瞭であり、説明を要しまい。第一長歌で赤人は、人麻呂のように吉野離宮を讃美し、人麻呂の第一反歌の主題を継承して、離宮に大宮人が末永く通うことをいい、宮廷人の聖武天皇に対する永遠に変らぬ忠誠心を誓い、第二長歌では人麻呂の第二反歌の主題を継承して、狩猟への出発をうたう。第一群の二首の反歌で、第一群は狩猟前夜の歌であることがわかるので、第一長歌は、前夜の酒宴の席で永遠の忠誠を誓う献歌、第二長歌は、朝狩りへの出発を賀する献歌であり、赤人が人麻呂を正確に模倣したことによって、逆に人麻呂の『吉野讃歌』もこうした狩猟の歌の構成をとったことを推測させる。

『吉野讃歌』においては、これらの歌が狩猟の作であったことを語る明証を欠くようだが、西郷信綱氏は『万葉私記』に、第一長歌の「船並めて　朝川渡り　船競ひ　夕川渡る」について、舒明天皇の宇智野遊猟の際に、中皇命が間人連老に命じて奉らせた長歌中の四句「朝狩に　今立たすらし　夕狩に　今立たすらし」（1―三）を「原型」にするという。この讃歌が本来、遊猟時の献歌であったことを語る痕跡として承認してよかろう。

土屋文明は『万葉集私注』に、持統の吉野行幸が「吉野川に於ける鮎の漁を中心の行事」としたことをいい、「代々の天皇吉野に幸して猟したまひし中に、持統天皇は女帝にましませば、走獣よりも清流の銀鱗に御心をかけられたものと推察しても誤ではあるまい」と推測する。第二反歌の勇壮な船出は、船出をして何をするかだが、やはり川遊びをし、鮎漁を見るのであろう。天皇が釣魚を見る例としては清和天皇の例が『三代実録』（貞観八年閏三月朔）に「鸞輿幸二太政大臣東京染殿第一、観二桜花一、王公已下及百官扈従。天皇御二釣台一、観二釣魚一」と見え、女が鮎釣をすることも、『神功皇后摂政前紀』・『肥前国風土記』（松浦郡）や『万葉集』巻六の『松浦川に遊ぶ序』やそれにつづく歌（5―八五三～八六三）に見える。

『吉野讃歌』は、狩猟時の献歌の系列に属している。人麻呂はそうした歌として構想したのであろう。持統天皇が女帝であったために、そうした歌として構想しながらも、狩猟に関する叙述を省き、狩猟は鮎釣を想像させるものに変えられているが、持統が実際に狩猟や鮎釣を行ったか否かはあまり重要なことではない。人麻呂はこの狩猟（鮎釣）を巡狩に相当するものと考えていたらしいのだ。『吉野讃歌』に、国見歌や宮廷寿歌の影響が濃厚であるのは、巡狩が国見的要素を持ち、歌を献上する場が宮廷寿歌の場合のように酒席であった理由によろう。

三　遊覧詩の構成

『吉野讃歌』は山と川を重視している。国見をして山と川を見た、というので、国見や国見歌の影響を考えがちだが、国見では、山や川をほんとうに見るだろうか。『吉野讃歌』に大きな影響を与えた舒明の国見歌も、山や川を見たとはいわない。『雄略紀』に見える雄略天皇の『泊瀬山讃歌』（紀―七七）や『万葉集』巻十三の『三諸山讃歌』（三二二二）も、山が神であり、神の居所であるために讃美するのであり、国見と直接の関係はない。こうした讃歌を国見歌としては、国見や国見歌の概念を不明確にしよう。川の場合も、川を神とし、神の居所と考えているが、川の神は山の神ほど重視されないので、川ぼめとして明らかなものはないし、川ぼめ的な歌も少く、川は国見をする所とはならないので、国見との関係はさらに遠い。『吉野讃歌』で持統は国見をし、山川に注目するが、これはきわめて特異なことと考えねばなるまい。

山川が重視されているというと、中国の山水文学の影響がすぐに考えられるが、山川への注目といっても、山水の美への注目ではなく、『懐風藻』中の吉野詩や、赤人らの吉野の歌とは異なる。人麻呂は第一長歌でただ「山川の清き河内」というが、その後は、「この川の　絶ゆることなく　この山の　いや高知らす」といい、第二長歌においても、山川の神々の天皇への奉仕を叙するにすぎない。

持統は、高殿に登って国見をするが、この国見は国見ではなく、「望祀」（望祠）を国見といったものではないか。望祀は、「望祠山川」という言葉（『書経』舜典、『礼記』王制）からもわかるように、天子が五岳・四鎮・四瀆を祭り、諸侯が領内の山川を遠望して礼を致す祭であり、山川に注目する。天子の場合は、巡狩・封禅中の一儀礼として行われたらしく、『史記』（とくに「封禅書」）等を見ると、その多例を知ることができる。

『史記』（秦始皇本紀）等によると、天子は巡狩に際して「巡狩之銘」を撰んで石に刻ませ、帝徳を讃美させたりしているが、巡狩に関する詩も『文選』（遊覧）等に収められている。人麻呂がどのような作品の影響をうけたか、具体的な作品名をあげることはためらわれるが、中国の思想や文学の影響を濃厚にうけ、『吉野讃歌』が「巡狩之銘」や「遊覧詩」の影響をうけたことは十分考慮してよいことであろう。

第一長歌の「この川の　絶ゆることなく　この山の　いや高知らす」という比喩表現について、「どうしても平板で、装飾以上のものではありえない」と批評される反面、人麻呂の時代においては、けっして平凡で退屈な修辞ではなく、「永遠・永久・永続等の観念」をはじめて表現したものとして注目すべきだ、と主張されたりしているが、こうした観念の比喩表現は、詩文で「山河」を永久不変・安泰堅固の比喩にしばしば使用するのと無関係ではなかろう。山川の神々という把握のしかたも、「山川之精」（『荘子』胠篋）という言葉の存在から考え、中国的なものといわねばなるまいし、これらの神々が天皇に奉仕するというのも、天子の威光を叙する際に、「山川を弾圧す」（『淮南子』本経訓）という表現や思想を継承したものであろう。

われわれは、国つ神が天つ神や天皇に奉仕する『記』『紀』の神話のいくつかをあげることができる。大山津見神は天孫邇邇芸命に、木花之佐久夜毘売と石長比売を奉ったし、神武の吉野入りに際しては、贄持之子・井氷鹿・石押分之子らの国つ神が奉仕した。中国の思想や文学の影響よりも、こうした神話との関係を重視するべきだ、という意見もあろうが、王権に関する神話や儀礼そのものが、当時中国の思想や文学の影響をうけて形成されつつあった、と考えるべきであろう。

第二長歌は、持統を「神ながら神さびせすと」といい、持統朝を「山川も　依りて仕ふる　神の御代かも」という。人麻呂の作かといわれる『藤原宮役民歌』（1―五〇）においても、山川の神々と人民の奉仕をいい、「いそはく見ればあ神ながらならし」と讃美するが、天皇を神の中の神と見る随神《かんながら》の思想は、大化の改新以後、中国の政治思想の影響下に形成され、壬申の乱以後、ますます顕著なものになった、と考えられている。

二首の長歌の最終句「見れど飽かぬかも」「神の御代かも」は、従来の寿歌や国見歌に見られぬ讃美の言葉として注目されているが、前者は、山水文学でしばらくそこに留連したい、などというのを継承して、国見の「見る」にあわせて「見れど飽かぬかも」といったようだし、後者も、詩文で治世を讃美して、堯舜の世のようだ、などというのを継承して「神ながら神さびせすと」にあわせて「神の御代かも」といったようであり、ともに漢文脈の表現と見られなくもない。

第二長歌の山川の神々の奉仕について、契沖は『万葉代匠記』（初稿本）に、『文選』所収の班固の『東都賦』やその賦中の『宝鼎詩』、揚雄の『甘泉賦』、顔延年の詩『車駕京口に幸し、三月三日、侍して曲阿の後湖に遊ぶの作』を典拠としてあげているが、顔延年の遊覧詩との類似は、直接の影響を考えさせるものがある。

虞風には帝狩を載せ　夏諺には王遊を頌す
春方に辰駕を動かし　幸を望みて五州を傾く
山祇は嶠路に蹕し　水若は滄流を警む
神御は瑤軫を出だし　天儀は藻舟を降す
万軸は胤として行衛し　千翼は汎として飛浮す
彫雲は琁蓋に麗《つ》き　祥飆は綵斿に被《かがふ》る
江南の荊豔を進め　河激の趙謳を献ず
金練は海浦を照し　笳鼓は溟洲に震ふ
藐眄として青崖を覯《み》　衍漾たる緑疇を観る
人霊は都野に騖《おそ》れ　鱗翰は淵丘に聳《おそ》る

徳礼は既に普洽し　川岳は徧く懐柔す

右は、宋の文帝が、元嘉二十六年（四四九）三月三日に曲阿の後湖に幸して遊んだおり、顔延年が作った遊覧詩だが、文帝が東方に巡狩すると、五州の民はその遊幸を待ちのぞみ、山川の神々は「山祇は嶠路に蹕し、水若は滄流を警む」という有様であり、文帝が陸路は玉輅に乗り、水路は画舟に乗ると、多数の供奉者は、「万軸は胤として行衛し、千翼は汎として飛浮す」という有様であった、という。つづいて延年は、文帝の巡狩のさまを叙し、文帝が遠くきりたつ青々とした崖や広々とした緑の田畑を見ると、都野の人民、淵丘の魚鳥はみな驚懼して巡狩を迎え、「徳礼は既に普洽し、川岳は徧く懐柔」していることが、感取された、と讃美する。

顔延年は、一首の詩に、巡狩に際して山川の神々が道中を守護し、多数の侍臣が供奉したことと、天子の徳礼が人民や魚鳥にもあまねくゆきわたり、山川の神々を懐柔するにいたったといい、帝徳を讃美する。人事と自然の二面から帝徳を讃美し、しかも、人事は供奉者の多さで、自然は山川の神々が服従していることで表現する構成方法は、『吉野讃歌』に共通しており、この類似はまったくの偶然と考えることはできない。

人麻呂は、延年が「藐眄として青崖を覯、衍漾たる緑疇を観る」ことによって、「徳礼は既に普洽し、川岳は徧く懐柔す」という光景を見た、というのを巡狩中の望祀によって見た光景として二首の眼目にすえたのであろう。そうして巡狩を狩猟に、望祀を国見に置きかえ、延年が選んだ自然・人事二面からの帝徳讃美の光景を二分して、狩猟時の献歌の構成にしたがって、第一長歌には、第一反歌で永遠の忠誠を誓うのにあわせて、人事面で供奉者の多さをいう「万軸は胤として行衛し、千翼は汎として飛浮す」を採用して、「ももしきの　大宮人は　船並めて　朝川渡り　船競ひ　夕河渡る」と表現し、第二長歌には、第二反歌で山川の神々に守られながら持統が激流を船出するのを賀するのにあわせて、自然面で山川の神々が奉仕する「山祇は嶠路に蹕し、水若は滄流を警む」を採用し、さらに「川岳は偏く懐柔す」の意味を強調する心から、「たたなはる　青垣山　山神の　奉る御調と　春へは　花かざし持ち　秋立てば　黄葉かざせり　ゆき副ふ　川の神も　大御食に　仕へ奉ると　上つ瀬に　鵜川を立ち　下つ瀬に　小網さし渡す」とその見た光景を叙して、「山川も　依りて仕ふる　神の御代かも」と収束させたようだ。

『吉野讃歌』は、持統の巡狩を狩猟に類するものとして、狩猟時の献歌にならって大枠の構想を立て、二首の長歌は、顔延年らの遊覧詩にならって構成されたごとくであり、主題は二首の反歌にまとめられている。二群を別時の作とみたり、反歌を長歌の末尾の繰り返しと軽視したりする読みには賛成しない。讃歌であるところから宮廷寿歌の、巡狩の望祀を国見に類したものと考えたところから国見歌の構成が採用されたが、構想・構成の問題に関しては、宮廷寿歌や国見歌より、狩猟時の献歌や遊覧詩との関連を重視するべきであろう。今後、延年のものよりもさらに密接した作品が発見されるかもしれないが、遊覧詩の影響を無視することはできまい。

四　持統天皇の統治力と神性の表現

この『吉野讃歌』の作られた行幸がいつであったか、左注が未詳とするように明らかではないが、称制の時代か即位直後のことであろう。北山茂夫は「柿本人麻呂論序説　その三——吉野宮讃歌をめぐる諸問題について——」（『文学』昭50・4）に、持統四年の即位の年に五回も吉野に行幸していることや、長歌に「宮柱太敷きませば」「高殿を高知りまして」とあることを重視して、「即位の年に、吉野宮の新造にとりかかり、そしてほぼ成就したのではないかと推定」し、「『高殿』ないし『滝の都』の完成にともなって」、持統天皇が「『吉野の国』に臨む国見の儀」を執り行ったあとの肆宴で、人麻呂が「吉野宮新造への、宮廷人を代表しての寿歌」として「宮廷人集団のなかで朗誦」した、と推測し、「花散らふ秋津の野辺」を「実写とみての判断にたつ」と「たぶん五月か八月の行幸であろう」とその制作時を推測する。

長歌はともに「やすみしし吾ご大君」という献歌の頌辞でうたいだされる。「やすみしし吾ご大君」が、大八洲生成神話や、天皇がこれを統治する正当性を主張する神話を想起させることは、すでに「雄略天皇の阿岐豆野の歌」（本書第二章）にのべた。第一長歌ではつづいて、「聞こしめす　天の下に　国はしも　さはにあれども」と国見歌の表現が採用されるが、持統の統治力を強調したものであることはいうまでもない。第二長歌では、「神ながら神さびせすと」とその神性が強調されるが、人麻呂は、夫と息子を失い「孤立」する女帝の行幸を古代帝王の巡狩とし、その統治力と神性を強調しようとするのであろう。

「国はしも　さはにあれども　山川の　清き河内と　御心を　吉野の国の　花散らふ　秋津の野辺に」も、舒明の国見歌「大和には　群山あれど　とりよろふ　天の香具山」と比較すると、持統がとくに主体的に吉野の秋津野を選択した表現になっていることがわかる。「御心を吉野の国」の「御心を」も、すでに注目されているように『神功皇后摂政元年紀』の「御心を広田国」「御心の長田国」の「御心を」「御心の」を想起させる枕詞だが、人麻呂の「御心を」は、持統の「御心」を離れることはない。

巡狩は中国において聖天子の行うものであったが、国見や吉野行幸も、古代の英邁な天皇によって行われている。神武天皇が掖上《わきがみ》の嗛間《ほおま》丘で（『神武紀』三一年四月）、雄略天皇が日下《くさか》の直越《ただご》えで（『雄略記』）、それぞれ国見をしたことは知られているし、舒明天皇の国見歌についてはしばしば述べた。神武天皇の吉野入りについてはさきに述べたし、応神天皇（『応神紀』一九年一〇月）・雄略天皇（『雄略紀』二年一〇月、四年八月、他に『雄略記』にも）も吉野宮に行幸し、斉明天皇は吉野離宮を造営して（『斉明紀』二年）、吉野に行幸し（『斉明紀』五年三月）、天武天皇は壬申の乱後も吉野宮に行幸している(『天武紀』八年五月)。

人麻呂は持統に古代の英雄的な天皇の行為を模倣させ、彼らと同一視させせようとするようだ。『吉野讃歌』に記載されたものを、持統が現実に行った行為に直結することは慎重でなければなるまい。人麻呂は、「宮柱太敷きませば」「高殿を高知りまして」と持統があらたに吉野離宮を造営したようにうたう。持統が吉野離宮を増築したり、改築したかもしれない、造営の蓋然性をまったく否定しようというのではないが、『吉野讃歌』の表現は、一回限りのことがらを一回限りのこととして記録する歴史書の記載とはことなる。持統が吉野宮を造営したようにうたうのは、吉野宮を造営した偉大な祖母斉明と同一視させせようためかもしれない。

また、宮廷寿歌では、宮殿の広大さをいい、それに関連させて天皇の御稜威を讃美するが、『吉野讃歌』では寿歌の文脈を使用しつつ、さらに持統の主体的な指導力や統治力を強調しようとしているので、持統が造営した、という必要もあった。また、「宮柱太敷きませば」「高殿を高知りまして」は、すでに土橋寛が指摘しているように、『記』『紀』『古語拾遺』や各種の祝詞にみられる「底つ石根に宮柱ふとしり、高天の原に氷木高知りて」を継承しているが、この成句は、大国主命や諸神が広大な神殿に鎮座したことや、天孫邇邇芸命が高千穂に、神武天皇が橿原に立派な宮殿を造営したことを讃美する際に使用するもので、『吉野讃歌』の両句は、持統の神性を放射し、持統と皇祖を結合させる働きをする。こうした特異な詩的言語を歴史書の記載と同一視し、持統によって吉野離宮が造営されたことを推測するのは危険であり、慎重であらねばなるまい。

廷臣の供奉や山川の神々の奉仕を描くことが、天皇の統治力と神性を強調することになるのはいうまでもない。持統は高殿に登ってそうした光景を見るが、巡狩に際して高楼に登ることは、顔延年の『車駕京口に幸せしとき、侍して蒜山に遊ぶの作』(『文選』遊覧)に「峯に陟《のぼ》りて輦路に騰《のぼ》り、雲を尋ねて瑤甍を抗《きは》む」と見えるので、遊覧詩の影響と考えることもできる。廷臣を「ももしきの大宮人」というのは、のちに「水激つ　滝の都は　見れど飽かぬかも」と讃美するための伏線であろう。多数の大宮人が集合したことにより、山深い吉野が突然都になったことをいい、一切を持統のすぐれた統治力と神性の讃美に結びつけよう、とするのであろう。吉野を都に変化させたことが帝徳の讃美になるというのは、壬申の乱後、大伴御行らによってうたわれた「大君は神にしませば赤駒のはらばふ田居を都となしつ」（19—四二六〇）を想起すれば、ただちに理解することができよう。

山の神は、天皇に挿頭を見せ、川の神は、大御食に奉仕する、というが、こうした表現も、本来、人間が神に対して挿頭をさして見せ、贄を奉っていたのを逆転させ、山川を弾圧し懐柔する持統の神性と偉大な統治力をきわだたせよう、とするのであろう。賀茂・春日・稲荷等の祭礼に、祭使や舞人・陪従が挿頭をさすことからも、その本来の姿は推測してよかろうし、神に贄を奉る諸例はあげるまでもなかろう。作者はまた、読者がこの部分を読んで、山の神である大山津見神が天孫邇邇芸命に木花之佐久夜毘売を奉り、吉野入りをした神武天皇を阿陀の鵜養の祖の贄持之子や吉野の国巣の祖石押分之子が出迎えた、という神話や、応神天皇に国巣が臣従し、以後、国巣が諸節会に大贄を献じ、歌笛を奉仕するにいたった、という伝承を想起し、持統と邇邇芸・神武・応神とを一体視することを期待していよう。

供奉した大宮人も挿頭をさしていようし、持統も鮎漁を見物に行くのだが、山川の神々の奉仕する姿はこれらのことと無関係に描写されている。山の神が天皇に挿頭を見せ、川の神が大御食《おおみけ》に奉仕するという着想を、作者が心に浮べた際に、眼前の供奉者の姿やこれから行われる鮎漁が大きな影響を与えたことは、想像にかたくないが、吉野の実景が表現上直接的な関連を持つことはない。

五　王権神話的な時空表現

『吉野讃歌』に関して叙景の美が注目されているが、どうであろうか。「山川の清き河内」は、作者が吉野の清浄な自然に注目したことを語っているが、この「清き」について西郷信綱氏は『万葉私記』に、「それは歴史的なもので、神語のヴェールの剝げ落ちんとする時点に生きた古代人の自然感受の一つの新しい形式であったと思う。『清』がかつて物心の神聖状態をいう語であったことは疑いない」という。「万葉集に於ける清なるもの」というかたちで清浄の美を一般化すると、そういうことになろうが、持統朝初期あるいはこの『吉野讃歌』における〈清浄さ〉は、まだ、「神話のヴェール」をかぶった「物心の神聖状態をいう語」であったのではないか。

『藤原宮の御井の歌』（1―五二）に吉野山は四鎮の一つとしてうたわれているが、吉野の山川は、巡狩し望祠する五岳・四鎮や四瀆と考えられていた。『懐風藻』所収の高向諸足の詩『駕に吉野宮に従ふ』は、吉野山と姑射山、吉野離宮と望仙宮とを比較し、「誰か謂はむ姑射の嶺、蹕を駐む望仙宮」というが、漢の武帝が種々の道観を建て、仙人に逢うために望仙宮等の高殿を建てたことは知られている。斉明天皇も斉明二年に、後飛鳥岡本宮を造営すると同時に、多武峯に道観と見られる高殿「高槻宮」を建て、吉野には「吉野宮」を造営した。吉野は、望仙宮に相当する離宮を建てる〈清浄な〉土地であったのだろう。

天武天皇の国風諡号を「天渟《あめのぬ》中《な》原瀛真人天皇《はらおきのまひとのすめらみこと》」というが、「瀛」は東海中にある神仙が住む山、「真人」は神仙を意味するので、日本を瀛州に、天皇をそこに住む神仙に見立てたようにもとれる。天武は、天文・遁甲に通じていたといわれるが、朱鳥元年（六八六）七月に彼が定めた宮号「飛鳥浄御原宮」の「浄」も、神仙の住む〈清浄さ〉であろう。『懐風藻』中の吉野詩の作者は、吉野を神仙の住む神聖な土地とするが、持統朝の人麻呂たちの吉野観は、けっして彼らとかけ離れたものではなかったはずだ。

人麻呂は宮居を「花散らふ秋津の野辺」と記すが、「秋津」の地名は、神武天皇が掖上の嗛間丘で国見をして「蜻蛉《あきづ》の臀呫《となめ》の如くにあるかな」といって秋津洲の国号を起こした、という伝承や、ある時期に始祖的な天皇と考えられていた雄略が吉野に遊猟し、彼の手腓《たこむら》をさした虻をくった蜻蛉をほめてその野を秋津野といい、国号とした、という歌謡や伝承や、近代皇室の祖ともいうべき舒明が国見をして「蜻蛉島大和の国は」とうたったことを想起させる。巡狩は即位儀礼の一種だが、「秋津野」への巡狩を描くことは、即位する天皇が儀礼において初代の天皇に回帰するように、持統を始祖的な天皇に回帰させ、彼らと一体視させる働きをするようだ。

「花散らふ秋津の野辺に」について、金井清一氏は「柿本人麻呂の吉野讃歌」（『万葉集を学ぶ』第一集）に、「『花』は桜であって、神話的伝統における予兆の花であると同時に、美的対象としての春の花である。枕詞機能的には『桜花の散り具合が予兆する秋』の意で『豊饒の秋（飽き）』にかかるが、詩の美的イメージとしては『秋津の野辺』なる地にかかるのである。季節の『秋』はその時捨象されているのだ」という。

『吉野讃歌』が国見歌の発想や表現を継承しているところから、こうした解釈も多くの支持を得ている（山本健吉『詩の自覚の歴史』等）と思うが、農耕儀礼において花の散るのは不吉ではないか。鎮花祭の起源を農耕儀礼に関連させる考えがあるが、折口信夫は『古代研究』に、「鎮花祭の歌詞は今も残つてゐるが、田歌であつて、かういふ語で終つて居る」として、「やすらへ。花や。やすらへ。花や」をあげ、ふつう「やすらひの花や」とあるという。『宇治拾遺物語』巻一の「田舎の児桜《ちご》の散るを見て泣く事」で、稚児は、「桜の散らんは、あながちにいかがせん、苦しからず。我がてての作りたる麦の花の散りて、実の入らざらん思ふが侘しき」と答えている。「花散らふ」が農耕儀礼的な意味で、寿詞となるというには、なお多くの説明を必要とする。

「花散らふ」は、始祖的な天皇の巡狩を想起させる特異な地名「秋津」を修飾する言葉であり、王権に関する物語を所有する特異な枕詞であろう。『履中紀』は左記の物語を伝える。

三年の冬十一月の丙寅の朔辛未（六日）に、天皇、両枝船《ふたまたぶね》を磐余市磯池《いはれのいちしのいけ》に泛《うか》べたまふ。皇妃と各《おのおの》分ち乗りて遊《あ》宴《そ》びたまふ。膳臣余磯《かしはでのおみあれし》、酒《おほみき》献《たてまつ》る。時に桜の花、御盞に落いれり。天皇、異《あやし》びたまひて、則ち物部長真胆《ながまい》連を召して、詔して曰はく、「是の花、非時《ときじく》にして来れり。其れ何処の花ならむ。汝、自ら求むべし」とのたまふ。是に、長真胆連、独《ひとり》花を尋ねて、掖上の室山に獲て献る。天皇、其の希有《めづら》しきことを歓《よろこ》びて即ち宮の名としたまふ。故、此の縁なり。是の日に、長真胆連の本姓を改めて、稚桜部造と曰ふ。又、膳臣余磯を号《なづ》けて稚桜部臣と曰ふ。

天皇が磐余の市磯池で両枝船に乗って遊宴を行い、膳臣余磯が酒を献ったおりに、非時の桜が御盞に落ち、天皇の命をうけて物部長真胆連が掖上の室山に非時の桜を発見し、天皇が喜んで宮号を磐余稚桜宮、長真胆連・膳臣の本姓を稚桜部造・稚桜部臣に改めた、というもので、稚桜宮の本縁を伝える物語として稚桜部臣・稚桜部造によって伝承されていたのであろう。『神功紀』の三年正月三日の分注や六十九年四月十七日の条、『古語拾遺』『諸陵式』は、神功皇后の宮所を磐余稚桜宮とよぶので、非時の桜が咲く掖上の室山の伝承は、神功皇后に関連して語られることもあったようだ。

『懐風藻』中の吉野詩は、吉野を仙境とし、中臣人足と藤原宇合は、吉野と桃花源とを比較し、桃源郷にたとえている。『桃花源記』に桃花の散るさまを「落英繽紛」と記すことは知られているが、非時の桜が咲き、花びらを散らしつづける掖上の室山は、四季に桃や菊の咲く神仙郷を想起させる。この掖上の室山は、神武天皇が国見をして秋津洲の国号をおこした掖上の嗛間丘に近く、孝安天皇が秋津島宮を造営した室にある山であり、雄略天皇が吉野の秋津でよんだ歌に、「み吉野の袁牟漏が岳に」(『記』)、「大和の嗚武羅の岳に」(『紀』)とある吉野の秋津の「をむろ」「をむら」とも関連を持つ聖山であり、この山は「秋津」に存在する、と考えてよかろう。「花散らふ」はこうした聖山・聖地を修飾する枕詞である。(東歌の「花散らふこの向つ峰《を》の乎那の峰のひじに付くまで君が齢《よ》もがも」(14―三四四八)の「乎那の峰」も同様な聖山であるのだろう。)

大嘗祭等の即位儀礼において、代々の天皇は、皇孫や初代の天皇に回帰し、彼らが神話のなかでかつて行ったとされる行為を模倣するが、『吉野讃歌』においても、持統の巡狩や望祠(国見)は、皇祖皇宗や聖天子が行った原型にあわせて表現され、持統が神性をそなえた聖天子であり、皇統の正しい継承者であることが主張される。『吉野讃歌』は、王権に関する神話や儀礼のごとく原型に回帰する時間に支配されている。

持統が国見をすると、大宮人が船を連ねて離宮を訪れ、山川の神々が奉仕する光景が見えた、というが、この部分は遊覧詩の描く聖天子や、王権に関する神話を原型として構想・表現されたことはすでにのべた。国見は予祝儀礼であり、国見歌の文脈のなかで考えても、見えた光景が実景であろうはずもない。春の花と秋の紅葉、朝の川と夕べの川、山と川、上流と下流という、同時にあるいは視点を変化させなくては一望することのできない光景が描かれているが、その光景を見ている持統は持統であると同時に皇祖皇宗であるという存在であり、持統の一回かぎりの行為を描写したわけではないので、持統の行為と光景との描写に矛盾はない。持統の国見は神話的に描かれ、その光景は神話的時間によって切りとられており、神話的様式を具備しているのだ。

山や川を山川の神とし、天皇への奉仕をうたうことが神話的であることはいうまでもないが、「春へは　花かざし持ち　秋立てば　黄葉かざせり」「上つ瀬に　鵜川を立ち　下つ瀬に　小網さし渡す」と、その行為を記し、大宮人についても、作者は、「船並めて　朝川渡り　船競ひ　夕川渡る」とその奉仕を動態でとらえる。「この川の　絶ゆることなく　この山の　いや高知らす」というのも、山河を永久不変の比喩としながらも、川を動態でとらえ、山は成長し高さを増すものとする。自然を神話的にとらえることと無関係ではないが、作者は動態に注目する。

「花散らふ秋津の野辺」は、持統を聖天子にする聖地であり、「山川の清き河内」は、秋津が聖地となるための清浄な自然を有したことを叙しているが、「水激つ滝の都」「吉野の川の常滑」「たぎつ河内」「たたなはる青垣山」「ゆき副ふ川」の句は、みな清浄な自然を叙しながら、みな動態への注視をいう。

泊瀬川白木綿花に落ちたぎつ瀬をさやけみと見に来し我を（7―一一〇七）

田跡川の滝を清みか古へゆ宮仕へけむ多芸の野のへに（6―一〇三五）

右の作者未詳歌や家持の歌によって、万葉人が「滝」を清浄なるものと見たことは明らかだが、人麻呂は、第一長歌で「水激つ滝の都」と言葉を重複させながら激流に言及し、第二長歌と第二反歌に「たぎつ河内」をくりかえす。人麻呂を忠実に学んだ赤人たちも、これほどには「滝」に拘泥せず、赤人は「清き河内」「清き川原」というにすぎない。「常滑」もめずらしい言葉で、寿詞としては「堅磐」「常磐」が適切だろう。人麻呂を模倣した金村も「常滑」は使用せず、左のごとく「常磐」を使用する。

皆人の命も我もみ吉野の滝の常磐の常ならぬかも（6―九二二）

吉野川を激流といって「たぎつ」を強調し、「常磐」といわずに、吉野川の激流によって生成される「常滑」を使用したのは、やはり、作者が吉野の山川の動態に注目したためであろう。こうした把握が神話的であるのはいうまでもないが、自然を成長し完成に向うもの、人間に共感し協力し、聖天子の巡狩を、歓呼し跳躍して迎えるもの、という明朗で健康的な自然観を作者が抱いていたことを物語っているようだ。「たたなはる青垣山」「ゆき副ふ川」も、成長し高さを重ね、水量を増し長さを延ばすという「この川の　絶ゆることなく　この山の　いや高知らす」をいいかえたものであり、「たたなはる」や「ゆき副ふ」の部分は、訓読に考慮の余地を残すようだ。

『吉野讃歌』は、従来、叙景の美しさが注目されたり、国土讃美と天皇讃美を統一するものを欠く、と批評されたりしているが、叙景というべきものはないし、「国土讃美」といわれるものはすべて、天皇の神性と統治力を強調する表現に収斂されていた。明朗で健康的な自然観や具象的な表現に作者の個性を感じさせてはいるが、『吉野讃歌』の「叙景」は、きわめて観念的な自然観を具象的に表現した、というにすぎない。

この作品は、持統天皇が、まだ「やすみしし吾ご大君」とよばれるのがふさわしくない称制の時期か即位直後の吉野行幸のおりに、天皇の神性や統治力を讃美する心から、「巡狩之銘」「遊覧詩」として制作したものであるが、人麻呂の自由な意志によって発意し制作したかいなかは明らかになしがたい。作品の公的性格から見て、天皇の側近の官僚によって企画され、多くの文人たちが草案をねり、最後に人麻呂が全官僚の心を代表するかたちで統一したものであろうか。人麻呂の発意による作品ではないかもしれないが、それゆえにかえって、人麻呂の宮廷歌人としての本領を発揮した作品、と見られなくもない。

なお、持統天皇は在位中、吉野に三十一度行幸した。『吉野讃歌』では、このおりの行幸を巡狩として描いているが、吉野行幸の実態は巡狩ではあるまい。

六　持統天皇吉野滞在日

持統天皇は在位十年十一ヶ月の間に三十一度吉野に行幸した。天皇はなぜ三十一度も吉野に行幸したのであろう。

なにか理由があってのことであろうが、なぜ行ったか、吉野でなにをしたか、ということは明らかでない。さまざまな推測が行われ、遠藤宏氏が「持統帝吉野行幸の動機」（『日本文学の争点』上代編）で諸説を検討しているが、遠藤氏の整理をさらに簡略化すると左の六説になる。

㈠　遊覧のため。
㈡　丹生川上社に風雨の順調を祈願するため。
㈢　みそぎをするため。
㈣　懐旧にひたるため。
㈤　天武天皇の霊や山川の霊に触れて、甦りをはかるため。
㈥　皇室や国家の安寧を祈るため。

その後、川口常孝氏は『万葉歌人の美学と構造』で天皇の阿彌陀信仰に注目して、「持統の吉野行幸は、単なる思い出の地への出御というにとどまらず、その内質が仏道精進につながるものであった」といい、梅原猛氏は『水底の歌』で吉野を神々と出会う神仙境とみなし、「彼女は自己の神性を新たにするために行ったのではないかと思う」と行幸の意味を推測し、北山茂夫は「柿本人麻呂論序説　その三」（前掲）で、吉野行幸には政治的意図が秘められており、「天武朝の原点たる壬申謀議を宮廷人に回想させようというもの」と考えている。単純化するとつぎのようになろうか。

㈦　仏道精進をするため。
㈧　自己の神性を増強するため。
㈨　持統朝の原点を宮廷人に想起させ、人心を統一するため。

持統朝に吉野行幸がなかったのは、天武天皇が崩御して殯宮の行事がうちつづき、二年十一月十一日に大内陵に葬られるという有様であった持統元年と二年で、そのほかの九年は多い年（持統四・七・九年）で五回、一回の滞在は七・八日がふつうだが、二十日（持統六年七月九日から二八日）に及ぶこともあった。持統三年八月甲申（四日）、四年二月甲子（一七日）、同年五月戊寅（三日）、同年八月戊申（四日）、同年十月戊申（五日）、八年正月戊申（二四日）、同年九月乙酉（四日）の七回の行幸は出発の記事のみで還御の記載はなく、すべてを日帰りとみるのもいかがかと思われるが、一日として計算すると、吉野滞在の日数は合計百九十六日におよぶ。

百九十六日におよぶ行幸がただ一つの目的で行われたと考えることもむずかしく、どの説をとるにしても静養をかねていたろう、と考えられるが、さきの九説もたがいに矛盾しあい、一説がなりたつと他の八説が否定される、という性質のものではない。たとえば（二）の丹生川上社を重視する考えは、この神社に奉幣したといった記事がないので成立しがたいが、吉野行幸の意図のなかに風雨の順調への祈りがなかった、とはいえない。（三）のみそぎ説も、持統天皇がみそぎをしたことを立証する資料のあるはずもないが、吉野河のほとりで神事が行われ、天皇の行幸はその神事に参加するためだ、というのであれば、そんなこともありそうに思われ、少くとも否定することはできない。神事と仏教行事とでは矛盾するようだが、神事とはいっても吉野でのものは、古来の山岳信仰に大陸の仏教や道教等の民間信仰が習合したものであったろう。

右に還御の記載のない一日のみの行幸を記したが、なぜか申の日が多く、七度中に戊申が三度あり、甲申を加えると四度におよぶ。他の二十四度の出発の日をみると、持統五年七月壬申（三日）、八年四月庚申（七日）、十一年四月壬申（七日）の三度でとくに多くはないが、持統天皇以前の応神・雄略・斉明・天武の四天皇の五例をみると、行幸日は応神十九年十月戊戌（一日）、雄略二年十月癸酉（三日）、同四年八月戊申（一八日）、斉明五年三月戊寅（一日）、天武八年五月甲申（五日）で申の日が二度あり、持統天皇の一日のみの行幸日にみられた戊寅（四年五月）がここにもみられる。

持統天皇の吉野行幸は季節や月日にはよらず、どの季節どの月に多いということもない、といわれているが、どのような日に吉野に滞在しているかも調査しておく必要があろう。干支の下の漢数字が滞在日数である。

甲子二	乙丑一	丙寅一	丁卯一	戊辰〇	己巳〇	庚午〇	辛未一	壬申三	癸酉四	甲戌五	乙亥五
丙子六	丁丑六	戊寅八	己卯六	庚辰五	辛巳三	壬午二	癸未二	甲申三	乙酉三	丙戌二	丁亥一
戊子三	己丑四	庚寅五	辛卯五	壬辰五	癸巳五	甲午六	乙未七	丙申四	丁酉三	戊戌三	己亥五
庚子五	辛丑五	壬寅六	癸卯四	甲辰三	乙巳三	丙午一	丁未一	戊申四	己酉一	庚戌二	辛亥二
壬子二	癸丑二	甲寅三	乙卯三	丙辰四	丁巳三	戊午二	己未三	庚申四	辛酉四	壬戌三	癸亥一

平安朝の作品をよむと、方ふたがり・方たがえという言葉にであう。これは陰陽道の俗信で、暦神の一つである天一神が、己酉の日に天から下って東北の隅に六日、つづいて正東に五日というように四隅に六日、四方に五日ずつ計四十四日間地上を周り、癸巳の日に正北から天に上り、己酉の日にふたたび天から下るが、地上に居る方を「かたふたがり」といってこの方向に向って事をなすことを忌んだものである。吉野は明日香や藤原の真南にあたり、『藤原宮の御井の歌』（1―五二）によって万葉人たちもそのように考えていたことがわかるが、真南であると丙寅・丁卯・戊辰・己巳・庚午の五日間が方ふたがりとなって吉野行幸がさまたげられ、また、戊子・己丑・庚寅・辛卯・壬辰の五日間は真北が方ふたがりとなるので吉野に滞在していた場合、明日香・藤原への還御がさまたげられる。

持統朝にこうした俗信があったかいなか、まだ検討されてはいないようだが、丙寅・丁卯・戊辰・己巳・庚午の五日間とその前後に吉野滞在が少く（丙寅・丁卯の滞在日数が一日となるのは持統八年四月庚申から丁卯にかけて行幸が行われたからだが、還御の日「丁卯」は「丁亥」を通説によって改めたもので問題を残す）、右の滞在日の記載からは明らかでないが、戊子・己丑・庚寅・辛卯・壬辰の日に吉野から還御した行幸はない。丁亥の日が一日だけであるのは、戊子以後五日間の方ふたがりを避けて帰京をいそぐ必要があり、丁亥以前から滞在すると帰京できない五日間がそれにつづいて長逗留になるので、おのずから減少したのであろう。丙午・丁未・己酉が一日であるのも暦神の信仰にもとづくものであろうか。あるいは丙午が天武天皇崩御の忌日に当るので他行を慎んだものかもしれない（丙午・丁未・己酉の一日は、持統六年七月壬寅から辛酉におよぶ例外的に長い行幸時の滞在）。

丙寅から庚午にいたる方ふたがりの五日間がその前後を隔て、おのずから滞在日数の少い丁亥と、他行を慎む日であったと推測される丙午と丁未の両日がそれぞれ区分線となって、辛未から丁亥にいたる十七日間に十一回、戊子から乙巳にいたる十八日間に十回、戊申から乙丑にいたる十八日間に十回の行幸が行われたが、第一グループ中で戊寅、第二グループ中で乙未、第三グループ中で戊申・丙辰・庚申・辛酉という滞在日数の多い日が存在するのはいかなる理由によるのであろう。

暦神の運行は干支を使用するが、宮廷の儀礼や神社の祭礼は十二支を使用するので、十干を捨てて十二支でまとめると、

子十八　丑十八　寅二十三　卯十九　辰十七　巳十四　午十一　未十四　申十八　酉十五　戌十五　亥十四

寅周辺の日と申の日に多いことがわかるが、百九十六日中の二十三日や十八日であり（平均は十六・三三日）、午の日の十一日や巳・未・亥の日の十四日と大きく隔たるものではない、との意見もでようが、寅と申の日はやはり重視されていたらしく、この両日と無縁な吉野行幸は持統四年二月甲子（十七日）と八年九月乙酉（四日）の二度のみ（とも

に還御の日の記載なし）にすぎない。行幸が七・八日におよぶものが多いので、寅や申の日が含まれるのは当然といえるが、行幸の日一日のみを記す七例中に申の日が四日、寅の日が一日あり、三日（四年二月甲寅～丙辰）・四日（三年正月辛未～甲戌、九年三月己未～壬戌）・五日（六年五月丙子～庚辰、七年八月申戌～戊寅）の短期間の行幸にも寅や申の日が含まれているのはやはり注目してよかろう。

『古事記』に雄略天皇が吉野河に行幸して童女にあって弾琴し舞をまわせた記載があるが、この話は五節舞の起源譚との類似が指摘されている。五節舞の起源は『政事要略』や『年中行事秘抄』が伝えるもので、天武天皇が吉野宮に行幸して日暮に弾琴すると向いの山から雲気がおこり、高唐の神女の姿となって曲にあわせて袖を五度ひるがえした、これは天皇にのみ見えて他人には見えなかった、というものである。紙数の都合もあって深入りできないが、吉野では五節舞の源流のごとき舞をまったのであろう。舞は古くは神を天上よりおろし、神託をきく手段として用いられたことは知られている。仲哀天皇が琴をひき神功皇后に神を帰《よ》せた場面が例証になろう。

託宣を疑った天皇は崩御し、神功皇后は再度神託を聞こうとするが、『日本書紀』はその時のことを、皇后は吉日を選んで三月の壬申の朔に斎宮に入って神主となり、武内宿祢に琴をひかせ、七日七夜にいたって神の答えを聞いた、という。吉日は壬申、神託を得た日は戊寅である。申や寅の日こそ託宣を聞く吉日なのではないか。

天武天皇は天文・遁甲に通じていたが、五節舞の起源譚で、雲が高唐の神女の姿になったのが天皇にのみ見えたというのは、天皇が行う天文占と関わりをもとう。壬申の乱の東国入りにさいし天皇は横河（名張川）の上にかかる黒雲を見て天文占を行い、勝利を予言したが、この天文占を行ったのも甲申の日であった。吉野は天皇が舞姫をまわせ、あるいは吉野の山や河をとりまく自然の運行に神の声を聞く霊場であり、寅と申は天皇が種々の卜占を行う吉日であったようだ。

『日本書紀』は、応神天皇の吉野行幸のおりに国主が来朝し、雄略天皇が二度の吉野行幸に狩猟を催し、斉明天皇が宸宴を開き、天武天皇が皇后と六皇子を従え、骨肉が相戦うことのない誓盟を行わせたことを記すが、持統天皇が吉野でなにをしたかについては明らかにしない。しかし、行幸と還御の間につぎのような記事を有するものがある。

○五年七月壬申（三日）――是の日に伊予国司田中朝臣法麻呂等、宇和郡の御馬山の白銀三斤八両・あらかね一籠献る。丙子（七日）に公卿に宴したまふ。

○六年七月壬寅（九日）――甲辰（一一日）に使者を遣して広瀬と竜田とを祀らしむ。

○七年三月乙未（六日）――庚子（一一日）に直大弐葛原朝臣大嶋にはぶり物賜ふ。

○同年七月甲午（七日）――己亥（一二日）に使者を遣して広瀬大忌神と竜田風神とを祀らしむ。辛丑（一四日）に大夫・謁者を遣して諸社に詣でて祈雨す。

○同年十一月庚寅（五日）――壬辰（七日）に耽羅の王子・佐平等に賜ふこと各差有り。

○八年四月庚申（七日）――丙寅（一三日）に使者を遣して広瀬大忌神と竜田風神とを祀らしむ。

○十年四月己亥（二八日）――甲辰（五月三日）に大錦上秦造綱手に詔して姓を賜ひて忌寸としたまふ。

○十一年四月壬申（七日）――己卯（一四日）に使者を遣して広瀬と竜田を祀らしむ。

天皇は吉野で伊予国司の献上物をうけ、七夕の日に宴を開き、風雨の順調を願って使者を広瀬や竜田に派遣し、薨去した藤原大島にはぶり物を賜い、朝貢した済州島の王子や佐平らにものを与え、秦造綱手に忌寸の姓を与えている。こうした決定が神託にもとづくものかいなかは、もとより明らかにはなしがたいが、すべてが寅や申の日以後に行われていることも無視してはなるまい。

四月と七月に広瀬と竜田に使者を派遣することはすでに年中行事化していたが、『竜田風神祭祝詞』は、天皇の祈誓をうけて風神が天皇の夢中に神託をくだしわが名をつげた、と風神祭の縁起を語っているが、祭祀や祝詞が形成される当時にあっては、天皇が神託をうけて使者を派遣する形式がとられていたのであろう。済州島の使者にさまざまなものを与えたというのはある外交問題について決心がつき、使者を帰国させることになったことを意味しようか。壬申の乱の武将秦造綱手への賜姓も秦造は天武十二年九月に連、同十四年六月に忌寸に改姓されており、綱手の一族がなんらかの事情で賜姓から洩れ、久しく申請していたものであろう。懸案の問題に決着をつけた、という感が深い。

持統天皇の精神のありようについてもいささか触れることとなったが、神託を重視する政治が律令制と矛盾し、すでに時代おくれのものとなっていたことはいうまでもない。正史が天皇の吉野行幸について寡黙であるのも理由のないことではあるまい。柿本人麻呂の『吉野讃歌』は行幸の動機等についても正確に語っているが、人麻呂の精神は天皇と比較して相当に新しい。これらの問題についてはのちの機会に譲ることとしよう。

『国文学研究』第七十四集（昭和五六年六月）に「人麻呂の吉野讃歌の構想と表現」として発表し、同年八月五日に改稿した。なお、「六　持統天皇吉野滞在日」は『まひる野』四百号（昭和五五年八月）に発表した。

第八章　安騎野遊猟歌

——太子再生の奇跡——

軽皇子の安騎の野に宿りし時に、柿本朝臣人麻呂の作りし歌

やすみしし　我ご大君　高照らす　日の皇子　神《かむ》ながら　神さびせすと　太敷かす　京《みやこ》を置きて　こもりくの
泊瀬の山は　真木立つ　荒き山道を　石《いは》が根　禁樹《さへき》おしなべ　坂鳥の　朝越えまして　玉かぎる　夕さり来れば
み雪降る　安騎の大野に　はたすすき　小竹《しの》をおしなべ　草枕　旅宿りせす　古《いにしへ》思ひて（1―四五）

短歌

安騎の野に宿る旅人うちなびきいも寝《ぬ》らめやも古思ふに（四六）
ま草刈る荒野にはあれど黄葉《もみちば》の過ぎにし君が形見とぞ来《こ》し（四七）
東《ひむがし》の野にかぎろひの立つ見えてかへり見すれば月かたぶきぬ（四八）
日並皇子《ひなみしのみこ》の命《みこと》の馬並《な》めてみ猟り立たしし時は来《き》向かふ（四九）

一　雄姿の虚構表現

この軽皇子の安騎野行は、持統六・七年のことと推定されている。かりに七年（六九三）としても皇子は十一歳の

少年である。「やすみしし我ご大君」は、「明神《あきつかみ》と大八洲御《しらしめ》す天皇《すめらみと》」の意を持つ言葉で、皇子に使用することもあるが、少年にふさわしいものではない。「高照らす日の皇子」も『藤原宮の役民の歌』（1―五〇）・『藤原宮の御井の歌』（五二）、持統天皇の『夢裏に習賜ひし御歌』（2―一六二）や人麻呂の『日並皇子挽歌』（一六七）、巻十三の『伊勢行幸供奉者の歌』（13―三二三四）に見られる六例によると、本来、天皇に使用する言葉であった。

巻二の『舎人慟傷歌』中の二首（一七一・一七三）、置始東人の『弓削皇子挽歌』（二〇四）や巻三の人麻呂の『新田部皇子献歌』（二六一）、巻五の憶良の『好去好来歌』（八九四）の「高光」「高輝」を「高照」と同じく「たかてらす」と訓読することも行われているが、「高光（輝）る日の皇子」は、日並・弓削・長・新田部の諸皇子に使用され、憶良歌（5―八九四）では、「日の朝廷《みかど》」を修飾しており、天皇に使用することはない。

「やすみしし我ご大君」は、大八州生成神話や、天皇がこれを統治する正当性を主張する神話を想起させるが、「高照らす日の皇子」も同様である。「日の皇子」は、高天原神話や天孫降臨の神話と密接な関連をもつ言葉だが、『日並皇子挽歌』に使用された「高照らす日の皇子」は、「天照らす日女《ひるめ》の尊」に対比するものとして使用されており、「高照らす」は、「天照らす」の対応語として（つまり高天原を統治する天照大神の対応語として）地上の統治者である天孫や天武天皇等の皇孫を位置づける言葉であり、『記』『紀』の歌謡に使用される「高光る」とはことなり、高天原や天孫降臨の神話を想起させることで天皇の神性を強調しようとする、人麻呂によって創作され、持統朝に流行した枕詞であった。

『吉野讃歌』で、持統天皇の神性と統治力を強調する特異な表現についてのべたが、「神ながら　神さびせすと」もその一つであった。人麻呂は、持統にすら大げさにすぎると思われた、神性や統治力の表現を持統以上にふんだんに「やすみしし　我ご大君　高照らす　日の皇子　神ながら　神さびせすと」と使用する。「太敷かす　京を置きて」も、帝都の造営に皇子が参与した印象を与えよう。「石が根　禁樹おしなべ」も、皇子の雄姿を強調する。類似した言葉に、『祈年祭祝詞』の「磐ね木ね履みさくみて」があるが、「履みさくみて」には、難儀した意味が加わるが、皇子は、石が根や禁樹をものともせず、軽々と越える。「おしなべ」は、「はたすすき　小竹をおしなべ」にも反復されるが、雄略の『巻頭歌』（1―一）の「おしなべてわれこそ居れ」とともに、王者の勇壮な行為を表現する。

人麻呂はまた、皇子は「坂鳥の朝越えまして」と、朝、初瀬の山を越えて、「玉かぎる　夕さり来れば」と、夕方、安騎野に到達し、そこで野営するにいたったことをいう。「朝」「夕」は、対句を構成するために選択された言葉だが、そのためにのみ奉仕する言葉ではなかろう。『吉野讃歌』で、「船並めて　朝川渡り　船競ひ　夕河渡る」の「朝」「夕」は、大宮人たちがひっきりなしに往復することを表現するためであり、『泣血哀慟歌』で「鳥じもの　朝立いまして　入日なす　隠りにしかば」（2―二一〇）と「朝」と「入日」（夕）を対比させるのは、対句仕立てにして形式を整えながら、下句を修飾する場合には「夕」の意味はなく、落日がとどめようもなく地平線に沈むように、地下に姿を隠したことを表現するが、『安騎野遊猟歌』の「朝」「夕」の対比は、こうした対比とも異なる。

沢瀉久孝は『万葉集注釈』に、「朝早く初瀬山を越えて、夕方には宇陀の安騎野へ到着せられた趣であるが、両者の距離が近いので、『朝』『夕』が単に修辞として用いられたとも見られ、またその間の野山で狩りくらされたとも見られる」というが、そのいずれでもなかろう。われわれは、人麻呂の表現方法に即してこの問題を考えるべきであろう。

犬養孝は、『万葉の風土・続』に「飛鳥方面から宇陀の安騎野にむかふには、およそ四通りの道が考へられる」といい、音羽山越・半坂《はんさか》越・吉隠《よなばり》越の三ルートを、「こもりくの　泊瀬の山」の範囲や「真木立つ　荒き山道を」の表現にふさわしくない、と否定して狛峠越をとり、このルートを『隠口の泊瀬の山』のただなかであり、こんにち植林ながら『真木立つ荒き山道』を感じさせ、峠付近は岩石が露出してゐて、十二月・一月の頃は、岩の上を流れる水は凍って終日とけず、霜柱は日に日に厚く、踏めば大地がはがれるごとくで、いばらをおしわけゆく実状は、歌詞の趣きにもぴったりとかなふのである」という。犬養は、『安騎野遊猟歌』の風土を実地にたどることによって、「人麻呂の心情が実地の風土に深々と根をおろす実相を」確認することができるという。

安騎野遊猟の目的についてはのちに考察するが、犬養は日並皇子追慕のためと見、「亡き人の霊をもとめてゆく異郷山中の旅の寂寥と行路の艱難は、最初の山地の実景に即して、森林・荒山道・岩石・樹木と要点的にかつ意識的に強調され、それによってやみがたい追慕の思ひが実景と入りまじってあらはされる」といい、「朝」「夕」の対比についても、安騎野行の風土に関連させて、左のようにいう。

幽暗な峠を、坂鳥の朝越えるやうに越える、その「朝越えまして」と、「夕さりくれば」の「朝」「夕」は対句として、調べのためだけでなく、時間・場面の推移転換のテンポともなる。事実は、朝に飛鳥を出て夕に安騎野に着いたものであらう。狛峠を越せば、もう登りはほとんどない、景観も気分もがらりと変ったさらに異郷の宇陀の高原地帯となる。「朝越えまして」「夕さりくれば」と転じて直ちに「み雪降る阿騎の大野」の到着点を点出する呼吸は、この地形の実状の展開に即してゐるものであって、急に変った寒々とした高原の異郷感は、雪片などものってゐるかもしれぬ旗すすきや、黄色く枯れた小竹などに定着して、枯々とわびしい荒野の野営におちつく。

『万葉集』の風土に通じた犬養の発言であり、傾聴に価するが、「旅の寂寥と行路の艱難」のみをいい、皇子の雄姿の表現を重視しないのはいかがであろう。「朝」「夕」の対句も「時間、場面の推移転換」に利用し、狛峠を越して異郷である宇陀の高原に到達し、「枯々とわびしい荒野の野営に」落ちつかせようとする、と主張するようだが、「こもりくの　泊瀬の山は　真木立つ　荒らき山道を　石が根　禁樹おしなべ　坂鳥の　朝越えまして」の主体は、いうまでもなく軽皇子である。荒山道をものともせず、通行をさまたげる石が根・禁樹をおしなびかすように、坂鳥が朝越えるように、朝、軽々と初瀬の山（峠）を越える。山を越え荒涼たる高原に到達した、というのは犬養の指摘する通りだが、「朝」「夕」の対句は、荒涼たる原野の広さを表現しよう、というのではないか。

初瀬から安騎野までは数キロにすぎず、馬を駆っての行程は、どれほどのものでもない。また、初瀬の山（峠）を越せばすぐ安騎野なのだが、これを一日の行程としたのは、狭隘な小野を「安騎の大野」といい、広大な原野にしようとしたもので、弱々しい小さな皇子の行動を、神性を具えた王者の力強い行為、と表現した理由と同一であろう。人麻呂は、軽皇子が荒山道をものともせず、威風堂々と終日馬を進め、雪の降りつもる広漠たる原野に野営をすることを歌う。人麻呂は軽皇子の安騎野行を言葉をつくして讃美しようとする。少年の旅であり、現実にはもっとも平坦な道が選ばれ、冬であっても雪のない日に出かけていよう。「荒らき山道」や「み雪降る」もこうした虚構の文脈のなかで解釈するべきで、安騎野行のルートは日程を知る資料にしてはならないものではないか。

二　挽歌説への疑問

軽皇子が安騎野に来て野営するのは、長歌の最終句によれば「古思ひて」の理由によるが、宇陀の安騎野が狩猟地であり、第四短歌に「み猟り立たしし時は来向ふ」とうたわれているところから、父日並（草壁）皇子がたびたび狩猟にきた安騎野に父をしのんで狩りにきた、と推測される。日並皇子が宇陀で狩りをしたことは、皇子の薨去を悲しむ『舎人慟傷歌』中に、左のようにうたわれている。

けころもを時かたまけて出でましし宇陀の大野は思ほえむかも（2―一九一）

二句は、原文に「春冬片設而」とあり、「春冬まけて」と訓読されたりするが、そう訓読すると初句の「けころも」は皮衣となる。「皮衣を春冬まけて」の方が理解しやすいが、「片設而」の「片」を無視して「まけて」と訓読する点に問題を残し、「片まけて」とよんでは字余りのはなはだしきものになってしまう。

父をしのんで狩りにきた、といっても、十一歳の少年が冬の荒野で一夜を過ごすというのは尋常なことではなく、たんなる父恋しさからのことではあるまいといった考えは、研究者の穿鑿癖を刺激するのであろう。橘守部は『檜嬬手』に、「此は御父の御魂呼ばひの御心にて宿りに来給へるなるべし」と、その推測を記録するが、この守部説が『安騎野遊猟歌』を挽歌あるいは挽歌的発想の歌と見る最初の見解である。

守部の『檜嬬手』は『アララギ』大正五年十二月号や、『橘守部全集』『万葉集叢書』によって流布するが、この書の流布に尽力したのが折口信夫であり、山本健吉が『柿本人麻呂』で「魂呼ばひ」と狩猟を結合させるのは、守部をうけついだ折口学説を正確に継承しているのであろう。「日並皇子尊の魂魄が、古代の葬所であつた泊瀬のさらに奥の安騎野に遊離してゐると考へたことは、安騎野と皇子との深い因縁からも、想像できることだ」といい、「坂鳥に皇子の遊離した魂を想ひ描いてゐたことは推測できるし、朝立ちする鳥のあとを追ふといふヴィジョンを含んだ山尋ねの魂ごひの歌としての要素が、重層的にかぶさつてゐることが考へられるのである」ともいう。

父をしのび、その「魂ごひ」を目的とした狩猟とみると、軽皇子を「やすみしし　我ご大君　高照らす　日の皇子」と最大級の頌詞でたたえ、その雄姿を叙する理由が理解しにくくなるが、山本は、「当時の複雑な皇位継承問題の渦中で、あへて」軽皇子をかく讃美することは、「それは日並皇子の霊に向って、継嗣の安泰を保証することで、慰撫の役割を果した」といい、この『安騎野遊猟歌』を「挽歌的発想」の歌と見、そうした発想のなかでこうした部分は、誄詞《しのびごと》的役割を担った、と解釈する。

軽皇子は、草壁皇子の鎮魂のために安騎野に来て狩りをし、人麻呂も皇子の鎮魂を意図して作歌した、となるようだが、山本は意外にも、安騎野の遊猟を、「軽皇子の鎮魂であり、同時に故皇子の鎮魂である」といい、この『安騎野遊猟歌』に対しても、「根本は軽皇子の鎮魂であり、同時に亡くなつた父皇子の鎮魂なのである。その二重発想が、長歌の収束であるとともに、組歌をなしてゐる反歌全体の収束でもある最後の一首に現れてゐるのだ」という。この二種の鎮魂について、山本は、軽皇子の鎮魂は、「外来魂」を有する鳥獣をとらえてそれをわが身につける「古義」の「たまふり」であるとし、父皇子の鎮魂は、「遊離する魂」を鎮める「中国流」の鎮魂に近い「たましづめ」である、と解説する。

一羽の鳥を追う行為が、「外来魂」をわが身につける「たまふり」と、「死者の魂を求め」る「魂乞ひ」（たましづめ）を同時に可能にする、と主張するようだが、この主張はなかなかに難解である。この種の鎮魂が行われた、という事例をわれわれは知らない。人麻呂がこの二種の鎮魂を表現する際に「二重発想」をとったというのは、まったく理解に苦しむ。山本の「二重発想」はいかなるもので、それぞれが彼の脳裏にどのように発生し、反発したり統合されたりして、長歌の結句や反歌の第四首に収束された、というのであろう。人麻呂歌の古代性を照らし出す山本の評論は尊重するべきものだが、この二重の鎮魂説は残念ながら理解することができない。

『安騎野遊猟歌』に挽歌的要素を認めようとする論者も、草壁皇子の鎮魂のみをいい、山本が、「根本は軽皇子の鎮魂」と重視する、軽皇子が「外来魂」をわが身につける「たまふり」を無視している。われわれは、「此は御父の御魂呼ばひの御心にて宿りに来給へるなるべし」といった守部の見解にまで後退せざるをえないのだが、この論証も容易ではない。山本は、「太敷かす　京を置きて　こもりくの　泊瀬の山は……み雪降る　安騎の大野に」を道行きとし、道行きを挽歌特有のスタイルといい、「石が根」に「石槨のイメーヂ」を、枕詞の「坂鳥の」の「坂鳥」に死者の魂を追う「ヴィジョン」を認め、これらを論拠とするが、みなさまざまな解釈や評価を可能にするもので、承服することはできない。

たしかに、左にあげる影媛の歌などに古代文学で「道行き」と呼ぶスタイルが使用されている。

石《いす》の上《かみ》　布留を過ぎて　薦枕　高橋過ぎ　物多《ものさは》に　大宅過ぎ　春日　春日《かすが》を過ぎ　妻隠る　小佐保を過ぎ　玉笥《たまけ》には　飯さへ盛り　玉盌《たまもひ》に　水さへ盛り　泣きそほち行くも　影媛あはれ（紀―九四）

右の歌は、挽歌というよりも葬送歌と呼ぶべきであろうが、挽歌・葬歌において道行きはけっして不可欠な要素ではない。『大御葬歌』（記―三四～三七）にも、野中川原史満が中大兄に代って詠んだ『造媛挽歌』（紀―一一三・一一四）にも、斉明天皇の『建王追慕歌』（紀―一一六～一二一）にも、『万葉集』の『近江朝挽歌群』（2―一四七～一五五）にも、持統天皇の『天武天皇挽歌』（2―一五九～一六一）にも道行きというべきものはないし、人麻呂も『日並皇子挽歌』で、皇子を葬った土地を「つれもなき　真弓の岡に　宮柱　太しき座し　御殿《みあらか》を　高知りまして」と表現するにすぎない。道行きと呼ぶべきものは、むしろ左のような場合であろう。

みてぐらを　奈良より出でて　水蓼《みづたて》　穂積に至り　鳥網《となみ》張る　坂手を過ぎ　石走る　神奈備山に　朝宮に　仕へ奉りて　吉野へと　入ります見れば　古思ほゆ（13―三二三〇）

そらみつ　大和の国　あをによし　奈良山越えて　山背《やましろ》の　管木《つつき》の原　ちはやぶる　宇治の渡り　滝つ屋の　阿《あ》後尼《ごね》の原を　千年に　欠くることなく　万代に　あり通はむと　山科の　石田《いはた》の社《もり》の　皇神に　幣《ぬさ》取り向けて　我は越え行く　逢坂山を（三二三六）

あをによし　奈良山過ぎて　もののふの　宇治川渡り　少女《をとめ》らに　逢坂山に　手向草《たむけくさ》　糸取り置きて　我妹子《わぎもこ》に　近江の海の　沖つ波　来寄る浜辺を　くれくれと　ひとりぞ我《あ》が来る　妹が目を欲《ほ》り（三二三七）

大君の　命恐《みことかしこ》み　見れど飽かぬ　奈良山越えて　真木積む　泉の川の　速き瀬を　棹さし渡り　ちはやぶる
宇治の渡りの　激《たぎ》つ瀬を　見つつ渡りて　近江道の　相坂山に　手向して　我が越え行けば　楽浪《ささなみ》の　志賀の唐
崎　幸《さき》くあらば　またかへり見む　道の隈　八十隈ごとに　嘆きつつ　我が過ぎ行けば　いや遠に　里離《さか》り来ぬ
いや高に　山も越え来ぬ　剣太刀　鞘ゆ抜き出でて　伊香胡山　いかにか我《あ》がせむ　行くへ知らずて（三二四〇）

第一首は、奈良から明日香に入り吉野に向う行幸をうたい、第二首は、大和から奈良山を越えて山城に入り、逢坂山を越えようとする行程をうたう。第三首も、大和から奈良山を越えて山城に入り、逢坂山を越えて近江に来るが、こうした苦労も妹に逢いたさゆえ、とうたう。第三首は第二首の「或る本の歌に曰はく」として添えられたものだが、第二首も第三首とともに、恋の歌と見るべきであろうか。第四首は、左注によれば、穂積朝臣老が佐渡配流時に詠んだ歌の関連歌で、大和から、山城・近江に入り、さらに北方に向う流離の旅をうたう。すべてを旅に関連させることも不可能ではないが、こうした歌から挽歌的要素をさがし出し、「道行き」を挽歌特有のスタイルと帰納することは、おそらく不可能であろう。

「石が根」に「石槨のイメージ」を抱き、「坂鳥」に「魂ごひのヴィジョン」を見ることへの疑問は、わざわざあげるまでもなかろう。「こもりくの　泊瀬の山は　真木立つ　荒らき山道を　石が根　禁樹おしなべ」の「石が根」は、「禁樹」とともに「荒らき山道」を形成し、通行を妨げるものである。軽皇子はそんな荒山道をものともせず、通行を妨げる「石が根」「禁樹」をおしなびかして山を越えるのだ。石槨を踏みわけ、のりこえ〈おしなびかす〉などということがあろうはずはない。そうして初瀬山の越え方を「坂鳥の　朝越えまして」と、朝鳥が峠を越えるように軽々と越えて、とうたうのである。通常の言語の伝達方法とは違って、「石が根」「坂鳥」が葬地である初瀬山とひびきあって、「石」が石槨の、「鳥」が「魂乞ひ」のイメージを放射する、というのだろうが、あまりに恣意的にすぎないだろうか。

軽皇子は、十五歳の持統十一年（六九七）二月、太子に立ち、同年八月、禅《ゆずり》をうけて即位するが、元服についての所伝はない。彼の皇子首《おびと》（聖武）は、十四歳の和銅七年（七一四）六月、皇太子となり、同月、元服をくわえた。十一歳の持統七年の冬に、軽皇子ははたして元服をすませていようか。狩猟は、大人の遊びであり、さまざまなタブーがあるので、元服前の少年がこれを行うとは考えにくい。軽皇子は首よりもはやい時期に元服して安騎野にきたのであろう。

皇子の狩猟として、われわれは、即位前の雄略天皇が市辺押磐皇子《いちのべのおしは》を近江国の蚊屋野《かやの》の狩りに誘いだし、「猪狩り」といって射殺した事件や、凱旋する神功皇后と皇子（応神）を迎え、香坂《かごさか》・忍熊《おしくま》の二皇子が、反逆するべきかいなかを占い、兎我野《とがの》で祈狩《うけいがり》をし、香坂王が猪にくわれた話を思いだす。倭建命が焼津で火難にあうのも、『日本書紀』によれば、狩りにおびきだされたおりの出来事だった。大国主命も、須佐之男命の祝福をうけて大国主となるまえの、いわば皇子に相当する大穴牟遅《おおなむち》の時代に、八十神から赤猪を待ちうけて捕えるよう命じられて、焼いた石を山上から落されて死んでいる。

右の神話や所伝は、それぞれが独自の世界を構成しているので、皇子が狩り場で受難し、あるいは死ぬ話として一般化することははばかられるが、そこに一種の通過儀礼的な儀礼や習俗の反映を見ることも、あるいは可能かもしれない。通過儀礼とはいっても、狩猟は少年のするものではないので、成人式（元服）以後の即位等に関連するもの、と考えてよい。皇子は死を賭して狩りを行い、しかるのちに皇位につく、といった考えがあったのではないか。狩猟の成否や獲物の多寡が、即位や立太子の資格を左右することはもはやないにしても、こうした古代の習慣が人々に記憶されていたおりに、皇子が美々しく狩りを行うことは、紛糾する皇位継承問題に強い自己主張をすることを意味しよう。

安騎野に皇子の供をしてやってきたのは、のちに春宮坊の傅・大夫・亮となる、持統天皇側近の当麻真人国人・路真人跡見・巨勢朝臣粟持ら武官であろうし、安騎野行の企画者も、彼らや持統女帝であろう。多数の武人を従えた皇子の狩猟は、〈皇子は死を賭して狩りを行い、しかるのちに皇位につく〉といった考えの有無にかかわらず、いつの時代においても、皇子や支持者たちの力を世間に示し、新しい時代の到来を人々に知らせるはたらきをしよう。人麻呂が、軽皇子を天皇に等しい神性をそなえた堂々たる皇子、と表現したのは、安騎野行の企画者たちの願望であり、人麻呂の特異な眼と心にのみ映じたもの、と考えてはなるまい。

三　狩猟歌の変奏

『安騎野遊猟歌』は、軽皇子が安騎野に遊猟し、野営したおりに、供をした人麻呂が献呈した歌と考えられるので、舒明天皇が宇智野で遊猟したおりに中皇命が歌を献じた、狩猟歌の系列に属するもの、と考えてよかろう。中皇命の歌（1―三）も、「やすみしし我ご大君」ではじまり、狩猟をまえにした天皇の勇壮な姿をうたい、類似点を持つが、「み執らしの　梓の弓の　なか弭の　音すなり」をくりかえし、この句で長歌をとじる。弓弭の強調は、『神楽歌』採物の「弓」や、『皇太神宮年中行事』所載の『六月十五日興玉社御占神事歌』や、『年中行事秘抄』所載の『十一月中寅日鎮魂祭歌』等の神事歌謡に見えるが、弓が採物となり、神が天降るのはその先端の弓弭であったため、その所在を注目させるために、強調したもののようだ。中皇命の献歌は、神を降臨させ、狩猟の成功と安全を祈る呪歌的要素を濃厚に所有するが、『安騎野遊猟歌』にこの種の要素はない。

人麻呂が皇子に奉った長歌として、巻三の『長皇子の猟路《かりぢ》の池に遊《いでま》しし時、柿本朝臣人麻呂の作る歌』（二三九）と、『柿本朝臣人麻呂、新田部皇子に献る歌』（二六一）の二首がある。両首とも、「やすみしし　我ご大君　高光る　わが日の皇子の（日の皇子）」ではじまり、長皇子への献歌は、猟路の池の遊猟時のもので、献歌の状況も共通する。『安騎野遊猟歌』も、軽皇子への献歌として理解してよさそうだが、人麻呂は軽皇子に対しては、長皇子に向って、「恐《かしこ》みと　仕へ奉《まつ》りて　ひさかたの　天見るごと　真《ま》澄《そ》鏡《かがみ》　仰ぎて見れど　春草の　いやめづらしき　我ご大君かも」と、いつまで仕えてもつきぬ魅力を持った皇子よ、という形で末永く奉仕することを誓い、新田部皇子に向っても、「ひさかたの　天伝ひ来る　雪じもの　往き通ひつつ　いや常世まで」と、末永く仕えることを誓う、この種の誓約をしていない。

『吉野讃歌』が狩猟歌の構成をとることはすでに詳細に論じているのでくりかえすことはしないが、第一群では狩猟前夜の宴席での献歌のかたちをとって、永遠の忠誠を歌い、第二群では朝狩出発時の献歌の形をとって勇壮な船出を讃美した。『安騎野遊猟歌』は、長歌が『吉野讃歌』の第一群に、短歌四首が第二群に、それぞれ相当するはずなのだが、『安騎野遊猟歌』の長歌は、多くの歌句を軽皇子讃美に費やしながら、『猟路池遊猟歌』『新田部皇子献歌』や『吉野讃歌』第一群が主題として最後に歌いあげる「春草のいやめづらしき我が大君かも」（3―二三九）「雪じもの行き通ひつついや常世まで」（3―二六一）「常滑の絶ゆることなくまたかへり見む」（1―三七）、のように永遠の忠誠心の表明を欠き、最後には、人麻呂のものではない、皇子の父皇子への永遠の思慕を表明する「古思ひて」によって唐突に、一首を収束してしまう。

長皇子や新田部皇子への献歌は、明らかに両皇子を読者（あるいは聞き手）として、制作し奉っている。『吉野讃歌』も持統天皇を読者として想定しているが、天皇のみを読者としているわけでもなかろう。『安騎野遊猟歌』は、献歌の常套句である「やすみしし我ご大君」でうたい出し、皇子讃美に言葉を費すが言葉の量とは別に、すべての表現は最後の一句に収斂され、長歌は軽皇子が「古」をしのぶために安騎野に来たということだけを叙していることになるのである。この種の記載を作者以上に、正しく詳細に知る当事者である皇子に献呈する必要があるのだろうか。

　いろいろな場面が想定されようが、『安騎野遊猟歌』はやはり遊猟時の献歌として制作されたものであろう。軽皇子を神性を備えた雄々しい皇子としてその雄姿を讃美するが、この讃辞はやはり軽皇子に贈ったもので、皇子を直接対象にした歌と考えてよかろう。したがって長歌が有する讃歌的要素は、従来いわれてきた挽歌的要素などと比べようもないほど大きく、『安騎野遊猟歌』は全体としては讃歌として理解しなければならない。『吉野讃歌』が持統天皇に献られ、天皇を直接の読者としながら、それに終始しないで、広く国民に天皇の巡狩を伝え、天皇の御稜威《みいつ》を知らしめることを意図して制作したように、この皇子讃歌も、献呈さきは皇子であり、皇子に歌いかける形をとりながらも、現実には人麻呂は、この安騎野行に参加しない人々を読者や聴衆に想定し、皇子の遊猟を伝えようとするのであろう。開かれた読者や聴衆を対象にすればこそ、皇子が立派に成人し、父を慕って狩猟を行ったことを事実とは無関係に荘重に語るのであり、その雄姿を虚構によって表現したのであろう。

　人麻呂が、長歌で皇子への永遠の忠誠を歌わず、皇子のなき父への永遠の思慕を歌うのは、狩猟歌の定型に従いつつ、その変奏を行ったことになろうが、こうした変奏をあえて行ったのは、〈永遠の思慕〉が、『安騎野遊猟歌』の主題表現のなかで、大きな部分を占めたからであろう。皇子の「古思ひて」は、短歌の第一・二首に継承されていくが、これはけっして人麻呂に固有な感傷ではないし、『安騎野遊猟歌』の献頌の主題から逸脱することはない。この一連の歌が遊猟歌である以上、朝狩を賀する歌で収束することになろうが、『安騎野遊猟歌』の短歌第四首は、独自の表現をとる。こうしたことも、長歌がとった変奏に関連させて、この遊猟歌の独自な方法から考察しなければならない。

四　奇跡劇の方法

四首の短歌は、すべて供奉者の心情をうたい、作者は軽皇子への言及をやめ、なき皇太子追慕の悲傷に終始しているように見えるが、長歌が最末部の「古思ひて」の懐古の内容を明確にはいわず、短歌に託したように、短歌は、第一首の旅人の「旅」がどのような旅であるかをいわず、説明を長歌に譲り、第二首で、どうして自分が「荒野」に来ているかをいわず、説明を長歌に譲る。作者は、長歌と短歌を一組の連作として理解することを求めている。『吉野讃歌』の第一長歌が、天皇の国見とそれに答える大宮人の奉仕を叙し、離宮讃美で収束するのに対し、第一反歌が、供奉の側から永遠の忠誠を誓い、『日並皇子挽歌』や『高市皇子挽歌』において、長歌で両皇子の薨去を歌い、反歌で舎人の悲しみを歌うように、『安騎野遊猟歌』においても、長歌で軽皇子の安騎野行を叙し、短歌に供奉者の心情を託す。叙事と抒情をそれぞれ長歌と短歌に分担させ、短歌においてはできうるかぎり自己にひきつけた抒情を行おう、とするのであろう。

短歌の第一首と第二首が、軽皇子に対して無言であるのは、すでにのべたとおりであり、長歌で叙した軽皇子の「古思ひて」の悲しみを自己の悲しみとしてうけとめ、悲傷を深めるのだが、一連の作品を構想し、構成する心の動きのみを抜き出すならば、人麻呂の側から叙するべきであった軽皇子への永遠の忠誠が、皇子の側からの亡父への永遠の思慕に変奏されていたのを定型に戻し、人麻呂の側からの讃美で収拾する準備をする必要があった。第一首・第二首では、長歌の末尾をうけてまず、人麻呂の側からの心情に変え、第三首の「東の野にかぎろひ」の明るさを強調し、第四首で軽皇子を讃美するのに備えるのである。

第三首で人麻呂は、広漠たる原野の東西に曙光と傾く月を見たことを告げる。中西進氏は『柿本人麻呂』（日本詩人選）で、この歌にも人麻呂の悲傷を読みとり、「いくら形見としようとて、現実の野の寂寥は変るべくもない。その寂寥の夜の後に迎えた野の景を、第三首に托する」といい、つぎのような美しい解説をする。

東方に揺らめきつつ山嶺を染める炎《かぎろい》と、西の方に空しい白輪をかかげた月と、この凄絶ともいうべき夜明けの風景は、人麻呂の心の象徴の構図なのだ。この月が草壁で太陽が若き軽を意味するという解釈は、詩を解することからは遠い。われわれはここに述べられた情景そのままを体験すればよいのであり、この冬の払暁の、僅かに紅の光芒がきざしながら、なお暗々とした蒼白の原野が、この時の人麻呂の心だったのである。

傾聴に価する解説だが、軽皇子の安騎野行の目的や、その目的に即して作歌したであろう、人麻呂の宮廷歌人としてのあり方や、狩猟歌の方法から考え、第三首に特異な抒情を読みとる中西氏の解釈に賛成することはできない。

皇子が安騎野に狩りにきたのは、立派に成人し、皇位継承者の資格を有することを人々に示すことにあったはずだ。この十一歳の皇子がその資格を有するのは、前皇太子日並皇子の皇子であったためであり、他の皇子より有利であるのも、ただその一点にあったので、彼は日並皇子の嫡子であることを強く主張する必要があった。元明天皇（軽の母）即位の宣命は、文武天皇（軽）の即位を、天智天皇が定めた、皇位は直系の皇統に伝えよ、という「不改常典」に従ったもの、といい、『懐風藻』葛野王の伝は、高市皇子が薨じて皇位継承問題について、皇族会議が開かれたおりに、王が、「我が国家の法と為る、神代より以来、子孫相承けて、天位を襲《つ》げり」と主張し、軽皇子が皇太子となったことを伝えている。日並皇子は、天武・持統という天皇を皇后の皇子として、他の皇子と比較して卓越して大きな皇位継承権を有していたが、薨去後はその継承権を軽皇子に譲っていた。「子孫相承」の「不改常典」尊重は、当時、持統女帝らによって強く主張されていたであろう。

人麻呂は、軽皇子の安騎野行の目的を正しく理解しており、軽皇子が立派に成人して、日並皇子の再来を思わせる姿で狩りを行ったことを歌おうとしたのであろう。散文でこうした内容を述べることはたやすいが、詩ではどう表現したらよいであろう。しかも、狩猟歌の文脈にあわせて皇子に対する永遠の忠誠心と皇子の朝狩りへの出発を歌う形を採らなければならない。

長歌はまず、皇子が荒々しい自然を克服する神性を具えた古代の大王に成人して安騎野を訪れたことを狩猟歌の構成に従って讃美したが、狩猟歌の主題も軽皇子の安騎野行の目的もまだ十分には歌っていない。人麻呂等供奉者の軽皇子への永遠の忠誠心を軽皇子の父皇子への思慕に変えて、最後の一句に「古思ひて」とその目的をわずかに歌っているが、この目的を重視して言葉を重ねると、狩猟歌の構成を大きく破り、軽皇子讃美の主題が損なわれるのを恐れ、唐突に一句を添えて締め括ったのであろう。

軽皇子が亡父を思い、亡父の再来を思わせる姿で狩りを行った、ということを人麻呂が抒情的に表現するには、人麻呂にとって外部にある事柄を人麻呂の内部に移動させる必要があった。長歌の最後に添えた亡父への思慕「古思ひて」は、狩猟歌の定型に従うことを困難にさせ、変奏を強いるものであったが、皇子の思慕は、日並皇子の嫡子であることを抒情的に表現するには不可欠のものであった。短歌の第一首は、長歌の軽皇子の「古思ひて」を人麻呂たちのものにするために同じ言葉を繰り返したのであり、第二首は、「古思ひて」の内実をはじめて明らかにし、長歌における皇子の懐古が亡父への思慕であることを初めて明らかにする。そうして、第三・第四首で行う軽皇子讃美の前段階として、人麻呂の側からの表現に流れを変え、曙光の明るさと朝日の輝きを読者や聴衆に印象づけるために、追慕の悲傷に沈むのである。

長歌と短歌との関わりについて、長歌と短歌がそれぞれ独自の世界を歌っている、とみたり、四首の短歌は二首ずつ二組みに分離するとみたりする読みには賛成しない。『安騎野遊猟歌』は遊猟歌の定型には盛り切れないものを表現するために短歌を必要とし、その抒情を無理のないものにするために四首を必要としたのである。

第三首について、窪田空穂は『万葉集評釈』に、「夜より明け方にと時が推移するに伴って、環境としての野の光景が変ってくる。その変化のために、浸りつづけていた悲哀から離れた状態である」というが、承認してよかろう。供奉の「旅人」たちは、東の野の「かぎろひ」に光明を見た、という設定である。空穂はまた、「この歌は、東の炎と、傾ぶく月との対照には、皇子と父尊とが暗黙の間にからんでいるがごとき感を起させるものがある。人麿の気分のうちに、そうしたものがあったのではないかと思われる」という。中西氏はこうした理解を強く否定するが、空穂の批評を積極的に承認し、人麻呂が意図して行ったもの、と考えてよかろう。

日並皇子は「日雙斯皇子命」(1—四九)「日並皇子尊」(2—一一〇・一六七題詞)と表記されているが、「日並知皇太子」(『続日本紀』慶雲四年七月)「日並御宇東宮」(『粟原寺鑪盤銘』)の例によれば、「日並」とは、日に並んで天下を統治する意を有したことがわかる。日に並ぶものはまず月であろう。『日本書紀』の「神代上」第五段の本文や第一・第十一の一書は、月神の誕生を述べて「日に配《なら》」ぶもの、と記載するが、人麻呂も『日並皇子挽歌』に、日並皇子を月にたとえてつぎのようにうたう。

あかねさす日は照らせれどぬばたまの夜渡る月の隠らく惜しも(2—一六九)

第三首の「月」が日並なら、「かぎろひ」は軽であろう。悲しみに沈んだ供奉者たちは、東の空にかすかな光を見て、振りかえって見た月の傾きによって、それがまさしく曙光であることをさとり、月に代ってまもなく輝く太陽がさし昇ることを考え、その期待の光明に悲しみを克服するのであろう。「かぎろひ」・「月」を軽・日並として強く暗示させ、日並から軽への世代の交代を、月は沈むが太陽は昇るという宇宙大の自然の摂理として暗示させよう、というのであろう。もちろん、直接には、東の空の曙光を見て心に光明を抱いたことを歌うのであり、振りかえって西に傾く月を見ながら、東の空の曙光を脳裏に浮べ、光明を心に広がらせているのであろう。なぜ振りかえったかだが、東の空の「かぎろひ」が、曙光であるかいなかを確認するためであったろう。朝の月は日と向かい合う、という考えがあったらしく、『人麻呂歌集』は「朝月の」を「日向《ひむか》」の枕詞として使用している。

朝月の日向の山に月立てり見ゆ　遠妻を持てらむ人し見つつ偲はむ（7―一二九四）

朝月の日向黄楊櫛《つげくし》古りぬれど何しか君が見れど飽かざらむ（11―二五〇〇）

第四首は、『安騎野遊猟歌』の収束として、中皇命が舒明天皇に奉った反歌に、天皇が宇智の大野に馬を進めるさまを詠み、人麻呂自身も『吉野讃歌』の第二反歌に、勇壮な船出をうたい、『新田部皇子献歌』に雪の中に馬を駆る姿をうたったように、朝狩への出発を歌い、これを寿ぐ必要があった。しかし、人麻呂は、ただ、かつて日並皇子が多数の供奉者とともに馬を並べて狩りに出発した、そんな時刻がいま迫ってきた、とだけ歌う。出発を目前にして、軽皇子はすでに馬上の人となり、人麻呂たちも準備をおえて騎馬し、出発の時刻を待っているのだが、狩りに出発すると、その瞬間に軽皇子は、日並皇子に変身し、太子は再生するのであろう。奇跡のおこる日の出の時刻が刻一刻と迫ってくるさまを、人麻呂は、東の空に見つめ、胸を高鳴らせている、と歌うのだ。

人麻呂は、軽皇子が安騎野で遊猟を行った賀歌を詠むこととなったが、この遊猟の目的からいっても、最大の讃辞は、軽皇子がすっかり成人して日並皇子の再来とみまがうばかりであった、と歌いあげることであった。軽が天武・持統の直系の孫であり、父が「日並知」の名を持つ皇太子であり、時刻は朝であったところから、大嘗祭や鎮魂祭の儀礼や、天孫降臨や天岩屋戸の神話で親しい、日の御子が死んで復活する、太子再生の奇跡劇を日の出の狩り場を舞台に繰りひろげたのである。詩にはなりがたいテーマを詩で表現したために、狩猟歌の定型は変奏され、長歌に対して四首の反歌を添える独自の構成を展開するにいたるが、人麻呂が最後までこの奇跡劇に参加し、出演者の立場からこれを歌い、すぐれた抒情性を獲得している点に、われわれは深い敬意を表わさなければなるまい。

『安騎野遊猟歌』は、その広い読者意識から見ても、安騎野行の企画者から制作を命じられ、安騎野行の目的や狩猟歌の用途を正確に教えられ、十分な用意のもとに制作した作品であろう。遊猟に参加したかたちをとるが即興的に詠み、安騎野で発表したという作品ではない。実際に人麻呂が安騎野に供奉したか否かは不明であり、論ずるべき問題ではない。なお、四首の反歌は、長歌で唐突に行った軽皇子の抒情表現「古思ひて」を自己の抒情表現に移動させて第一首でそれを繰り返し、第二首で安騎野行の真の目的を自己の立場から歌い、第三首で追慕の悲しみから立ちあがるかすかな希望の光を歌い、第四首で再生した太子がともに狩りに出発する時を待つ緊張した一瞬が歌われている。四首の反歌は、遊猟歌の定型に従おうとしながらそれに盛り切れなかったために生じた自然発生的なものであり、絶句の構成に倣ったというものでもない。「短歌」と記されているのも、『万葉集』の編者が、『安騎野遊猟歌』の長歌と反歌との関係を正確に読み取ることが出来ずに、長歌と反歌をそれぞれが独立した疎遠なものと考えて「短歌」と記したものであろう。長歌と四首の「短歌」はきわめて密接な関係を有しており、反歌と考えてよかろう。

山路平四郎・窪田章一郎編『柿本人麻呂』（古代の文学2、昭和五一年四月、早稲田大学出版部）に発表し、直後に改稿した。

第九章　猟路池遊猟歌

——即興的狩猟歌の表現——

長皇子の猟路の池に遊びし時に、柿本朝臣人麻呂の作りし歌一首 短歌を幷せたり

やすみしし　吾ご大王　高光る　わが日の皇子の　馬並めて　み狩り立たせる　弱薦《わかこも》を　猟路の小野に　猪鹿《しし》こそば　い這ひ拝《をろが》め　鶉こそ　い這ひ廻《もとほ》れ　猪鹿じもの　い這ひ拝み　鶉なす　い這ひ廻り　恐《かしこ》みと　仕へまつりて　ひさかたの　天《あめ》見るごとく　まそ鏡　仰ぎて見れど　春草の　いやめづらしき　吾ご大君かも（3—二三九）

反歌一首

ひさかたの天《あま》行く月を網に刺し我ご大王は蓋《きぬがさ》にせり（二四〇）

或本の反歌一首

皇《おほきみ》は神にしませば真木の立つ荒山中に海をなすかも（二四一）

一　政治性の除去

人麻呂は、長皇子の猟路池の遊猟に際して『万葉集』巻三に、「長皇子の猟路の池に遊びし時に、柿本朝臣人麻呂の作りし歌一首 短歌を幷せたり」の題詞を持ち、長歌一首と反歌一首と或本の反歌一首として収める『猟路池遊猟歌』

を制作して献呈した。狩猟歌としては、舒明朝に中皇命の『宇智野遊猟歌』（1―三・四）があり、人麻呂も『安騎野遊猟歌』（四五〜四九）を詠み、狩猟歌のかたちを借りて『吉野讃歌』（三六〜三九）を制作している。

『宇智野遊猟歌』や『吉野讃歌』や『安騎野遊猟歌』については、前章を参照されたいが、狩猟歌は、まず永遠の忠誠を誓い、つづいて朝狩りへの出発を讃美する。『宇智野遊猟歌』は、『雄略記』で袁杼比売が天皇に献った『志都歌』「やすみしし　我が大君の　朝間《と》には　い倚《よ》り立《だ》たし　夕間には　い倚り立たす　脇几《わきづき》が　下の　板にもがあせを」（記―一〇四）の発想や表現を継承し、「やすみしし　我ご大王の　朝《あした》には　取り撫で賜ひ　夕《ゆふべ》には　いより立たしし　御執しの」とうたいだし、天皇への憧憬を表明して天皇を讃美するか、と思っていると、「梓の弓の　長弭の音すなり」と弓弭の音が聞こえるといい、そのことが反復される。弓弭の音が聞こえるというのは、狩猟への出発が近づいたことを意味しており、宇智野への朝狩りに馬を進めたことをうたう反歌に連続する。

たまきはる宇智の大野に馬数《な》めて朝踏ますらむその草深野（四）

『宇智野遊猟歌』は、朝狩りに出発しようとし、ついで出発する天皇の勇姿を想像して胸を高鳴らせる中皇命の心をうたうが、前半の『志都歌』をふまえた部分は、天皇への憧憬や讃美の心を放射している、と読んでよかろう。

『吉野讃歌』の二群は、それぞれの反歌が、その主題をうたっている。

見れど飽かぬ吉野の河の常滑の絶ゆる事なくまたかへり見む（三七）

山川もよりて仕ふる神ながらたぎつ河内に船出せすかも（三九）

第一反歌は、絶えることなく立ちかえって吉野離宮を仰ぎ見ようといって、天皇に対する永遠の忠誠を誓い、第二反歌は、神々しい天皇の船出をうたう。船出をして何をするかであるが、女帝の狩猟であり、吉野川で魚を獲るという設定であろう。引用は省略するが、赤人の『吉野讃歌』（6―九二三〜九二七）も、第一群で永遠の忠誠をうたい、第二群で朝狩りへの出発をうたう。

『安騎野遊猟歌』の場合は、まず長歌で立派に成人した軽皇子が父皇太子を思慕して安騎野に宿ることをうたう。立派に成人したとうたうことで軽皇子讃美は十分に表現されているが、人麻呂たち供奉者の永遠の忠誠は表明されず、軽皇子の父皇子への思慕に変奏されている。この変奏は、父皇太子の再生として軽皇子が狩りを行ったことを、和歌によって讃美するために、父子の狩猟を抒情の世界で結合させる必要上、選択されたものであろうが、軽皇子の朝狩りへの出発に寄せる感情も、父皇太子がかつて朝狩りに出発した時刻が近づいた、というかたちで表現される。


　日並の皇子の命の馬副《な》めて御猟り立たしし時は来向ふ（四九）

以上に述べた『宇智野遊猟歌』『安騎野遊猟歌』『吉野讃歌』の三種、赤人の『吉野讃歌』を加えた四種の狩猟歌は、みな朝狩りへの出発を讃美することで作品を締めくくっているが、本章で述べる『猟路池遊猟歌』は、長歌において、長皇子に対する供奉者たちの永遠の忠誠を表明するが、朝狩りへの出発で収束せず、反歌では、皇子の威徳を讃美する。朝狩りへの出発を欠くのは、この作品が制作され、献呈されて発表されたのが、遊猟後の宴であった理由によろうが、狩猟歌の定型に従わずに、制作・享受の場の論理に従ったところに、この狩猟歌の特色を推測してよかろう。

天皇や皇子の狩猟に狩猟歌が献呈され、しかも、狩猟歌が天皇や皇子に対する讃歌として制作されているのは、狩猟や狩猟時の歌舞や詩歌のそれぞれが、単にそれ自体楽しむために催され発表されるわけではない公的で政治的な側面を持ち、狩猟や歌舞や詩歌のそれぞれが政教的効用を有したことを意味していよう。この政教的なものは、当時の言葉では〈礼楽〉となろう。律令国家の形成期にあって礼楽は、「風を移し俗を易ふるは楽より善きは莫く、上を安んじ民を治むるは礼より善きは莫し」（『孝経』）や「礼を制めて功成ることを告し、楽を作して治の定まることを彰す」（『安閑紀』、『丹陽尹湘東王善政碑』）という観点から、律令を国家や人民のすみずみに行きわたらせ、さらに、治世を誇り、顕彰する手段に採用される。

人麻呂が『吉野讃歌』に、多数の廷臣や山川の神々に奉仕される天皇の絶対性や神性をうたうのも、吉野行幸を聖天子の巡狩、讃歌を巡狩の銘や遊覧詩と見なし、すなわち礼楽によって理想的な天子の姿や君臣の関係を理解させ、同時に新しい礼楽によって持統朝が聖代であることを主張しようとするのであろう。『安騎野遊猟歌』は、軽皇子に献呈した作品であり、天皇を対象とする『吉野讃歌』の場合とは相違するが、狩猟を礼楽を執行する場、狩猟歌を楽とする政教的な狩猟観・文学観に立って、軽皇子が父皇太子の後継者として朝狩りに出発したことをうたう。政治上の問題に容喙している点で、『安騎野遊猟歌』の政治性はきわめて高く、この期の狩猟や狩猟時の詩歌を礼楽の思想や政治状況に関連して考察することは有効な方法であろうが、政治との関わりはけっして単純ではない。

辰巳正明氏が『万葉集と中国文学』で、『猟路池遊猟歌』と『文選』所収の〈畋猟の賦〉との関わりを論じているのは、当時に中国的な狩猟観や狩猟文学観が存在したことを指摘したものとして傾聴に価するが、『猟路池遊猟歌』と政治との関わりは、『吉野讃歌』や『安騎野遊猟歌』の場合と比較して、レベルや程度において大きく相違し、〈畋猟の賦〉との関わりも、あまり直接的ではないように思う。

『猟路池遊猟歌』も、狩猟時の献歌の形式に従って「やすみしし　吾ご大君　高光る　わが日の皇子の」とうたい出される。「やすみしし吾ご大君」は、『記』『紀』の歌謡以来、天皇や皇子への献歌に使用され、人麻呂も他の献歌に採用し、「高光るわが日の皇子の」も、『記』の歌謡（二八・七二）に使用例があるが、『日並皇子挽歌』（2―一六七）で「高光る日の御子」を「高照らす日の皇子」に変え、『安騎野遊猟歌』においても「高照らす」を使用する。『日並皇子挽歌』で「高光る」を「高照らす」に変えたのは、「高照らす日の皇子」を「天照らす日女《ひるめ》の尊」に対比させることで、高天原や天孫降臨に関する王権神話を読者に想起させようと意図したものと推測されるが、『安騎野遊猟歌』も、軽皇子に王権神話に基づくような神性を与えようとするのであろう。

『安騎野遊猟歌』は、「やすみしし　吾ご大君　高照らす　日の皇子」につづいて、「神ながら神さびせすと」とうたい、小さな皇子を神性を具えた古代の英雄的な大王として描き、自ら経営した都をあとにし、険しい山路をものともせずに軽々と越え、広漠たる原野に馬を進める、と表現するが、『猟路池遊猟歌』は、こうしたことにはまったく頓着していない。長皇子の神性や統治力についての言及はなく、ただにぎやかに出猟したことを、「馬並めてみ狩り立たせる」というにすぎない。その野も「安騎の大野」のように、「大野」に拡大して装飾することもなく、ただ「猟路の小野」という。

『猟路池遊猟歌』が、「馬並めてみ狩り立たせる」というのは、顔延年の遊覧詩『車駕京口に幸し、三月三日、侍して曲阿の後湖に遊ぶ作』に、天子の行幸に際して、山川の神々が警護し、多数の廷臣が供奉したことを述べ、『吉野讃歌』や顔延年の遊覧詩をうけて、多数の大宮人が行幸に供奉し、山川の神々が奉仕する姿を描いて天皇の御稜威を表現していることと、まったく無関係ではなく、にぎやかな狩りへの出で立ちは、皇子の人徳を讃美していよう。『懐風藻』所収の大津皇子の『遊猟』にも「朝に択ぶ三能の士　暮に開く万騎の筵」とすぐれた人々が多数、狩に従ったことをうたっている。

長皇子が猟路の小野に出猟すると、「猪鹿こそば　い這ひ拝め　鶉こそ　い這ひ廻れ」と、獣や鶉が身を捨てて奉仕するように多数の獲物があったという。こうした発想や表現は、中国の狩猟文学にしばしば見え、例えば、『文選』所収の張衡の『西京賦』に、天子が狩り場に臨むと、禽獣は畏怖奔走し、みずから車輪に触れ車輻に当り、矢を発し弋を投ずればすべて命中して、獲物は砂石のごとくであり、日没に至らぬうちに十七八に及んだ、という。

百禽㥄遽して、騤瞿奔触し、精を喪ひ魂を亡ひ、帰を失ひ趨を忘れ、輪に投じ輻に関《あた》りて、邀《むか》へざるに自ら遇ひ、飛罕潚箾し、流鏑揺撼し、矢は虚しく舎《はな》たず、鋋《ほこ》は苟くも躍《な》げず。足に当りて蹍《ふ》まれ、輪に値ひて轢《ひ》かれ、僵禽斃獣、爛として磧礫の若し。但罝羅の羂結《かけむす》ぶ所、竿殳の揘畢《つきぬ》く所、叉蔟の攙捔《さしつらぬ》く所、徒搏の撞拯《つきう》つ所を観るのみ。白日未だ晷《ひかげ》を移すに及ばざるに、已に其の十の七八を獮《ころ》す。

『雄略紀』(二年一〇月六日)も、『西京賦』を下敷きにして、「虞人に命《みことおほ》せて縦に猟す。重れる巘に凌《のぼ》り長き莽《はら》に赴く。未だ移影《ひもかたぶ》かざるに、什が七八を獮《と》る。猟する毎に大きに獲《う》。鳥獣、尽きむとす」と記している。長皇子に、獣や鶉が身を捨てて奉仕するというのは、禽獣が天子に畏怖して成功をおさめたというのに等しく、皇子の威徳を讃美する表現になっていよう。

『猟路池遊猟歌』にも、たしかに、皇子の人徳や威徳を讃美している、と読めば読める表現があるが、この長歌を『吉野讃歌』や『安騎野遊猟歌』と比較した時、皇子を皇子の所有する神性や統治力の絶対性、つまりは政治性においては讃美していない、少くとも、他の二種の狩猟歌ほどには重視していない、と断言してよかろう。狩りの成功はそのまま、狩猟歌の主題表現になだれこんで、「猪鹿じもの　い這ひ拝み　鶉なす　い這ひ廻り　恐みと　仕へまつりて」と、永遠に変らない忠誠を表明する比喩表現になるが、皇子への忠誠は、皇子の神性や統治力の絶対性に基づく、というはずもなく、「ひさかたの　天見るごとく　まそ鏡　仰ぎて見れど　春草の　いやめづらしき　吾ご大君かも」とうたう。

『明日香皇女挽歌』(2—一九六)において、人麻呂は、死者の皇女の目を通して夫君を「鏡なす　見れども飽かず　望月の　いやめづらしみ　思ほしし　君と時どき」と讃美するが、「まそ鏡　仰ぎて見れど　春草の　いやめづらしき　吾ご大君かも」は、美と愛の面からする女性的な讃美である。『吉野讃歌』や『安騎野遊猟歌』が、その行幸・遊猟と讃歌を礼楽にかなうものと見なし、理想的な天皇や皇子の姿や君臣の関係をうたい、きわめて政治性の高い作品であるのに対して、『猟路池遊猟歌』は、狩りは狩りを楽しむために行うのであり、この讃歌が、理想的な皇子の姿や君臣の関係を描いていても、美と愛の世界における理想であり、私的で非政治的な作品である、と考えてよかろう。

辰巳氏の指摘する〈畋猟の賦〉の天子の畋猟は、たんなる狩猟ではなく、司馬相如の『上林賦』によれば、「夫《か》の終日馳騁し、神を労し形を苦しめ、車馬の用を罷《つから》し、士卒の精を抗《そこな》ひ、府庫の財を費やして、徳厚の恩無く、務め独楽に在りて、衆庶を顧みず、国家の政を忘れ、雉兎の獲を貪るが若きは、則ち仁者は繇《よ》らざるなり」といい、身を修め　賢人を求め、群臣に政治の得失を論じさせて万民に恵みを与えるものを天子の狩猟として、「雲罕を載せて、群雅を弁《とら》ふ。伐檀を悲しみ、楽胥を楽《こひねが》ふ……明堂に登り、清廟に坐す。群臣を次いで、得失を奏せしむ。四海の内、獲を受けざるは靡《な》し」という。

〈畋猟の賦〉等の狩猟文学の影響をうけたものとしては、『雄略紀』（五年二月）にみえる、天皇が葛城山で校猟した際に、ある舎人が嗔猪をおそれて木に逃げのぼったのを怒り、斬ろうとした時に、皇后が諫めて天皇がその諫言にしたがい、「楽しきかな。人は皆禽獣を猟る。朕は猟りて善き言を得て帰る」といった話や、後世のものであるが、『凌雲集』所収の嵯峨天皇の御製『春日遊猟し、日暮江頭の亭子に宿る』に、理想としている狩猟を「学ばず夏王此の事に荒びしことを　為めに思ふ周卜が非熊に遇ひしことを」と詠じていることなどが想起されるが、『猟路池遊猟歌』との関わりは直接的なものではない。

二　即事的な表現

長皇子が出猟した猟路池について、『大和志』は「十市郡猟路小野、鹿路村、旧属高市郡」といい、山田孝雄は『講義』に、鹿路は多武峯から吉野山に至る山中にあって「ろくろ」と呼ばれているが、「かりぢ」が「かぢ」になり、鹿路と記され、「ろくろ」と音読されるようになった、と説明するが、鹿路には該当する池はない。荷田信名は『童蒙抄』にカルチと訓んで「軽の路」「軽の池」とするが、明日香や藤原から軽へ向う道の途中に狩猟地があるとも思われない。鳴上善治氏は「『猟路の池』榛原の説」（『万葉』昭49・9）に、榛原（口宇陀）が狩猟地であり、「山岳丘陵の盆地底の氾濫原で、池を現出し易い地形」であることを論拠に榛原を主張するが、こうした条件を満たす狩猟地はまだ他にも多数あるであろう。猟路池を詠んだ歌は左掲のとおり他にもあるが、所在は未詳であり、けっして著名な狩猟地ではない。

遠つ人猟路の池に住む鳥の立ちても居ても君をしぞ思ふ（12―三〇八九）

『吉野讃歌』において、持統天皇が吉野に行幸した、と表現し、『安騎野遊猟歌』において、軽皇子が父皇太子が遊猟した安騎野で遊猟した、と表現することは、持統が神性と絶対的な統治力を持つ聖天子であること、軽が父皇太子と寸分たがわぬすぐれた皇太子に成長したことを、それぞれ主張するために不可欠であった。吉野は、持統がかつてその地を訪れた皇祖皇宗と一体となる聖地であり、安騎野は、軽が太子再生の奇跡劇を演じる霊場であったが、猟路池は長皇子が実際に出猟した土地である、という以外の意味を持つまい。題詞の猟路池を長歌では「猟路の小野」と呼ぶが、獲物が獣と鶉であったのにあわせて、「池」を「小野」に変えたのであろう。

『吉野讃歌』や『安騎野遊猟歌』においても、人麻呂は、これらの作品を持統や軽を対象に、吉野や安騎野で制作して献呈したかたちをとりながらも、実際には、その場にいない多数の人々、おそらく一般国民を対象として、天皇が神性と絶対的な統治力を持ち、軽が皇太子となるにふさわしい皇子に成人したことを主張するために、十分な時間を費して制作したのに対し、『猟路池遊猟歌』は、長皇子を直接の読者として、狩り場で制作し、献呈した作品であったために、政治性が除去され、即事的な表現が採用されるのであろう。

阿蘇瑞枝氏の『柿本人麻呂論考』（第二篇第二章）や稲岡耕二氏の「長皇子讃歌は人麻呂晩年の作か——表現を考える——」（『古典学藻』）は、この狩猟歌が構造上二つの部分に分けられ、前代の宮廷寿歌を模倣する形で前半十二句が「場所＋景物」の導入部となって、大宮人の奉仕する姿を修飾することを指摘するが、稲岡氏はさらに、前後にまたがる「鹿猪こそば　い這ひ拝め　鶉こそ　い這ひ廻れ　猪鹿じもの　い這ひ拝み　鶉なす　い這ひ廻り」の連対に注目して、「同語反復のいちじるしい対句構成において口誦歌謡から脱しきらない性格」を読みとり、「処女作のように言われる近江荒都歌や日並皇子挽歌よりも早い時期の作」と推測する。

稲岡氏の読みは傾聴に価するが、『猟路池遊猟歌』は、完成度の高い他の作品と異なり、狩り場で制作し、献呈した作品であり、制作・享受される場の論理に制約された即事的な表現をしていよう。われわれは、狩猟後の宴に集う人々が目にし、話題にしているもののあれこれを推測し、即時的な表現を読み解いていかなければなるまい。まず第一に、なぜ、獣や鶉に関する同語反復の対句が使用されたかを考察しよう。稲岡氏も、「たしかに猟路の小野の景物として鹿猪や鶉が提示され、それらが『い這ひ拝み』『い這ひ廻る』と歌われるのは、狩猟の場に即した讃仰の表現なのであろう」とその場に即して連対の前聯を解釈するが、狩猟後の宴には、大津皇子の『遊猟』に「臠を喫《は》みて倶に豁矣《なり》、盞を傾けて共に陶然たり」とあるように、獲物の鹿猪や鶉が並べられ、狩りの成功が語られていた。

猟路池の狩りで皇子たちは、鹿猪や鶉を得たが、彼らが獲得したものは予想したものと相違したのではないか。猟路池で狩ろうとしたのは水鳥であろうが、猟路池に行きつく手前の猟路の小野で、予想外の獣や鶉に出遇ってこれを狩り、いま予想外の獲物を前に話に花を咲かせているのであろう。「――池」「――湖」という場合は、たしかに、その池や湖ばかりではなく、その池や湖の周辺の土地をも指すが、猟路池は著名な土地ではなく、池で獣や鶉を狩るというのもやはり自然な表現ではない。

獣や鶉に関する同語反復の連対がなぜ使用されたか、後聯については後に述べるが、前聯についていえば予想外の獲得を難なく得た喜びを皇子讃美の表現に重ねるのであろう。大宮人の奉仕する姿を修飾する序も無意味な序ではない。枕詞の場合も、人麻呂はつねに主題表現に密接させて意図的に使用し、大きな効果をあげているが、「弱薦を」「春草の」は、狩猟の行われた季節を指示し、「まそ鏡」は、鏡と月の類似から、この歌が発表された時刻を暗示する。狩猟が終って夕刻になり、獲物を前にして酒宴が催されているのであろう。「まそ鏡」が月を連想させた時、「ひさかたの　天見るごとく　まそ鏡　仰ぎて見れど」の句は、人々の心を大空に誘う。

ひさかたの天行く月を網に刺し我ご大王は蓋にせり

右の反歌も即事的な表現を特色としよう。大津皇子の『遊猟』も、月に照らされた狩り場の酒宴を描いて、「月弓谷裏に輝き　雲旌嶺前に張る」と、月に例えられる弓や雲形を描いた旗指物が立ち並んでいるという。長皇子の狩り場の酒宴にも、同様な光景が繰り広げられていよう。鳥を捕える網もあたりに置かれていたであろうし、月像幢のように月を描いた旗指物も立っていたかもしれない。そうしたなかで十五夜に近い明るい月が皇子の頭上に昇ったのであろう。人麻呂は、狩りにあわせ、月にあわせて、月を網でとらえて蓋にした、とうたう。

佐竹昭広氏は「人麻呂の反歌一首」（『万葉集抜書』）に、この反歌を論じて、「もし、狩猟という非言語的文脈の制約さえなければ、天空に照り輝く月を、蓋のように頭上に頂いた大君の姿を讃美し祝福」して、「大君は神にしませばひさかたの天行く月を蓋にせり」とうたいあげることも可能であった、とし、反歌の「吾ご大王」の一句は、「大君は神にしませば」という「思想を代行しえている」といい、「この歌にも、強く天武天皇の面影を指向する人麻呂の姿を、われわれはありありと透視することができる」という。

佐竹氏は、「狩猟という非言語的文脈の制約」ゆえに、「網にさし」という必要があり、「大君は神にしませば」とうたい出すことができなかった、という。宴の歌であり、折にあわせて取材し表現する必要上、月を網で捕える、という言葉を選んでいようが、「吾ご大王」という言葉が「大君は神にしませば」という「思想を代行し」、制約がなければ、「大君は神にしませば」とうたいだされた、というのはいかがであろう。

「ひさかたの」の歌は、『猟路池遊猟歌』の長歌に連続する反歌である。長歌と反歌との関わりがまだ十分に検討されていないが、反歌は、長歌の前半と後半にそれぞれ関わり、長歌の前半で予想外の獲物を得たことに驚き、皇子の威徳にもとづくと讃美する心を継承して、皇子はとうとう天空を行く月までも網で捕えて蓋にしたと驚嘆し、長歌の後半で皇子の美しさに心引かれて永遠に奉仕するという心を継承して、皇子は月を蓋にして自らを飾り美しさを増した、と感嘆してこの狩猟歌を収束しようとするのであろう。

反歌は、長歌の前後の部分に配慮した均斉の取れた反歌であり、長歌に対する反歌である以上、かりに狩り場の作でないにしても、「大君は神にしませばひさかたの天行く月を蓋にせり」に還元されることはないであろう。長歌は、皇子の神性や統治力に触れることを極力避けようとするが、「大君は神にしませば」としては、夾雑物を加え長歌との関わりを弱めてしまおう。『日並皇子挽歌』や『高市皇子挽歌』に、たしかに強い天武志向が見受けられるが、これはまた別の問題である。

以上に、反歌が「大君は神にしませば」とうたい出してはならない理由を述べたが、或本の反歌が同様なうたい出しをしていることを忘れているわけではない。

皇は神にしませば真木の立つ荒山中に海をなすかも

「ひさかたの」の歌に「反歌一首」、「皇は」の歌に「或本の反歌一首」と記されているので、『猟路池遊猟歌』の長歌に対して、「ひさかたの」の歌一首の代りに「皇は」の歌一首を反歌として載せる或本が存在したことになるが、この或本の歌はどうして反歌になるのであろう。

『代匠記』が、「猟路池は其比帝の堀らさせ給ふと見えたり。君の徳をほめ奉りて、神にておはしませばこそ、かかる荒山中に思ひよらぬ海をばなさせたまへ、と申しなさるるなり」と、山中に池を堀った大土木工事を讃美した、とするのは、左の『壬申の年の乱の平定《さだ》まりにし以後の歌二首』に関連させた解釈であり、金子元臣の『評釈』などにも継承されるが、近年は、天皇なり長皇子なりが造ったのではなく、長皇子を讃美するために、そのように詠んだ、とする解釈が多数を占めている。

皇は神にし座せば赤駒の腹這ふ田居を京師《みやこ》となしつ（19―四二六〇）

大王は神にし座せば水鳥のすだく水沼を皇都と成しつ（四二六一）

山田孝雄は『講義』に「これ蓋し、深山中に池の在るをめでて、よみたるにてそれを以て、皇子の威徳に帰し奉るさまにうたひしならむ」といい、窪田空穂は『評釈』に「この歌の作意は、大君の御稜威の限りなさを讃えたものである。猟路池の堀られたのはいつのことかはわからないが、これを大君御業《みわざ》として見る上では、現在のこととしても妥当を欠かない」という。しかし、皇子が造ったわけでもない池をなぜ造ったこととしてうたい、また、そううたうことがなぜ皇子讃美になるのであろう。

皇は神にし座せば天雲の雷の上に廬りせるかも（3—二三五）

中西進氏は『柿本人麻呂』（日本詩人選）に、右の『雷岳御遊讃歌』に関連させて、人麻呂の詩人としての優秀さを述べ、持統天皇がただ、雷の丘の上にいるということに、「事柄を越え常識を越えて、神たるの所業を想念の中に感じとっていた」といい、或本の反歌においても、長皇子は「猟路池のほとりにいるというだけで」あり、「『海をなす』というのは、大君の遊猟によって『美しい池となさる』というので」ある、という。

『雷岳御遊讃歌』には、「天皇、雷岳に御遊《いでま》し時、柿本朝臣人麻呂の作る歌一首」の題詞があるが、かりに題詞を欠いても、大君が雷の丘の上にいることや、作者が、「事柄を越え常識を越えて、神たるの所業を想念の中に感じとっていた」ことは十分に理解できるが、「皇は神にしませば真木の立つ荒山中に海をなすかも」の場合は、「皇」が池を造った、という解釈もあり、題詞や長歌を欠いては、大君が猟路池に遊猟し、ただその池のほとりにいるだけである、ということは判明しない。両首における「事柄を越え常識を越え」る越え方は、同一ではないように思う。

『槻落葉』は題詞の猟路池を「池に遊猟すといふ事のあるべくもあらず」として「猟路野」に改め、或本の反歌については、「是は猟路の池、造らししをりの歌なるべし。この歌、ここの反歌ならず。或本のみだれなることいちじるし」といい、『略解』や金子元臣の『評釈』が賛成する。中西進氏は『万葉集（一）』（講談社文庫）に「『皇は神にし坐せば』の慣用句をもった短歌が他の反歌と別に、反歌として歌われる慣用があったか。その場合には独立した一首の性格を強め、反歌から脱落する傾向をもつ」と推測するが、まず、長歌の反歌として読むことを工夫するべきであろう。

中西氏が、「『皇は神にし坐せば』の慣用句をもった短歌が他の反歌と別に、反歌として歌われる慣用があったか」と推測する論拠とした置始東人の『弓削皇子挽歌』（2—二〇四）には、「王《おほきみ》は神にしませば」ではじまる「反歌一

首」(二〇五)が添えられ、さらに「また短歌一首」(二〇六)がつづいているが、

弓削皇子薨ぜし時に、置始東人の作りし歌一首 短歌を并せたり

やすみしし わご王《おほきみ》 高光る 日の皇子 ひさかたの 天つ宮に 神ながら 神と座《いま》せば 其《そこ》をしも あやに恐《かしこ》み 昼はも 日のことごと 夜はも 夜のことごと 臥し居嘆けど 飽き足らぬかも(2—二〇四)

反歌一首

王は神にし座せば天雲の五百重《いほへ》の下に隠りたまひぬ(二〇五)

また短歌一首

ささなみの志賀さざれ波しくしくに常にと君が思ほせりける(二〇六)

一読すれば、明らかなように、長歌と密接な関連を有する反歌は、「反歌一首」と明記された「王は神にし座せば」の歌であり、「ささなみの志賀さざれ波」の歌は、弓削皇子は短命を自覚してしかも永く生きたいと願っていたのに、とうとうなくなられた、というもので、『弓削皇子挽歌』との関係は稀薄であり、一組の長反歌とは無縁な「短歌一首」の感が深い。「王は神にし座せば」の反歌は、遊離してもいないし、独立してもいない。『雷岳御遊讃歌』の場合は、天皇の行幸を讃美する長歌が存在した、と考えることも不可能ではないが、即興的な作品で長歌は存在しなかった、と考えることも同様に不可能ではなかろう。『壬申の年の乱の平定まりにし以後の歌二首』の場合は、天武朝初頭の作品であるが、もともと長歌はなかった、と考えるのが自然であろう。

『猟路池遊猟歌』は、即興的な作品であり、折にあわせることに最大の注意を払い、宴席に存在するものや宴席での話題にあわせて表現する。「海をなすかも」の「海」は、猟路池を指すが、人々の話題は、池で獣や鶉を獲ったことに集中していよう。あるいは、獣や鶉を池に追い込むようなこともしたかもしれないが、獣や鶉の獲れるすばらし

い池だ、と猟路池を讃美し、そうした猟路池を知り、狩り場に選んだ長皇子を讃美しよう。

予想外の獲物を有した猟路池と皇子の判断の適切さを詩として讃美するには、主題を二分しないように両者を統一する必要があるが、猟路池のすばらしさを皇子に関連させて、すべては皇子に基づく、とするのも一つの方法であろう。その発想を極限にまでつきつめていくと、皇子は、その池の持ち主、さらには造り主となり、その理由は後に述べるが「大君は神にしませば」の成句を呼びこんで、大君は神であるので真木の立つ荒い山中に獣や鶉の獲れるすばらしい池をお造りになり、今日に備えていたので大変な成功を収めた、とうたうことになろう。獣や鶉が獲れたことは長歌の前半に譲って、一首は、酒宴の話題やにぎやかさにあわせて明るく大げさに表現される。

「海」といっても、猟路池はそれほど大きくはなく、「真木の立つ荒山中」といっても、猟路の小野はそれほど険しい山中にあるわけでもなかろうが、「皇は神にしませば」にあわせて、皇子の行為を、困難な事業をやすやすと成し遂げた、といって讃美するために、そのような表現をするのであろう。『安騎野遊猟歌』で小さな軽皇子を、神性を具えた古代の英雄的な大王として描くために、背景とする自然を険阻な山道や広漠たる原野に変形し拡大する手法を採用した。「真木立つ荒き山道を」という類似表現も使用されているので、或本の反歌も、『安騎野遊猟歌』と同様の手法を採用したことになるが、手法や言葉は同じであっても、反歌は、酒宴のにぎやかさにあわせて、明るく大げさに表現する必要があって、そうしたのであり、軽皇子の神性と統治力の絶対性を表現するために採用した表現とは本質において相違する。

三 機智への傾斜

猟路池で予想外の猪鹿や鶉を獲得したのは事実であるが、この部分は、『来目歌』（紀―七）の冒頭「宇陀の 高城に 鴫羂《わな》張る 我が待つや 鴫は障《さや》らず いすくはし 鯨障り」を、おそらく猟路が宇陀に近いところから下敷きにしていよう。鴫を獲ろうとして罠をかけたところ、まったく予想外の鯨がかかった、といって笑う歌謡の一節を人麻呂も想起し、聴衆の笑い声を期待していよう。

長歌の前半から後半にかけて連続する対句は、前聯「猪鹿こそば い這ひ拝め 鶉こそ い這ひ廻れ」で、予想外の獲物を前に、その獲物を皇子が難なく得たことを喜びつつ、皇子を讃美し、さらに後聯「猪鹿じもの い這ひ拝み 鶉なす い這ひ廻り」の序となって、人麻呂たちが皇子に奉仕する姿を修飾する。二つの部分を一つにまとめる連対であり、たんなる同語反復の句ではないが、永遠の忠誠を表明する部分は、『推古紀』（二〇年正月七日）の『上寿歌』とも共通部分を有し、伝統の継承を推測させる。

やすみしし 我が大君の 隠ります 天の八十蔭 出で立たす 御空を見れば 万代に かくしもがも 千代にも かくしもがも 畏みて 仕へ奉らむ 拝みて 仕へ奉らむ 歌づきまつる（紀―一〇二）

蘇我馬子は推古天皇に対して、『天語歌』（記―一〇〇）などの宮ぼめに始まる宮廷寿歌を、「やすみしし我が大君」で始まる献歌の形成に吸収して、高大な建造物を讃美して天上の志向を示し、天皇の長寿を祈り、永遠の忠誠を表明する。人麻呂の長歌にも、天上への志向は「ひさかたの 天見るごとく まそ鏡 仰ぎて見れど」と見え、「畏みて 仕へ奉らむ 拝みて 仕へ奉らむ」の誓いも、後聯とそれに続く部分に、「猪鹿じもの い這ひ拝み 鶉なす い這

ひ廻り　恐みと　仕へまつりて」とある。

『上寿歌』で、高大な建造物を見て天皇の変らぬ栄えを、「万代に　かくしもがも　千代にも　かくしもがも」と祈る部分は長歌にはなく、『上寿歌』が前半をここでとじることも長歌とは異なるが、誦詠された場合には、この四句は、「畏みて　仕へまつらむ　拝みて　仕へまつらむ」に連続するように聞こえないものでもない。北野本・書陵部本・寛文本等『日本書紀』の諸本が、「千代にもかくしもがも」を繰り返しているのは、四句を要約して奉仕の姿に連続させようとするもので、たんなる誤入ではあるまい。『上寿歌』の伝統を直接継承する『続日本紀』（天平一四年正月一六日）の歌謡「新しき年の始めにかくしこそ仕へ奉らめ万代までに」は、「かくしもがも」に相当する「かくしこそ」を奉仕の姿として、「仕へ奉らめ万代までに」に連続させる。

『続日本紀』の歌謡に「かくしこそ」とあるのは、この歌を歌う人々の礼拝する所作を表わしていようが、『上寿歌』も盃を献じたあとの拝礼と歌唱する姿を表現する。『猟路池遊猟歌』も、皇子に盃を献じたのちに拝礼して讃歌を歌うという設定であり、その歌には、拝礼して奉仕する姿をうたいこむことが要請されていた。二部に分裂し散文化するのを避け、狩り場の酒宴という折にあわせて拝礼して奉仕する姿をうたいこもうとしたところから、連続する対句が生まれたが、前聯が獣や鶉が這い廻って拝礼し、と擬人化し、後聯が供奉者が獣や鶉のように這い廻って拝礼する、と比喩化してうけとめるのはおもしろく、作者は、聴き手がそこに機智を認めておもしろがることを期待していよう。

たしかに、『高市皇子挽歌』にも左掲のような類似表現があって、舎人たちは、昼はひねもす獣のように這い伏しつづけ、夜はよもすがら御殿を仰ぎ見て鶉のように這い廻りつづける、という。類似していることは事実であり、無視することはできないが、挽歌においては、ユーモラスな感を与える擬人化の部分はなく、したがって聴き手の心をくすぐる執拗さもなく、「鹿じもの」「鶉なす」は、同様に匍匐する形容であるが、舎人たちが皇子の死にであって、みずから人間であることを忘れて悲しむ、はげしい慟哭を描写した表現になっているとみて、区別したい、と思う。

あかねさす　日のことごと　鹿《しし》じもの　い這ひ伏しつつ　ぬばたまの　夕へになれば　大殿を　ふり放《さ》け見つつ
鶉なす　い這ひ廻《もと》ほり　侍《さもら》へど　侍ひ得ねば　春鳥の　さまよひぬれば

『高市皇子挽歌』と『猟路池遊猟歌』に類似表現がある、と見たが、和歌史的には、挽歌の場合は天若日子の葬儀に河雁・鷺・翠鳥・雀・雉がそれぞれの諸役を受け持ったことと関連しようし、宴の歌の場合は『天語歌』の第三首（記―一〇二）で大宮人が庭雀のような姿をすることと関わりを持とう。

百敷の　大宮人は　鶉鳥　領巾《ひれ》取り掛けて　鶺鴒《まなばしら》　尾行き合へ　庭雀　踞《うずすま》集りゐて　今日もかも　酒漬《さ さみづ》くらし
高光る　日の宮人　事の　語り言も　こをば（記―一〇二）

さきに他の狩猟歌と比較して、『吉野讃歌』や『安騎野遊猟歌』の行幸や遊猟やその際に制作された讃歌が、行幸や狩猟を礼楽を執行する場、その際の讃歌を楽とする政教的な行幸・狩猟観や文学観に基づいて、それぞれが催され制作されているのに対して、『猟路池遊猟歌』の遊猟や讃歌は、それ自体を楽しむ非政治的なものと考えたが、連続する対句で叙しているのが、「い這ひ拝み」「い這ひ廻」る「礼」であることも無視してはなるまい。

人麻呂は、『猟路池遊猟歌』においても礼に深い関心を寄せていたことになるようだが、聴き手の笑いを誘おうとする執拗さがあり、通常の表現とは異なる。獣や鶉のするような礼とは、ひざまずいて両手を地につけて行う礼である跪礼や宮門の出入に際して両手を地につけ、足をかがめて進む礼である匍匐礼を指そうが、天武十一年九月二日の勅「今より以後、跪礼・匍匐礼、並びに止めよ。更に難波朝庭の立礼を用ゐよ」により、跪礼や匍匐礼が禁止され、中国風の立礼が行われたが、『続日本紀』慶雲元年正月二十五日の条に、「始めて百官跪伏の礼を停む」とあり、旧来の習慣はなかなか改まらなかった。

新しい礼楽の思想に基づいて作歌活動を行う人麻呂は、長皇子の前では、新礼を主張せず、礼そのものを軽視し、新礼を揶揄するように、笑い声で皇子に対してわざわざ獣や鶉のように旧礼で拝礼すると誓うのである。長皇子は、天智皇女大江を母とする天武第四皇子で弓削皇子の兄に当り、『続日本後紀』（承和一五年四月）は、天武第二皇子とする。皇位継承者としての順位は低いものではなかったが、どのような心の持ち主であったであろう。『万葉集』に左の五首を収める。

(1)暮《よひ》に逢ひて朝面《あしたおも》無み隠《なばり》にか日《け》長く妹が廬せりけむ（1―六〇）

(2)霜打つあられ松原住吉の弟日娘と見れど飽かぬかも（六五）

(3)吾妹子を早見浜風倭なる吾まつ椿吹かざるなゆめ（七三）

(4)秋さらば今も見るごと妻恋ひに鹿《か》鳴かむ山ぞ高野原のうへ（八四）

(5)丹生の河瀬は渡らずてゆくゆくと恋ひ痛き吾弟《わかせ》いで通ひ来ね（2―一三〇）

(1)は持統太上天皇の大宝二年三河行幸時の作、(2)は文武天皇の難波宮行幸時の作、(3)も同様な羈旅の作で、三首とも旅先で酒宴を催した折に制作した宴の歌であろう。(4)は題詞に「長皇子と志貴皇子と佐紀宮に倶に宴せし歌」とあるように宴の歌であり、(5)は題詞に「長皇子の皇弟に与へし御歌一首」とあり、宴の歌ではないようであるが、旅先の吉野での作であろう。

長皇子の歌は、五首ともさまざまに解釈され、定解がない。(1)は、都に留まって旅にある「妹」を待つ心を詠じた歌のようにも見え、そうした読みもひろく行われているが、たまたま顔を見せた女に、名張に庵を結んでいたのですね、わざと隠れて姿を見せなかったのですね、と詠みかけたようでもあり、旅の宴で詠んだ左の誉謝女王の歌に、夫の立場で答えた歌とも読める。「暮に逢ひて朝面無み」の序もおもしろく、笑いを誘う即興的な作品であろうが、作歌事情の推測を変化させることで様々に読める作品である。

ながらふる妻吹く風の寒き夜にわが背の君は独りか寝らむ（1—五九）

(3)は、持統六年の伊勢行幸に石上麻呂の詠んだ「吾妹子をいざみの山を高みかも日本《やまと》の見えぬ国遠みかも」（1—四四）を下敷きにしながらも、一歩を進めて、折から吹く浜風に向って我を待つ松や椿を吹き忘れるな、とうたう。「早見」や「早見浜」という地名があったか否か、妻を「吾まつ椿」となぜ椿に譬えるのかが理解しにくいが、即興的な作品で、その場にいる人々にはそのおもしろさがすぐに理解できるものであったであろう。

(4)は、佐紀宮を訪れた志貴皇子に、鹿の鳴く高野原の秋を説明した歌である。「今も見るごと」が理解しにくく、鹿を描いた絵画や鹿をかたどった洲浜の存在を推測したりする説があるが、中国の雅楽や郷飲楽として著名な『鹿鳴』や「鹿鳴君臣之宴」（『魏志』陳思王植伝）が話題になっていたとも、鹿の舞踊があったとも、宴で妻を恋うる歌が発表されたのを承けて詠んだとも考えることは不可能ではない。いずれにしても、笑いを誘う即興歌であろう。(5)は、皇弟の来訪をうながした歌であるので、「恋ひ痛き」は弟を恋しく思う感情であろうが、「ゆくゆく」が難解であるうえに、「丹生の河瀬は渡らずて」は作歌事情に即した表現であろうが、現実に即しすぎていて判然としない。

長皇子は、明るい機智的な即興歌を好み、和歌は、遊宴を盛りあげるために、折にあわせ、話題にあわせて制作するもので、その場を離れて作品はない、といった歌論の持ち主であったらしい。順序が逆になったが、(2)の歌についても同様のことがいえる。「弟日娘と」の「と」に定解がなく、〈と一緒に〉の意に解しても、美しい弟日娘子と一緒に見ているので、と娘子を讃美したとも、その反対に、美しい弟日娘子と見ていても娘子に眼を奪われることなく、松原を讃美したとも解釈できる。「と」を松原と娘とはの並列の「と」としたり、「と同じで」の意に解すると、松原と弟日娘子とをともに等しく讃美したことになる。「霰打つ」が実景か否かの問題とともに、「と」の意味も、その場にいた人々には容易に理解できたことであろう。

『代匠記』は、「をとひをとめのごとく見れどあかれぬ、とにや、とも聞ゆれど」と、「と同じで」説に関心を寄せるが、「うつくしき娘と共にみれば一入あかぬと也」と、「娘子と一緒に見ているので」説を採る。『考』は、「愛しと思ふ娘どもと共に見れど、此松原の気しきは気圧《けおさ》れず面白しと也。娘をも松原をも並べてめでませり」と「娘子と見ていても」説を採る。『略解』が、「松原とをとめと二つ並べて見給へどもあかぬと也」というのは、「並列のと説」であろう。

窪田空穂は『評釈』に「自然観賞が主となっている作で、高度な文芸性をもった作である」というが、「住吉の弟日娘と」の二句の挿入は無視してはなるまい。どのような意味で「と」を使用したとしても、住吉の遊女である弟日娘女の存在を十分意識した歌であることは動くまい。遊女を戯れに讃美したり、揶揄したりする際に、荘重なひびきを持つ「見れど飽かぬかも」を詠み込んだことが不調和な感じを与え、人々の笑いを誘ったことであろうが、長皇子の即興歌の狙いもその点にあったはずである。「見れど飽かぬかも」が人麻呂の『吉野讃歌』に使用された歌句であったことは人々の心に銘記されていたであろう。

人麻呂は、こうした冗談ずきな長皇子の明るい性格や、即興歌の歌論の信奉者で、折にあわせ、話題にあわせて作歌し、時にはパロディーに類する手法をも採用することがあることをも理解し、皇子を聴き手として即興的に『猟路池遊猟歌』を制作したのであろう。おろらく人麻呂は、皇子と人麻呂が正反対の立場にいる、と考えていよう。皇子は、非政治的で新しい礼楽思想やそれに連なる天皇や皇子を神とする現神思想に批判的でこれを揶揄したい気持を持ち、自分は政治的で礼楽・現神思想の信奉者であると。

人麻呂は長皇子との対立点に立って、礼楽・現神思想を座興に供そうとしたのではないか。これこそ皇子がもっとも喜ぶことであったであろう。『猟路池遊猟歌』からは、礼楽・現神思想に関する政治的なものは除外され、礼楽・現神思想に関する表現は、その場に存在するものやその場の話題にあわせて、どこまでも明るく大げさに、非政治的であることが判明する形で行われている。人麻呂の歌を礼楽・現神思想の最大のプロパガンダとして聴いていた当時の人々が、長皇子を笑わせようとして、獣や鶉のするように旧礼で皇子に拝礼するといい、いかにもとってつけたように大げさに、大君は神であるので、とうたい出されたのを耳にした時、その驚きはいかばかりであったであろう。

律令国家の形成期にあって、人麻呂は時代の思想や自己の役割を正確に理解し、礼楽・現神の思想を信奉するべきものとして信奉するのであり、単純な心酔者ではなかったように思われる。礼楽が律令の精神を国家や国民のすみずみに行きわたらせるために必要なものと考えられていたことについてはすでにのべた。現神思想についてのべれば、当時、天皇を現神とする儀礼が創始され、天皇を至上神とする『記』『紀』の神話の原型が形成されつつあった。これは、強力な国家をつくるために、政権の安定を願い、皇位争奪の内乱を恐れて、天皇を現神としてあがめ、神話や儀礼や制度の上で天皇を絶対視しながらも国民から分離し、現実の政治は律令制に基づく官僚機構に行わせようとしたものであった。人麻呂たちは、天皇を現神として崇拝する必要を認めながらも、現神であると信じているわけではない、という心的情態にあり、詩人の能力である想像力によって信奉者になり得た、と考えてよかろう。

『猟路池遊猟歌』の制作年次は明らかになしがたいが、とくにもっとも初期の作品とする理由もなく、即興的な作品を採択した巻三の編者たちは、この歌について豊富な知識を有していた、と考え、配列によって制作年次を推測する、従来の方法によって制作年次を考えてよいように思う。反歌は、猟路池で発表された時には、或本の形であったろうが、発表時の状況にあまりに即しすぎて、その場の状況を知らない者には理解しにくく、また、長歌の後半との関係も密接でないところから、後に、人麻呂自身によって本文の形に改められたのであろう。

四　矢釣山雪朝歌

『猟路池遊猟歌』は、長皇子の歌論によって機智的要素を肥大化させ、狩猟歌としての均衡を失しているが、『新田部皇子献歌』は、小品ながら政治性にも機智性にも片寄らない狩猟歌の姿を伝える。

柿本朝臣人麻呂の新田部皇子に献りし歌一首　短歌を并せたり

やすみしし　わご大君　高輝《たかひか》る　日の皇子　茂《さか》えます　大殿の上に　ひさかたの　天伝ひ来る　白雪《ゆき》じもの　行き通ひつつ　いや常世まで（3―二六一）

反歌一首

矢釣山木立も見えず降りまがふ雪に驟《うぐつ》く朝《あした》楽しも（二六二）

訓読に問題が多く、「高輝《たかひか》る」「茂《さか》えます」「雪に驟《うぐつ》く」に異訓がある。「高輝る」の原文「高輝」の「輝」はこの箇所以外には見えない文字で、『類聚名義抄』にヒカル・テルと訓まれおり、テラスと訓むことも不可能ではないが、「高照らす」と「高光る」の使用上の相異を考慮し、「高輝《ひか》る」と訓む。「茂えます」は原文に「茂座」とあり、「しきいます」とも訓まれている。巻三巻頭の或本の歌に、「王《おほきみ》は神にし座《ませ》せば雲隠る雷山に宮敷座《みやしきいます》」（3―二三五或本）とあって歌語として不適切でもない。ただし、「茂」をシキと訓むという説明がむずかしく、沢瀉久孝の『注釈』も、「茂」と同様にシゲと訓む「重」が「白雪庭に零重管《フリシキニツツ》」（10―一八三四）にシキと訓まれているので「茂」をシキと訓むことができる、というのみだが、『類聚名義抄』に従ってサカエとした方が理解しやすい。

反歌の「雪に驟《うぐつ》く」は、原文に「雪驪」とあり、『類聚古集』によって「雪驟」の誤写とされる。「驟」は人麻呂作歌に「弓波受乃驟《ゆはずのさわき》」（2―一九九）と使用されているので、「雪の驟《さわ》ける」「雪に驟ける」などと訓まれているが、「さわく」は本来音に関して使用する言葉であり、〈立ち騒いでいるのが見える〉という場合も騒音を伴うのが通例であるので、「雪の驟ける」は不自然な異例の表現である。「雪に驟ける」は、そのように訓んでも表現上の不自然さはないが、なぜそうした雪に騒いでいるかが明らかでない。『日本書紀』の古訓や『新撰字鏡』『類聚名義抄』の訓によりウグツクとする山田孝雄の『講義』に従うべきであろう。

作歌事情について、山田孝雄は、「古は初雪の見参といふ事ありて、初雪に限らず大雪には早朝におくれず祗候すべき儀ありしなり。……されば、こは大雪ふりたれば、皇子の宮の舎人等の馬を馳せて先を争い、出仕せるさまをいへること疑なし」といい、窪田空穂の『評釈』や中西進氏の『柿本人麻呂』も、そうしたおりに皇子に献った〈雪の賀歌〉と推測する。

『新田部皇子讃歌』は、皇子への献歌の定型に従い「やすみしし　わご大君　高輝る　日の皇子」とうたいだされる。つづいて「茂えます　大殿の上に」と、皇子の御殿を讃美する宮ぼめに入り、「ひさかたの　天伝ひ来る」という天上志向の表現に連続する。このあたりは、馬子の『上寿歌』そのままであり、雪に副えて「白雪じもの　行き通ひつつ　いや常世まで」と永遠の忠誠を表明しており、『上寿歌』の系列に属する、と見ることができるが、『新田部皇子讃歌』には、『上寿歌』に見られる長寿を祝う表現がない。

『上寿歌』は、觴を奉って寿を言上する歌であり、長寿を祝う表現は『上寿歌』の本質にかかわるものだが、『吉野讃歌』『安騎野遊猟歌』『猟路池遊猟歌』には、『新田部皇子讃歌』と同様にこの種の表現はない。狩猟歌は永遠の忠誠を主題とするが、長寿の言上を主題とはしない。

『吉野讃歌』第二群の反歌は、天皇の勇壮な船出をうたい、『安騎野遊猟歌』の第四反歌も、父日並皇子と重ねあわせる形で朝狩への出発をうたう。『猟路池遊猟歌』は、遊猟後の歌であるため、この種の歌を所有しないが、朝狩への出発を賀することが、中皇命の献歌（1―四）以来の習慣となっていた。『新田部皇子讃歌』を狩猟歌と見て、長歌と反歌によって定型通りに永遠の忠誠と朝狩への出発をうたった、と考えることができよう。

朝狩への出発は、他の例から見ると、新田部皇子の出発であるはずであり、その出発を賀するものでなければならないが、「雪に驂く」の主体は皇子に供奉する人麻呂たちであろう。『安騎野遊猟歌』は、長歌で軽皇子を叙し、反歌で人麻呂たち供奉者の心をうたう。短歌は長歌に比較して抒情的であり、自己に引きつけてうたう点に特色を持つが、『新田部皇子讃歌』の長歌は、馬子の『上寿歌』の形式を採用して、短歌で行うべき人麻呂の側からの表明をしており、反歌は第二群でうたうべき内容を短歌に盛りこみながら、長歌よりもさらに抒情的である必要があった。こうした要請をうけて、供奉者の立場で自分たちの狩への出発をみずから祝う反歌が詠まれたのであろう。野遊や宴の参加者がその楽しさをうたう歌も『万葉集』中には少くない。

なお、「雪驂」は「雪に驂《うぐつ》く」でよいが、「驂く」が歌語として使用された例はない。土屋文明は『私注』で「雪に馬並む」と訓んでいるが、傾聴に価する。『新大系』の「雪につどへる」もよい。

『国文学研究』第九十五集（昭和六三年六月）に「猟路池遊猟歌の表現」として発表し、直後に補訂し、さらに「四　矢釣山雪朝歌」を加えた。

Ⅵ 挽歌一

第十章　日並皇子挽歌

――はての歌舎人慟傷歌の序歌か――

日並皇子尊の殯宮の時に、柿本朝臣人麻呂の作りし歌 短歌を幷せたり

天地の　初めの時の　ひさかたの　天の河原に　八百万　千万神の　神集ひ　集ひいまして　神はかり　はかりし時に　天照《あまて》らす　日女《ひるめ》の命一に云ふ、さしあがる　日女の命　天をば　知らしめすと　葦原の　瑞穂の国を　天地の寄り合ひの極《きは》み　知らしめす　神の命と　天雲の　八重かき分けて一に云ふ、天雲の　八重雲分けて　神下し　いませまつりし　高照らす　日の皇子は　飛ぶ鳥の　浄みの宮に　神ながら　太敷きまして　天皇《すめろき》の　しきます国と　天の原　石門《いはと》を開き　神上がり　上がりいましぬ一に云ふ、神登り　いましにしかば　わご王《おほきみ》　皇子の命の　天の下知らしめしせば　春花の　貴からむと　望月の　満《たた》はしけむと　天の下一に云ふ、食す国　四方《よも》の人の　大船の思ひ憑《たの》みて　天つ水　仰ぎて待つに　いかさまに　思ほしめせか　つれもなき　真弓の岡に　宮柱　太敷きいまし　みあらかを　高知りまして　朝ごとに　御言問はさぬ　日月の　まねくなりぬる　そこ故に　皇子の宮人行くへしらずも一に云ふ、さす竹の　皇子の宮人　行くへ知らにす（2―一六七）

反歌二首

ひさかたの天見るごとく仰ぎ見し皇子の御門《みかど》の荒れまく惜しも（一六八）

あかねさす日は照らせれど烏玉《ぬばたま》の夜渡る月の隠らく惜しも或る本は、件の歌を以て後皇子尊の殯宮の時の歌の反とす（一六

一　誄の表現と詩の表現

人麻呂の『日並皇子挽歌』は、「天地の　初めの時の　ひさかたの　天の河原に　八百万　千万神の　神集ひ　集ひいまして　神はかり　はかりし時に」と、開闢時の神々の協議で開始され、つづいて、「天照らす　日女の命　天をば　知らしめすと　葦原の　瑞穂の国を　天地の　寄り合ひの極み　知らしめす　神の命と　天雲の　八重かき分けて　神下し　いませまつりし　高照らす　日の皇子は　飛ぶ鳥の　浄みの宮に　神ながら　太敷きまして」と、その協議によって、この日本を「日の皇子」が統治することになり、天武天皇が浄御原で都を営んだ、とうたう。「日の皇子」や、右の歌詞につづく「天皇の　しきます国と　天の原　石門を開き　神上がり　上がりいましぬ」については、諸説があるが、「日の皇子」は、天孫であると同時に天武をさし、「天皇のしきます国」は、瑞穂の国日本をさし、「神上がり　上がりいましぬ」の主語は、天武であるとみて、皇孫である天武は浄御原で日本を統治してのち、この日本は、天武の皇統を承けつぐ天皇が統治する国である、として神として天にのぼった、とする通説が理解しやすい。

「天皇のしきます国」に「国」とあるので高天原とは考えにくく、「神上がり　上がりいましぬ」の主語を日並皇子としては、後文で皇子の死を述べるので、二度薨去を述べることになって不自然である、という通説の主張はその通りであろう。また、日並は、天武の遺命によって皇位に即くべきであった、というのが、本歌の主旨であり、天武は神として描かれるが、日並は神としては描かれないので「神上がり」の主語にはなりえない、と考えてよかろう。人麻呂は、日並皇子の即位は、開闢時の神々の協議にもとづくものであり、宇宙の原理に照らして正義であり、絶対なる神として仰ぐ天武天皇の遺命にもとづくものである、とうたう。

開闢時の天の河原における神々の協議によって天孫が降臨した、という神話は、『大祓の祝詞』『祟神を遷し却る祝詞』『中臣の寿詞』にみえるので、祭式において、皇祖皇宗を讃美したり、あるいは、彼らの創業に関連させてある種の行為の起源を権威づけたり、悪神やまつろわぬ人々を朝廷の威に無理矢理に従わせようとする時に、語られるものであったようであり、皇子の即位は、開闢時の神々の協議にもとづくもので、宇宙の原理に照らして正義である、という主張は、天皇の天下統治の正当性を主張する、天地初発・国土創生、天孫降臨等の王権神話や、こうした神話を記録し集成する歴史書に見られるもので、当時の人々に、最大の説得力を発揮する論法であった。

『日並皇子挽歌』に、祭式や神話の詞章や論法が使用されているところから、葬喪を祭式に近づけ、皇子を神と見なしがちだが、人麻呂は、皇子を神とし、神の葬儀である祭儀として描いていようか。たしかに天武は、「飛ぶ鳥の浄みの宮に　神ながら　太敷きまして」と、神として統治したことが記され、「天の原　石門を開き　神上がり　上がりいましぬ」と、神として死に、天上に帰ったことが記されるが、皇子の場合は、生前の姿は、「わご王　皇子の命の　天の下　知らしめしせば　春花の　貴からむと　望月の　満はしけむと」と、神として描くことはなく、真弓の岡に御陵を造営した、というかたちで薨去と葬儀を表現するさいに、「いかさまに　思ほしめせか　つれもなき真弓の岡に　宮柱　太敷きまして　みあらかを　高知りまして」と記すにすぎない。

「宮柱　太敷きまして　みあらかを　高知りまして」は、各種の祝詞で、神々が神殿を建て鎮座したことを記すさいに、「下つ磐ねに宮柱太敷き立て、高天の原に千木高知りて」という詞章を採用しているが、この詞は、祝詞においても、「皇御孫の命」が宮殿を造営したことを記すさいにも使用される。『神武紀』においても、橿原に奠都した神に等しい神武天皇を、「古語に称して曰さく、畝傍の橿原に、宮柱底磐の根に太しき立て、高天原に搏風峻峙りて、始馭天下之天皇を、号けたてまつりて神日本磐余彦火火出見天皇と曰す」と称讃し、人麻呂自身、『吉野讃歌』に持統天皇の神性を強調する心から、吉野離宮の造営を、第一長歌で「宮柱太敷きませば」、第二長歌で「高殿を高知りまして」と記しており、『日並皇子挽歌』では、皇子の神性を強調し、神に等しいものとして所遇していることは明らかだが、神である、と明言しているわけでもない。

日並皇子への挽歌に、祭祀の詞章をふんだんに使用し、皇子を神に等しいものとして所遇しているが、天武と比較すると、皇子は神として描かれてはおらず、その死も神の死として描かれていないことは明白である。皇子の即位が期待されたことを強調するために、祭祀の論法が採用され、開闢時の神々の協議や天孫降臨の神話が詠み込まれるが、それらはその範囲のことであり、挽歌の主題である皇子の死の悲しみを、祭祀の論法により、神話的に表現することはない。

神の死は、『日並皇子挽歌』で天武が死に、その皇統が日並に承けつがれた、というように、本来、あらたな神の誕生と不可分な関係にある。日並の死を神の死と描いては、あらたな皇太子の誕生をうたわなければならない。また、祭祀や神話において、代々の天皇は皇孫として一神格とみなされるが、こうした認識に立っては、皇子の薨去を痛切に悲しむことも不可能である。第一、天皇や皇子を神のごとし、とうたうのは、本来、讃辞であり、『吉野讃歌』や『安騎野遊猟歌』においてのみ有効であり、日並の死を悲しむ挽歌で日並を讃美しては、詩としての主題が分裂し、悲しみで収束することを困難にしよう。『日並皇子挽歌』は、詩の意識が強くはたらいた作品であったので、主題の分裂を極度におそれ、また、神話的認識と歴史的認識はするどく対立するものと考えていたので、日並の即位の必然を神話的に描いても、その薨去を神話的に描くことはなかった。

『日並皇子挽歌』は、従来の挽歌が主題とする思慕を主題にしない。人麻呂の殯宮挽歌と誄との関係が推測されているが、国風の誄も、「しのひごと」といわれる点から考えて、やはり思慕を主題にしていよう。人麻呂は、死の文学の伝統とは無縁に、日並皇子が即位せずに早世したことを残念がり、公的な悲しみともいうべき「皇子の宮人」の「行くへ知らずも」の心まどいをうたうが、中国の誄《るい》との関係はいかがであろう。『文体明弁』は、誄について、「其の体、先づ世系行業を述べ、而して末に哀傷の意を寓す。所謂、伝の体にして頌の文、始めを栄《かざ》りて終を哀しむ者なり」というが、『日並皇子挽歌』の父祖からの起筆は、中国の誄を学んだ、とみられなくもない。

『文選』の中の誄をみても、曹子建の『王仲宣誄』は、「猗歟《ああ》侍中、遠祖は彌々《いよいよ》芳し。公高は業を建て、武を佐けて商を伐つ。爵は斉魯に同じきも、邦祀は絶亡す。流裔は畢万にして、勳績は惟《こ》れ光る。晉献は封を賜ふ、魏の疆に。天之が祚を開き、末冑は王と称す」、潘安仁の『楊荊州誄』は、「邈かなるかな遠祖、系は有周自りす。昭穆は繁昌し、枝庶は分流す。族は伯喬より始まり、氏は楊侯より出づ。奕世不顕にして、允に大猷を迪む」、同じ安仁の『楊仲武誄』は、「伊れ子の先は、奕葉熙隆なり。惟れ曾は、載ち休風を揚ぐ。顕考康侯は、祿無くして早く終る。名器は光ると雖も、勳業は未だ融らず」と、それぞれまず世系をあげ、その讃美で文章をはじめる。

『日並皇子挽歌』において、冒頭で神々の協議を記した部分は、皇子の世系が天照大神にはじまる皇祖皇宗であることを暗示し、これを讃美している、と読むことも不可能ではないが、人麻呂は、世系をたどりつつ、父祖の業績をあげ、これを一つ一つ讃美する方法はとらず、神々の協議によって父天武は浄御原で統治し、父祖の業を皇子に譲った、というかたちで、世系の叙述を集約して主題に固く結合させる。人麻呂は、散文である誄の表現を詩の文脈に置きかえているのであろう。

『文体明弁』は、『礼記鄭注』（曾子問）の「誄は累也。生時の行迹を累列して之を誄し、以って謚と作す」にもとづき、「誄は累なり。其の徳行を累列して之を称ふるなり」といい、各種の誄も、生前の徳行・行迹を累列しており、今日の弔辞にも継承されているが、人麻呂は、皇子の徳行を皇位に即くべきであった、という一点にしぼる。「わご王　皇子の命の　天の下　知らしめしせば　春花の　貴からむと　望月の　満はしけむと　天の下　四方の人の　大船の　思ひ憑みて　天つ水　仰ぎて待つに」と、即位が天下万民によって待ち望まれた、とうたうが、こうした部分は、皇子の徳行を列挙し、それに関連させ、どのような人が、どのように待ち望んだかを、具体的な事例をあげながら記述しようとして、記述できないものではない。

この種の挽歌や誄は、葬儀の儀礼に組み込まれており、この挽歌もそうしたことを要求されていた、ということも考えられないことではないが、人麻呂は、新しい挽歌の創造を意図し、中国の誄を学んで構想をたてながらも、挽歌が歌であり、詩であることを忘れず、散文の誄を詩で表現した、と考えるべきであろう。

人麻呂は、皇子の死の悲しみを、「いかさまに　思ほしめせか　つれもなき　真弓の岡に　宮柱　太敷きいましみあらかを　高知りまして　朝ごとに　御言問はさぬ　日月の　まねくなりぬる」とうたう。「いかさまに　思ほしめせか」の係りは、「まねくなりぬる」で結ぶと考えるのが理解しやすい。「朝ごとに　御言問はさぬ　日月の　まねくなりぬる」は、作者の自己の体験を記しているので、その体験を通して悲しみがさらに深められるはずであるが、人麻呂はそれを行わず、「そこ故に　皇子の宮人　行くへ知らずも」と、「皇子の宮人」の悲しみとして一般化し、しかも外側からそれを描き、「皇子の宮人　行くへ知らずも」とうたう。「行くへ知らずも」は、皇子の宮人が今後、どこに行き、どうしたらよいかわからず途方にくれている心惑いであり、皇子を失った悲しみではない。

天武の殯宮において、大海宿祢菖蒲が壬生のこと、浄大肆伊勢王が諸王のこと、直大参県犬養宿祢大伴が宮内のこと、というように、宮司ごとに誄を奉ったが、『続日本紀』は、大宝元年七月二十一日の左大臣多治比真人嶋の薨去の条に、正五位下路真人大人が公卿の誄を、従七位下下毛野朝臣石代が百官の誄を、それぞれ行い、養老元年三月三日の左大臣正二位石上朝臣麻呂の薨去の条に、右少弁従五位上上毛野広人が太政官の誄を、式部少輔正五位下穂積朝臣老が五位以上の誄を、兵部大丞正六位上当麻真人東人が六位以下の誄を、それぞれ行った、と記す。持統朝から元正朝にいたる時代に、こうした部局や階級別の誄が死者に奉られているが、人麻呂の『日並皇子挽歌』も、宮人のある部分を代表するものと考えてよかろう。

あかねさす日は照らせれど烏玉の夜渡る月の隠らく惜しも

右の第二反歌は、太陽は照らしているが、太陽とともに大空に輝く夜空を渡っていく月が隠れたように、日並皇子の薨去したのが惜しい、とうたう。日並皇子という名は、太陽に並ぶ月のごとく天皇とともに日本を統治するの意で、皇太子にふさわしい名であるが、草壁皇子に死後に贈られた謚号と考えられている。さきに引用した『礼記鄭注』は、「生時の行迹を累列して之を誄し、以つて謚と作す」といい、『文心雕竜』(誄碑)も、「誄を読みて謚を定む」といい、誄は、本来、謚号と密接な関連を有するものであったが、第二反歌に、皇子の謚号を詠み込み、この挽歌をとじようとするのは、誄と誄の役割を十分に理解し、和歌にそれらを移したように思われてならない。

二　死の文学の系譜

『魏志倭人伝』は、周知のごとく、「始め死するや停喪十余日、時に当りて肉を食はず、喪主哭泣し、他人就いて歌舞飲酒す」と古代の葬儀のさまを記す。「停喪十余日」によって、短期間ではあるが殯に相当する期間の存在したことや、その間の「他人就いて歌舞飲酒す」によって、歌舞の行われたことが知られる。『記』『紀』は、天若日子の死に際して、それぞれ、「如此行ひ定めて、日八日夜八夜を遊びき」、「而して八日八夜、啼び哭き悲び歌《しの》ぶ」と歌舞の行われたことを記す。殯に相当する期間に歌舞を行うことは、わが国の古俗であった、と考えてよかろう。

しかし、殯がいわれているように、生死のいずれとも決定しがたい、蘇生可能の期間であり、歌舞が蘇生をうながす呪法であるならば、その歌は、『書紀』のしるすような「啼び哭き悲び歌ぶ」悲歌である必要はないかもしれない。天照大神が岩屋戸にこもったおりに、天鈿女命が舞い、八百万の神々が笑うと、大神は、「吾が隠り坐すに因りて、天の原自ら闇く、亦葦原中国も皆闇けむと以為ふを何の由以にか、天宇受売は楽を為、亦八百万の神も諸々咲へる」といって天岩屋戸を開くが、こうした論理に立てば、「停喪十余日」の歌舞は、死の悲しみとは無縁な、生を喜び、人々の哄笑するものであってもよい。

『書紀』（允恭四二年正月一四日）は、允恭天皇の崩御に際して新羅王が楽人を貢上したことを、「新羅の王、天皇既に崩りましぬと聞きて、驚き愁へて、調の船八十艘、及び種々の楽人八十を貢上る。是、対馬に泊りて、大きに哭る。筑紫に到りて、亦大きに哭る。難波津に泊りて、則ち皆、素服きる。悉に御調を捧げて、且種々の楽器を張へて、難波より京に至るまでに、或いは哭き泣ち、或いは儛ひ歌ふ。遂に殯宮に参会ふ」と記す。

難波から京に至るまで歌舞を行い、そのまま殯宮に参集した、というが、進行しつつ行う歌舞は、葬送時の鼓吹や挽歌を推測させるし、歌舞を行いつつ殯宮に参集したというのは、殯宮で歌舞の行われたことを意味しよう。中国では殯の期間に音楽を行うことは固く禁じられているので、中国文明の影響を強くうけている新羅においても同様であろうが、中国や半島の音楽が輸入され、葬送時に鼓吹や歌謡が行われるようになり、殯の歌舞も、外来の思想や音楽の影響により、蘇生をうながす呪法から、死を悲しみ、死者を追慕する挽歌に変質したのであろう。

倭建命の后や皇子がうたった『大御葬歌』（記―三四～三七）、軽太子の『読歌』（記―八九・九〇）、影媛の『鮪葬送歌』(紀—九四・九五)、毛野臣妻の『毛野臣葬送歌』(紀—九八)は、葬送時の歌謡であり、野中川原史満の『造媛挽歌』(紀—一一三・一一四)は、葬送・殯宮のいずれの時とも決定しがたいが、斉明天皇の『建王挽歌』(紀—一一六〜一一八)や中大兄の『斉明天皇哀慕歌』(紀—一二三)は殯やそれ以前の作であり、『近江朝挽歌群』中の倭大后、婦人、額田王、舎人吉年、石川夫人の歌(2—一四九〜一五四)がこれに相当し、持統天皇の『天武天皇挽歌』がこれに続く。

殯や葬の歌謡は、『大御葬歌』が大御葬でくりかえしうたわれたように、歌謡である以上、一回かぎりのものではなく、種々の殯や葬でうたいつがれた、と考えてよかろう。天武殯宮では、朱鳥元年九月三十日に、百済王や諸国の国造の誄につづいて「種々の歌儛を奉」り、持統二年十一月四日には、楯節儛を奉っているが、天武殯宮は、儀礼を荘厳にするために種々の方策が試みられ、大嘗祭の服属儀礼的な要素が大量に導入されている。天武の殯宮に見られる儀礼を、殯宮儀礼の一般とは考えてはなるまいが、殯宮の歌舞についても同様なことがいえよう。持統元年正月朔の条には、奉奠の後に楽官が楽を奏した、と見えるが、奉奠後の奏楽は、おそらくこの日のみのことではあるまい。こうした折に、旧来の殯宮での歌舞が行われ、持統天皇の『天武天皇挽歌』なども、伝来の歌謡とともに楽人たちによってうたわれたものではないか。

殯の儀礼のなかで中心を占めるものは、哭であるべきであるが、わが国においては中国ほどには重視されていない。『魏志倭人伝』に「喪主哭泣し」とあり、天若日子の死に際して『日本書紀』第一の一書に「天にして喪屋を作りて殯し哭く」とあるが、儀礼としての哭は、中国の殯の影響をうけて殯が儀礼として行われるようになってからのことであろう。しかし、天若日子の殯のおりに「哭女」が奉仕したことを、『記』『紀』は、「雉を哭女と為」「鷦鷯を以て哭者とす」と記す。殯宮での歌舞は、わが国固有の古俗であり、挽歌の歴史の「原点」を、「劇的に狂う原始の哭女なるものに達する」とする、西郷信綱氏の『詩の発生』の推測は傾聴に価するが、殯宮での歌舞は、本来悲歌ではなく、哭女の行為は、むしろ誄（しのひごと）に展開するのではないか。中国の殯では、実際にはほとんど読みあげられることのない誄が、わが国の殯宮儀礼で重視されるのは、誄が殯のなんらかの古俗を継承した理由によろう。

『書紀』は、敏達十四年八月十五日条に、天皇の殯宮に馬子宿祢大臣と物部弓削守屋大連が誄を奉ったおりのことを記し、守屋が馬子の誄を「猟箭中《お》へる雀鳥の如し」と笑い、馬子が守屋の誄を「鈴を懸くべし」と笑った、という。彼らは、「爵（雀）踊」ともいわれる哭踊を行ったのであろう。誄と哭との近さを感じさせるが、誄という以上、声をあげて泣くばかりではなく、「しのひごと」に相当する追慕の情を述べるのであろう。大化二年三月二十二日の薄葬令は、「亡人の為に髪を断り股を刺して誄す。此の如き旧俗、一に皆悉に断めよ」というが、こうした民間の旧俗である誄を「哭女」や「哭者」の行為と関連させることは、困難であろうか。

用明元年五月条で、穴穂部皇子は、敏達の寵臣三輪君逆が、殯庭で「朝庭荒さずして、浄めつかへまつること鏡の面の如くにして、臣、治め平け奉仕らむ」と誄したことを、皇子や皇弟や大臣をさしおいて無礼であると非難するが、こうした内容の誄は、皇子や皇弟や大臣の奏上するものであった。推古二十年二月二十日の皇太夫人堅塩媛の改葬に際して、阿倍内臣鳥が「天皇の命」を誄し、諸皇子の誄につづいて、中臣宮地連烏摩臣が「大臣の辞」を誄し、大臣の蘇我馬子が一族の臣を引率して、境部臣摩理勢に「氏姓の本」を誄せしめたことを『書紀』は記す。誄にもさまざまな種類のあったことがわかるが、こうした国風の誄は、殯の古俗を継承するもので、中国の誄とは、大きな相違のあるものであった。

天皇の誄としては、『続日本紀』天平神護二年正月八日の『藤原永手に右大臣を授け給へる宣命』に、鎌足や不比等に与えた「しのひごとの書」に「子孫の浄く明き心を以ちて朝庭に奉侍《つかへまつら》むをば、心ず治め賜はむ。其の継ぎへ絶ち賜はじ」とあった、と見えるが、宝亀二年二月二十二日の『藤原永手を弔ひ給へる宣命』『藤原永手に太政大臣の位を贈り給へる宣命』や、天応元年二月十七日の『能登内親王を弔ひ一品を贈り給へる宣命』には、ともに意外な死を悲しんだあとで、子孫を恵むことをいい、死者に対して贈位・贈官を行い、さらに、死者が心安らかに罷道に向うことを祈念することが記されている。「しのひごと」の逸文と同趣のことが、永手や能登に対する宣命に「みまし大臣の家の内の子等をも、はふり賜はず、失ひ賜はず、慈び賜はむ」、「子等をば二世の王に上げ賜ひ治め賜ふ」と見えるので、こうした宣命を天皇の誄と考えてよかろう。

皇子や大臣の誄は、対象によって異なるが、天皇に対する場合は、三輪逆が行い、穴穂部皇子に非難されたものに相当しよう。天武殯宮においては、宮司ごとの誄が奉られたが、これも、天武の崩御を悲しみ、崩御後も同様に朝庭に奉仕することを誓うものであろう。大隅・阿多の隼人、倭・河内の馬飼部の造、百済王、諸国の国造の誄も同様であろう。殯の最終期の持統二年十一月四日には、諸臣が先祖の「仕へまつれる状を挙げて」それぞれ誄し、翌五日には、蝦夷百九十余人が、調賦を負って誄したが、天武殯宮は、儀礼的要素を肥大化させ、大嘗祭の服属儀礼的な部分を導入しており、天皇や主君への誄には、永遠の忠誠が表明されようが、天武殯宮の誄を例に、殯宮の誄を服属儀礼と考えてはなるまい。

大宝元年七月二十一日の左大臣多治比真人嶋の薨去に際して、「公卿の誄」「百官の誄」が、養老元年三月三日の左大臣石上朝臣麻呂の薨去に際して、「太政官の誄」「五位已上の誄」「六位已下の誄」が、それぞれ献じられたことはすでに述べた。皇子や大臣の天皇に対する誄や、天武殯宮の部局ごとの天皇に対する誄と同じく、突然の死を悲しみ、その行跡を讃美し、永遠の忠誠や思慕を表明したものであろうが、服属儀礼的要素は除去されていよう。

堅塩媛に対する最後の誄は、「氏姓の本」であったが、舒明殯宮においても、皇極元年十二月二十一日の葬に近い十四日に、最後の誄として、息長山田公が「日嗣」を誄し、天武殯宮においても、持統二年十一月十一日に、最後の誄として、当麻真人知徳が「皇祖等の騰極の次第」を誄し、大内陵に埋葬している。最終段階で、「氏姓の本」「日嗣」「皇祖等の騰極の次第」を誄するのは、たんに死者の系譜を読みあげるばかりでなく、世系を讃美し、皇祖皇宗に連なることをいい、つづいて行跡の讃美を要約するかたちで諡号を贈るのであろう。「周官誄を読みて以て諡を定む」(『文体明弁』)という、中国の誄のあるべき姿であり、殯の最終段階で誄を読むことが、中国の誄や諡号を模倣したものであることは、推測して誤りなかろう。『逸周書』(諡法解)は「将に葬せんとするや、乃ち諡を制作す」、『史記』(諡法解)は「終に将に葬せんとするや、乃ち諡を制し遂に諡法を叙す」といい、葬に先立って諡号が贈られたことがわかるが、『通典』所引の『開元礼纂類』によれば、葬の前日の啓殯のおりに、柩に向って贈諡が告げられており、諡号は、殯の最終段階で贈るものであった。

持統天皇以後、天皇に対する誄は最後の誄のみとなり、『続日本紀』によれば、贈諡のための誄のみになったようだ。持統に対しては、大宝三年十二月二十六日の大内山陵合葬に先立つ十七日に、当麻真人知徳が諸王諸臣を率いて誄を奉って諡号を贈り、その後、火葬を行っている。文武天皇に対しても、慶雲四年十一月二十日の檜隈安古山陵の葬儀に先立つ十二日に、同じ知徳が誄人を率いて誄を奉って諡号を贈り、即日、飛鳥の岡で火葬を行っている。『続日本紀』に見られる太皇太后宮子、光仁上皇、皇太后高野新笠、皇后藤原乙牟漏に対する誄は、みな葬の直前に、諡号を贈ることを目的として奉られている。

天武殯宮で、「皇祖等の騰極の次第」を誄した当麻真人知徳が、持統・文武両帝の殯宮にも奉仕し、誄を奉っているので、「日嗣」に重点を置く天武殯宮の誄と、贈諡に重点を置く持統・文武の殯宮の誄に、大きな相違があった、とも考えられない。徳行とともに世系を讃美し、諡号を定めたことを奏上したであろうが、桓武・平城・淳和三帝に奉った誄は、たんに諡号を贈ることを奏上するものになっているので、時代が下るとともに次第に贈諡に重点を置く誄になったようだ。ただし、知徳が持統・文武両帝に誄を奉った際にも、知徳は諸王諸臣や誄人を率いており、誄人を率いて誄を読むことは、平安朝に入っても一般的に見られることであり、誄が啓殯時の誄のみとなっても、中国に、「誄を為す者は四十輩」という言葉があるように、その誄は、贈謚の誄のみになった、と考える必要はあるまい。

『日並皇子挽歌』は、その内容から見て殯や葬の歌謡とは異なり、中国の誄の影響をうけて、世系・徳行を讃美し、謚号を定めるものになった啓殯時の誄を、詩の言語によって表現した、となるようであり、左大臣の多治比嶋や石上麻呂に対する誄が、部局や階級別に奉られたように、皇子の宮人のある部分を代表したもの、となるが、日並皇子は、「いかさまに　思ほしめせか　つれもなき　真弓の岡に　宮柱　太敷きまして　みあらかを　高知りまして」と、すでに御陵に鎮まり、「朝ごとに　御言問はさぬ　日月の　まねくなりぬる」と、人麻呂たちと幽明界を異にして長い月日が経過したことをうたっており、啓殯時の作とは考えられない。

殯や葬以外の作歌の場として、伊藤博氏の『万葉集の歌人と作品』や、渡瀬昌忠氏の『柿本人麻呂研究・島の宮の文学』は、仏式斎会が殯に並行して、あるいは殯以降に行われ、そうした死者供養の場が作歌の場となった、と推測している。作歌の場を具体的に推測した点で傾聴に価するが、持統天皇の『夢裏御製』（2―一六二）や天平十年代に皇后宮の維摩講で外来楽とともに歌われた『仏前唱歌一首』（8―一五九四）は、死者供養の仏式斎会が作歌の場となったという論拠となるだろうか。

『夢裏御製』は、持統天皇が天武天皇崩御八年の忌日に、夢のなかで天武が伊勢の神となったことを知り、それを歌に詠んだ、という歌であり、「御斎会の夜」の作ではあるが、死者の供養を目的にして、斎会で、あるいは斎会で発表するために制作した作品ではない。『仏前唱歌』も、「しぐれの雨間なくな降りそ紅ににほへる山の散らまく惜しも」という歌で、死者の供養を目的にした歌ではない。

阿蘇瑞枝氏は、斉明天皇の『建王追慕歌』（紀—一一九〜一二一）について、『柿本人麻呂論考』に、「天皇の紀温湯行幸に先立って、建王に対する供養のための何らかの儀礼がおこなわれ、そのためにこの一群の挽歌が作られたのではあるまいか」と推測するが、「供養」とはいっても仏式ではあるまい。愛孫建王を失った傷心を抱いて天皇は紀の湯に行幸するが、わが身を死者から離し、心を公務に向けるためであろう。天皇は、建王に対して、なお立ち切りがたい恩愛の情をうたい、紀の湯に向う苦しさをのべているが、この『建王追慕歌』の作歌情況を、額田王の『山科御陵退散歌』（2—一五五）と同趣のものと見、さらに『日並皇子挽歌』をはじめとする、人麻呂のいわゆる「殯宮挽歌」の作歌の場と関連づけて考察することは不可能であろうか。

誄は、啓殯に読み上げるものであったが、『文選』中の誄には、葬送や埋葬を記載するものも多く、実際には、葬の後に執筆していることに気づく。人麻呂の親しんだ潘安仁の作品を見ると、『楊仲武誄』は、埋葬に参加したことを、「穴に臨んで永く訣れ、櫬を撫して哀を尽す」といい、『夏侯常侍誄』は、葬儀後、旧宅を訪問し、遺児を撫でて泣いたことを、「子の素館に適き、孤を撫でて相泣く」と記し、誄ではないが、『悼亡詩』は、妻の死後一年が経過し、服を終えて公務に戻る悲しみをうたう。こうした作品は、葬後の祭に発表された、と考えなければなるまい。

平安朝の歌書には、葬送の夜の歌について、「はて」の折の歌が少なからず収められており、一周忌に作歌する強固な習慣の存在したことが知られる。この習慣の形成について、現在明言しがたいが、一周忌や喪のあける折に、中国の喪葬儀礼や魂祭の影響をうけて、殯や葬の器楽や歌謡がふたたび演奏され、あらたな悲歌の創作を誘ったように思われてならない。仏教行事と結びつくのは人麻呂より後の時代のことであろう。

三　舎人慟傷歌の主題

『日並皇子挽歌』には、二首の反歌につづいて、左の「或本の歌一首」が付載されている。

⑴島の宮勾の池の放ち鳥人目に恋ひて池に潜かず（一七〇）

島の宮の放ち鳥を主題にする点で、この歌につづく『舎人慟傷歌』二十三首との関係が注目され、真淵・守部以来、⑴は、『舎人慟傷歌』中の作、とする説が有力であるが、この歌は、島の宮で勾の池に浮かぶ放ち鳥を見、いつもは、餌をとるために、池の中に首を入れる行為を繰りかえしているのに、その日はそうした行為をせず、さびしそうに見えたのを、皇子が薨じて御殿も人少なになり、作者たちが訪れるのもまれになったことに関連させて、放ち鳥は、人目を恋しがって池にもぐらないのか、とうたう。放ち鳥に感情移入をしており、作者は身辺のさびしさを表明するに等しい。皇子の薨去によって作者たちは、身を寄せるべき場所を失い、島の宮の荒廃は現実にはじまっているのであろう。身辺のさびしさをうたうこの歌は、その点で『日並皇子挽歌』の主題「皇子の宮人　行くへ知らずも」と連続している。

⑵高光るわが日の皇子の万代に国知らさまし島の宮はも（一七一）

⑵は、「皇子尊の宮の舎人等慟傷して作りし歌廿三首」の第一首であるが、皇子が万代にいたるまでここで国を治めるはずであった島の宮よ、と島の宮を主題にしながら、皇子が即位し、末ながく国政を担当するものと期待していたが、その期待がはかなく潰えた悲しみをうたう。これは、島の宮を主題にしながら、『日並皇子挽歌』の長歌を要約したもので、島の宮を主題としたのは、⑴を継承し、島の宮の荒廃と身を寄せる場所を失った「行くへ知らずも」

の悲しみを包括しようとしたのであろう。

(3)島の宮上の池なる放ち鳥荒びな行きそ君いまさずとも（一七二）

(4)高光る吾が日の皇子のいましせば島の御門は荒れざらましを（一七三）

(3)(4)の二首は、(1)(2)の二首をうけ、しかも、その二首を模倣した感じの作品で、ともに島の宮の荒廃を悲しむ。島の宮の荒廃は覆いがたく、放ち鳥の姿にも野性化がみうけられる。作者は、(3)で「荒びな行きそ」といってみるが、そういったあとで、野性化のとどめられないことや、また、放ち鳥が池にとどまっていても、皇子の庇護をうけることのできないことを思い、さらなる悲しみに沈む。放ち鳥ばかりでなく、舎人たちもみずから身を寄せる場所を失ったのであり、「行くへ知らずも」の悲しみが彼らの心を占めている。(4)は、島の宮の荒廃を中心に、(2)の主題を反復させている。

(5)よそに見し真弓の岡も君ませば常つ御門と侍宿するかも（一七四）

(6)夢にだに見ざりしものをおほほしく宮出もするか佐日の隈廻を（一七五）

(5)(6)は、人麻呂が長歌で、皇子が真弓の岡に埋葬されたことを、皇子の主体的な行為として描き、「いかさまに思ほしめせか　つれもなき　真弓の岡に　宮柱　太敷きまして　みあらかを　高知りまして」とうたったのを、舎人の心にひきつけ、意外な宿直をうたうが、(6)は、そうした宿直をしても心は晴れない、と嘆く。

(7)天地とともに終へむと思ひつつ仕へ奉りし情たがひぬ（一七六）

(8)朝日照る佐太の岡辺に群れ居つつ吾等《わ》が泣く涙やむ時もなし（一七七）

(7)は、(2)と同じく、皇子の御代は永遠に栄えると考え、忠勤をはげんだが、その期待が空しく潰えたことをうたい、現在のよるべのない悲しみを表明し、(8)は、その悲しみをいやそうとして他の舎人とともに真弓の岡の宿直に出かけるが、なお、慰めることのできない、「行くへ知らずも」の心をうたう。

⑼み立たしの島を見る時にはたづみ流るる涙止めぞかねつる（一七八）

⑽橘の島の宮には飽かぬかも佐田の岡辺に侍宿しに行く（一七九）

⑼は、皇子がかつていつも立っていた庭を見て、悲しみの涙にくれる心をうたう。わが身の寄るべのない「行くへ知らずも」の悲しみというより、懐旧の悲しみと見るべきであり、こうした歌が多数を占めてよいはずであるが、かならずしも多くないのは注意してよかろう。⑽は、真弓の岡の意外な宿直を、寄るべのない心を満足させるためか、とうたうが、言外に宿直をしたとて悲しみは癒されないと予見していることを感じさせる。

⑾み立たしの島をも家と住む鳥も荒びな行きそ年かはるまで（一八〇）

⑿み立たしの島の荒磯を今見れば生ひざりし草生ひにけるかも（一八一）

⑾⑿は、放ち鳥の「荒び」や、荒磯に生えた草を通して、島の宮の荒廃と寄るべのない心をうたう。⑶⑷でうたったことを反復させ、しかも、⑾は、「荒びな行きそ年かはるまで」、⑿は、「生ひざりし草生ひにけるかも」と具体的にうたうが、具体的にうたっているだけのことで、⑶⑷よりも時間が経過した、と考える必要はあるまい。⑴をも含めた『舎人慟傷歌』すべてを、一周忌を目前にした持統四年春の作、と考えてよかろう。

⒀とぐら立て飼ひし雁の子巣立ちなば真弓の岡に飛び帰り来ね（一八二）

⒁我が御門千代とことばに栄えむと思ひてありし我し悲しも（一八三）

⒀は、島の宮に飼われている「雁」が卵を生み、雛を孵したのであろう。主のいない島の宮にふたたび春はめぐり来て、水鳥に雛が生れたが、島の宮の東宮職は解散され、人々は散り散りになる。もはや舎人たちが心を寄せる所は、真弓の岡しかない。自己の「行くへ知らずも」の心を背景に、作者は、「雁」の雛に向って、巣立ったならば、自分

とともに真弓の岡に行け、とうたう。⒁は、⑵と同じく、皇子が即位し、この島の宮が栄えると思っていた期待が、はかなく潰えた悲しみをうたって、「行くへ知らずも」の心を表明する。作者は、⑵の作者と同じ情況、同じ心的情況におり、⒁を⑵より後の作、ということはできない。

⒂東の滝の御門に侍へど昨日も今日も召す言もなし（一八四）

⒃水伝ふ磯の浦廻の石つつじもく咲く道をまたも見むかも（一八五）

⒂は、『日並皇子挽歌』で「朝ごとに　御言問はさぬ」といった悲しみをうたう。この悲しみも、よるべを失った悲しみであることはいうまでもない。⒃は、島の宮の名物である「水伝ふ磯の浦廻の石つつじ」が、今を盛りと咲くのを見て、東宮職の解散によって御殿に参上してふたたびこの花を見ることのない悲しみをうたう。皇子の薨去は、持統三年四月十三日、太陽暦の五月十日に当る。翌年の四月十三日は五月二十九日になるので、それより二十日なり一月なり前が、つづじの最盛期に当る。『舎人慟傷歌』はそうした季節、晩春の作と考えてよかろう。

⒄一日には千度参りし東の大き御門を入りかてぬかも（一八六）

⒅つれもなき佐太の岡辺に帰り居ば島の御橋に誰か住まはむ（一八七）

⒄は、かつては作者にとって生活のすべてであった島の宮が、皇子の薨去によって、自分とは無縁な存在になったことを悲しみ、⒅は、かつては縁もゆかりもなかった真弓の岡に、宿直をしに行くほかはないが、そうすることによって「島の御橋」に住む者もなく、島の宮の崩壊は防ぐすべもない、と二首ともに過去と現在を対比させ、皇子の薨去によって、島の宮は崩壊し、作者は寄るべを失った、と嘆く。

⒆朝ぐもり日の入り行けばみ立たしの島に下り居て嘆きつるかも（一八八）

⒇朝日照る島の御門におほほしく人音もせねばまうら悲しも（一八九）

⒆は、朝ぐもりして太陽が隠れるように、皇子が薨去して島の宮は衰微して行くが、そうしたおりには、皇子のお立ちになった庭に下り立って嘆いたことだ、ともはやそうしたことも叶わなくなった悲しみをうたう。『舎人慟傷歌』には、島の宮との別れをうたうかと思われる歌があるが、この作品の制作事情に関わりがあろう。⒇は、かつて栄えた島の宮が、いぶせくも人少なになり、人々の立ち働くもの音もしないさびしさをうたい、島の宮の崩壊と作者の「行くへ知らずも」の悲しみを表明する。

㉑真木柱太き心はありしかどこの我が心鎮めかねつも（一九〇）

㉒けころもを時かたまけて出でましし宇陀の大野は思ほえむかも（一九一）

㉑は、自分にも、かっては真木柱のごとく太く雄々しい心があったが、それも皇子がおり、島の宮があっての上で、いまの自分の心惑いは自分でもどうすることもできない、と嘆く。㉒は、ふたたび狩猟の季節を迎え、かつては、皇子に供奉して宇陀の大野に出かけたことを思い、もはやそうしたことのかなわなくなった悲しみをうたう。独自の体験をうたい特色を有するが、やはり、身を寄せる場所を失った舎人たちの「行くへ知らずも」の心をうたうと考えてよかろう。二首とも、過去と現在とを対比させる手法をとる。

㉓朝日照る佐太の岡辺に鳴く鳥の夜鳴きかはらふこの年ころを（一九二）

㉔畠子らが夜昼といはず行く路を我はことごと宮道にぞする（一九三）

㉓は、真弓の岡に鳴く鳥が夜鳴くように、皇子の薨去以来、泣きつづけていることをうたう。この歌の場合は、寄るべを失った「行くへ知らずも」の悲しみではなく、皇子への思慕、と考えてよかろう。「年ころ」は、数年を意味するが、真淵が「去年の四月より今年の四月まで、一周の間御陵づかへすれば、年ごろといへり」というのに従ってよかろう。㉔は、農夫が夜昼通る真弓の岡への道を、すべて厭うことなく宮道にする、と意外な宮仕えに精励するさ

まをうたう。

以上、人麻呂の「或本の歌一首」をも含めた『舎人慟傷歌』二十四首を見たが、⑴⑶⑷⑾⑿⒇の六首は、島の宮の荒廃や放ち鳥の「荒び」を主題にして、⑵⑺⒁の三首は、島の宮の栄花に賭けた夢がはかなく潰えた悲しみを主題にして、⒃⒅⒆の三首は、島の宮との別れを主題にして、⒀⒂⒄㉑㉒の五首とともに、寄るべを失った「皇子の宮人行くへ知らずも」の悲しみをうたう。⑸⑹⑽の三首で、意外な宿直がうたわれるが、寄るべを失った舎人にとって、そうした宿直をするほかないのだが、⑻にうたわれたように、宿直をしたとて彼らの心は癒されず、「行くへ知らずも」の嘆きに沈むのである。⑼の悲しみを寄るべを失った悲しみとすると、例外は、皇子への思慕をうたう㉓と、御陵への奉仕をうたう㉔の二首にすぎない。

四　舎人慟傷歌との一体性

『舎人慟傷歌』二十四首には、皇子を思慕し悲しむといった挽歌らしい挽歌が少い。また、皇子を永遠に忘れない、とか、島の宮を守りつづける、とか、御陵の奉仕を永久につづける、といった未来に向う意志表明が、なぜか見られず、生前の皇子を讃美して、他の皇子に対してするように、神のごとし、といった讃辞を呈することもない。まったく不思議なことだが、舎人たちはただひたすらに、寄るべを失ったみずからの悲しみのみをうたう。しかし、これは人麻呂の『日並皇子挽歌』の長歌の特色でもあった。長歌は、即位することを期待された皇子が突然に薨去したことをいい、その悲しみは収束部に「そこ故に　皇子の宮人　行くへ知らずも」とうたうにすぎない。

舎人の立場では、皇子の政治姿勢を堅持する、とか、島の宮を維持する、とかの主張は不可能であったかもしれない。東宮職は解体され、皇子の政治を堅持するすべはなく、島の宮で皇子が使用した殿舎も、高市皇子の香具山の宮のように保存されることはなかったようだ。また、挽歌において、薨去したばかりの皇子を神のごとしと讃美することを可能にする認識の転換に、人麻呂たちはまだ十分習熟していなかったし、公的な誄に等しい挽歌であり、私情をうたい、皇子との私的な関わりを表現することは、遠慮すべきであったかもしれないが、長歌の抒情部であり、収束部である「そこ故に」以下の二句はあまりに短く、そうして『舎人慟傷歌』二十四首の主題が、長歌の短い収束部「皇子宮人行くへ知らずも」に収斂されるのは偶然ではなかろう。『河島皇子葬送歌』(2―一九四)、『明日香皇女挽歌』(一九六)では、「そこ故に」の下に十二句を連ね、『高市皇子挽歌』(一九九)でも、「そこ故に」に相当する「然れども」の下に同じく十二句を連ねて長歌を収束している。

人麻呂の長歌と『舎人慟傷歌』は深い関わりを有し、長歌は抒情を『舎人慟傷歌』に譲り、『舎人慟傷歌』は主題を長歌によって規制されたごとくであり、『日並皇子挽歌』と『舎人慟傷歌』とは、長歌と反歌との関係にあるようだが、『舎人慟傷歌』を『日並皇子挽歌』の反歌とみなすには、この作品に対する渡瀬昌忠氏の注目するべき見解もあり、なお、多くの検討を必要とする。渡瀬氏は『柿本人麻呂研究・島の宮の文学』で、『舎人慟傷歌』を七グループに分け、作歌事情や発表形式を左のように推測する。

七グループ二十四首は、日並皇太子薨去後まもないころから、やがて一周忌を迎えるころまで、ほぼ一年間にわたって、催された七つの歌の座の歌であった。四首または二首によってそれぞれの統一世界を実現した、それら七グループの歌々は、成立の時間的順序に従って記録され、並べられた。したがって、二十四首を一連続体として読んでいっても、そこには時間的経過に伴う抒情世界の推移が感じられる。歌の場は島の宮と真弓の岡とをほぼ交互に移動し、歌のグループの構造もほぼ交互にその基本型を交替し、グループの歌数は現形によれば、

〈四・四・四・二・四・四・二〉と規則正しく、しかも変化のあるリズムをもつ。

真弓の岡に営まれたものを、御陵・殯宮のいずれと見るかについてさまざまの議論があるが、本稿では、「真弓の岡に　宮柱　太敷きまして　みあらかを　高知りまして」を神々が神殿に鎮座したというのに等しい表現で、皇子が御陵に鎮まった、というと見、『諸陵式』に「真弓丘陵」とあるのが、これに当る、と考えている。「朝ごとに　み言問はさぬ　日月の　まねくなりぬる」と人麻呂はうたうが、『日並皇子挽歌』も『舎人慟傷歌』も、皇子の遺体は殯の期間を終えて葬儀が行われ、真弓の岡に埋葬され、しばらく経った時点での作であろう。

島の宮の荒廃は、二十四首の冒頭から覆いがたいものとして描かれている。放ち鳥の「荒び」についても、渡瀬氏は、

(1)島の宮勾の池の放ち鳥人目に恋ひて池に潜かず（一七〇）
(3)島の宮上の池なる放ち鳥荒びな行きそ君まさずとも（一七二）
(11)み立たしの島をも家と住む鳥も荒びな行きそ年かはるまで（一八〇）

(1)(3)をAグループ、(11)をそれからしばらく時が経ってから詠んだCグループの作、とするが、(3)と(11)の放ち鳥を比較して、野性化が進んだ、ということがいえるだろうか。(11)の「年かはるまで」は、せめて一周忌のすむまで留まっていてくれ、の意味で、この歌の作られた時を明示している。

(12)み立たしの島の荒磯を今見れば生ひざりし草生ひにけるかも（一八一）
(13)とぐら立て飼ひし雁の子巣立ちなば真弓の岡に飛び帰り来ね（一八二）
(16)水伝ふ磯の浦廻の石つつじもく咲く道をまた見なむかも（一八五）
(22)けころもを時かたまけて出でまししし宇陀の大野は思ほえむかも（一九一）

右の四首も、渡瀬氏の分類では、⑿はC、⒀はD、⒃はE、㉒はFとなり、制作時を異にしたことになるが、春草・雁の子・つつじ・狩猟といった歌材が明示する季節は晩春であろう。『日並皇子挽歌』『舎人慟傷歌』を、皇子の一周忌を目前にした持統四年春の作と考えることは不可能であろうか。

渡瀬氏は、島の宮をうたい、島の宮で作った形の歌は、島の宮で発表された、と考え、真弓の岡をうたい、真弓の岡で作った形の歌は、真弓の岡で発表された、と考えているが、これも、いかがであろう。真弓の岡を殯宮・御陵のいずれと見るにせよ、皇子は真弓の岡にいる。挽歌も二次的には、さまざまな場所で享受されるが、本来、死者に対してうたいかけるものであろう。『舎人慟傷歌』中の多数の歌が、島の宮をうたい、島の宮で作った形をとっていても、島の宮で発表した、と考える必要はあるまい。島の宮への拘泥は、『日並皇子挽歌』や『舎人慟傷歌』の主題や方法に即して考えるべきであろう。

『舎人慟傷歌』が、島の宮をうたうのは、『日並皇子挽歌』の主題である、皇子の死によって寄るべを失った悲しみ、「皇子の宮人行くへ知らずも」をうたおうとした理由によろう。舎人たちは、生活のすべてを東宮職に置いていたはずである。東宮職は島の宮にあり、彼らの寄るべは具体的にいえば島の宮であった。皇子の死により、彼らの立ち働いた東宮職は解散され、役所として使用された殿舎は荒廃し、皇子が使用したり、殯宮となった殿舎は、文字通り解体されようとしていたろう。舎人たちも、殯宮の奉仕につづいて御陵に詣でているが、一周忌を目前にしてそうしたことも終ろうとしていた。『舎人慟傷歌』が発表されたのは、舎人たちが島の宮での最後の仕事を終え、そろって御陵に詣でた折であろうか。

一周忌を目前にした時期であり、島の宮を退散した折であったので、一周忌や忌明にうたう退散時の挽歌がうたわれることになった、と考えられるが、『日並皇子挽歌』や『舎人慟傷歌』を退散歌と考えるとき、問題となるのは、

『日並皇子挽歌』の二首の反歌の存在である。

　ひさかたの天見るごとく仰ぎ見し皇子の御門の荒れまく惜しも（一六八）

　あかねさす日は照らせれどぬばたまの夜渡る月の隠らく惜しも（一六九）

二首の反歌は、第一反歌で島の宮の荒廃を「荒れまく」と未来形で予想し、第二反歌で夜空を渡る月が雲間に隠れたように薨去したのが悲しい、と皇子の死を現在形で表現し、退散時の挽歌と認定されることを拒絶している。しかし、二首の反歌も、長歌との関係はかならずしも親密ではない。時制の問題からいうならば、長歌で皇子の死を過去のものとし、真弓の岡に埋葬されて、「朝ごとに　御言問はさぬ　日月の　まねくなりぬる」という情態であるときに、皇子の死を現在のこと、御殿の荒廃を未来のこととするのは不可解である。

日並皇子を神と讃美することをひかえ、皇子の薨去を神の死として表現することはなかった、とさきにのべたが、第一反歌では、「ひさかたの天見るごとく仰ぎ見し」といい、第二反歌では、太陽に並ぶ月にたとえ、皇子を天上の神とするような、強い天上志向をうたう。これも、地上の皇子、島の宮の主とする長歌や『舎人慟傷歌』と異なる。また、人麻呂は、長歌に対して二首の反歌を添える際に、第一反歌で転じ、第二反歌で結ぶが、「あかねさす」の第二反歌は、第一反歌の島の宮の荒廃にも、長歌の主題である「皇子の宮人行くへ知らずも」にも、そしらぬふりをし、皇子の諡号を詠み込むことに専念する。『日並皇子挽歌』の反歌には、現在の二首よりも、「或本の歌一首」や『舎人慟傷歌』の方がふさわしいのではないか。

(1)島の宮勾の池の放ち鳥人目に恋ひて池に潜かず（一七〇）

(2)高光るわが日の皇子の万代に国知らさまし島の宮はも（一七一）

右は、『舎人慟傷歌』冒頭の二首として論じてきたが、(1)は、人麻呂の歌として反歌に連続する「或本の歌一首」、ろう。

(2)は、『舎人慟傷歌』の第一首である。(1)は、放ち鳥に感情を移入し、人少なになった島の宮のさびしさをうたい、長歌の「皇子の宮人　行くへ知らずも」を、反歌の詠法にあわせて自己に引きつけて詠んでいる。人麻呂の歌と考えてよいすぐれた作だが、この歌は、長歌に対して一首だけで反歌となったり、「あかねさす」の代りに全体を収束する第二反歌となったりする歌ではない。(1)が反歌であるならば、長歌と(1)を収束して結ぶのは、(2)の「高光る」であろう。

(2)は、(1)が長歌の主題をうけながら、「島の宮の勾の池の放ち鳥」に転じたのをうけて、島の宮をうたいながらも、皇子への期待がはかなく潰えたことを悲しむ長歌に回帰し、全体を結ぶ。もはや、今日では、論証する方法はないが、人麻呂の長歌に対する反歌は、(1)と(2)の二首、「或本の歌一首」と『舎人慟傷歌』の第一首ではなかろうか。

長歌に対して、現在の反歌二首が添えられたのは、皇子を神として天と結びつけて讃美し、いわゆる殯宮挽歌にさらに誄の手法を盛りこみたい、と人麻呂が考えるようになった時代であろう。第二反歌には、「或本は、件の歌を以て後皇子尊の殯宮の時の歌の反と為す」の後注がある。高市皇子が薨去して、人麻呂が『高市皇子挽歌』（2―一九九〜二〇二）を献呈した折に、この第二反歌を『高市皇子挽歌』の反歌として再度使用した、と推測することが通説となっているが、いかがであろう。あるいは、高市皇子の殯宮に歌舞が奉られ、その歌謡中の一篇として『日並皇子挽歌』が選ばれた、と考えてはどうであろう。それをきいた人麻呂は、退散歌を殯宮にあわせ、しかも、その当時の関心にあわせて、現在の反歌二首を制作してあらたに添えた、ということも、十分考えられることではないか。

『日並皇子挽歌』の長歌と、「或本の歌一首」を含めた『舎人慟傷歌』との関係は、冒頭の二首は、長歌に対する反歌と考えてよいが、一首の長歌に対して二十四首の反歌というのは不自然であり、人麻呂の長歌に舎人たちが反歌を添えるというのも一般的なことではない。長歌の収束部も貧弱で他の長歌と異なるごとくであり、長歌を『舎人慟傷歌』の序歌と考えることとしたい。誄には序文があるが、序と誄の作者は同一であり、人麻呂が序歌を作り、舎人たちが本体となる慟傷歌を作った、という例は誄にはなく、本体となる誄が多数の人々によって読みあげられ、それをまとめる形の序文が添えられ、その全体が記録された、という例もありそうだが、実例を指摘することはできない。

『日並皇子挽歌』と『舎人慟傷歌』との関係は、きわめてめずらしく、こうした関係が形成されたことについて、さまざまな契機を想定する必要があるであろう。『舎人慟傷歌』についても、渡瀬氏は七群に分け、精細な検討を加えているが、『日並皇子挽歌』の反歌が二首であり、⑴⑵がその反歌に代りうるものであることを考えると、二首が一組みになり、十二群に分かれることも考慮する必要があろう。『人麻呂歌集』中にも、巻向歌群等をはじめとして二首一組のものも多く、「人麻呂作歌」中にも、『羈旅歌八首』（3―二四九～二五六）や『み熊野の歌四首』（4―四九六～四九九）のように、二首一組を利用した唱和や問答が見うけられる。

『日並皇子挽歌』と『舎人慟傷歌』との関係や、『舎人慟傷歌』の構成には、あるいは、誄を読む際に、中心となる人物が多数の誄人を率いる、誄の発表形式が影響しているかもしれない。『日本後紀』大同三年四月朔の条によると、中納言正三位藤原朝臣雄友は桓武天皇に誄を奉っているが、雄友は、後に誄人、左方中納言従三位藤原朝臣内麻呂以下四名、右方権中納言従三位藤原朝臣乙叡以下四名、計十名を率いる。こうした誄人は、中心となる人物にただ率いられているだけだろうか。渡瀬氏が七群とした二十四首を、二首ずつ十二群にわけ、中心となるものが長歌と、⑴⑵を読み、誄人一左が⑶⑷、誄人一右が⑸⑹、誄人二左が⑺⑻……誄人五右が㉑㉒を読み、最後に中心となるものが㉓㉔を読む、といった形式も考えられないものではない。⑴⑵を人麻呂とすると、長歌との照応もよく、他の歌とは異なって皇子への思慕や御陵づかえの精励をうたう㉓㉔も、人麻呂の作となろう。

『日並皇子挽歌』と『舎人慟傷歌』との深い関わりや、『舎人慟傷歌』の中核となる歌を人麻呂が制作していると推測される点から見て、人麻呂と舎人が親密であったことは明らかであるが、長歌と⑴⑵(23)(24)の五首を作り、舎人たちの作歌に協力しただけかもしれず、舎人たちの中心にあってそれらの歌を読みあげたか否か、皇子の舎人であったか否か、は作品から知ることはできない。また、『日並皇子挽歌』は、題詞に「殯宮之時」とあるところから、殯宮挽歌と考えられているが、この歌を奈良朝の人々が見た場合、誄そのものに見え、誄は当時啓殯の時に奉るので、そのように記したのであろう。人麻呂の記載を継承しているとは考えられない。

『古代研究』第十五号（昭和五八年二月）に「日並皇子挽歌は舎人慟傷歌の序歌か——いわゆる殯宮挽歌と誄との近似性——」として発表した。

第十一章　高市皇子挽歌

――葬送の夜の歌――

高市皇子尊の城上《きのへ》の殯宮の時に、柿本朝臣人麻呂の作りし歌一首　短歌を并せたり

かけまくも　ゆゆしきかも一に云ふ、ゆゆしけれども　言はまくも　あやに畏き　明日香の　真神の原に　ひさかたの　天つ御門を　かしこくも　定めたまひて　神さぶと　磐隠ります　やすみしし　我ご大君の　きこしめす背面《そとも》の国の　真木立つ　不破山越えて　高麗剣　和射見が原の　行宮《かりみや》に　あもりいまして　天の下　治めたまひ一に云ふ、掃ひたまひて　食国《をすくに》を　定めたまふと　鶏が鳴く　東の国の　御軍士《みいくさ》を　召したまひて　ちはやぶる　人を和《やは》せと　まつろはぬ　国を治めと一に云ふ、掃へと　皇子ながら　任《よさ》したまへば　大御身に　大刀取り帯《は》かし　大御手に　弓取り持たし　御軍士を　あどもひたまひ　斉《ととの》ふる　鼓の音は　雷の　声と聞くまで　吹きなせる　小《く》角《だ》の音も一に云ふ、笛の音は　敵《あた》見たる　虎か吼ゆると　諸人の　おびゆるまでに一に云ふ、聞き惑ふまで　ささげたる幡の靡きは　冬こもり　春さり来れば　野ごとに　つきてある火の一に云ふ、冬こもり　春野焼く火の　風のむた　靡くがごとく　取り持てる　弓弭の騒き　み雪降る　冬の林に一に云ふ、ゆふの林　飃《つむじ》かも　い巻き渡ると　思ふまで聞きの恐《かしこ》く一に云ふ、諸人の　見惑ふまでに　引き放つ　箭《や》の繁けく　大雪の　乱れて来れ一に云ふ、霰なす　そちよりくれば　まつろはず　立ち向ひしも　露霜の　消なば消ぬべく　行く鳥の　あらそふ間《はし》に一に云ふ、朝霜の　消《け》なば消《け》と言ふに　うつせみと　あらそふ間に　渡会の　斎宮ゆ　神風に　い吹き惑はし　天雲を　日の目も見せず　常闇《とこやみ》に　覆ひ

たまひて　定めてし　水穂の国を　神ながら　太敷きまして　やすみしし　わご大君の　天の下　申《まを》したまへば　万代に　然しもあらむと一に云ふ、かくしもあらむと　木綿花の　栄ゆる時に　我ご大君　皇子の御門を一に云ふ、さす竹の　皇子の御門を　神宮に　装ひまつりて　遣はしし　御門の人も　白妙の　麻衣著《き》て　埴安の　御門の原に　あかねさす　日のことごと　鹿《しし》じもの　い這ひ伏しつつ　ぬばたまの　夕《ゆふへ》に至れば　大殿を　ふりさけ見つつ　鶉なす　い這ひもとほり　侍《さもら》へど　侍ひえねば　春鳥の　さまよひぬれば　嘆きも　いまだ過ぎぬに　憶ひも　いまだ尽きねば　言さへく　百済の原ゆ　神葬り　葬りいませて　あさもよし　城上の原を　常宮と　高くまつりて　神ながら　しづまりましぬ　然れども　我ご大君の　万代と　思ほしめして　作らしし　香具山の宮　万代に　過ぎむと思へや　天のごと　振りさけ見つつ　玉だすき　懸けて偲はむ　恐くあれども（2―一九九）

短歌二首

ひさかたの天知らしぬる君故に日月も知らず恋ひ渡るかも（二〇〇）

埴安の池の堤の隠沼の行くへを知らに舎人は惑ふ（二〇一）

或る書の反歌一首

哭沢の神社《もり》に神酒《みわ》すゑ祈れども我ご大君は高日知らしぬ（二〇二）

右の一首は、『類聚歌林』に曰く、檜隈女王の、泣沢神社を怨みし歌なり、といふ。『日本紀』を案《かむが》ふるに云く、十年丙申の秋七月辛丑の朔の庚戌、後皇子尊薨じたまひき、といふ。

一　神話を離脱した神話

『高市皇子挽歌』の長歌は、百四十九句からなる、『万葉集』のなかでもっとも長い作品であるが、なぜ、これほどの長さを必要としたのであろう。皇子が薨去したことを悲しむ挽歌であることは、いうまでもないが、冒頭の八十九句は、壬申の乱での皇子の活躍を描きながらも、皇子の活躍を描いた部分は、三十七句から四十二句にいたる「大御身に　大刀取り帯《は》かし　大御手に　弓取り持たし　御軍士《みいくさ》を　あどもひたまひ」の六句にすぎず、冒頭の三十六句と乱平定部の七十八句から八十句にいたる十二句、計四十八句で、皇子の父天武天皇の行動を大きく描く。

『高市皇子挽歌』が、公的な儀礼の場で発表されたことは、多くの人々の推測するところだが、西郷信綱氏は、『柿本人麿』（岩波講座日本文学史）や『万葉私記』に、いわゆる人麻呂の殯宮挽歌が、中国の誄やその影響をうけた国風の誄（しのひごと）の影響下に形成されたことを推測している。中国の誄は、まず、死者の世系・行迹を讃美し、ついで哀悼の意を表するが、わが国においてこうした漢風の誄が制作されていたことは、仲麻呂の『貞恵伝』に収められた道賢の『貞恵誄』の存在によって明らかである。

『貞恵伝』も『貞恵誄』もその序も、みな貞恵の父鎌足より起筆して、鎌足讃美に相当の語句を費し、鎌足の人格や能力の優秀さや、行迹のすばらしさを讃美し、さらに、鎌足の積善の余慶やきびしい教育や膝下の恩を断ってあえて渡唐させたことによって、貞恵が人格をみがき、ひろく学を修めるに到ったことを述べ、『貞恵誄序』の鎌足讃美は、全体の半ばに及ぶ。『高市皇子挽歌』が、天武讃美に起筆し、天皇を神として大写し、皇子が壬申の乱で大功をたてるのも天武ゆえと主張するのも、みな漢風の誄を学んだ、といえないものでもない。

『天武紀』『持統紀』は、大錦上坂本臣財・紀臣阿閉麻呂・物部連雄君・村国連雄依・坂田公雷・紀臣堅麻呂・大錦下秦造綱手・小錦中星川臣摩呂・小錦下三宅連石床・小錦下舎人連糠虫・土師連真敷・小錦中膳臣摩漏・大伴連男吹負・直大参当麻真人広麻呂・大弁官直大参羽田真人八国・百済淳武微子・蚊屋忌寸木間・若桜部朝臣五百瀬の卒去に

際して、壬申の乱の功によって贈位を行ったことを記すが、吉備大宰石川王・佐伯宿祢大目・大伴宿祢友国・文忌寸智徳・賀茂朝臣蝦夷・文忌寸赤麻呂・大狛連百枝に対する贈位も、壬申の乱の功によるものと推測されている。

天武八年三月六日の兵衛大分君稚見死去の条には、壬申の大役に先鋒として瀬田の営を破った功によって外小錦上位を贈る、と記す。こうしたことを記す資料は何であろう。天武四年六月二十三日の条には、病床にある大分君恵尺に、「汝恵尺、私を背きて公に向《おもぶ》きて、身命を惜しまず。遂雄《をを》しき心を以て、大き役に労れり。恒に慈愛《めぐ》まむと欲《おも》へり。故、爾《いまし》既に死すと雖も、子孫を厚く賞せむ」の詔が下ったことを記す。生前に与えられているが、内容は、『藤原永手を弔ひ給へる宣命』『藤原永手に太政大臣の位を贈り給へる宣命』『能登内親王を弔ひ一品を贈り給へる宣命』に近く、国風の誄に相当する。天武十二年六月三日の大伴連望多薨去の条には、泊瀬王を遣わして弔わせ、「壬申の年の勲績及び先祖等の時毎の有功を挙げて、顕に寵賞したま」い、大紫位を贈り、「鼓吹を発《おこ》して葬る」と記す。望多の世系と行迹を讃美する誄が読み上げられた、と考えてよかろう。また、天武五年八月の大三輪真上田君子人の卒去の条には、壬申の功によって内小紫位を贈り、伊勢介として天武天皇を鈴鹿に迎えたことに因んで「大三輪真上田迎君」の諡号を与えたことを記している。

天武・持統両朝の贈位は、大錦下百済沙宅昭明・百済王昌成・百済王善光・筑紫大宰率河内王に対するものを除くと、壬申の乱に活躍した功臣に対するものとなるが、功臣の死に際しては、誄に相当する宣命や勅書が読みあげられたが、これらには、世系や行迹の讃美や、壬申の乱での活躍が具体的に述べられ、その功績によって子孫を恵み、贈位を行い、諡号を授ける、といったことが記されていた。『高市皇子挽歌』が誄にならって皇子の行迹を記そうとして、壬申の乱を特筆大書したのは当然といえるが、その描き方は、さらに検討する必要があろう。

かけまくも　ゆゆしきかも　言はまくも　あやに畏き　明日香の　真神の原に　ひさかたの　天つ御門を　かし

こくも　定めたまひて　神さぶと　磐隠ります　やすみしし　我ご大君の　きこしめす　背面《そとも》の国の　真木立つ
不破山越えて　高麗剣　和射見が原の　行宮に　あもりいまして　天の下　治めたまひ　食国《をすくに》を　定めたまふと
鶏が鳴く　東の国の　御軍士《みいくさ》を　召したまひて　ちはやぶる　人を和《やは》せと　まつろはぬ　国を治めと　皇子なが
ら　任《よさ》したまへば

「かけまくも　ゆゆしきかも　言はまくも　あやに畏き」は、祝詞や宣命の「かけまくもかしこき」を丁寧にいいかえたものであり、「明日香の　真神の原に　ひさかたの　天つ御門を　かしこくも　定めたまひて　神さぶと　磐隠ります　やすみしし　わご大君」は、「明日香清御原宮に宇御《あめのしたおさ》めたまひし天皇」（『万葉集』標目）、「明日香の　清御原の宮に　天の下　知らしめしし　やすみしし　吾ご大君」（2―一六二）、「掛けまくも畏き、飛鳥の浄御原の宮に、大八洲《おほやしまくにしろ》知しめしし聖の天皇命《すめらみこと》」（『皇太子に五節の舞を舞はしめて太上天皇に奏し給へる宣命』）というところを、天皇を神として表現したものであろう。

「明日香の　清御の原に」といわずに、「明日香の　真神の原に」と、「清御」の代りに「真神」を使用するのは、「ひさかたの　天つ御門」や「神さぶと　磐隠ります」に合わせて天武の神性を強調しようとしたためだが、この挽歌にいたってこうした配慮が払われるようになったことは注目に価する。「磐隠ります」も、貴人の死去を指すが、「神さぶと」という修飾を加えており、たんなる死去ではなく、さらに神性を増加させようとして、岩の中に姿を隠し、隠身《かくりみ》となった、というのであろうが、この挽歌では、『日並皇子挽歌』が同じ天武の崩御を「天の原　石門《いはと》を開き　神あがり　あがりいましぬ」というように、天武は高天原に帰った、となぜ、うたわないのであろう。

壬申の乱に際して天武は、「真木立つ　不破山越えて　高麗剣　和射見が原の　行宮に　あもりいまして」と、不破山越えて和射見が原の行宮に天降った、とうたわれる。『壬申紀』には野上とあるが、「不破」に防禦、「和射見」

に軍事を総監する意味を託していよう。不破山を前にした和射見が原は、天武が本陣を布くのにふさわしい地勢であった。「あもりいまして」は、ふつう「高天原より天降り坐しし天皇」（『年号を和銅と改め給へる宣命』）といわれ、高天原より天降ると考えているが、この挽歌ではその記載を欠く。自明のこととして省略した、ともみられるが、天武の崩御を「磐隠ります」といって、高天原に帰った、とうたわないことと、あるいは関連を持つのかもしれない。

壬申の乱の最後の攻防で戦況が混戦状態を呈した時に神風が吹く。「渡会の　斎宮《いつきのみや》ゆ　神風に　い吹き惑はし　天雲を　日の目も見せず　常闇に　覆ひたまひて　定めてし　水穂の国を　神ながら　太敷きまして」。この部分は、動作の主体をめぐって諸説があるが、すべて天武で統一してよかろう。その理由は徐々に述べるが、いまは神風が地上の伊勢神宮から吹き、雲を飛ばして大空を覆い、天上の太陽を隠したことに注目したい。天武は神ではあるが、高天原を根拠地とはせず、なぜか、地上に執着するようだ。

持統天皇は、天武が崩御して八年目の忌日に当る持統七年九月九日の夜に、天武を夢に見て夢の中で詠んだ『夢裏御製』を残す。

明日香の　清御原の宮に　天の下　知らしめしし　やすみしし　吾ご大君　高照らす　日の御子　いかさまに　思ほしめせか　神風の　伊勢の国は　沖つ藻も　なみたる波に　塩気のみ　かをれる国に　うまこり　あやにともしき　高照らす　日の御子（2—一六二）

歌の性質上、その心は明瞭さを欠くが、天武が持統の希望に反して伊勢に向ったことを悲しみつつ、思慕する歌、と考えてよかろう。平安朝の往生譚は、死者が往生したことを夢で知るかたちをとるが、持統の『夢裏御製』も、夢のなかで天武が崩じて伊勢に向ったことを悲しみながらも、伊勢の神となったことを知り、安堵した、という設定であろう。人麻呂は、この歌に合わせて、天武の拠点を天上とはせずに地上とするのではないか。

最後の攻防は、『壬申紀』によれば、瀬田であり、瀬田の合戦に神風の所伝がないことを不審としたり、契沖の『代匠記』の「天武紀を考へるに、瀬田にての合戦にかかる事ありつ、とは見えねど、彼の乱より、此の歌よまれたる年までは纔に二十五年、殊に人丸の歌なれば、実録なること誰か信ぜざらむ」のように、どこまでも実録と見る考え方もあるが、天武が風雲児であった漢高祖を気取っていたことは、旗色を赤としたことなどからひろく知られており、高祖は、「大風起りて雲飛揚す」の『大風歌』の作者であり、高祖には、さらに、契沖が『代匠記』に、「異国も本朝も運に当れる君には、天与へ神助くる事かくの如し」といい、井上通泰が『万葉集雑攷』で重視する睢水での故事があるので、漢高祖を模倣したことも考えられないことではない。

『史記』(項羽本紀)『漢書』(高帝紀)にほぼ同文で見えるが、漢王は楚の項羽に対してつねに劣勢であり、しばしば危機に瀕したが、その最大なものは睢水での戦いであろう。漢王は斉に足止めされている項羽に対して五十六万の大軍を擁して彭城に入ったが、項羽は諸将に斉をまかせて精兵三万を率いて彭城に向う。項羽来るの声におびえた漢軍を、項羽は、彭城・霊壁の東、睢水のほとりで戦って大いに破り、多数の士卒を殺し、そのために睢水は流を止めるほどであった。漢王は三重に囲まれ、絶対絶命となったが、「是に於て大風、西北よりして起り、木を折《を》り屋を発《あば》き、沙石を揚げ、窈冥にして昼晦く、楚の軍を逢迎す。楚の軍、大いに乱れて壊散す。而して漢王、乃ち数十騎と与に遁れ去ることを得たり」(『史記』)という大風が起こる。

人麻呂は、天武が漢の高祖に私淑していたこと、また、近年になって持統によって天武が伊勢の神となったことが主張されていることを考え、賊軍の反撃を打ち破るクライマックスを構成しようとして睢水の戦いを、伊勢の枕詞である神風に関係させて導入したのであろう。実録であるわけもなく、森朝男氏が「天降る天武——高市皇子殯宮挽歌の叙事構造——」(『国文学研究』昭54・3)で主張するように、冒頭の叙事部は、高市皇子が太政大臣となる縁起譚的意義を担う神話と見るべきであるが、持統の主張により、中国の史書を下敷にして構成した神話であった。

神話は、本来、すでに存在しているものであり、創作されるものではない。神話を文学作品のなかに採取する場合も、神話は、古代人の宗教儀礼や信仰と密接しており、その骨格を改変することは不可能なはずである。たとえば、神は天から天降って天に帰り、古い神の死は新しい神の誕生と不可分の関係にある、といった部分は改変不可能な部分であろうが、人麻呂は、天武の拠点を天には置かず、天武の崩御を高市とは無縁に描き、高市の即位への期待と結ぶことはない。持統の主張をうけて天武を神として自在に描くが、その自在さは、神話を離脱したゆえの自在さであり、人麻呂の描く神話は、真の神話ではない。

二　方法としての舎人

天武が高市に軍事の大権を委ねる場面、「ちはやぶる　人を和せと　まつろはぬ　国を治めと　皇子ながら　任したまへば」の描写も、天武のすぐれた判断を描くと読むべきであろう。神話として描くのであれば、高市に大権が委ねられる必然が強調されよう。文武天皇の『位に即き給へる宣命』中の即位の必然を説く「天皇が御子のあれ坐さむ彌《いや》継ぎ継ぎに大八島国知らさむ次《つぎて》と、天つ神の御子ながらも、天に坐す神の依さし奉りし随《まにま》に、……此の食国《をすくに》を調へ賜ひ、平らげ賜ひ」の条と用語の上で多くの共通点を持ち、この挽歌がこうした儀式の詞章と深い関わりを有することが知られるが、人麻呂は、天武の判断を重視し、皇子ゆえの必然として授けられた、とはいわない。

「皇子ながらよさしたまへば」について、山田孝雄は『講義』に、「皇子とましますが故に当然の事として軍の任をよさし賜へり」とし、「古は軍国の大権は天皇自ら之を掌にしたまひ、時に、皇后、皇子に委ねたまふことはありしかど、臣下に委ねたまふことは稀なりしなり」といい、「国史を考ふるに将軍はみな臣下の職なるを皇子ながらも其将軍にまけたまふよしなり」とする岸本由豆流の『攷証』の説を否定し、諸注もこれに従っているが、高市皇子に軍事の大権が授けられ、皇子が、「大御身に　大刀取り帯《は》かし　大御手に　弓取り持たし　御軍士《みいくさ》を　あどもひたまひ」と自ら武装して戦場に立ち、将兵を直接指揮したことは、異例なことであり、異例なこととして描いていると読まなければ、正しい理解とはいえないように思う。

軍国の大権は、天皇にあったであろうが、天皇や皇子が武装して軍事に当るのはきわめて異例なことであり、高市の場合を除くと、景行天皇が日本武尊に斧鉞を授け、神功皇后がみずから斧鉞を執って三軍に命令した例があるにすぎない。『崇神紀』の四道将軍は、皇族ではあるが、当代の皇子ではないし、大将軍や将軍は、みな、臣下に委ねられるものであった。近代軍国主義のあやまれる制度に惑わされてはなるまい。

斉《ととの》ふる　鼓の音は　雷の　声と聞くまで」　吹きなせる　小角《くだ》の音も　敵《あた》見たる　虎か吼ゆると　諸人の　おび
ゆるまでに」　ささげたる　幡《はた》の靡きは　冬こもり　春さり来れば　野ごとに　つきてある火の　風のむた　靡
くがごとく」　取り持てる　弓弭の騒き　み雪降る　冬の林に　飄《つむじ》かも　い巻き渡ると　思ふまで　聞きの恐く」
引き放つ　箭の繁けく　大雪の　乱れて来れ」

誄の文脈に改めて読めば、天武が肉親の恩愛を断ち切って皇子に軍事の大権を委ねると、皇子は、これに答えて武装して戦場に臨み、将兵を指揮し、将兵は、皇子の指揮に従って勇敢に戦ったことをいい、天武と高市、つまりは、皇子の世系と行迹を同時に讃美したことになるが、『高市皇子挽歌』の魅力となっているこの戦闘場面のすばらしさと三十句の重さは、そのような軽い役割を担うにすぎないものではなかろう。

この挽歌を誄に等しいものとすると、葬儀の場に参列した多数の人々を聞き手として発表されたものになろう。太政大臣に対する誄であれば、大宝元年七月二十一日に薨去した左大臣多治比真人嶋に対して公卿の誄、百官の誄が読みあげられ、養老元年三月三日に薨去した左大臣正二位石上朝臣麻呂に対して、太政官、五位以上、六位以下の誄が読みあげられたように、階級別・部局別の誄が用意されよう。この挽歌も、『日並皇子挽歌』が皇子の宮人や舎人のある部分を代表していると推測されるように、皇子の「御門の人」や「舎人」を代表し、彼らが中核を占める葬儀の参列者を聴衆として発表されたはずだ。

高木市之助は『古文芸の論』所収「古代文芸と社会」に、「彼等（舎人）が乱の功臣として相前後して亡くなって行く時期が、一方で同じ舎人の人麿が宮に仕えて彼の文学を養い育てていた時代だったのである。つまり同じ舎人が一方では壬申の乱を行動し又文学を遺したので、文学は人麿に於ていわば社会性と個性が調和されていた『舎人』によって作られたというべきであろう。もっと言えば壬申の乱を推進させた意欲的行動的な人と、この乱の主役であり指導者であった高市皇子尊の死をうたった挽歌の作者とは舎人としてアイデンティファイされるのであって、このように考える事によって、又よってのみ、この挽歌のもつ逞しい質量感を正しく理解することが出来ると言えよう」という。

人麻呂が高市皇子の舎人であったか否かを決定する方法はなく、おそらく、舎人ではなかったであろうと考えているので、高木市之助の主張をそのままうけ入れることはできず、舎人なり「御門の人」なりの立場に立って作歌していることになるが、高木の主張を人麻呂の方法に即していいかえると、舎人や「御門の人」が中核を占める聴衆と、壬申の乱で皇子に指揮され、将兵となって活躍した彼らや彼らの父兄とを、アイデンティファイさせようとしたことになろうし、この戦闘場面の持つ「逞しい質量感」も、聴衆がみずから将兵となって戦闘に参加したことを想起させ、あるいは、参加したと錯覚させるために必要とされ、獲得された、ということになろう。

この戦闘場面は、井上通泰の『万葉集雑攷』や林古渓の『万葉集外来文学考』によって、『戦国策』（楚）の「ここに楚王雲夢に遊ぶ。結駟千乗、旌旗天を蔽う。野火の起るや雲蜺の若く、兕虎の嘷ゆる声雷霆の若し」、『文選』所載の班固『東都賦』の「羽旄霓《にじ》を掃ひ、旌旗天を払ふ。燄燄炎炎として、光を揚げ文を飛ばし、爓を吐き風を生じ、野を欲《す》ひ山を歕《は》く。日月も之が為に明を奪はれ、丘陵も之が為に揺震す」の影響が、阿蘇瑞枝氏の『柿本人麻呂論考』によって、同じく『文選』所載の潘安仁『馬汧督誄』の「旌旗は電のごとく舒び、戈矛は林のごとく植《た》つ。彤珠は星のごとく流れ、飛天は雨のごとく集まる」の影響が、それぞれ指摘されている。

『古事記』序に、「皇輿忽ち駕して、山川を淩え渡り、六師雷のごとく震ひ、三軍電のごとく逝きき。杖矛威を挙げて、猛士烟のごとく起こり、絳旗兵を耀かして、凶徒瓦のごとく解けき」、『日本書紀』（天武元年七月）には、『後漢書』（光武帝紀）に基づく「旗織野を蔽し、埃塵天に連なる。鉦鼓の声、数十里に聞ゆ。列弩乱れ発《はな》ちて、矢の下ること雨の如し」という類似した表現がある。中国文学の影響を全面にうけ、漢語を歌語に移し、詩文により、句を構え、文を構成していることは疑いがない。

人麻呂は、皇子の活躍を現実の時空や、現実に活躍した人々との関わりにおいて描こうとは考えていない。吉田義孝が「高市挽歌論」（『万葉』昭39・4）で、「きわめて一般的な叙述に堕してしまっている」と批判し、佐佐木幸綱氏が『柿本人麻呂ノート』で、「現場主義的な意味での描写を人麻呂は全く行っていない」というのは、まさにその通りであろう。

天武の命をうけて高市が、集結した大軍の指揮をとる。鼓笛によって陣を布き、隊が組まれ、赤旗が戦場を駆けめぐり、はげしく矢が放たれる。この順序は、われわれが一様に抱く戦闘の順序であり、描写は様式化されているが、この様式化された場面展開や、次第に強さと重さを増す、四・六・八・八という句の重ねかたが、われわれを戦闘の場に引き込んでいく。これは、様式や韻律の魔力であり、人麻呂が詩文や祭式の詩章を学んだのも、その魔力を身につけるためであった。

かつては、祭祀が人々に共同の幻想を抱かせ、神話が共通の過去を幻視させた。人麻呂は、幻想を抱かせる力を持たない儀礼の場において、人々に共有させなければならない過去を、彼の表現によって幻視させようとする。壬申の乱が、六月から七月にかけての戦いであるのに対し、「冬ごもり　春さり来れば」以下の戦闘場面は、野火・雪・冬の林・大雪という冬から早春にかけてのイメージを頻出させるが、このことについて、佐佐木幸綱氏は前掲書に、「この場面で人麻呂が冬のイメージを多用したのは、天智十年（六七一）冬十月の天武天皇の吉野入りの時の記憶が関係しているはずだ」といい、「われわれの現在はあそこを起点にしている、という共有感あるいは連帯感がかなり濃厚に持統天皇の周辺を支配していたらしい」と推測する。

聴衆の共感を強く求めた作品であり、この戦闘場面を均衡を失するのもおそれずに大きく描くのも、そのためであるとすれば、そうした作用を起させる共有感の発掘も試みるであろう。佐佐木氏の推測は、承認してよいが、この挽歌の発表された時、つまり、葬儀の行われた時が、野火や雪や冬の林に親しい季節であった、と考えることも不可能ではあるまい。戦争に使用される鼓や小角や旗は、同時に葬具であり、同趣の光景が眼前にくりひろげられていた。

さきにあげた『天武紀』（十二年六月三日）の大伴連望多薨去の条には、壬申の乱の功によって「鼓吹を発して葬る」とあるが、『喪葬令』によると、親王一品に対しては、方相轜車各一具、鼓一百面、大角五十口、小角一百口、幡四百竿、金鉦鐃鼓各二面、楯七枚の使用が許されている。戦闘場面の鼓・小角・幡・弓・矢と順序が似るが、『神代紀』（第五段第五の一書）に、伊奘冉尊を有馬村で祭る様を、「土俗、此の神の魂を祭るには、花の時には亦花を以て祭る。又鼓吹幡旗を用て、歌ひ舞ひて祭る」と記す。鼓吹幡旗は葬祭に固有の順序であったようだ。のちに治部省被管の喪儀司が兵部省被管の鼓吹司に合併されるのは理由のないことではない。

人麻呂は、壬申の乱の体験者、非体験者を問わず、葬儀に参列したすべての人々に、高市皇子の指揮下に将兵として激戦に参加した、という共同の幻想を抱かせようとする。高市軍の力強い整然とした攻撃に対して賊軍が反撃する。「まつろはず　立ち向ひしも　露霜の　消なば消ぬべく　行く鳥の　あらそふ間《はし》に」で、混戦状態となり、危機がおとずれたことを暗示し、聴衆を緊張させるが、天武は早速に神風を吹かせ、黒雲で太陽を覆って賊軍を潰滅させ、人々を安堵させる。「渡会の　斎宮ゆ　神風に　い吹き惑はし　天雲を　日の目も見せず　常闇に　覆ひたまひて定めてし　水穂の国を　神ながら　太敷きまして」と。

これは、さきに述べたように人麻呂が創作した神話なのだが、聴衆は、壬申の乱に従軍した将兵となり、彼らの眼と心を自分の眼と心としているので、神である天武を高市とともに仰ぐ。もはや、人麻呂の神話に違和感を抱くものもなく、人々は、人麻呂の神話によって共通の過去を幻視する。「定めてし　水穂の国を　神ながら　太敷きまして」につづく「やすみしし　わご大君の　天の下　申《まを》したまへば　万代に　然しもあらむと　木綿花の　栄ゆる時に」の八句は、つづき具合はかならずしもよくはなく、説明不足の感がないでもない。

しかし、聴衆たちには、神である天武を高市とともに仰ぎ、高市に協力して壬申の乱に勝利した、という心の構図を完成させているので、天武が乱を治め、神そのままに統治すると、皇子は天武に臣下として仕えて政治の実務を担当し、われわれは、皇子に協力して政権を安定させ、国を栄えさせた、と思い、官人であるわが身を誇らしく思い、次の展開を期待していると、暗転があって皇子が薨去し、人々は悲しみの淵に突然につき落とされる。

三　都市の論理を採用

『高市皇子挽歌』の叙事部分を、漢風の誄と文脈に翻訳すると、天武天皇の神としての行動は、皇子の世系の讃美を、皇子の壬申の乱での活躍や乱後の奏政の成功は、皇子の行迹の讃美を、それぞれ意味するが、抒情部分にも、誄の讃美の叙事がまだまだ隠されているようだ。抒情部分を読んで気になる二三のことがらを指摘することから、その発掘を試みよう。

九十八句から百七句にいたる十句「吾ご大君　皇子の御門を　神宮に　装ひまつりて　遣はしし　御門の人も　白妙の　麻衣著《き》て　埴安の　御門の原に」のなかに三回「御門」を反復する。「御門」は朝廷を指し、普通の皇子や太政大臣の居処や邸宅を意味する言葉ではない。独立した政庁を有するのは、天皇のほかは中宮と東宮である。第二反歌「埴安の池の堤の隠沼《こもりぬ》の行くへを知らに舎人は惑ふ」に、「舎人」という言葉が使用される。舎人も、普通の皇子には所属せず、天皇と中宮のほかは、東宮に所属するものであった。三回の「御門」と「舎人」の使用は、高市皇子が東宮であったことを強く指示しているのである。

高市皇子の薨去は、『持統紀』（一〇年七月一〇日）に、ただ「後皇子尊薨りましぬ」とのみ記され、葬喪に関する一切の記事を欠く。立太子の所伝もないが、「皇子尊」は皇太子を意味するので、契沖のように、「日本紀にもみえねども、後皇子尊といひ、懐風藻、葛野王の伝によるに、まさしく太子に立たまひけるなり」と考えられたりしている。『懐風藻』葛野王の伝に、「高市皇子薨りて後に、皇太后王公卿士を禁中に引きて、日嗣を立てむことを謀らす」と高市の薨去によって皇太子をあらたに決定する必要が生じた、といっているので、高市は皇太子であった、と考えられたりするが、高市は太政大臣として皇太子にもっとも近い位置におり、皇太子を立てるならば高市である、という共通の考えが宮廷にあったが、皇太子ではなかった、と考えることもできよう。

「後皇子尊」も普通の呼称とは異なるので諡号追尊と考え、伊藤博氏の『万葉集の歌人と作品・上』の推測に従い、薨去後、皇太子の位を追贈し、「後皇子尊」の諡号を贈り、追尊したと考えてよかろう。すでに注目されているように、日並皇子に対して即位への期待を、「天の下知らしめしせば」と記すが、高市皇子に対してはこの期待への表現はなく、臣下としての奏政を「天の下申したまへば」と明記する。また、日並に対しては、「吾ご大君皇子の尊」とうたいかけるが、高市に対しては、三例とも「皇子の尊」を省いて、ただ「吾ご大君」といい、「御門」と「舎人」で、皇太子位の追贈を暗示させるのは、やはり、なにか考えがあってのことであろう。

　遣はしし　御門の人も　白妙の　麻衣著《き》て　埴安の　御門の原に　あかねさす　日のことごと　鹿じもの　い這ひ伏しつつ　ぬばたまの　夕《ゆふへ》に至れば　大殿を　ふりさけ見つつ　鶉なす　い這ひもとほり　侍《さもら》へど　侍ひえねば　春鳥の　さまよひぬれば　嘆きも　いまだ過ぎぬに　憶ひも　いまだ尽きねば

百二句から百二十五句にいたる二十四句に、「御門の人」の殯宮奉仕の姿と悲しみを大きく描くが、壬申の乱の戦闘描写の三十句に対応させたものであり、壬申の乱で将兵となって高市を助け、その後は高市の奏政に協力して国を栄えさせた、という、過去の栄光にかがやく「御門の人」の誇らしさを現在の悲しみに向けようとしたものである。人麻呂と「御門の人」は一体となり、悲しみを一つにしているが、壬申の乱の将兵の活躍とこの「御門の人」の悲しみを、誄であっては均衡を失するまでに大きく描くのは、この挽歌を皇子に奉る主体が「御門の人」のある部分であり、この挽歌の実際の聞き手である聴衆の中核を占めるのが「御門の人」であったからではないか。皇子を皇太子といわずに、皇子に仕える人々を、皇太子に仕える「御門の人」「舎人」というのも、この挽歌の特異な性格を浮き彫りにする。

皇子の薨去を「吾ご大君　皇子の御門を　神宮に　装ひまつりて」といい、葬儀については、百二十七句から百三十六句にいたる十句に「言さへく　百済の原ゆ　神葬り　葬りいませて　あさもよし　城上《きのへ》の宮を　常宮と　高くまつりて　神ながら　しづまりましぬ」という。薨去して神となったことを強調しているが、第一反歌にも、「ひさかたの天知らしぬる」といい、「或書の反歌一首」にも、「我ご大君は高日知らしぬ」といい、天上の神となったことをいう。長歌で「言さへく百済の原ゆ」ととくに百済の原をあげるのは、神となって「御門の人」から遠ざかった距離感を、百済によって暗示しようとしたのであろう。

『日並皇子挽歌』においては、皇子の薨去を「つれもなき　真弓の岡に　宮柱　太敷きいまし　みあらかを　高知りまして」と表現しながら、皇子を神と呼ぶことはなく、『舎人慟傷歌』においても同様であった。おそらく、神と讃美することで挽歌の主題が分裂するのを恐れ、また、神の死は、天武が崩御して日並の即位が約束され、日並が薨去してあらたな皇太子軽が誕生するというように、あらたな神の誕生と不可分な関係にあったために、皇子を神と讃美するすべを知らなかったのであろう。

『高市皇子挽歌』においては、すでに述べたように、天武を神としながらも天武の拠点を天上に置かず、天武の崩御を高市の即位への期待とは結びつけずに、つまり、宗教儀礼や信仰のなかで形成された、神の意志や契約や習慣にもとづくものとは無縁に、人麻呂は、持統の夢や天武の漢の高祖への憧憬をもとに、自在に「神話」を創作したが、この自在な「神話」の創作は、神話を語った言語を神話から分離させ、その言語に、歴史や物語や詩を表現し、日常の言語活動に参加する自由を与えることとなった。

「神宮」「神葬り」「神ながら　しづまりましぬ」は、「天降り」が天皇の行幸を意味するように、すばらしい皇子の殯宮や葬儀や、御陵での安らかな眠りを最大の敬意をこめて表現する言葉となり、反歌の「天知らしぬる」や「高日知らしぬ」も、皇子が天に帰り、天上界の支配者となった、という観念を伴わずに、皇子の薨去を、最大の敬意を払って表現する言葉となった。

百三十七句から百四十九句にいたる収束部十三句「然れども　吾ご大君の　万代と　思ほしめして　作らしし　香具山の宮　万代に　過ぎむと思へや　天のごと　振りさけ見つつ　たまだすき　懸けて偲はむ　恐《かしこ》くあれども」に、人麻呂は、皇子が造営した香具山の宮をふり仰ぎ、その宮を形見として皇子を永遠に思慕することを表明する。皇子の奏政をうたった部分で、「天の下　申したまへば　万代に　然しもあらむと」といっているが、「吾ご大君の　万代と　思ほしめして　作らしし　香具山の宮　万代に　過ぎむと思へや」の「万代」の重複は、両者とも、香具山の宮の存続を願ったものであるために、とくに執拗な感を与える。

日並皇子の薨去にあって、人麻呂は、「皇子の御門の荒れまく惜しも」とうたい、皇子の舎人も、未来への光明をまったく失い、途方にくれて、人麻呂とともに「行くへ知らずも」の悲しみをうたったが、高市皇子の薨去にあたっては、「万代」に栄える香具山の宮に関連させて、皇子に対する永遠の思慕をうたう。日並が薨じた持統三年四月から高市が薨じた持統十年七月の間に、人麻呂たちに何かが起っていたのであろう。

高市は、持統四年七月五日に太政大臣に任じられると、同年十月二十九日には、公卿百寮を従えて藤原の宮地を視察した。遷都は、持統八年十二月六日であるが、その間、高市は藤原宮の造営に専念したことであろう。藤原宮は、死のけがれを嫌って一代ごとに遷都する以前の帝都とは異なり、「万代」の存続を意図して、都城を構えた帝都である。藤原京を造営した高市が、自邸を彼一代の居処として営むわけもなく、やはり、「万代」を目ざしたものであろう。都市の論理と死のけがれとは、もっともはげしく対立するが、死のけがれを恐れて遷都した時代を捨てて、都城を営み、死のけがれにあっても、居処を移さず、居処を移さぬことを誓わなければならない時代を迎え、藤原京の人麻呂たちは、都市の論理にあわせて、みずからの意識を変革させる必要にせまられていた。都城を創った高市の挽歌に、都市の論理が、明確にうかがわれるのは当然である。人麻呂が、この都市の論理を採用したことと、古代人の宗教儀礼や宗教と密接する真の神話から離脱する、自由な「神話」を創作したこととは、たがいに深い関わりを有している。

四　持統がくしの抒情

『高市皇子挽歌』が、高市皇子に対する挽歌でありながら、天武天皇や壬申の乱を大きく描き、皇子を太政大臣といって皇太子と讃美しないことに関して、吉永登や吉田義孝をはじめとする諸氏に批判がある。吉永登は、「人麻呂の献呈挽歌」（『日本古代の政治と文学』）に、「要するに、この歌は持統天皇の治下にあって、どこまでも天皇を意識しながら作られたもののようで、壬申の乱の叙述にそそがれた努力も、それが夫君天皇と共に苦労している持統女帝の追憶に迎《（ママ）》えるための叙述と考えることによって解決するのではなかろうか」といい、「太政大臣として永く執政することを期待していても、帝位のことに触れることがない」ことについても、「むしろ持統天皇にたいする遠慮の気持からわざと避けた」と考えている。

吉田も、前掲の「高市挽歌論」に、「人麿が、この挽歌で、壬申の乱における高市皇子の功績が天武天皇の命令によるものにしか過ぎず、勝利の栄冠はあくまで天皇に帰するものであることを強調しようとしているのも、あるいは又、高市皇子に対する期待が、あくまで太政大臣として天皇を補佐することにあり、皇位継承者としてのそれではないことを印象づけようとしているのも、決して偶然ではないのである。その点、人麿のこの挽歌は、宮廷集団の感情を、さらに持統天皇の志向する方向で、文学的に統一づけることを目的とした、すぐれて政治的な発想に根ざす殯宮儀礼歌にほかならなかった」といい、壬申の乱の叙述についても、「天武天皇の偉大さをものがたるための、たんなる政治目的の手段として叙述されているに過ぎない」と主張する。

この挽歌は、「言さへく　百済の原ゆ　神葬り　葬りいませて　あさもよし　城上の宮を　常宮と　高くまつりて　神ながら　しづまりましぬ」とある以上、殯宮の歌舞として殯宮で発表された歌ではない。殯宮の歌舞が、殯の期間の音楽を禁じる『礼記』等の教えによって衰退に向い、葬送の歌謡も特殊な楽人や遊部の担当するものとなり、固定化していた。正式の誄は、啓殯時に読みあげられるが、中国の死の文学としての誄や哀の散文や哀傷の詩が、葬後に制作され発表されているのに影響されて、葬送をすませた（土葬なり火葬なりをすませた）葬送の夜（あるいは夜明け）や、一周忌の忌明け、つまり「はて」に作歌するようになるが、この『高市皇子挽歌』は、葬送直後に詠まれる歌のもっとも初期に属そう。

この挽歌は、誄の影響下に葬送に参列した多数の人々のまえで発表される作品として制作されている。誄の性格を有すれば、天武天皇や壬申の乱を大きく扱うのは当然であり、「御門の人」のある部分を代表し、「御門の人」を中核とする聴衆を対象としていることも考慮の要があろうが、吉永登や吉田義孝が、描いていない持統天皇の志向や、葬儀に参列した「宮廷集団」の感情の操作に、人麻呂が強い関心を寄せた、と指摘する点は、十分注意してよかろう。

太政大臣高市は、皇太子ではなかったろうが、薨去後に皇太子の位を追贈され、「後皇子尊」の諡号が贈られていれば、それらにあわせて、皇太子として讃美され、即位への期待がうたわれてよい。高市皇子に対する挽歌か、といわれる作者未詳、作歌事情不明の巻十三の『藤原皇子挽歌』（13―三三二四・三三二五）の長歌と反歌は、反歌「つのさはふ磐余の山に白たへにかかれる雲は皇子《すめらみこ》かも」の白雲が、火葬の煙を連想させることが、高市に対する挽歌と見る障害となっているが、この白雲を、天上に帰る皇子の姿と見たり、反歌そのものを、後世の添加と考えることが可能であれば、高市に対する挽歌とする可能性が増加するが、長歌は、「君が御門」「皇子の命」「宮の舎人」といった言葉を使用し、即位への期待をうたう。

かけまくも　あやに恐《かしこ》し　藤原の　都しみみに　人はしも　満ちてあれども　君はしも　多くいませど　行き向ふ　年の緒長く　仕へ来《こ》し　君が御門を　天のごと　仰ぎて見つつ　畏《かしこ》けど　思ひたのみて　何時しかも　日足らしまして　望月の　たたはしけむと　吾《あ》が思ふ　皇子の命は　春されば　殖槻《うゑつき》が上の　遠つ人　松の下道ゆ　登らして　国見遊ばし　九月の　しぐれの秋は　大殿の　砌《みぎり》しみみに　露負ひて　なびける萩を　たまたすき　懸けてしのはし　み雪ふる　冬の朝は　刺楊《さしやなぎ》　根張梓《ねはりあづさ》を　御手《おほみて》に　取らしたまひて　遊ばしし　わご大君を　けぶり立つ　春の日暮らし　まそ鏡　見れど飽かねば　万歳《よろづよ》に　かくしもがもと　大船の　頼める時に　妖言《およづれ》に　日かも迷へる　大殿を　ふり放け見れば　白たへに　飾《かざ》りまつりて　うち日さす　宮の舎人も一に云ふ、は　たへのほの　麻衣《あさぎぬ》着《け》れば　夢かも　現《うつつ》かもと　曇り夜の　迷へる間《はし》に　あさもよし　城上《きのへ》の道ゆ　つのさはふ　石村《いはれ》を見つつ　神葬り　葬りまつれば　行く道の　たづきを知らに　思へども　印をなみ　歎けども　奥かをなみ　御袖《おほみそで》　行き触れし松を　言問はぬ　木にはあれども　あらたまの　立つ月ごとに　天の原　ふり放け見つつ　たまたすき　かけて偲はな　恐《かしこ》かれども（13―三三二四）

反歌

つのさはふ石村の山に白たへに懸れる雲は皇子《すめらみこ》かも（三三二五）

皇子に、皇太子の位を追贈し、「後皇子尊」という諡号を贈ったことが公表されたのは、葬の直前の啓殯の折であったかもしれないが、この種の挽歌を作る人麻呂に、そうしたことがあらかじめ知らされないこともあるまい。「皇子の御門」「御門の人」「御門の原」という「御門」を多用することができたのも、あらかじめ知らされていた理由によろうが、彼は、追贈を暗示するにとどめ、「御門の人」が、皇子の死を悲しむ場面でのみ、「御門」を使用した。持統天皇に対する遠慮によるものか否か、明言しがたいが、多数の聴衆のまえで発表する作品であり、追贈の公表は数時間まえのことであるので、あまりに大げさな讃美の仮構は、さしひかえる必要があったのかもしれない。

　高市の奏政を述べる「やすみしし　わご大君の　天の下　申したまへば」が、研究者の注目を集めているが、その前後は、いかにも説明不足であり、散文であったなら、その前の部分に、〈持統天皇がこれこれの理由で、皇子を太政大臣に任じた〉とする文章を不可欠にする。人麻呂は、壬申の乱の戦闘で、天武と皇子と将兵を一体として描き、聴衆の心を熱くしていた。服部喜美子氏は「高市皇子殯宮挽歌私論」（『説林』昭39・12）で、この挽歌の叙事詩的な独自の力強い声調を讃美し、真淵が『万葉考』で「いきほひは雲風にのりてみ空行竜の如く、言《ことば》は大うみの原に八百潮のわくが如し」（大考）、「庭すずめおどりがり、わたのいさなのいさみつべし」（考二）と評したのは、この挽歌のこの箇所を指す、という。

　聴衆を感動させたあとで、天武が統治して高市は政治の実務を担当して国が栄えた、とうたうので、聴衆たちは、さらに天皇と皇子と廷臣とが一体となった国政がうたわれ、皇子の活躍が列挙されることを期待していると、皇子は突然に薨去して、不思議だと思う間もなく、「御門の人」が悲しむ現在の姿が、休止の多い、茂吉が『柿本人麿・評釈篇』にいう「感動の切実なるがために、ところどころで窘迫《きんぱく》して、咽に息が詰る、声を呑むといふやうな」調べで表現される。

　この抒情部分にも、誄に翻訳すれば、壬申の乱の大功と太政大臣としての功績により、持統天皇は、皇子に皇太子位と「後皇子尊」の諡号を贈り、人々に、皇子を神として祭り、居処を永久に保存するよう命じた、といった叙事を不可欠にする。散文であれば、読者は持統天皇の名の見られないことを不思議に思おうが、人麻呂は、こうした大切なことを、薨去を悲しむ抒情の流れに流し込み、疑問を抱く余裕を与えずに、人々とともに永遠の思慕を誓って、あわただしく長歌を収束してしまう。なお、誄においては、最後に、天子の悲しみと、天子の功臣に報いる行為を記すが、その三例を左に掲げる。

○聖王嗟悼《さたう》し、衾襚《きんすい》を寵贈す。徳を誄し勲を策し、終りを考へ諡を定む。群辟《ぐんへき》は懐《おもひ》を慟《いた》ましめ、邦族は涙を揮《ふる》ふ。孤嗣疚《やまひ》に在り、寮属悴《うれひ》を含む。赴《とむら》ふ者哀を同じうし、路人欷《なげき》を増す。嗚呼《ああ》哀しいかな。（潘安仁『揚荆州誄』）

○明明たる天子は、旌《あらは》すに殊恩を以てす。光光たる寵贈、乃ち其の門を牙《が》にす。司勲は爵を頒ち、亦後昆を兆《てう》す。死して霊有らば　庶《こひねがは》くは冤魂《ゑんこん》を慰めん。嗚呼哀しいかな。（同『馬汧督誄』）

○皇上は嘉悼し、思ひは寵異に存す。于《ここ》に以て之を贈り、言《ここ》に給事に登《あ》ぐ。爵を疏《わか》ち庸を紀《しる》し、孤を恤《めぐ》み嗣を表《あらは》す。嗟爾《ああなんぢ》義士没して余喜有り。嗚呼哀しいかな。（顔延年『陽給事誄』）

藤原京遷都が持統八年十二月であるので、皇子が薨去した十年七月まで、どれほどの時間が経過したわけではない。この挽歌が作られたのは、十年冬か十一年春の葬儀の折であろう。どれほどの時間が経過したわけではないが、持統三年四月に日並皇子が薨じ、その翌年の晩春に作ったと推測される『日並皇子挽歌』と比較すると、歴史の変化はあわただしく、人麻呂たちに、意識や認識の変革をせまっていた。都市の論理と葬喪の儀礼とは、もっともはげしく対立し、高市を〈神〉と呼び、居処を〈保存〉することに、さまざまな議論があったであろう。

人麻呂は、死のけがれに対して都市の論理を押しすすめた高市や、現在もなお、その論理を押しすすめる持統体制を支持する多数の官人の側に立って、この歌を作った。真の「神話」を離脱した、持統の夢にもとづくあらたな王権の神話を創作してそのなかにうたい、さまざまの議論のあった、高市を〈神〉と呼び、居処を〈保存〉することをうたいこむことになった。議論のあったことなので、持統の決定とは、あらわに表現するまい、抒情の文脈で表現しようとしたとき、持統が高市を太政大臣に任じ、藤原宮の造営を命じ、皇太子位を追贈したことも、一切が抒情の文脈に封じこめられることになったのであろう。詐術ともいうべきたくみな術策によって、持統がくしが行われたが、専門歌人にとっては特別なことではなかろう。

短歌二首

ひさかたの天知らしぬる君故に日月も知らず恋ひ渡るかも

埴安の池の堤の隠沼の行くへを知らに舎人は惑ふ

或書の反歌一首

哭沢の神社《もり》に神酒《みわ》するゑ祈れどもわご大君は高日知らしぬ

『高市皇子挽歌』には、右のような二首の反歌と「或書の反歌」一首が添えられ、「或書の反歌」には、『類聚歌林』に「檜隈女王の泣沢神社を怨むる歌なり」とある、との左注がある。第一反歌は、天を治めることになった皇子故に、月日の経つのも忘れて恋いつづけている、第二反歌は、埴安の隠沼の水のように、舎人は途方にくれている、とうたう。長歌が「御門の人」の悲しむ姿を外側から描き、反歌が「御門の人」の側に立って皇子への思慕をうたう点では、長歌と反歌の構成に破綻はないが、二首の反歌は、この二首で『高市皇子挽歌』を収束させようとする反歌ではないように思う。

二首の反歌を添える場合に、人麻呂は、第一反歌で転じて第二反歌で収束する。この挽歌の場合であれば、第二反歌は、皇子に対する永遠の思慕をうたうべきであるが、『日並皇子挽歌』や『舎人慟傷歌』の主題であった「行くへ知らずも」をうたっている。長歌は、殯を終えて葬送を行った持統十年冬か十一年春の作であろうが、「行くへ知らずも」を主題とする第二反歌は、一周忌の忌明けにうたう「はて」の歌ではないだろうか。

『日並皇子挽歌』について、さきに、長歌は『舎人慟傷歌』の序歌か、と推測したが、『高市皇子挽歌』の長歌も、「御門の人」や「舎人」がうたう挽歌――そのなかには、「或書の反歌」や巻十三の『藤原皇子挽歌』が含まれていたかもしれない――の序歌として、反歌を後続させることを考慮せずに制作され、反歌は、この長歌が「はて」の折などの二次的な場で再度発表された時に、その場の状況にあわせて制作されたものではなかろうか。殯宮挽歌ではないが、奈良朝の人々がこの長歌を見れば、内容や表現が誄そのものに見え、誄は啓殯の折に読み上げられるので、殯宮で発表された、と考え、城上は御陵なのだが、殯宮と誤解して題詞に「城上の殯宮の時」と記したのではないか。

『国文学研究』第八十集（昭和五八年六月）に「高市皇子挽歌の方法――人麻呂の殯宮挽歌との距離――」として発表したが、枚数の都合で五枚ほど削除した。本章がその定稿である。

Ⅶ 挽歌二

第十二章　河島皇子葬歌

――葬歌の生成と消滅――

柿本朝臣人麻呂の泊瀬部皇女と忍坂部皇子とに献る歌一首　短歌を幷せたり

飛ぶ鳥の　明日香の河の　上つ瀬に　生ふる玉藻は　下つ瀬に　流れ触らばふ　玉藻なす　か寄りかく寄り　靡かひし　嬬《つま》の命の　たたなづく　柔膚すらを　剣刀　身に副へ寝ねば　烏玉の　夜床も荒るらむ一に云ふ、あれなむ　そこ故に　なぐさめかねて　けだしくも　逢ふやと念ひて一に云ふ、公も逢ふやと　玉垂の　越の大野の　旦露《あさつゆ》に　玉裳はひづち　夕霧に　衣は沾れて　草枕　旅宿かも為る　逢はぬ君故（2―一九四）

反歌一首

敷妙の袖かへし君玉垂の越野過ぎゆくまたも逢はめやも一に云ふ、越野に過ぎぬ（一九五）

右、或本に曰く、河島皇子を越智野に葬る時に、泊瀬部皇女に献りし歌なり、といふ。日本紀に云く、朱鳥五年辛卯の秋九月己巳の朔の丁丑、浄大参皇子川島薨じき、といふ。

一　武田祐吉と橋本達雄氏の新説

持統五年九月九日に、天智天皇の皇子河島皇子が三十五歳で薨じたが、人麻呂は皇子の死に際し長歌と反歌からなる挽歌を制作した。日並皇子、高市皇子、明日香皇女に対する、いわゆる「殯宮挽歌」はもとより、『吉備津采女挽歌』や『狭岑島挽歌』においても、人麻呂は死者に対して歌いかける形をとり、題詞においても、「日並皇子尊の殯宮の時に、柿本朝臣人麻呂の作りし歌」（2―一六七）、「高市皇子尊の城上の殯宮の時に、柿本朝臣人麻呂の作りし歌」（一九九）、「明日香皇女木砙の殯宮の時に、柿本朝臣人麻呂の作りし歌」（一九六）、「吉備津采女の死にし時に、柿本朝臣人麻呂の作りし歌」（二一七）、「讃岐の狭岑島に、石の中の死人を視て、柿本朝臣人麻呂の作りし歌」（二二〇）とあるが、この『河島皇子葬歌』においては、死者の名もあげず、「――の時に、柿本朝臣人麻呂の作りし歌」の形式を採用することもなく、ただ、「柿本朝臣人麻呂の泊瀬部皇女と忍坂部皇子に献りし歌一首」と記す。

泊瀬部皇女と忍壁皇子は天武の皇女と皇子で、母はともに宍人臣大麻呂女檝媛娘である。泊瀬部は河島皇子の妻であり、河島は『懐風藻』に詩を残す詩人であるが、忍壁も天武十年に河島とともに国史編纂の詔を受けるなど、才質を等しくしていた。親しく河島に兄事する関係にあり、河島の薨去に際し、忍壁が人麻呂に作歌を依頼したことは十分想像されることであるが、人麻呂が死者に「挽歌」を献じないで、なぜ遺族に献じたかは不可解なことで検討を要しようし、長歌の読みに関しても、種々の解釈が試みられている。（『河島皇子葬歌』が遺族に献じられたのを論拠に「殯宮挽歌」も遺族に献じられた、とする推論には賛成しない。）

契沖が『代匠記』に、「嬬の命の　たたなづく　柔膚」を河島皇子の柔膚、「剣刀　身に副へ寝ねば」を泊瀬部皇女が河島を身に添える、「烏玉の夜床」を皇女の夜床と解して多くの支持を得て通説となり、現在でも、小島憲之・木下正俊・佐竹昭広三氏の『万葉集・一』（日本古典文学全集）や桜井満の『万葉集（上）』（旺文社文庫）に支持されているが、武田祐吉は、『全註釈』に「嬬の命」の柔膚を文字通り皇女の膚、身に添えていないのは河島皇子が皇女を身に添えない、夜床は薨去した皇子の柩中の寝床、として「亡くなられた皇子様は、その玉藻のように、寄り添って寝た妻の君の、丸まっている柔膚すらを、身に副えて寝ないのでありますから、暗い夜の床も荒れているのでありましょう」と解釈する。この「正統的でない解釈」はその後、西郷信綱氏の『万葉私記』や稲岡耕二氏の「人麻呂の表現意図──川島挽歌と吉備津采女挽歌──」（『文学・語学』昭57・6）に継承されている。

玉藻は皇女の譬喩にふさわしい、柔膚は女の膚であるべきだ、身に添える主体は男であろう、という主張は、その一つ一つをとりあげて考えるときわめて当然であり、承認しなければならないものだが、長歌は二段構成をとり、後段は「そこ故に」の言葉によって前段を直接継承するので、武田祐吉の解釈に従うと、前後段の主体はそれぞれ河島皇子、泊瀬部皇女となって分離し、連続に無理が生じる。西郷氏は左のように主張しているが。

前段を右のように解した方が「そこ故に慰めかねて」の句にも飛躍感が生じ、感情の流れがはるかにダイナミックになってくる。通解に従うと、作者が皇女の閨房を想いやったことになり、「そこ故に」の続きぐあいもひどく付きすぎて通俗におち、面白味が感じられない。

西郷氏は右の文章に続けて、「夫である死者の夜床の荒涼を想った妻が、みずから慰めかねて大野へと彷徨してゆくのである」という。武田祐吉が「死者の夜床の荒涼を想った」のは人麻呂とするのに対して西郷氏は、人麻呂が死者に対してした推測を皇女も共有していた、と考えるのであろうが、「口訳」においては武田説と等しく、「そこ故に慰めかねて」以下の後段は、人麻呂の立場で、皇女が夫との再会を願って越智野で旅宿をするさまを描く、とみる通解に従っている。

武田祐吉説によると、前段と後段が分離し、前段で河島皇子を主体にしながら、皇子に対して敬語を使用せず、後段においても人麻呂の立場で皇女の旅宿を描くものであれば当然あるべき敬語表現が見られない点に着目し、橋本達雄氏は『万葉宮廷歌人の研究』に、前段は、忍壁皇子の立場に立って、亡き河島皇子に歌いかけ、後段は、それをうけて泊瀬部皇女の立場に立って、亡き河島皇子に歌いかける問答形式の長歌である、と推測した。

橋本氏の新説は、武田祐吉の新解釈を継承しながら、その解釈によって新たに生じた矛盾点や、皇子、皇女の行為を描きながら敬語表現の見られない不思議さや、不可解な題詞の記述を一挙に解決しようとした卓説であるが、橋本氏自身が「死者に対して二人の近親者が、一首の中で歌いかけるという形式は万葉集中に一首も存在せず、その点で問題があると言われるかもしれない」と批判を予測するように、他例を知らないし、問答歌という点にも問題を残す。

たとえば、憶良の『貧窮問答歌』（5―八九二）では、貧者が「……此の時は　いかにしつつか　汝が世は渡る」と五七七の句で閉じる問いを発し、窮者が「天地は　広しといへど　吾《あ》がためは　狭《さ》くやなりぬる……」と答える形式をとる。橋本氏が例にあげる巻十三の問答歌も同様である。

(問)　うちひさつ　三宅の原ゆ　ひた土に　足踏み貫き　夏草を　腰になづみ　如何なるや　人の子故ぞ　通はすも
吾子
(答)　諾な諾な　母は知らじ　諾な諾な　父は知らじ　蜷の腸　か黒き髪に　真木綿もち　あざさ結ひ垂れ　日本《やまと》の
黄楊の小櫛を　抑へ刺す　うらぐはし子　それぞ吾が孋（13―三二九五）
(問)　物思はず　路行く行くも　青山を　振りさけ見れば　つつじ花　にほへ乙女　桜花　栄え乙女　汝をぞも　吾
によすとふ　吾をぞも　汝によすとふ　汝は如何に念ふや
(答)　念へこそ　歳の八年を　切り髪の　よち子を過ぎ　橘の　末枝《ほつえ》を過ぐり　この川の　下にも長く　汝が心待て
（三三〇九）

前者の『三宅の原問答』は、女のもとに通う息子に対して親が「如何なるや　人の子故ぞ　通はすも吾子」と五七七で閉じる句で問い、息子が「諾な諾な　母は知らじ　諾な諾な　父は知らじ」と答え、後者の『八年の恋問答』も、男は五七八の句で問を閉じ、しかも「汝は如何に念ふや」と歌いかけ、女はその言葉をとって「念へこそ歳の八年を」と答歌を歌いだす。問答歌は、相手に問いかけ、その問いをうけて相手に答える口語的文体をとり、一首の長歌であってもはっきり二段構成をとり、前段を五七七で閉じるが、『河島皇子葬歌』の前段は五七七で閉じる形式を採用していないし、後段の「そこ故に　なぐさめかねて」も独立した答歌の歌い出しとは異なり、前後段が、相手にそれぞれ問い答える問答の文体を採用しているとは考えられない。忍壁皇子と泊瀬部皇女が河島皇子に歌いかけるというのは問答というより唱和というべきであろうが、死者に歌いかけるならば死者を讃美する必要があるのではないか。身崎寿氏は「柿本人麻呂献呈挽歌」（『万葉集を学ぶ・第二集』）に橋本説に対して、次のような疑問を提示している。

一首の長歌をこのような形で二人の立場でよみ分けるというのは例がない。橋本は問答形式をとる長歌の例をいくつかあげてそれと同じ趣向であるとするが、この挽歌はたとえ橋本の解釈によったとしても問答形式にはほど遠い。また敬語の問題についても疑問は残る。前段がもし直接死者（川島皇子）に呼びかけたものであるなら、よけいに、身分の差の有無にかかわらず、死者に対しては丁寧な敬避の表現が用いられるのではなかろうか。また敬語が用いられない理由として、前段は身分が等しい同士であるため、後段は一人称であるためという異なる説明のしかたをしているのも少々便宜的に過ぎはしないだろうか。

橋本氏は、『河島皇子葬歌』において人麻呂がなぜそうした特殊な「問答体」を採用し、特殊な形式を採用することで何を表現しようとした、と考えていようか。橋本氏は、この葬歌を他の殯宮挽歌と比較して、「河島を悼む心が全く感じられず、生きている二人、とりわけ泊瀬部の心情・行動を中心に詠まれているのであって、対外的な意識がない。おそらく殯宮挽歌の条件を念頭におく必要がなかったからであろう。制作事情も発表の場も殯宮の時のものより私的であったことが想像できる」とし、発表の場が私的であったことが、人麻呂の新しい文学的試みを可能にしたとして、「この私的なこと、および場の条件が人麻呂を駆って、殯宮挽歌の型を破る斬新な発想をこの歌に与える結果になったのではないか」と推測し、この葬歌の達成を「それは記紀にも万葉にも、他に例を見ない、そこゆえに後世の解釈を誤らせ続けてきた、人麻呂独往の形式の開拓であった」と評価しているが、発表の場が私的であった一点に、こうした理由を求めてよいものだろうか。

前段を忍壁皇子の立場の歌、後段を泊瀬部皇女の立場の歌とする橋本達雄氏の読みは、渡瀬昌忠氏の『注釈万葉集・選』(有斐閣新書)に継承され、この挽歌を葬歌とし、葬歌ゆえに前後段が問答する特異な挽歌になったとする曾田友紀子氏の「河島皇子挽歌の手法――葬歌との関係から――」(『古代研究』昭61・3)を導くが、〈……の立場の歌〉という橋本氏の読み替えがこの挽歌の読みの世界を広げ、諸説を導いたことは記憶にとどめてよかろう。

武田祐吉や橋本達雄氏の読みのほかにも、さまざまな読みがある。高木市之助・五味智英と大野晋氏の『万葉集・一』(日本古典文学大系)は、大野保の「嬬の命のたたなづく柔膚」(『万葉』昭37・7)を承けて、「嬬の命の」の「の」を主格を表わす格助詞と解して「その玉藻のようにああ寄りこう寄りなびき合った夫の尊が、肉付きのいい柔らかい膚さえも身に添えて寝ることがないので夜の寝床も荒れているのであろう」と頭注を付し、伊藤博氏も『万葉集・一』(新潮日本古典集成)に「その玉藻さながらに靡き寄り添うた夫の皇子が、どうしてかふくよかな柔肌を今は身に添えてやすまれることがないので、さぞや夜の床も空しく荒れすさんでいることであろう」と同趣の頭注を付している。

柔膚を皇女の膚、身に添えるのは河島、夜床は河島の床とする点で武田祐吉説に等しく、前後段が分離する共通の弱点を抱える。伊藤氏は「そこ故に」を「皇女が皇子の『夜床も荒るらむ』と思われたために、の意」とするが、これも、人麻呂が河島の床を「夜床も荒るらむ」と推測し、その推測に皇女の推測を重ねあわせ同化させる西郷信綱氏の読みと同一であり、やはり無理であろう。また、前後の主体を分離させ、後者に重点を置くのであれば、「嬬の命の」の「の」は「の」ではなく、「は」に相当する言葉になるのではないか。

橋本達雄氏の影響をうけた読みといえようが、土井清民氏は「河島皇子挽歌」（山路平四郎・窪田章一郎編『柿本人麻呂』）に、この葬歌を全篇とも「人麻呂が泊瀬部皇女になり代って河島皇子への思慕の情をうたった挽歌」と見、「嬬の命」を「妻の君である私」とし、「そのような妻の君《私》の柔らかい肌をもはや身に添えて寝ないので夫の『夜床』も荒れているだろう、と泊瀬部《私》は荒涼とした墳墓を悲しく想像する」と解釈する。「嬬の命」を一人称である「妻の君である私」とする部分が不自然であるが、土井氏は、「この第三者的なうたいぶりは献呈者泊瀬部への讃美の意がこめられていることに起因する」と説明している。

全篇を土井氏のように、泊瀬部皇女の立場で死者河島にうたいかけた作とし、「嬬の命」を亡夫河島とする読みも試みられてよかろう。中西進氏は『万葉集（一）』（講談社文庫）に、作歌事情を「川島皇子薨時に泊瀬部皇女に献るべき忍坂部皇子の歌を人麿が代作したか。歌の主体は泊瀬部皇女」と推測し、「その藻のようにさまざまに寄りそい靡きあった夫のあなたは、重ね合ったやわらかな肌さえも、剣や大刀のように身にそえて寝ていないので、ぬばたまの実の黒闇の夜は、寝床も荒れているでしょう」と口訳する。

河島皇子薨時に、泊瀬部皇女を主体として亡夫にうたいかける形の歌を兄の忍壁皇子が詠む必要が生じ、それを人麻呂が代作した、と中西氏は推測するようであるが、なぜ妹の歌を兄が詠む必要があったのであろう。渡瀬昌忠氏は、本文については先に述べたように橋本説に従って忍壁皇子と泊瀬部皇女の問答として読むが、異伝歌については、「内容から見ると、夫に先立たれた妻としての泊瀬部皇女の立場に立って、川島皇子の死を悲しんだ挽歌である。川島皇子を葬る時、泊瀬部皇女が夫を弔うために歌いかけるべき夫への悲しみ歌を、人麻呂が代作して献じたのであろう」という。「嬬の命の」の「の」は連体修飾の格助詞と読むべきであろうが、中西氏は「夫のあなたは」と解し、渡瀬氏も主格を表わす格助詞とする。

全篇を泊瀬部皇女の立場の作とし、「嬬の命の」の「の」を主格を表わす格助詞とすると、中西氏が「夫のあなたは」と口訳するように、「は」に相当する助詞に代える必要が生じるが、「の」を主格にすると前段は死者河島皇子を中心とした叙述になり、皇女を主体にする後段と分離してしまう。渡瀬氏は、次に述べる身崎寿氏の説を継承して「夜床」を「夫婦の共寝をする夜の床の意」とし、後段への展開を自然なものにしようとする。

渡瀬氏の指示に従うと前段の大意は、〈私とかつて「か寄りかく寄り」なびきあった夫が、現在では私の「たたなづく柔膚」を「剣刀　身に副へ寝ねば」、われわれの「夜床」はまもなく荒れてしまうに違いない〉となろう。意味はわかるが、皇女が河島皇子とかつて共寝をしたことを思い出し、今はそれができなくなったのを歎くのに、共寝の主体をわざわざ夫にするために、持って回ったいい方になり、自分で自分の肌を「柔膚」と讃美した表現になって洗練さを欠く。

土井・中西・渡瀬三氏は、全篇を泊瀬部皇女の立場で夫君の死を悲しむ挽歌と見たが、長歌の全段を忍壁皇子の立場で詠んだ、とする読みも不可能ではない。身崎寿氏は前掲論に橋本達雄氏の新説を批判しながら、左のようにいう。

一般的には作者人麻呂の立場から客観的に三人称的に語っていると見られているが、橋本は忍坂部皇子から死者川島皇子へ二人称的に呼びかけたものであるとする。二人称的な話法である可能性はたしかにあるが、それを川島に呼びかけたものと限定する根拠はとくにあるまい。むしろ「嬬の命」を「妻であるあなた」ととり、前段部を泊瀬部皇女に対して呼びかけた形と解する方が、後段とも統一できてすっきりするのではなかろうか。後段部が泊瀬部を主体とした表現になっていることは衆目の一致するところであるが、それを一人称と見ること（橋本説）も三人称的と見ること（通説）も可能であると同時に、前段部と同様二人称的に泊瀬部皇女に呼びかけたものと見ることの可能性もまた否定できまい。

身崎氏は、「嬬の命」を「妻であるあなた」、問題の「の」を連体修飾格の格助詞、「柔膚」を皇女の膚、「身に副へ寝」る主体を河島皇子が、とし、「夜床」を「たんなる夜の寝床というだけでなく男女の共寝するその夜のしとねを指す」とする。その一つ一つは無理のないものだが、「嬬の命」を「妻であるあなた」とするのはどうであろう。自分の妻なり夫なりを三人称で「つま」と呼び、二人称で「つま」と歌いかけることはするが、亡き河島皇子の妻であり、自分にとっては妹である泊瀬部皇女に対して「妻であるあなた」と歌いかけることはなかろう。また、身崎氏の解釈に従うと、〈玉藻のようになびきあった妻の命であるあなたの柔膚を、河島皇子は現在身に添えて寝ていないので、二人の夜床は荒れたものになっていよう〉となるが、橋本達雄氏が『謎の歌聖柿本人麻呂』（日本の作家）に「不自然な主語を補うなど無理な解釈となるので到底従い得ない」と反論しているように、主体が変化しすぎて不自然であろう。契沖以来の通説と身崎氏の新説を折衷することが試みられてよかろう。

また、河島皇子に対する「挽歌」のみが、死者に対してうたいかけられず、なぜ遺族に対してうたいかけられ、遺族に対して献呈されたのであろう。身崎氏は、「この挽歌は、殯宮挽歌の場合などよりいっそう私的な、うちわの場で公表された」と見、そうした環境下に作者は「主情的で官能的な表現」を求め、「こうした表現への志向が、忍坂部を話者とする形式へと向かわせた」と推測するが、この挽歌の文学作品としての評価や忍壁皇子を話者とする形式獲得の過程については、なお考慮の余地を残している。

以上、武田祐吉や橋本達雄氏の所説をはじめとする諸氏の新説を読み、文学作品を読む、その読みのおもしろさを満喫したが、この挽歌が通常の挽歌ではなく、左注に「右は、或本に曰く、河島皇子を越智野に葬りし時に、泊瀬部皇女に献りし歌なり、といふ」とあるように葬歌であることが、なお十分に考慮されていない印象を持った。この挽歌は死者に献呈されずに、題詞「柿本朝臣人麻呂の泊瀬部皇女と忍坂部皇子とに献りし歌一首」によれば泊瀬部皇女と忍壁皇子に、左注によれば泊瀬部皇女即ち遺族に献呈されているが、こうした理由も忍壁が話者となった理由も、葬歌の歌唱形式に関連させることで説明できようし、葬歌の構成や表現に関連させることで定解を見ない難解部分も解読され、さらには人麻呂の表現意図を推測することも可能になるように思う。以下にこの挽歌を葬歌とする卑見を述べるが、本書の視点に先行する論として、曾田友紀子氏の「河島皇子挽歌の手法―葬歌との関係から―」(『古代研究』昭61・3)があり、時おり助力を願うことをはじめに申し添える。

二　葬歌の系譜

すでに、『日並皇子挽歌』(2―一六七〜一七〇)や『高市皇子挽歌』(一九九〜二〇二)を論じた際に、『日並皇子挽歌』をはて(一周忌)の歌、『高市皇子挽歌』を葬送の夜の歌と考えたが、次章で論じる『明日香皇女挽歌』(一九六〜一九八)はのちのわざ(追善供養時)の歌と考えている。『記』『紀』の歌謡や『万葉集』中の挽歌をさらに細分することはあまり行われてはいないようであるが、理解を深めるためには、挽歌の発想や表現が、その制作・享受の場によって相違していることに注目する必要があろう。『河島皇子葬歌』の解釈をめぐって諸説が主張されているが、この挽歌が遺族にうたいかける葬歌であることを忘却したところに基づくようだ。

挽歌のなかでも、柩を挽く時に歌う挽歌の原義にもっとも近い挽歌は葬送の歌であり、『景行記』の『大御葬歌』がこれに相当する。

なづきの　田の稲幹に　稲幹に　這ひ廻ろふ　野老蔓（記―三四）
浅小竹原　腰泥む　空は行かず　足よ行くな（三五）
海処行けば　腰泥む　大河原の　植ゑ草海処は　いさよふ（三六）
浜つ千鳥　浜よは行かず　磯伝ふ（三七）

第一首は、物語によれば、倭建命が能煩野に崩じたことを聞き、后たちと御子たちがやってきて、御陵を作り、湿田に「匍匐ひ廻りて哭き」て歌った歌である。御陵を作ったという点を重視すると葬の時点のものとなるが、伊邪那美命の死に際して伊邪那岐命が「御枕方に匍匐ひ、御足方に匍匐ひて哭」いた、といい、『高市皇子挽歌』においても、舎人たちは殯宮の皇子に対して日夜埴安の御門の原で、「い匍ひ伏しつつ」「い匍ひもとほり」つづけた、とうたっているので、第一首は、殯宮における匍匐礼に関する詞章と見られないものでもない。本書では葬の折に殯の折のことを歌った、と考えているが、今は、死者よりも遺族を重視し、死者に取りすがる遺族の姿を描いている点に注目したい。

第二首は、倭建命が八尋白智鳥と化して浜に向って飛び、后や御子たちが「小竹の刈杙に足跳り破」りながらもその痛さを忘れて「哭き」ながら追い行き歌った歌であり、第三首は、「海塩に入りて泥み」行く時に歌った歌である。「小竹の刈杙に足跳り破」って哭くというのは、大化二年三月のいわゆる「薄葬令」が禁止する「髪を断り股を刺して誄す」る、殯時の哀悼傷身の「旧俗」を連想させるが、これらの二首は、山路平四郎が『記紀歌謡評釈』で、「これらの歌謡も亦、上代における葬送に際して柩を挽く行列に加わった人々が、楽に合わせて行進する身振の具象化である」と葬送に関連させて論じているのに従ってよかろう。二首は第一首と等しく、死者には言及せず、ただ遺族の姿のみを描いている。

第四首は、八尋白智鳥が磯におりた折に后や御子たちが歌った歌である。浜千鳥がその名のように浜にはおらず、石がちな磯に移ったことを悲しんでいるが、先の三首のようには遺族のことは歌わず、倭建命が身を変えた浜千鳥を歌う。

土橋寛は『古代歌謡の世界』(塙選書)等に、わが国に葬歌の伝統はなく、この『大御葬歌』も、『推古紀』(一一年二月)に征新羅将軍来目皇子が筑紫で薨じた折に、土師連猪手を派遣して周防国娑婆で殯宮のことを掌らしめた、と見える以後のことと推測する。宮廷の喪礼に関与したのは土師氏であり、四首を土師氏と関連の深い南河内の歌垣の恋歌であるとし、恋歌を転用して葬歌としており、中国風の葬儀が行われるようになるのはあまり古いことではない、と考えている。

中国において禁止されている殯の期間の歌舞が、『魏志倭人伝』には見えているので、殯宮において死者を蘇生させようとしたり思慕したりする歌謡や和歌の淵源は、古くて遠いと考えられるが、葬歌についての記載はなく、葬歌は大陸の葬儀や挽歌の影響下に成立した、と考えてよかろう。『允恭紀』(四二年正月一四日)は、天皇の崩御に際して新羅王が「調の船八十艘、及び種々の楽人八十」を貢上し、弔使は対馬、筑紫で哭し、素服を着して御調を捧げ、種々の楽器を張り、「或いは哭き泣ち、或いは儛ひ歌」いつつ、難波より京に行進し、殯宮に参会した、という。こうした大陸文化の影響下に、殯宮の歌舞に大陸楽が流入し、挽歌を模倣した葬送歌も歌われるようになるのであろう。『允恭記』に組み込まれた『読歌』も本来は葬送に関わる歌謡であろう。

隠国の　泊瀬の山の　大峰《おほを》には　幡張り立《だ》て　さ小峰には　幡張り立て　おほをにし　仲定める　思ひづまあはれ　槻弓《つく》の　臥《こや》る臥りも　梓弓　起てり起てりも　後も取り見る　思ひづまあはれ(記—八九)

隠国の　泊瀬の川の　上つ瀬に　斎杙を打ち　下つ瀬に　真杙を打ち　斎杙には　鏡を掛け　真杙には　真玉を

掛け　真玉なす　吾《あ》が思《も》ふ妹　鏡なす　吾が思ふ妻　有りと　言はばこそよ　家にも行かめ　国をも偲はめ（九〇）

物語によると『読歌』は、伊予に流された木梨軽太子が軽大郎女を待ちうけて二首を歌い、「かく歌ひて即ち共に自ら死にたまひき」とあるが、物語から分離して二首を読むと、伊予で心中をする前に詠んだ歌とはなるまい。詠み込まれた地名は泊瀬山と泊瀬川であり、大峰や小峰に張り立てた幡は葬具であり、上つ瀬や下つ瀬の斎杙や真杙に掛けられた鏡や真玉が祓えの具であることを考えると、両首は泊瀬山における葬儀と泊瀬川における祓除を表現している、と読んでよかろう。

第一首は、二段に分かれ、「思ひづまあはれ」を繰り返す。「思ひづま」は、物語によれば軽太子が軽大郎女に歌いかけているので、「思ひ妻」となり、いとしい妻よ、と呼びかけた歌として異説はないが、物語から分離して第一首を読むと、「おほをにし　仲定める　思ひづまあはれ」と「後も取り見る　思ひづまあはれ」の「仲定める」や「後も取り見る」の主語は「思ひづま」とすることも不可能ではない。不可能ではないというよりもそう読む方が自然である。「おほを」の状態に二人の間を考えている亡妻を愛している夫よ、死後まで世話をしている亡妻を愛している夫よ、となろう。「おほをにし」には定解がないが、青木和夫氏は『古事記』（日本思想史大系）に、「大小《おほを》にし」とし、「大小寄り添う仲と決めている」と解している。「おほを」を「大小」とするのは、すこし難しすぎるようだが、「大峰」としても、文脈からいって青木氏のように小峰が寄り添う大峰の意に解することができよう。

第二首は、『万葉集』巻十三「相聞」（13―三二六三）にほぼ同型で収められているが、亡妻を思慕する夫の立場の歌であるために、恋の歌物語に組み込まれることもあったのであろう。『魏志倭人伝』は、葬送後の祓除を「已に葬れば、挙家水中に詣りて澡浴し、以つて練沐の如くす」と記す。伊耶那岐命も黄泉の国から帰ると、橘の小門の檍原で禊祓をしており、第二首は葬後の歌である。第一首は、遺族に同情した第三者が遺族に歌いかけたのに対し、第二首は、遺族が死者を思慕する構成をとる。

物語の記載を無視してまで『読歌』の第一首を、遺族に同情した第三者が遺族に対して歌いかけた、と解したのは、葬送歌として明らかな『武烈即位前紀』に収められる影媛の『鮪臣葬歌』二首に同様な構成が見うけられる理由による。

石《いす》の上　布留を過ぎて　薦枕　高橋過ぎ　物多《さは》に　大宅過ぎ　春日　春日を過ぎ　妻隠る　小佐保を過ぎ　玉笥には　飯さへ盛り　玉盌《もひ》に　水さへ盛り　泣き沾《そほ》ち行くも　影媛あはれ（紀—九四）

あをによし　奈良の谷《はさま》に　獣《しし》じもの　水漬く辺隠もり　水そそく　鮪の若子を　漁《あさ》り出《づ》な猪の子（九五）

『武烈紀』によれば、影媛をめぐって武烈と鮪があらそい、武烈は、鮪が影媛を得たことを恨んで鮪を奈良山に殺す、影媛は鮪が殺されるのを見て、「驚き惶みて失所して、悲涙目に盈てり。遂に歌を作りて曰はく」として第一首を記しているが、第一首がそうした歌でないことはいうまでもない。第一首はまず葬送の道行を叙し、その葬列の中を「泣き沾ち行く」影媛を見て同情した第三者が「影媛あはれ」と歌ったもので、遺族の立場の歌とは考えられない。『読歌』と『鮪臣葬歌』の第一首がそれぞれ「思ひづまあはれ」「影媛あはれ」で閉じるのは偶然ではなかろう。第二首は、影媛が鮪を埋葬して家に帰ろうとする時に、「灑涕《いさ》ちて愴み、心に纏れて」詠んだ歌であるという。特殊なものだが、葬後に遺族の詠んだ歌と考えてよかろう。

以上の三例は、用例としてけっして多いものではないが、挽歌のジャンルのなかに古くから葬歌が存在したことを主張しており、推古朝以後の成立という時代を遡らせることもあるいは不可能ではないかもしれない。また、『大御葬歌』の第一・第二・第三首、『読歌』の第一首、『鮪臣葬歌』の第一首により、葬歌は前半において、葬送や葬儀に従事する遺族の悲しみを表現し、『記』『紀』はこの前半もすべて遺族が歌ったとするが、物語から分離させて歌謡のみを読むと、『読歌』『鮪臣葬歌』の前半は、第三者が遺族に同情して歌いかける構成をとり、『大御葬歌』の第一・第二・第三首の場合も、そうした読みを可能にするものであった。残りの『大御葬歌』第四首、『読歌』第二首、『鮪臣葬歌』第二首により、葬歌は後半において、主題はさまざまであるが、葬の終了時や葬後に遺族が遺族の立場で歌う構成をとる。

葬歌が、なぜ第三者が遺族に歌いかける歌と遺族が返歌（答歌）とも唱和ともつかない形で歌う歌の二群から形成されるか、ただちに答えることはできないが、曾田友紀子氏は前掲の論で、本書で行ったと同様の整理を行い、二群の構成を二群の発表の場に関連させて、「葬送の列を連ねる遺族の姿を弔問客が歌って哀悼の意を表し、それに応じて遺族が葬儀の完了と自らの悲しみを訴える場があった」と推測し、「弔問客と遺族との間の現実的な応対との関係が、葬歌の性格を規定する要因の一つであったかもしれない」とする。

遺族の歌う後半のなかで、『大御葬歌』第四首「浜つ千鳥　浜よは行かず　磯伝ふ」は、倭建命の身を変えた八尋白智鳥である「浜つ千鳥」がいるべき浜を離れて磯伝いをはじめたことを、死者が大空に天翔けろうとすると見て歎くのであろう。人麻呂も『泣血哀慟歌』に、亡妻を荒野の墓地に埋葬して幽明境を異にしたことを、「白妙の　天領巾隠り　鳥じもの　朝立ちいまして　入日なす　隠りにしかば」（2—二一〇）とうたうが、〈近江朝挽歌群〉中の倭大后の左掲歌も、「若草の　嬬の　念ふ鳥立つ」と水鳥の飛び立つことを、死者との永別を意味するものとして悲しんでいる。この歌も遺族である妻の歌う「天智天皇葬歌」「淡海の海葬歌」とも呼ぶべき葬歌であろう。

鯨魚取り　淡海の海を　沖放《さ》けて　榜ぎ来る船　辺附きて　榜ぎ来る船　沖つ櫂　いたくなはねそ　辺つ櫂　いたくなはねそ　若草の　嬬の　念ふ鳥立つ（2—一五三）

『読歌』の後半は、葬送をすませ祓除を行おうとする遺族のなおたちがたい死者への思慕を歌う。祓除の場に臨んでの思慕という点で特異なものとなっているが、この種の思慕は、斉明天皇の『建王追慕歌』（紀—一一九〜一二一）や額田王の『山科御陵退散歌』（2—一五五）にも見られるものであり、葬後の歌である、〈葬送の夜の歌〉〈のちのわざの歌〉〈はての歌〉に連続する、と考えてよかろう。『鮪臣葬歌』の後半は、影媛が鮪の埋葬された所を見て遺骸が野猪に食い荒されることを恐れる特異な歌であるが、葬の終了時に遺族が墓所を見ながら詠む歌は他にも指摘することができるので、これも葬歌の一定型となっていたのであろう。大津皇子を二上山に移葬した折に大来皇女が詠んだ『大津皇子移葬歌』第一首、穂積皇子が但馬皇女の墓を遙望して詠んだ『悲傷流涕歌』、河内王を豊前の鏡山に葬った折に手持女王の詠んだ『河内王葬歌』がそうした葬歌に相当しよう。

うつそみの人なる吾や明日よりは二上山を弟《いろせ》と吾《あ》が見む（2—一六五）

降る雪はあはにな降りそ吉隠の猪養の岡の寒からまくに（二〇三）

王の親魄《むつたま》逢へや豊国の鏡の山を宮と定むる（3—四一七）

『読歌』が、泊瀬山における葬儀と泊瀬川における祓除を歌うのは、泊瀬が古代の葬所であった理由によろうが、『万葉集』巻十三「挽歌」所収の左の三首の組歌も、『泊瀬葬歌』と呼んでよい葬歌であろう。

隠国の　長谷の川の　上つ瀬に　鵜を八頭《やつ》漬《かづ》け　下つ瀬に　鵜を八頭漬け　上つ瀬の　年魚を咋はしめ　下つ瀬の　鮎を咋はしめ　麗し妹に　鮎を取らむと　麗し妹に　鮎を取らむと　投ぐる箭《さ》の　遠離り居て　思ふそら　安けなくに　嘆くそら　安けなくに　衣こそば　それ破れぬれば　継ぎつつも　またも合ふといへ　玉こそば　緒の絶えぬれば　括りつつ　またも合ふといへ　またも逢はぬものは　孋にし有りけり（13—三三三〇）

隠国の　長谷の山　青幡の　忍坂の山は　走り出《で》の　宜しき山の　出で立ちの　妙しき山ぞ　惜《あたら》しき　山の　荒

れまく惜しも（三三三一）

高山と　海とこそば　山ながら　かくも現しく　海ながら　然《しか》ただならぬ　人は花ものぞ　空蟬世人（三三三二）

三首一組の作であるが、三首とも歌謡の歌体であり、泊瀬への葬送や泊瀬での葬儀で歌われたものであろう。第一首の鮎漁に関わる表現は、「麗し妹」やそうした妻と「遠離り居」ることを修飾する序詞として使用されているので、「妻を失った泊瀬地方の漁民の嘆きの歌」とは限定できないが、泊瀬の鮎漁であるのは泊瀬の葬歌であった理由によろう。歌謡ではあるが、抒情が重視されて、第三者が妻を失って悲しみに沈む夫の姿を描写し、同情する構成をとらずに、妻を失った夫の悲しみを歌っているが、この歌を実際に歌うのは遺族ではなく第三者であろう。第二首は、葬地である泊瀬や忍坂の荒廃を憂慮する歌であり、『鮪臣葬歌』第二首に相当する葬歌である。

挽歌の一ジャンルを占める葬歌はまだ他にも存在しよう。『金村歌集』中の『志貴親王挽歌』（2―二三〇）で金村と葬送の者とが問答をするのも、この挽歌がたんなる挽歌ではなく、葬歌である理由によろう。『継体紀』（二四年一〇月）には、加羅での失政を問われて召還された毛野臣が帰途対馬に没し、遺体が淀川を遡って近江に送られてくるのを見て毛野臣の妻が歌った『毛野臣葬歌』（紀―九八）がある。死者である毛野臣が葬送の音楽を演奏しながら帰国したのを見て「枚方ゆ　笛吹き上る　近江のや　毛野の若子い　笛吹き上る」と詠んだ特異な歌であるが、歌のみを分離させて葬歌の定型にあわせて読むと、父なり妻なりの死に遭遇した、遺族である毛野若子に同情して歌いかけた歌とも読める。後考をまちたい。

三　葬歌の解読

葬歌は、葬列に参加した第三者が遺族に対して歌いかける。『河島皇子葬歌』の場合は、忍壁皇子をはじめとする葬儀に参列した人々が、遺族である泊瀬部皇女に向って、皇女の悲歎にくれる姿を描きつつ、気の毒な皇女よ、と歌いかける構成をとることになろう。諸説のうちの泊瀬部皇女を動作主とする読みに賛成するが、皇女に対して歌いかけた歌と解するので、皇女は三人称ではなく、二人称の扱いになる。この読み方も、前掲の曾田友紀子氏の読みを継承している。

人麻呂はこの葬歌を、「飛ぶ鳥の　明日香の河の　上つ瀬に　生ふる玉藻は　下つ瀬に　流れ触らばふ」とうたいだす。人麻呂はつねに聴衆や読者の理解を思い、先行する同趣の作品の発想や表現を借り、自己の作品にすべてを集成しようとする。上流から下流へと視線を移す表現も、『読歌』第二首や『泊瀬葬歌』第一首の冒頭部分に見えるものであった。人麻呂は女の姿態を玉藻に譬えるが、この葬歌においては、下流の瀬に先端を触れ合わせている玉藻を夫婦の睦みあう形容に連続させる。「玉藻なす　か寄りかく寄り　靡かひし」は、そうした夫婦の形容である。

「嬬の命の」についてはすでにさまざまな議論があるが、「つま」や「つまの命」は、うたいかけている人の夫か妻、あるいはうたいかけられている人の夫か妻のいずれかを指す。誰が誰に対してうたいかけているかの誰の部分をそれぞれ変化させると、「つま」は様々に変化するが、忍壁皇子や人麻呂が泊瀬部皇女にうたいかけていると解すると、〈私の妻の命〉ではありえず、死者の〈妻であるあなた〉や死者の〈妻であるわたし〉はもともと不自然であるので除くと、〈あなたの夫君〉亡夫河島皇子を指すことになる。長歌の最終句と反歌の第二句では河島皇子を「逢はぬ君ゆゑ」「袖かへし君」と呼び、河島皇子を「嬬」とも「君」とも呼んでいるが、『明日香皇女挽歌』で皇女の夫君を「宜しき君」「片恋ひ嬬」と呼び、『人麻呂歌集』の七夕歌で「己孋にともしき子らは泊てむ津の荒磯巻きて寝む君待ちかてに」(10—二〇〇四)と織女の夫彦星を「孋」「君」と呼ぶのに等しい。

「嬬の命」を泊瀬部皇女とする諸説は、前段の主体を死者河島皇子と見ることになるが、死者に献呈する挽歌であったなら死者に対する讃美を必要としようし、皇女を主体とする後段と分離する欠点が生じる。稲岡耕二氏は「人麻呂の表現意図――川島挽歌と吉備津采女挽歌――」（『文学・語学』昭57・6）において、『吉備津采女挽歌』で死者である采女の夫が「その嬬の子」と呼ばれ、『明日香皇女挽歌』で死者である皇女の夫君が「片恋ひ嬬」と呼ばれているのを論拠に、「嬬」を死者の配偶者を指すとして『河島皇子葬歌』の「嬬の命」を泊瀬部皇女とするが、死者を主体にし、死者に対してうたいかける『吉備津采女挽歌』『明日香皇女挽歌』と、遺族を主体にし、遺族に対してうたいかける『河島皇子葬歌』とは区別する必要があろう。

「嬬の命」を河島皇子とし、「嬬の命の」の「の」を主格を表わす格助詞とする諸説もあるが、前段を死者、後段を遺族として対照的に描いているとすると、中西進氏が『万葉集（一）』（講談社文庫）で「その藻のようにさまざまに寄りそい靡きあった夫のあなたは」と口語訳するように、主格を表わす「の」では十分ではなく、「の」を「は」に相当する助詞に代える必要が生じるように思う。

「嬬の命」を死者河島皇子とした場合、もっとも問題になるのは、「嬬の命の　たたなづく　柔膚すらを　剣刀　身に副へ寝ねば　烏玉の　夜床も荒るらむ」の部分である。即ち、「嬬の命」を河島皇子とすると、「柔膚」が皇子の「柔膚」になり、泊瀬部皇女を主語にすると、皇女が皇子を「身に副へ寝」ることになり、皇女の「身に副」える行為に「剣刀」という枕詞を使用したことになるが、みな不自然ではないか、という問題である。

皇子の「柔膚」については、小島憲之・木下正俊・佐竹昭広三氏の『万葉集・一』（日本古典文学全集）の頭注に、「若くして薨じた皇子の肉体を美化した表現か」とする読みに従ってよいが、これも皇子の膚のみを美化しているわけではあるまい。「柔膚」を修飾する「たたなづく」は、「たたなづく青垣山」と山脈の形容に使用される語であり、柔膚との関わりは密接ではないようであるが、曾田友紀子氏が前掲の論で指摘しているように、『人麻呂歌集』には、山脈の連なりに男女が手枕を交わして横たわる姿を連想する歌「三諸のその山なみに児らが手を巻向山は継ぎの宜しも」（7―一〇九三）も存在する。この葬歌において人麻呂は死者を単独では表現せず、「流れ触らばふ」玉藻のように皇女と「靡かひし嬬の命」と表現するが、「たたなづく柔膚」も、たんに皇子の膚のみを対象とはせずに、皇女の膚に美しく寄り添い連続する柔膚、皇女の柔膚にふさわしい柔膚の意に表現している。『読歌』第一首において、夫婦の寄り添う姿を大きな峰に小さな峰が寄り添うようにの意で「おほをにし仲定める」と表現したが、これをさらに美化し、官能的な寝姿にしたのが「たたなづく柔膚」である、と考えてよかろう。

　男が女を身に添えて寝るという表現と、女が男を身に添えて寝るという表現を比較すると、前者の方が一般的ないい方であり、用例を調べるまでもなく、用例は前者の方が圧倒的に多い、と断言することができよう。しかし、後者は例外的ないい方であるが、例外的な場合には、そうしたいい方も不可能ではない、と考えるべきであろう。人麻呂は、男女の睦みあう姿を玉藻に譬え、『石見相聞歌』第一長歌或本に「波のむた　か寄りかく寄る　玉藻なす　靡き吾が寝し　しきたへの　妹が手本を」（2―一三八）といい、『明日香皇女挽歌』に「吾ご大君の（皇女が）立たせば　玉藻のもころ　臥《こや》せば　川藻のごとく　靡かひの　宜しき君が（夫君の）」（2―一九六）といい、ともに女を中心にして女に靡く男の姿を描く。前者は「或本」のみに見える表現であり、本文では男を中心にした一般的な表現になっており、後に「或本」を推敲したとなると、「或本」の表現は不適切なものとなり、証歌としての能力を欠くことになるかもしれないが、後者は、皇女に対する挽歌であったために、皇女を主にした表現にした、と考えてよかろう。『河島皇子挽歌』は遺族に対してうたいかける挽歌であったために、これも泊瀬部皇女を主にして男が靡く表現にした、と考えてよかろう。

「剣刀身に副へ寝ねば」について、「剣刀」は、男が身に添えるものであり、「身に副ふ」は、かならず男が女を身に添えて寝る意に用いる、というのは、一般的な表現においてのみいいえることであり、例外的な表現においては無効となるので、用例の有無や多少は問題にならないが、笠女郎が家持に「剣大刀身に取り副ふと夢に見つ何のさがぞも君に逢はむため」（4―六〇四）とうたいかけた例もある。笠女郎は、家持と共寝をすることを自分を中心にして家持を身に添えると把握し、その前兆として「剣大刀身に取り副ふと夢に見」た、とうたうのであろう。西郷信綱氏は『万葉私記』に、皇女を主語にして読むことを否定し、笠女郎の歌が反証にならないことを「必ずしも証歌になるまい」というが、その理由や論拠について何も記していない。

「烏玉の夜床も荒るらむ」の「夜床」は妻の夜床である。床は妻のものであり、夫の訪れがないと妻の床は荒れると考えられていた。特別な記載がない以上、「薨去した皇子の柩中の寝床」といった特殊なことを考える必要はない。

「そこ故になぐさめかねて」の「そこ故に」は、『日並皇子挽歌』で「そこ故に　皇子の宮人　行方知らずも」とこの挽歌の主題である、舎人たちの寄るべを失って途方にくれるほかない悲しみを導き、『明日香皇女挽歌』で「そこ故に為《せ》む便《すべ》知れや」と人麻呂たち側近のものが、悲しみをどうすることもできず、悲しみのなかでどうするすべもないことを悟り、「音のみも　名のみも絶えず　天地の　いや遠長く　思《しの》ひいかむ」と噂だけでも御名だけでも偲び続けようという決意を導く。「そこ故に」は、散文であったならば、結論を導き出すように抒情を集約する重要な働きをする。

『河島皇子葬歌』においても、「そこ故に」の句は、皇女が夫君と共寝をすることができず、夜床を荒らしているのを承けて、夫君に逢えるかと惑乱して越智の大野に旅寝をするあわれさを、「そこ故に　なぐさめかねて　けだしくも　逢ふやと念ひて　玉垂の　越の大野の　旦露に　玉裳はひづち　夕霧に　衣は沾れて　草枕　旅寝かも為る　逢はぬ君故」と導く。前段を河島皇子を主体にして読むのはやはり無理であろう。橋本達雄氏は『万葉宮廷歌人の研究』に、前段は忍壁皇子の立場で死者河島皇子にうたいかけ、後段は泊瀬部皇女の立場で死者河島皇子にうたいかけているると解読するが、主体が変化するのはやはり無理がある。また、問答や唱和であるならそうしたことがわかるように、前段を問いの型にし五七七の句で閉じ、後段も問いに答える型の表現にしようが、この挽歌にそうした構成は見られない。

曾田友紀子氏は、前掲の論にこの挽歌を葬歌と見て、忍壁皇子が遺族である泊瀬部皇女にうたいかける、と読むが、第三者が遺族に同情して歌いかける葬歌の前半は、『河島皇子葬歌』の前段に相当して後段に及ばないと見て、後段は、遺族の歌う葬歌の後半に相当するとして、「長歌は亡き河島皇子には呼びかけず、その遺族である泊瀬部皇女と忍壁部皇子との間の唱和とも称すべき骨格をもつ」という。曾田氏のように読んでよいのだが、葬歌の前半は、『河島皇子葬歌』の長歌の後半にも及び、長歌全体が葬歌の前半に相当するのではないだろうか。

葬歌は前半部分で遺族が葬送や葬儀に従事する姿を描くが、『河島皇子葬歌』の前段は、夫を失った皇女の空閨を描写するにすぎず、葬送や葬儀への言及を欠く。後段で人麻呂は、皇女は一人寝のさびしさに惑乱して越智野を彷徨し、越智野に旅寝をするというが、これは皇女が亡夫の葬送や葬儀に従事したことを美化して表現したものであろう。空閨のさびしさに惑乱して「けだしくも　逢ふやと念ひて……草枕　旅寝かもする　逢はぬ君故」といい、反歌においても「またも逢はめやも」が繰り返され、悲しみの中心が夫君に〈逢えないこと〉にあったことが理解されるが、『泊瀬葬歌』第一首にも、「衣こそば　それ破れぬれば　継ぎつつも　またも合ふといへ　玉こそば　緒の絶えぬれば　括りつつ　またも合ふといへ　またも逢はぬものは　孋にし有りけり」と〈逢えない歎き〉が歌われている。

「玉垂の　越の大野の　旦露に　玉裳はひづち　夕霧に　衣は沾れて　草枕　旅寝かもする」はもっとも葬歌らし

い部分である。われわれはこの部分から、皇女が葬送に難儀しつつもはげしく涕泣し、死者に心を残して越智野から立ち去れずにいることを読みとるが、こうした表現もすべて先行の葬歌に見える。遺族が葬送に難儀する姿は、『大御葬歌』第二首・第三首に「浅小竹原　腰泥む　空は行かず　足よ行くな」「海処行けば　腰泥む　大河原の　植ゑ草　海処は　いさよふ」と見え、遺族の泣く姿は、『鮪臣葬歌』第一首に「泣き沾ち行くも影媛あはれ」と見える。遺族が葬所を立ち去れずにいる未練心は、『読歌』の主題でもあった。第一首では、亡妻に寄り添い、世話をする夫に対して「おほをにし　仲定める　思ひ夫あはれ」「後も取り見る　思ひ夫あはれ」と歌いかけ、第二首では、妻のいない家や故郷に帰ることを願わない夫の心を「有りと　言はばこそよ　家にも行かめ　国をも偲はめ」と歌う。

人麻呂は皇女の葬送・葬儀への参加を外側から美化して表現する。皇女の喪服を「玉裳」というのは美化のはなはだしいものであり、皇女の立場に立って一人称で表現するのであったなら、こうした言葉を使用することはないであろう。長歌は、忍壁皇子をはじめとする葬儀に参列した人々が、夫を失って悲歎にくれる泊瀬部皇女の姿を描きつつ、同情する歌であり、「思ひ夫あはれ」「影媛あはれ」という直接的なもの言いを人麻呂はしないが、われわれは結句の「逢はぬ君故」のあとに、〈かわいそうな妹よ〉〈皇女あわれ〉の思いを読みとるべきであろう。

長歌に比較すると反歌についての議論は少ないが、「敷妙の袖かへし君玉垂の越野過ぎゆくまたも逢はめやも」も主語は泊瀬部皇女であるが、誰の立場の歌かと見ることでさまざまな読みが可能になる。即ち、人麻呂なり忍壁皇子なりが、皇女の悲しみを外側から皇女を三人称で描いているとも、二人称で皇女にうたいかけているとも見られようし、皇女が一人称でうたっていると考えても、皇女が心中で自分自身にうたいかけているとも、皇女が亡夫にうたいかけているとも、皇女が長歌に対して人麻呂なり忍壁なりに答えているとも見られるであろう。

窪田空穂は『評釈』に、人麻呂が人麻呂の立場で皇女の悲しみを外側から描いた、と解し、「長歌では、皇女の御心中を思いやって、ともに悲しんでいる趣にとどめていたのを、反歌はその主観的な態度から離れて、全体を客観的に見た態度のものとしている」と評しているが、こうした読みは少く、多くは人麻呂が皇女の立場で詠んだ、と解している。

武田祐吉は『全註釈』に、「皇女に代わって詠んでいる」といい、土屋文明も『私注』に、「これも作者人麿が、皇女の位置に自らを置いて、その感動をのべて居る作法であらう。第三者として傍観するゆき方ではない。結句の如きは、殊に、その点がはっきり感ずることが出来る」といい、沢瀉久孝も『注釈』に、「長歌では第三者としての作となつてゐるが、反歌では皇女の位置に立っての作の如くなつてゐる」といい、桜井満も『万葉集（上）』（旺文社文庫）に、「反歌は皇女の立場からの歌になっている」との脚注を付し、伊藤博氏も『万葉集・一』（新潮日本古典集成）に、「第三者の立場で泊瀬部皇女を歌った長歌に対し、反歌は皇女になりきって悲しんでいる」との脚注を付す。

長歌と反歌とで表現主体や作者の立場が変わり、反歌が他人の立場で詠まれている、というのは極めて異例なことであり、説明を必要とするが、土屋文明が『私注』に、「人麿は多分かうした時、自然とその心が当事者と同化してしまつたものであらう。人麿の作中でも特に勝れたものと見るべきである」といい、沢瀉久孝が『注釈』に、「これはかうした事を意図しての上といふよりも、長、短歌の性格、作者人麻呂の性格から、おのづからかうなつたものと見るべきであらう」というにすぎない。人麻呂の他の反歌にこうしたことが見られるわけでもないので、人麻呂や反歌の性格や特色からこの反歌の特異性を論じることはできない。

『河島皇子葬歌』の長歌は、葬歌前半部の基本に従い、葬送・葬儀に参加した忍壁皇子をはじめとする第三者が遺族である泊瀬部皇女にうたいかける歌として構成されていたが、反歌が表現主体を変え、皇女の立場で皇女の悲しみをうたうのは、この反歌がたんなる反歌ではなく、葬歌後半部が返歌（答歌）とも唱和ともつかない形で、天翔る死者との永別を歎いたり、葬送後の立ち去りがたい未練心を歌ったり、墓地を眺めながら死者を偲んだりするのに倣って反歌を構想した理由によろう。反歌は、長歌が強調する「逢はぬ君故」を継承して同じく結句に「またも逢はめやも」を据え、両者の関係は一見親密であるが、その差異は大きい。

反歌は、皇子が「越野過ぎゆく」ことを歎き、「またも逢はめやも」と歎くが、「越野過ぎゆく」は、越智野を皇子の葬送の行列が行くことや、皇子が越智野に埋葬されたことを傍観して表現したものではなく、皇子が越智野に埋葬されたことを、皇子が越智野より天翔った、と見て、皇子との永別を悲しむのであろう。反歌は、『大御葬歌』第四首が「浜つ千鳥　浜よは行かず　磯伝ふ」と歌い、『淡海の海葬歌』が「若草の　嬬の　念ふ鳥立つ」と歎いたのに倣って構想されたのであろう。渡瀬昌忠氏も『注釈万葉集・選』に、「『越智野ヲ過ギテ行ク』という本文の表現は、その葬所から霊魂が他界へ去って行くことを意味するだろう。われわれは御陵を作って葬った後、白鳥となって飛んで行ったヤマトタケルを思わずにいられない」というが、まさにその通りであろう。反歌の主題は、反歌が葬歌の後半部分に相当することを思えば「越野過ぎゆく」にあり、「またも逢はめやも」は長歌との関わりを密接にするために添えられたものと考えられる。

四　葬歌の抒情詩化

人麻呂がこの葬歌を献呈した忍壁皇子と泊瀬部皇女は、天武天皇の皇子と皇女で、母は宍人臣大麻呂女櫰媛娘である。宍人臣氏は膳部臣氏と同族で安倍臣氏の支族である。安倍氏は古来の大族で後世に吉志舞を伝承したが、膳部・宍人両氏のように宮廷の飲食を担当する氏族も、饗宴に奉仕するところから、古来の芸能や物語の伝承にさまざまな関わりを持ったことであろう。また、忍壁皇子、泊瀬部皇女が名に負う忍壁（刑部）と泊瀬部（長谷部）は、それぞれが允恭后忍坂大中姫と雄略天皇の名代部であるが、それぞれの部を総領する刑部造氏と長谷部造氏は、『旧事紀』（天孫本紀）と『姓氏録』（大和国神別）に、「（饒速日命十一世孫）物部石持連公、刑部垣連・刑部造等祖」、「長谷部造、神饒速日命十二世孫千速見命之後也」と見え、ともに物部氏の支族であった。

金井清一氏は「日本書紀における帰化人伝承と川嶋・忍壁皇子」（五味智英先生還暦記念『上代文学論叢』）に、『姓氏録』（河内国諸蕃）に刑部造が呉国人李牟意彌より出たと見え、『坂上氏系図』所引の『姓氏録』に阿智王の孫志努直第三子阿良直が忍坂忌寸等七姓の祖となり、阿智王が率いてきた七姓漢人のうち李姓のものが刑部史の祖となった、と見えるのを論拠に、刑部を名のる氏人は「総じて倭漢氏系の帰化人だった」と推測し、忍壁皇子の修史事業における役割を重視して、皇子が『允恭紀』の物語や「忍坂中姫皇后の生んだ皇子である安康・雄略の事蹟」を伝えたと推測する。

刑部造氏は天武十二年九月二日に連を賜姓され、翌十三年十二月二日に忍壁連は宿祢を賜姓されたが、持統八年六月八日に河内国更荒郡から献られた白い山鶏を捕獲したのは、二度の賜姓から漏れた刑部造氏の韓国であった。河内国の刑部造や刑部史に倭漢氏系がいたかもしれないが、刑部がすべて倭漢氏系の帰化人であった、と断言するには、なお多くの問題を残している。忍壁皇子の母方の宍人臣氏は、雄略天皇の母皇太后忍坂大中姫が膾を作る調理人として献じた膳臣長野がその祖であり、雄略天皇や泊瀬の地と深い関わりを有するが、忍壁皇子が天武三年八月三日に石上神宮に派遣されて膏油をもって神宝を磨いているのも、皇子が名に負う忍壁造が物部氏に属した理由によろう。妹の泊瀬部皇女や弟の磯城皇子も、物部氏に属する泊瀬部造や物部氏と関わりの深い磯城県主の氏名を名に負い、忍壁・磯城・泊瀬部の三兄妹は、磯城郡（城上）の泊瀬や忍坂と地縁を有する人々と深い関わりを有していた。

泊瀬は、古王朝の栄花を秘めた土地であるが、人麻呂の時代においても信仰や芸能の一中心地であり、また葬所であったために、泊瀬には八千矛神の『神語』や『万葉集』巻頭の『雄略天皇御製』と深い関わりを持つ、『万葉集』巻十三「問答」所収の天皇と〈隠り妻〉である泊瀬少女との『泊瀬問答歌』(13―三三一〇~三三一三)や、葬歌として問題にした『読歌』(記―八九・九〇)や『泊瀬葬歌』(13―三三三〇~三三三二)等をはじめとする、愛と死をテーマとする歌謡や和歌が少なからず存在した。

『人麻呂歌集』にも、泊瀬・三輪・巻向に関連した歌が少なからず存在し、人麻呂の実人生と結びつけて読まれ、〈巻向歌群〉と呼ばれたりする。いま、〈巻向歌群〉の問題に深入りすることはしないが、これらの歌群は泊瀬の文学の愛と死のテーマを継承しており、人麻呂の実人生とは無縁な作品であろう。人麻呂作歌中では、『明日香皇女挽歌』が『河島皇子葬歌』と等しく冒頭部分に『読歌』第二首や『泊瀬葬歌』第一首の発想や表現を継承し、『石見相聞歌』第一長歌が巻十三所収の『泊瀬船待ち歌』(13―三二二五・三二二六)の発想や表現を継承し、『泣血哀慟歌』第一長歌は、『読歌』と関連する木梨軽太子の悲劇を踏まえて今様軽太子の慟哭をうたうが、『明日香皇女挽歌』は、忍壁皇子の妻明日香に献じた挽歌であり、『石見相聞歌』や『泣血哀慟歌』は、忍壁皇子・山前王父子のサロンで発表された作品であったらしい。

泊瀬の歌謡は、宮廷歌謡として人々に広く知られており、忍壁皇子や人麻呂のみが伝承していたわけではないが、人麻呂は、忍壁皇子関連歌に皇子に親しい泊瀬の歌謡の発想や表現を積極的に採用した。『河島皇子葬歌』にその影響が特に著しいのは、忍壁皇子から新しい葬歌の制作を依頼された時、泊瀬部皇女が遺族であったところから、〈泊瀬の葬歌〉を下敷きにした〈泊瀬部皇女の葬歌〉が構想された理由によろうが、この葬歌が人麻呂初期の作品であり、葬儀の儀礼や歌謡との関係が密接であったため、先行の歌謡の影響を濃厚に承けた、と考えられる。

『河島皇子葬歌』は、先行の歌謡と比較すると高い抒情性を獲得している。たとえば、冒頭の「飛ぶ鳥の　明日香の河の　上つ瀬に　生ふる玉藻は　下つ瀬に　流れ触らばふ」は、『読歌』や『泊瀬葬歌』の冒頭形式を継承して、上下を対照させる神話や歌謡の様式を採用するが、『泊瀬葬歌』の冒頭の鮎漁が主題とほとんど無関係であるのとは異なり、主題の抒情と緊密に結合している。明日香川が詠み込まれているのも、その河が河島皇子の邸近くを流れ、葬送の行列が実際に上流から下流へとその河畔を通るからであろう。

下流の瀬に流れて触れあっている玉藻は、たんなる序詞ではなく男女の睦み合う譬喩として主題の抒情と緊密に結合している。抒情性を加えているが、後の『明日香皇女挽歌』の明日香川の玉藻が、〈玉藻は絶たれてもまた生え、川藻は枯れてもまた生い茂るのに、皇女はなぜ蘇生しないのか〉という形で、蘇生も復活もしない皇女に対し、再生し復活する異次元のものとして把握され描写されているのに対して、『河島皇子葬歌』の玉藻は、まだ人間と同次元で把握され、生の充足を表わすものとして描写されている。

川に対して山を配するのも、神話や歌謡に特有の発想様式であり、川の流れ（川なみ）から山脈（山なみ）が連想され、『読歌』の「おほをにし仲定める」の影響もあって、「たたなづく柔膚」が使用される。山脈の連なりは、玉藻の靡きとともに充実した生を表現するが、そうした表現に終始して、『人麻呂歌集』の「児らが手を巻向山は常に在れど過ぎにし人にゆき巻かめやも」（7―一二六八）のように、山々はわれわれと異なる世界に存在しているとか、永却回帰の時間に支配されているという認識を欠く。（『人麻呂歌集』の歌がすべて「人麻呂作歌」とある歌に先行するとする説には賛成しない。）

「旦露に　玉裳はひづち　夕霧に　衣は沾れて」は、皇女が葬送に難儀しつつはげしく涕泣していることを美化し情景化したものであるので、朝露、夕霧はその季節を表わしていよう。河島皇子の薨去は持統五年九月九日であるが、葬送はその月末に行われたものであろうか。季節のものである朝露や夕霧は、主題の悲しみを現実化し、表現主体に引き付けているが、『読歌』や『泊瀬葬歌』にそうした季語の働きはない。しかし、朝露といえば、『薤路』が「薤上朝露何易ㇾ晞　露晞明朝更復落　人死一去何時帰」というように、まずはかなさが指摘され、続いて露は消えてもまた発生し、回復するのに対し、人事は不可逆であり、さらにはかない、といったことが主張されるものであるが、この葬歌にそうした主張はない。詩文の影響がまったく見られないことも記憶にとどめておいてよかろう。

長歌は、『泊瀬葬歌』の主題を継承して〈逢えない歎き〉に主題を絞り、表現を統一している点に高い評価を与えることができるが、夫婦仲のよさを〈逢う〉という性愛の一面でとらえているのは、『明日香皇女挽歌』や『泣血哀慟歌』と比較すると、やはり古い愛の認識の仕方といえよう。神話や古い物語や歌謡においては、夫婦の愛が讃美されたことはなく、深い愛はつねに悲劇と結びついているが、古代人にとって深い愛は異常な愛であり、不毛を招き、悲劇を生じる、といった考えがあったのであろう。

表現を統一しようとする配慮は反歌にも及び、反歌も、夫婦が仲睦まじく共寝をしたことをいう「敷妙の袖かへし君」で一首をうたいだし、結句の「またも逢はめやも」も長歌の主題を反復させて抒情を深める。三句の「玉垂の」の枕詞も、皇女の寝室を暗示するが、四句の「越野過ぎゆく」は、やはり注目に価する。「玉垂の」で導かれる地名が遠方を意味するけうとい葬地の越智野であったことは、傍らにいた夫君が突然に越智野に遠ざかったことを感じさせ、人麻呂の詩的表現の巧みさに感心させられるが、夫君はそうして遠ざかった越智野をさらに後にしようとする。夫君の魂が越智野から天翔るのを皇女は見ている、というのであろう。

倭建命の后や御子たちも、命の身を変えた八尋白智鳥が飛び立つのをおそれて、「浜つ千鳥　浜よは行かず　磯伝ふ」と歌い、倭大后も天智天皇との永別を悲しんで、「若草の　嬬の　念ふ鳥立つ」と歌ったが、古代の妻たちには、夫の魂が見えるのであろう。したがって、彼女たちは、死んだ夫は見えるけれども逢えない、という〈逢えない歎き〉を歎き、歌うことになる。左掲の〈近江朝挽歌群〉中の倭大后の二首を参照されたい。〈逢えない歎き〉は古層の愛とともに古層の死の認識を秘めている。

青旗の木幡の上をかよふとは目には視れども直に逢はぬかも（2―一四八）

人はよし念ひやむとも玉蘰影に見えつつ忘らえぬかも（一四九）

人麻呂は、『泣血哀慟歌』で妻との永別を、「蜻火《かぎろひ》の　もゆる荒野に　白妙の　天領巾隠《あまひれがく》り　鳥じもの　朝立ちいまして　入日なす　隠りにしかば」と妻の魂が荒野より鳥のように飛び立つのを見ているようにうたうが、埋葬後に再度羽易山を訪れたときには、「うつせみと　念ひし妹が　たまかぎる　髣髴《ほのか》にだにも　見えなく思へば」と、見えないことを明言し、〈逢えない歎き〉をうたわずに〈見えない歎き〉をうたう。妻との永別の折に、妻の魂が鳥のように飛び立った、とうたうのは、白砂の衣を着せられ荒野の墓地に埋葬されて妻の姿をまったく見ることができなくなったことを、古来の発想や表現にあわせて、魂が鳥のように天翔った、といったもので、『泣血哀慟歌』では、『河島皇子葬歌』のおりに有した死に関する古代心性を失っている、と考えられる。

人麻呂は激動の時代を生きていた。愛や死の認識までが変化する激しさは、おそらくわれわれの想像を超えるものであったであろう。和歌史は激動の中で、歌謡から和歌に変化し、抒情性を獲得するが、この葬歌は、葬歌を抜け出て抒情詩としての達成をさまざまな面に見せながらも、詩文への関心を断ってひたすら歌劇的な歌謡の伝統にしたがって制作されていた。

葬歌は、第三者が葬送や葬儀に従事する遺族に同情して歌いかける前半と、遺族が返歌（答歌）とも唱和ともつかぬ形で歌う後半から構成される歌劇的な歌謡であったが、歌謡の抒情詩化は、歌劇的な歌謡の発表形式を忘却させ、歌劇的な歌謡はすべて遺族の歌と考えられるに到る。『大御葬歌』が四首とも后や御子たちの歌った歌となり、『読歌』『鮪臣葬歌』のそれぞれの二首が、それぞれ軽太子、影媛の歌った歌と誤解され、本来、第三者が遺族に対して歌いかけ、遺族が墓地をながめやってその荒廃を心配する歌であったはずの〈原泊瀬葬歌〉第一・第二首が、遺族の歌となり、さらに人の世の無常を悲しむ第三首を加えて『泊瀬葬歌』となるのも、歌劇的な歌謡が急激に忘れられ、歌謡も和歌的抒情を基本とする時代を迎えていた理由によろう。

歌劇的な葬歌が忘却される時代に、人麻呂の葬歌のみが損傷を免れるはずもなかった。『河島皇子葬歌』も間もなく、遺族である泊瀬部皇女が皇女の立場で長歌と反歌を詠んだものとして制作された、と考えられるようになろう。題詞「柿本朝臣人麻呂の泊瀬部皇女と忍坂部皇子とに献りし歌一首」と左注「右は、或本に曰く、河島皇子を越智野に葬りし時に、泊瀬部皇女に献りし歌なり、といふ」を比較・検討すると、題詞が、なぜ通常の「……時、……作歌」の形式をとって「河島皇子を越智野に葬りし時に、忍坂部皇子と泊瀬部皇女とに献りし歌一首」と記さなかったか、また、なぜ泊瀬部皇女を先に、忍壁皇子を後にするのか、といった答えられない問題がまず想起されるが、二人の名前で発表される形式をとった、と推測される題詞が古い歌劇的な葬歌を、一人の遺族名で長歌と反歌が発表される形式をとった、と推測される左注が新しい抒情詩的な葬歌を伝える、と考えてよかろう。

校異の記載によってその存在を伝える一本には、長歌の「夜床も荒るらむ」に対して「夜床も荒れなむ」、「逢ふやと念ひて」に対して「君も逢ふやと」、反歌の「越野過ぎゆく」に対して「越智野に過ぎぬ」とあった、という。渡瀬昌忠氏は『注釈万葉集・選』にこの一本の歌を「内容から見ると、夫に先立たれた妻としての泊瀬部皇女の立場に立って、川島皇子の死を悲しんだ挽歌である。川島皇子を葬る時、泊瀬部皇女が夫を弔うために歌いかけるべき夫への悲しみ歌も、人麻呂が代作して献じたのであろう」という。渡瀬氏は問題となる「嬬の命の」の「の」を主格とするので、その点には賛成しないが、一本の歌は渡瀬氏のように読んでよかろう。

一本の歌においては、皇女は亡夫に向って〈夫君であるあなたの「柔膚」を私は身に添えて寝ていないので私の夜床は……〉とうたいかけるので、「夜床も荒るらむ」の推測は適当でなくなり、〈今後荒れるに違いありません〉の「荒れなむ」に変え、後段の皇女の行動を外側から描く「逢ふやと念ひて」を直接的な「君も逢ふやと」に変えたのであろう。反歌の「越野過ぎゆく」は、皇子の魂が天翔るのを〈見〉て詠んでいる形をとるが、そうした古代心性が理解できなくなって、葬の終了時に遺族が墓所を見ながら詠む『鮪臣葬歌』第二首、『泊瀬葬歌』第二首、大来皇女の『大津皇子移葬歌』第一首、穂積皇子の『悲傷流涕歌』、手持女王の『河内王葬歌』等の葬歌にあわせて、越智野に埋葬されたことをうたう「越野に過ぎぬ」に改変されたのであろう。左注の「或本」と校異の「一本」は同一系統本であり、おそらく同一本と考えてよかろう。

長歌・反歌を皇女が亡夫にうたいかけた歌として読むと、「靡かひし　嬬の命の　たたなづく　柔膚すらを」の「嬬の命」「柔膚」などに亡夫への讃美が認められるが、やはり、亡夫への讃美がもう少しあってよいと思われ、また、空閨の惑乱や越智野での彷徨を皇女の立場で描いたとすると、いささか執拗であり、自分の喪服を「玉裳」という条りも自己美化のはなはだしいものになると思われるが、「或本」が本文に劣るのはやむを得まい。

「或本」と本文の相違を、歌謡から和歌に変化する当時の和歌史の展開を考慮しながら比較検討すると、「或本」の異伝は、本文の持つ歌謡性を卑俗に抒情詩化し、古代性を矯めて近代化したものであり、異伝が本文に先行することはないであろうが、渡瀬氏は、本文は「異伝の長反歌の成立時より後、川島皇子を越智野に葬った後やや時を経て川島皇子追慕の歌の場」で、本文の形に改変されて献られたことを推測し、本文は、橋本達雄氏の説に従い、前段を忍壁皇子がうたい、後段を泊瀬部皇女がうたった、と解している。

異伝の改変が人麻呂によって行われたか否かを決定する方法はないが、人麻呂が改めたのであれば、新しい時間や愛と死の認識を「越野に過ぎぬ」以外の部分にも加えようし、死者に対する讃美を加え、逆に皇女に対する叙述を削ったことであろう。異伝に見られる卑俗な抒情詩化や近代化は、人麻呂とは無縁なところで行われた改変であろう。おそらく、この葬歌は、河島皇子の葬儀で発表された後も、『大御葬歌』が代々の大御葬に歌われたように、さまざまな人々の葬送の折に歌われ、あるいは、『明日香皇女挽歌』と組み合わされて葬送以外の殯や葬後の挽歌の歌われる折にも、伶人たちによって歌いつがれたことであろう。異伝はそうした過程に生じたものであろう。『明日香皇女挽歌』は、『河島皇子葬歌』と同じく、明日香川の玉藻でうたい出し、「そこ故に」以下に十三句を充当し、ともに夫婦の愛をうたう。『明日香皇女挽歌』が制作年次を無視して『河島皇子葬歌』の次に配列されているのも、両首が一組の挽歌として享受された理由によろう。

人麻呂の作品には、『石見相聞歌』のように、本文と「或本」や「一本」を比較すると「或本」や「一本」が本文の草稿段階を示すと見られるものもあるが、『河島皇子葬歌』の「或本」や「一本」は伝来の過程に生じたと見なければならないものであろう。異伝の発生は一様ではない。われわれは作品を丁寧に読み、異同を比較検討して成立の過程に生じたか、伝来の過程に生じたかを一首一首考えるべきであり、異伝の問題は画一的に扱うことはできない。

『文学研究科紀要』（早稲田大学）第三十四輯（平成元年一月）に「河島皇子葬歌の構成——葬歌の達成と消滅——」として発表したが、直後に冒頭部分を改稿した。

第十三章　明日香皇女挽歌

——のちのわざの歌の達成——

明日香皇女の木瓲の殯宮の時に、柿本朝臣人麻呂の作りし歌一首 短歌を幷せたり

飛ぶ鳥の　明日香の河の　上つ瀬に　石橋渡し一に云ふ、石なみ　下つ瀬に　打橋渡す　石橋に一に云ふ、石なみに　生ひ靡びける　玉藻もぞ　絶ゆれば生ふる　打橋に　生ひをれる　川藻もぞ　干るればはゆる　何しかも　吾ご大君の　立たせば　玉藻のもころ　臥《こや》せば　川藻のごとく　靡かひし　宜しき君が　朝宮を　忘れ賜ふや　夕宮を　背《そむ》き賜ふや　うつそみと　念ひし時に　春へには　花折りかざし　秋立てば　黄葉かざし　敷妙の　袖携《たづさ》はり　鏡なす　見れども飽かず　望月の　いやめづらしみ　念ほしし　君と時々　幸《いでま》して　遊び賜ひし　御《み》食《け》向ふ　木瓲《きのへ》の宮を　常宮と　定め賜ひて　あぢさはふ　目辞も絶えぬ　しかれかも一に云ふ、そこをしも　あやに悲しみ　ぬえ鳥の　片恋ひづま一に云ふ、為つつ　朝鳥の一に云ふ、朝霧の　通はす君が　夏草の　念ひしなえて　夕《ゆう》星《つづ》の　か往きかく行き　大船の　たゆたふ見れば　なぐさもる　情《こころ》も在らず　そこ故に　為むすべ知れや　音のみも　名のみも絶えず　天地の　いや遠長く　しのひ往かむ　御名にかかせる　明日香河　万代までに　はしきやし　吾ご大君の　形見にここを（2―一九六）

短歌二首

明日香川しがらみ渡し塞かませばながるる水ものどにかあらまし一に云ふ、水のよどにかあらまし（一九七）

明日香川明日だに一に云ふ、さへ見むと念へやも一に云ふ、念へかも吾ご王の御名忘れせぬ一に云ふ、御名忘らえぬ（一九八）

一 死の文学の集成

『明日香皇女挽歌』は、人麻呂の作品中、制作年次の判明する最後の作品である。最後の作品ということは、文学作品としての完成度の高さを主張するものではないが、他の作品と比較検討することによって、人麻呂の晩年の傾向や、作家としての到達点といったものを推測させないものでもない。

『明日香皇女挽歌』は、題詞に「明日香皇女の木瓲の殯宮の時、柿本朝臣人麻呂の作りし歌一首短歌を幷せたり」と記す。この題詞を信用すると、この歌は、皇女の殯宮に奉られる歌舞に相当する挽歌、あるいは啓殯時に読みあげられる誄に相当する挽歌として制作されたことになるが、『日並皇子挽歌』や『高市皇子挽歌』においても、題詞にはそれぞれ「日並皇子尊の殯宮の時」、「高市皇子尊の城上の殯宮の時」と記されながら、作品を検討すると、『日並皇子挽歌』は一周忌に、『高市皇子挽歌』は葬送直後に詠まれたかたちをとり、殯宮で歌われたとは考えられないものであった。詳細は、「第十章　日並皇子挽歌」、「第十一章　高市皇子挽歌」を参照されたい。

吉永登は、「献呈挽歌は殯宮で歌われたものではない」（『万葉・文学と歴史のあいだ』）において、献呈挽歌が死者に対してではなく、遺族に奉られることを主張し、殯宮で歌われたことを疑問視して、『明日香皇女挽歌』を例に左のようにいう。

飛鳥皇女の殯宮は木瓲にあったのであるが、通説ではそこは高市皇子の城上の殯宮とともに今日の奈良県北葛城郡広陵町馬見の地とせられている。飛鳥の地からはるかに遠く、飛鳥川からは、西に曾我川を越え、さらに葛城川を越えたところである。そうした地にあったキノへの殯宮で、ここ飛鳥川を皇女の形見と考えるなどと、はたしていえるであろうか。しかも、これは一流の歌人柿本人麻呂の作であって、これこそ主観的な声調の問題を越えた内容の示す否定的な事実なのである。

渡瀬昌忠氏も「人麻呂殯宮挽歌の登場—その歌の場をめぐって—」(『解釈と鑑賞』昭45・7)に、吉永説を継承して、「その薨時、夫君が皇子として至高の地位にあり、かつ、みずからが仏教にきわめて深い縁故のあったと思われる明日香皇女にとっては、飛鳥川のほとりなる、忍壁皇子の宮や飛鳥寺などこそが、人麻呂から、いわゆる殯宮挽歌を捧げられるに最もふさわしい場所であったと思われる」といい、「殯宮終了時に近い忌日に、飛鳥川のほとりなる、忍壁皇子の宮や飛鳥寺などにおいて行なわれた斎会で、忍壁皇子の臨席のもと、人麻呂の明日香挽歌は歌われたのであろう」と推測する。

『明日香皇女挽歌』は、たしかに明日香川と離れることがない。冒頭部分で皇女を明日香川の玉藻、川藻にたとえ、収束部分では明日香川を皇女の形見にしよう、といい、二首の反歌では、明日香川をうたって皇女の死を悲しんでいる。しかし、皇女の死を明日香川にかけてうたうのは、この歌を発表する場が、明日香川を臨む夫君の宮や斎会の行われる寺であり、眼前に川があったからだ、というただそれだけの理由にもとづくと考えてよいものだろうか。

冒頭の「飛ぶ鳥の　明日香の河の　上つ瀬に　石橋渡し　下つ瀬に　打橋渡す」は、すでに指摘されているように、『泣血哀慟歌』においても影響が認められた『允恭記』の『読歌』が、「こもりくの　泊瀬の川の　上つ瀬に　斎杙を打ち　下つ瀬に　真杙を打ち」(記—九〇)とうたいだし、『万葉集』巻十三の『泊瀬挽歌』が、「こもりくの　長谷の川の　上つ瀬に　鵜を八頭漬け　下つ瀬に　鵜を八頭漬け」(13—三三三〇)とうたいだすのを継承するが、石橋と打橋は、「石橋に　生ひ靡びける　玉藻もぞ　絶ゆれば生ふる　打橋に　生ひをれる　川藻もぞ　干るれば生ゆる」

とうたわれるように、玉藻と川藻が「生ひ靡ける」「生ひををれる」場所であり、同時に作者が玉藻や川藻を見る場所でもあった。

〈玉藻は絶たれてもまた生え、川藻は枯れてもまた生い茂るのに、なぜ皇女は蘇生しないのか〉という歎きは、『孝徳紀』で野中川原史満が中大兄に代って詠んだ『造媛挽歌』の第二首を継承する。

山川に鴛鴦二つ居て偶よく偶へる妹を誰か率にけむ（紀―一一三）

本ごとに花は咲けども何とかも愛し妹がまた咲き出来ぬ（一一四）

満が愛妻を花にたとえるのに対して、人麻呂が皇女を玉藻、川藻にたとえるのは、彼が「玉藻なす靡きねし子」を常套句にしたように、妻を夫婦の睦みあう姿でとらえ、その形容として玉藻、川藻を適切なもの、と考えた理由によろう。人麻呂は第二首を継承し、〈なぜ皇女は蘇生しないのか〉と皇女の死を悲しむことになるが、〈蘇生しないのか〉とはいわずに、第二段で「何しかも　吾ご大君の　立たせば　玉藻のもころ　臥せば　川藻のごとく　靡かひの宣しき君が　朝宮を　忘れ賜ふや　夕宮を　背き賜ふや」と、どうして夫君の御殿をあとにしたのか、と歎く。

『允恭記』で軽太子がうたう『読歌』第二首の影響が冒頭部に見られることはすでに述べたが、「立たせば　玉藻のもころ　臥せば　川藻のごとく」の対句は、『読歌』第一首の「槻弓の　臥やる臥やりも　梓弓　起てり起てりも」（記―八八）を模倣する。『読歌』は、物語から独立させて読むと、泊瀬山における葬送と、泊瀬川におけるその後の祓除の情景を叙しつつ亡妻を追慕する歌となるが、『明日香皇女挽歌』は、こうした死の文学を集大成しようとするようだ。

皇女は、夫君の御殿にいるべきであるのに、御殿を忘れ、背いた、というのは、皇女はすでに薨去し、その遺体は御殿をあとにした、というのであろう。葬送が行われたことを、人麻呂はつねに、死者はみずからの意志で家を出た、と表現する。葬送が行われた、ということは、正しい意味での殯が終了したことを意味する。第三段の「うつそみと念ひし時に　春へには　花折りかざし　秋立てば　黄葉かざし　敷妙の　袖携はり　鏡なす　見れども飽かず　望月の　いやめづらしみ　念ほしし　君と時々　幸して　遊び賜ひし　御食向ふ　木𤭖の宮を　常宮と　定め賜ひて　あぢさはふ　日辞も絶えぬ」に、国風の誄である「しのひごと」の影響が見られることは後述するが、「みけむかふ木𤭖の宮を　常宮と　定め賜ひて」は、葬送が行われて木𤭖に御陵が営まれたことを表現していよう。

『明日香皇女挽歌』は、『日並皇子挽歌』『高市皇子挽歌』とともに題詞によって「殯宮挽歌」と呼ばれるが、『日並皇子挽歌』は、真弓の岡に御陵が営まれ、しばらく経過してから詠まれたかたちをとり、『高市皇子挽歌』は、香具山の宮における殯が終了して葬送が行われ、城上に葬られた時点での作と考えられるものであった。皇子皇女の殯宮は、居所ではなく、葬所に設けられた、とする説もあるが、「つれもなき　真弓の岡に　宮柱　太敷きいまし　みあらかを　高知りまして　朝ごとに　御言問はさぬ」、「言さへく　百済の原ゆ　神葬り　葬りいませて　あさもよし　城上の宮を　常宮と　高くしたてて　神ながら　しづまりましぬ」や「御食向ふ　木𤭖の宮を　常宮と　定め賜ひて　あぢさはふ　日辞も絶えぬ」を、死者を仮りに安置する殯宮に関する表現と読むことはできず、葬に先立つ殯の期間に人麻呂の「殯宮挽歌」が制作された、と考えることは困難である。

埋葬をして帰宅し、重ねて正寝（正堂）で哭別の礼を行うことを、潘安仁の『哀永逝文』は「帰りて殯宮に反哭すれば、声は止む有れども哀は終ること無し」という。埋葬後に殯宮で反哭が行われたのであり、葬送直後の歌が殯宮で歌われたことも、考えてみてよいかもしれない。さらに、一周忌のはての歌も、墓参から帰って殯宮で歌われた、と考えてみよう。「殯宮挽歌」といいながら、殯以後の作であることも、このように考えることで解決するようだが、こうした場合の「殯宮」は葬送なり、一周忌の墓参なりから帰って反哭を行う御霊屋といった場所を表わす言葉であり、時間を表わす、「日並皇子尊の殯宮の時」「高市皇子尊の城上の殯宮の時」「明日香皇女の木瓲の殯宮の時」の「殯宮の時」とは異なるごとくであり、城上（木瓲）で反哭するというのは意味をなすまい。「殯宮の時」は、文字通りにとれば、葬に先立ってさまざまな礼を行う殯の折を意味し、殯宮で反哭を行った折、と解することは困難である。

『万葉集』の編者が、葬送直後の歌や一周忌の歌を「殯宮の時」に詠んだ、と記した真意ははかりがたく、思いつくままに臆説を記すと、殯が簡略化されたり、まったく行われなくなったりして、葬後にかつて殯で行った礼を行うようになり、これを殯と称したのをうけて、そうした折の歌を「殯宮挽歌」と呼んだ、あるいは「殯葬」が葬ることを意味し、殯と葬が同義とみなされることがあるところから、一切の葬儀を総括して「葬儀の時」を示す言葉として「殯宮の時」を使用したが、これは人麻呂の挽歌が、誄に類似し、誄は啓殯に読みあげられるので、「葬儀の時」を表わす「殯宮の時」をとくに選んで使用した、あるいは、人麻呂の挽歌が誄に類似しているので、「殯宮挽歌」と誤解して題詞に「殯宮の時」と記してしまった、などといったことがあげられるが、題詞は正格をはずれ、明確なものではない、と考えるべきであろう。

『明日香皇女挽歌』は、第四段で「しかれかも　あやに悲しみ　ぬえ鳥の　片恋づま　朝鳥の　通はす君が　夏草の　念ひしなえて　夕星の　か往きかく行き　大船の　たゆたふ見れば　なぐさもる　情も在らず」と、皇女が御陵に埋葬されてのち、夫君がしばしば御陵に詣でていることをうたう。こうした遺族の悲しみの姿は、倭建命の后や皇子の『大御葬歌』（記―三四〜三七）、軽皇子の『読歌』（記―八九・九〇）、影媛の『鮪葬送歌』（紀―九四・九五）、毛野臣妻の『毛野臣葬送歌』（紀―九八）に見え、人麻呂の『河島皇子葬歌』（2―一九四）に継承されて、泊瀬部皇女の葬送に参加する姿が「そこ故に　慰めかねて　けだしくも　逢ふやと念ひて　玉垂の　越智の大野の　朝露に　玉裳はひづち　夕露に　衣は沾れて　草枕　旅宿かもする　逢はぬ君故」とうたわれている。

人麻呂は『明日香皇女挽歌』に、葬送歌を取込んで夫君の御陵に詣でる姿をうたう。葬送後どれほどの時間を経過しているか、知りたいと思うが、「朝鳥の通はす君が」によって、葬送後しばしば詣でていることが知られるのみであり、季節を表わす言葉も「夏草の」があるにすぎない。皇女は、文武四年（七〇〇）四月四日に薨去したので、この歌が作られたのは、同年の晩夏か初秋、あるいは翌年の一周忌の折のことであろうか。そうした折には、仏式の斎会が行われていようが、人麻呂が継承する文学伝統から見て、仏教との関わりをあまりにも強調するのはいかがであろう。

人麻呂の「殯宮挽歌」は、一過性の特殊な情況下で制作された、と考えられ、仏式斎会との接触が注目されている。たしかに葬儀は、人麻呂の時代以後、仏教色を濃厚にするが、仏教の教えにより葬儀は簡素化される。葬儀を荘厳にする「殯宮挽歌」が持統上皇に奉られなかったのはそうした理由によろうが、「殯宮挽歌」の発生や形成の機縁を仏教や仏式斎式に求めるのは困難であろう。「殯宮挽歌」は、仏教と対立する儀礼を重視する持統朝の礼楽重視の政治に関連させて考える必要があろう。

第五段で「そこ故に　為むすべ知れや　音のみも　名のみも絶えず　天地の　いや遠長く　しのひ往かむ　御名にかかせる　明日香河　万代までに　はしきやし　吾ご大君の　形見にここを」と、明日香川を形見に皇女の御名を称え、永遠に思慕することを誓う。この永遠の思慕の誓いは『高市皇子挽歌』の収束部にも見えるもので、御名の記憶と永遠の思慕に関連させて、再論したいと考えているが、明日香川を眼前にして詠むことは、この歌が木葴の「殯宮」で発表されたことを否定し、夫君の臨席のもと、夫君の御殿や飛鳥寺等で行なわれた斎会で発表された、という論拠となるだろうか。

第一反歌「明日香川しがらみ渡し塞かませばながるる水ものどにかあらまし」は、明日香川に柵をかけ渡して塞き止めたならば、流れる水もゆったりと流れるであろうに、といって皇女の死を悲しむ。山田孝雄が『講義』で「その如くその川と同じ名をもたせたまへる皇女の御命をせきとどめ奉る方法もあらばそれを構へてとどめ奉らましものを、さる手段も由もなかりしものかとなり」と解説し、こうした理解が通説を形成しているが、いかがであろう。

明日香川に対応するものを皇女や人の命とし、悲しみというよりはむしろ愚痴をいっている、と考えているが、この挽歌において死はすでに過去のこととしてうたわれており、明日香川に対応するのは薨去した皇女と考えるべきではないか。『論語』（子罕第九）に「子川上に在して曰く、逝く者は斯の如きか、昼夜を舎かず」とある「川上之歎」を典拠にして、逝く者を川の流れに譬えるが、明日香皇女に譬えられる明日香川は、困難ではあるが、柵を渡すことができさえすれば、流れの速度を緩やかにすることができるが、薨去した皇女は、塞き止めることのできない激流のごとくに、われわれからひたすらに遠ざかる、と歎くのであろう。

作者が明日香川の石橋、打橋に立って川の流れを見、明日香川を皇女の形見としようというのも、明日香川がたんに眼前を流れる理由によるものではない。「川上之歎」を典拠に、皇女の名が明日香であるところから、明日香川のほとりに立って川の流れを見、遠ざかる皇女をしのぶという構想を立てた理由によろう。明日香川を見ながら、詠んだかたちをとるが、そうした場所で発表された、と考える必要はない。発表された場は不明、とするべきだが、皇女に対してうたいかける歌であり、葬送後の後世の言葉でいえば、「のちのわざ」や「はて」の折に発表されたものであろうか。「のちのわざ」や「はて」は寺院で行われ、そうした歌が寺院で詠まれることは事実であるが、この歌が夫君の御殿・寺院・御陵のいずれで詠まれたかを、決定する方法はない。

第二反歌「明日香川明日だに見むと念へやも吾ご大君の御名忘れせぬ」は、今日はかなわぬが、せめて明日なりとお目にかかろうと思うので、明日という皇女の御名を忘れることはできないのであろうか、お名前によって明日お目にかかろうと思うのではなく、真実忘れがたく、お目にかかりたいのだ、とうたう。片時も忘れない皇女への思慕に苦しみながら、その苦しみから逃れようとはせずに、皇女を思慕し、御名を記憶しつづけよう、とうたう。長歌の主題を継承し、第一反歌で絶望的になった悲しみを収束することはせずに、悲しみの心は放たれたまま終る、と本文では読むべきであろう。明日香川に関連させて死者に対する間断のない思慕をうたうことは、斉明天皇の『建王挽歌』に、「御名忘れせぬ」の思慕の表明は、『法王帝説』の巨勢三杖の歌に見える。

明日香川みなぎらひつつ行く水の間もなくも思ほゆるかも（紀―一一八）

いかるがの富の小川の絶えばこそ我が大君の御名忘らえめ（法王帝説）

二　叙事と抒情の調和

人麻呂の長歌が高い抒情性を求め、主題の分裂を避けて一首一文を目指すのに対し、『明日香皇女挽歌』が右のような五段構成をとるのは、特異なこととして注目してよかろう。第一段は、石橋や打橋に繁茂する玉藻や川藻が、絶たれても枯れても再生し蘇生することを描いて、永生への願望をうたうが、第二段は、玉藻や川藻に等しい皇女が逝去し、玉藻や川藻のように、再生し蘇生することのない悲しみをうたうので、第一段と第二段は連続し、その間に終止はあるが、両段は一段と考えてもよい。

第二段は、蘇生しない皇女を悲しむばかりではなく、「宜しき君が　朝宮を　忘れ賜ふや　夕宮を　背き賜ふや」と、皇女が夫君の宮をあとにしたことを悲しむ。第二段で出棺して御陵に向けて葬送が行われたことを記し、第三段の「御食向ふ　木𥔎の宮を　常宮と　定め賜ひて」という御陵に葬ったことを歎く部分に連続させる。第二段と第三段は連続するが、一文としない理由は、第二段が皇女が玉藻や川藻のように再生し蘇生しない歎きを主題にし、第三段が皇女が御陵に葬られて幽明界を異にし、皇女に親しく仕えることのできなくなった歎きを主題にするためだが、第三段は、生前の夫君との交情を大きく描く必要があった。

第二段で、「朝宮」「夕宮」の修飾句として「吾ご大君の　立たせば　玉藻のもころ　臥せば　川藻のごとく　靡かひし　宜しき君」という、夫君と睦みあう皇女の生前の姿を描き、第三段の描写に連続させるが、第三段においても第二段と等しく、「うつそみと　念ひし時に　春へには　花折りかざし　秋立てば　黄葉かざし　敷妙の　袖携はり鏡なす　見れども飽かず　望月の　いやめづらしみ　念ほしし　君と時々　幸して　遊び賜ひし」の十六句を「御食向ふ　木𤭖の宮」に使用する。主題の中心は、「御食向ふ　木𤭖の宮を　常宮と　定め賜ひて」という木𤭖の宮に葬られたことを述べる四句であり、幽明界を異にしたことを歎く「あぢさはふ　目辞も絶えぬ」である。主題を表わす二句ないし六句に対して十六句の修飾句を使用するが、この修飾句は、『明日香皇女挽歌』の主題とは無縁な無意味な修飾句ではあるまい。

身崎寿氏は、「明日香皇女殯宮挽歌試論――その表現の方法をめぐって――」（『文学・語学』昭57・6）において、この挽歌の「相聞的性格」と、「我」が強く表出される「抒情挽歌」としての特色に注目して、「殯宮挽歌」として同一視される『日並皇子挽歌』や『高市皇子挽歌』とは大きく異なり、『河島皇子葬歌』や『吉備津采女挽歌』と「同系列」に属し、ともに『泣血哀慟歌』にいたる一過程をなす、と見なす。傾聴に価するが、『明日香皇女挽歌』のもつ散文性にも、注意をおこたってはなるまい。

第四段で、夫君が御陵に日参する様が細叙されるが、これは、身崎氏が第二段以来「ほのめかされてきた夫君の存在が、ここではっきりと前面にでて」きた、と指摘する通りであろう。詩の方法を採用しているが、意識においては、物語における伏線に等しいし、第二段、第三段に描かれた夫妻の仲睦まじさは、第四段で夫君が悲しみにうちひしがれる必然を説明するものとなっている。一首一文を目指さずに五段構成をとったり、出棺、埋葬という葬儀の次第を追い、葬儀後の墓参に及ぶのも、散文への強い関心を示す、と考えてよいであろうし、夫君の登場自体が物語的である、といえよう。

『高市皇子挽歌』においても、香具山の宮に殯宮が設けられ、百済の原を葬送の行列は進み、城上の御陵に葬られた、と記すが、『明日香皇女挽歌』は、さらに葬儀後の遺族の悲しみと墓参を記す。『文選』等に見られる誄や哀は、葬儀の次第を時を追って記し、遺族の葬儀や葬儀後の悲しみを描写する。『高市皇子挽歌』や『明日香皇女挽歌』のこうした構想は、誄や哀の構成を学んだ、といえないものでもない。

『家伝上』は、鎌足の薨去を悲しむ天智天皇の『詔』を伝えて、「是を以ちて晨昏手を握り、愛して飽かず。出入車を同じうせり。遊びて礼有り。巨川未だ済らざるに、舟楫已に沈み、大廈始基して、棟梁斯に折けぬ。誰と与に国を御め、誰と与に民を治めむ」と記す。死者の生前にふれ、死者との親交をいい、そうしたことのできなくなったことを歎くのは、今日の弔詞にも見え、特別なことではなかろうが、やはり固定した表現があった。光仁天皇の『藤原永手を弔ひ給へる宣命』（五一）は、永手の薨去を悲しんで、「今日よりは、大臣の奏したまひし政は、聞し看ずや成らむ。明日よりは、大臣の仕へ奉りし儀は、看そなはさず成らむ。日月累なり往くまにまに、悲しき事のみし、彌起るべきかも。歳時積もり往くまにまに、さぶしき事のみし、彌益るべきかも。朕が大臣、春秋の麗しき色をば、誰と倶にかも、見そなはし弄び賜はむ。山川の浄き所をば、孰と倶にかも、見そなはしあからへ賜はむと、歎き賜ひ憂ひ賜ひ大坐し坐す、と詔ふ大命を宣る」という。

天智天皇が鎌足に対して、「晨昏手を握り、愛して飽かず。出入車を同じうせり。遊びて礼有り」というのは、鎌足との親交と、親交のなかでも失わなかった鎌足の節度を讃美しているが、後文に関連させれば、携手同車して出遊することができなくなった悲しみを表現していることはいうまでもない。光仁天皇が永手の薨去を悲しみ、彼の奉仕する姿が見られなくなったことをいい、つづいて、「春秋の麗しき色」「山川の浄き所」をともに見られなくなったことを歎くのは、漢文体と宣命体の相違はあっても、天智の場合と同趣といえよう。

持統天皇が『天武天皇挽歌』で、「やすみしし　我ご大王の　暮されば　召し賜ふらし　明け来れば　問ひ賜ふらし　神岳の　山の黄葉を　今日もかも　問ひ給はまし　明日もかも　召し賜はまし」（2―一五九）と、神岳の黄葉を天武天皇がもはや尋ねることはなくなった、と歎いているが、これも、光仁天皇が『宣命』で、「春秋の麗しき色」「山川の浄き所」をともに見ることができなくなった、と歎くのに等しい。これらの歎きは、ともに国風の誄である「しのひごと」の発想や表現を継承しているのであろうが、『明日香皇女挽歌』第三段で、「御食向ふ木瓲の宮」を修飾する十六句において、春は花、秋は黄葉を挿頭にさして、夫君と手に手をとって遊んだ、というのは、天智天皇が鎌足と携手同車できないことを歎き、光仁天皇が永手とともに「春秋の麗しき色」「山川の浄き所」を見られなくなったことを歎くのに等しく、夫君と仲睦まじく出遊することができなくなったのを歎くのであり、「しのひごと」の発想や表現を下敷きにする、と考えてよかろう。

「皇女の死を叙するにも、皇女の生前を叙するにも、残された者の悲しみを叙するにも」すべて、夫君に関連させて、夫君を通してなされることが注目され、夫君と人麻呂との密接な関わりによる、と推測したり、夫君に直接献じられたため、と推測されたりしているが、この挽歌の方法に即してこの問題を考えるならば、葬時、葬後の遺族の悲歎を描く誄や哀の構成にならって第四段の夫君の悲歎が構想され、葬送歌を下敷きにしてこれを表現し、夫君の悲歎する必然を第三段に描くことを構想し、「しのひごと」を下敷にしてこれを表現した、ということになろう。この挽歌の「相聞的性格」や「我」の表出の仕方も、この挽歌の方法に即して考察する必要があろう。

『日並皇子挽歌』や『高市皇子挽歌』を検討した際に、この二篇の「殯宮挽歌」が、誄の影響を受け、誄の機能を果そうとしながらも、挽歌が詩であることを忘れず、誄の散文性を抒情詩に組みかえるたくみさを見た。誄が「累」を意味し、本来徳行を累列するものでありながら主題を絞り、誄において不可欠の世系や行迹の讃美を主題に密接して表現していた。『明日香皇女挽歌』には、皇女の世系や行迹を讃美した部分はないが、『文選』所収の女を対象とする誄や哀である、謝希逸の『宋孝武宣貴妃誄』、顔延年の『宋文皇帝元皇后哀策文』、謝玄暉の『斉敬皇后哀策文』の三篇において、『宣貴妃誄』や『元皇后哀策文』は世系に関する記載を欠き、『敬皇后哀策文』も、世系に関する記載は、男を対象とする誄と比較してきわめて少い。行迹に関する記載も婦徳の高さを記述する形式をとり、具体性に乏しい。

明日香皇女は、天智天皇の皇女で、母は大臣阿倍倉梯麻呂の娘であり、持統天皇の殊遇をうけていることから考えて、世系や行迹に関して讃美すべき記載を欠く、ということもあるまい。第二段、第三段において、第四段の夫君の悲歎する必然を構想に加える際に、夫婦仲がよかった、と記すことは、皇女が婦道にもとづく行動をした、という行迹の讃美に相当する、と考え、主題を婦徳を備えた皇女が薨じ、夫君は悲歎にくれる、という点に絞ろう、と考えたのであろう。

世系の讃美は、主題の分裂をおそれて省略したものであろうが、皇女であることは、「吾ご大君」が長歌と反歌で三度使用され、夫君と住む邸や別邸が「宮」と呼ばれ、墓が「常宮」と呼ばれ、詠まれた内容からも、皇女の名が明示されていることからも、自明のこととし、抒情詩で表現することの困難な、天智天皇の皇女であったために婦徳を備えた、といった記載を省筆したのであろう。

われわれは、〈婦徳を備えた皇女が薨じ、夫君は悲歎にくれる〉という主題を、抒情詩で主情的に表現する困難さを忘れてはなるまい。〈最愛の妻を失い、悲歎にくれる〉という主題と比較すれば明瞭であろう。〈婦徳を備えた〉というには、徳目や徳行を列挙する必要がある。〈皇女〉という社会的地位や、〈皇女〉と自分との関わりを説明する必要がある。〈悲歎にくれる〉のは、自分ではなく〈夫君〉である。こうした散文でしか表現できないことを詩でどう表現したらよいであろう。しかも、出棺、埋葬という葬儀の次第を追い、葬儀後の墓参に及ぼう、というのである。

分裂し、拡散しようとする散文的なものを統一し、集約してさらに自分に引きつけて詩にする必要があった。全篇を「相聞的情調」で満たそうとしたのも、統一を与えるためであったし、第二段の出棺を、出棺を見て悲しむかたちで「朝宮を　忘れ賜ふや　夕宮を　背き賜ふや」とうたい、〈皇女が生前に〉といえばよい第三段のうたい出しに、〈皇女はいつまでも元気でいられると思った〉という「うつそみと　念ひし時に」という主情的な言葉を使用し、埋葬されたことをすべて自分に関連させて、その結果、直接お言葉を賜われなくなった、「あぢさはふ目辞も絶えぬ」と、すべて自分に引きつけて自己の問題としてうたう。第四段の夫君の悲歎も、そうした悲歎を見ると、「なぐさもる　情も在らず」と自己の悲しみとする。

第三段で、皇女と出遊する夫君の姿を、「鏡なす　見れども飽かず　望月の　いやめづらしみ」と、皇女の眼を借りて皇女と同化して表現するが、第四段は、第三段で自己に引きつけて「あぢさはふ目辞も絶えぬ」とうたうのを承けて、夫君の悲歎を「しかれかも　あやに悲しみ」とうたい出す。人麻呂に夫君を同化させ、同化させた夫君に自己を同化させ、「なぐさもる　情も在らず」とうたって第四段を閉じるが、こうした同化は、拡散する散文的要素を引き留め、集約して自己に引きつける一方法であったであろう。

第三段の「御食向ふ　木瓰の宮を　常宮と　定め賜ひて　あぢさはふ　目辞も絶えぬ」は、『日並皇子挽歌』で

「由縁もなき　真弓の岡に　宮柱　太敷きいまし　御殿を　高知りまして　朝ごとに　御言問はさぬ」という構成や表現をそのまま継承する。人麻呂は皇女に対して、皇子に対する舎人の地位にみずからを置くのであろう。作者は、仲睦まじい夫妻の生活を身近に見、皇女の薨去後も宮に留まり、夫君の悲歎を身近かに見て「なぐさもる　情も在らず」とうたう。

『日並皇子挽歌』が「そこ故に　皇子の宮人　行くへ知らずも」といい、『高市皇子挽歌』が「行くへを知らに舎人は惑ふ」というように、宮人たち、舎人たちの悲しみをうたうのに対して、『明日香皇女挽歌』は、身崎氏が前掲論ですでに指摘しているように、「両皇子への殯宮挽歌ほどには、宮廷人の共通感情を代弁するといった機能をはたしていず、むしろその目のありかたは、明日香皇女かその夫君の周辺に親しくつかえた一個の人物のそれにとどまっているようにさえおもわれ」ようが、これも、皇女への讃美が夫婦仲がよかった、という私的なものに限定され、その私的なものを自己に強く引きつけた結果であろう。人麻呂が皇女や夫君に近侍したか否かをこの挽歌から問うことはできない。

この挽歌を収束する第五段の十三句「そこ故に　為むすべ知れや　音のみも　名のみも絶えず　天地の　いや遠長く　しのひ往かむ　御名にかかせる　明日香河　万代までに　はしきやし　吾ご大君の　形見にここを」は、『高市皇子挽歌』の収束部「しかれども　我ご大君の　万代と　思ほしめして　作らしし　香具山の宮　万代に　過ぎむと思へや　天のごと　振り放け見つつ　玉だすき　かけて偲はむ　恐くありとも」と句数において共通し、明日香川にかけて偲び、香具山の宮にかけて偲ぶ、という永遠の思慕を表明する主題や発想や表現においても共通するが、『明日香皇女挽歌』においては、皇女の名前がとくに強調され、全篇を収束する第二反歌でさらに反覆される。

『文心雕竜』(誄碑)は、「誄を読みて謚を定む」といい、誄は本来、謚号と密接な関連を有し、『続日本紀』以後の正史によれば、贈謚のための誄のみとなるが、『明日香皇女挽歌』で、皇女の名前に拘泥するのは、この挽歌が、『日並皇子挽歌』や『高市皇子挽歌』以上に誄としての性格を有する、といえないものでもない。この挽歌の「相聞歌的性格」や私性の表出も、婦徳を備えた皇女を思慕し、その御名をたたえよう、という主題を誄や哀に影響されて、葬儀の次第にあわせて、遺族の悲しみにふれつつ表現しようとする散文的要求を、抒情化し、詩にまとめよう、として引き出されたものであり、『明日香皇女挽歌』は、相対立する叙事と抒情を調和させ、叙事と抒情をともにとげよう、とする作品であった。

『明日香皇女挽歌』は、前代の死の文学を集成する点で、『日並皇子挽歌』や『高市皇子挽歌』と異なるが、誄や哀や「しのひごと」の影響をうけて、葬後の儀式において、死者を讃美し、その名をたたえようとする点で共通し、「殯宮挽歌」として一括して論じてよい特色を有している。これらの挽歌は、これらの挽歌が発表された後の死の儀式においても二次的に歌われ、他人の殯や葬後の儀式においてもしばしば歌われ、人々にひろく知られたことであろう。

和歌史においては、儀礼と密接する長歌はまもなく衰微し、とくに葬儀の簡素化を求める仏教思想は、葬儀を荘厳にし、死者を讃美する「殯宮挽歌」を喜ばず、こうした挽歌を創作することは次第に忘れられていくが、平安朝の歌書を見ると、葬送の夜、のちのわざ、はてといった折に制作された歌が多数存在することに気づく。殯宮の歌舞や葬送の歌に相当する歌は姿を隠し、葬後の儀式で歌われた「殯宮挽歌」が、儀礼性を除去し、死者讃美をやめた哀傷歌として、葬送の夜、のちのわざ、はてといった折に制作されていることは注目してよかろう。

『明日香皇女挽歌』は、「殯宮挽歌」として、「のちのわざ」か「はて」の折かに——皇女が薨去してあまり時が経った、とは思われないので、おそらく「のちのわざ」の折に——献呈されたものであろう。詩文の影響や儀式の要請をうけながらも、伝統を集成して和歌の発想や表現に収め、散文への強い欲求を抒情化し、詩としていた。これらの要請や欲求は、当時の思潮とどのような関わりを持つものであろうか。

三　都市の愛と死

冒頭の明日香川の玉藻、川藻を叙すうたい出しは、『河島皇子葬歌』のうたい出し「飛ぶ鳥の　明日香の河の　上つ瀬に　生ふる玉藻は　下つ瀬に　流れ触らばふ」に類似し、玉藻、川藻によって夫君との仲睦まじさを「吾ご大君の　立たせば　玉藻のもころ　臥せば　川藻のごとく　靡かひの　宜しき君が」と形容する条りも、『河島皇子葬歌』で右に引用した句に続く「玉藻なす　か依りかく依り　靡かひし　夫の命の」といった形容に共通している。ほぼ同一といってよいものだが、検討してみると、『河島皇子葬歌』の夫婦の睦まじさは、寝室のなかに限定されていることに気づく。

明日香川の上つ瀬で生えた玉藻が、下つ瀬に流れて触れ合っているというのは、やはり、寝室で夫婦が睦みあう形容であろう。そうした玉藻のようになびき合った夫との共寝ができなくなったことを『河島皇子葬歌』はうたうが、『明日香皇女挽歌』の夫婦の睦まじさは、寝室のなかにのみ限定されるものではない。「靡かひの　宜しき君」という共通した表現はあるが、「立たせば　玉藻のもころ　臥やせば　川藻のごとく」や「朝宮を　忘れ賜ふや　夕宮を背き賜ふや」の対句は、対句ではあるが、夫婦の睦まじさが寝室の内部に限定されていないことを表わしていよう。

「靡かひの　宜しき君が　朝宮を　忘れ賜ふや　夕宮を　背き賜ふや」は、皇女が夫君の宮に同棲し、つねに夫君の側にあり、夫君の宮で薨去し、その宮から御陵に向ったことを推測させる。『泣血哀慟歌』第二群の夫婦も、同棲しており、妻の死後夫は乳呑児を妻に代って養い、家には孀屋が設けられていた。妻問い婚が一般であった時代に、夫婦が同棲して一日中同じ家で過ごすというのは、きわめてめずらしいことであったろう。『泣血哀慟歌』に描かれる夫の家に孀屋が設けられ、夫が乳呑児の世話をする光景は、人々を驚嘆させるものであったはずだ。

第三段には、夫婦の戸外における仲睦まじい姿が描写される。「うつそみと　念ひし時に　春へには　花折りかざし　秋立てば　黄葉かざし　敷妙の　袖携はり　鏡なす　見れども飽かず　望月の　いやめづらしみ　念ほしし　君と時々　幸して　遊び賜ひし　御食向ふ　木𤭖の宮を」の部分は、『泣血哀慟歌』第二群の冒頭「うつせみと　念ひし時に　取り持ちて　吾が二人見し　走り出の　堤に立てる　槻の木の　こちごちの枝の　春の葉の　茂きがごとく　念へりし　妹には有れど　憑めりし　児らには有れど」と共通するが、ともに白昼手に手をとって人目もはばからず夫婦で外出する姿が描かれている。「袖携はり」は原文で「袖携」、『泣血哀慟歌』の「取り持ちて」は「或本歌」には「たづさはり」とあるが、原文は「携手」と記す。皇女は夫君と携手同車しているが、「携手同車」は本来君子間の親密な関係を形容する言葉である。「御食向ふ　木𤭖の宮」の「御食向ふ」は、夫婦がともに食事をする場面を連想させる言葉であろうか。

夫婦の愛を性愛の面でとらえた『河島皇子葬歌』においては、夫婦の愛は讃美の対象とはならず、その終焉をたんに悲しむものとして把握されたが、『明日香皇女挽歌』で夫君と携手同車し、ともに食事をし、つねにかたわらにある皇女は、夫君にとって『泣血哀慟歌』の言葉を借りれば、「念へりし妹」「憑めりし児ら」であり、君子である夫君にとってふさわしい妻であったであろう。さきに、この挽歌の第二段に野中川原史満の『造媛挽歌』の影響が見られることを指摘したが、第二段、第三段で夫君との睦まじさをうたうのは、『造媛挽歌』の第一首で「山川に鴛鴦二つ居て偶よく偶へる妹を誰か率にけむ」（紀―一一三）の「偶よく偶へる妹」を踏まえているのかもしれない。

「偶よく偶へる妹」は『詩経』（周南）の『関雎』の「関関たる雎鳩は　河の洲に在り　窈窕たる淑女は　君子の好き逑」の「君子好逑」を典拠とするが、皇女が「偶よく偶へる妹」であり、「君子の好き逑」であることを連想させることで、この挽歌が、皇女が高い婦徳を備えていることを讃美していることを理解させよう、というのであろうが、夫婦愛が性愛から抜け出て讃美の対象となるには、中国の思想や文化が古代人の生活に深く浸潤することを必要としたようだ。

皇女と夫君の睦みあう比喩として表現された明日香川の玉藻、川藻は、〈玉藻は絶たれてもまた生え、川藻は枯れてもまた生い茂るのに、なぜ皇女は蘇生しないのか〉というかたちで、蘇生しない皇女に対立する再生し、復活するもの、として描かれている。川の流れは、「川上之歎」がそうであるように、不可逆なものとして時の流れにたとえられ、死者は川の流れのごとく留めるすべもなく遠ざかる、とうたわれていた。「もののふの八十宇治川の網代木にいさよふ波の行くへ知らずも」（3―二六四）がそうであり、『人麻呂歌集』の歌にも、そうした歌は多い。

巻向の山辺とよみて往く水の水沫のごとし世の人吾は（7―一二六九）

塩気立つ荒磯にはあれど往く水の過ぎにし妹が形見とぞ来し（9―一七九七）

人麻呂は「川上之歎」を典拠にして、明日香川を見ながらなき皇女を偲ぶ、という悲歎の場面を設定したが、皇女の薨去は留められず、薨去した皇女は時の流れのなかで昼夜を舎かず遠ざかっていく、時の流れにたとえられる川の流れのなかで、玉藻、川藻は再生し、復活しているが、と歎くのであろう。第一反歌「明日香川しがらみ渡し塞かませばながるる水ものどにかあらまし」においても、時の流れにたとえられる明日香川の流れは、柵を渡し塞き止めれば、速度を抑えることもできるが、川と同名の明日香皇女は、止めるすべのない激流のように昼夜を舎かず遠ざかっていく、と歎く。

ささなみ志賀の辛崎幸くあれど大宮人の船待ちかねつ（1―三〇）

ささなみの志賀の大わだよどむとも昔の人にまたも逢はめやも（三一）

右は『近江荒都歌』の反歌であるが、第一反歌で昔と変らない辛崎に対して大宮人の船の見られないことを歎き、第二反歌で流れを止めた志賀の大わだに対して昔の人に逢うことのできないことを歎く。二首とも辛崎や大わだを擬人化しながら、自然の不変さに対して人事のはかなさをうたうが、自然と人事はそれぞれ異なった時間に支配されている、と考えるのであろう。

時間は、過去から現在へ、そして未来へと直進する。現在から過去を見れば、過去は過去の方向に向って川の流れのごとくに直進する。このように人麻呂も考えるのだが、人事と自然はそれぞれ異なった時間に支配され、人事は直進するが、自然は循環し、永却回帰する、と考えるのであろう。玉藻、川藻は川の流れのなかで再生し、復活して永却回帰するが、皇女は蘇生することはない。不可逆な時の流れにたとえられる川の流れは、自然の一部として循環して連続し、人為によって留めることはできても、皇女は過去に向って直進して循環、回帰することはなく、われわれから一直線上をひたすらに遠ざかることを留めるすべはない、と歎く。

『泣血哀慟歌』の第三反歌「去年見てし秋の月夜は照らせども相見し妹はいや年さかる」（2―二一一）においても、去年見た月は循環して同様に照らしているが、その月をともに見た妻は、自然の運行とは異なり年月のへだたるままに自分から遠ざかる、と歎く。『日本書紀』によれば、孝徳朝に、野中川原史満が『造媛挽歌』第二首に「本ごとに花は咲けども何とかも愛し妹がまた咲き出来ぬ」とうたい、人麻呂自身、『近江荒都歌』第二反歌に「ささなみの志賀の大わだよどむとも昔の人にまたも逢はめやも」とうたっているので、循環して連続する自然に対して、直進する人事を歎くという構想は、人麻呂が晩年に到ってはじめて抱いたものでないことはいうまでもないが、時の流れにたとえられる川の流れやその流れのなかにある玉藻・川藻や、時間そのものである月を、自然物と見、停滞し、再生・復活し、循環して連続する性質をその属性と見なしており、留めるすべのない死や不可逆に直進する歴史的時間に省察を深めていたことも、見過ごしてはなるまい。

神話が、永劫回帰や悠久過去といった時間に支配されていることは、承認してよいであろうが、讃歌である『吉野讃歌』や『安騎野遊猟歌』においては、天皇や皇子は神と呼ばれ、彼らの行為は、皇祖皇宗や父皇子の再来として、皇祖皇宗や父皇子と一体のものとして神話的に描かれていた。挽歌的傾向の強い『近江荒都歌』においても、代々の天皇を一神格と見、天智天皇を神武以来の皇統を受けつぎ、当代の皇祖に当る神として神話的に把握しようとし、挽歌である『日並皇子挽歌』においても、開闢時の神々の協議や天孫降臨の神話が詠み込まれているが、主題となる遷都や遷都ゆえに起った荒廃や、天武天皇の皇統を継承する日並皇子や皇子の薨去は、歴史として記され、神話として描かれることはなかった。

『近江荒都歌』を神話として描いたならば、帝都は大和から近江に遷ったが、ふたたび大和に帰り、神武聖帝の皇統を承けつぐ神々によって、なに一つ変化することなく運営されている、とうたわなければならない。『日並皇子挽歌』の場合も、神の死は、天武天皇が崩御してその皇統が日並に承けつがれた、と記すように、本来、あらたな神の誕生と不可分な関係にある。日並の死を神の死と描いては、あらたな皇太子の誕生をうたわなければならないし、代々の天皇（皇太子）を一神格とみなす認識に立っては、皇子の薨去を痛切に悲しむことも不可能であった。

『近江荒都歌』や『日並皇子挽歌』における神話と歴史の相剋は、主題表現上の必然として生じたものだが、永劫回帰の神話的時間に直進する歴史的時間を配し、人の世のはかなさを歎く構図を織りなし、それなりの効果を生んだ。『高市皇子挽歌』においては、天武天皇や高市皇子を神として描くが、この神話は、宗教儀礼や信仰のなかで形成された、神の意志や契約や習慣にもとづくものとは無縁に、人麻呂が創作した神話であり、天皇の崩御や皇子の薨去は歴史的事実として把握され、天皇の崩御が皇子の即位と不可分のものとされたり、皇太子の薨去があらたな皇太子の誕生と不可分のものとして描かれることはなかった。

『高市皇子挽歌』において、薨去した皇子もはじめて「神」として讃美されるようになったが、神であってもこの世に立ち現われることはない、と考えていよう。『泣血哀慟歌』第二群において、人麻呂は葬送後妻の墓に詣でて妻の姿を求め、「大鳥の　羽易の山に　吾が恋ふる　妹はいますと　人の云へば　石根さくみて　なづみ来し　吉けくもぞなき　うつせみと　念ひし妹が　玉かぎる　ほのかにだにも　見えなく思へば」とふたたび妻に逢えない悲しみをうたう。『明日香皇女挽歌』にも、夫君の墓参が記されているが、夫君は皇女の姿を見ることのできない悲しみにうちひしがれている、という設定であろう。

人は真の神とはなれず、神のように示現することはできない、死者がこの世に立ち現われるのは、回想するわれわれの心の中だ、という認識を人麻呂たちも有したのであろう。『明日香皇女挽歌』の収束部である第五段を人麻呂は「そこ故に　為むすべ知れや」で始め、残された唯一の方法として、明日香川を形見として皇女を永遠に思慕し、回想しつづけよう、と誓う。『高市皇子挽歌』の収束部において、皇子が万代まで栄えることを考えて造営した香具山の宮を形見として皇子を思慕し、回想しつづけよう、と誓うのにまったく等しい、と考えてよかろう。形見となった明日香川は、不可逆な時の流れにたとえられる川ではなく、絶えることなく循環し、永続する自然の一部としての川であることはいうまでもない。

死者は、われわれの回想のなかにのみその姿を現わす、という認識は、死者の蘇生や転生や復活や示現を求める死後の儀礼を、死者をひたすらに思慕し、回想するものに変え、挽歌を、死者は自己の心中にのみ生きる、というかたちで死者を讃美し、追慕する「音のみも　名のみも絶えず　天地の　いや遠長く　しのひ往かむ」ものと変えたのである。追慕を主にする点で人麻呂以前の「しのひごと」的挽歌に等しいが、死者はわれわれの回想のなかにのみ生きる、と自覚して追慕する点で人麻呂以前の挽歌とは異なる。『明日香皇女挽歌』は、制作年次の明らかな人麻呂最後の作品であるが、彼の作品に見られた様々な特色が、成長し発展したかたちで、しかも集約された趣がある。

天武朝にはじまる人麻呂の作歌活動は持統朝で花開き、文武期に完成するが、人麻呂はつねに時代とともにあった幸福な歌人であった。持統三年六月に浄御原令を諸司にわかち、同四年七月には浄御原令の官制を実施して官僚の大異動を行い、朝廷での礼を定め、天武朝で準備されながら発布されなかった令が施行され、天皇独裁によって否定されていた官僚機構が機能して律令制古代国家は完成に向って動き始めていた。つづいて律令のさらなる整備とそれに伴う政治機構の拡大に対応するかたちで藤原京が造営されるが、都市の生活は、人々に律令制にもとづく新しい政治を体得させ、自己の生活習慣や認識の変革をせまった、と推測されよう。

人麻呂は、『明日香皇女挽歌』や『泣血哀慟歌』に、新しい愛の風俗や夫婦の愛を描き、『明日香皇女挽歌』や『泣血哀慟歌』『高市皇子挽歌』に、死を自然と対立する不可逆な時間のなかでとらえ、死者は生者の回想のなかに生きる、とうたった。『高市皇子挽歌』で人麻呂は、宗教儀礼や信仰のなかで形成された、神の意志や契約や習慣にもとづく真の神話とは無縁に「神話」を創作したが、彼の神話に登場する神は、歴史的時間に支配されていた。

人麻呂は、都市化する藤原京にあって新しい風俗をうたい、古代性を克服する都市の論理にしたがいながら、新しい認識を深めていた。『明日香皇女挽歌』は、皇女を思慕し讃美する儀礼の場で、誄の機能をはたすものとして発表され、新政を支持する宮廷人の賞讃を博したことであろう。明日香皇女は文武四年四月四日に薨去したが、薨去に先立つ三月十五日に、文武天皇が諸王臣に令文を読習させて律条を撰成させる詔を出し、六月十七日には、忍壁皇子、藤原不比等らに律令を撰定させ、賜禄を行ったことを『続日本紀』は記す。大宝律令編纂に関する記事であるが、明日香皇女の夫君と考えられている忍壁皇子は、当時律令編纂の仕事に没頭していた。

この挽歌に見られる愛と死の新しい認識は、すでに指摘したように『孝徳紀』の野中川原史満の『造媛挽歌』にも見え、藤原京の人麻呂がはじめて抱いたものではないが、『造媛挽歌』を孝徳朝の作とすることに、まったく疑いがないわけではない。土橋寛は『古代歌謡全注釈・日本書紀篇』に、満の二首を最初の挽歌として注目するが、中大兄が満を讃めて琴を授けて歌わせた、という部分は、『捜神記』で漢の武帝が李夫人を失った悲しみを詩に作り、楽府の楽師たちに命じて琴に合わせて歌わせた、というのに類似すること、造媛の実在性に疑問があること、満の二首に「其一」「其二」という『文選』に見られる記載が見られることを指摘して、「この物語は川原史によって虚構された可能性が大きい」といい、「したがって歌は物語歌」か、と推測している。

『捜神記』や『文選』の影響が見られるので虚構であり、物語が虚構であると歌謡は物語歌である、という論理はかならずしも明快ではないが、満の挽歌が大化五年三月の作としてはあまりに新しすぎることも無視してはなるまい。村落を離れた都市における葬儀が、葬儀に携わることを職業とする人々に多くを委ねるようになったことは想像に難くはないが、この『造媛挽歌』はそうした人々によって歌われたものではないか。

『令集解』は「遊部」（喪葬令）に『古記』を引用して、「遊部者、在㆓大倭国高市郡㆒」と記し、その起源を記してさらに「但此条遊部、謂野中古市人歌垣之類是」という。南河内の野中や古市の人々によって遊部の仕事が継承されたことになるが、この野中と野中川原史満の野中とは無縁ではあるまい。野中や古市の人々によって葬儀に関する諸事が行われ、殯葬の歌舞も彼らによって担当され、そうした折に『造媛挽歌』も琴に合わせて歌われたのではないか。満が作り、中大兄が激賞した、というのはその起源譚であろう。

『鴨山自傷歌』について論じた際に、人麻呂が南河内の野中・古市・依網等の芸能集団と深いかかわりを有したことを推測したが、人麻呂が『明日香皇女挽歌』を制作したころ、同じ藤原京において満と縁の深い野中や古市の人々によって、この『造媛挽歌』が所々の葬儀で歌われていたことは想像してよかろう。人麻呂が抱いた愛と死の認識は、たがいに関連しあって藤原京の大宮人の世界を描いている。『造媛挽歌』が歌いつがれ、現在見るような、君子の好逑としての淑女を讃美し、循環する自然に対してたち帰らない死者を悲しむかたちになったのは、あるいは、人麻呂の時代であったのかもしれない。

執筆中に、『国文学研究』（第八一集）掲載予定の門倉浩氏の「明日香皇女殯宮挽歌考――その表現上の主体について――」（校正刷）を読む機会を得た。仏教斎会との関係を疑問視し、中国の誄や「川上之歎」を典拠として重視する点で、本章と一致するが、主題はおのずから相違している。一読を乞いたいと思う。

『文学研究科紀要』（早稲田大学）第二十九輯（昭和五九年三月）に「藤原京の柿本人麻呂――明日香皇女挽歌の方法と世界――」として発表した。

Ⅷ　物語歌一

第十四章　近江荒都歌

―神話と歴史の相剋―

近江の荒都に過りし時に、柿本朝臣人麻呂の作りし歌

玉だすき　畝傍の山の　橿原の　日知りの御代ゆ或は云ふ、宮ゆ　生《あ》れましし　神のことごと　樛木《つがのき》の　いやつぎつぎに　天の下　知らしめししを或は云ふ、めしける　天《そら》に満つ　大和を置きて　青によし　奈良山を越え或は云ふ、そらみつ大和を置き青によし奈良山越えて　いかさまに　思ほしめせか或は云ふ、おもほしけめか　天離《あまざか》る　夷《ひな》にはあれど　石走《いはばし》る　淡海の国の　楽浪《ささなみ》の　大津の宮に　天の下　知らしめしけむ　天皇《すめろき》の　神の尊の　大宮は　ここと聞けども　大殿は　ここと言へども　春草の　しげく生ひたる　霞立ち　春日の霧《き》れる或は云ふ、霞立ち春日か霧れる夏草か繁くなりぬる　百磯城の　大宮処　見れば悲しも或は云ふ、見ればさぶしも（1―二九）

反歌

楽浪の志賀の辛崎《からさき》幸《さき》くあれど大宮人の船待ちかねつ（三〇）

ささなみの志賀の一に云ふ、比良の大わだ淀むとも昔の人にまたも逢はめやも一に云ふ、逢はむと思《も》へや（三一）

一　叙事部の抒情性

『近江荒都歌』の前半の叙事は、荒廃を悲しむ後半の抒情と、どのように接続するのだろうか。第十句目の「知らしめししを」は、校異に記す或本に「知らしめしける」とあるが、これを採用し、第十五・十六句の「いかさまに思ほしめせか」を挿入句と見て除外し、冒頭より「天の下知らしめしけむ」に至る二十四句を「天皇の神の尊の」に懸る修飾句と見て、天智天皇を讃美する、と考えるのがもっとも一般的な読み方である。このように読むと冒頭の修飾句は荒廃を歎く主題と離れ、矛盾するようであるが、こうした無意味な修飾句に古代詞の特色をみたり、主題と矛盾する讃美はこの長歌が発表された折の儀式に奉仕する、と主張されたりもしている。

「玉だすき　畝傍の山の　橿原の　日知りの御代ゆ　生れましし　神のことごと　樛木の　いやつぎつぎに　天の下　知らしめししを」の十句で、神武天皇以来の歴史が回想され、神武天皇以来、皇統は絶えることなく継承されることをいい、万世一系の皇統を継承する天智天皇や現在の持統天皇を讃美する、と理解されたりしているが、この十句は、最後の「知らしめししを」が、或本で「知らしめしける」とあるように、神武天皇以来、大和で天下を統治したことを主張しているのであろう。

つづいて叙事部が、「天に満つ　大和を置きて　青によし　奈良山を越え　いかさまに　思ほしめせか　天離る　夷にはあれど　石走る　淡海の国の　楽浪の　大津の宮に　天の下　知らしめしけむ」と十四句連続し、天智天皇の近江遷都が表現されるが、けっして客観的な叙述ではあるまい。天智天皇や天皇の行った遷都を讃美している、という解釈もあるが、それ以外に読めない、というものでもない。

窪田空穂は『万葉集評釈』に、「神武天皇以来、都はすべて大和の内であったというのは、明らかに強いたことである。都は難波にも河内にも近江などにも遷されているのは明らかなことで、知識人である人麿がそれを知らないはずはない」という。成務天皇が近江の志賀に、仲哀天皇が筑紫の香椎に、仁徳天皇が難波の高津に、反正天皇が河内の丹比に、継体天皇が山城の筒城に、孝徳天皇が難波の長柄に、それぞれ皇都を営んでいる。〈神武以来〉というい い方が、すでにそうなのだが、事実に反してまであえて「強いたこと」をいうのは、都は大和にあるべきであり、近江への遷都は、きわめて異例なことで、してはならないことであった、ということを強調しているのではないか。

人麻呂の長歌は、冒頭に叙事部分を有し、神話や歴史が詠み込まれているが、『吉野讃歌』(1―三六～三九)の国つ神の奉仕は、大宮人の奉仕の表現とともに、持統天皇の神性と絶対的な統治をうたうために必要不可欠であったし、『日並皇子挽歌』(2―一六七～一六九)の天孫降臨神話や、『高市皇子挽歌』(2―一九九～二〇一)の壬申の乱の記述も、主題表現と密接な関連を有する、と考えられる。『近江荒都歌』が、冒頭に神武以来の天皇たちの皇都造営をいい、天智天皇の遷都を記すのも、後半の抒情と密接な関連を有するのではないか。

大海人皇子と大友皇子との戦いは、大和の勢力と近江の勢力との戦いであるが、当時の人々の考え方では、国と国との戦いであり、その国にいます神々の戦いであった。『壬申紀』は、両軍が混戦状態に落ち入った折に、大和の高市郡の大領高市県主許梅が、にわかにものが言えなくなり、三日後に神懸りして、高市社の事代主神と身狭社の生霊神が現われ、「神日本磐余彦天皇(神武天皇)の陵に馬及び種々の兵器を奉れ」との神託をなしたことを記す。神武天皇が確実な史料に登場する最初の記事として注目されているが、神武天皇は、大和国を守る神のなかの神、と考えられていたのであろう。人麻呂が〈神武以来〉と神武天皇の名をあげるのも、神武が東征して大和で初代の天皇となり、近江との戦争のさなかに、大和の守護神として注目された理由によろう。

「いかさまに思ほしめせか」は、挽歌に使用される成句であり、この成句が使用されていることを論拠にして、『近江荒都歌』を挽歌とする議論が行われている。その適否は、すべて作品に尋ねるべきであるが、挽歌の文脈でとらえても、天智天皇が大和をあとにして近江に遷都したことをかぎりなく惜しむことになろうし、讃歌の文脈でとらえて、神慮のはかりがたさを述べた、と解するにしても、天智天皇に深い敬意を表しつつ、その行為をいぶかり、その不可解さを表明している、と考えなければなるまい。

「天離る夷にはあれど」も、近江が大和を遠く離れたひなの地であることを無視して、の意であるが、そうしたことを無視して、というと、天智天皇がそうした不利な条件を無視して立派な都を営んだ、ということで、「大君は神にし座せば赤駒の腹ばふ田居を都となしつ」（19—四二六〇）と同じように、天皇の〈神ながら神さびせす〉行為を讃美するようにも解せられ、そうした主張もないではないが、「天離る夷」への遷都を異例なこととする主意を見過してはなるまい。

「いかさまに思ほしめせか」について、挿入句とする説が大勢を占めているが、遷都に対する疑問であれば、二十四句目の「知らしめしけむ」に懸るものとして、〈どうお考えになって……大津に都を営んだのであろう〉とし、「知らしめしけむ」の「けむ」を安定させてよかろう。叙事部の二十四句は、前半の十句と後半の十四句に分かれ、前半は、神武以来の皇統を承け継ぐ天皇たちが大和で天の下を知ろしめしたが、といい、それに対して後半は、その一人である天智天皇は、そのような大和をあとにし、どうお考えになって楽浪の大津の宮で天の下を知ろしめされたのであろう、と対比させているのであろう。前半の叙事は、天智天皇の近江遷都をいぶかるもので、たんなる叙事ではない。「いかさまに思ほしめせか」の問いに、遷都の決意に、不安や恐れをいだき、あるいは周章狼狽し、そうして止めようにも止めるすべを知らなかった無念さをかみしめた、といった思いを読みとることも不当ではあるまい。

清水克彦氏は、『柿本人麻呂—作品研究—』に、近江の都が「荒廃に帰してしまった現実の悲しみを、いっそう強調する」ために、「歴代天皇とその皇統とを讃美しながら、同時にその讃美の感情の叙述をおおいかぶせる事によって、『大宮』と『大殿』——すなわち、天智天皇の近江の宮を讃美する役目を果している」といい、渡瀬昌忠氏も、

「近江荒都歌挽歌論―伊藤博著『万葉集の歌人と作品』の人麻呂論を読む―」（『日本文学』昭52・6）に、『近江荒都歌』を挽歌と見る立場に立ちながらも、前半の叙事を、「『直線的』に『単調』に叙述されるのは、天智天皇の近江遷都という神聖なる史実ではないか。神武天皇以来の大和での天下統治も、天智天皇の近江でのそれも、ひとしく敬仰讃美されている」と読解する。

清水・渡瀬両氏をはじめとする諸氏と本書との相違は大きく、読者の判断を仰ぎたいが、こうした大きな読みの相違が生じるのは、大和での天下統治と近江での天下統治の主体を、同一のように描き、両者に同様な深い敬意を払っている理由によろう。この問題は、のちに検討したいが、筆者は、天智天皇に深い敬意を払いながらも、敬意と讃美とは異なり、作者は、近江遷都には賛成せず、天智天皇の行為を讃美することはない、と考えている。

文章としては、二十四句目の「知らしめしけむ」で切れるが、清水克彦氏の前掲書に従い、切れつつもなお、「天皇の神の尊の」を修飾し、「天皇の神の尊の」が、天智天皇であることを明示する、と考えてよかろう。人麻呂はつづいて、「天皇の　神の尊の　大宮は　ここと聞けども　大殿は　ここと言へども　春草の　しげく生ひたる　霞立ち　春日の霧れる　百磯城の　大宮処　見れば悲しも」と、天智天皇の宮殿がまったくの廃墟となり、春草が生え、霞の立ちこめる原野となった悲しみをうたう。散文であったなら、近江大津宮がなぜ廃墟となり原野となったかを述べるであろう。人麻呂は、遷都後の近江の姿を述べ、近江の政治がいかなるものであり、大和とどのように対立し、壬申の乱がいかにしておこり、大津宮がどのように壊滅したか、といったことには何もいわない。

人麻呂は、ただ大和を捨てて近江に遷都したことをきわめて異例のこととして記している。鄭重なものいいであり、そのために近江大津宮が廃墟に帰した、などとはけっしていわないが、大和を離れることをきわめて異例なこととし、近江への遷都を惜しみ、あるいはいぶかり、つづいて廃墟を悲しんでいるので、遷都が廃墟を導いた、と感じさせるものとなっている。大津宮が廃墟になった理由を明記せず、遷都が廃墟を導いた、と感じさせる表現を採用するのは、『近江荒都歌』が詩の表現を採用した、ということになるが、廃墟に導いた唯一の理由として、なぜ、遷都をあげるかは、『近江荒都歌』の本質にかかわるものとして重要視してよかろう。

二　大宮人への挽歌

長歌で荒都を詠んだ作者は、反歌では振り返って辛崎を見、湖上に視線を移す。構成のたくみさを見せている、と考えてよいが、近江大津宮は、「大津」の宮であり、「石走る　あふみの国の　ささなみの　大津の宮」、水の都なのだ。『近江荒都歌』は、水の都のすさびをうたわなければ完結しないのであろう。

　楽浪の志賀の辛崎幸くあれど大宮人の船待ちかねつ

　ささなみの志賀の大わだ淀むとも昔の人にまたも逢はめやも

しかし、右の第一反歌は、志賀の辛崎は昔と同じ姿を見せているが、そこを出発した大宮人の船の帰るのを迎えることはできなくなった、とうたい、つづく第二反歌は、志賀の大わだは人待ち顔に流れをとどめて淀んでいるが、そのように淀んでいても、昔の人に逢うことはできない、とうたう。長歌と反歌は、どのような関連にあるのであろう。『近江荒都歌』は、『万葉集』のなかでも、もっとも人々の注目を集め、さまざまな角度から丁寧に検討されている作品であるが、反歌をも含めて、一連の『近江荒都歌』は、何を詠んでいるのか、作者の表現しようとしているものは、何であるのか、という議論は、まだ、十分に尽していないように思う。

荒都を詠んだあとで、振り返って湖上に視線を移すのは、大津宮は、水の都であり、水の都のすさびをうたおうとした理由による、と考えることができるが、反歌は、水の都の荒廃というより、大宮人や昔の人に逢えない悲しみを主題とし、これをうたう。われわれは、『近江荒都歌』の主題を、大津宮が荒廃に帰していたのを見た悲しみ、と考え、これを疑わずにきたが、大宮人の死を悲しんでいる、と考えたり、そういった挽歌的要素を加味している、と考えたりすることは不可能であろうか。

　柿本朝臣人麻呂の、近江国より上り来りし時、宇治河の辺に至りて作りし歌一首

もののふの八十うぢ河の網代木にいさよふ浪の行くへ知らずも（3―二六四）

　柿本朝臣人麻呂の歌一首

淡海《あふみ》の海夕浪千鳥汝《な》が鳴けば情《こころ》もしのに古《いにしへ》念《おも》ほゆ（二六六）

右の二首は、『近江荒都歌』と分離して巻三に収められ、また、二首が連続せず、異なった題詞が付されているので、『近江荒都歌』と同時の作、と考えることは困難であるかもしれないが、近江からの帰途に宇治河の辺で「いさよふ浪」を詠んだ「もののふの」の歌も、網代木によって停滞していた浪が、そこを通り過ぎるとまたたく間に行くえ知れずになることをいって、死者が自分からどんどん遠ざかって行くことをうたうが、「もののふの八十うぢ河」は、壬申の乱の最後の攻防となった瀬田での戦いに、近江方が壊滅し多数の将兵が戦死したことを暗示していようし、「淡海の海」の歌も、近江の海の波打ちぎわに目をやって、夕浪に追われながら鳴く千鳥に向って、近江の哀史を回想するが、この千鳥も、倭建命の死を悲しむ『大御葬歌』に、「浜つ千鳥　浜よは行かず　磯伝ふ」（記―三七）とうたわれた「浜つ千鳥」を連想させ、大宮人の亡魂とも見られる「千鳥」の声に悲しみを深めている、と見られ、二首とも、「雑歌」ではあっても、大宮人たちの死を脳裏に浮かべ、悲しんでいる歌、と考えることができる。

『近江荒都歌』の二首の反歌が、「大宮人」や「昔の人」に逢えない悲しみをうたうのは、長歌で「大宮は　ここと

聞けども　大殿は　ここと言へども」といい、「百磯城の　大宮処　見れば悲しも」とうたっているのを継承しているが、長歌も、たんに宮殿の毀壊や皇都の荒廃を悲しんでいるのではなく、そうした悲しみを表現しながら、作者は、そこで傷つき斃れた多くの大宮人たちを念頭に浮かべ、彼らの死を悼んでいるのではないか。『吉備津采女挽歌』の反歌で、作者は、采女が入水自殺をした所に行き、その現場を見て、その悲しみを「楽浪《ささなみ》の志賀津の子らが罷道《まかりぢ》の川瀬の道を見ればさぶしも」(2―二一八)とうたう。長歌の収束部「百磯城の　大宮処　見れば悲しも」の結句「見れば悲しも」を、校異に記された或本は「見ればさぶしも」とするが、『吉備津采女挽歌』(2―二一七〜二一九)の場合と同じく、作者は、大宮人が多数傷つき斃れた所に赴き、その現場を見てその死を悼む、という形をとっているのであろう。

『近江荒都歌』は、大宮人たちの死を悲しむ挽歌である、といってよいものだが、反歌が二首とも、大宮人や昔の人に逢えない悲しみをうたい、天智天皇に言及しない点から考えて、従来いわれてきたような、天智天皇に対する挽歌ではあるまい。山本健吉は『柿本人麻呂』に、この歌を天智天皇の霊、あるいは天智天皇を統領とする土地の精霊を慰撫し、鎮魂する心から直接うたいかけた歌である、と説き、左のように記す。

> これは芭蕉の高館の句をはじめ、多くの詩人たちの作品に例が見られるやうに、近江の旧都をよぎつて、自分の感懐を託さうとした一つの機会詩なのではない。作者が集団の意志を体して、はじめから、廃都の「荒ぶる魂」の怒りをやはらげ、慰撫しようとした祭儀に奉仕するための、一種の記念碑的芸術なのである。

人麻呂の古代性を指摘したものとして傾聴に価するが、その論拠として、皇統や道行がうたいこまれている、とするのは論拠とはなるまい。前半の叙事に、天智天皇の系図が詠み込まれており、「故人を系図のなかに組み入れ、相手に死を自覚させ、安心を与へようと」している、というが、冒頭の「玉だすき　畝傍の山の　橿原の　日知りの御代ゆ」は、皇都は大和に置くべきだ、と主張するもので、天智天皇の皇統を明示する記載ではない。「天に満つ　大和を置きて　青によし　奈良山を越え……石走る　淡海の国の　楽浪の　大津の宮に」を、山本健吉は「地名列挙の道行様式の簡略化されたもの」といい、「死者に実際の死を自覚させるために」、挽歌はその様式を必要とした、とするが、この種の「道行き」は、羇旅や恋の歌にも見え、行幸や遷都の歌にも見られて挽歌特有のことではなく、挽歌といっても『鮪葬《しび》送歌』（紀―九四）を除くと、挽歌や葬歌に「道行き」に相当する記載はない。詳細は、「第八章安騎野遊猟歌」に譲るが、この種の「道行き」の存在は挽歌説の論拠にはなるまい。

たしかに、挽歌に使用される「いかさまに思ほしめせか」が『近江荒都歌』にも使用されているが、『日並皇子挽歌』の「いかさまに　思ほしめせか　由縁《つれ》もなき　真弓の岡に　宮柱　太敷きいまし　みあらかを　高知りまして朝ごとに　御言《みこと》問はさぬ」（2―一六七）に比較してみると、「いかさまに　思ほしめせか　天離る　夷にはあれど　石走る　淡海の国の　楽浪の　大津の宮に」の「天離る夷にはあれど」が「つれもなき」に、「真弓の岡に」が「石走る　淡海の国の　楽浪の　大津の宮に」にそれぞれ相当し、つまり、大津宮は、「つれもなき真弓の岡」に相当する葬場や御陵の所在地となり、その地に、止めるすべもなく向ったことを痛切に悲しむことになろう。

この歌が、もしも山本健吉のいうように、天智天皇の霊や天智天皇を統領とする土地の精霊を慰撫し、鎮魂することを目的にした「挽歌」であるとしたならば、天智天皇や近江大津宮を讃美するはずだ。天皇の事蹟を代表するものとして遷都をあげ、天皇を讃美したのであれば、遷都をまことに適切な快挙といい、威風堂々と遷都した、とうたいあげるであろう。近江大津宮を讃美したのであれば、近江国がいかに神の恩寵をうけて自然の美に恵まれ、整備された都城がいかに壮大であり、建造された宮殿楼閣がいかに輪奐の美を誇ったか、をうたうであろう。

『日並皇子挽歌』の「由縁もなき真弓の岡」に比較すると、「天離る　夷にはあれど　石走る　淡海の国の　楽浪の大津の宮に」と丁寧に六句を使用し、枕詞を冠して表現しているので、まったく讃美の表現はない、と断言するのは適切ではないが、「石走る　淡海の国の　楽浪の　大津の宮に」は「天に満つ　大和を置きて　青によし　奈良山を越え」にあわせて構成されており、「石走る」と「楽浪の」の修飾句は、「天に満つ」と「青によし」の枕詞に対応するが、両者の役割は同じではない。「天に満つ」が、山が天空に満ち満ちている意にせよ、空の果てまで大地が満ち満ちている意にせよ、大和を讃美していることに異論はあるまい。「青によし」も、奈良坂の特産物である顔料の青土が産出することをいって奈良を讃美していることはいうまでもないが、「石走る」は、岩の上を激しい勢いで水が流れる、という意で、溢れる水を連想させる「あふみ」にかかる枕詞、と見ても、讃美の要素は大はばに減少され、水のイメージを拡大させながら、反歌の湖上悲傷を導き出すものとなっている。「楽浪の」の場合も同様であるが、これは、枕詞ではなく、実際に琵琶湖西南岸の滋賀郡一帯を指す。

伊藤博氏は『万葉集の歌人と作品・上』に、『近江荒都歌』を「一種の挽歌」と見、「いかさまに思ほしめせか」や「天離る夷にはあれど」という否定的表現について、左のようにいう。

畏懼の心情を以ていぶかり疑うことは、主人公の結果的な行為に対し、〝逆説的な詰問〟（くどき文句）をさし向けることによって、主人公への敬仰思慕の情を訴えたということである。悲しみのことばにおいて、否定的逆説的な表現が、愁悽の情の強化にもっぱら参与することは、言語的真実である。「いかさまに思ほしめせか」は、〝こんな天離る夷の地に都を遷さなかったならばかかる運命におちいりはしなかっただろうに、いかに思し召されて遷都などされたのか〟という感慨をこめた表現であって、いわば、敬慕愛着の情があまって痛恨嗟嘆の声となったものである。

近江に遷都したことを痛切に惜しむかたちで讃美した、と主張するようだが、日並皇子が死者として御陵のある真弓の岡に向ったのを惜しむことと、天智天皇が自己の判断と意志で遷都したのを惜しむことは、同一に論じることはできない。否定的表現である「痛恨嗟嘆の声」によって「敬慕愛着の情」を表わすのは、前者において可能であり、後者の場合は批判に近づく。天智天皇の唯一の業績として特筆したものに、不承認を表明しては、天皇を讃美するすべを失い、天皇に対する挽歌とはなるまい。

『近江荒都歌』三首は、『八十うぢ河』や『夕浪千鳥』の歌と同じく、壬申の乱で傷つき斃れた人々を悼む歌であり、挽歌といってもよいものであるが、天智天皇の霊や土地の精霊を慰撫し、鎮魂することを目的とはしない。近年、持統朝において天智天皇（近江朝）の霊を慰撫し、鎮魂するさまざまな法会や祭式が行われたことを推測する、興味ぶかい研究が発表されている（渡瀬昌忠氏「近江荒都歌と崇福寺」『国文学』昭53・4）が、こうした推測は、『近江荒都歌』成立の背景を明らかにはするが、この作品は、法会や祭式に奉仕するために制作されたものではないので、直接的関係はない、と考えてよかろう。長歌前半の叙事を、公的な祭儀を担当する部分である、といい、後半の抒情とは当然対立するもの、とみなし、前半の叙事に主題とは無関係な讃歌的要素や挽歌的要素をひたすらに求め、これをいたずらに膨張させる読みには賛成することはできない。

三　川上之歎の反転

『近江荒都歌』の長歌を読んで、われわれは、杜甫の『春望』の「国破れて山河在り、城春にして草木深し」との類似を思うが、「淡海の海夕浪千鳥汝が鳴けば情もしのに古念ほゆ」を読んで、李白の『越中覧古』に「越王勾践呉を破って帰る。義士家に還りて尽《ことごと》く錦衣す。宮女花の如く春殿に満つ。只今惟《た》だ鷓鴣の飛ぶ有るのみ」とうたわれた結句「只今惟だ鷓鴣の飛ぶ有るのみ」を想起する読者も少くはあるまい。人麻呂が、杜甫や李白の影響を受けるはずもなく、杜甫や李白が影響を受け、典拠とした詩文の影響を受けたことになろう。『文選』を見ると、枚乗の『七発八首』、曹植の『情詩』、潘岳の『射雉賦』『西征賦』『在懐県作二首』等に廃墟の野鳥がうたわれている。「もののふの八十うぢ河の網代木にいさよふ浪の行くへ知らずも」の場合も、『論語』の「川上之歎」を典拠にして作歌した、と考えてよかろう。『近江荒都歌』関連歌と詩文との親密な関係が推測される。

第二反歌「ささなみの志賀の大わだ淀むとも昔の人にまたも逢はめやも」は、大きく湾曲した志賀の入江に淀む水面を見て、そのように人待ち顔に淀んでいても、昔の人にふたたび逢うことはできない、とうたう。長歌で廃墟をうたい、第一反歌で、辛崎は、大宮人の船の帰港を迎えることができなくなった、とうたうが、『近江荒都歌』の主題は、大宮人の非業の死を彼らが死んだ現場に立って悼むことにあった。第二反歌は、長歌から第一反歌へと集約してきた主題をさらに求心的にうたう。「ささなみの志賀の大わだ」とうたいだすのも、水の都大津宮の歌とするために、大きく琵琶湖を登場させたい、と考えたのであろうし、「大宮人」を「昔の人」に置きかえたのも、華やかな船遊びをするものとして必要な表現であった「大宮人」を、挽歌の対象物として夾雑物を除いて純化し、さらに自己に引きつけようとしたためであろう。手法においても、第一反歌の擬人法を継承して、志賀の大わだに自己の感情を移入してうたうが、流水に世の無常を見、なき人をしのぶというのは、『八十うぢ河』の歌にその影響を認めた「川上之歎」を典拠にし、これを詠み込んだ、と考えられる。

しかし、人麻呂は、典拠通りに、流水とともに遠ざかっていく死者をうたうことをしない。なぜか屈折を与えて、「ささなみの志賀の大わだ淀むとも」と、流れざる、停止した水に死者を対比させる。この「川上之歎」の反転ともいうべき屈折は、第二反歌の収束性からみて、長歌や第一反歌における作者の態度や方法を継承し、集約していよう。

第一反歌は、変化しない、つまり停止している辛崎に、非在の大宮人の船を対比させているが、あるいは、こうしたことと関連をもつのかもしれない。

第一反歌「楽浪の志賀の辛崎幸くあれど大宮人の船待ちかねつ」は、志賀の辛崎を主体として、大宮人の船が帰港するのをふたたび迎えることのできない悲しさをうたう。長歌は、近江遷都を承認しない立場から、大津宮の華やかさをうたうことはないが、第一反歌は、長歌の「国破れて山河在り、城春にして草木深し」的な、自然の不変さに対して人事である国や城のはかなさをうたう発想を継承して、水の都における人事と自然を対照させながら、大宮人の非業の死をうたおう、としたのであろう。『越中覧古』を見ても、廃墟に対してかつての栄花を述べるのが通例であり、その通例に従って、辛崎の半島のたたずまいに対して大宮人の華やかな船遊びが対比されたが、これは、この歌が挽歌的発想の歌であるところから、天智天皇の崩御を悲しむ「天皇の大殯の時の歌二首」で、額田王につづいて舎人吉年が詠んだ左の歌をとりこむこととなった。第一反歌が擬人法を採用したのもそのためである。

やすみししわご大王《おほきみ》の大御舟待ちか恋ふらむ志賀の辛崎（2—一五二）

舎人吉年は、なぜ志賀の辛崎を擬人化し、感情移入をするのであろう。辛崎がどのような所であったか、今日、明言しがたいが、近江は百済系の帰化人によって開発された所も多く、近江大津京には多数の帰化人がいたが、辛崎はその名のごとく帰化人たちの根拠地であったのではないか。大津宮には、『懐風藻』（序）によると、「是に三階平煥、四海殷昌、旒纊無為、巖廊暇多し」とあり、文字通りにとれば、正面に三つの階段を有し、文塼を敷きつめた広大で美しい宮殿がたてられていた。辛崎にも、大陸風の楼閣が連ねられ、湖上には、竜頭鷁首の船が浮かべられて、伶人は管絃を奏したことであろう。『家伝 上』も、「朝廷事无く、遊覧是《ここ》に好みたまふ。人に菜色無く、家に余蓄有り。民咸《みな》太平の代と称す。帝群臣を召して、浜楼に置酒し、酒酣にして歓を極む」と記す。『新撰姓氏録』（未定雑姓・河内国）によれば、舎人氏は、大友史氏などと同じく、近江朝で重用された百済系の氏族である。湖上を遊覧した天皇は、辛崎に上陸して浜楼においてさらに長夜の飲を続けたのであろう。志賀の辛崎が大御船の発着所であり、吉年たち帰化系氏族の根拠地であったところから、吉年は、辛崎を自分たちを代表するものとして扱い、擬人化してこれに感情移入を行ったのであろう。

人麻呂の見た辛崎は、大陸の文化を花ひらかせたかつての辛崎ではない。辛崎はその栄花の迹を何一つとどめず、今はまったくの一湖村となっていた。壬申の乱の折に、大和方の憎悪を集め、もっとも激しく破壊され、多くの大宮人が傷つき斃れた場所であったはずだ。〈水の都〉の荒廃を第一反歌でうたおうとして、辛崎を舞台として選ぶのも、辛崎が悲劇の土地であったからであり、理由のないことではあるまい。

人麻呂は、辛崎の激変した姿を見て強い衝撃を受けたはずだが、これを直接うたうことはしない。壬申の乱にまったく触れることもなく、ただ湖上に眼をそそぎ、かつてのもっとも美しい光景であり、大和では見ることのできない〈水の都〉特有の光景であった、大宮人たちの船遊びを脳裏に浮かべ、大宮人たちにふたたび逢うことのできない悲しみをうたう。辛崎の激変と、激変の衝撃を直接的にうたわず、逆に、志賀の辛崎は昔と変らずにあるけれども、と辛崎の地形上の不変さをいい、惨状に触れずに、「大宮人の船待ちかねつ」とうたうのは、長歌の主題を反覆するのを嫌ったのであろうが、それだけではない。

長歌の「国破れて山河在り、城春にして草木深し」的な発想を承けて、自然の不変さに対して人事のはかなさを歎く詩情に激変を見た衝撃を無理矢理に流し込んだ、といえそうだが、荒都に立って、永遠なるもの、連続するものへの希求が強まり、不変、不動のものに対比させて変貌を悲しむ、という心の構図ができあがっていたために、第一反歌では、自然と人事とを対比させる詩想が直ちに採用され、第二反歌では、「川上之歎」を反転させて、流れざる、停止した水に死者を対比させるといった逆説的詠法が採用された、と考えてよかろう。

四　麦秀・黍離の変奏

長歌についても、中国の詩文の影響を考えてみるべきであろう。近江荒都への人麻呂らの注目は、西郷信綱氏が『万葉私記』に指摘する、「それは近江の都が、大陸風の華やかな風雅を大仕掛に移植した最初の文化的宮廷であり、しかも戦乱のために一挙に滅びたという劇的印象からくるのである」という理由によろうが、そうした中国風の宮都の造営と、劇的な壊滅とが、中国における帝都の壊滅と、荒都を悲しむ詩文を、わが国の歌人たちに想起させたためでもあった。

荒都をうたったもっとも古い作品として、『史記』（宋微子世家）の『麦秀之歌』がある。殷の末期に、紂の叔父箕子は、紂の悪政を諫言するが容れられず、狂人をまねて奴となって日々を過す。周の武王が立って殷を滅ぼし、箕子は周に仕えるが、武王は、彼を臣とはせずに朝鮮王に封ずる。箕子は後に周に参朝して、殷の都のあとを通り過ぎるが、宮殿は毀壊して禾黍を生じているのを見て悲しむ。哭することは周を憚ってできず、泣することは婦人の行為であってできない、として左の『麦秀之歌』を作るが、殷の民は、この歌を聞いてみな涙を流した、という。その部分を引用しておこう。

是に於て、武王乃ち箕子を朝鮮に封じて、臣とせず。其の後、箕子、周に朝し、故《もと》の殷の虚を過ぐ。宮室毀壊し禾黍を生ずるに感じ、箕子之を傷む。哭せんと欲すれば則ち不可なり。泣かんと欲すれば、其れ婦人に近しと為す。乃ち麦秀の詩を作り、以て之を歌詠す。其の詩に曰く、

麦秀でて漸漸たり
禾黍油油たり
彼の狡僮
我と好からず

と。所謂狡僮とは、紂なり。殷の民之を聞き、皆為に涕を流す。

『麦秀之歌』に続くものとして、『詩経』（王風）に『黍離』がある。序文があってこの詩の制作事情が記されている。周の平王の時代に、都は洛邑（洛陽）に移ったが、その大夫が行役して宗周（長安の西南）に到り、いにしえの宗廟宮室の地を過ぎたが、その地はすでに墾耕せられて禾黍の茂る農地となっていた。感慨に堪えず、この詩を作った、という。全三章よりなるが、序と一章を左に掲げる。

黍離は宗周を閔むなり。周の大夫行役して、宗周に至り、故の宗廟宮室を過ぐ。尽《ことごと》く禾黍と為り、周室の顛覆するを閔む。彷徨して去るに忍びず、而して是の詩を作る。

彼の黍離離たり
彼の稷の苗
行き邁《ゆ》くこと靡靡たり
中心揺揺たり
我を知る者は
我が心憂うと謂《い》ふ
我を知らざる者は

我何をか求むと謂ふ
　悠悠たる蒼天よ
　　此れ何人ぞや

『麦秀』『黍離』は、ともにかつての都が墾耕されて禾黍の茂る農地となっていることを悲しみ、箕子は、こうなったのはあのずる賢い若者のせいだ、彼は自分と不仲であった、とすべてを紂の悪政にもとづく、といい、周の大夫も、悠々たる遠い蒼天に向って、宗廟宮室をこのように廃墟とした亡国の君はだれであろう、と周王の地位が諸侯の地位に低下し、宗周を廃墟としたことをすべて幽王の失政に求めて、ともに紂と幽を批判している。

『近江荒都歌』は、詩文との密接な関係が予想される作品であるが、なぜか具体的な検討は行われずにきた。そうした研究史のなかで、中西進氏の『万葉の歌びとたち』(角川選書)に収められた「御用歌人ではなかった柿本人麻呂」は、「この荒都の歌もモチーフを中国の詩からえている」と指摘した点で注目に価するが、「中国の同類の詩はすべて反逆の軍事によって荒廃したばあいの、嘆きである」というのは、杜甫の『春望』や鮑昭の『蕪城賦』の場合にはいえても、もっとも重要な作品である『麦秀』『黍離』には、当てはまるまい。左のような論の展開には、残念ながら賛成することはできない。

おおよそを述べただけでも、中国の詩歌における都の荒廃は、かくのごとく反逆・謀反を条件としている。人麻呂は当然これらの詩歌を知っていたのだから、さて近江荒都の歌を作るに当たって、逆臣の謀反という条件を無視しえたであろうか。むしろ、前例のない荒都の歌を作るというのは、まるごと中国の詩歌にならうということだったはずである。……近江荒都の歌を作ったからには、人麻呂の中に潜んでいた天武批判を認めなければならない。われわれは『日本書紀』に慣らされているから天武の正当性をとかく信じがちだが、『書紀』はこの正当性の主張のために作られた書物だから、本当はもっと生々しい感触が当代にはあったはずである。大海人は王位の簒奪者だといっても、とり立てて不謹慎なことではなかったとおぼしい。

人麻呂が近江を訪れたのは、壬申の乱後、十数年という設定であろうが、箕子や周の大夫が、かつての帝都を訪問するのも、ほぼそうした時間を経過していよう。三者とも、たまたま旧都を経過して荒廃を見た、という設定である。『近江荒都歌』にも、『麦秀』『黍離』に相当する廃墟の光景が描かれているし、「彼の狡僮、我と好からず」や「悠悠たる蒼天よ、此れ何人ぞや」に相当する批判も、これほどの激しさはないが、近江遷都を異例なこととし、遷都故に悲劇を招いた、と感じさせる表現をとっており、『麦秀』『黍離』を学んだ、と考えてよかろう。

人麻呂は、『麦秀』『黍離』を継承し、宮殿が毀壊して荒都となったことを悲しみ、失政ゆえに悲劇を招いた、とするうたいかたをするが、天智天皇への批判はあからさまなものではなく、失政を遷都と限定する。彼は、従来のように、大和に都を置いたならば、平安は継続したはずであり、そのよい慣習を捨ててあえて遷都したために、破壊が起こり、悲劇が発生した、と主張したいようだが、微温的な批判と連続することへの強い願望は、深い関わりを有するようだ。

「玉だすき　畝傍の山の　橿原の　日知りの御代ゆ　生れましし　神のことごと　樛木の　いやつぎつぎに　天の下　知らしめししを」とうたい出した時、人麻呂は、大和で天下を統治した天皇と天智天皇とを対立するものとして描いている、と考えられるが、それに続く、「大和を置きて」「奈良山を越え」「思ほしめせか」「知らしめしけむ」の主語を彼は記していない。人麻呂は、天智天皇を「生れましし神」の一人としてとらえようとするのだろうか。人麻呂は続いて天智を「天皇の神の尊」と呼ぶ。彼は、天智を近江に遷都した一天皇として歴史的に把握しようとしながらも、同時に、代々の天皇を一神格と見なす連続の相でとらえ、神武以来の皇統を受け継ぎ、当代の皇祖に当る神として神話的に把握しようとしているのである。

　こうした神話的認識が、天智天皇の行為を他の天皇と区別して評価することを妨げ、中国の詩人によって教えられた歴史批判を生ぬるいものにしているが、『近江荒都歌』は、神話的な時空認識に領導されている作品ではない。仮にそうした作品であったとしたならば、都は大和から近江に遷ったが、ふたたび大和に回帰し、神武聖帝の皇統を承けつぐ神々によって、何一つ変化することなく運営されている、とうたわなければならない。讃歌になってしまって、荒都を悲しみ、大宮人の死を悼むこともなく、『麦秀』『黍離』を学ぶことも不可能となろう。

　人麻呂の内部に、神話と歴史とがせめぎあう相剋があったはずだが、彼は詩人として、その相剋を抒情化し、作品に形象しようとしたのであろう。長歌において、大和に都を置いたならば、平安は永遠に維持されたであろうに、その習慣を断ち切って遷都したために悲劇が発生した、とし、反歌において、ことさらに、不変・不動のものに対比させて、変化するものや死者を悲しむのも、自己の心中に存在する相剋の本質を正確にとらえ、連続への強い志向と、それを打ち破り、変化させたものへの悲しみとして抒情化し、形象化したことを物語っていよう。

『近江荒都歌』が、歴史を描かず、天智天皇に対する批判も徹底を欠く、といった批判も不可能ではないが、神話と歴史が相剋する心のありようを示して興味深い。一面的にいうならば、歴史は神話化され、抒情化されるのであり、天智の「失政」は連続をたち切る遷都として記され、「批判」は恐れや無念さや悲しみとしてうたわれるのである。人麻呂が、宮廷歌人であったからだ、持統天皇が称制を行い、皇位に即くのも、天武天皇の妻であったからではなく、天智天皇の娘であったからだという、女帝の時代の時代的制約を受けているのだ、という割り切り方は、誤りではないが、十分ではない。

　人麻呂の連続への志向は、当時形成されつつあった王権に関する神話や祭式と共通するが、『近江荒都歌』には、祭式との関わりを推測させる要素はない。『麦秀』や『黍離』に関連させると、近江朝ゆかりの皇族や高官、あるいは額田王や舎人吉年らが、たまたま荒都を通り過ぎて、停止させられなかった遷都や、遷都ゆえにおきた悲劇を悲しみ、宮殿と運命を共にした多数の大宮人を悼む歌のように見える。人麻呂は、近江朝に深い関わりを有した者の立場で作歌し、当時の心のありようを表現しているが、同時代の人々を代表したり、特定な人々の立場に立って歌を詠む、彼の作歌方法から見て、近江朝に出仕したか否かをこの歌から決定することはできない。

『近江荒都歌』は、持統朝の人々の好評を博し、さまざまな形でしばしば発表される機会を得たのであろう。長歌と第二反歌は、校異に或本と一本の存在を記し、巻三には、無関係とは考えられない『八十うぢ河』（二六四）と『夕浪千鳥』（二六六）の二首が存在する。『八十うぢ河』を第三反歌、『夕浪千鳥』を第四反歌とし、長歌一首に対して反歌四首の『安騎野遊猟歌』の形態を採用したことも、また、長歌とは別に短歌四首の形態を採って発表されたことも、想像できないことではない。その際には、第二反歌は第二句を「一本」の「比良の大わだ」として、第三反歌の『八十うぢ河』とともに『近江荒都歌』の世界をひろげ、第四反歌の『夕浪千鳥』に収束を委ねたはずである。

『近江荒都歌』は二首の反歌を持つが、二首は長歌の世界を反復するものではなく、それぞれは独自の世界をうたう。反歌が長歌から独立して独自の世界を持つ時、反歌は短歌となり、短歌と記される、という主張があるが、『近江荒都歌』の場合はそうした主張とは無縁である。いずれにしても、その題詞は人麻呂自身が書いたものではあるまい。勅撰和歌集の詞書も撰者が撰者の責任において記すものである。

『まひる野』四百号（昭和五五年八月）に「近江荒都歌と連続への志向」として発表し、昭和五十七年九月八日に全面的に改稿した。

第十五章　吉備津釆女挽歌
――天智天皇悔恨の歌――

吉備津釆女の死にし時に、柿本朝臣人麻呂の作りし歌一首　短歌を幷せたり

秋山の　したへる妹　なよ竹の　とをよる子らは　いかさまに　念ひ居れか　栲縄の　長き命を　露こそば　朝に置きて　夕には　消ゆと言へ　霧こそば　夕に立ちて　明《あした》には　失すと言へ　梓弓　音聞く吾も　おほに見し　事悔しきを　しきたへの　手枕まきて　剣刀　身に副へ寝けむ　若草の　その夫《つま》の子は　さぶしみか　念ひて寝《ぬ》らむ　悔しみか　念ひ恋ふらむ　時ならず　過ぎにし子らが　朝露のごと　夕霧のごと（2―二一七）

短歌二首

楽浪《ささなみ》の志賀津の子らが一に云ふ、志賀の津の子が罷《まかりぢ》道の川瀬の道を見ればさぶしも（二一八）
天数《そらかぞ》ふ大津の子が逢ひし日におほに見しくは今ぞ悔しき（二一九）

一　不可解な題詞

人麻呂は、公的な挽歌である『日並皇子挽歌』『高市皇子挽歌』『明日香皇女挽歌』等の殯宮挽歌においても、作品中に皇子や皇女の名を詠み込むことはしないが、つねに作品を読めば、誰に対する挽歌であるのか、ただちに理解で

きる表現をとる。日並皇子や高市皇子は、ともに天武天皇の皇子である、と記され、それぞれ、日並は天武の崩御をうけて即位することを期待された皇太子であり、高市は壬申の乱に天武の命をうけて大将軍となって活躍し、乱平定後は、太政大臣として執政した、と記されている。日並の御陵が真弓の岡に営まれ、高市の殯宮がその居所である香具山の宮に、御陵が城上に営まれた、との記載もあるが、それらはみな日並や高市のものであり、その主が日並や高市であることを物語っている。明日香皇女の場合も、その挽歌は、皇女が明日香川のほとりの夫君の宮で薨去し、城上の御陵に埋葬された、といい、御名にゆかりの明日香川を形見として思慕しよう、とうたっているので、明日香皇女に対する挽歌であることに疑問の余地はない。

反歌においても、『日並皇子挽歌』は「あかねさす日は照らせれどぬばたまの夜渡る月の隠らく惜しも」と、太陽に並んで地上を照らす月のごとき皇子、と日並の名を詠み込んで皇子の死を悲しみ、『明日香皇女挽歌』は「明日香川明日だに見むと思へやもわご王の御名忘れせぬ」と、皇女の名が明日香であるために明日にでもお目にかかろうと思って忘れがたい、と明日香の名に関連させて追慕の悲しみをうたう。巻一・巻二の人麻呂の作品を一首一首検討することはしないが、両巻の人麻呂の作品は完成度は高く、作品を読めば作歌事情はおのずから知られる、という作品が多数を占める。

巻三・巻四は、巻一・巻二が選び残した作品を後に集めた拾遺の巻と考えられているので、その作品は、巻一・巻二両巻の作品と同列に扱うことはできないかもしれない。巻三の『長皇子猟路池遊猟歌』（3―二三九～二四一）には「長皇子の猟路の池に遊びし時、柿本朝臣人麻呂の作りし歌一首」の題詞があるが、題詞を除くと長歌や反歌をいかに丁寧に読んでも、長皇子への献歌であることは判明しない。『香具山見屍悲慟歌』（3―四二六）の場合も、「柿本朝臣人麻呂の香具山の屍を見て悲慟して作りし歌一首」の題詞を有するが、短歌一首「草枕旅の宿りに誰が夫《つま》か国忘れたる家待たまくに」だけでは、そうした作歌事情を理解することはできない。
『長皇子猟路池遊猟歌』は、長皇子の猟路池の遊猟に供奉して、狩り場で即興的に制作し、長皇子に献呈したもので、本来、記録され『万葉集』に収められる作品ではなかったのであろう。『香具山見屍悲慟歌』も、香具山で実際に屍を見たのであれば、死体などあってはならない都近くの聖山に、死体を見た驚きをうたうはずである。そうした部分を欠くのは不可解であり、『香具山見屍悲慟歌』は、長歌を失った特異な短歌と考えるべきであろう。題詞によらなければ、作歌事情の判明しない『長皇子猟路池遊猟歌』と『香具山見屍悲慟歌』は、完成度や自立性の低く弱い、巻三に収められた特異な作品と考えるべきであろう。

巻三には人麻呂の挽歌として他に、『土形娘子火葬歌』（四二八）『出雲娘子火葬歌』（四二九・四三〇）を収める。それぞれ「土形娘子を泊瀬の山に火葬せられし時に、柿本朝臣人麻呂の作りし歌」「溺死せし出雲娘子の吉野に火葬せられし時に、柿本朝臣人麻呂の作りし歌」という詳細な題詞を有するが、『出雲娘子火葬歌』の場合は、第一首「山の際《ま》ゆ出雲の児らは霧なれや吉野の山の嶺にたなびく」で火葬に付したこと、第二首「八雲さす出雲の子らが黒髪は吉野の川の沖になづさふ」で溺死したことをうたい、『土形娘子火葬歌』の場合も、「隠口《こもりく》の泊瀬の山の山の際にいさよふ雲は妹にかも有らむ」は、泊瀬山で火葬に付したことをうたう。後者の場合、主人公が土形娘子であることは明示していないが、「泊瀬の山の山の際に」と「山」にこだわるのは、「ひぢかた」が「山地の特殊な農耕適地」（秋本吉郎『風土記』（日本古典文学大系）逸文・丹後国・奈具社条頭注）を表わす言葉であり、「山の山の際」が「ひぢかた」を暗示する言葉であったからであろう。抒情に重点を置く短歌においてすら、人麻呂は作歌事情を作品によって正確に伝える努力をする。

完成度の高い人麻呂の作品の中にあって、巻二の『吉備津采女挽歌』（2—二一七〜二一九）も、長歌と二首の反歌を読んだだけでは死者が吉備津采女であることのわからない特異な作品である。『長皇子猟路池遊猟歌』や『香具山見屍悲慟歌』のように、完成度や自立性に問題を残す作品なのであろうか。

長歌は、「秋山の　したへる妹　なよ竹の　とをよる子らは」とうたい出す。「したへる」「とをよる」は、それぞれ容貌と姿態の美しさを形容する言葉であり、『雄略紀』（二年一〇月六日）で采女日媛の美しさを容姿の二面でとらえ、「采女面貌端麗、形容温雅」と記しているのを継承した表現であるが、こうした表現を採用したからといって、主人公が采女であり、吉備津の出身者であることがわかるものでもない。

『応神紀』（二二年三月）の吉備臣の祖御友別の妹兄媛、『仁徳記』の吉備海部直の女黒日売は、采女とは記されていないが、吉備から貢上された采女に相当する女であり、『雄略紀』（九年三月）、『舒明紀』（二年正月一〇日）には、吉備上道采女大海、吉備国の蚊屋采女の名も見え、吉備の諸氏は、しばしば采女を貢上していた、と推測される。『応神紀』『仁徳記』は貢上された吉備の女の悲話を伝えているが、吉備には中央と対立する勢力が古くから形成され、服従や提携や協力のあかしとして女が貢上されたために、その女の人権は無視され、中央と吉備とに軋轢が生じた際には、さまざまな悲劇に見舞われることとなったであろう。

吉備上道采女大海は、雄略によって、新羅征討に際して妻を失って悲しむ将軍紀小弓宿祢の身辺の世話をする女として与えられ、戦地におもむかされる。小弓は新羅を大いに破ったが、二か月後に戦病死し、大海は帰国して小弓を和泉国の田身輪邑に葬っている。采女ではないが、同じく『雄略紀』は、磐城皇子、星川稚宮皇子の母となった、大海と同族の吉備上道臣女稚姫の悲劇を伝えている。稚媛は吉備上道臣田狭の妻であり、二人の間に兄君、弟君をもうけていたが、雄略は田狭が朋友に稚媛の美しさを自慢しているのを聞いて、田狭を任那の国司に赴任させ、その留守に稚媛を召して女御としてしまう。田狭は任那で雄略が妻を召したことを聞いて恨んで新羅と通じて朝貢を怠らせる。

雄略は稚媛と田狭の間に生まれた弟君に新羅を討たせ、また、百済の巧技者を求めさせようとするが、父の田狭は弟君に百済に拠って祖国との通行を断つことをすすめ、弟君は父の言葉にしたがうが、弟君は「謀叛」を憎む妻の樟媛に殺されてしまう。稚媛は雄略との間に磐城・星川の両皇子をもうけるが、雄略の崩御後、稚媛は星川に皇位を奪うことをそそのかし、大伴室屋らによって星川皇子、兄君とともに燔き殺された。吉備上道臣らが救援の船を出したが、間にあわなかった。

吉備津采女の名は、吉備の悲劇を人々に想起させる美しい薄幸のヒロインにふさわしいが、美しい女は吉備出身であるとは限らないし、薄幸のヒロインも采女であるとは限らない。『吉備津采女挽歌』は、「秋山の　したへる妹　なよ竹の　とをよる子らは」につづいて、その若い美女が突然にはかなくなったことを、「いかさまに　思ひをれか　栲縄の　長き命を　露こそば　朝に置きて　夕には　消ゆといへ　霧こそば　夕に立ちて　朝には　失すといへ」と、ただ、人の命は栲縄のごとく長いものであるのに、朝露でも夕霧でもないのに、と歎く。

朝露や夕霧に言及するのは、長歌の収束部で采女の突然の死を「時ならず　過ぎにし子らが　朝露のごと　夕霧のごと」と歎く、いわば伏線である。朝露は、『漢書』（蘇武伝）に「人生朝露の如し」と見え、『薤露』にも「薤上の朝露何ぞ晞き易き」とうたわれ、人の世のはかなさを歎く比喩にふさわしいが、夕霧には朝露のような典拠はない。人麻呂が発明した比喩であり、朝露に添える形で慎重に使用されているが、采女を夕霧のごとき女とうたいたいのであろう。采女は、二首の反歌に、「志賀津の子」「大津の子」と記されており、近江と関連を持つ采女であり、彼女は志賀で入水自殺した、と考えられるが、采女を夕霧の女とするのは、近江が霧の名所であった理由によろう。

「いかさまに念ひ居れか」は、『日並皇子挽歌』等に使用される挽歌の常套句であるが、『日並皇子挽歌』で「いかさまに思ほしめせか」が登場するのは、六十五句中の五十一句目であるのに、『吉備津采女挽歌』で采女の死を悼むこの句が登場するのは、三十四句中の五句目という早さである。『吉備津采女挽歌』は、死者がどのような人物であるかを叙することを軽視し、突然の死を悲しむことを重視した作品である。

人麻呂は、つづいて采女の訃報に接した折の思いを、「梓弓　音聞く吾も　おほに見し　事悔しきを」といい、采女の夫の心を推察して、「敷栲の　手枕まきて　剣刀　身に副へ寝けむ　若草の　その夫の子は　さぶしみか　思ひて寝らむ　悔しみか　念ひ恋ふらむ」と同情する。三十四句の比較的短い長歌において、十句を遺族の心情の推測にあてることは特異なこととして注目されているが、采女に夫のいるのが尋常なことではなく、通説に従って述べるならば、この挽歌は采女が許されない愛に殉じたことを悼む歌であり、夫についての言及を不可欠にした、と考えるべきであろう。

人麻呂の作品において、長歌に対して反歌とあるべきところが短歌と記されている場合、短歌は反歌と記されたものよりも長歌に対して自立性が高い、といわれ、これを定説視して人麻呂の作品を読むことが行われている。神堀忍氏が「吉備の津の采女挽歌」（『万葉集を学ぶ』第二集）に、「志賀津の子」「大津の子」を采女ではなく、「その夫の子」である、といい、身崎寿氏が「吉備津采女挽歌試論」（『国語と国文学』昭57・11）に、二首の短歌の主題「見ればさぶしも」「今ぞ悔しき」が、「夫の子」の心中に見られる「さぶしみ」「悔しみ」を継承する、とするのも、そうした〈短歌、反歌の論〉に基づくのであろう。

しかし、『吉野讃歌』の二首の長歌に添えられた二首の「反歌」は、長歌の歌詞を使用しているが、その主題は長歌を要約していないし、『河島皇子挽歌』の「反歌」も、長歌の主題を反復している、と考えるべきではない。『近江荒都歌』や『日並皇子挽歌』に添えられた二首の「反歌」も、長歌とは距離を置き、主題や表現において相違している。一方、『明日香皇女挽歌』や『泣血哀慟歌』（第一・第二群）には、それぞれ二首の「短歌」が添えられており、第一反歌に相当する三首は、たしかに長歌とは距離を置き、主題や表現を異にしているが、第二反歌に相当する三首は、長歌の主題を要約して反復している。第一反歌で転じて第二反歌で要約することは、反歌を「反歌」と記す『石見相聞歌』（第二群）や『狭岑島挽歌』にも見え、人麻呂にとって基本的な方法であった、と考えるべきであろう。

人麻呂の作品において、「短歌」と記されたものは、「反歌」とあるものより自立性が高く、人麻呂の〈反歌〉は、「反歌」から「短歌」へ、つまり長歌内容と密着したものから次第に独立性を増し、自由さを加えていった、とする〈反歌、短歌の論〉は、きわめて多くの例外を含み、定説とみなし、論拠とするのは困難なようだ。むしろ、二首の〈反歌〉（「反歌」「短歌」の区別なく）を有する場合、第一反歌で転じ、第二反歌で収束する手法を採用していることを承認するべきであり、『吉備津釆女挽歌』の二首の「短歌」もこの基本形によって構想された、と考えられる。

第一反歌で人麻呂は、釆女が入水自殺をした川瀬の道に立って釆女を追慕し、第二反歌は、訃報に際してまず心に抱いた感情「おほに見し事悔しきを」を反復させる。第一反歌、第二反歌で釆女を、「楽浪の志賀津の子」「天数ふ大津の子」というのは、釆女が近江と深い関わりを持ち、近江で入水自殺をしたために、吉備津釆女を「志賀津の子」「大津の子」と呼んだ、と考えておこう。第一首で「楽浪の志賀津の子」、第二首で「天数ふ大津の子」を特に採用したのは、第一反歌が入水した釆女の「罷道の川瀬」にあわせて、水のイメージを強調し、川瀬が実際に浪立つところから、「楽浪の」を選び、「楽浪の」に連続させて「楽浪の志賀の辛崎」「楽浪の志賀の大わだ」というところから大津の代りに志賀を採用し、「楽浪の志賀津の子ら」とし、第二首では、『万葉考』がすでに指摘しているように、主題の「おほに見しくは今ぞ悔しき」の「おほに」にあわせて、暗算を意味する「天数ふ」や同音の「大津」を採用し、「天数ふ大津の子」としたのであろう。

人麻呂は、『石見相聞歌』において、妻の里を津野の浦・渡津・韓の崎、別れの場を高津野山・渡の山と詠み変えることでその地勢を説明し、『泣血哀慟歌』の第二群においては、死者の訪れを期待する長歌では、妻が大鳥となって飛来することを暗示する「大鳥の羽易の山」を使用し、第二反歌では、同山を夜具へ導く、同衾を誘うという意味を持つ「衾道を引出の山」を使用し、妻を埋葬した山がそうした意味を持つ山だということで、一人山路を帰るさびしさを強調しようとする。

二首の反歌で、釆女を「楽浪の志賀津の子」「天数ふ大津の子」とうたうのは、釆女が近江と深い関わりを持ち、近江で入水自殺したことを詩の方法で説明しようとしたものであり、両首の相違は、両首の主題と密接に関連していた。中西進氏は『万葉集（一）』（講談社文庫）に長歌と二首の短歌の関連を、「長歌が吉備釆女の歌で短歌に類似の志賀津の子の歌を添えたとも考えられる」と、本来無縁であったかもしれない、と推測するが、長歌で釆女を夕霧の女とするのは、すでに述べたように霧が近江の名物であったためであり、第一反歌にうたわれた楽浪の志賀津の川瀬は、はかなく消える夕霧を見る場所であり、第二反歌の「おほに見しくは」は、そのように見るほかなかった必然性を、釆女が夕霧の女であったところに求めており、長歌と反歌が無関係であったとは考えにくい。

『吉備津釆女挽歌』において、人麻呂は長歌に対して二首の反歌を添え、長歌に対して二首の反歌を添えた折にしばしばするように、第一反歌で転じ、第二反歌で収束した。こうした構成や長歌反歌を夕霧のイメージで統一している点から考えて、長歌と反歌が本来無関係な作品であったはずもないが、作品と題詞「吉備津釆女の死にし時に、柿本朝臣人麻呂の作りし歌一首 短歌を并せたり」との関係は、なお問題を残す。

「志我」を「吉備」と誤った、とする『玉の小琴』の説は傾聴に価するが、題詞と作品との矛盾は、吉備と近江だけではない。完成度の高さを誇る人麻呂がなぜ長歌にヒロインが釆女であることを明示する表現を挿入しなかったのであろう。釆女であることがわからなければ、長歌に「その夫の子」の登場する異常さや「時ならず」はかなくなったのは、入水自殺によるらしい、といったことも理解できまい。また、従来、疑問視されてきたように、采女は近江朝の采女であろうが、近江朝に出仕したとは考えにくい人麻呂が、采女の死んだ直後にその死を聞き、「罷道の川瀬の道」を見たかたちでうたい、題詞もそのように記しているのはどうしたことであろう。人麻呂の作品の中には、題詞と和歌が矛盾し、題詞を疑わなければならない作品が少なからずあり、『吉備津采女挽歌』の題詞も疑ってよいが、この挽歌は本来どのような作品なのであろうか。

二　恩詔に関連させて

『天武紀』『持統紀』を見ると、官人の薨卒に際してしばしば贈賻を行っているが、こうした折には恩詔が読み上げられたことであろう。

○（天武四年六月二三日）大分君恵尺、病して死なむとす。天皇、大きに驚きて、詔して曰はく、「汝恵尺、私を背きて公に向きて、身命を惜しまず。遂雄《をを》しき心を以て、大き役に労れり。恒に慈愛《めぐ》まむと欲《おも》へり。故、爾《いまし》既に死すと雖も、子孫を厚く賞せむ」とのたまふ。仍りて外小紫位に騰げたまふ。未だ数日も及《へ》ずして、私の家に薨《みう》せぬ。

○（同五年八月）大三輪真上田子君卒《し》ぬ。天皇、聞しめして大きに哀しびたまふ。壬申の年の功を以て、内小紫位を贈《おひてたま》ふ。仍りて諡《たとへなづ》けて大三輪真上田迎君と曰ふ。

右の二例は、大分恵尺と大三輪真上田子に関するものであるが、恵尺に対しては、壬申の乱における恵尺の滅私奉公を称え、子孫を恵む、という。外小紫位を贈ることは、「……とのたまふ」の中にはないが、他の例から見て、これも恩詔中に記されていた、と考えてよかろう。真上田子に、内小紫位を贈り、壬申の乱の折に伊勢介として天皇を鈴鹿に迎えたことを讃美して「大三輪真上田迎君」の諡号が与えられたが、こうしたことも恩詔に記されていたのであろう。

天皇の下賜する恩詔や国風の誄である「しのひごと」には、子孫を恵む、という記事を有し、後世の縁者はこの部分を重視する。称徳天皇の『藤原永手に右大臣を授け給へる宣命』（詔四〇）は、鎌足や不比等に対する「しのひごと」を引用するが、子孫を恵む、と約束した部分のみを摘出する。

今勅はく、掛けまくも畏き近淡海の大津の宮に、天下知らしめしし天皇が御世に侍《つか》へ奉りましし藤原大臣、また後の藤原大臣に賜て在るしのひごとの書に勅ひて在らく、「子孫の浄く明き心を以ちて、朝庭に侍へ奉らむをば必ず治め賜はむ、其の継は絶ち賜はじ」と勅ひて在るが故に、今藤原永手朝臣に右大臣の官を授け賜ふと勅ふ天皇が御命を諸々聞き食《たま》へよと宣《の》りたまふ。

永手に右大臣を授ける宣命の都合もあって、鎌足や不比等に対する「しのひごとの書」は、子孫を恵む、という「子孫の浄く明き心を以ちて、朝庭に侍へ奉らむをば必ず治め賜はむ、其の継は絶ち賜はじ」の部分のみを引用するが、『家伝上』を見れば、天智天皇は鎌足の生前に東宮皇太弟（天武）、薨後に宗我舎人臣（赤兄）を遣して恩詔を読みあげさせているが、子孫への言及のほかにも、大織冠内大臣の冠職や藤原朝臣の姓を与えることをいい、比類のない忠臣を失った悲しみを言葉を尽して述べ、さらに、舒明・皇極両帝への伝言を依頼し、純金の香炉を贈って、鎌足の誓願のごとく彌勒の妙説を聴き、真如の法輪を転じるようになることを願う、との希望が記されていた。

漢文の詔勅であっても、宣命が詔勅をとりあげる場合は、恩詔を「しのひごとの書」といい、その文章も和文に翻訳するであろうし、和文の宣命であっても、漢文の『家伝上』や『書紀』が宣命をとりあげ、これを引用する場合は、宣命を詔勅や誄と呼び、その文章も漢文に翻訳するであろう。天智の鎌足に対する二度の恩詔や『天武紀』の恵尺や真上田子に対する恩詔が、漢文・和文のいずれであったか、決定することは困難であるが、わが国の葬儀においては、誄が重視され、国風の誄である「しのひごと」が早くから読みあげられていた、と推測されるので、漢風の誄も、『家伝上』の収める『貞恵誄』の例もあり、天智朝に制作されていたことは明らかであるが、『家伝上』『天武紀』所引の鎌足・恵尺・真上田子に対する恩詔は、国風の誄である「しのひごと」の影響を濃厚にうけている、と考えてよい。こうした「しのひごと」に相当する恩詔として、時代は降るが、光仁天皇の『藤原永手を弔ひ給へる宣命』（詔五一）、『藤原永手に太政大臣の位を贈り給へる宣命』（詔五二）、『能登内親王を弔ひ一品を贈り給へる宣命』（詔五八）がある。

『藤原永手を弔ひ給へる宣命』は、「大臣明日は参出で来仕へむと待たひ賜ふ間に、休息《やす》まりて参出でます事は無くして、天皇が朝を置きて罷かり退《いま》す、と聞こし看しておもほさく、およづれかも、たはことをかもいふ」、『能登内親王を弔ひ、一品を贈り給へる宣命』も、「此の月頃の間、身労らすと聞こし食して、いつしか病ひ止みて、参ゐりて朕が心も慰さめまさむと、今日か有らむ、明日か有らむと、念ほし食しつつ待たひ賜ふ間に、あからめさすごとのごとく、およづれかも、年も高く成りたる朕を置きて罷りましぬ、と聞こし食して……」と、ともに訃報に接した折の驚きを記す。

訃報に接した折の驚きは、人麻呂時代の挽歌にも見える。丹生王は『石田王挽歌』（3―四二〇～四二二）を「なゆ竹の　とをよる皇子　さ丹つらふ　わご大君は　隠国の　泊瀬の山に　神さびに　いつきいますと　玉梓の　人ぞ言ひつる　およづれか　吾が聞きつる　狂言《たはこと》か　我が聞きつるも」と、訃報に接した折の驚きからうたい出す。人麻呂は、日並皇子や高市皇子や明日香皇女の薨去も、「音聞く」かたちで聞き知ったはずだが、殯宮挽歌をはじめとする多数の挽歌においては、訃報に接した驚きをうたっていない。例外として『泣血哀慟歌』第一群が、「渡る日の　暮れぬるがごと　照る月の　雲隠るごと　沖つ藻の　なびきし妹は　黄葉の　過ぎて去にきと　玉梓の　使の言へば　梓弓　声《おと》に聞きて　言はむすべ　せむすべしらに」とうたい、『吉備津采女挽歌』が、訃報に接した折の驚愕を欠くが、「梓弓音聞く吾も」と叙している。

『吉備津采女挽歌』は「梓弓音聞く吾も」に「おほに見し事悔しきを」を連続させており、驚愕よりも悔恨を重視し、第二反歌はこの悔恨を主題にするが、《永手へのしのひごと》も、「信にし有らば、仕へ奉りし太政官の政をば、誰に任《よさ》しかも罷りいます。孰に授けかも罷りいます。恨しかも悲しかも。朕が大臣、誰にかも我が語らひさけむ、孰にかも我が問ひさけむと、悔しみ、痛み、酸《かな》しみ、大御泣哭かし坐すと詔りたまふ大命を宣りたまふ。悔しかも、惜《あたら》しかも。今日よりは大臣の奏したまひし政は、聞こし看さずや成らむ……忽ちに朕が朝を離りて罷りとほらしぬれば、言はむすべも無く、為むすべも知らに、悔しび賜ひ、わび賜ひ大坐し坐す、と詔りたまふ大命を宣りたまふ」と反復して悔恨し、《能登へのしのひごと》にも、「罷りましぬと聞こし食してなも、驚き賜ひ、悔しび賜ひ大坐します。かく在らむと知らませば、心置きても談らひ賜ひ、相見てまし物を。恨しかも、哀しかも。云はむすべ知らにもし在るかも。朕は汝の志をば蹔くの間も、忘れ得ましじみなも、悲しび賜ひ、しのひ賜ひ、大御泣哭かしつつ大坐します」と悔恨の言葉を繰り返す。

額田王は『大殯時挽歌』に、「かからむの懐知りせば大御船泊てし泊りに標結はましを」（2—一五一）と悔恨の情をうたい、丹生王も『石田王挽歌』に、「天地に　悔しきことの　世間の　悔しきことは　……潔身《みそぎ》てましを」（3—四二〇）と悔む。訃報に接した折の悔恨や、それにつづくはげしい心惑いは、人麻呂以前の挽歌や「しのひごと」の基本的な発想や表現であったようだ。『吉備津采女挽歌』の長歌で「おほに見し事悔しきを」といい、第二反歌で

「天数ふ大津の子が逢ひし日におほに見しくは今ぞ悔しき」というのは、光仁天皇が娘の能登内親王に対して、「かく在らむと知らませば、心置きて談らひ賜ひ、相見てまし物を。恨しかも、哀しかも」に相当する表現と考えてよかろう。

『泣血哀慟歌』第一群も、訃報に接した折のはげしい心惑いをうたい、「恨しかも」「今ぞ恨しき」といったなまなかたちでの悔恨の言葉は使用していないが、「天飛ぶや　軽の路は　吾妹子が　里にしあれば　ねもころに　見まく欲しけど　やまず行かば　人目を多み　まねく行かば　人知りぬべみ　さね葛　後も逢はむと　大船の　思ひ憑みて　玉かぎる　磐垣淵の　隠りのみ　恋ひつつあるに」（2―二〇七）の冒頭部分は、同じく訃報に接したおりの自責と悔恨の思いを述べており、「しのひごと」の「かく在らむと知らませば、心置きても談らひ賜ひ、相見てまし物を。恨しかも、哀しかも」に相当する、と考えてよかろう。

『泣血哀慟歌』第一群は、「しのひごと」の発想や表現を継承し、訃報に接したおりの驚愕と、自責と悔恨の思いをうたい、「梓弓　声に聞きて　言はむすべ　せむすべ知らに　声のみを　聞きてあり得ねば　吾が恋ふる　千重の一重も　慰もる　情もありやと」と、なき妻を思慕し、軽の市にでかけて思慕する自分の姿を描く。この五十三句からなる第一群は妻への思慕を主題とするが、訃報に接した折の驚愕や悔恨の部分を除いた「梓弓声に聞きて」以降を思慕としても、思慕の部分に二十五句を当てたことになる。

国風の誄である「しのひごと」も、その名称から見て、本来、思慕を目的とする、と考えてよかろう。《永手へのしのひごと》においても、「今日よりは大臣の奏したまひし政は聞こし看さずや成らむ。明日よりは大臣の仕へ奉りし儀は看そなはさずや成らむ。日月累なり往くまにまに、悲しき事のみし彌起こるべきかも。歳時積もり往くまにまに、さぶしき事のみし彌益さるべきかも。朕大臣春秋の麗はしき色をば、誰と倶にかも見そなはし弄び賜はむ。山川の浄き所をば執と倶にかも見そなはしあからへ賜はむ、と歎き賜ひ憂へ賜ひ大坐し坐す、と詔りたまふ大命を宣りたまふ」と追慕し、《内親王へのしのひごと》においても、「朕は汝の志をば、暫くの間も忘れ得ましじみなも、悲しび賜ひしのひ賜ひ、大御泣哭かしつつ大坐します」と思慕する。

『吉備津采女挽歌』は、恩詔や「しのひごと」の発想や表現を継承しながら、〈吾〉の側からの思慕をうたわず、「その夫の子」の思慕を、「若草の　その夫の子は　さぶしみか　念ひて寝らむ　悔しみか　念ひ恋ふらむ」と推測する。身崎寿氏が「吉備津采女挽歌試論」（『国語と国文学』昭57・11）において、「夫の子」の登場と「夫の子」の「さぶしみ」「悔しみ」が二首の反歌に反復されることについて、「のこされた〈夫の子〉のがわによりそい、その心情を自己のものとし、それに同化することにより、ほんらいかならずしもちかいとはいえない（時間的な意味もふくめ）一女性の死を、きわめてみぢかな、ほんとうになれしたしんだ存在のようにできた」というのは承認してよかろう。

身崎氏の指摘を本書の主張にあわせて考えるならば、夫の存在が采女を死にいたらしめたという点で、夫に言及することが不可欠であり、作者は、〈夫の存在が采女を死にいたらしめた〉ということを散文とは異なる詩の方法によって暗示させよう、と考えたのであろう。この挽歌は、采女の死を知った折の悔恨を主題にするため、長歌の「梓弓　音聞く吾も　おほに見し　事悔しきを」を第二反歌は反復するが、主題をその一点に絞りこむために、その「夫の子」にも「さぶしみか　念ひて寝らむ　悔しみか　念ひ恋ふらむ」の心を抱かせた、ということになろう。

「さぶしみか　念ひて寝らむ　悔しみか　念ひ恋ふらむ」は、悔恨のみではなく思慕の情を含むが、「夫の子」に采女を思慕させるのは、この挽歌が、「しのひごと」や恩詔の発想や表現を継承し、両者が思慕を不可欠にした理由によろう。「吾」は、采女を「おほに見」たにすぎず、しかも、「大津の子が逢ひし時」の逢い方は、『万葉集・一』（日本古典文学全集）の頭注が、「大津ノ児が逢フは作者の意志より大津ノ児の意志を主とした表現である」と注意しているように、采女が作者に逢おうとして逢った、というものである。采女が逢おうと努力して逢ってくれたのに、自分は「おほに見」たのにすぎず、今それを深く反省し、自責の念にかられているが、思慕の情はまったくないので、「しのひごと」や他の挽歌においては不可欠の思慕を、「夫の子」に譲ったのであろう。

《永手へのしのひごと》において、光仁天皇は永手への思慕を叙したあとで、「又事別きて詔りたまはく、仕へ奉りし事広み厚み、みまし大臣の家の内の子等をも、はふり賜はず、失なひ賜はず、慈しび賜はむ、温ね賜はむ、省み賜はむ」と子孫を恵むことを約束し、さらに、別詔『藤原永手に太政大臣の位を贈り給へる宣命』（詔五二）を下す。《能登内親王へのしのひごと》においても、「然るも治め賜はむと念ほしし位となも、一品贈り賜ふ。子等をば二世の王に上げ賜ひ治め賜ふ。労しくな思ひましそ」と、内親王に一品を贈り、その子を内孫扱いにして二世の王にすることを約束する。

すでに見てきたように、『泣血哀慟歌』の第一群や『吉備津采女挽歌』には、「しのひごと」や人麻呂時代やそれ以前の挽歌に見られた発想や表現が使用され、訃報に接した折の驚愕や、悔恨や思慕の情がうたわれていたが、『泣血哀慟歌』や『石田王挽歌』にも、「しのひごと」の本質をなす、とまで考えられている、子孫を恵むことを約束する部分はない。「しのひごと」は、死者と「しのひごと」をなすものとの関係によって、さまざまな「しのひごと」が行なわれたのであり、『泣血哀慟歌』や『石田王挽歌』に影響を与えた「しのひごと」は、夫婦の間の私的な「しのひごと」であったのであろう。

『吉備津采女挽歌』においてはどうであろう。采女に子供はいないが、「夫」がいる。采女が密通の発覚を恐れて入水自殺をしたのであれば、ふつう采女との密通では男の方が重く罰せられるので、極刑を覚悟しなくてはならない。

「しきたへの　手枕まきて　剣刀　身に副へ寝けむ　若草の　その夫の子は　さぶしみか　念ひて寝らむ　悔しみか　念ひ恋ふらむ」という「夫の子」への同情は、恩詔の子孫を恵む、という記事に相当するのではないだろうか。人麻呂が自分の立場で采女に対して歌をうたいかけるのに恩詔の形式を借りるというのは、不必要な不可解なことをすることになるが、人麻呂が天皇の立場で挽歌を詠んでいる、というのであれば、恩詔の形式を借りるということも不都合なことではあるまい。

散文で書かれる「恩詔」であるならば、采女が入水自殺をしたのは、すべて自分の不明に基づく、といい、采女を死なせてもその密通の相手は処罰しないので安心せよ、と記すであろう。こうした詩にはなじまない叙述を人麻呂は詩に表現しようとするが、その努力の結果が、「吾」に「その夫の子」を同化させ、「吾」に同化・同調させた「夫の子」に同情し、同情することで「夫の子」を許すことを暗示させ、そうすることで遺族を恵む、という恩詔の表現を完成させようとしたのではないか。人麻呂が「天皇」の立場で作歌した、ということに関しては、後に詳述することにし、恩詔に合わせて『吉備津采女挽歌』を読む作業を急ぐこととしよう。

官職を贈り、遺族を恵む、という記載で死者を安心させ、恩詔は、「みまし大臣の罷道も、うしろ軽く心もおだひに念ひて、平らけく幸く罷りとほらすべし、と詔りたまふ大命を宣りたまふ」(詔五一)、「罷りまさむ道は、平らけく幸くつつむ事なく、うしろも軽く通らせと告げよ、と詔りたまふ天皇が大命を宣りたまふ」(詔五八)と最後の願いを述べて収束する。「罷道」「罷りまさむ道」への言及がされるわけだが、『吉備津采女挽歌』第一反歌「楽浪の志我津の子等が罷道の川瀬の道を見ればさぶしも」に、「罷道」という恩詔の用語が使用されているのは、偶然ではあるまい。

采女を第一反歌、第二反歌がそれぞれ「楽浪の志我津の子」「天数ふ大津の子」と詠み変えたことについては、すでに述べたが、それぞれの歌の主題に合わせる必要があってのことであろうが、なぜ、二首までも近江の地名を使用したかについては、なお、考慮の余地を残す。近江朝の采女であり、近江で入水自殺をしたため、とするのが一般的な解釈であるが、恩詔に関連させてこの問題を考えるならば、大三輪真上田子が卒時に、壬申の乱の折に伊勢介として天武天皇を鈴鹿に迎えたことが讃美されて、天皇より「大三輪真上田迎君」という謚号を贈られたように、近江で入水したことが讃美され、その名が永く記憶されるようにと、〈近江の采女〉という謚号が贈られたことになるであろう。

『日並皇子挽歌』においても、人麻呂は草壁皇子の謚号「日並」を、太陽に並んで統治する月の意に解し、第二反歌に「茜さす日は照らせれど烏玉の夜渡る月の隠らく惜しも」と詠んでおり、謚号を詠み込む点に問題はないが、この挽歌が、「天皇」の立場の歌であるとする点や、恩詔は功績のあった臣下に与えられるものであるのに、不義密通した犯罪者の采女に、恩詔に等しい挽歌を詠みかけ、「天皇」が采女の入水現場に行幸して哀悼の意を表し、采女を讃美する謚号まで贈ったことになるのは、不可解であり、他の面からの十分な検討を要しよう。

三　縵子や猿沢池の采女の物語に関連して

『吉備津采女挽歌』は、第一反歌に「楽浪の志賀津の子らが罷道の川瀬の道を見ればさぶしも」とあるので、采女が入水自殺をした現場に立って采女の死を悲しむかたちの歌であることがわかるが、こうした発想は「しのひごと」にあるであろうか。何か事変が起こると奉幣使を御陵に派遣するという例はあるが、いかがであろう。長意吉麻呂や山上憶良が有間皇子の結び松を見て皇子を慕び（2―一四三～一四五）、河辺宮人も姫島の松原に入水自殺をした嬢子をうたっており（2―二二八・二二九）、歌の世界においては、現場に立って死者を哀悼し作歌することは、めずらしいことではない。

『人麻呂歌集』の歌には、同じく結び松を詠んだ歌（2―一四六）や、宇治若郎子の宮所で詠んだ歌（9―一七九五）や、そこで死んだというのではないかもしれないが、亡妻の形見の土地として訪れた紀伊国で詠んだ歌（一七九六〜一七九九）も見える。『近江荒都歌』の場合も、人麻呂は、大宮人の傷つき倒れた現場に立って、「ももしきの　大宮処　見れば悲しも」とうたい、或本が結句を『吉備津采女挽歌』第一反歌の結句と同じく「見ればさぶしも」としているのは、『近江荒都歌』と『吉備津采女挽歌』との作品としての近さを推測させてくれるが、現場に立って死者を哀悼するのは、歌物語にも見られ、物語歌が採用する発想形式でもあった。『吉備津采女挽歌』を『大和物語』の『猿沢の池』の物語と比較しながら読んでみたいが、その前に、歌物語の先蹤をなす『万葉集』巻十六所収「有由縁歌」中の『縵児』の物語を見ておくことにしよう。

或《あるひと》の曰はく、昔三の男ありき。同《とも》に一の女を娉ひき。娘子嘆息《なげ》きて曰はく、一の女の身は滅《け》易きこと露の如し。三の雄《をのこ》の志は平《にき》び難きこと石の如しといふ。遂に乃ち池の上に彷徨《もとほ》り、水底に沈没《しづ》みき。時に其の壮士等、哀頽《かなしび》の至に勝《あ》へずして、各々所心を陳べて作る歌三首　娘子、字を縵児と曰ふ

耳無の池し恨めし吾妹児が来つつ潜かば水は涸れなむ　一（16―三七八八）

あしひきの山縵の児今日往くと吾に告げせば還り来ましを　二（三七八九）

あしひきの山縵の児今日のごと何れの隈を見つつ来にけむ　三（三七九〇）

三人の男に求婚された縵子は、思い余って耳無の池に身を投げ、男たちは女が身を投げた池に来て女の死を悲しむ。第一の男は、耳無の池を恨んで、縵子が身を投げた時、水が涸れてくれればよかったものを、と恨んだとて仕方のな

い愚痴をいい、第二の男も、その愚痴をうけて、死にに行くと知らせてくれたなら助けてともに帰ってくることができたであろうに、ともにいったとてかいのない繰りごとをいい、第三の男は、今自分がしているように、縵子はどの道の隈を見ながら、どんな思いを抱いてこの耳無の池に来たことか、と縵子の心を思いやる。

『縵子』の三首は、縵子が身を投げた耳無の池に来て詠むかたちをとり、第一・第二首は、縵子を死なせたことを悔み、その死を悲しみ、第三首は、現場に立って縵子の見たものを見、その苦しみを追体験しようとする。『吉備津采女挽歌』の第一反歌において「吾」は、采女が入水した折に通った瀬田の「川瀬の道」に立って、采女の見たものを見、その苦しみを思う。「罷道の川瀬の道を」と「罷道の」という修飾語を添えているのは、さきに述べたように、「罷道」が恩詔等の「しのひごと」で黄泉路の無事を祈る際に使用する言葉であった理由によるが、この反歌においては、歌を詠む「吾」のそうした希望を暗示するのにとどまって、直接的には、采女がみずからの意志で死出の旅立ちをしたことを意味する言葉となっており、第一反歌に関しては、恩詔よりも歌物語や物語歌の影響を直接的なもの、と考えるべきであろう。

入水自殺をした所を訪れ、死者をしのぶ著名な歌物語として『大和物語』所載の『猿沢の池』の物語がある。「昔、奈良の帝に仕うまつるうねべ」がいた。「顔かたちいみじう清ら」であって、人々が求婚し、殿上人までも求婚したけれど采女はなびかない。これは、帝にあこがれ、帝の寵愛をうけたい、と考えたからであった。あるとき、帝が采女を「召」す、しかし、それは一度だけで二度と「召」すことをしない。采女は、帝のことが夜昼心にかかり恋しく思うのだが、帝は何とも思わない様子である。采女として仕えていれば帝と顔をあわせることになるので苦しさはつのり、ついに猿沢の池に身を投げる。

かく投げつとも、帝はえしろしめさざりけるを、事のついでありて人の奏しければ、聞し召してけり。いといた

うあはれがり給ひて池のほとりにおほみゆきし給ひて、人々に歌詠ませ給ふ。柿本人麻呂、

わぎもこが寝くたれ髪を猿沢の池の玉藻と見るぞ悲しき

とよめる時に、帝、

猿沢の池もつらしなわぎもこが玉藻かづかば水ぞひなまし

と詠み給ひけり。さて、この池に墓せさせ給ひてなむ、帰らせおはしましけるとなむ。

帝が采女の死を知ってあわれがり、池のほとりに行幸して人麻呂らに歌を詠ませ、帝自身も歌を詠む。『吉備津采女挽歌』の第一反歌と『縵子』を終束する第三首を、ともに、入水した現場に立ってその苦しみを追体験しようとする歌と見たが、『縵子』の第一首と『猿沢の池』の帝の歌は、類想の歌というより同一の歌といってよいほど類似している。『吉備津采女挽歌』も『猿沢の池』の物語も、死者は采女であり、人麻呂が挽歌を詠んでいる。三者を結合させ、『吉備津采女挽歌』を物語歌と仮定すると、この挽歌はどのような作品になるであろうか。

吉備津采女は、皇子でも皇女でもないので、采女に対して挽歌を作らないでもよい。巻三には、『土形娘子火葬歌』(3—四二八)・『出雲娘子火葬歌』(四二九・四三〇)を収める。土形娘子や出雲娘子は、采女ではないかもしれないが、吉備津采女に類する女性であろう。『出雲娘子火葬歌』は、題詞に「溺死せし出雲娘子」と記されているが、吉備津采女のように自殺したのかもしれない。人麻呂は、出雲娘子に対して『猿沢の池』の「人麻呂」が采女の髪に注目して「寝くたれ髪」を猿沢の池の玉藻と見るのが悲しい、とうたうように、「八雲さす出雲の子らが黒髪は吉野の川の沖になづさふ」とうたっているが、吉備津采女は、禁忌に違反し国法を侵犯した犯罪者であり、天皇が行幸してその死を弔い、人麻呂が供奉して応詔歌を詠むはずもないし、また、事実、『吉備津采女挽歌』の主題は、『出雲娘子火葬歌』の第二首や『猿沢の池』の「人麻呂」の歌の主題とは異なる。

『吉備津采女挽歌』は、長歌において「おほに見し事悔しきを」といい、第二反歌で「天数ふ大津の子が逢ひし日におほに見しくは今ぞ悔しき」とうたう。采女が夕霧のようにはかなく死んだいま、人麻呂は采女を「おほに見」たことを悔んでいる。この悔恨はけっして浅いものではないはずだが、「おほに見しく」とはどのようなことであろうか。諸注をすべてあげることはしないが、『古義』が「そのかみ道の行きあひにて、幽かに見てありしことさへ、今更悔しく思はるるとなり」と解するように解するのがふつうであるが、いかがであろうか。

『古義』が「逢ひし日に」を「そのかみ道の行きあひにて」というのは、『万葉考』の「道の行きかひなどに見たるをいふか」を継承するが、『代匠記』も「彼も官女我も官人にて相見し時なり」と解している。斎藤茂吉も『柿本人麿』に、「その采女を嘗て人麿が会つた時にといふ意で、これはどういふ時に会つたか分からぬが、恐らく女の采女仕官時代に会ひ、美女であつたために人麿の心にとどめてゐたものと思へる」というが、「逢ひし日」「おほに見しく」の「逢ふ」「見る」は、そのように考えてよい言葉であろうか。

「大津の子が逢ひし日に」という表現は、『万葉集・一』（日本古典文学全集）の頭注で「大津ノ児が逢フは作者の意志より大津ノ児の意志を主とした表現である」と注意しているのに従うべきであろう。采女は作者に逢おうとして逢ったのである。「おほに見しくは」も、「心とめても見なかった」といったことではあるまい。茂吉は前掲書に、「一首の意は、機縁があつてその大津の婦に会つたのであるのに、その時にはただ何気なく過した。沁々と話すこともなく、親しむこともなくてしまつたが、かう時ならず死するとおもへば、残念でならないといふので、やはり恋愛に通ずる一種の気持である」という。「逢ひし日に」に相当する部分には賛成しないが、「おほに見しくは」を、「ただ何気なく過した」といい、さらに「沁々と話すこともなく、親しむこともなくてしまつた」といい変えているのに従うべきではないか。

神堀忍氏が前掲書で、「大津の子」を采女の夫として「陰陽の家の子であるあの大津の子が、生前の采女と会った日に、(彼が采女を)もっと心に留めて、しかと見ておかなかったことは、(この私も)今となっては、心残りであることだ」と解釈し、伊藤博氏も、『万葉集の表現と方法・下』に、「大津の子」を采女としながらも、この歌の上句を「大津の子が背の君にひそかに逢っていた頃に」と解釈したりする。(伊藤氏も『万葉集・一』(新潮日本古典集成)では、「大津の采女に出逢った時に、はっきり見なかったことは、今にして思へばなんとも残念だ」と通説に従っている。)神堀氏のように読んでは、この一首が詩としてのまとまりを欠くことになるので賛成することはできないが、神堀・伊藤両氏も、通説にあきたらぬものを感じ、「逢ひし日に」に、詩にはおさまりきらない散文的なものを読み取っているのであろう。

采女がわれに逢おうとして逢ってくれた日に、ただ何気なく、しみじみと話すこともなく、親しむこともなくて過したことが、いまとなっては残念でならない、と「吾」は悔むのである。采女が逢おうとして逢った「吾」は、作者人麻呂ではあるまい。采女と逢い、しみじみと話し、親しむことができるのは肉親でなければ天皇であろう。『猿沢の池』において、采女は帝の寵愛をうけたい、と希望し、帝は采女を召すが、帝はその後采女のことを忘れている。忘れられた苦しさから采女は入水自殺をするが、『吉備津采女挽歌』の采女の入水自殺も、采女が「吾」に逢おうとして逢った日に、「吾」が「おほに見」たためにこうした悲劇が起った、というのではないか。

この挽歌を、人麻呂の立場の歌ではなく、「吾」は天皇であり、天智天皇であろうとする説が、門倉浩氏の「万葉オホニ考」(『古代研究』昭54・9)『吉備津采女挽歌考』(『古代研究』昭55・3)に見える。門倉氏は、この挽歌を「吉備氏伝承」や「吉備からの采女、及び吉備の女性に対する一種特殊な感情」をもとに構成した作品と見、「吾」を「表現主体」として作者とは分離し、天智天皇と推定する。門倉氏の推定には賛成するが、「その夫(原文では「嬬」)

の子」を「妻」とし、采女の夫ではなく采女自身とする部分はいかがであろう。

門倉氏が、「その夫（婿）の子」を采女の夫とはせずに采女自身としたのは、夫がいては、『猿沢の池』の「采女」のように天皇に一度召されたが、その後召されないのを悲観して入水したのではなく、一度召されたが、その後召されなかったために恋愛事件を起こし、入水した、となることを避けようとしたのであろう。恋愛事件を起こし、そのことが発覚し、糾弾されるのを恐れて入水した采女をあわれがり、天皇がわざわざ入水した川瀬に行幸して歌を詠むというのも不自然であり、吉備津采女は、吉備上道采女大海や采女安見児のように、天皇から臣下に与えられた、と考えてはどうであろうか。采女は新しい夫になじめず、天皇への愛を貫くために入水し、天皇が深い後悔をする、という設定ではないか。

そうした設定であったとみれば、恩詔を下敷きにして、「吾」にとってあまり親しくもなかった有夫の采女の死を、すべて自分に責任があったようにはげしく後悔し、采女の夫にも同情し、采女が身を投げた瀬田に行幸して、采女の心中を思いやり、後世を祈りながらそこではじめて采女を思慕する気持になり、「吾」は何とも思っていなかったが、采女がみずから「吾」に逢う努力をして逢い、「吾」への愛を貫くために、近江から去るのを嫌い、瀬田に身を投げたことをあわれに思い、その采女を讃美して吉備津采女に〈近江の采女〉という諡号を与えた、ということもありうることのように思うが、いかがであろう。

恩詔や歌物語に関連させたこうした読みは、窪田空穂の『評釈』に代表される「采女に対してきわめて関係の薄い人麿が、何ゆえにこのような情熱をもって挽歌を作ったかというと、それは亡び去った若く美しい采女を惜しむ心からだろうと思われる」といった読みと比較すると、この挽歌をあまりに通俗化し、矮小化しすぎる、という批判をまぬがれがたいが、主人公についてただ〈夕霧の女〉とのみいうことからもわかるように、この作品が、大向こううけのみを狙った感傷過多の作品であることも忘れてはなるまい。

四　近江県の物語

『吉備津采女挽歌』は、天皇が臣下に与える恩詔にならって構成され、細部においても、恩詔の発想や表現を継承していた。その作者はしたがって天皇であり、天智天皇の挽歌と考えると、もっともふさわしい挽歌となるものであったが、人麻呂が、実在の天智天皇に代って実在した吉備津采女の死を悼む挽歌を詠んだ、と考えるよりも、『縵子』や『猿沢の池』の物語やその物語歌のように、〈天智天皇悔恨物語〉の物語歌として創作した、と考えるとき、もっとも納得しやすいものになる作品であった。

また、長歌・反歌をいかに丁寧に読んでも、死者が吉備津采女であることは判明せず、采女であることが判明しなくては、采女に夫のいる不思議さや入水自殺したことすら判明せず、吉備津出身でありながら、〈夕霧の女〉〈近江の采女〉と呼ばれるおもしろさも理解できない。題詞がなくては、何が何だかわからなくなる作品になるところから、散文部分を失った歌物語か、と推測するが、人麻呂時代にこの種の歌物語や一人称でうたう物語歌が存在した、というには、まだ多くの議論を必要とする。

撰集の題詞は、資料とした歌書の記載を継承するが、題詞は撰者の記載するものであり、あらたに書き加えることもあろう。撰者の作品に対する理解にもとづいて撰者は、〈これこれの時に、だれそれが詠んだ歌〉として作歌事情を客観的に記し、題詞は歌人を第三者として扱うが、歌はいうまでもなく作者の立場のもので一人称でうたわれる。これは、『記』『紀』における物語と歌謡との関係や、平安朝の歌物語における散文と和歌との関係に等しく、特別なことではない。

歌集や多くの歌物語において、題詞や歌物語の散文は、和歌に奉仕してその和歌がどのような情況下で制作されたかを語る。撰集における和歌と題詞、多くの歌物語における和歌と散文は、成立の順序を考えると、すでに存在する和歌に題詞や散文が加えられるのであり、和歌は題詞や散文部分に先行する。『記』『紀』における物語と歌謡の場合は、歌謡の起源を語る物語もあるが、歌謡の多くは、物語を語るために組み込まれ、物語に奉仕する。『源氏物語』等の作り物語における和歌と同様である。

『源氏物語』等の和歌は、すでに存在する和歌を物語に取り込むのではなく、物語と同時に創作するのだが、こうしたことは歌物語においても行われないことではない。『伊勢物語』中の著名な物語である『月やあらぬ』(四段)、『関守』(五段)、『東下り』(九段)、『狩の使』(六九段)等の物語は、歌と物語が同時に作られた作り物語的な歌物語である。『記』『紀』の場合は、すでに存在する歌謡を物語に組み入れるが、その際、不適切な歌詞を修整したり、物語に合わせて歌詞を補ったり、また、新しい物語に合わせて「歌謡」を創作することもあったであろう。撰集の題詞に合わせて和歌を作ることはなかろうが、「有由縁歌」のなかには、創作された歌物語的な作品もあるかもしれない。

『古事記』には、倭建命が走水ではげしい風波にあい、船を進めることができなくなった折に、弟橘比売命が倭建命に代って、「妾、御子に易りて海の中に入らむ。御子は遣はさえし政を遂げて覆奏したまふべし」といって海に入り、倭建命の船を無事通過させる物語があるが、弟橘比売は、海に沈む時に、辞世の歌「さねさし　相武の小野に燃ゆる火の　火中に立ちて　問ひし君はも」を詠む。

倭建命も辞世の歌を詠むが、辞世の歌が古い時代に詠まれるはずもない。弟橘比売の歌は歌謡ではなく、短歌であり、しかも、山路平四郎が『記紀歌謡評釈』で、「命の『水難』を救うために、身を犠牲にして入水した弟橘比売が、別離にのぞんで、『火難』の際に、危険を忘れて自分の安否を気遣ってくれた命の愛情を回想して詠んだかたちの歌である。単純化された具象の中に、深い夫婦愛が滲み出たすぐれた作である」と評するように、抒情詩としてもすぐれている。走水の「水難」の物語は、焼津の「火難」の物語と一組のものとして構想されたのであろう。弟橘比売は、重要人物が物語のクライマックスで和歌を詠む物語の約束にしたがって、辞世の歌を詠むが、和歌は物語にあわせて「水難」に際して「火難」を回想し、「火難」の際に、自分の安否を気遣ってくれたやさしい命よ、とうたうように設定されたことは疑いがない。山路平四郎も、『古事記』の『旧辞』を現在みるような悲劇的な物語に整理した最後の潤色者が、その苦難の道を『水火を踏む』（『論語』）ものとして、『問ひし君はも』と云う既成の句を利用し、歌い添えた物語即応歌ではなかったろうか」と推測している。

弟橘比売の歌と『吉備津采女挽歌』の前後関係を論じることは困難であるが、弟橘比売は、「火難」にあった際に危険を忘れて自分の安否を気遣ってくれた夫の愛情を回想する夫婦の愛をうたっており、『吉備津采女挽歌』以後の作であることも、考えられないことではないが、短歌形式であることや『古事記』の成立から見て人麻呂の時代から遠くへだたることはあるまい。「有由縁歌」に収められる『桜児』（16―三七八六・三七八七）、『縵子』（三七八八～三七九〇）、『竹取翁』（三七九一～三八〇二）の物語と、伝承されていたものとの距離は、作品によってさまざまであろうが、三者とも、伝承された歌や物語を資料に歌物語を構成した、と考えられる。このような作品に定着したのは人麻呂以後のことであろうが、資料となった〈原桜児〉〈原縵子〉〈原竹取翁〉の物語は、人麻呂の時代や人麻呂以前にさかのぼるであろう。

一人称の物語歌はけっしてめずらしくないが、『吉備津采女挽歌』には題詞のみで物語の記載はなく、歌も長歌であり、しかも、五七七で結ぶ通常の長歌ではなく、さらに七音一句を加え、「時ならず　過ぎにし子らが　朝露のご

と　夕霧のごと」と五七七七で結ぶ。この特異な歌体は、どのような長歌に見られ、本来どのような作品であったであろうか。

1青きをば　置きてぞ歎く　そこし恨めし　秋山吾は（1—一六）
2夜はも　夜のことごと　臥し居歎けど　飽きだらぬかも（2—二〇四）
3念ひつつ　いも寝かてにと　明かしつらくも　長きこの夜を（3—四八五）
4妹がため　吾も事なく　今も見るごと　たぐひてもがも（4—五三四）
5めさずとも　かにもかくにも　君がみ行きは　今にしあるべし（9—一七四九）
6すめ神に　幣取り向けて　吾は越え往く　相坂山を（13—三二三六）
7汝が父を　取らくを知らに　いそばひ居るよ　いかるがとひめと（三二三九）
8まそ鏡　正目に君を　あひ見てばこそ　吾が恋やまめ（三二五〇）
9百重波　千重波にしき　言挙げす吾は　言挙げす吾は（三二五三）
10いひづらひ　ありなみすれど　ありなみ得ずぞ　言はれにし我が身（三三〇〇）
11股海松の　また行き帰り　妻と言はじとかも　思ほせる君（三三〇一）
12荒山も　人し寄すれば　寄そるとぞ云ふ　汝が心ゆめ（三三〇五）
13さ夜は明け　この夜は明けぬ　入りてかつ寝む　この戸開かせ（三三一〇）
14くくりつつ　またも逢ふといへ　またも相はぬ物は　妻にしありけり（三三三〇）
15海ながら　然直ならめ　人は花物ぞ　空蟬世人（三三三二）
16誰が心　いたはしとかも　直渡りけむ　直渡りけむ（三三三五）

17思へども　悲しき物は　世のなかにぞ有る　世のなかにぞ有る（三三二六）
18老い人を　送りし車　持ち還りけり　持ち還りけり（16―三七九一）
19吾が自らに　塩塗りたまひ　腊《きたひ》はやすも　腊はやすも（三八八六）
20返り言　奏さむ日に　相飲まむ酒ぞ　この豊御酒は（19―四二六四）

右に『万葉集』中の二十例をあげたが、作者が判明するのは、⑴の額田王、⑵の置始東人、⑶の「岡本天皇」、⑷の安貴王、⑸の高橋虫麻呂、⒇の孝謙天皇の六首のみであり、⑶の「岡本天皇」の歌も、舒明・皇極の両天皇のいずれか明らかでないと左注はいうが、伝承性の強い作品であり、⑷の安貴王の歌も、安貴王が因幡の八上采女と密通し、采女が因幡に退却させられるのを悲しんで詠んだ、という物語性の強い作品である。

⑼⒃⒄⒅⒆の五例は、結句をリフレンさせているが、五例とも原文はその前の七音句と同じ表記を使用し、細字で記す。リフレンさせない場合や、リフレンさせない本文が存在したことを主張するのであろう。⑹の『石田社奉幣歌』は「或本歌」を添えるが、「或本歌」は通常の長歌の歌体をとって反歌を有し、⑻の『言挙げ歌』は、⑼の『人麻呂歌集』の歌を添えるが、⑼は結句のリフレンを細字で記す。⑿の『八年の恋問答』にも、整理したかたちの『人麻呂歌集』の歌を添えているが、最後の七音一句を省く。⒀は『泊瀬問答歌』の問歌であるが、答歌は五八七でとじ、最後の七音一句を欠く。⒃⒄の『道行き人挽歌』を整理したのが、これに続く『調使首見屍作歌』（13―三三三九～三三四三）であるが、調使首の歌には結句をリフレンさせる記載はない。

⒁⒂は、『泊瀬葬歌』の第一首と第三首であるが、第二首（三三三一）は、他の二首とは異なり、五三七の「あたらしき　山の　荒れまく惜しも」で結ぶ。五三を一句とすれば、「出で立ちの　くはしき山ぞ　あたらしき山の　荒れまく惜しも」となって五七七七で結ぶとも見られる。五七五三七の歌体と五七七七の歌体とは深い関わりを有するの

であろう。左に五三七で結ぶ七首をあげる。

21我こそは　告らめ　家をも名をも（1―一）
22虚蟬も　嬬を　あらそふらしき（一三）
23情無く　雲の　隠さふべしや（一七）
24若草の　嬬の　念ふ鳥立つ（2―一五三）
25うらぐはし　山ぞ　泣く児守る山（13―三三三一）
26あたらしき　君が　老ゆらく惜しも（三二四七）
27あたらしき　山の　荒れまく惜しも（三三三一）

『記』『紀』の歌謡にも、五七七七、五三七で結ぶ作品は少くない。その諸例を左にあげておこう。

28悲しけく　ここに思ひ出　い伐《き》らずそ来る　梓弓檀（記―五一）
29我が　見が欲《ほ》し国は　葛城高宮　我家《わぎへ》のあたり（五八）
30根白の　白腕《しろただむき》　枕かずけばこそ　知らずとも言はめ（六一）
31梓弓　立てり立てりも　後も取り見る　思ひづまあはれ（八九）
32ありと　言はばこそよ　家にも行かめ　国をもしのはめ（九〇）
33細螺《しただみ》の　い這ひ廻《もとほ》り　撃《う》ちてし止まむ　撃ちてし止まむ（紀―八）
34一つ松　人にありせば　衣着せましを　太刀佩けましを（二七）
35菱茎《ひしがら》の　刺しけく知らに　吾が心し　いや愚《うこ》にして（三六）
36誰か　た去れ放《あら》ちし　吉備なる妹を　相見つるもの（四〇）

37悲しけく　ここに思ひ　い伐《き》らずぞ来る　梓弓檀（四二）
38我が　見が欲し国は　葛城高宮　我家のあたり（五四）
39寄るましじき　川の隈々　寄ろほひ行くかも　うら桑の木（五六）
40根白の　白腕　枕かずけばこそ　知らずとも言はめ（五八）
41嶋鳥が　織る金機《かなばた》　隼別の　御襲《みおすひ》が料《ね》（五九）
42隠国の　泊瀬の山は　あやにうら妙《ぐは》し　あやにうら妙し（七七）
43我が命も　長くもがと　言ひし工匠《たくみ》はや　あたら工匠はや（七八）
44玉盌《たまもひ》に　水さへ盛り　泣き沾《そほ》ち行くも　影媛あはれ（九四）
45献《まつ》り来し　御酒ぞ　残《あ》さず飲《を》せささ（記―三九）
46この御酒の　御酒の　あやに甚《うた》楽しささ（四〇）
47波佐の山の　鳩の　下泣きに泣く（八三）
48脇几《わきづき》が　下の　板にもがあせを（一〇四）
49献り来し　御酒そ　残さず飲せささ（紀―三二）
50この御酒の　あやに　甚楽しささ（三三）
51幡舎の山の　鳩の　下泣きに泣く（七一）
52汝《な》が形は　置かむ　蜻蛉島大和（七五）
53在峰《ありを》の　上の　榛が枝あせを（七六）

(28)と(37)、(29)と(38)、(30)と(40)、(45)と(49)、(46)と(50)、(47)と(51)は『記』『紀』の共有歌である。五七七七や五七五三七七でとじる歌体は、『記』『紀』の歌謡や『万葉集』巻十三や初期万葉の作品に多く見え、人麻呂の時代にあっては古体であり、歌謡の歌体であった。長歌の結句をリフレンさせれば五七七七となるので、けっして特異なものではないが、五七五七（短長短長）でとじる偶数歌体の歌謡と区別しにくいものも多く、五七七でとじる奇数歌体の長歌とは区別されていた、と考えられる。

歌物語は伝承された歌語りの影響をうけているが、歌語りは伝承されるもので記録されることはない。歌物語と歌語りとの関係を考えるには、歌語りを推測し、推測した歌語りと歌物語との関係を推測しなくてはならない。『吉備津采女挽歌』は、題詞を有するが、この題詞は本来のものではない。散文部分を不可欠とする物語歌として創作された、と推測し、人麻呂の時代の『記』『紀』の歌謡や『万葉集』巻十三の長歌や初期万葉の歌々の享受のされ方から、これを説明したい、と考えているが、推測に推測を重ねることになろう。

『記』『紀』の歌謡が物語に組み込まれるのに際し、古い時代に『旧辞』に入ったものと『旧辞』以後に入ったもの、物語に取り入れることが容易であったものと容易でなかったもの、一つの物語と結びついて不動であるものとさまざまな物語と結びついて動揺しているもの、といった相違があるように思う。古い時代に宮廷の儀礼と結びつき、その起源が『旧辞』に記されていたような歌謡は、一つの物語と結びついて動揺しないが、近代になって蒐集され、無理やりに物語と結びつけられた歌謡もあるであろう。

『天武紀』三年二月九日の条によると天皇は、大倭・河内・摂津・山背・播磨・淡路・丹波・但馬・近江・若狭・伊勢・美濃・尾張の諸国に、「所部の百姓の能く歌う男女、及び侏儒・伎人を選びて貢上れ」との勅を下す。後の雅楽寮の歌人・歌女の起源を語る貴重な所伝であるが、地方の芸能の担い手が宮廷に迎えられたということは、地方の芸能が宮廷に迎えられた、ということであり、この地方の芸能は、地方の有力氏族の伝承や民衆の伝承をも含むものであったであろう。

天武天皇が「雅楽寮」の育成に努力をしたのは、音楽を天皇が人民を教化する有効な手段と見る儒教的な音楽観に立って、「雅楽寮」を育成し、音楽を愛好していることはいうまでもない。天平十五年五月五日の聖武天皇の『皇太子に五節の舞を舞はしめて太上天皇に奏し給へる宣命』（詔九）は、五節を創始した天武の心を推測して、「掛けまくも畏き、飛鳥の浄御原宮に、大八洲知らしめしし聖の天皇、天下を治め賜ひ平げ賜ひて思ほし坐さく、上下を斉《ととの》へ和げて、動きなく静かに有らしむるには、礼と楽と二つ並べてし、平けく長く有るべしと、神ながらも思ほし坐して、此の舞を始め賜ひ造り賜ひきと聞きたまへて」と、秩序を正し、人心を和げるもっとも有効な手段と考え、礼楽を重視した、とするが、『安閑紀』（元年閏一二月四日）が梁の裴子野『丹陽尹湘東王善政碑』（『芸文類聚』治政部、論政）にもとづいて「礼を制《さだ》めて功成ることを告し、楽を作《おこ》して治《まつりごと》の定まることを彰す」と記すように、礼楽は、秩序を正し、人心を和げるばかりでなく、自らの治世を誇り、顕彰する手段ともなった。『古事記』序文によれば、天武はまた歴史書を、「邦家の経緯、王化の鴻基」、つまり国家行政の根本、天皇徳化の基本とする考えを抱いていたが、政教的文学観と連続する儒教的な礼楽思想の持ち主であった。

『天武紀』『持統紀』には、宴や饗に関する記事が頻出し、両紀の特色となっているが、こうした饗宴には楽を奏した。宮廷の祭式と直結する饗宴ではなく、来朝した外国人や多祢島・掖久・阿麻彌の人々や隼人を饗応したり、元日（朱鳥元・持統四）、正月七日の白馬（天武二・四・九・一〇・一二・持統二〜一一）、正月十六日の踏歌（天武五・一二・朱鳥元・持統三・六〜一一）、三月三日の上巳（持統五）、五月五日の端午（持統八）、七月七日の七夕（持統五・六）、九月九日の重陽（天武一四）の節会に群臣に酒饌を賜う宴である。

外国人や蝦夷を饗応することは天智朝以前にもしばしば行われているが、歌舞の記載をともなうのは天武紀以後である。

金承元等に難波に饗たまふ。種々の楽を奏す。（天武二年九月二八日）

多祢島の人等に飛鳥寺の西の河辺に饗たまふ。種々の楽を奏す。（一〇年九月一四日）

隼人等に明日香寺の西に饗たまふ。種々の楽を発す。（一一年七月二七日）

新羅の客等に饗たまはむが為に、川原寺の伎楽を筑紫に運べり。（朱鳥元年四月一三日）

正月七日の宴は、推古二十年、天智七年に、五月五日の宴は、天智十年に見えるので、白馬や端午の節会を天武・持統両朝にはじまる、とすることはできないかもしれないが、元日・踏歌・上巳・七夕・重陽の節会は、天武・持統両朝にはじまる、と考えてよいようだ。そのほか、『天武紀』は、四年十月十日、五年正月十五日、五年十月朔日の宴を記している。十月十日は重十、正月十五日は御薪献上の日、十月朔日は冬を迎えた日に天皇が臣下に物を賜い政をきこしめす孟冬旬の日である。節日や公事後の節会として宴を催したのであろうが、ただちに年中行事化するにいたらなかった。『持統紀』は、他に五年十一月二十八日、三十日と八年十二月十二日の饗宴を記す。五年は大嘗祭、八年は遷都を祝う饗宴である。

斉明天皇は、斉明五年三月朔日に吉野に行幸し、宴を催したが、行幸においては宴を催し、楽を奏するのであろう。天武八年八月十一日の条には、泊瀬の迹驚《とどろき》の淵に行幸して宴を催し、持統五年三月の伊勢行幸の条には、「到行《おは》します毎に、輒ち郡県の吏民を会《まうつど》へて務に労《ねぎら》へ、賜《ものたま》ひて楽作《おこ》したまふ」と見える。持統天皇の三十一度の吉野行幸も歌舞と無縁ではなかろう。

天武・持統両朝においては、旧来の神事と直結する饗宴とは異なる、中国の宮廷行事の影響をうけたあらたな饗宴が催され、儒教的な芸術観にもとづいて歌舞が演奏されていた。それらの歌舞は、かつては神事歌謡であり、民間芸能であったであろうが、急速に宮廷歌謡化し、芸能化してその歌舞を生み育てた特定の神事や氏族や地域との関係を断ったことであろう。それらの歌舞が、特定の神事や氏族や地域と結びついて特定の祭の日に演奏されていた時、それらの歌舞がいかなるものであるかは自明のことに属し、説明を必要としないが、特定な神事や氏族や地域との関係が断たれ、時もかぎらず宮廷で演奏された時、本来、完成度の低い自立性の低い歌舞は、それがどのような歌舞であるかを説明する物語を必要としよう。すべてを王権と結びつける時代であり、その物語が宮廷の歴史と直結する傾向を有したことは想像にかたくはない。

『記』『紀』の歌謡が『記』『紀』に定着するまで、それぞれの歌謡をめぐるさまざまな歌語りが、宮廷で行われたことであろう。その盛行を『記』『紀』の間の相違や、『記』『紀』と『万葉集』や『琴歌譜』(注記)との間の相違に推察しているが、歌語りはさまざまに語られるなかで『記』『紀』に収められるものにみがかれて行くのであろう。その歌語りの盛行の時期こそ、天武・持統朝から『記』『紀』が成立する時代、つまりは、人麻呂の時代であった。『記』『紀』に取り込まれない初期万葉や巻十三の歌謡も同様に語られたはずである。

物語は、つねに自己の見聞した事柄を語るかたちをとる。起源を古くし、権威づけを必要としない場合は、物語の時代をあまり古くする必要はない。『万葉集』の左注から知られる歌語りをみても、歌語りは数十年前を対象とし、数百年前を語ることは例外に属する。巻七所収の『人麻呂歌集』の旋頭歌「青角髪依網の原に人に逢はぬかも　石走る近江県の物語せむ」(7―一二八七)は、「近江県の物語」という言葉を伝えているが、「近江県の物語」とは、そうした歌語りではないか。

遊宴の歌としてその宴に参加している人々の心をうたう額田王の歌を、われわれは時として歴史上の大事件を見た証人の歌、あるいは恋多き女の歌、と特殊な個人の抒情として読むが、われわれをそうした読みに誘うのは、『万葉集』の配列や題詞や左注が誘うのであり、『万葉集』がそのように読んでいるからなのであろう。巻一・巻二が編纂されるころ、初期万葉の歌々は、歴史上の大事件と関連を持つ特殊な個人の抒情、と理解されていたのであろう。

歌語りの盛行は、完成度の低い歌舞の起源を語る歌語りを嫌い、あらたな歌語りを求め、歌物語の創作をうながす。神事歌謡であった〈小墾田舞詞章〉から、『天武天皇吉野入りの歌』への展開は、人麻呂時代の歌語りの盛行と、それが歴史物語としての歌物語に向う歌語りの有り様を推測させるが、宮廷における和歌のあり方と同一の行動をとった人麻呂が、そうした「近江県の物語」の創作に邁進したのは、当然といってよかろう。

人麻呂は、『近江荒都歌』を近江遷都や壬申の乱を体験した「古人」の立場でうたうが、創作主体の「古人」は人麻呂自身ではない。主体は、舎人吉年か額田王か持統天皇か、という「古人」であろう。人麻呂は、紫式部が光源氏を登場させて恋の歌をうたわせるように、「古人」を登場させて「古人」について語り、つづいて「古人」の立場で悲傷する。『吉備津釆女挽歌』の場合も、天智天皇を登場させ、紫式部が光源氏に歌を詠ませるように、悔恨の情をうたわせるのである。

『吉備津釆女挽歌』に歌物語や歴史物語に相当する物語の記述があって、それが散逸した、というのではない。「近江県の物語」ともいうべき、近代史に取材した歌語りがあって、歌や歌謡の制作事情を近代史と結びつけて説明する――文章にすれば題詞になるような――歌や歌謡に関する短い語りがあり、人麻呂は、そうした歌語り＝「近江県の物語」の影響下に、あらたな歌語り＝〈新作近江県の物語〉を意図して、語りと物語歌を創作したのが、『近江荒都歌』や『吉備津釆女挽歌』であったのではないか、と推測するのである。

人麻呂以後、和歌史は急激に抒情詩化し、それ以前の和歌が有していた、演劇的・歌謡的・物語的要素を失い、人麻呂の歌は、人麻呂の抒情である、とする理解に立って〈新作近江県の物語〉を読もうとする。巻十三所収の長歌には、そうした「近江県の物語」の残骸も少なかろうし、巻十六の「有由縁歌」は、口承された歌語りを文章化し、歌物語に再構成した作品であろう。人麻呂の作品中、五七七でとじる作品は、『吉備津采女挽歌』のみであるが、これは、天智の立場の〈新作近江県の物語〉であったからであり、『近江荒都歌』の結句「ももしきの　大宮処　見れば悲しも」にある「或は云ふ、見ればさぶしも」の注は、あるいは、「ももしきの　大宮処　見れば悲しも　見ればさぶしも」でとじることを主張するものであるのかもしれない。巻十三所収の『人麻呂歌集』の『言挙げ歌』(三二五三)は、結句を「百重波　千重波にしき　言挙げす吾は　言挙げす吾は」とリフレンさせるが、これも「近江県の物語」の系譜下にある作品であろう。歌がたりの伝統をうけ継ぐ「有由縁歌」中の『竹取翁』の長歌が結句を「老い人を　送りし車　持ち還りけり　持ち還りけり」とリフレンさせているのは偶然ではあるまい。

『古今集』には、「天の帝」と「近江の采女」との恋物語を推測させる贈答がある。

(題知らず)　よみ人しらず

山科の音羽の山の音にだに人の知るべくわが恋ひめやも(13―六六四)

この歌、ある人、近江の采女の、となむ申す。

(題知らず)　(よみ人知らず)

梓弓ひきののつづら末つひにわが思ふ人に言のしげけむ(14―七〇二)

この歌は、ある人、天の帝の近江の采女に賜ひける、となむ申す。

夏ひきの手引きの糸を繰り返し言しげくとも絶えむと思ふな(七〇三)

この歌は、返しによみて奉りける、となむ。

「恋しくは下にを思へ紫の」(13―六五二)下

犬上の鳥籠の山なる名取川いさと答へよわが名洩らすな（墨滅歌一一〇八）

　この歌、ある人、天の帝の近江の采女に賜へる、と。

返し　　　　　　　　　　　　　　　采女の奉れる

山科の音羽の滝の音にだに人の知るべくわが恋ひめやも（一一〇九）

「天の帝」と「近江の采女」の贈答であり、『吉備津采女挽歌』との関わりも考えられないではない。歌謡とその歌謡の制作事情を説明する語りからなる歌語りから、短歌の贈答や唱和の組歌からなる歌語りへ変化する過程も考えてみたいが、後の機会を待つことにしよう。

昭和六十年四月二日に執筆した。『国文学研究』第八十七集（昭和六〇年一〇月）の「吉備津采女挽歌と恩詔の構造——天智天皇悔恨の物語歌か——」はこれを抄出した。

第十六章　狭岑島挽歌

——行旅死人歌の集積と抒情化——

讃岐の狭岑嶋に、石の中の死人を視て、柿本朝臣人麻呂の作りし歌一首 短歌を并せたり

玉藻よし　讃岐の国は　国柄か　見れども飽かぬ　神柄か　ここだ貴き　天地　日月と共に　満り行かむ　神の御面と　継ぎて来る　中の水門ゆ　船浮けて　吾が榜ぎ来れば　時つ風　雲居に吹くに　沖見れば　とゐ浪立ち辺見れば　白波さわく　鯨魚取り　海を恐み　行く船の　梶引き折りて　をちこちの　嶋は多けど　名くはし狭岑の嶋の　荒礒面に　廬りて見れば　浪の音の　茂き浜辺を　敷妙の　枕に為して　荒床に　自伏《ころ》す君が　家知らば　往きても告げむ　妻知らば　来も問はましを　玉桙の　道だに知らず　鬱悒《おほほ》しく　待ちか恋ふらむ　愛しき妻らは（2—二二〇）

反歌二首

妻も有らば採みてたげましさみの山野の上のうはぎ過ぎにけらずや（二二一）

沖つ波来よる荒礒をしき妙の枕と巻きてなせる君かも（二二二）

一　讃岐の国柄と神柄

人麻呂の『狭岑島挽歌』は、「玉藻よし　讃岐の国は　国柄か　見れども飽かぬ　神柄か　ここだ貴き」と歌い出される。こうした国土讃美は、『推古紀』の聖徳太子の『片岡山の歌』（紀―一〇四）や『万葉集』巻十三の『道行き人挽歌』（三三三五〜三三三八）、調使首の『神島挽歌』（三三三九〜三三四三）等の行旅死人歌には見えない固有の表現であるが、『近江荒都歌』（1―二九）の前半の叙事と後半の抒情との関わりについて種々の議論があるように、種々の議論が行われている。

武田祐吉が『全註釈』に、「讃岐の国の貴い国であることから説き起しているのは、雄大な構成であるが、石中の死人を悼む歌としては、必要でなく、ただ序としての意味を有するだけである」というのは、主題とは無縁な古代の修辞と考えるのであろう。清水克彦氏も『柿本人麻呂』に、この歌を「宮廷において、天皇をはじめとする宮廷人士の前で朗唱されたもの」と推測し、そうした「発表の場や、聞き手や、目的」に制約されて、「この作のなかに、天皇に対する讃美の感情にもとづく国土讃美の叙述が含まれ」るに到った、と読む。

前半の国土讃美は後半の抒情と直結しない、とする読みに対し、犬養孝は『万葉の風土・続』に、国土讃美を「悠久神秘の大景」としてとらえ、「時つ風」が吹いて「海上の急の変化と恐怖」が生じたことを歌う際に、その大景が「恐怖の大景として人間にのしかかる」といい、中西進氏も『柿本人麻呂』（日本詩人選）に、「讃岐の描写」の敬虔な心が「海を恐み」という海に対する敬虔さや畏怖に継承され、下段の死者に対する畏怖に連続する、という。

犬養・中西両氏の読みは傾聴に価するが、海の恐怖は狭岑島に船を着ける動機となるもので、狭岑島で死者を発見した驚きや死者に対する哀悼とは連続しないように思う。海が荒れてくると、一行は船を狭岑島に向わせるが、作者はその際のことを、「をちこちの　嶋は多けど　名くはし　狭岑の嶋の　荒礒面に　廬りて見れば」と国見歌のフレーズで表現する。国見歌では国見をする自己の立つ所を讃美するが、冒頭の讃岐讃美はその国土に属する狭岑島讃美に連続するのであろう。

『琴歌譜』の『正月元日慶歌』「そらみつ　大和の国は　神柄か　在りが欲しき　国柄か　住みが欲しき　在りが欲しき国は　あきつしま大和」（一一）には、国を見たという表現はないが、国見歌と同じ機能を有する国土讃歌と考えてよかろう。冒頭の「そらみつ」に国見をしたことを託していると見ることも不可能ではないが、『狭岑島挽歌』の冒頭の「玉藻よし　讃岐の国は　国柄か　見れども飽かぬ　神柄か　ここだ貴き」は、国見歌と連続する表現であり、「をちこちの　嶋は多けど　名くはし　狭岑の嶋の　荒礒面に　廬りて見れば」という国見歌のフレーズに直結する、と読んでよかろう。

森朝男氏は「柿本人麿『狭岑島挽歌』小考」（『まひる野』昭49・7）に、讃岐国を「至福・充足の原郷」としてとらえている、と解しているが、そうした読みでよいであろう。問題はその内実であるが、「玉藻よし」については、『燭明抄』が『三教指帰』（下）に讃岐国多度郡屏風が浦を「玉藻帰《よ》る所の嶋、橡樟日を蔽《かく》すの浦」と表現しているのをあげて、「此のさぬきの国、海浜の国にてことに藻のよきを出す国にや」といい、こうした解釈が広く行われているが、「玉藻よし」は人麻呂が創出し、人麻呂のみが使用する枕詞である。人麻呂は、玉藻を男女が共寝をし、睦みあう形容に、「浪のむた　か寄りかく寄る　玉藻なす　寄り寝し妹を」（2―一三一）、「玉藻なす　靡《なび》き寝し児を」（一三五）、「玉藻なす　か寄りかく寄り　靡かひし　嬬の命の」（一九四）、「立たせば　玉藻のもころ　臥《こ》やせば　川藻の如く」（一九六）と使用する。『冠辞考』は「玉藻与、といひて、奴とつづけたり。奴とは玉藻の波にぬえ臥すをいへり」といい、斎藤茂吉が『柿本人麿』（評釈篇・上）に、「『玉藻よ、さ寝』から、同音のサヌキに冠せたものか」と推測するが、こうした解釈に従ってよかろう。

人麻呂は讃岐を、玉藻が波とともに揺れ、夫婦が仲睦まじく寄り添う姿を連想させる国柄として讃美するのであろう。讃岐の神柄もその神が飯依比古である以上、富や実りの面で貴いはずであり、その神柄によって讃岐が富み栄えることを讃美するのであろう。讃岐は『民部式』（上）に上国とあるが、『和名抄』（国郡部）に、「田、万八千六百四十七町五段二百六十六歩。正公（正税・公廨）、各三十五万束。本穎、八十万四千五百束。雑穎、十八万四千五百束」とあり、田は十三の大国中の大和・河内・伊勢・下総・越前よりも広く、正税・公廨の税負担は大和・河内・上野・肥後よりも多い、豊かな国であった。

愛の国、豊饒の国である讃岐国は、天地日月とともにますます足り具わって行く神のお顔として現在に継承された国であるが、一行はその中の湊を船出したという。「天地　日月と共に　満り行かむ　神の御面と　つぎて来る　中の水門ゆ　船浮けて　吾が榜ぎ来れば」と。中の湊は丸亀市中津町であるが、『狭岑島挽歌』の文脈では、愛の国、豊饒の国の讃岐の中心地を意味しよう。「時つ風　雲居に吹くに　沖見れば　とゐ浪立ち　辺見れば　白波さわく」と、間もなく「時つ風」が吹き、海は波立つ。

「時つ風」は、「時つ風吹くべくなりぬ香椎潟潮干の浦に玉藻刈りてな」（6―九五八）と歌われるように、一時的に吹く風であるが、干潮から満潮に変わる定まった時に吹く風であり、十分に予想されたものであった。海が波立つと、「鯨魚取り　海を恐み　行く船の　梶引き折りて　をちこちの　嶋は多けど　名くはし　狭岑の嶋の　荒礒面に　廬りて見れば」と、作者たちは、狭岑島に急行し、先を急がず上陸して順風を待とうとする。作者たちは航海に慣れ、種々の事情に通じているという歌い方である。

愛の国、豊饒の国としてさらに完成に向う讃岐の中心地から船出をし、同じ国の狭岑島に船を着けたのであり、途中で海が少々荒れたとて、その国柄や神柄が変化するはずもなかった。「時つ風」が吹くことも十分に予想していたことであり、愛の国、豊饒の国を船出した心の余裕を失うこともなかったはずである。狭岑島に上陸して作者は、「浪の音の　しげき浜辺を　敷妙の　枕に為して　荒床に　自伏す君が」というまったく予想しなかった光景を見たのである。

作者が国見歌のフレーズを使用して見ることを期待した光景は、愛の国、豊饒の国にふさわしい光景であろう。それはおそらく、夫婦が仲良く寄り添う光景であり、豊かな食物のある光景であろう。両者を合せれば、夫婦が仲睦まじく食事をする光景であり、そこが戸外であることを思えば、春の野に若菜を摘んで女が男に羹《あつもの》をすすめる「春日野に煙立つ見ゆ嬬婦《をとめ》らし春野のうはぎ採みて煮らしも」（10―一八七九）という光景であったであろう。期待した光景と正反対の浜辺に一人横たわる死者を見て、作者は激しい衝撃を受けたのであり、期待した光景との相違を第一反歌「妻も有らば採みてたげましさみの山野の辺《へ》のうはぎ過ぎにけらずや」（二二一）は正確に歌っている。

「盧りて見れば」の目的語は、「自伏《ころふ》す君」であり、まったく予想していなかった所に君がいた、といってその驚きを歌えばよく、「自伏すがごと君ぞいませる」といった表現で長歌を閉じてよいはずである。長歌で妻に言及しておいた方が、第一反歌への連続はよくなるが、仮になくても、冒頭で愛の国、豊饒の国と讃美しているので、まったく唐突ということはなく、反歌が二首ある場合は、第一反歌で転じて、第二反歌で収束する形を採るので、その定型通りに転じたことになろう。

第二反歌「沖つ波来寄る荒礒《ありそ》をしき妙の枕と巻きてなせる君かも」を見ても、妻への言及はなく、長歌の収束部においても妻への言及を不可欠の重要事とした理由は理解しがたいが、長歌は「見れば」の呼応を無視して、「荒床に

自伏す君が　家知らば　往きても告げむ　妻知らば　来も問はましを」と続け、主体を死者の妻に移して、妻への同情を、「玉桙の　道だに知らず　鬱悒《おほほ》しく　待ちか恋ふらむ　愛しき妻らは」と歌う。

散文であったならば、「自伏す君」がいた、といって死者に対する哀悼の意を叙して文章を閉じ、それにしても思うことだが、とあらたに文章を起こして述べる事柄であり、拡散して散文化して詩にはなりにくい事柄である。「見ればば」の呼応を無視して「荒床に　自伏す君が　家知らば　往きても告げむ」と連続させるのは、形式の上だけでも拡散を防ごうとするのであろうが、こうした文法無視の無理をしても詩としての破綻は防ぎようもない。

冒頭の讃岐の国柄と神柄の讃美は、そうした国で行旅死人となった死者の悲劇性を歌う際に、きわめて有効に作用しており、『狭岑島挽歌』を詩にするために必要なものであったが、末尾の妻に対する推測や同情は、詩にするためには削除したい部分であった。人麻呂が、文法を無視し、詩としての破綻を恐れず、あえて妻に対する推測や同情を添加し、この点にこだわるのは、いかなる理由によるのであろう。

窪田空穂は『評釈』に、「人麿の他の歌にも示しているように、人間生活の価値、興味を夫婦生活にありとし、それを通して強く人間生活を肯定しようとする心の現われであって、それのかなわなくなった死者はつとめて見ぬさまをし、死者を超えたあなたの、その有る無しもわからぬ妻にその心を繋いで、そこに深い憐れみを感じているのである」といい、武田祐吉も『全註釈』に、「家知ラバ、妻知ラバの対句が、一は作者自身のことを言い、一は死人の妻のことを言うのは、すこしく読者を惑わしめるものがある。かような対句の使い方は、古歌には常に見る所であるが、ここで急に歌われている対象が変化した点は唐突である。妻知ラバ以下、反歌の第一首に至るまで、死人の妻を中心にして歌っている。この部分がこの歌の中心的内容をなすものである。この場合、作者も自分の妻を故郷に置いて来ていることを思い、またこの風波に遇って、或るいは自分もこの死人と同じ運命に置かれたかも知れないことを思っている。そこにこの歌の意義が存するのである」という。空穂は人麻呂の個性をその点に認め、武田祐吉はこの歌の主題をその点に認めようとする。

清水克彦氏も『柿本人麻呂』に、「長歌二二〇の主眼点は、後半の、水死人とその家族、とりわけその妻に対して同情の心を述べた部分にある」といい、武田祐吉の指摘を承けて、「もしも人麻呂が、ここで主語を変更せず、彼じしんの、水死人にたいする同情の心をさらに強調しつづけたら、いったいどうなるであろうか。それはおそらく、彼じしんの、丈夫としての自負と牴触することになるだろう。人麻呂は妻と別れる時にも、妻の死に出くわした時でさえ、『悲し』とは言っていない。個人的な事柄のために悲歎の心を述べることは、丈夫のなすべきわざではないと考えられていたのだ。人麻呂がここで、突然主語を死人の妻に変更したのは、死人の妻に肩替りさせ、みずからを傍観者の立場に後退させることによって、丈夫としての体面を保ったためだったのである」というが、なぜこの作品に〈大夫意識〉を持ち出してくるのであろう。『石見相聞歌』や『泣血哀慟歌』に「悲し」の表現はない、というが、両者は生別と死別のそれぞれの悲しみを主題とする。北山茂夫は『柿本人麻呂論』に、主語を死人の妻に変えた問題について、「それは、つぎに長歌の中心的モティーフとして、相聞的発想で、哀悼のこころを表現しようとしていたからである」といい、「人麻呂は、その対句とそれ以下において、『死人の妻に肩替りさせ』てはいない。ましてや、作者は『みずからを傍観者の立場に後退させ』ていない。じじつは、その逆であって、人麻呂は、その独自な想像力によって、遠妻を作品にもちきたらすことで、石中の死者の悲劇をいっそう人間的に強調し、哀傷を深めているのである」と評している。

北山茂夫の読みに従ってよいが、〈相聞的なもの〉をなぜ文法を無視してまで無理矢理に加え、詩とすることの努力をなぜ放棄するのか、という問題には、まだ十分に答えていないように思う。

二　神島と調使首

『万葉集』巻十三の『道行き人挽歌』（三三三五〜三三三八）と調使首の『神島挽歌』（三三三九〜三三四三）について、佐竹昭広氏は、「調使首見屍作歌一首」（『万葉集抜書』）に、調使首の『神島挽歌』の一首の長歌が、『道行き人挽歌』の第一長歌の中に第二長歌を「包みかこんだ形をとっている」ことに注目し、カレワラ等の歌謡にも同様な現象がしばしば見られるとして、「二首の長歌は、民謡として、或いは水死人葬送の鎮魂歌として、常に一緒に唱われ」ていたが、唱われていた間に、第一長歌が途中で切れて、続きのよい所に第二長歌が連続し、また続きのよい所で第一長歌に戻った、と考え、調使首の『神島挽歌』も口承中に生じたもので、題詞「備後国の神島の浜にて調使首の屍を見て作れる歌　并せて短歌」は、「後代の理会をもって誌された」と推測している。

『神島挽歌』には歌中に、備後の神島を表わす言葉はなく、「恐《かしこ》きや神の渡」とあるのみであるが、佐竹氏は、「神の渡」は、「怖ろしい危険な難所という意味の普通名詞である。神島浜の渡についてそう呼ぶことは勿論さしつかえないとしても、ここのみの独占する地名ではない」とし、題詞の備後の神島は、『道行き人挽歌』第二長歌冒頭の「鳥が音のかしまの海に」に基づくと推測する。佐竹氏の推測に従ってよいが、「かしま」を備後の神島、作者を調使首と特定したのは、いかなる理由によるのであろう。

備後の「神の渡」には、『景行紀』（二七年一二月、二八年二月）に日本武尊に征伐された悪神のいたという、吉備の穴の海・穴の済《わたり》がある。『景行紀』は、吉備の穴の済の神と難波の柏の済の神について、「皆害《やぶ》る心有りて、毒しき気《あ》を放ちて、路人を苦びしむ。並に禍害の藪と為れり。故、悉に其の悪しき神を殺して、並に水陸の徑を開く」という。

穴の済は難波の柏の済とともに海上交通の要路に当り、妨害するものも存在したのであろう。

木下正俊氏は「竜田山と狭岑島」（日本古典文学全集『万葉集・一』）に、交通妨害の悪神の存在が旅人を神として殺害する、旅人殺しの習俗と連続することを推測するが、その一例となったのは、『備後国風土記』逸文の宿を貸した貧しい一家のみを助けて他を殺した武塔神の話であるが、武塔神を祭るのは品治郡の疫隅《えのくま》の国社である。

『霊異記』下巻の『髑髏の目の穴の笋を掲《ぬ》き脱《はな》ちて以て祈《ねが》ひて霊しき表を示し縁』（二七）は、光仁朝の話とするが、備後国蘆田郡大山の里人品知牧人《ほむちのまきひと》が深津の市に行く途中で同郡の蘆田の竹原に宿り、「目痛し」という髑髏の目を貫いている筍を抜いてやり、「自ら食へる餉《かれいひ》を饗《あへ》して」現報をうけた、という。竹原の髑髏は行旅死人に相当するが、髑髏はみずから「吾は蘆田郡屋穴《やな》国の郷の穴君の弟公なり」と名のる。

日本武尊に征伐された悪神は安那郡の海にいたし、多数の人々をとり殺した武塔神は品治郡に祭られていた。髑髏を助けた所は蘆田郡の竹原、助けた人は同郡の品知牧人、品知氏の本貫は品治郡であろう。髑髏も蘆田郡の穴君の弟公、穴君氏の本貫も安那郡であろう。両名とも深津の市に行く途中であったが、深津の市は深津郡にある。『道行き人挽歌』の「神の渡」や「かしまの海」が備後国のことと考えられ、神島の浜で屍を見て作った、と考えられるのも理由のないことではない。かつて海中にあった神島は福山市の真西の蘆田川の辺で、沼隈郡にあるが、行旅死人や行旅死人と関連を持つ悪神と縁の深い深津・安那・品治・蘆田と沼隈の五郡の接点に当る、そのいずれともいいうる部分に所在している。

調使首については不明部分が多いが、『姓氏録』は、調連（調首）・調曰佐を百済人努理使主の後とし、『継体紀』（二一四年九月）の調吉士も同族と考えられている。『坂上系図』所引の『姓氏録』逸文は、高向調使と檜前調使を阿智王が率いてきた七姓漢人の段と多より出、調忌寸を阿智使主の男都賀使主の後とする。調使の「使」を使主の省略とすると、努理使主・阿智使主・都賀使主の使主を継承したことになるが、この使主は外国の使のことをつかさどる職名からはじまり、後に姓のごとき敬称になったのであろう。調使を調使主と記した例はないが、高向調使と同族の民使首を『姓氏録』逸文は民使主首と記す。使をオミと読み、姓のごとき敬称と見なすことは広く行われているが、調使は『崇峻紀』（即位前紀）に「百済の調使」、『戸令』（二一）に「当国の調使」と見えてミツキノツカヒ・ミツキツカヒと訓まれており、調使氏の「使」は貢調使に関する仕事をしたために氏の名となったもので使主の省略ではない、と考えることもできる。

律令制下では、諸国の目以上の国司が貢調使となり、綱領や運脚を指揮して、調や庸や中男作物を京に運び、大蔵省等の官司に納入し、調帳・庸帳・中男作物帳などを持参して民部省や主計寮の勘会に対応した。目以上の国司が貢調使となるのは、宝亀六年六月二十七日の格（『政事要略』五六・交替雑事・四度使）以後であるので、以前は目以下の史生も使人になったであろう。使人は、文書や経理に通じ、綱領や運脚を指揮して大量の物資を輸送するために特殊な能力を必要としたが、大蔵省や民部省に相当するその前身の役所で使人と応対するのも、阿知使主や七姓漢人の子孫の史や蔵人であり、そうした時代に調首や調使首の氏人が使人になるのは、種々の面で都合のよいことであった。『継体紀』（二四年九・一〇月）に調吉士、『欽明紀』（二三年七月）に調吉士伊企儺の名も見え、聖徳太子の舎人調使麻呂の名も知られている。欽明十四年七月には、船連氏の祖王辰爾を船長として「船の賦《みつぎ》を数へ録す」ことを始めており、大化以前においては、調を氏の名に負う諸氏が、課程・徴収・運送・管理の仕事を担当したのであろう。律令制下では、綱領も郡司が担当したが、大化以前には調使首氏配下の人々が担当したことであろう。『賦役令』によれば、「運ぶ脚は均しく庸調の家に出さしめよ」とあるが、大化二年正月の改新の詔中には「其の四に曰はく、旧の賦役を罷めて、田の調を行へ。……別に戸別の調を収《と》れ」とある。戸調が運脚に相当するごとくであるが、運脚とは明記されていない。大化以前においては、運脚も当国の農民が均しく当るものではなく、特定な人々が担当したのであろう。『上宮聖徳太子伝補闕記』は、調使・膳臣の二家記を主要な資料とするが、高壮至氏は「上代伝承試論」（『万葉』昭39・10）に、『補闕記』の片岡山説話に調使麻呂が登場するのは、中世以降まで法隆寺と深い関係を有した調使氏が、「自分達の法隆寺における地位の本縁として、この片岡説話を構成し、合わせて太子の仁慈を表わそうとし」て、この説話を家記に記し、『補闕記』はこの家記を資料にした、と推測し、『推古紀』の片岡山説話についても、『法王帝説』にこの説話はないので法隆寺から出たものではなく、同じく調使氏の家記を資料にしたか、と推測する。

片岡山説話の伝承者が調使氏であったことと『神島挽歌』の作者が調使首になったこととは、偶然ではなく、何か深い関わりがあるのであろう。高氏も両者の関係を想像し、『万葉集・三』（日本古典文学全集）の「人名一覧」も調使首の項で、「路上に飢人を認めた聖徳太子がその舎人であった（調使）麻呂にことばをかけさせた」ことと「同じく行路死人を詠んだ三三三九の歌の作者が調使首であることと、おそらく関係があろう」といい、土橋寛も『万葉開眼・(上)』に、「備後の神嶋の死者を詠んだ『調使首』は、この聖徳太子と片岡山の飢者の説話を伝えて来た調使氏の氏人であろう」という。

調使氏と法隆寺との関わりや、高向調使氏や檜前調使氏の名を見ても、調使氏の本貫は大和であろう。『姓氏録』河内諸蕃に調曰佐氏が見え、『欽明紀』の歌謡が新羅の捕虜となった調吉士伊企儺の妻大葉子をあわれんで「韓国の城の上に立たし大葉子は領巾振らす見ゆ難波へ向きて」（紀一一〇一）と歌うのは、難波が彼らの本貫であった理由によろう。河内や摂津とは関わりを有していたが、備後と調の諸氏とを結び付ける資料はない。

備後は難波とともに海上交通の要路であり、調や庸を輸送する基地となったと思われるが、神島のある沼隈郡の隣り、現在の尾道市・三原市やその背後の御調町・久井町に御調郡があり、蘆田川の上流に御調川がある。沼隈郡は奈良時代初期には御調郡に含まれていた、とする説に立てば神島も御調郡にあった。遣新羅使も「備後国水調郡の長井の浦に舟泊まりする夜に作る歌三首」（15―三六一二～三六一四）を残すが、御調郡は、調使氏や配下の綱領や運脚などが古くから関わりを有した土地であったのであろう。

『道行き人挽歌』の「神の渡」や「かしまの海」が備後の神島になるのは、神島の周辺が行旅死人の伝承を有する土地として知られていたためであり、調使首が『神島挽歌』の作者に特定されるのも、調使氏が行旅死人の伝承を有し、また、備後と深い関わりを有していたことが理由としてあげられようが、調使氏がしばしば貢調使となり、『道行き人挽歌』の作者のように、旅を職業としたことが大きく作用しているように思う。

三　道行き人挽歌と神島挽歌

玉桙の　道行き人は　足ひきの　山行き野往き　にはたづみ　川往き渡り　いさな取り　海道に出でて　惶きや
神の渡は　吹く風も　和《のど》には吹かず　立つ浪も　跡《おほ》には立たず　とゐ浪の　塞ふる道を　誰が心　いたはしとか
も　直渡《ただ》りけむ　直渡りけむ（13―三三三五）

鳥が音の　かしまの海に　高山を　障《へだて》に為して　おきつ藻を　枕に為し　蛾羽《ひむしは》の　衣《きぬ》だに服《き》ずに　いさ魚取り
海の浜辺に　うらも無く　宿《ふ》したる人は　母父《おも》に　まなごにかあらむ　若蒭の　妻か有りけむ　思ほしき　言伝
てむやと　家問へば　家をも告らず　名を問へど　名だにも告らず　なく児なす　言だにとはず　思へども　悲
しきものは　世間《よのなか》にぞ有る　世間にぞある（三三三六）

反歌

母父も妻も子等も高々に来むと待ちけむ人の悲しさ（三三三七）

あしひきの山道は行かむ風吹けば浪の塞ふる海道は行かじ（三三三八）

或本の歌

備後国の神嶋の浜にて、調使首の屍を見て作る歌一首 幷びに短歌

玉桙の　道に出で立ち　あし引きの　野行き山行き　にはたづみ　川往き渉り　鯨取り　海路に出でて　吹く風も　おほには吹かず　立つ浪も　のどには起たぬ　恐きや　神の渡の　しき浪の　寄する浜べに　高山を　へだてに置きて　汭潭《うらぶち》を　枕に巻きて　うらも無く　偃《ふ》したる公は　母父が　愛子にも在らむ　稚草の　妻も有るらむ　家問へど　家道も云はず　名を問へど　名だにも告らず　誰が言を　いたはしとかも　とゐ浪の　恐き海を　直渉りけむ（三三三九）

反歌

母父も妻も子等も高々に来むと待つらむ人の悲しさ（三三四〇）

家人の待つらむものをつれも無き荒礒を巻きて偃せる公かも（三三四一）

汭潭に偃したる公を今日今日と来むと待つらむ妻しかなしも（三三四二）

汭浪の来寄する浜につれも無く偃したる公が家路知らずも（三三四三）

『道行き人挽歌』第一長歌（三三三五）は、「玉桙の　道行き人は」と、「道行き人」が作者なのか、後に表現される死者なのか、自他の区別がはっきりしない形で歌い出され、「足ひきの　山行き野往き　にはたづみ　川往き渡り　いさな取り　海道に出でて」と「道行き人」は海路に出る。「道行き人」の出た海路は、恐ろしい海神のいる海峡であり、「惶きや　神の渡は　吹く風も　和《のど》には吹かず　立つ浪も　踈には立たず」と強風が吹き、大波が立つ。そう

した大波が通行を妨げる海路、「とゐ浪の　塞ふる道を」、誰の心を悲しませまいと思ってまっすぐに渡って来たのか、「誰が心　いたはしとかも　直渡りけむ　直渡りけむ」と歌う。

自他の区別がはっきりしない歌い出しであるが、最後まで読めば、「道行き人」が海峡を渡った表現主体であることはわかる表現である。また、海難事故死したことはいわずに、誰のために荒波の海峡を渡ったのか、とのみいって一首を閉じるが、海難死したことは第二長歌（三三三六）に譲っている。

自他の区別がはっきりしない歌い出しをするのは、歌い手自身も「道行き人」であったからであろう。第二反歌は、「あしひきの山道は行かむ風吹けば浪の塞ふる海道は行かじ」（三三三八）と海道の旅を自戒しているが、こうした自戒も歌い手自身が「道行き人」であったためにすると考えるのが自然であろう。

土屋文明は『私注』に、『古義』や『新考』の説を継承して『神島挽歌』を『道行き人挽歌』に先行すると見なす通説とは異なる説を主張し、『道行き人挽歌』は『神島挽歌』を「民謡化したもの」であり、長歌を「二首としたのは、或は問答風に誦詠する為の便宜に基いてゐるのかとも思はれる」といい、二首の長歌が最後の句を繰り返すのは、「それが伝誦のための民謡であること」を語るといい、第二長歌の結句「思へども　悲しきものは　世間《よのなか》にぞ有る」に「民謡の常の通俗詠歎」を認めているが、『道行き人挽歌』が民謡的であるという文明の指摘は承認してよかろう。

「道行き人」は旅行者を意味するが、中央集権が進むなかで、中央と地方を往来する多数の「道行き人」が生まれた。調や庸の徴収や運搬は、後の令制下では諸国の役人や農民によって行われるが、ある一時期には調使氏や調使氏の配下の人々によって行われ、旅を職業とする「道行き人」も生まれたのであろう。『道行き人挽歌』は、「道行き人」が自分と同じ「道行き人」の海難死を見て「道行き人」のあわれさを歌った民謡風の作品であるが、代表的な「道行き人」であった調使首が行旅死人と関わりの深い備後の神島で屍を見て詠んだ、として伝承されたもので、伝承者も調使首氏の人々と考えてよかろう。

題詞に調使首作と明記される『神島挽歌』（三三三九）は、「玉桙の　道に出で立ち　あし引きの　野行き山行きにはたづみ　川往き渉り　鯨取り　海路に出でて」と歌い出される。『道行き人挽歌』と同じ歌であり、主体は死者であるはずだ、と考えなければ、旅に出て野山を行き、川を渡り海路に出た主体は、作者である調使首となろう。もはや自他の混乱はない、と考えてよかろう。『道行き人挽歌』は二首の長歌とも、通常の結句に一句を加えて、五・七・七・七、五・七・八・八で結び、最後の句を繰り返し、第二長歌には文明のいう「民謡の常の通俗詠歎」があるが、『神島挽歌』はそれらをすべて改め、「通俗詠歎」を削除している。

「通俗詠歎」とはいっても、『道行き人挽歌』第二長歌は、死者に出逢って死者の家や家族を尋ね、死者がそうした問いに答えるはずのないことを思うと、家族への愛に引かれて危険を冒しながら、いまこうして家や家族と離れて死んだことが、矛盾した気の毒なことに思われ、「思へども　悲しきものは　世間にぞ有る」と歌ったのであり、浅いとはいえないが、この世間の歎きには、家族の愛に引かれながらも任務を捨てることのできない「道行き人」の歎きも含まれていると思われ、そうした歎きを認めると抒情詩としては緊密さを欠くことになるが、「道行き人」の民謡としてはこれはこれでよいのであろう。『神島挽歌』は抒情の深化をねらい、「玉桙の道行き人は」という歌い出しを改め、「道行き人」の自戒を歌う第二反歌を削除するのであろう。

巻十三は『神島挽歌』を『道行き人挽歌』の「或本の歌」として収めており、『道行き人挽歌』を歌っていた間におのずから『神島挽歌』に変化した、とする佐竹昭広氏の意見もあるが、両者の間には、民謡と抒情詩という文学史上のジャンルを異にするような質的相違が見うけられる。意図的な改編を認めるべきであろう。同じ言葉を使用していてもその意味するものはまったく異なる場合もあるのである。

『道行き人挽歌』第一長歌は、神の渡の風波を叙したあとで、「とゐ波の　塞ふる道を　誰が心　いたはしとかも　直渡りけむ　直渡りけむ」と歌い、『神島挽歌』は、神の渡に死者を見て死者の家族を思い、惨状を知らせるすべのないことを考えた後で、「誰が言を　いたはしとかも　とゐ浪の　恐き海を　直渉りけむ」と歌う。使用した言葉はほぼ同じであり、その部分だけを読めばほぼ同じことを述べていることになるが、全体との関わりで読むと、『道行き人挽歌』は、家族への愛に引かれて荒海を渡って遭難したのだろう、とあわれがり、『神島挽歌』は、こうして遭難死して家族の中の誰にもっとも心を残していよう、と死者の心を忖度する。

『道行き人挽歌』の第一反歌（三三三七）と『神島挽歌』の第一反歌（三三四〇）の相違も、「母父《おも》も妻も子どもも高々に来むと待ちけむ人の悲しさ」の四句の「けむ」を「らむ」に変えただけの相違であるが、「けむ」とする『道行き人挽歌』は、家族が待ちこがれていたであろう、そのために遭難した「人の悲しさ」となり、「道行き人」のあわれさを歎く歌となるが、「らむ」とする『神島挽歌』は、今も家族が待ちこがれているであろうに、家族に現状を知らせるすべもない「人の悲しさ」となり、遭難者の孤独な死に同情する歌となっている。

『神島挽歌』第二反歌「家人の待つらむものをつれもなき荒礒をまきて偃せる公かも」（三三四一）は、第一反歌を上二句に要約して、下三句で死者の様を叙す。第三反歌「汭潭に偃したる公を今日今日と来むと待つらむ妻しかなしも」（三三四二）は、第二反歌の下三句の叙述を上二句に要約し、第一反歌の帰りを待つ父母と妻子、第二反歌の帰りを待つ家族を妻に集約して、長歌の終末の、家族の中の誰にもっとも心を残しているか、の問いに答えながらも転じて、夫の死を知らずに待つ死者の妻に同情する。第四反歌「汭浪の来寄する浜につれもなく偃したる公が家道知らずも」（三三四三）は、長歌で死者を見て死者の家族を思って以来継続している家族への思いを、死者の家道を知ることのできない残念さに変えて全体を収束する。

『道行き人挽歌』は、旅を職業とする「道行き人」が「道行き人」の海難死を見て、家族への愛が死を呼ぶ職業のむごさや、そうした職業を捨てることもかなわず、安全な陸路ばかりを歩くわけにはいかない世間のつらさを歎く、民謡風の優れた作品であるが、『神島挽歌』は、民謡的な部分をすべて抒情化し、旅を職業とする「道行き人」の歎きを、律令制の進行するなかで多数の人々が旅を経験するようになる時代思潮をうけて、行旅死人への同情という形で一般化し、さらに、これも新しい時代思潮といえる妻への同情を添えたのである。

巻十三の他の作品には見られない、作歌事情と作者名を記す題詞が『神島挽歌』になぜ付されたか、その問いに答えることはできないが、『道行き人挽歌』を改編し、抒情化した際に、調使首を強く暗示する作者の「道行き人」と、同様に備中の神島を強く暗示する「かしまの海」とを失ったために、そうしたことを記録に留めようとする意志が働いたことは想像してよかろう。

四　狭岑島と廬

巻十三の行旅死人歌と人麻呂の『狭岑島挽歌』との前後関係について、井上通泰は『新考』に調使首の『神島挽歌』が人麻呂の『狭岑島挽歌』に先立つことを、「今の歌を以て人麿の歌を学びたるものとは妄断すべからず。人麿は持統文武両帝の御代を盛とせし人、調氏の姓が首なりしはおそらくは天武天皇の御代までにて調首某は人麿より寧先輩なるべくおぼゆればなり」といい、窪田空穂も「柿本人麿の長歌について」（『文学思想研究』昭2・9）に、人麻呂が歌謡や巻十三の長歌の伝統を承けて長歌を制作していることをいい、『神島挽歌』と『狭岑島挽歌』の前後関係についても、特に論拠はあげないが、「調首のものが先らしいという方が有力らしい」という。

大日本古文書所載（三―六四五、四―九七）の大納言藤原仲麻呂家の牒に調使首難波万呂の名があるので、調使首を天武朝の人と断定することはできないが、佐竹昭広氏も前掲の論に、「巻二、二二〇の人麻呂の挽歌との詞章の類似は、巻十三のこれらが彼の作品からの模倣であることを証する材料では無いと言うべきである。むしろ順序は反対に、人麻呂作歌の方に、古い口承歌の影響や摂取を認めようとするのが、真実に近い見方であると思う」という。

一方、土屋文明は、『狭岑島挽歌』先行説を主張し、『私注』の『神島挽歌』作者及作意の項に、「この一首の結構措辞こそ巻二の人麿の狭岑島の挽歌を模倣したもので、規模の小ささ、調子の弱さは、人麿の一末流と断定するに何等躊躇するものを感ぜしめない。勿論以上言ふ所は論者の主観を出ないこと、真淵雅澄の断ずるところと、何等異ならないが、主観を離れた断定は、かうした場合にはあり得るものでない」という。

北山茂夫も『柿本人麻呂論』に、「庶民の横死を主題とした挽歌は、人麻呂の創始である」といい、人麻呂の挽歌が『道行き人挽歌』第一長歌に先行する「内証は見出しがたい」としながらも、「わたくしには、人麻呂の挽歌がA（第一長歌）に先行するという想定にはすてがたいものがある」といい、第二長歌は「人麻呂の作品より後に成立したと考える」といい、その論拠に左の四条をあげる。

第一に、その構想が、人麻呂作のパターンをうけついでいる。第二に、「母父に　愛子にかあらむ　若草の　妻かありけむ」と、人麻呂に独自の発想をより細叙し敷衍したものと判断する。第三に、「思へども　悲しきものは　世間にあり　世のなかにあり」のなかの、「世間」という用語、そこに含めた無常感的観念は、人麻呂にも、まったくないとはいえないが、この表出は、より後代的である。さらに、八世紀前期の山上憶良らに酷似していることを指摘したい。第四に、その反歌が、後に附加したものではなく、原型のままとすれば、反歌の第一首（三三三七）の「……人の悲しさ」は、きっぱり人麻呂以後の表現と断ずべきであろう。

『神島挽歌』についても北山茂夫は、「右の推定が当っているとすれば、当然に、C（『神島挽歌』）は、人麻呂以後に成立した作品ということになり、もはや論証を要しないであろう」といい、『推古紀』所載の聖徳太子の『片岡山の歌』についても、「親無しに　汝生りけめや　さす竹の　君はや無き」の句に「次代の知識人のものと考えるほかない儒教ふうな思想が表現されている。のみならず、それは、大化前代、また人麻呂の時代の歌には見られず、むしろ、八世紀前期の憶良らの思想に接近している」とし、「人麻呂の『石中の死人』への挽歌は、この歌謡に先行する」と推定している。

『道行き人挽歌』は、旅を職業とする「道行き人」が「道行き人」の海難死を見て、家族への愛が死を呼ぶ、自己の職業のむごさや、孤独な死を恐れながらも、そうした危険な職業を捨てることもかなわず、海路を避けたいと思いながらも、自分の思い通りにはならない、「道行き人」の悲しみを歌った民謡風の特異な作品であり、抒情性の高い作品とは区別する必要がある。『神島挽歌』が抒情性を求めたところから、旅を職業とする「道行き人」の歎きが消え、「思へども　悲しきものは　世間にぞ有る　世間にぞ有る」の「通俗詠歎」が整理されたが、こうした世間への歎きを尺度にしたならば、世間への歎きを所有しない『神島挽歌』が『道行き人挽歌』に先行することになるであろう。『道行き人挽歌』の「母父に　まな子にか有らむ　若蒭の　妻か有りけむ」や聖徳太子の『片岡山の歌』の「親無しに　汝生りけめや　さす竹の　君はや無き」を、妻を主とする『狭岑島挽歌』よりも新しい時代の表現と見るが、これも逆であろう。

神野志隆光氏は「行路死人の歌」（『万葉集を学ぶ・第六集』）に、『道行き人挽歌』の長歌二首と反歌二首の構成や、『神島挽歌』の長歌一首と反歌四首の構成に、「たくまれた構成体」としての構成意識を認めて、これを「〈書く〉次元での構成意識」に支えられたものと見なし、『道行き人挽歌』の長歌二首は、「人麻呂の複数長歌構成への試みを前提として、その人麻呂が拓いたもののうえにはじめて可能に」なったものであり、『神島挽歌』の「四首の連作による反歌」も、「反歌群がそれ自体独立的な構造を獲得しつつ、長歌と対応してひとつの構造体をつくる」という「反歌史」上の「人麻呂の達成」を承けたものであり、『道行き人挽歌』と『神島挽歌』は、ともに「後期万葉的な要素を多分に含み」持つ、という。

『道行き人挽歌』と『神島挽歌』との相違は、『道行き人挽歌』が口承される過程でおのずから『神島挽歌』に変化した、というものでないことはすでに述べた。和歌史に刻した人麻呂の行跡は大きく、種々の分野に及ぶが、長歌の連作まで人麻呂に始まる、と見るのはいかがであろう。また、『神島挽歌』は種々の面で人麻呂の『狭岑島挽歌』と共通し、同時代の作品であることを感じさせるが、『神島挽歌』が人麻呂の影響を受けていることが、かりに認められたとしても、『狭岑島挽歌』の影響下に『道行き人挽歌』を改編した、ということがいえるであろうか。

『道行き人挽歌』には二首の長歌が連続しているが、歌謡においては、『神語』（記―二～五）、『思国歌』（三〇・三一）、『大御葬歌』（三四～三七）、『酒楽歌』（三九・四〇）、『志都歌の歌返』（五七～六三）、『天田振』（八三～八五）、『読歌』（八九・九〇）、『志都歌』（九二～九五）、『天語歌』（一〇〇～一〇二）、『夷曲』（紀―二・三）、『来目歌』（七～一四）をはじめ群作の形をとるものも少くない。

『神語』の第二首（記―三）は、沼河日売が八千矛神に歌いかけた歌であるが、二段構成をとり、第一段は「いしたふや　あま駆使　事の　語り言も　こをば」で閉じているが、第一段では、八千矛神を迎え入れることを逡巡しているが、そのように焦れて恋死にするな、と歌い、第二段では、さらに一歩を進めて、まもなくお休みになれるので、あまり恋しがらぬように、と歌い、連作の形をとる。同じく行旅死人歌である聖徳太子の『片岡山の歌』（紀―一〇四）も、『聖徳太子伝略』に「是夷振歌」、『上宮聖徳太子伝補闕記』に「此歌、夷振を以ちて歌ふ」と記され、歌謡であったことの明らかな作品であるが、二段構成をとる。『道行き人挽歌』で長歌が二首連続するのは、歌謡の影響であり、葬歌や種々の挽歌にも群作の形をとるものは多いが、『片岡山の歌』に等しく格別のことではない。

中皇命の『宇智野遊猟歌』（1―三・四）の長歌も二段構成をとるので、反歌は、二首の長歌に反歌の付された形になろう。歌謡や長歌に反歌を添えることが流行しはじめた時代が、中皇命や額田王の時代であり、二首の反歌を加えることも行われていたことは、中大兄の『三山歌』（1―一三～一五）によっても知られる。人麻呂の『吉野讃歌』（1―三六～三九）は、遊猟歌の形を借りたところから『宇智野遊猟歌』の二段構成にならって二群とし、二首の長歌に一首ずつ反歌を付したが、『道行き人挽歌』の長歌と反歌との関わりは、『宇智野遊猟歌』や『三山歌』に近く、『吉野讃歌』とは距離を置く、と考えるべきであろう。

『道行き人挽歌』の第一反歌「母父も妻も子等も高々に来むと待ちけむ人の悲しさ」は、第二長歌で家族を問い、世間の悲しさを歎いたのを承け、第二反歌「あしひきの山道は行かむ風吹けば浪の塞ふる海道は行かじ」は、第一長歌で「とゐ浪の　塞ふる道」を渡ったのを承けている、と考えられている。第一反歌が第二長歌の反歌、第二反歌が第一長歌の反歌になっているとすると、二首の長歌にそれぞれ一首の反歌を付す『吉野讃歌』に等しいこととなるが、『道行き人挽歌』の第一反歌は第二長歌のみの反歌ではなく、第二反歌も第一長歌のみの反歌ではない。

第一反歌の第四句「来むと待ちけむ」の「けむ」について、「けむ」よりも「らむ」の方が自然である、という意見もあるが、家族が今来るか今来るかと待っていたであろう――そのために無理をして遭難した――人の悲しさ、と歌うのであり、「けむ」の方が『道行き人挽歌』にふさわしい。第二長歌との関わりはいうまでもないが、第一長歌の「とゐ浪の　塞ふる道を　誰が心　いたはしとかも　直渡りけむ」をも継承している、と読むべきであろう。

第二反歌の「海道は行かじ」も、旅を職業とする「道行き人」の自戒と読むならば、自戒したとて海路を避けることのできない、「道行き人」の歎きがその自戒に隠されていることになり、第一長歌との関わりはいうまでもないが、第二長歌の「思へども　悲しきものは　世間にぞある」をも継承している、と読まなければならなくなろう。『道行き人挽歌』の二首の長歌と二首の反歌は、長歌と反歌の歴史において、人麻呂の複式長歌を前提にしてはじめて可能になるものではなく、歌謡や初期万葉の伝統を承け継ぐと考えることができる。

『神島挽歌』の「四首の連作による反歌」も、短歌の組歌は『記』『紀』の歌謡中に見え、連作の形をとるものも同様に見えるので、歌謡の伝統を無視することはできない。人麻呂の組歌も歌謡の伝統を承け継ぐと考えてよいが、「四首の連作による反歌」は人麻呂の『安騎野遊猟歌』（1―四五～四九）の直接的な影響を考えざるを得まい。しかし、『安騎野遊猟歌』の影響を承け、人麻呂の影響を承けているからといっても、『神島挽歌』は人麻呂の『狭岑島挽歌』の影響を承けた「後期万葉」と考える必要はあるまい、と思う。

遠藤宏氏も「万葉集巻十三所収の行路死人歌」（『国語と国文学』昭61・11）に、北山茂夫や神野志隆光氏と同様な視点に立って、『道行き人挽歌』は「四首の構成、長歌の発想、反歌の姿勢等の諸点において、全てが後期万葉的な面を示している」といい、「行路死人歌が作られるようになるのは恐らく、中央集権の制及びその実施が確実になる天武・持統朝、就中持統朝以後のことと思われる」というが、この作品は、旅を職業とする「道行き人」が口承した作品であり、大化二年三月二十二日の詔中に、辺郡の役民が帰郷の途次に病死した際の旧俗改廃の記事があるように、大化以降多数の人々が旅をし、行旅死人も多数発生するなかで、人々に注目されて流布し、持統朝に『神島挽歌』に改編された、特異な作品であることを考慮するべきであろう。

人麻呂の『狭岑島挽歌』には、『神島挽歌』に見られたように、抒情への要求や妻への愛を重視する新時代の気風が盛り込まれている。作者が死者に出逢う過程を丁寧に叙し、また、死者や死者の妻に対する同情を直截に表現するのも、抒情への強い要求を語っているし、他の行旅死人歌に登場する、主君や親・父母や子供を登場させずに家族は妻で代表させ、讃岐を愛の国と見なし、狭岑島では夫婦が野辺の若菜を摘んで食べていると考え、予想に反して死者が一人横たわっていたのを見て悲しむのも、妻を重視する心のなまなかなものでなかったことを語っている。

窪田空穂は妻の重視を人麻呂の個性と考え、『評釈』に、「目にしている死者についてはいうまいとしているが、目に見ざるその妻には深い憐れみをよせている」といい、人麻呂は「人間生活の価値、興味を夫婦生活にありとし、それを通して強く人間生活を肯定しようとする心」を持っていた、というが、妻の重視は、『神島挽歌』においても、調使首の死者の家族への同情が妻に収斂される形で見受けられた。

『推古紀』の聖徳太子の『片岡山の歌』「しなてる　片岡山に　飯に飢て　臥せる　その旅人あはれ　親無しに　汝生りけめや　さす竹の　君はや無き　飯に飢て　臥せる　その旅人あはれ」（紀―一〇四）は、飢者と親や主君との関係を重視したが、『万葉集』巻三の聖徳太子の『竜田山の歌』「家に有れば妹が手まかむ草枕旅に臥せる此の旅人あはれ」（四一五）は、死者と家妻との関係を重視している。家族は母系制の大家族から夫婦中心の核家族に変化しはじめ、妻が夫の看病をしたり、食事の世話をすることも、一部では行われはじめていたのであろう。門倉浩氏は「人麻呂の行路死人歌」（『国文学研究』平1・6）に、「『妻』を前面に出した表現の裏」に「班田農民の流動化を恐れ」て「一夫一婦制の単婚」を求める「律令的理想」が隠されているという。

妻の重視はよいのだが、『狭岑島挽歌』は詩としての表現を「荒床に　自伏す君が」いたといって完結させず、「荒床に　自伏す君が　家知らば　往きても告げむ　妻知らば　来も問はましを」と続け、主体をまったく死者の妻に移して、「玉桙の　道だに知らず　鬱悒しく　待ちか恋ふらむ　愛しき妻らは」と歌っている。抒情への要求が妻重視の風潮に負けた形であるが、行旅死人歌が家族や主君の存在や家や氏名を尋ねるのを承けて、行旅死人歌である以上そうした部分を不可欠と考え、問答はしないが、『神島挽歌』が第三・第四反歌で死者の妻への同情と死者の家道が知れない残念さを歌ったように、「家知らば往きても告げむ」と死者の家道がわからず、何もしてやれない残念さを歌い、つづいて死者の妻への同情を大きく歌うのである。

讃岐を愛の国と讃美することは、そうした国にありながら妻と別れて行旅に死んだ男を悼み、男の帰りを待ちわびる妻への同情を歌う際に不可欠なものであったが、讃岐を豊饒の国と讃美することは、満ち足りた平和な世界における悲劇という点でその悲劇性をきわだたせる働きをするが、海難死した男を悼む際に、他の讃美と交換不能の不可欠なものとはいいがたいものであった。讃岐を豊饒の国と讃美し、妻が不在であるために嫁菜の食べ時を失した、と歌うのは、『片岡山の歌』等の行旅死人が飢者であるのを借りて、豊饒の国にいながら、しかも嫁菜がありながら食べずに死んだ、ということで、男の悲劇的な死を歌おうとするのであろう。

讃岐を愛の国、豊饒の国と讃美したのは、行旅死人歌の妻の不在と飢えのモチーフを、もっとも効果的に抒情的に表現するためであったが、船出をした国が讃岐であったのも、作者が現実に船出をした国が讃岐であった、という理由ではあるまい。行旅死人歌の舞台としては、備後や備後の海が最適であろうが、備後を愛の国、豊饒の国と讃美する手だてを欠く場合は、備後に連続する国や海が選ばれるであろう。讃岐は、サヌ（さ寝）の音を持ち、夫婦が睦む形容となる「玉藻なす」に等しい「玉藻よし」を冠することのできる国柄であり、『霊異記』（下巻二七）に、備後国蘆田郡の穴君秋丸が深津市で讃岐国人に馬を売った、とあるように、備後とは往来の頻繁な海をへだてた隣国であった。豊かな国としては播磨もあるが、播磨では備後の隣国というわけには行くまい。讃岐は備後以西ではもっとも豊かな神柄の国であった。

「時つ風」が吹き、海が荒れると危険を避けるために船を狭岑島に着けるが、作者はこの辺の事情にも通じていて、急ぐことは急ぐが、迷いながらしているわけではない。しかし、中の湊と狭岑島の距離はどれほどあるわけでもなく、『万葉集・一』（日本古典文学全集）は頭注に「東北約八キロメートル」と記しているが、こうした近距離にあり、事情にも通じながら、決まった時刻に吹く「時つ風」を避けずに船を出し、狭岑島に船を着けると、廬まで作るのは、いかなる理由によるのであろう。

中の湊（丸亀市中津）を船出して狭岑島（沙弥島）の付近を航海していたので、その行き先はわれわれの常識では備後よりも備中、現在の地名でいえば、児島半島やその奥の岡山を考えるべきであろうが、人麻呂の地図はわれわれの地図とは違って、狭岑島は中の湊からしばらく航海して着く、「時つ風」が吹いて一定の時間海が荒れる海峡の付近にあるのであろう。他の行旅死人歌との密接な関係から推測して、讃岐の狭岑島は、『道行き人挽歌』や『神島挽歌』に歌われた備後の神島の前に広がる「神の渡」の対岸にあり、一行は備後に向っているのであろう。

作者は、『道行き人挽歌』や『神島挽歌』を知っており、その死者が讃岐から「神の渡」を渡って遭難した、と考えて狭岑島に上陸し、風波の収まるのを待とうとする。作者はその辺の事情によく通じているが、当時の読者や聴衆も先行の行旅死人歌にあわせて読んだり、聞いたりし、その事情を正確に理解したことであろう。狭岑島で作者の見た死者は、逆に備後から「神の渡」を渡って愛の国、豊饒の国に到着しながら死んだ、という設定であろう。

行旅死人の物語がさまざまに語られていたことは、聖徳太子の片岡山説話がさまざまに語られていることからも推測される。『推古紀』に飢者の答歌はないが、『霊異記』（上巻第四）には太子の歌はなくて、『法王帝説』に太子薨去時に巨勢三杖が詠んだ三首中の一首「鵤の富の小川の絶えばこそわが大君のみ名忘らえめ」を掲げるが、調使氏の家記を資料にした『補闕記』は、太子と飢者の贈答の形をとる。この贈答は、後の説話では太子と文珠や達磨の化身との贈答となるが、蔵中進氏は「聖徳太子片岡説話の形成」（『万葉』昭41・10）に、太子と達磨の化身との贈答は、『七代記』や『一心戒文』所引の『上宮厩戸豊聡耳皇太子伝』に見えることを指摘し、『七代記』の成立は宝亀二年、『豊聡耳皇太子伝』の成立は「奈良初期あるいは藤原期までもさかのぼる」という。

人麻呂は、『狭岑島挽歌』で「名くはし狭岑の嶋」といい、その名に注意することを求めている。この島を上陸地に選んだことは理由のあることであろう。島は第一反歌で「さみの山」と呼ばれているが、伊藤博氏は『万葉集・一』（新潮日本古典集成）の「名くはし」の頭注に、「下の狭岑に沙弥（僧）を感じての語か」と記している。行旅死人伝承の中心地ともいうべき備後の蘆田郡に佐味郷がある（和名抄）が、『法王帝説』は、太子薨時に巨勢三杖が詠んだ三首中の一首に「み神をすたば佐美夜麻のあぢかげに人の申《まを》し我が大君はも」を記す。誰かが沙弥山で太子に寿言を献じたがその通りにならなかったのを歎く歌であろう。太子と贈答した達磨の化身は沙弥の姿をしていなかったであろうか。『霊異記』中巻第一は、「袈裟を著たる類は、賤形なりと雖も、恐りずはあるべからず。隠身の聖人も其の中に交りたまへり」という。

『万葉集』巻三の聖徳太子の『竜田山の歌』「家にあれば妹が手まかむ草枕旅に臥やせるこの旅人あはれ」（四一五）の旅人は、飢者とは歌われないし、題詞は、竹原井に出遊した際に竜田山で死人を見て詠んだ、と記す。「竹原井に出遊せし時」はさほど必要な所伝とも思われないが、『霊異記』の品知牧人の話（下巻二七）は、蘆田の竹原に宿り、「目痛し」の声を聞いて髑髏の目の穴の筍を抜いて「餉を饗して」やり、帰途に同じ竹原に宿り、現報をうけたものであった。太子の「竹原井」の出遊もこうした話になるのかもしれない。

狭岑島をとくに選んで上陸したことは意味のあることであろうし、死者に豊饒の国の食物を供えて廬を作って宿った、その夜の後の物語の展開も想像をかきたてるが、本書では、狭岑島に廬を作った、とあるところから、人麻呂の思い描く現実と異なる中の湊と狭岑島の距離や狭岑島の所在を推測し、推論はその部分にとどめることとする。『狭岑島挽歌』は、高い抒情性を有する優れた作品であるが、行旅死人歌を集積した形で高い物語性をも有しており、人麻呂の体験に即した作品ではない。調使麻呂か聖徳太子かを主人公にした、過去に取材した物語歌であろうが、妻を家族の中心に置き、繁茂する嫁菜と死者という自然と人事の配し方は、藤原京の好尚を伝えている。

人麻呂の作歌活動は多岐にわたるが、巻十三には、『人麻呂歌集』の歌（三二五三・三二五四、三三〇九）が異伝を伝える「或本の歌」の形で収められている。人麻呂は、聖徳太子の『片岡山の歌』を『竜田山の歌』に改めた歌人や、『道行き人挽歌』を『神島挽歌』に改編した、巻十三の歌謡や和歌の伝承者や改作者たちと行動をともにし、『狭岑島挽歌』のような物語歌を作る仕事を、自分の一分野の仕事としているのであろう。

平成二年七月十日に執筆した「狭岑島挽歌の方法――行旅死人歌の集積と抒情化――」は『国文学研究』第百二集（平成二年一〇月）に掲載されたが、その間に改稿し、八月十日に補筆の作業を了えた。

Ⅸ 物語歌二

第十七章　石見相聞歌

――航行不能の辺境の船歌より登山臨水の離別歌へ――

柿本朝臣人麻呂の、石見国より妻を別れて上り来りし時の歌二首　短歌を幷せたり

石見の海　角の浦廻を　浦無しと　人こそ見らめ　潟無しと一に云ふ、礒なしと　人こそ見らめ　よしゑやし　浦は無くとも　よしゑやし　潟は一に云ふ、礒は無くとも　鯨魚取り　海辺を指して　わたづの　荒礒の上に　か青なる　玉藻沖つ藻　朝羽振る　風こそ寄せめ　夕羽振る　浪こそ来よれ　浪の共《むた》　か寄りかく寄る　玉藻なす　寄り寝し妹を一に云ふ、はしきよし妹が手もとを　露霜の　置きてし来れば　此の道の　八十隈毎に　万たび　かへりみ為れど　いや遠に　里は放かりぬ　いや高に　山も越え来ぬ　夏草の　念ひしなえて　しのふらむ　妹が門見む　靡け此の山（2―一三一）

　反歌二首

石見のや高角山の木の際より我が振る袖を妹見つらむか（一三二）

小竹の葉はみ山もさやに乱るとも吾は妹思ふ別れ来ぬれば（一三三）

　或る本の反歌に曰く

石見なる高角山の木の間ゆも吾が袂振るを妹見けむかも（一三四）

つのさはふ　石見の海の　言さへく　辛の崎なる　いくりにぞ　深海松生ふる　荒礒にぞ　玉藻は生ふる　玉藻

なる　靡き寝し児を　深海松の　深めて思へど　さ寝し夜は　いくだも有らず　延ふつたの　別れし来れば　肝向ふ　心を痛たみ　念ひつつ　かへりみ為れど　大舟の　渡の山の　黄葉の　散りの乱《まが》ひに　妹が袖　さやにも見えず　嬬隠る　屋上の一に云ふ、室上山山の　雲間より　渡らふ月の　惜しけども　隠らひ来れば　天つたふ入日さしぬれ　大夫と　念へる吾も　衣の袖は　通りて濡れぬ（一三五）

反歌二首

青駒の足掻《あがき》を速み雲居にぞ妹があたりを過ぎて来にける一に云ふ、あたりは隠り来にける

秋山に落つる黄葉しましくはな散り乱《まが》ひそ妹があたり見む一に云ふ、散りな乱ひそ

石見の海　津の浦を無み　浦無しと　人こそ見らめ　潟無しと　人こそ見らめ　よしゑやし　浦は無くとも　よしゑなし　潟は無くとも　勇魚取り　海辺を指して　柔田津の　荒礒の上に　か青なる　玉藻沖つ藻　明け来れば　浪こそ来よれ　夕去れば　風こそ来よれ　浪の共　か寄りかく寄る　玉藻なす　靡き吾が宿《ね》し　敷妙の　妹が手本を　露霜の　置てし来れば　此の道の　八十隈ごとに　万たび　かへりみ為れど　いや遠に　里放《さか》り来ぬ　いや高に　山も超え来ぬ　はしきやし　吾が嬬の児が　夏草の　思ひ萎《しな》えて　嘆くらむ　角の里見む　靡け此の山（一三八）

反歌一首

石見の海打歌《うったの》山の木の際より吾が振る袖を妹見つらむか（一三九）

右は、歌体同じと雖も、句々相替る。これに因りて重ねて載す。

一　第一長歌と船待歌

『石見相聞歌』は、人麻呂の作品のなかでもっとも魅力のある作品だが、われわれは、この作品のどこに魅せられていよう。寺田純子が「石見相聞歌」（山路平四郎・窪田章一郎編『柿本人麻呂』）で指摘しているように、第一長歌冒頭の二十三句に及ぶ長い序詞もその一つであろう。「浦無しと　人こそ見らめ　潟無しと　人こそ見らめ」「よしゑやし浦は無くとも　よしゑやし　潟は無くとも」「朝羽振る　風こそ寄せめ　夕羽振る　浪こそ来よれ　浪の共　か寄りかく寄る」という反復する対句は、等間隔に起伏する波のような調べを形成して、海や藻に動きや実在感を与え、等間隔に起伏する波や、波とともに揺れる玉藻沖つ藻のなかに、われわれを引き込んでいく。

長い序詞は、われわれを魔術にかけて石見の海の波の間に間につれていくばかりではない。その海の沖から岸にかけて生い茂る玉藻沖つ藻が波とともに揺れつづける光景は、つづいて描かれる妻と別れる現実の時空とは対照的に、夫婦の破綻のない充足した不変の世界として設定されている、と読むこともできるし、その光景をうたうことで、世評に対して独自の主張をしている、と読むこともできる。

西郷信綱氏は、津田左右吉が『文学に現はれたる国民思想の研究』でこの長い序詞を無意味なものとして批判したのに反駁して、『万葉私記』に、「この二十三句も妻をうたうのに『何のたよりにもならぬ叙事』では必ずしもなく、むしろ石見の国の風物とそこに棲む愛妻とを同一化しつつ『寄り寝し妹』のイメージを特殊化・具体化しているのである。感情に一般名辞をあたえるだけでは空疎で、それは特殊化されねばならない。その役目を果しているのがこの序詞部分であると考える」というが、清水克彦氏も、『柿本人麻呂――作品研究――』に、人麻呂は他の人々の見解に対比させて自己の「微視的」で「特殊な体験に根ざ」す見解を示すことで、「津野の浦に対する愛着の情」を強調した、と主張している。

『万葉集』巻十三には、『石見相聞歌』に類似した作品があって、人麻呂はこの作品を下敷きにした、とも考えられているが、下敷きにすることで伝達しようとしたものも、あったかもしれない。

天雲の　影さへ見ゆる　こもりくの　泊瀬の川は　浦なみか　船の寄り来ぬ　礒なみか　海人の釣せぬ　よしゑやし　浦はなくとも　よしゑやし　礒はなくとも　沖つ波　諍《しの》ぎ榜入来《こぎりこ》　海人の釣船（13―三二二五）

反歌

さざれ波浮きて流るる泊瀬川寄るべき礒のなきがさぶしも（三二二六）

『歌経標式』は右の長歌を「柿本若子詠長谷四韻歌」と呼ぶが、人麻呂の作と考えられる時代もあった。真淵は『万葉考』でこれを否定し、「いづれ先ならむといふ中に、人麻呂のよめるは理有りて且おもしろし。ここに似合しからず、余りに強ごとども聞ゆ。然ば奈良人の人麻呂が言をうつして、かくはよめるならむ。此歌古からねばなり」と人麻呂の『石見相聞歌』を先とするが、清水克彦氏は前掲書に、『石見相聞歌』が他人の見解に対比させて人麻呂の見解を強く表出するのに対して、巻十三の長歌は、特定の個人の心を述べることを意図しない「呪術歌」であり、『石見相聞歌』に先行する、という。

「三二二五」においては、「一三一」に比して、作者の姿は至極不明確である。「三二二五」は、特定の作者の心を表現する事を目的としたものとは到底考えられない。これは、「海人の釣船」に対して、「きほひ漕ぎ入来」と命ずるという、ただその事によって、じじつその言葉通りの繁栄が「長谷の河」にもたされうるとする、いわゆる言霊信仰に支えられた、人麻呂よりももっと古い時代の呪術歌であり、人麻呂の作（一三一）とは、その歌柄を質的に異にするものであるという他はない。

中西進氏も『柿本人麻呂』（日本詩人選）に、『石見相聞歌』冒頭の石見海岸の叙景は、「主題とは直接関連がない土地の表現」であるとしながらも、巻十三の長歌には、「前奏部の反主題なるものが、当面の長歌よりもいっそう単純に、述べられている」とし、この「反主題」を「儀式歌の伝統的形式」であり、「伝統的呪歌」の冒頭形式と考えているが、巻十三の長歌の前奏部は、清水・中西両氏の主張するように、はたして「反主題なるもの」であろうか。

長歌の主題は「沖つ波　竫ぎ榜入来　海人の釣船」に集約される。泊瀬に「海人の釣船」が多数訪れることを求め、反歌は、その希望のかなえられないことを嘆いているが、「よしゑやし　浦はなくとも　よしゑやし　礒はなくとも」は、たといよい浦や礒がなくともかまわない、なにがなんでもやってこい、という意味で主題と結びつくし、冒頭部分は、作者が希望する「海人の釣船」の訪れない理由を、泊瀬川によい浦や礒がないためか、と推測したもので、主題と密接しており、なぜ、「反主題なるもの」というか、理解に苦しむ。

巻十三の長歌には、泊瀬川に海人が釣船を寄せる礒を欠くことを嘆く反歌が添えられている。清水・中西両氏は、反歌の存在に論及しないが、この種の嘆きを有する「呪術歌」「儀式歌」を他に指摘することができるだろうか。反歌は、船の往来に不便な山間の泊瀬に、多数の釣船が漕ぎ寄せることを期待する長歌の主題と共通し、矛盾することはない。これらの歌を、泊瀬の繁栄を願う「呪術歌」「儀式歌」と見ると、長歌の冒頭部分は「反主題」となり、論理を循環させて、冒頭に「反主題」があるから、長歌は古い「呪術歌」「儀式歌」だ、となるようだが、根底となる読みや認識に問題を残すようだ。そうした「呪術歌」「儀式歌」であったならば、冒頭で泊瀬を讃美すると思うが、いかがであろう。

泊瀬は、古代王朝の栄光を秘めた土地であり、『記』『紀』の歌謡や『万葉集』所載の泊瀬関連歌を見ても、文学や芸能の一中心地であったことが推測されるが、現実のにぎわいは、政治や経済の中心地である明日香や藤原に譲り、比較の対象とはならなかったであろう。当時の人々は、泊瀬のさびしさを、〈泊つ瀬〉とはいいながら、船を寄せる浦や磯がないからだ、と考えたのではないか。

巻十三の泊瀬の船待歌は、泊瀬のさびしさを背景に、待ったとて訪れるはずのない海人の釣舟を待つ心をうたい、帰って来るはずのない遠方の人を待ち、あるいは、あてのない便りを待つ歌のようにも解せられる。抒情性に富み、その点では人麻呂の作品に近く、『歌経標式』の人麻呂説は尊重されてよいように思う。人麻呂の『石見相聞歌』は、〈泊つ瀬〉の名を持ちながら、海から船の来ない嘆きをうたう『泊瀬船待歌』の冒頭形式を借用することで、「津野」の名を持ちながら、船を寄せる浦や潟のない嘆きをうたい、悲劇的な離別をまず暗示させよう、としているのである。

二首の長歌に、「地名の提示＋景物の叙述→尻取り＋本旨」という宮廷歌の構成が見られる、という指摘もある。人麻呂は、読者にもっとも理解しやすい方法をとるので、宮廷歌の構成とまったく無縁とはいいきれないが、宮廷寿歌の讃美の文脈は、序詞の魔力ほど強力には作用せず、『泊瀬船待歌』の文脈が規制するほど直接的ではなく、主題とのかかわりも遠いように思う。

二　第一群と別離・羇旅の歌

『石見相聞歌』に先行する、地方における夫婦間の離別として、須勢理毘売の嫉妬に困惑して八千矛神が出雲より大和に出立しようとして詠む『神語歌』第四首（記―四）や、石之日売の嫉妬を恐れて吉備に帰った黒日売の後を追って吉備に行幸した仁徳天皇に対して、黒日売が別れに際して詠む二首（記―五五・五六）、夫婦ではないが、謀叛に関して伊勢に相談に来た弟大津を送って大伯皇女の詠む二首（2—一〇五・一〇六）が想起される。黒日売や大伯皇女の別れは、再会の期しがたい悲劇的な、そしてそれゆえに古代文学の主題となる別れであるが、『石見相聞歌』の別れもそうした別れではないであろうか。

石見は、山陰道の道のはて、大和に対して、邪・悪・死・夜という負の要素を一手に引きうけ、日常感覚においてもっとも遠い出雲のその奥にある。『主計式』によれば、出雲が「行程、上十五日、下八日」であるのに対して、石見は、ほぼその倍の「上廿九日、下十五日」を要する。その先にある周防の「上十九日、下十日」、長門の「上廿一日、下十一日」より遠く、大宰府の「上廿七日、下十四日」よりも遠い。しかも、北陸道・山陽道・南海道・西海道の諸国とは異なって海路が使用できず、陸路を行くほかはない、まさに地のはての国であった。

当時のもっとも便利な交通機関は船だが、山陰道は船が使用できない。悪路をただ歩くほかない苦労を思うと、女の上京は不可能であり、男もよほどのことがないかぎり女に再会することはできない。海のない国ならあきらめもつこうが、石見には海があり、しかも、妻のいる里は「津野」という名を持ち、小さな船が発着する船着場もあった。『石見相聞歌』は、こうした辺境でのあいにくな別れをうたい、その悲劇性を強調するために、『泊瀬船待歌』の冒頭形式を借り、津野を舞台に別れの場を展開するのであろう。

第一長歌には、「露霜の置きてし来れば」「夏草の念ひしなえて」という別れの季節を推測させる表現がある。「露霜の」「夏草の」は枕詞であり、現実の時空や主題とは無縁に使用することも不可能ではないが、両者を比較した場合、「夏草の」は比喩的枕詞であり、その属性から「置く」を修飾する「露霜の」より、現実や主題との関わりは深い、と考えなくてはなるまい。土橋寛も『万葉開眼（上）』（ＮＨＫブックス）に、こんな場合季節外れの景物を比喩に用いることはないから、この歌が作られたのは夏のことと考えられる、というが、第一長歌を他から分離して読めば、夏の別れとなろう。この夏も、海路に最適で、陸路にもっともつらいあいにくな季節である。

人麻呂は、陸路を進み、ふり返って妻の姿を求め、山に遮られた悲しみを、「夏草の　念ひしなえて　しのふらむ　妹が門見む　靡け此の山」とうたうが、こうしたうたい方にも左のような類想がある。

(1)海の底奥つ白浪たつ田山何時か越えなむ妹があたり見む（1―八三）

(2)未通女等が放りの髪を木綿の山雲なたなびき家のあたり見む（7―一二四四）

(3)君があたり見つつも居らむ生駒山雲なたなびき雨は降るとも（12―三〇三二）

(4)悪木山木末ことごと明日よりは靡きてありこそ妹があたり見む（三一五五）

(1)は、巻一巻末部に「和銅五年壬子の夏四月、長田王を伊勢の斎宮に遣はせし時に、山辺御井にして作りし歌」三首中の一首であるが、「その時誦する古歌か」の左注を有する。(2)は、巻七の作者未詳歌であるが、「古集中」の作である。(3)(4)は、巻十二の作者未詳歌であるので、人麻呂以後の作かもしれないが、(1)(2)は、人麻呂以前の可能性を有する。

巻一には、他に「讃岐国安益郡に幸したまひし時に、軍王の山を見て作りし歌」とある『軍王見山作歌』（1―五・六）がある。舒明天皇の行幸のしんがりを承って讃岐に残り、山越しの風に触発されて妻を恋うる。山の向うにいる妻を慕う点で『石見相聞歌』と共通するが、後世の作とする説も有力であり、人麻呂が影響を受けた作品からは除外しておくことにしよう。しかし、左の巻一所載歌は、持統六年三月の伊勢行幸に供奉した「石上大夫」の従駕の作であり、『石見相聞歌』に先行したことも考えられないことではない。

(5)吾妹子をいざ見の山を高みかも大和の見えぬ国遠みかも（1―四四）

石上麻呂は、「いざ見の山」が高いので妻のいる大和が見えないのか、それとも国が遠いからか、と家郷の見えない悲しみをうたう。「いざ見の山」を通説に従って高見山とすると、伊勢にいて西の国境の山に遮られて、妻のいる家郷を遠望することのできない悲しみをうたったことになり、高津野山を越え、西方に立ちはだかる（国境の山を読むことも不可能ではない）高津野山に遮られて、妻を遠望することのできない悲しみをうたう『石見相聞歌』と共通し、人麻呂が麻呂の羇旅歌を学んで、これを拡大したことを推測させる。

高見山は、「高角山」とも呼ばれるが、これは、頂上に八咫烏（建角身命）を祭る高角神社が存在することと関連を持とう。八咫烏神社が宇陀郡に祭られるのは、慶雲二年九月二日のことだが、建角身命が神武天皇の案内をして高見山を越えた、ということは、人麻呂たちにひろく知られていた、と推測されるので、建角身命と関連の深い山、ということになり、人麻呂が「靡けこの山」と命じた山を「石見のや高津野山」と呼ぶのは、麻呂の「吾妹子をいざ見の山を高みかも」を継承発展させたためである、と主張することも、あるいは不可能ではないかもしれない。しかし、「いざ見の山」を高見山とする論拠もあいまいであり、「いざ見の山を高みかも」の「高み」から近世の所伝が発生したことも考えられ、「もののふの八十うぢ河」（3―二六四）や「こらが手をまき向山」（7―一二六八）の例から見て、「佐美山」「箕の山」両説も十分成り立つと考えられるので、なお、慎重に検討したい、と思う。

第一長歌は、悲劇的な別れをうたうが、先行作品の主題や方法を継承し、しかも、拡大し再生産し、総合することで自己の世界を表現しようとする。継承・再生産・集大成をその方法に選ぶのは、読者にもっとも理解しやすい発想や表現を採用しよう、と決意していたからであろう。少々回り道になっても、上り道になることは避ける公道が、九十九折の山道として描かれ、視界を遮ぎる山に向って「靡け」と叫ぶのも、ロマンチックな別れの場面として、都の読者たちにもっとも理解しやすいものであったからであろう。「靡けこの山」が巻十三「雑歌」の「靡けと　人は踏めども　かく寄れと　人はつけども　心なき山の　おきそ山　美濃の山」（13―三二四二）を継承していることは、すでに諸注の指摘するところである。

第二反歌「小竹の葉はみ山もさやに乱るとも吾は妹思ふ別れ来ぬれば」は、山道を歩きながら、山を覆う笹が風に吹かれて一面に乱れているが、われは別れても一心に妻のことを思う、と妻に対する深い愛を表明する。恋愛至上主義的な愛の讃歌において、不退転の決意が笹葉の乱れに対して行われるが、これは、第一群の方法から推測して、その時、山に笹がはえ、風に乱れていたからそう詠んだというのではあるまい。『古事記』で軽太子が、大郎女に対して、将来はどうなってもなにがなんでも逢いたい、とうたう『夷振之上歌』の「笹葉」や「乱れば乱れ」を継承する、と考えてはどうであろう。

笹葉に　打つや霰の　たしだしに　率《ゐ》寝てむ後は　人は離《か》ゆとも（記―七九）
愛《うるは》しと　さ寝しさ寝てば　刈薦の　乱れば乱れ　さ寝しさ寝てば（八〇）

三　第二群と別離の詩賦

第一群と第二群との関わりについて、中西進氏は、前掲の『柿本人麻呂』に、「第一長歌は別離の叙述に先立って『妹』の描写に心をこめ、第二長歌は別離する『われ』の描写そのものを語」るといい、「実際に人麻呂が石見へ下った体験を基として作ったにしろ、また非体験の素材であったにしろ、作り誦詠したのは中央宮廷においてであったと思われる。第一首がまず歌われ、ついで第二首が詠唱された。その時の二首として、まず第一首を伝統歌の形式によって歌い出し、事の次第を述べた後に、第二首によって『われ』の別離の情を歌ったのは、きわめて自然なことであった」という。

第二長歌も、第一長歌と同じく石見の海の海石や荒礒に生える深海松や玉藻を描写し、その光景を妻の形容につなぐが、第一長歌で二十二句あった序詞は、八句に縮小し、われわれを石見の海の波の間に間につれていった魔力を発揮することはない。その代りに、その妻が人麻呂にとって「玉藻なす　靡き寝し児を　深海松の　深めて思へど　さ寝し夜は　いくだも有らず」であった、と〈説明〉するが、橋本達雄氏は、「石見相聞歌の構造」（『日本文学』昭52・6）に、第二長歌が第一長歌と同様に構成されながらも、第一長歌に譲るべきものは譲り、第一長歌を補うかたちで「われ」の別離の情をうたっていることを指摘している。中西氏の指摘とともに承認してよかろう。つづいて、妻を見ることのできなくなった悲しみをうたうが、山に遮られて、といわずに、「大舟の　渡の山の　黄葉の　散りの乱ひに」というのは、重複を避け、しかも、細叙し、美化しよう、とするのであろう。第一・第二長歌の構造の同一性と、主題の力点を「妹」と「われ」に分離させ、重複を避ける補完性は、両首が連作であることを主張するようだが、連作を否定する、矛盾する部分も少くない。

第一長歌は、季節を夏とし、妻の住居を石見の津野、渡津（あるいは柔田津）、別れの場を高津野山とする。その時空は、船を利用することのできない辺境での悲劇的な別れという主題と密着しているが、第二長歌は、季節を黄葉の散る晩秋・初冬とし、妻の住居を石見の辛の崎、別れの場を渡とし、渡の山に妹の姿は遮られた、とうたう。

二群間の時空の関係について、窪田空穂は『万葉集評釈』に、「場所と時間とを進展させ推移させ」ているとし、第二群の時空を「再び見るを得ないと定めたその妻の里が、地勢の関係上、偶然な形において、今一たび視野に入りきたった時」といい、伊藤博氏は『万葉集の歌人と作品・上』に、「歌群の地名は、双方とも、所詮所在がはっきりしない」としながらも、「同じ上でも、時間や場面が、第二群は第一群よりあきらかに前に属する」といい、中心に近づこうとする求心的構成をとるために、第一群から第二群に向けて時間は逆向する、という。

別れの場の高津野山と渡の山との矛盾は、窪田空穂や伊藤博氏のように、別れの場が二度あった、と考えることで解決できそうであるが、妻の住居が、津野・渡津であり、辛の崎である、という矛盾はどうであろう。津野と渡津が同所であれば、高津野山と渡の山は同山になるようだ。橋本達雄氏は前掲の論に、第一・第二長歌を「同時・並行」の関係にあると見て、高津野山と渡の山を同山、渡津・津野と辛の崎を同所と推測しているが、そう推測してよいであろう。「なぜ同じ地名をさまざまに歌い変えたのか」という問題が残るが、これは、第二群の方法に関する問題であろう。

第二長歌は、第一群が辺境での別れを表現するために、先行作品の主題や方法を総合し、集大成するのに対し、第一群を補いながら、細叙し、美化するが、その際、第一群のように、先行の歌謡や和歌を吸収することはなく、先行作品に代って中国の詩文を下敷きにするように見受けられる。秋の季節に、山頂や水辺で、しかも木の葉の散るなかで人と別れるというのは、詩文にしばしば見かける光景である。人麻呂もその作品に親しんだと推測される潘安仁の『秋興賦』は、宋玉の『九弁』を典拠に左のように記す。

善いかな宋玉の言に曰はく、「悲しいかな秋の気たるや、蕭瑟として万木揺落して変衰し、憀慄として遠行に在り、山に登り水に臨み、将に帰らんとするを送るが若し」と。夫れ帰るを送れば慕徒の恋を懐き、遠行すれば羈旅の憤《いきどほり》あり。川に臨みては流れに感じて以て逝くを歎き、山に登りては遠きを懐ひて近きを悼む。

『芸文類聚』巻二十九・三十、人部十三・十四、別上・別下を見ると、秋の日暮れに、登山臨水して木の葉の散るなかで友人と別れる多数の詩賦の存在が知られるので、将来、『石見相聞歌』にさらに近い作品が発見されるかもしれないが、多数の詩賦が典拠とするのは、『九弁』や『秋興賦』であり、人麻呂が木の葉の散る秋の日暮れに、渡で妻と別れるのは、この両者を〈典拠〉にした、と考えてよかろう。この典拠がひろく知られていたことは、『懐風藻』

中の下毛野虫麻呂の『秋日長王が宅にして新羅の客を宴す』の序に「夫れ秋風已に発ちぬ、張歩兵帰を思ひし所以にこそ。秋気悲しぶべし、宋大夫焉《ここ》に志を傷ましめつ。……草かも樹かも、揺落の興緒窮まること難し。觴《さけ》かも詠《うた》かも、登臨の送帰遠ざかること易し」、同じ折の吉田宜の詩に「西使言《ここに》帰らむ日、南登餞送の秋」とあって、明らかである。

　第二長歌は、第一群の津野・渡津を辛の崎、高津野山を渡の山とする。これは、海がありながら、船を使用することのできない辺境の別れという第一群の主題を承けて、海や船と関連する地名を採用し、しかも重複を避けつつその所在を説明しようとしたのであろう。辛の崎は、朝鮮半島に向って突き出た岬であることを意味し、辺境での恋と離別の主題に密接し、同時に第二長歌の大陸志向を暗示するが、渡の山も、高津野山が渡にあることをいって、ともに登山臨水の別れの場にふさわしい土地としながらも、高津野山の登山の別れに対し、臨水に重点を置いた地名として選択したものであろう。「嬬隠る　屋上の山の　雲間より　渡らふ月の」という「惜しけども　隠らひ来れば」を修飾する序詞は、上京の途上で見た実景と考えられたりするが、そうではなく、かつて嬬屋のなかで妻と見た光景であり、屋上山は妻の家の上手にある山であり、これも地勢を美的に説明した句と考えてよかろう。また、観月も日本人の習慣にはなく、中国人の美意識を継承した、当時においてはきわめて前衛的な行為であった。

　人麻呂は、妻を見ることのできない悲しみに、「大夫と　念へる吾も」袖を涙で濡らしたという。人麻呂の大夫意識として重視されているので軽々に論じることは避けたいが、表現に即してこの問題を考えるなら、別離を美化して、降るような黄葉を浴びつつ落日に照らされて泣く姿を描き、みずから典拠に引きずられてあまりに美化しすぎた、と思い、読者たちから、感傷に我を忘れ、いい気になっている、と非難されるのを避けるために、何らかの反省を必要としていた、と考えるべきであろう。『軍王見山作歌』に見られる大夫意識は、作者が大夫であり、行幸のしんがりを承って讃岐に残るという情況下で、なお妻を恋うることに対する反省であったが、『石見相聞歌』にこうした情況設定はない。

大夫意識は、主人公の社会的地位を明示し、第二群の物語性を増強するが、「大夫」といっても不自然でない、と考えたのは、第一長歌で高津野山の山頂で妻と別れ、賦に相当する長歌を詠んだことを承けるのではないか。『漢書』（芸文志第十）は、「伝に曰く、歌はずして誦す、これを賦すと謂ふ。高きに登りて能く賦せば以て大夫と為すべし」といい、この「伝」は『詩経』（鄘風、定之方中）の毛伝や『韓詩外伝』（七、「孔子曰、君子登高必賦」）に基づく、と考えられているが、この言葉はひろく知られていた。『懐風藻』中の藤原万里の『暮春弟が園池にして置酒す』の序に、「夫れ高きに登りて能く賦することは、即ち是れ大夫の才なり」と見えている。

第二群の二首の反歌も、第一群との関連は密接である。第一首は、青駒の足掻きが速いので、大空のかなたに妹の家を後にした、とうたうが、乗馬は、第一群の船を使用できない旅であることを明確にし、驄馬は、多情な若い大夫の馬として詩文に描かれ、主人公にふさわしい。妻の里から遠ざかった、というのも、第一長歌の「いや遠に　里は放りぬ　いや高に　山も越え来ぬ」を承けて、さらに遠ざかった、という表現である。第二首が、第二群が臨水の別れでありながら、秋山の黄葉に向って、しばらくは散り乱れるな、妻の家のあたりを見たい、とうたうのは、第一群の「妹が門見む」を継承し、『石見相聞歌』全体の主題である「妹があたり見む」をうたって、両群を収束させよう、と考えたのであろう。

四　字句の推敲から主題の変更へ

『石見相聞歌』には、校異が記され、「或本歌」が併記されているので、種々の資料に恵まれ、現型にいたる生成過程が推測されている。作意や方法に即してこの問題を考えておきたい。第一・第二長歌には、それぞれ二首の反歌が添えられているが、その四首をそれぞれ第一〜第四反歌と呼ぶ。二首の長歌と第三・第四反歌には、「一に云ふ」というかたちで校異が記されているが、校異によって知られる「一本」をすべて同本と考えて、第一・第二長歌一本、第三・第四反歌一本と呼び、第一群の第一・第二反歌のあとに、「或る本の反歌に曰はく」として併記する第一反歌の小異歌（2―一三四）を、校異によって知られる一本と同本と見て、第一反歌一本と呼ぶ。第二群の第三・第四反歌のあとに、「或る本の歌一首 短歌を幷せたり」として併記する第一長歌と第一反歌の小異歌（一三八・一三九）を、「一本」と区別して第一長歌・第一反歌或本と呼び、考察を進めることとする。

『石見相聞歌』には、三種のテキストが存在したことになるが、三本は推敲過程に発生した、とする見解が大勢を占め、草稿→再稿→定稿という形で、第一長歌、第一反歌或本の二首から、第一長歌、第一反歌一本＋第二長歌、第三・第四反歌一本の五首を経て、第一長歌、第一・第二反歌＋第二長歌、第三・第四反歌の六首へ、と成長したと推測されている。或本や一本が、定稿となる以前の『石見相聞歌』の姿を伝え、生成過程を推測させる、という点に異論はないが、或本が一本より定稿に近い部分もあるので、両本が草稿や再稿の姿を正確に伝えている、という点に、疑問がないわけではない。

第一長歌或本が、冒頭部分の「石見の海角の浦廻を」を「石見の海津の浦を無み」、終末部分の「妹が門見む　靡け此の山」を「角の里見む　靡け此の山」とうたって、船着場の有無や「津野」の名にこだわるのも、『泊瀬船待歌』を継承して、海がありながら航行不能の辺境での別れを強調していたことを推測させるし、第一長歌一本が、「浦無しと　人こそ見らめ　潟無しと　人こそ見らめ　よしゑやし　浦は無くとも　よしゑやし　潟は無くとも」の「潟無しと」「潟は無くとも」を、「礒なしと」「礒は無くとも」とするのも、『泊瀬船待歌』に近く、第一長歌の出発点を明示する。

第一長歌或本は、渡津（原文「和田津」）を「柔田津」とするが、第二長歌で別れの場を臨水の渡としたのに合わせて、一本で妻の里を渡津に訂正した、と推測されるが、こう考えると、第一反歌或本の「打歌山」（原文）も、「高津野山」の原型でなければならない。

石見の海打歌山の木の際より吾が振る袖を妹見つらむか（第一反歌或本）

石見なる高津野山の木の間ゆもわが袂振るを妹見けむかも（第一反歌一本）

石見のや高津野山の木の際より我が振る袖を妹見つらむか（第一反歌）

「打歌山」を「高津野山」に変えたのは、第二長歌を臨水の離別歌としたのに合わせて、第一群を、草稿の折に考慮していなかった登山の離別歌とする必要が生じた理由によるが、「打歌山」の名も、作者がたまたま手を振った山がその山であったので詠み込んだ、というのではあるまい。草稿時に意図された、航行不能の辺境の離別という主題にふさわしい地名であったはずだし、初句を「石見の海」とする以上、「打歌山」は、海に臨んだ山であり、「打歌」は、「海」となんらかの関係を有する言葉でなくてはなるまい。

家持に、「遙かに江を泝る船人の歌を聞く歌一首」があり、「朝床に聞けば遙けし射水川朝漕ぎしつつ唱ふ船人」（19―四一五〇）とうたわれているが、船歌をうたう際に舷を叩くことがあった。『楚辞』（漁父）に「漁父莞爾として笑ひ、枻《かぢ》を鼓《たた》きて去る。乃ち歌ひて曰はく」（『懐風藻』所収の総前の『侍宴』にも「枻を鼓ちて南浦に遊び筵を肆べて東浜に楽しぶ」と見える）、『文選』所収の郭璞の『江賦』に「採菱を詠じて以つて舷を叩（扣）く」とある（『楚辞集註』は、「鼓枻、扣舡舷也」と注す。鼓枻も扣舷も結局は同じらしい）が、『漁父』の例でもわかるように、船出に際し舷を叩くこともあった。家持らを蒼海の見える客室に迎えて、主人秦八十島が詠んだ歌に、「奈呉の海人の釣する船は今こそは艀《ふなだな》打ちてあへて漕ぎ出め」（17―三九五六）と見えるが、「打歌」は、船歌や船出を意味する「打艀歌」に相当する言葉ではなかったろうか。「打ち歌山」「船歌山」「船出の山」といった訓が考えられるが、その適否は後考をまちたい。

第一反歌一本は、結句を「妹見けむかも」とするが、沢瀉久孝は『万葉集注釈』に、第一反歌或本の結句も、そのようにあったことを推測している。「妹見けむかも」と「妹見つらむか」の相違は、時制の相違にすぎないが、これも、第二群にあわせて第一群を訂正し、一組みの作品にしようとして訂正した、と見て、その意味を推測する必要がある。

草稿の第一長歌或本で、「いや高に　山も超え来ぬ」という山は、妻のいる津野の里の前に立ちはだかる山で、作者は、「津野の里見む　靡け此の山」と叫ぶが、その山は「打歌山」と考えてよい。再稿や定稿では高津野山となるが、その点に相違はない。叫んだとて靡くはずもなく、打ちひしがれた思いは、妻を最後に見た「打歌山」の山頂に戻って、あの時、自分は木の間より妻の姿を認めて袖を振ったが、妻は見ただろうか、と回想し、どうも気づかなかったようだ、と悲しみに沈む。これは、絶望である。長歌から反歌への〈展開〉は、現在から過去に遡行し、反歌は過去の時点に立って絶望しているのであり、それが絶望であっては第一反歌で完結し、草稿や再稿の形では、第二群を必要とはしないし、第二群に連続するものではなかった。

第二群の方法についてはすでに述べたが、作者は、第一長歌を、あたかも古歌や他人の歌を読むように読みかえし、その世界を再構築する。われは、大夫、妻は、石見で迎えて間もない妻であり、深く愛していた。妻の里は、辛の崎にあって上手には屋上山があり、妻とともにその山にかかる月を見たこともあった。別れたのは、黄葉の散る日暮れ時であり、臨水の地、渡の山であった、とすべて詳細に具体的に美しく述べる。第三反歌においても、青駒に乗っての旅であり、妻と遠ざかったことをいう。自分の社会的地位や、自分と妻との関わりを記し、妻のいる津野の里や、妻と別れた高津野山の所在を説明し、別れの時と所や、青駒に乗っての旅であり、妻との距離を明記する表現は、第一長歌が音楽的であるのと異なり、きわめて散文的と批評してよかろう。作者は、詩人たちが、楽府に対して擬古体の詩を作り、他人の詩に対して唱和するのにならい、国風の悲劇的な古典的な別れに対して、漢風の優雅で当世風な別れを展開させたのではないか。

草稿や再稿では、第一群は、第一長歌と第一反歌で完結し、再稿で、第二群を展開させても、第一群と手法や色調において対照的に異なることを示そうとしているので、第一群は第一群で完結していてよく、これを連続するものに改める必要もなかった。しかし、第二長歌で、登山臨水の離別の情趣を美しく描き、第一群を再構成して反覆させていることを、読者に明示するために、地名を中心に、第一群の語句に推敲を加えようとした時、それは語句の修正にとどまらず、第二群制作時のさまざまな思いを修正に託することになった。

草稿の「柔田津」を渡津とし、「打歌山」を高津野山としたのは、第一群の津野と渡津を同所とし、そうすることで第一群の高津野山と第二群の渡の山を同山にし、さらにその理解をもとに、第二群が第一群の反覆であり、第一群をもとに再構成した作品であることを理解させるために、不可欠の修正であったが、第一群を高津野山での別れとしたことは、第二群を正しく理解させるためばかりではなく、第一群を登山臨水の離別歌に組み込み、絶望を叫ぶ悲劇的な別れを、ロマンチックで甘美な情趣で色どることをも意味した。第二長歌の散文的性格から見て、こうした修正に、作者が物語的関心をも盛り込みたい、と考えたことは、推測してよかろう。

第一反歌の結句「妹見けむかも」を、定稿で「妹見つらむか」に改めたのも、長歌制作後に、長歌の終末部分より以前の時点を回想するかたちの反歌を、長歌と同じ時点で長歌を反覆する形に改めようとしたものだが、こうすることで、妻は見ただろうか、見たかもしれない、と推測する歌に変化し、草稿や再稿の絶望を訂正し、登山して別れる美的情趣を獲得することとなった。この訂正は、第一反歌で完結していた第一群を、第二群に連続させることを可能にしたが、長歌を反覆・要約した形の反歌が、登山の離別歌となったところから、第一群全体に、末尾から冒頭に向けて甘美なものを滲透させることとなった。この時制の変化は、『石見相聞歌』の生成上、大きな意味を有するようだ。

定稿の時点で、第二反歌「小竹の葉はみ山もさやに乱るとも吾は妹思ふ別れ来ぬれば」が加えられる。第一長歌の「玉藻なす　寄り寝し妹を　露霜の　置きてし来れば」を反覆させながら、同時に、その収束部の「妹が門見む　靡け此の山」の激情を承けて、その激情を妻への愛の表明に変化させよう、とするのであろう。第一長歌を他から独立させて読んだ場合、「夏草の念ひしなえて」によって夏の歌となることを先に論じたが、第二反歌は、「露霜の置きてし来れば」を注目させ、また笹葉の乱れをいうことで山に吹く強風を暗示させる。第二長歌で、渡の山に黄葉が散り乱れるのも、第四反歌で、「秋山に落つる黄葉しましくはな散り乱ひそ」と願うのも、山に強風が吹くためであり、第二群は、木枯に領導された世界であるが、笹葉の音と乱れは、第一長歌が、かつて夏の歌であったことを忘却させ、第二群の風の世界に入る準備をさせる。

第一群と第二群の関係は、基本的には反覆であり、時間は停止していることになるが、中西進氏が前掲書で指摘しているように、第一長歌で「事の次第を述べた後に」、第二長歌で「『われ』の別離の情を歌った」と読むと、第一長歌から第二長歌に向けて抒情は進行し、心理的には、時間は経過している印象を受ける。第一反歌は、第一長歌を反覆しており、定稿に至ってあらゆる時間の進行を停止しているが、第二反歌は、風の世界への導入を行うばかりでなく、長歌の「妹が門見む　靡け此の山」の激情を承けて、その激情を妻に対する愛の表明に置きかえている。この

「われは妹思ふ」は、第二長歌の「深海松の深めて思へど」「念ひつつかへりみ為れど」に連続して、『われ』の別離の情」を展開するので、心理的な時間を第二群へと進行させる。

人麻呂は、長歌に対して二首の反歌を添える場合、第一首目で長歌の主題を転じて作品のはばをひろげ、第二首目で収束する。第一群の第一・第二反歌は、第二・第一の順序であってよく、生成や伝来の過程で、その順序であった一時期があったように想像されてならない。第一・第二の順序にしたのは、第一群をそのまま完結させずに第二群に連続させようとした、おそらく人麻呂とは無縁な後人の作為にもとづくのであろう。第二群では、定型通りに、第三反歌で、長歌に詠まれていない青駒を登場させ、青駒に乗って妹の家から遠ざかった悲しみをうたい、第四反歌で、第一・第二群の共通の主題である「妹があたり見む」をうたって収束する。

第三反歌が定稿で下句を「妹があたりは隠り来にける」から、「妹があたりを過ぎて来にける」に訂正したのは、「隠り来にける」としては、第二長歌の「惜しけども隠ろひ来れば」や第四反歌の主題に重複したり、つきすぎたりするのを避け、同時に、妹の家を大空のかなたにした、ということで、第一群より実際に遠ざかったことを表現しようとしたのであろう。この訂正は、両群に物語的時間を与えたことを意味する。

第一長歌・第一反歌で完結していた『石見相聞歌』を、再構成し、反覆させるものとして第二群が制作され、第二群に整合させるために第一群に修正が加えられ、その修正は、整合から抒情の自然な展開へ、さらには、物語の自然な展開へと拡大し、変質した。主題においても、航行不能の辺境の悲劇的な別れから、登山臨水の甘美な離別への変貌を見せていた。『石見相聞歌』は、はじめから読者を予想した作品であるが、数次にわたって発表され、そのたびに読者（聴衆）は増加し、人麻呂は、予想される読者の増加にあわせて推敲を加えたようだ。

津野は、『和名抄』の「郷名」（石見国那賀郡）に「都農」と見える。人麻呂は、この名によって悲劇的な航行不能の辺境の別れを構想するが、他の地名は、人麻呂によって創作されたものであろう。人麻呂が石見に下向したことがあるか否かを、この歌から問うことはできないが、青駒に乗って散る黄葉を浴びて泣く姿は物語の主人公にふさわしく、人麻呂自身ではないように思われてならない。

『国文学研究』第七十九集（昭和五八年三月）に「石見相聞歌の生成――航行不能の辺境の船歌より登山臨水の離別歌へ――」として発表した。

第十八章　泣血哀慟歌

――今様軽太子と和製潘岳の慟哭――

柿本朝臣人麻呂の妻死して後に、泣血哀慟して作りし歌二首 短歌を幷せたり

天飛ぶや　軽の路は　吾妹子が　里にしあれば　ねもころに　見まく欲しけど　やまず行かば　人目を多み　まねく行かば　人知りぬべみ　さね葛　後も逢はむと　大船の　思ひ憑《たの》みて　玉かぎる　磐垣淵の　隠《こも》りのみ　恋ひつつあるに　渡る日の　暮れぬるがごと　照る月の　雲隠るごと　沖つ藻の　なびきし妹は　黄葉《もみちば》の　過ぎて去《い》にきと　玉梓の　使の言へば　梓弓　声《おと》に聞きて 一に云ふ、声のみ聞きて　言はむすべ　せむすべ知らに　声《おと》のみを　聞きてあり得ねば　吾《あ》が恋ふる　千重の一重も　慰もる　情《こころ》もありやと　吾妹子が　止まず出で見し　軽の市に　わが立ち聞けば　玉だすき　畝火の山に　鳴く鳥の　音《こゑ》も聞こえず　玉桙の　道行く人も　一人だに　似てし行かねば　すべをなみ　妹が名喚《よ》びて　袖ぞ振りつる 或る本には、名のみを聞きてあり得ねばといへる句あり（2―二〇七）

短歌二首

秋山の黄葉《もみち》を茂み迷《まと》ひぬる妹を求めむ山道知らずも 一に云ふ、路知らずして（二〇八）

黄葉《もみちば》の散り行くなへに玉梓の使を見れば逢ひし日思ほゆ（二〇九）

うつせみと　思ひし時に 一に云ふ、うつそみと思ひし　取り持ちて　吾《わ》が二人見し　走り出の　堤に立てる　槻の木

の　こちごちの枝の　春の葉の　茂きがごとく　思へりし　妹にはあれど　憑《たの》めりし　児らにはあれど　世の中を　背きし得ねば　かぎろひの　燃ゆる荒野に　白妙の　天領巾隠《あまひれがく》り　鳥じもの　朝立ちいまして　入り日なす　隠りにしかば　吾妹子が　形見に置ける　みどり児の　乞ひ泣くごとに　取り与ふる　ものしなければ　男じもの　腋はさみ持ち　吾妹子と　二人吾が宿《ね》し　枕づく　嬬屋の内に　昼はも　うらさび暮らし　夜はも　息づき明かし　嘆けども　せむすべ知らに　恋ふれども　逢ふよしをなみ　大鳥の　羽易の山に　吾《あ》が恋ふる　妹はいますと　人の云へば　石根さくみて　なづみ来《こ》し　吉《よ》けくもぞなき　うつせみと　思ひし妹が　玉かぎる　ほのかにだにも　見えなく思へば（二一〇）

　短歌二首

去年《こぞ》見てし秋の月夜《つくよ》は照らせれど相見し妹はいや年さかる（二一一）

衾道を引手の山に妹を置きて山径を行けば生けりともなし（二一二）

　或本の歌に曰はく

うつそみと　思ひし時に　たづさはり　吾《わ》が二人見し　出で立ちの　百枝槻《ももえつき》の木　こちごちに　枝させるごと　春の葉の　茂きがごとく　思へりし　妹にはあれど　頼めりし　妹にはあれど　世の中を　背きし得ねば　かぎろひの　燃ゆる荒野に　白栲の　天領巾隠り　鳥じもの　朝立ちい行きて　入り日なす　隠りにしかば　吾妹子が　形見に置ける　緑児の　乞ひ泣くごとに　取り委する　ものしなければ　男じもの　腋はさみ持ち　吾妹子と　二人吾が宿し　枕づく　嬬屋の内に　昼は　うらさび暮し　夜は　息づき明し　嘆けども　せむすべ知らに　恋ふれども　逢ふよしをなみ　大鳥の　羽易の山に　汝《な》が恋ふる　妹はいますと　人の云へば　石根さくみて　なづみ来し　よけくもぞなき　うつそみと　思ひし妹が　灰にてませば（二一三）

短歌三首

去年見てし秋の月夜は渡れども相見し妹はいや年さかる（二一四）

衾路を引出の山に妹を置きて山路思ふに生けるともなし（二一五）

家に来て吾が屋を見れば玉床の外に向きけり妹が木枕（二一六）

一　二群間の矛盾

『泣血哀慟歌』については、第一群と第二群との関わり、とくに、第一群の妻と第二群の妻は同人か否かに多くの議論がある。まず、問題の所在を明らかにしておこう。

真淵は『万葉考』に、「こゝの二首の長歌の意、第一首は忍びて通ふ女の死たるをいたみ、次なるは児さへありしむかひ妻の死せるをなげゝる也」といって別人説をとり、「同じ端詞の下に載べきにあらず」とまで断定して、題詞の訂正を試みているが、金子元臣も『万葉集評釈』に、「この二首の長歌及び短歌は同じ題詞中に摂せられてはあるが、内容から見て前後首は各別のものであり、妻も随って前のと後のとは別人である」という。

金子元臣は、さらに、第一群の真淵のいう「忍びて通ふ女」に解説を加えて、「従来の註者は忍び妻の一語に片付けて、軽の女を多くは作者の愛妾か囲ひ者位の程度にしか見て居ない。これは『妻死』の題詞にこだはつたもので、甚だ眼先が利かない。両者の関係はもつと秘密な情交であつたと考へられる。……想像を逞しうすれば、その女は作者とは余程身分のかけ違つた権家の娘か、さもなければ有夫の婦人かも知れない。殊に作者が軽の女の死の報告を受けてからが、その家の弔問すらも出来ず、その死顔も見られないで、纔に嘗ての逢引の場処を往訪して、恋々悶々の情を医するに過ぎないといふ事は、両者の関係が秘中の秘であつた事を如実に裏書するものである」といい、第二群の妻については、「家に同棲してゐたのだから、まづ正妻であつたと見るが至当であらう」という。

窪田空穂も『万葉集評釈』で別人説をとり、「初めの軽の妻は、その死んだのは秋であり、人麿がその事を聞かされて軽の地へ行った時は、すでに葬儀が終った後で、妻は折から黄葉している山へ葬られていた時であることがわかる。後の、子のある妻の死んだ時には、人麿はその葬儀に立ち合っており、少なくともその柩の野辺送りされるのを目にしているのである。さらにまたその時から、妻の遺して行った乳呑児を、妻に代って見なくてはならないという状態であり、また、妻の死後、人麿とその周囲の人との交渉の深いもののあるところより見ると、この妻は軽の妻の人目を憚っていたのとは異なって、同棲をしていたものと取れる。『妻』は明らかに二人で、別人であったと思われる」と詳細にその相違点を数えあげる。

第一群の妻は、長歌の冒頭に、「天飛ぶや　軽の路は　吾妹子が　里にしあれば」と、軽と地縁を有したことがうたわれているが、第二群の妻は、第四反歌や或本歌の第二反歌に、引出山（竜王山）に埋葬されたことが「衾道を引出の山に妹を置きて」とうたわれている。沢瀉久孝はその点に注目して『万葉歌人の誕生』に、軽の妻が引出山に埋葬されることはなく、両群の妻は別人であるという。

人麻呂は三輪のあたりに住んで飛鳥、藤原の都の西南隅にあたる軽の市へひそかに通ったので、出仕した大宮のあたりからは一、二里の道程、それも人目をはばかり、まれ〳〵通つたに過ぎなかつた。その妻が死んでからその遺骸を、藤原の都の西南隅畝傍山の麓から都大路を対角線に横ぎつて、更に遠くの巻向のあたりまで運び葬つたといふ事は、あまりにも妥当を欠く想定とならう。

第一群の妻を「忍びて通ふ女」と読みとることに対して、反論がないわけではない。伊藤博氏は『万葉集の歌人と作品・上』に、「人目を多み」「人知りぬべみ」といった人目を避ける、忍び妻であるかのような表現をとるのは、「男女が相手に逢えないことをかこち弁明するときの常套手段」である、といい、事実は、病床の妻を見舞えずにいるうちに突然に妻を失ったのであり、悔恨と自責の念にかられて、「そうばっかりでもなかった、内容はこういう次第だったのだ」という、「一方に在った理由だけを特筆して別の自分を納得させ、その了解を取ろうとした」結果、そうした「かの綿々たる叙述が現われるにいたった」と主張する。「ただちに妻の家に赴いた」といわずに、軽の市で妻を慕うというのも、「その関係の秘中の秘たる所以」ではなく、「死を聞いた直後の狂奔する心情を叙述」したものであり、第一群の表現は、忍び妻を表現するものでないことをいう。

しかし、『泣血哀慟歌』の第一群と第二群における愛と悲嘆の相違は、この作品の主題に属するもので、第一群の特異な表現を無理に第二群に整合させてはなるまい、と思う。都倉義孝氏が「泣血哀慟歌」（山路平四郎・窪田章一郎編『柿本人麻呂』）で主張するように、「人目を多み」「人知りぬべみ」は、「忍ぶ恋」の表現であり、第一群でうたわれた恋は、人目を忍ぶ、玉梓の使を通わしてのち逢っていたもので、妻の家に向わずに軽の市でありし日の妻をしのぶほかない、というのも、「忍ぶ恋」であり、人目を忍ぶ悲嘆と考えたとき、もっとも自然であるように思う。

沢瀉久孝が、第二群の妻の家を竜王山周辺の三輪のあたりにあった、と推測したのに対しても異論がある。渡辺護氏は「泣血哀慟歌二首―柿本人麻呂の文芸性―」（『万葉』昭46・9）に、第二長歌の「走り出の堤に立てる」槻の木を、軽の池で入江を形成する池中に突き出た堤土の槻の木、と考え、第二群の妻も軽に住む、と見る。「走り出」を「門近い所にある堤」とせずに、「水に向かって突き出た堤」とし、左の二首により、軽の池は湾曲した入江を有し、軽には著名な「斎槻」があった、という。第一首は紀皇女、第二首は作者未詳の歌である。

軽の池の浦廻《うらみ》行き廻《み》る鴨すらに玉藻の上にひとり寝なくに（3―三九〇）

天飛ぶや軽の社の斎《いは》ひ槻《つき》幾代まであらむ隠《こも》り妻ぞも（11—二六五六）

槻の木は、大木になるために人々に注目され目印にされた。法興寺（飛鳥寺）の西の槻が最も著名だが、多武峯の両槻、磐余の双槻、今来の大槻も人々に注目されていた。軽の社の「斎ひ槻」もそうした槻の木であったのであろうが、泊瀬にもまた著名な槻の木があった。『人麻呂歌集』中に左の旋頭歌がある。

池の辺の小槻が下《もと》の篠な刈りそね　それをだに君が形見に見つつ偲はむ（7—一二七六）

長谷《はつせ》の斎槻《ゆづき》が下に吾が隠せる妻　あかねさす照れる月夜に人見てむかも一に云ふ、人見つらむか（11—二三五三）

「池の辺の小槻」と「長谷の斎槻」は同一の槻の木ではなかろうが、両者とも渡辺氏のあげた軽の社の「斎ひ槻」と同じく、妻を隠す風景として詠み込まれている。「池の辺の小槻」の所在は不明だが、泊瀬の斎槻は、『雄略記』で天皇が豊楽を行い、『天語歌』がうたわれた長谷の百枝槻であろう。或本歌の長歌は、「走り出の　堤に立てる　槻の木の」を「出で立ちの　百枝槻の木」とする。「出で立ちの」も「走り出の」もまた泊瀬と縁の深い歌詞で、『雄略紀』（六年二月四日）の『泊瀬山讃歌』に左のようにうたいこまれている。第二群の妻は、泊瀬の百枝槻の近くに住んでいた、という設定であろう。

隠国《こもりく》の　泊瀬の山は　出で立ちの　宜しき山　走《わし》り出の　宜しき山の　隠国の　泊瀬の山は　あやにうら麗し
あやにうら麗し（紀—七七）

第二長歌の「かぎろひの　燃ゆる荒野に　白妙の　天領巾隠り　鳥じもの　朝立ちいまして　入り日なす　隠りにしかば」の部分は難解であり、陽炎の燃える荒野（墓地）に向けて、白妙の天領巾で身を包み、鳥のようにわが家を朝だちして、夕方に入り日のようにその荒野に姿を隠したのでと解釈し、軽から一日行程で引出山に葬送を行った、と考えたりする。渡辺護氏は、その異常な距離を、亡妻を愛惜する心を強調した特異な表現と考えるようだが、都倉義孝氏がすでに疑問視しているように、日中に葬送を行うという解釈はいかがであろう。

われわれの古典常識によれば、『伊勢物語』三十九段で崇子の柩車がでるのは「御葬の夜」であり、『栄花物語』に描かれた十数例の葬送はすべて夜であった。勅撰集の哀傷の部をみれば、「葬送の夜」という言葉が存在したことに気づく。夜、家を出て野辺で荼毘に附し、暁に骨を拾い、死者を霞や雲に例えた歌を詠んで散会する。こうした例をわれわれは指摘することができる。土葬の場合は、出棺はおそくてもよく、暁近くなることもあった（『栄花物語』巻二十五、皇后娍子の葬送の条）が、夜であることに変りはない。

人麻呂の時代は、葬儀の変動期であり、推測しがたい部分もあるが、志貴親王の葬送の歌（2―二三〇）にも、人々の手に手にもった炬火が、「立ち向かふ　高円山に　春野焼く　野火と見るまで」輝やいた、とあるので、葬送はやはり夜行われた、と考えてよい。「かぎろひの燃ゆる荒野」は、葬送の最終段階の火葬なり、埋葬なりの行われた、曙の光のゆらめく荒野といった時空を指示し、「白妙の　天領巾隠り　鳥じもの　朝立ちいまして　入り日なす隠りにしかば」は、その時空において死者が天空にあまがけった姿を想像し、表現したものであろう。

第二長歌の嬬屋が泊瀬にあった、と考えたとき、同人説はどれほどの説得力を持つであろうか。伊藤博氏は前掲書に、「泣血哀慟歌二首には構造性とも称すべきものが貫流しており、それは、妻を別人と見る説のあらゆる理由を排して、作品が有機的な一篇の詩的形象であることを保証する」といい、

人は、愛する者の急死を知らされるとき、半信半疑、茫然自失の心理状態に陥り、やがて、その死をわが目に確認し時がたつにつれて、慟哭しながらも諦めの心情に達する。耳に聞いた段階から眼に見た段階へ、放心・主観の心情から諦観・客観の心情へ――泣血哀慟の挽歌二首が示すこの推移は、死を悼む者の時と心の移りを、自然かつ巧妙に反映したものといってよかろう。

と右のごとく解説する。中西進氏も、『柿本人麻呂』（日本詩人選）で同人説をとり、「この二長歌は、同一の妻の死を悲しんだもので、時間的にずれるものであろう」と考え、第一群は、妻の死に逢着した時の歌であるが、「まだ生が信じられ」ており、「逢うことは未来においてまだ断念されて」はおらず、「至福なる恋の出発に心がつらなってゆく」のに対し、第二群では、「はっきりと死という現実を認めて」おり、「妹の生は過去」のものとなって「死の悲嘆」が主題に据えられ、「死の成熟」が見られる、という。

伊藤・中西両氏の両群に見られるという連作性の指摘は、傾聴に価するが、第二群の嬬屋が泊瀬にあることを考えると、第一群で妻の姿を求めて軽の街を彷徨するというのは、やはり不自然なこととなるであろう。死体が安置され、子供の泣く、妻とのさまざまな思い出をとどめる嬬屋をあとにして、男はなぜ一片の思い出を求めて、わざわざ泊瀬から軽に出かけるのであろう。

二　二群間の連作性

両群の妻が同人であり、両群が連作であることを積極的に主張したものに山田孝雄の『万葉集講義』がある。山田は、人麻呂に連作の多いことをいい、「軽の路」と「羽易の山」の矛盾についても、「その妻の生地と葬地の別なればこれ亦問題なかるべし」といい、第二長歌の冒頭部分が「うつせみと思ひし時に」ではじまる特異さに注目して、第一群に従属する第二群の構造を指摘する。

ここは上の「一九六」の長歌（明日香皇女挽歌）の中間に「宇都曾臣跡念之時云々」といへると同じくその亡妻を現身なりと思ひし時といふ意なり。ここに妻の死をいはずして端的にかくいひ起したるを見、これを上の「一九六」の長歌に照して考ふるときは、これは前の「二〇七」と相待ちてはじめて一の意を完うするものにして、「二〇七」は「一九七」にていへば、前半に相当し、この歌はその「宇都曾臣跡念之時」以下の後半に相当せること明かなり。諸家多くはこれを閑却して、これらの二首を別時に別人の為に詠ずとするは果して根拠ありや。

「天飛ぶや　軽の路は　吾妹子が　里にしあれば」とあるが、妻は軽に住んでいた、とはいわず、そこで死んだ、ともいわない。「吾妹子が　止まず出で見し　軽の市に」と、妻がしばしばそこに立ったことをいうが、軽は彼女の里でその里にしばしば出かけた、というのではないか。女を主にして考えると、女は軽を里にし、軽にしばしば出かけ、軽で恋をしたが、結婚して泊瀬の百枝槻の近くに住み、そこで死に、羽易山に葬られたことになろう。

第一長歌で女の死を「黄葉の過ぎて去にきと」と黄葉に例え、第一反歌で「秋山の黄葉を茂み迷ひぬる妹」といい、第二反歌で「黄葉の散り行くなへに玉梓の使を見れば」とあるので、第一群の妻の死が秋であることに疑いはない。第二長歌には、「走り出の　堤に立てる　槻の木の　こちごちの枝の　春の葉の　茂きがごとく　思へりし　妹にはあれど」や、「かぎろひの　燃ゆる荒野に　白妙の　天領巾隠り　鳥じもの　朝立ちいまして　入り日なす　隠りにしかば」といった表現が見え、春の歌である、との印象を与えるが、前者は、生前の元気な妻の姿やその妻に寄せる愛情を表現するために選び取った季節であり、後者は、葬送の行列が到着し、葬儀の最終段階が取り行われる荒野の情景であり、「かぎろひ」は春の陽炎ではなく、夜明けの曙光と考えるべきであろう。第二群の妻の死んだ季節は、いつと決定しがたいが、第三反歌の「去年見てし秋の月夜は照らせれど相見し妹はいや年さかる」から見て、やはり秋であった、と考えてよかろう。

両群の妻を別人と見、人麻呂の実生活に直結させてこの問題を考えると、人麻呂の妻はなぜ二人とも人麻呂に先立ち、そしてなぜ秋なのか、ということが気になるが、『源氏物語』においても、葵の上の葬送は八月二十余日、紫の上の葬送は八月十五日であり、ともに宵から暁にかけて行われていた。『源氏物語』で重要人物が秋に死ぬのは、秋はものさびしく人の死を悲しむのにふさわしい、といった季節感が形成されており、紫式部がそれを全面的に受け入れたためだが、『石見相聞歌』においてすでに検討したように、人麻呂にとっても、木の葉の散る秋はすでにものさびしい季節であった。本書は、『泣血哀慟歌』を人麻呂の実人生と直結させるきゅうくつな視点に立って批評するつもりはないが、二人の妻がともに秋に死んだ、というよりも、一人の女が秋に死んだ、と考える方が自然であろう、と考えている。

第一長歌は、逢わずにいるうちに突然に妻の訃報に接して、ありし日の妻の面影を求めて軽に駆けていったが、妻に逢えるはずもなく、妻に似た人にも逢えない嘆きをうたい、第一反歌は、中西進氏が「山中に埋葬した妻を、秋の山の黄葉が繁茂していて迷ってしまった妹といい、その妻に逢いにいく道を知らないと嘆く」と解しているように、埋葬後に、妻に逢えない嘆きをうたい、第二反歌は、第一長歌を要約した形で、黄葉の散るなかで訃報に接したとき、こうした手紙のやりとりをして逢っていたときのことを思った（そうして軽に駆けていった）とうたう。

都倉義孝氏が「私的挽歌における人麿の一手法」（『国文学研究』昭44・6）で、第一長歌や第一反歌では散らない黄葉が第二反歌では散っている、と見、稲岡耕二氏が「人麻呂『反歌』『短歌』の論」（五味智英・小島憲之編『万葉集研究』第二集）で、『泣血哀慟歌』の反歌が「反歌」とはなく、反歌よりも独立性の強い「短歌」が使用され、「短歌二首」と記載されている、と見て、両氏とも、第二反歌の「黄葉の散り行くなへに玉梓の使を見れば逢ひし日思ほゆ」の「玉梓の使」は、訃報をもたらした第一長歌の「玉梓の使」とは異なり、第二反歌は、第一長歌の制作時からしばらく時が経過し、黄葉の散るなかでたまたま「玉梓の使」を見かけ、こうして自分も妻と逢っていたことを思った意と解している。

都倉・稲岡両氏のように解するのが、通説となっているが、「黄葉の過ぎて去にきと」と使用される枕詞「黄葉の」は、散りやすさや落下する意味で「過ぎ」を修飾していよう。反歌を「短歌」と記す場合、「反歌」とあるよりも長歌に対して自立性の高いことが、窪田空穂の『万葉集評釈』以来指摘されているが、人麻呂の作品において、長歌に対して二首の反歌（短歌）を添えた場合、その第一首で転じて第二首で収束し、その結果、第二首に長歌を要約する傾向が見られることも顕著であり、無視してはなるまい、と思う。第二反歌は、第一長歌の「黄葉の過ぎて去にきと」の「黄葉の」を実景化して「黄葉の散り行くなへに」といい、訃報をもたらした使であることを強く暗示させようとするのであろう。

第二長歌は、第二反歌の「逢ひし日思ほゆ」を承けて、「うつせみと　思ひし時に　取り持ちて　吾が二人見し」という、妻がこの世にいてもっとも楽しかった時代の思い出を序としてうたい出し、軽の名物でありながら第一群に登場することのなかった斎槻を顕在化するかのように、泊瀬の名物である斎槻（百枝槻）を登場させて軽から泊瀬への場面展開を自然なものにする。

第二長歌は、葬送をうたい、葬送後妻のいない嬬屋で妻を恋うて過ごす日々をうたい、再度、葬送した（「或本の歌」によれば火葬した）所を訪問し、とりかえしのつかない妻の死を確認するが、第二長歌の葬送と、葬送の地の再訪問は、第一反歌の「妹を求めむ山道知らずも」を承けるのであろう。第一群が葬送直後に制作された形をとるのに対し、第二長歌は、葬送後の追慕の日々を経て葬送の地を再訪問した後の作であるが、その時は、第三反歌の「去年見てし秋の月夜は照らせれど相見し妹はいや年さかる」によって一年が経過し、完全な忌明けを迎えた時であったことがわかる。第四反歌は、葬送と一年後の再度の訪問を合体させ、帰途に妻の死を哀慟する夫の心をうたい、第二群を収束させる。さきに注目した伊藤博・中西進両氏の両群間における連作性の指摘も説得力を有するものであった。

『泣血哀慟歌』においては、第一群と第二群との関わり、とくに、第一群の妻と第二群の妻は同人か否かが種々に議論されている。議論のあとを検討してみると、両群間の愛や悲嘆の姿は対照的といってよいほど相違し、別人説がなりたつようでありながら、また、両群間には連作であることの否定しがたい、密接な関係があり、同人説も同時に主張しうるものであった。「柿本朝臣人麻呂の妻死して、後に泣血哀慟して作りし歌」という人麻呂の実人生に直結させた『泣血哀慟歌』の題詞は、この歌の場合も、そのままに承認することはできず、真の作歌事情を直接作品に問うことになるが、『泣血哀慟歌』に虚構を認める意見が、金井清一・渡辺護両氏の論に見える。

三　第一群と先行文学

金井・渡辺両氏の虚構説は、伊藤博氏が前掲書に、「泣血哀慟歌二首には、他人の妻を『我妹子』としてうたったのではないかとさえ疑われるところがある」といい、「あるいは、これらは記紀に登場する軽太子・軽大郎女の悲劇の現代的脚色によって生じた作品であって、人麻呂は、軽太子の立場にたってこの全篇を演出したのかもしれない」と伊藤氏自身が「想像」とよぶ推論を継承している。伊藤氏はこの「想像」をしながらも、この推論を展開させることはなく、人麻呂を「歌俳優」とする立場に立って、「歌俳優」の他人に語りきかせる人麻呂のなれ親しんだ文体を使用して、「自己の内に住む他者」に向って、妻を失った悲しみをうたう、と主張する。

金井清一氏は、「『軽の妻』存疑――人麻呂作品の仮構性――」（万葉七曜会編『論集上代文学』第一冊）において、第一群について、「軽の忍び妻悲恋伝説を歌で語ることを求められた時、たまたま妻の死の体験を過去に持っていた人麻呂の心情はゆさぶられ共鳴現象を起こしたのである。……人麻呂はその一致した焦点のために、一人称発想を採らんとする衝迫をどうしようもなく感じたのではなかろうか」という。

金井氏は、「軽の忍び妻悲恋伝説」をどのようなもの、と推測しているのであろうか。『泣血哀慟歌』は挽歌であり、愛妻の死を主題とするが、「悲恋伝説」も死を主題とするのだろうか。また、この伝説を「歌で語ることを求められた」というのは、どういうことであろう。金井氏は、第一群を物語歌と見、物語歌が一人称発想を採用したのは、人麻呂の同様な体験に基づく、という。『記』『紀』の歌謡のなかには物語歌として述作者たちによって創作されたものも少くはないが、弟橘比売の「さねさし相模《さがむ》の小野に燃ゆる火の火中《ほなか》に立ちて問ひし君はも」(記―二四)のように、その多くは一人称発想をとる。『孝徳紀』で野中川原史満が中大兄に代って詠んだ二首(紀―一一三・一一四)も一人称発想である。物語歌や代作歌において一人称発想はけっしてめずらしいものではない。

第二群について金井氏は、「B(第二群)の歌は軽の伝説とは無縁である。……A(第一群)の悲痛さ、激しさに対し、Bは佗びしさ、虚しさの心情があって、感覚的に両歌はずれがある」といい、第一群とは無縁の別時の作であり、第二群は第一群と異なり、「比較的事実に近く述べ」られている、と主張する。金井氏は、両群間の連作性をどう考えているのであろう。両群を無縁の別時の作と推測し、第二群が「事実に近」い形でうたわれた、という論拠は、「感覚的」なものらしく、詳細を知ることができない。

渡辺氏は前掲論に、第一群と軽太子と軽大郎女の物語との密接な関係を論じ、第一群は、「記物語の別離の主題を、更につきつめた結構において再生」したものであると考え、別離の主題をつきつめ再生しようとした結果、「絶対的な別離の結構」である死別になったという。『古事記』の木梨軽太子の物語(原軽太子物語)がすでに存在しており、「別離哀話の新型版」として「亡妻哀悼の虚構によって」これを「再生」した、と考えることになるが、すでに存在していた歌物語をもう一度うたうというのはどういうことであろうか。軽太子物語の主題を渡辺氏は「別離」と見、近親相姦のエロスや反逆を無視しているが、いかがであろう。『古事記』によればその最後は伊予において「共に自ら死にたまひき」という情死に終るのであり、「別離」と見ることは不可能である。また渡辺氏の立場に立っていえば、なぜ人麻呂は、亡妻哀悼の挽歌に軽太子物語の形式を採用し、この主題を「別離」と限定し、さらに「死別」に純化したのか、についての論述を必要としよう。

渡辺氏は、第二群を第一群の「歌い継ぎ」と見、第二長歌は、第一反歌の「亡妻は秋山に入り、残された『吾』はそれを訪ねる『山路』を知らなかった」の連想から、「『吾』は悲しみに堪えず、遂に妻のいるという山を訪ねる決心をする。あたかも軽大郎女が愛人を追う決心をしたように。そして、別離の状態からの離脱を願う『吾』に、最終的な絶望が訪れる」という構想が採用された、と見て、「A歌群（第一群）の別離の悲しみは、B歌群（第二群）において取り返しようもない現実を確認する事で、永遠の中に放置される」といった内部の論理を読み取ろうとする。

渡辺氏の「歌い継ぎ」説や両群間における連作性の指摘は傾聴に価するが、軽太子物語の主題を「別離」と見たように、両群の主題や構想をあまりに単純視しすぎているし、両群間の相違や矛盾にまだ十分に答えていないように思う。両群は密接な関係を有し、軽太子物語の影響も無視しがたいが、『泣血哀慟歌』は、「原軽太子物語」なり「軽の忍び妻悲恋伝説」なりを再度語ろうとしたものでも、それらを成長発展させて第一群を形成させようとしたものでもあるまい。第一群と第二群の対照的ともいえる愛と追慕の相違から見て、第一群に胚胎したものによって第二群が形成される、ということはあるまい。『泣血哀慟歌』の二群は、別時の作でもなければ、「歌い継ぎ」でもなく、はじめから一連のもの、として構想されたものであろう。

軽を舞台に物語を制作しようとして、人麻呂は、軽太子、軽大郎女兄妹の悲劇を想起し、これを背景に使用しよう、と考えたのであろう。「天飛ぶや軽の路は」といううたいだしや、「やまず行かば　人目を多み　まねく行かば　人知りぬべみ」という忍ぶ恋の発想や表現は、すでに注目されているように、軽太子がうたう『天田振』の第一首を承けていよう。

天飛《だ》む　軽の嬢子　いた泣かば　人知りぬべし　羽狭の山の　鳩の　下泣きに泣く（記―八三）

『天田振』の摂取は、亡妻との恋が近親相姦的な禁じられた恋であったことを暗示するが、妻の死を聞いたおりの驚愕や、許されないことではあったが、もっと逢っておけばよかった、という悔恨やそれにつづくはげしい心惑いは、人麻呂以前の挽歌や国風の誄である「しのひごと」の発想や表現を継承する、と考えてよかろう。

天皇の大殯の時の歌二首

かからむとかねて知りせば大御船泊てし泊りに標《しめ》結はましを　額田王（2―一五一）

石田王の卒せし時に、丹生王の作りし歌一首

なゆ竹の　とをよる皇子　さ丹つらふ　わご大王は　隠国の　泊瀬の山に　神さびに　いつきいますと　玉梓の　人ぞ言ひつる　およづれか　吾が聞きつる　狂言《たはこと》か　我が聞きつるも　天地に　悔しきことの　世間《よのなか》の　悔しきことは　天雲の　そくへの極み　天地の　至れるまでに　杖つきも　衝かずもゆきて　夕占《け》問ひ　石卜以ちて　吾がやどに　御諸《みもろ》を立てて　枕辺に　斎瓮《いはひべ》をすゑ　竹玉《たかたま》を　間なく貫き垂れ　木綿だすき　かひなにかけて　天なる　ささらの小野の　七ふ菅　手に取り持ちて　ひさかたの　天の川原に　出で立ちて　潔身《みそぎ》てましを　高山の　いはほの上に　いませつるかも（3―四二〇）

能登内親王を弔ひ、一品を贈り給へる宣命

天皇が大命らまと、能登内親王に告げよと詔ふ大命を宣ふ。此月頃の間、身労らすと聞こし食して、いつしか病ひ止みて、参入て朕が心も慰めまさむと、今日か有らむ明日か有らむと念ほしめしつつ待たひ賜ふ間に、あから

めさす事の如く、およづれかも、年も高く成りたる朕を置きて、罷りましぬと聞こし食してなも、驚き賜ひ悔び賜ひ大坐します。かく在らむと知らませば、心置きても談らひ賜ひ相見てましものを。悔しかも哀しかも。云はむすべ知らにもし在るかも。朕は汝の志をば、暫くの間も忘れ得ましじみなも、悲しみ賜ひしのひ賜ひ大御泣哭かしつつ大坐します。然るも治め賜はむと念ほしし位となも、一品贈り賜ふ。子等をば二世の王に上げ賜ひ治め賜ふ。労しくな思ひましそ。罷りまさむ道は、平らけく、幸く、つつむ事無く、うしろも軽く、安らけく通らせと告げよと詔ふ天皇が大命を宣ふ（宣命五八、天応元年二月一七日）

額田王の『大殯挽歌』は、天皇の崩御をあらかじめ知ることができたならばと悔恨の情をうたうが、丹生王の『石田王挽歌』も、悔恨を主題とする。しかも、『石田王挽歌』は、王の卒去を「玉梓の人」を通して聞いた驚愕を「およづれか　吾が聞きつる　狂言か　我が聞きつるも」とうたうが、こうした表現は、「しのひごと」にも共通して見られるものであった。人麻呂以前の「しのひごと」は現存せず、宣命等から推測するにすぎないが、漢風の誄やその影響の濃厚な「しのひごと」が、死者の世系や行迹を讃美し、諡号を贈ることに重点を置くのに対して、国風の誄である「しのひごと」は、その名のごとく本来は、思慕と哀悼に重点を置くものであったようだ。

光仁天皇の『能登内親王を弔ふ宣命』は、内親王に一品を贈り、父系によれば四世となるその子供たちを天皇の外孫として処遇し、二世の王とする、というもので、けっして私的な思慕や哀悼に終始するものではないが、突然の薨去に驚愕したことを「およづれかも、年も高く成りたる朕を置きて、罷りましぬと聞こし食してなも、驚き賜ひ悔び賜ひ大坐します」と記し、悔恨の情を「かく在らむと知らませば、心置きても談らひ賜ひ相見てましものを」と記し、そのはげしい心惑いを「悔しかも哀しかも。云はむすべ知らにもし在るかも」と記す。

第一長歌に見られる悔恨と自責にかられた綿々たる叙述は、挽歌や「しのひごと」の伝統を正しく継承したため、といえそうであり、訃報に接した折のはげしい心惑を表現する「言はむすべせむすべ知らに」も、「しのひごと」の詞章をそのまま継承した、と考えてよかろう。悔恨や自責が「やまず行かば　人目を多み　まねく行かば　人知りぬべみ」の弁明を伴うのは、『泣血哀慟歌』の特色となるが、第一群の愛の形が禁じられたものであった理由によろう。

妻の里を軽と明記したのも、妻が忍び妻であったためであり、「玉梓の使」によって妻の死を知る、というのも、いかに古代であっても一般的なことではあるまい。これも、妻が忍び妻であったことを表わしている。訃報に接するのみであったことを「梓弓声に聞きて」といい、訃報に接したのみでなすすべもなくじっとしていることに堪えられなくなった思いを「声のみを聞きてあり得ねば」と言葉を重ねてうたうが、妻の顔を見に行くこともできない。妻はきわめて特殊な忍び妻であった、と考えなくてはなるまい。「吾が恋ふる　千重の一重も　慰もる　情もありやと」と軽の市にいるはずのない妻を求めて出かける。第一長歌は軽と離れることはない。

第一反歌で「秋山の黄葉を茂み迷ひぬる妹を求めむ山道知らずも」と、妻が秋山に葬られたことをいう。『日並皇子挽歌』で「つれもなき　真弓の岡に　宮柱　太敷きいまし　みあらかを　高知りまして」、『明日香皇女挽歌』で「なびかひの　宜しき君が　朝宮を　忘れたまふや　夕宮を　背きたまふや……みけむかふ　城上の宮を　常宮と定めたまひて」、『高市皇子挽歌』で「我ご大君　皇子の御門を　神宮に　装ひまつりて……言さへく　百済の原ゆ　神葬り　葬りいませて　あさもよし　城上の宮を　常宮と　高くしたてて　神ながら　しづまりましぬ」と、殯宮に安置され、御陵に祭られたことで死を表わし、死者はみずからの意志で御所を離れ、みずからの力で殯宮を作り、御陵を築いた、とうたう。

第一長歌の「渡る日の　暮れぬるがごと　照る月の　雲隠るごと　沖つ藻の　なびきし妹は　黄葉の　過ぎて去にきと」や、第二長歌の「かぎろひの　燃ゆる荒野に　白妙の　天領巾隠り　鳥じもの　朝立ちいまして　入り日なす隠りにしかば」においても、妻はみずからの意志で去り、姿を隠したという。第一反歌を模倣した巻七の挽歌も「秋山の黄葉あはれびうらぶれて入りにし妹は待てど来まさず」（一四〇九）と秋の季節に黄葉の山に葬ったことを、死者がみずからの意志で山に入った、とうたうが、人麻呂は、妻は黄葉の山に迷いこんだ、ととらえ、その妻を捜し出す山道がわからない、と嘆く。山道に迷う妻を捜し出せないのは、秋山の黄葉が〈茂〉っている理由によるのである。

黄葉が茂っていることが原因となって、妻が「迷ひ」、われは「妹を求めむ山道知らずも」という結果を迎えたことになるが、「黄葉を茂み」という表現はめずらしく、なぜ、「黄葉を茂み」を理由に一首を構成するのかが判然としない。巻七の挽歌がこの歌を模倣したことは認めても、「秋山の黄葉を茂み」を「秋山の黄葉をあはれび」の意とすることは困難であろう。

『石見相聞歌』の第二長歌で「大舟の　渡の山の　黄葉《もみちば》の　散りの乱《まが》ひに　妹が袖　さやにも見えず」（2―一三五）、第四反歌で「秋山に落つる黄葉しましくはな散り乱ひそ妹があたり見む」（一三七）と黄葉によって――実際には山に隠れたのだが――妻の姿が見えなくなったことを嘆き、『泣血哀慟歌』の第一長歌は、妻の死を「黄葉の過ぎて去にきと」と、黄葉の散るのに例えていた。「黄葉《もみち》を茂み」は「黄葉《もみちば》の散りの乱ひ」を意味し、「迷ひ」は、秋の山に埋葬され秋の淋しい光景と一体となったことを、散り乱れる黄葉に姿を隠した、というが、「迷ひ」がとくに使用されたのは、下句の「妹を求めむ山道知らずも」の嘆きと関連しよう。

君が行き　日《け》長くなりぬ　山たづの　迎へを行かむ　待つには待たじ（記―八八）

（十市皇女の薨りましし時に、高市皇子尊の御作りたまひし歌三首）

山振《やまぶき》の立ち儀《よそ》ひたる山清水酌みに行かめど道の知らなく（2―一五八）

「君が行き」の歌は、伊予に流された軽太子を恋しがって「追ひ往きし時」に軽大郎女が詠んだ歌であるが、折口信夫が「恋及び恋歌」（『新潮』昭9・8）等でこの「山たづの」（山尋ね）を、「奥山」の「岩城」に「游離した人の魂」を迎える呪法と推測したのを承けて、第一反歌を、そうした「山尋ね」をしようとしても出来ない悲しみの歌とし、山尋ねをして妹をこの世につれ戻せない嘆きをうたう、と解するのが通説となっているが、つれ戻せない――蘇生させることのできない嘆きではなく、その前段階の、埋葬された所を知らず、あるいはその所に行けず、山尋ねをすることのできない嘆き、と解するべきではなかろうか。高市皇子の十市皇女の薨去を嘆く挽歌中の「山振の」の歌も、結句に「道の知らなく」と、「山道知らずも」の嘆きをうたうが、この歌の場合も、十市は、高市との近親相姦的な禁じられた愛に殉じ、高市は、その葬儀にも参加できず、この世につれ戻すすべを知らない、と嘆く、と解してよかろう。

妻が秋山に埋葬されたことを、妻の死を黄葉の散るようにと見、また、妻が主体的に秋山に向ったと考えて、妻がみずから秋山の散り乱れる黄葉の中に姿を隠した、とし、しかも、愛妻の行くえを詳らかにしないのは、彼女自身迷い込んだためだ、と考えたところから「秋山の黄葉を茂み迷ひぬる」の表現が生まれたのであろう。下句の「妹を求めむ山道知らずも」は、葬儀にも参加せず、「山尋ね」のすべもない忍び妻を失った悲しみをうたう。

第二反歌については、すでに述べたように、第一長歌や第一反歌よりも時が経過して、黄葉の散るなかでたまたま「玉梓の使」を見かけ、こうして自分も妻と逢っていたことを思った、という解釈が行われている。第一長歌の「黄葉の過ぎて去にきと」や第一反歌の「黄葉を茂み」の黄葉も、ともに散る黄葉と考えているので、第二反歌が第一長歌や第一反歌より後の時点での作、とは考えないし、第二反歌は第一長歌を要約する傾向が強いので、両首に見られる「玉梓の使」は別人、とは考えられないこともすでに述べた。

「玉梓の使」が訃報をもたらした使者でなかった、としたならば、初二句の「黄葉の散り行くなへに」という晩秋のものさびしい光景は、主題との関わりが密接でなくなり、散文化した情況説明になってしまおう。たしかにこの歌は表現が十分ではなく、「玉梓の使を見れば」の「見れば」(原文「見者」)は、「見しに」(原文「見煮」)の誤写ではないか、と思われるほどだが、通説のように読んでは歌にはなるまい。第二反歌は、黄葉の散る中で妻からの使者を見たが、訃報などとは夢にも思わず、こうして逢った日のことを思い、ひそかに逢いたい、といってよこした手紙と思った、という、訃報に接した際の「およづれか　狂言か」という驚愕をうたい、しかも、長歌ではげしい心惑いを癒すために軽の市に駆けていったことに関連させて、軽でひそかに逢いたい、といってよこした手紙と思った、といって第一群を収束しようとする。

四　第二群と悼亡詩

第二長歌の冒頭「うつせみと思ひし時に」が、第二反歌の「逢ひし日思ほゆ」を承けて生前の妻との交情の姿からうたいだされる、という渡辺護氏の指摘は、承認してよかろう。第一群は三首とも、「もみち葉」「もみち」をうたい、死を表現したのに対して、第二長歌が、槻の木の春の葉によって生前の妻に対して愛の深さをうたうのは、十分に作者の意図したところであろう。この槻の木も、いままでなぜか登場しなかった「天飛ぶや軽の社の斎ひ槻幾代まであらむ隠り妻ぞも」(11―二六五六)の斎槻が、いよいよ姿を見せた、と感じさせるものだが、場面は、斎槻と忍び妻の本場ともいうべき泊瀬に推移する。

「走り出の　堤に立てる　槻の木の」や或本の「出で立ちの　百枝槻の木」の「走り出の」「出で立ちの」が、雄略天皇の『泊瀬山讃歌』で泊瀬山を讃美する歌詞を採用していることはすでにのべた。「百枝槻の木」はわれわれの古典常識によれば、雄略天皇がその下で豊楽を行い、三重采女が寿歌を奉る原因となった、『天語歌』にうたわれた泊瀬の「百枝槻」であろう。

『人麻呂歌集』は、泊瀬の斎槻の下に妻を隠したことを、旋頭歌に「長谷の斎槻が下に吾が隠せる妻　あかねさす照れる月夜に人見てむかも」（11―二三五三）とうたっているが、巻十三の「問答」には、「ここだくも　念ふごとならぬ　隠り妻かも」とうたう『泊瀬問答歌』四首（13―三三一〇〜三三一三）がある。泊瀬は、古代王朝の栄光を秘めた土地であり、祭祀にまつわる芸能の中心地であり、また、葬所であった関係で、『記』『紀』の歌謡や『万葉集』所載の泊瀬関連歌には、人の死を悲しむ葬歌や挽歌が多く見られる。

こもりくの　泊瀬の山の　大峰《おほを》には　幡張り立《だ》て　さ小峰には　幡張り立て　大峰にし　中定める　思ひづまあはれ　槻《つく》弓の　臥《こや》る臥りも　梓弓　起《た》てり起てりも　後も取り看る　思ひづまあはれ（記―八九）

こもりくの　泊瀬の川の　上つ瀬に　斎杙を打ち　下つ瀬に　真杙を打ち　斎杙には　鏡を懸け　真杙には　真玉を懸け　真玉なす　吾《あ》が思《も》ふ妹　鏡なす　吾が思ふ妻　在りと　言はばこそよ　家にも行かめ　国をも偲はめ（記―九〇）

こもりくの　長谷の川の　上つ瀬に　鵜を八頭漬《やつかづ》け　下つ瀬に　鵜を八頭漬け　上つ瀬の　年魚を咋《くは》しめ　下つ瀬の　鮎を咋はしめ　麗《くは》し妹に　鮎を惜しみ　麗し妹に　鮎を惜しみ　投ぐる箭《さ》の　遠離り居て　思ふそら　安けなくに　嘆くそら　安けなくに　衣こそば　それ破れぬれば　継ぎつつも　またも合ふと言へ　玉こそば　緒の絶えぬれば　くくりつつ　またも合ふと言へ　またも逢はぬものは　妻にしありけり（13―三三三〇）

こもりくの　長谷の山　青幡の　忍坂の山は　走り出の　宜しき山の　出で立ちの　妙しき山ぞ　あたらしき山の　荒れまく惜しも（三三三一）

高山と　海とこそば　山ながら　かくも現しく　海ながら　然直《しかただ》ならめ　人は花物ぞ　うつせみ世人（三三三二）

『允恭記』の二首は、物語によれば、軽太子が伊予で大郎女の追って来たのを待ちうけなつかしがってうたい、この歌をうたって「かく歌ひて、即ち共に自ら死にたまひき」とあるものだが、『読歌』として伝承されていた。泊瀬山での葬送や泊瀬川でのその後の祓除の情景を述べつつ亡妻を追慕しており、本来は葬歌であった、と考えてよかろう。巻十三の挽歌三首は、『泊瀬葬歌』ともいうべきもので、第一首で亡妻を哀悼し、第二首で墳墓の地の荒れるのを惜しみ、第三首で生命のはかなさを嘆く。八・九・八、五・三・七、七・八・七という結びをみても歌謡であったことは疑いがない。第二首は、「走り出の」「出で立ちの」に影響を与えたと見た『泊瀬山讃歌』を取り込んでおり、第一長歌と同じく第二長歌も、軽太子関連歌をはじめとする歌謡や先行の挽歌を継承していることを予測させるが、先行の歌謡や和歌の影響は、第二群が亡妻追慕の場を泊瀬にし、第一群からの推移を円滑にする作用にとどまるようだ。

第二長歌の妻は、すでにいわれているように忍び妻ではない。冒頭部の妻との関わりを表現する言葉を見ても、第一群の妻が忍び妻であり、「沖つ藻のなびきし妹」と男女の睦みあう姿が強調されるのに対し、白日のもとたがいに手を「取り持ちて」槻の木の春の葉を鑑賞する正妻、「思へりし妹」「憑めりし妹」であった。或本は、「取り持ちて」を「たづさはり」とし、原文に「携手」と記すが、「携手同行」「携手同車」「携手行楽」の「携手」は本来、君子間の親密さをいう。君子にふさわしい淑女として描かれている。

「かぎろひの　燃ゆる荒野に　白妙の　天領巾隠り　鳥じもの　朝立ちいまして　入り日なす　隠りにしかば」は、荒野に埋葬されたことを、妻がみずから天空に天翔ったものとして表現しているが、窪田空穂が『万葉集評釈』でいうように、「人麿はその葬儀に立ち合っており、少なくともその柩の野辺送りされるのを目にしている」と考えてよかろう。妻の死後は、乳呑児の世話をし、嬬屋で嘆き、「大鳥の　羽易の山に　吾が恋ふる　妹はいますと　人の云へば」と、周囲の人から妻の所在を知らされてその姿を求める。

近江朝挽歌中の『婦人作歌』に、「我が恋ふる　君ぞ昨夜《きぞのよ》　夢に見えつる」（2―一五〇）とあり、持統天皇は、天武天皇崩御後八年の忌日に『夢裏御製』（2―一六二）を詠む。死後の転成は夢によって知られ、そうした夢を見たものは、遺族にそれを知らせる義務があったのであろう。平安朝の往生譚も、夢によって往生を知り、他人の往生を夢で知った場合は、遺族にそのことを告げる。第二群の妻は嫡妻であり、第一反歌が、忍び妻ゆえに山尋ねも出来ない、と嘆くのに対して、葬儀に参加し、再度墓地を訪れている。

第一群は、訃報に接した折の驚愕を主題にするが、第二群においては、妻の最期を看取っているのであろう。死に対する驚愕はなく、その死は「世の中を背きし得ねば」ととらえられる。これは、生あるものは死なければならない、という世の中の掟てに背くことはできないので、の意であろう。『続日本紀』（養老五年一〇月一三日）の元正天皇の詔に、「万物の生、死有らざる靡し。此れ則ち天地の理にして、奚ぞ哀悲すべけむや」とあるのと同じ思想に基づくが、詔のこの部分は、『史記』（孝文本紀）の孝文帝遺詔に、「蓋し天下の万物の萌生するもの、死有らざるは靡し。死は天地の理にして、物の自然なる者なり。奚ぞ甚だしく哀しむ可けんや」とあるのを承けている。中国を淵源とする思想によって、死の悲しみを相対化しよう、とするのであろうが、中国文学の影響と、「客観的」ともいわれるこの相対化と関連する散文性は、第二群の基調と見ることができる。

林古渓は『万葉集外来文学考』に、『泣血哀慟歌』が、潘岳の『悼亡詩』『哀永逝文』、謝荘の『宋宣貴妃誄』、王粲の『登楼賦』『雑詩』、曹植の『贈白馬王彪』『王粲誄』を粉本に執筆されたことを推測しているが、潘岳以外の影響は直接的なものではないようだ。契沖は『万葉代匠記』に、「吾妹子が　形見に置ける　みどり児の　乞ひ泣くごと

に　取り与ふる　ものしなければ　男じもの　腋はさみ持ち」に、潘岳の『寡婦賦』の『稚子を懐抱に鞠《やしな》ひ、羌《ああ》低徊して忍びず」を引用する。妻の立場で、夫に殉じ自殺することを思うが、懐に抱く幼な児を見て迷い、それもできない、の意である。

中西進氏も『万葉集の比較文学的研究』に、『泣血哀慟歌』が潘岳の作品と発想の上で同一であることに注目し、「同じ妻の死という題材によって、粉本として念頭においたものではなかったろうか」と推測する。

『泣血哀慟歌』
吾妹子と　二人吾が宿し　枕づく　嬬屋の内に　昼はも　うらさび暮らし　夜はも　息づき明かし　嘆けども　せむすべ知らに　恋ふれども　逢ふよしをなみ

『哀永逝文』
孤魂を想ひて旧宇を眷《かへりみ》れば、視ること倏忽にして髣髴たるが若し。徒に髣髴として慮に在り、耳目に一たび遇はんことを靡《こひねが》ふ。駕を停めて淹留し、故処に俳徊す。周く求むるも何ぞ獲ん、身を引いて当に去るべし。

『悼亡詩』第一首
廬を望んで其の人を思ひ　室に入りて歴へ所を想ふ

『悼亡詩』第二首
歳寒与に同じうするもの無く　朗月何ぞ朧朧たる、展転して枕席を眄《かへりみ》れば　長簟は牀の空しきに竟る　牀空しくして清塵を委《つ》み　室虚しくして悲風来たる　独り李氏の霊のごとく　髣髴として爾の容を覩ること無し

『泣血哀慟歌』
大鳥の　羽易の山に　吾が恋ふる　妹はいますと　人の云へば　石根さくみて　なづみ来し　吉けくもぞなき

うつせみと　思ひし妹が　玉かぎる　ほのかにだにも　見えなく思へば

『哀永逝文』

蘭房を繁華に委《す》て、窮泉に朽壌に襲《かへ》る。中《うち》に慕ひ叫びて擗《むねう》つこと摽たるも、之《こ》の子宅兆に降る。……一たび目中に遇はんことを趣《もと》むるも、既に目に遇ふ兆無し。曾て寤寐にも夢みず。

『悼亡詩』第三首

駕して言《ここ》に東阜に陟《のぼ》り　墳を望んで思ひ紆軫す　墟墓の間を徘徊し　去らんと欲するも復た忍びず　徘徊して去るに忍びず　徙倚して歩して踟蹰す

潘岳は、『文選』に四首の誄を収め、誄哀の作者として知られる。『寡婦賦』『哀永逝文』『悼亡詩』は『文選』に収められ、『芸文類聚』（巻三四、哀傷）は他に、『哀詩』『悼亡賦』『傷弱子辞』『金鹿哀辞』を収める。『哀永逝文』『悼亡詩』『哀詩』『悼亡賦』は、みな、元康八年（二九八）ごろに死んだ妻を追慕し哀悼する作品であり、主題において共通し、これらの作品はまた、表現の面で、妻の立場で夫の死を悲しむ『寡婦賦』とも共通する。『芸文類聚』には、潘岳の作品に類似した他の詩人の多数の詩賦を収め、人麻呂が影響を受けたのは、潘岳の特定の作品とはいいがたい面もあるが、妻の死を悲しむ歌を詠もうとした時、中国でその祖型を作った潘岳が注目され、その構成や表現をとくに摂取する、といったことも考えられないことではない。

第一群においても、黄葉の散ることに人の死が例えられ、秋はもの悲しい季節と考えられていた。これは、『石見相聞歌』の第二群において論じた際にすでに述べたが、宋玉の『九弁』や潘岳の『秋興賦』を典拠とするものであり、『泣血哀慟歌』の第一群が中国の詩賦とまったく無縁とはいいきれないが、第二群ほど密接ではない。中西進氏は前掲書に、第一群の「玉だすき　畝火の山に　鳴く鳥の　声も聞こえず　玉桙の　道行く人も　一人だに　似てし行かねば」に、『哀永逝文』の「山を望めば寥廓たり、水に臨めば浩汗たり。天日を視れば蒼茫たり、邑里に面へば蕭散たり」や『悼亡詩』第一首の「彼の林に翰うつ鳥の　双栖せるもの一朝にして隻なるが如く　彼の川に遊ぐ魚の　目を比べしもの中路に析たるが如し」をあげるが、直接的なものではない。

第一群は、軽の市に立っても、妻の声は聞こえず、似た姿の女も一人としていないことを嘆くが、『哀永逝文』は、山河を見ても心はうつろであり、日は色あせ、村里は寂しい、というもので、これは「外物の或いは改まれるに匪ず、固より歓哀情換ればなり」に続く心情表現である。『悼亡詩』のその部分も、妻を失った悲しみを、なかのよい双栖の鳥や比目の魚が突然に仲間を失ったごとき、と例えたものだが、『泣血哀慟歌』の「鳴く鳥」にそのような働きはない。

第二長歌においても、冒頭の「取り持ちて」「たづさはり」が詩語の「携手」にもとづく言語であり、この言語によって妻を君子に対する淑女と表現する。「世の中を背きし得ねば」も中国思想にもとづく発想であるが、直接的影響関係が見られるのは、中西氏が指摘する孀屋で妻を慕い、羽易の山を再度訪れる部分である。この点を重視すると、第二群に直接影響を与えているのは、第一・第二首で妻の死後、家居して妻のいた部屋で妻を追慕し、第三首で一周忌を迎え、喪服を脱いで公務に戻ろうとし、墓に詣でたことをうたう『悼亡詩』であろう。

契沖は『代匠記』に、或本第三反歌「家に来て吾が屋を見れば玉床の外に向きけり妹が木枕」に、「潘岳悼亡詩云」として「展転して枕席を眄れば　長簟は牀の空しきに竟る」を引用して、「摠ジテ右ノ歌ドモ、悼亡詩三首ヲ引合テカナシビヲ思ヒヤルベシ」（精撰本）、「潘安仁が悼亡詩三篇は、これらの歌に心わたれる所おほし」（初稿本）といい、橋本達雄氏も『万葉宮廷歌人の研究』に、契沖や中西氏の指摘を継承して、第二長歌収束部「うつせみと　思ひし妹が　玉かぎる　ほのかにだにも　見えなく思へば」に、『悼亡詩』の「独り李氏の霊のごとく　髣髴として爾の容を観ること無し」の、第三反歌「去年見てし秋の月夜は照らせれど相見し妹はいや年さかる」に、『悼亡詩』第二首冒頭の「皎皎たる窓中の月　我が室の南端を照らす」や第一首冒頭の「荏苒として冬春謝《さ》り　寒暑は忽ちに流易す　之《こ》の子窮泉に帰し　重壌は永く幽隔す」の発想や表現を継承することをいい、『悼亡詩』の影響下に、妻の死を悼む「悼亡歌」が挽歌史にはじめて登場したことを重視する。

　第二長歌が葬儀後の追慕に中心を置くのも『悼亡詩』の影響と見られないものでもない。「吾妹子が　形見に置ける　みどり児の　乞ひ泣くごとに　取り与ふる　ものしなければ　男じもの　腋はさみ持ち」は、嫡妻の死をうたおうとしたもので、とくに『寡婦賦』の影響を見る必要もなかろう。「腋はさみ持ち」も、『晉書』(五五)の潘岳伝に、彼が弾を挟んで洛陽道に出ると、その美貌ゆえに婦女が皆彼を取りまいて果物を車に投げ入れた、という所伝中の「少時常挟弾出洛陽」の「挟弾」を想起する必要もなかろう。

「吾妹子と　二人吾が宿し　枕づく　嬬屋の内に　昼はも　うらさび暮らし　夜はも　息づき明かし　嘆けども　せむすべ知らに　恋ふれども　逢ふよしをなみ」という嬬屋での追慕は、中西氏が指摘するように、『悼亡詩』によって構想されたものであろう。北山茂夫は『柿本人麻呂論』において、第二長歌の風俗について、「この長歌に描かれうたわれている小世界は、夫婦同居という新しい生活に属する。おそらく同時代の読者には、これが新鮮な愛のスタイルとして感動をよんだであろう」といい、嬬屋での追慕についても、「その場面は、妻とともに同棲の悦びをわかちあった別房の嬬屋である。これは、事実にふれたものであるが、やはり、新しい結婚様式のあり方が鮮やかに浮んでくる。同時代人には、そのイメージは、いっそう切実に哀歓をともなって迫ったであろう。嬬屋をそなえた家屋の構造がぼつぼつはじまっていた歴史の段階であったろうから」という。妻問い婚がまだ大勢を占めていた時代に、同棲、嬬屋、乳呑児を抱く父親という風景は、きわめて現代的で都会的であり、つまり、中国的な風俗であった、といえよう。

「逢ふよし」を求めて、「大鳥の羽易の山」に妻を求める。この構想は、第一反歌で、山尋ねをするすべのない、忍び妻を失った嘆きに対比されて、周囲の人から妻の所在が知らされ、山尋ねが行われるが、羽易の山に行っても、妻の姿を見ることはできず、さらにはげしい悲しみに沈む、という設定である。「うつせみと　思ひし妹が　玉かぎる　ほのかにだにも　見えなく思へば」の部分は、或本には「うつそみと　思ひし妹が　灰にてませば」とあるので、「大鳥の羽易の山」は、埋葬なり火葬なりが行われた葬地であろう。人の魂が「鳥じもの朝立ちいまして」と鳥の形をとって飛び去り、山上憶良が有間皇子の挽歌に追和して「翼なすあり通ひつつ見らめども人こそ知らね松は知るらむ」（2—一四五）とうたっているように、死後、ゆかりの土地をしばしば訪れる、と考えていた。

火葬が新しい風俗であることはいうまでもないが、葬地を再訪するという構想はやはり、『悼亡詩』が公務に戻るために都に帰るに際して、妻の墓に詣でて妻を偲ぶ構成を模倣していよう。「ほのかにだにも見えなく思へば」の「ほのか」を原文は、「髣髴」と記すが、この「髣髴」は、『悼亡詩』第一首の「帷屏には髣髴たること無きも　翰墨には余跡有り」、第二首の「独り李氏の霊のごとく　髣髴として爾の容を覩ること無し」に見える、李夫人の故事にもとづく「髣髴」を典拠にしていよう。

『悼亡詩』は、去年の冬に妻を失い、第一首は春、第二首は秋、第三首は冬、という設定であるが、『泣血哀慟歌』も、第一群で葬送直後の心惑い、第二群で葬送から一周忌にいたる追慕をうたう。第三反歌「去年見てし秋の月夜は照らせれど相見し妹はいや年さかる」は、一周忌を迎え、一人孀屋で秋月をながめ亡き妻を慕う歌である。『拾遺集』哀傷（20—二一八七）は、結句「いや年さかる」を「いやとほざかり」とするが、詞書に「妻にまかりおくれてまたの年の秋、月を見侍りて」と記し、『古義』に、「この歌にてみれば、此長歌短歌は妻の死て一周忌によまれしなり。

此歌拾遺集の詞書に妻にまかりおくれて又の年の秋月を見侍りてとあるはさる事なり」という。『古義』以前では、契沖が第二群一周忌説を採用する。『代匠記』（初稿本）は第三反歌に「此反歌によりてみれば、後の歌（第二長歌）ならびに此短歌二首（第三・第四反歌）は、一周忌によまれたるを、類聚して一所にをけるなるべし」と注する。

近藤芳樹は『註疏』に、「芳樹按るに、長歌のかたは世間乎背之不得者云々の十句の如き葬式の事をいへるに、隠去之《ニシ》鹿歯のニシ、過去の辞なるゆゑに年月の過去し事にもいはれぬにはあらねど、よみさま一周もへての後のうたの如くはきこえず。されば長歌は妻の无くなりてとほからぬほどによみたるに一周忌によみし短歌をそへたる物なるべし」と、第二長歌と第三・第四反歌を分離させて、長歌を葬儀直後、反歌を一周忌の作とする。

山田孝雄は『講義』に、第二群一周忌作説、第三・第四反歌一周忌作説を否定して、「按ずるにこれはその詞書に、『妻死之後』とあれば、死後幾何かの時を経たる後の詠たるはもとよりなるが、長歌は註疏にもいへる如く、葬式をいへれば、一周忌の時の詠といふべきにあらず。さて又この短歌のいづこに一周忌の折の詠といふ証ありや。又拾遺集の詞書も一周忌なりと認めたりといふことにはならぬなり」といい、この歌について「即ち去年の秋月をめでし頃には妻が健全なりしが、その後に亡くなりしをそのあくる年の月の頃にこの歌をよみしならむ」と制作事情を推測する。

山田説はその後通説となり、中西進氏が『万葉集㈠』（講談社文庫）において、第三反歌に「長歌と別に翌年秋の作。二一二（第四反歌）も葬送の帰りではない。『置きて』は放置の意で埋葬ではない」というほかは、第二群一周忌作説、第三・第四反歌一周忌作説は行われないが、いかがであろう。長歌において葬儀はすでに過去のものとなり、長歌は再度葬送の地を訪れて妻の姿を見ることのできない悲しみをうたう。この羽易の山行は、第一反歌を承けつつも、『悼亡詩』によって構想されたとすると、一周忌の「はて」の墓参を意味しよう。

観月の習慣は、わが国の古俗にはなく、『石見相聞歌』で、「妻隠る　屋上の山の　雲間より　渡らふ月の　惜しけども」（2―一三五）と、妻のいる家の上手の山に出た月を鑑賞したというのと、この第三反歌がもっとも早い例となろうが、中国的できわめて現代的な風俗であることはいうまでもない。『拾遺集』の詞書には、たしかに一周忌を表わす言葉はないが、第一群と第二群を連作と見る山田は、妻はいつ死んだ、と考えているのであろう。

第一長歌の「渡る日の　暮れぬるがごと　照る月の　雲隠るごと」の「照る月の雲隠るごと」は、逝去を惜しむ譬喩として使用されているが、第三反歌の伏線となっている。妻は黄葉の散る季節に死に、黄葉の散る山に埋葬された。昨年の秋、妻は元気であってともに名月を鑑賞したが、その後、突然に病み、晩秋初冬の交に逝去し、葬られた、と推測してよかろう。この時間設定も『悼亡詩』に等しい。明月に対してなき人をしのぶというのは、在原業平の「月やあらぬ春や昔の春ならぬわが身一つはもとの身にして」（古今15―七四七）に継承されるが、業平歌の場合も詩賦の影響が指摘されている。

第四反歌「衾道を引手の山に妹を置きて山径を行けば生けりともなし」は、引手の山に妻を置いて山路を帰ると生きた心地もない、とうたう。葬送時に詠んだ、と見るのが通説であるが、第二長歌は、第一反歌を承けて山尋ねをするかのように再度葬送の地を訪問するが、第一長歌において軽の市に妻の姿がなかったように逢えなかった、と嘆く。『悼亡詩』の文脈で読めば、一周忌を迎え、公務に心を向けるために最後の別れをしに墓に詣でた折の悲しみをうたったことになろう。第四反歌は、第二群を収束する反歌であり、葬送と同時に別れの墓参の心をうたうが、後者に重点があり、一周忌の墓参時の作と考えてよかろう。

潘岳は、『悼亡詩』を「心を投じて朝命に遵はんとし　涕を揮ひて強ひて車に就く　誰か謂はん帝宮遠しと　路極まりて悲しみ余り有り」と妻の墓所より帝都に向う車中の悲しみで収束する。語句の面で直接的な影響は指摘しがたいが、第四反歌を墓所からの帰途で閉じるのは、『悼亡詩』を模倣したもの、と考えざるをえまい。葬所を第二長歌で「大鳥の羽易の山」、第四反歌で「衾路を引手の山」というのは、妻の魂が鳥となって往復する山名として「大鳥の羽易の山」が選ばれたのであり、「衾路を引手の山」も、これを使用したのは何か特別な理由があったのであろう。衾田墓（手白香皇女陵）のある衾も著名な地名ではない。妻を一人とどめ、自分を拒絶する山が、夜具への道を案内する山、同衾を誘う山とあることで、ふたたび逢えないあいにくさを強調しようというのであろう。

五　一婦の死と二夫の歎き

二群からなる『石見相聞歌』について、さきに、第一群は、先行する国風の文学をもとに古典的で絶望的な別れをうたって音楽的であり、第二群は、中国の詩賦をもとに現代的で甘美な別れの情趣を描いて散文的であることを述べた。『泣血哀慟歌』においてもほぼ同様な特色を指摘することができる。

『泣血哀慟歌』の第一群も、先行する歌謡や挽歌や「しのひごと」をもとに、忍び妻の訃報に接した驚愕を伝統に従って古典的にうたい、第二群も、潘岳の『悼亡詩』を中心とする詩賦をもとに、葬儀後の妻への思慕をきわめて精細に描いた。『石見相聞歌』の第一群と比較すると、『泣血哀慟歌』の第一群は、妻の里が軽であり、しかも忍び妻で人目を忍ぶ間柄であり、玉梓の使を通して軽で逢っていたことなどがわかり、散文性を著しく増加させているが、第二群では、さらに、妻の家が泊瀬の百枝槻の近くにあって家には嬬屋があり、二人の間には子供がいて、春には妻と手をつないで槻の木の葉を見たり、秋には明月をともに鑑賞する、といった都会的でモダンな生活を精細に描く。

「世の中を背きし得ねば」という第一群には見られない、自分の悲しみを相対化しようとする心の働きや、第一群では、軽の市で妻の姿を求める様が描かれるのみだが、第二群では、葬送、乳呑児の世話、嬬屋での日常生活、羽易の山再訪の描写を通して、亡妻追慕の情を「客観的」に表現しようとするのも、散文への傾斜を示している。第一群に対して第二群が散文的であることは説明を要するまい。

第一群が音楽性を重視していることを説明するのは、『石見相聞歌』の場合ほど顕著ではなく、容易ではないが、『石見相聞歌』が極端に長い序詞を有したように、第一群において、枕詞を「天飛ぶや」「さね葛」「大船の」「玉かぎる」「沖つ藻の」「黄葉の」「玉梓の」「梓弓」「玉だすき」「玉桙の」「玉梓の」と十一例使用していることは注目してよかろう。第二群では、「枕づく」「大鳥の」「玉かぎる」「衾道を」の四例が使用されているにすぎない。

古代の恋物語は悲劇の形式をとる。愛は讃美の対象とはならず、性愛の形でとらえられ、深い愛は社会の規範を破る異常な愛、と考えられていた。伝統的な文学を継承した『泣血哀慟歌』第一群が近親相姦的な愛を描き、忍び妻の訃報に驚愕しながらも、弔問すらできない悲劇をうたい、『石見相聞歌』第一群が再会不可能な絶望的な離別の悲しみをうたったのもそのためであったが、こうした愛の歴史や愛の文学の歴史にあらたな時代が始まろうとしていた。第二群において、妻は「思へりし妹」「憑めりし児ら」と愛され、信頼され、夫婦は泊瀬に住いながら、白昼人目をはばからずに携手して散策し、家には嬬屋を設け、夫婦を中心とした、かつての村落には見られるはずのない、核家族的で現代的で都会的な生活をし、夫は、はばかることなく妻への愛をうたう。夫妻間の強い愛が肯定され、讃美される時代を迎えていた。第一群と第二群の愛のかたちは、新旧の対比をきわやかに見せる。

第一群の忍び妻の死を聞いた男は、第一長歌で軽の市に出かけて妻の姿を求め、第一反歌で「山尋ね」をすることのできない悲しみをうたう。第二群において、第三者より妻が羽易山にいることを聞いた男はその山に行ってみるが、妻の姿を見ることはできなかった、と歎く。妻の姿を見ることができなかった、と歎く点で両長歌は共通しているが、第一長歌で男が軽の市に妻の姿を求めることができなかったのは当然である。軽の市は女としのび逢う場所であり、女はそこにいるはずもなかったが、第二群の男が出かけた羽易山は、周囲の者より妻がそこにいる、と告げられた場所であり、妻はそこに当然いるはずであり、眼に見ることはできなくても、そこにいる、と信じなくてはならない場所であった。

第一反歌で「山尋ね」のかなわぬことを歎くのは、「山尋ね」をすれば忍び妻をこの世につれもどすことができる、と考えるからであろうが、第二長歌の男は、そうした古代心性をもはや有してはいない。羽易山に妻がいる、と第三者より告げられても、男は「ほのかにだにも見えなく思へば」と妻はそこにはいない、と考える。死者の蘇生や復活や転生を信じた古代人は、第三者が（夢中で）見た、どこそこにいた、といえば、眼に見ることはできなくともその言葉を信じ、その言葉を信じることにより、あるいはそうした信仰を持つことにより、死者なり死者の魂なりを実際に見ることもできたであろう。倭大后は天智天皇の崩御に際してつぎのようにうたっている。

青旗の木幡の上をかよふとは目には見れども直《ただ》に逢はぬかも（2―一四八）

毎年ある季節を迎えると祭が行われ、神がその祭の場に示現するように、死者もゆかりの日にゆかりの場所に姿を見せる、とかつては考えられていたろう。死者を祭る一周忌の墓地は、死者が姿を見せてよい、そうしたゆかりの場所であるが、古代人の心を失い、神を疑いはじめた第二群の男には、人は真の神とはなれず、死者は神のように示現することはない、という認識があったはずだ。第三反歌で男は、「去年見てし秋の月夜は照らせれど相見し妹はいや年さかる」と、死者が月のように循環し、永却回帰することはなく、過去に向って真一文字に遠ざかることをうたい、第四反歌「衾道を引手の山に妹を置きて山径を行けば生けりともなし」に、けっしていやされることのない悲しみをうたう。第一・第二両群に見られる愛と死の認識の相違は、新旧の対比をきわやかに見せている。

さきに述べたように、第一群は、先行する歌謡や挽歌や「しのひごと」をもとに、忍び妻の訃報に接した驚愕を伝統に従って古典的にうたい、第二群は、潘岳の『悼亡詩』を中心とする詩賦をもとに、葬儀後の妻への思慕を精細に描いているが、この両群の手法の相違は、たんに手法の相違にとどまらず、両群が創造する世界の相違であり、その世界を構成する認識の相違とも関連するものであった。人麻呂が両群の相違に無自覚であったはずもなく、対照的な世界を創造することによって愛と死の認識を深めていた、と考えてよかろう。

『石見相聞歌』が二群を構成したのは、詩人たちが楽府に対して擬古体の詩を作るように、歌謡を集大成して古典的で悲劇的な別れをうたう第一群を、視点を変えて、中国的で現代的な甘美な別離の情趣を描くものにうたいかえようと意図したことに出発するが、第二群が第一群を再構成したものであり、第二群は第一群の反覆にすぎないことを読者に明示するために、第一群の表現に推敲を加える間に、時間を停止させながらも第一群から第二群へ向けて心の動きを描き、心理的な時間の展開を暗示させ、さらには、第二群制作時に抱いた散文(物語)への深い関心から、第三反歌にわずかながらも、第一群よりも距離がへだたり、物語的時間が経過したことを感じさせる推敲を加えるにいたった。『泣血哀慟歌』が、第一・第二両群にそれぞれ対照的な世界を描き、さらに第一群に訃報に接した折の驚愕を、第二群に葬儀後の思慕をそれぞれうたい、第一群から第二群に時間を進めるのは、『石見相聞歌』で発見した新しい構成方法をさらに発展させるのであろう。

都倉義孝氏は前掲論「泣血哀慟歌」に、妻別人説をとり、両群の「対照的な内部構造」に注目して両群を「別時の作」とし、軽の「忍び妻伝承」を素材に、「名もなく貧しく美しい衆庶の悲恋の語り歌」として第一群は制作されて発表され、「人麻呂の手」によって同じ亡妻挽歌である第二群と「対」にされ、「原巻一・二へ集録された」、そうして両群の「さまざまの対照的な相違がここに、『展開の妙』ならぬオムニバス形式的な『対照の妙』を現出した」、と考えている。傾聴に価するが、『石見相聞歌』や『泣血哀慟歌』の文学作品としての到達点や魅力を、両群の対照的な相違に求める立場に立つと、作者がその点に無自覚であったとは思われず、「別時の作」とは考えにくく、『泣血哀慟歌』全篇にみなぎる物語への強い関心から見て、両群が独立したオムニバスとして〈妻の死〉を語るのではなく、オムニバス的要素を多分に持ちながらも、両群は連続してそれぞれの立場で一人の女の死を悲しむ、と主張することになる。

第一群は、木梨軽皇子のごとき男が忍び妻の訃報に接した驚きを、第二群は、潘岳のごとき男が妻に対する葬儀後の思慕をそれぞれうたうが、木梨軽太子のごとき男の忍び妻と潘岳のごとき男の妻を同一の女と読むことは不可能であろうか。女を主にしていえば、かつて自分の里である軽で軽太子のような近親者と近親相姦的な秘められた恋をし、その後、潘岳のような美男と結婚して泊瀬でくらし、母となったがまもなく急逝し、二人の男を悲しませる、という設定となる。

一人の女が死に、女を愛した二人なり、三人なりの男が歎く、という形式は、巻十六「有由縁幷雑歌」の『桜児物語』(16―三七八六・三七八七)『縵子物語』(16―三七八八〜三七九〇)に見え、『大和物語』の『生田川』には、そうした登場人物になりかわって作歌する伊勢たちの歌も見える。人麻呂は一人の女の死を、歌物語的に複数の男に愛された女の死としてとらえたが、これは、『石見相聞歌』で別離の主題を二分し、二つの対照的な別離を描きながら、さらに第一群から第二群へと場面を展開させる構成方法を物語的にさらに発展させた、と考えてよかろう。

第一群で古歌謡を集成し、第二群で古歌謡を現代的にうたいかえる手法を採用したのは、詩人たちが楽府に対して楽府題の詩を作るに等しいことであり、古代の文学者に親しいものであった。第一群で古歌謡を継承しつつ、妻の死をうたおうとしたところから、『天田振』や軽太子物語をもとに近親相姦的な秘められた恋と、そうした忍び妻の死をうたい、第二群では、妻の死を現代的にうたおうとしたところから、村落では見ることのできない都市における新しい夫婦生活と、そうした嫡妻の死を散文的に描いた。新しい都市的なものとは、新しい時代をつくる律令体制的なものであり、律令制的なものとは中国的なものと同義であった。新しい妻の死を潘岳の詩賦をもとに構成したのもそうした理由にもとづくものであった。

物語への深い関心から、潘岳の詩賦のように第一群から第二群に時間を進行させ、歌物語に見られる一人の女が死んで二人の男が悲嘆にくれる構成が採用されたが、『泣血哀慟歌』の主人公は、軽太子でもなければ、潘岳でもあるまい。当時の物語の一般から見て主人公は、神か英雄のはずであり、物語である以上、両群の男のいずれかが人麻呂ということもあるまい。

『人麻呂歌集』を見れば、人麻呂の文学が「衆庶」とふれあうことがあったことを否定することはできないが、第一群で妻が軽の市に「止まず出て見し」という状態で立った、ということや、第二群で幼児を「腋はさみ持ち」と記したことを主人公が「衆庶」であったとの根拠にしてはなるまいと思う。軽太子物語を背景にすれば、軽に拘泥する必要も生じようし、軽の市を、軽を里にしている女が、結婚前はもとより、結婚後も時おりわが家に帰ったおりに、軽太子のような男と、群衆にまぎれてする忍ぶ恋の場として選んだのであろう。『武烈天皇即位前紀』で太子時代の武烈は、海柘榴市の巷で行われた歌垣にでかけ、平群真鳥大臣の男鮪と影媛をあらそっているし、巻三には門部王の「東の市の樹を詠みて作りし歌一首」(3―三一〇)もあり、市は上流貴族にとってけっして無縁な所ではない。中西進氏の『万葉史の研究』のように、「そこに物をひさぐ女性の一人であったか、そこに集う群衆の一人であったかわからない。しかしこの妻はあくまでも市に属する女でなければならない」などと考える必要はない。

人麻呂のような下級官人の家にも、幼児の世話をする乳母や子守はいたであろう。第二群の男が幼児を抱くのは、その「みどり児」が妻の形見であるからであり、妻への追慕を強調するために、潘岳のような美男でいきな才子が子供を抱いて泣く姿を描いたのであろうし、子供を抱く父親の姿は新しい都会的な光景であり、村落から都市へ、母系制から父系制へという変化の始発の時期において、あらたな都市的、律令体制的、中国的風俗が都市に住む上流貴族に始まることは十分推測されることであり、子供の世話をする父親の姿を上流貴族に特有の光景として描いていることも、考えられないことではない。

『泣血哀慟歌』は、一人の女の死に対して二人の男が悲嘆にくれた設定であるが、その女はいったい誰であろう。今様軽太子と和製潘岳ともいうべき二人の男は、人麻呂が創作したまったく仮空の人物であろうか。当時の物語のあり方から考え、やはりモデルがある、と見るべきであろうが、実在した人々の実事を語るかたちをとりながら、二人の男の愁嘆を軽太子の伝承や潘岳の詩賦に合わせた構成をとり、しかも、歌物語の方法によって複数の男に愛された女の物語に再構成される。モデルとなった人々の実像は二重にデフォルメされたこととなるが、主人公が誰であったかを推測するてだてがまったくないわけでもない。

六　紀皇女と弓削皇子と石田王

『万葉集』の読者が、近親相姦ともいうべき近親者間の恋や、三角関係ともいうべきもつれた恋の物語を愛好したことは、巻二の「相聞」「挽歌」の歌々によって知ることができる。また、そうした事実があったか否か、明確にしがたいが、天智・天武の皇子や皇女に関してこうした恋物語が多数伝承されていたことも、巻二の歌々から推測される。天武の皇子と皇女である弓削皇子と紀皇女の兄妹にもそうした恋物語が存在したようだ。

弓削皇子の紀皇女を思ひし御歌四首

芳野川逝く瀬の早みしましくも淀むことなくありこせぬかも（2―一一九）

吾妹児に恋ひつつあらずは秋萩の咲きて散りぬる花にあらましを（一二〇）

暮《ゆふ》さらば潮満来なむ住吉の浅鹿の浦の玉藻刈りてな（一二一）

大船の泊つる泊まりのたゆたひに物念ひ痩せぬ人の児ゆゑに（一二二）

「芳野川」や「暮さらば」の歌には恋を直接表現する言葉はない。前者は、結句の「ありこせぬかも」まで読んで吉野川が激流であることを再度考え、水流ではなく何かの譬喩であることがわかり、題詞に関連させて恋の停滞を歎いたことが理解できる歌であるが、後者の場合は、恋とはさらに遠い。左の二首の心と区別することはほとんど不可能であろう。

時つ風吹くべくなりぬ香椎潟潮干の浦に玉藻刈りてな（6―九五八）

時つ風吹かまく知らず阿胡の海の朝明《あさけ》の潮に玉藻刈てな（7―一一五七）

第一首は、大伴旅人が神亀五年十一月に香椎廟を参拝した折にともをした小野老の歌であり、第二首は、「雑歌」中の「摂津作」の作者未詳歌である。

窪田空穂は『評釈』に、弓削皇子の「暮さらば」の歌について、「この歌は、題詞が添っていなければ、単に行楽の歌と見られうるもので、題詞と合わせてみて、はじめて恋の焦燥を詠んだものとわかる歌である」といい、「これは譬喩というよりも、譬喩を超えた暗示的なものといえる」と解説している。弓削皇子の「芳野川」と「暮さらば」の二首は、巻三に収められれば「譬喩歌」に部類されるものだが、「譬喩歌」の巻頭には左の紀皇女の一首がある。弓削皇子が「譬喩歌」といってよい歌で皇女を「玉藻」にたとえ、皇女が「譬喩歌」で「玉藻」の鴨を詠むのは、まったくの偶然であろうか。

紀皇女の御歌一首

軽の池の浦廻往きみる鴨すらに玉藻の上に独り宿なくに（3―三九〇）

弓削皇子が紀皇女に恋をし、歌を詠んだ、という巻二の所伝を全面的に信頼することには異論もあろう。また、巻三の紀皇女の「譬喩歌」には誰に対して独り寝を歎いているのか、この歌からは明らかではなく、弓削皇子と結びつけることは、牽強附会のはなはだしいもの、との批判を覚悟しなくてはならないが、皇女が意味深長な恋の歌を詠み、軽で恋をしていたとなると、軽での恋は、『天田振』等の軽に関する歌謡や軽太子に関する物語の連想から、紀皇女の恋が、ロマンチックな近親相姦的な忍ぶ恋であったことを想像させ、弓削皇子が皇女を愛していたということが、連続しないものでもない。

紀皇女がなぜ軽にいるのか、明らかになしがたいが、母は蘇我赤兄女であり、蘇我氏は曾我、石川の地を根拠地とし、軽は石川に属しているので、皇女が軽で歌を詠むのは自然なことであった。紀皇女の「里」は曾我、石川にあり、軽と深い地縁を有しているので、恋人から、「天飛ぶや　軽の路は　吾妹子が　里にしあれば」とうたいかけられて不都合はないが、紀皇女には、弓削皇子との恋のほかに、世の指弾をうける恋愛事件があった。

おのれゆゑ罵《の》らえて居れば驄馬《あをうま》の面高夫駄《おもたかぶた》に乗りて来べしや（12―三〇九八）

右一首は　平群文屋朝臣益人の伝へて云はく、昔紀皇女窃に高安王に嫁《とつ》ぎて嘖められし時に、この歌を作りたまひきといへり。但し高安王は、左降して伊予の国の守に任ぜられしのみなり。

右の左注によると、紀皇女は高安王とひそかに結婚し、勅勘をうけたことになるが、奈良時代に生存したとは考えられない紀皇女が、『続日本紀』の養老三年七月十三日の条に伊予守と見える高安王と変愛事件をおこすはずもなく、現在では、「昔聞紀皇女」を「昔多紀皇女」の誤写と見、多紀皇女の恋愛事件に関する伝承とする説がひろく支持されている。「多」を「聞」に誤写した、とするのも無理がなく理解しやすいが、紀皇女はその名から考えて紀氏と深い関わりを有したはずであり、紀氏の本貫は平群であるので、紀氏と地縁で結びつく平群文屋氏の伝承は、多紀皇女よりも紀皇女に関するものであってよい。紀皇女の事蹟はなぜか正史にとどめられず、『万葉集』によってその生涯を推測させるのみだが、これも恋愛事件によって勅勘をうけたため、と考えると理解しやすい。諸本にすべて「昔聞紀皇女」とあるので、誤写説以外考えられないものでもない。益人の伝承は史実を正確に伝えるものではないので、推論の資料とすることに問題を残すが、紀皇女が高安王のような廷臣に降嫁したために勅勘をうけた折に詠んだ歌、と考え、相手が高安王であることを疑うことにしたい。高安王は正史にも『万葉集』にもしばしばその名を見せる奈良朝の著名人である。

　同じ石田王の卒せし時に、山前王の哀傷して作りし歌一首

つのさはふ　磐余の道を　朝さらず　行きけむ人の　念ひつつ　通ひけまくは　霍公鳥　鳴く五月には　菖蒲ぐさ　花橘を　玉に貫き一に云ふ、貫き交へ　かづらにせむと　九月の　時雨の時は　黄葉を　折り挿頭さむと　延《は》ふ葛の　いや遠永く一に云ふ、田葛の根の　いや遠長に　万世に　絶えじと念ひて一に云ふ、大船の　思ひ憑みて　通ひけむ君をば明日ゆ一に云ふ、君を明日ゆは　外《よそ》にかも見む（3―四二三）

　右の一首は、或は云く、柿本朝臣人麻呂の作なり、といふ。

　或本の反歌二首

隠口の泊瀬少女が手に纏《ま》ける玉は乱れてありと言はずやも（四二四）

河風の寒さ長谷を歎きつつ君があるくに似る人も逢へや（四二五）

右の二首は、或は云はく、紀皇女薨ぜし後に、山前王の石田王に代りて作りしなり、といふ。

右は、丹生王の『石田王挽歌』につづく山前王の『石田王哀傷歌』であるが、左注によると、作者や作歌事情について異伝があり、長歌は、人麻呂の作ともいわれ、反歌は、紀皇女の葬時に山前王が石田王の立場で詠んだ作ともいわれていたことがわかる。左注の所伝にしたがって反歌二首を読むと、石田王は、手にまく玉がその玉の緒が絶えて四散するように突然にはかなくなった美しい紀皇女の死を悲しみ歎き、寒風の吹く泊瀬の河ぞいの道を皇女の面影を求めて彷徨したことになろう。「泊瀬少女」は「――少女」の用例から見て泊瀬に住む「少女」を意味する、と考えられるので、紀皇女は泊瀬に住んでいた、と推測してよかろう。かりに「泊瀬少女」は皇女を指す言葉でない、と考えても「泊瀬少女」が手にまき、大切にしていた玉が四散したことで、皇女の死を表現するのは、やはり、皇女が泊瀬に深い関わりを持っていたため――おそらく皇女が泊瀬に住んでいたため、と考えるのが自然であろう。石田王は紀皇女の遺族であり、やはり夫と考えるのがもっとも自然であろう。紀皇女は石田王に降嫁して泊瀬に住んだが、石田王に先立ち、泊瀬周辺の土地に埋葬された、と推測してよかろう。

長歌は、「つのさはふ　磐余の道を　朝さらず　行きけむ人の」と、石田王が毎朝、磐余の道を通ったことからうたいだされる。「磐余の道」は磐余への道を意味するが、契沖は『代匠記』（精撰本）に、この部分を反歌に関連させて、「反歌ニヨレバ、石田王ハ長谷ノ辺ニ宅アリテ、磐余ノ道ヲ経テ藤原宮ニ通ハレケルカ」という。泊瀬の家をいわずに「磐余の道」で泊瀬から磐余にいたる長い路のりを読者に伝えることは困難だが、反歌をどう読むにせよ、反歌に関連させせれば、『代匠記』のように泊瀬から磐余を経て毎朝、藤原に通った、と考えなくてはなるまい。

石田王は、道すがら五月には菖蒲と花橘を鬘にしてかぶり、九月にはもみじ葉を挿頭にさして、「万世に絶えじと念ひて」通った、という。この「延ふ葛の　いや遠永く　万世に　絶えじと念ひて」について、荷田信名は『童蒙抄』に「不絶朝参勤仕し給はん」の意とするが、長の道のりをいとわず通う、というのは、本来、精励恪勤を意味しない。沢瀉久孝が『注釈』で主張するように、「万世に仕へまつらむ」といった言葉もない以上、「念ひつつ通ひけまくは」は、泊瀬の妻を思うととるのが自然であり、鹿持雅澄が『古義』に「万世に絶ず、長く泊瀬の相思美人の許に通はん」の意とするのに従うべきであろう。出勤に際して考えたことが、鬘や挿頭のことであった、ということを見ても、石田王が、精励恪勤とは反する私情――妻への恋情に自己をゆだねていた、と読みとるべきであろう。

石田王は長い道すがら泊瀬の妻のことを思っていた、とうたうが、作者は、王がなぜ妻を遠い泊瀬に置き、そこから毎朝通うか、とか、泊瀬の妻がどのような女であったか、ということについては言及しない。抒情詩においてそうしたことは一々述べないものだ、といってしまえばその通りなのだが、それならばなぜ挽歌でありながら磐余への道を通う王の姿や、王の心中や妻への愛を大きく描くのであろう。作者は、「磐余の道を」と述べることで、王が泊瀬から磐余を経て藤原に到ることを読者に理解させうる、と考えていたようだが、石田王には天下周知の恋物語があり、作者は読者の知識にすがりながら、王の胸中や行為を描くのであろう。

反歌の左注によれば、石田王の泊瀬の妻は紀皇女であるが、史書にその名をとどめず、身分もあまり高くない王が、天武の皇女を妻としたというのは尋常なことではない。紀皇女が高安王に嫁して勅勘をうけたという所伝は、石田王との恋愛事件を誤り伝えたものか、と推測されるが、皇女は、軽を「里」にしているのになぜ居を泊瀬に移したのであろう。また、石田王は、道すがら妻を思い、鬘や挿頭のことを考えていた、というが、鬘や挿頭を見せようとする皇女が王よりはやく、すでに薨じていたという事実をどう考えればよいのであろう。

石田王や紀皇女に関する所伝は少なく、二人の生活を推測する資料は、山前王の『石田王哀傷歌』のみであるので、推測はたんなる臆測を記すことになろう。紀皇女と石田王の恋が発覚して皇女は都を離れて泊瀬に隠れ住み、子供が生れれば、そこで子供を育てる。石田王も地方官に左遷されたが、まもなく許され、帰京するが、皇女がほどなく他界する（あるいは、皇女が薨じて王が召還される、という順序かもしれない）。皇女の喪があけて王は服を改め、鬘をかぶり、挿頭を刺す、以前の伊達男ぶりを回復したが、そうした鬘や挿頭もすべていまは亡き皇女に見せようとするためであり、王は皇女のことのみを思い、皇女が住み、そして埋葬された泊瀬の土地を離れず、泊瀬からはるばる出仕していたが、その王も皇女のあとを追うように卒した。——こういったところであろうか。

『石田王哀傷歌』の主題は、妻の死を悲しんでいた男が妻のあとを追うように死んだ、ということになろう。都への長い道のり妻のことを思った、というのは、男の妻に対する深い愛をあらわし、道中妻に見せる鬘や挿頭のことのみを考えていた、というのは、同時に男がわが身を飾ることに熱心な伊達男ぶりをあらわすのであろう。石田王は服を改め、出仕をしはじめたが、都へのながい道中亡妻を追慕していたという亡妻追慕を大きく扱い、追慕ゆえに王が死んだように、王の突然の死を小さく記す。

潘岳の『悼亡詩』は、一年の喪があけ、服を改めて公務に戻る際の悲しみをうたうが、その最終部分で妻の部屋をながめ、ついで墓に詣で、心をはげまして車に乗って都に向ったことを述べる。「心を投じて朝命に遵ひ、涕を揮ひて強ひて車に就く。誰か謂はん帝宮は遠しと、路極まりて悲しみは余り有り」と。長の道のり車に揺られて都に着いたが、都に着いても亡妻追慕の心は去らなかった、の意だが、『石田王哀傷歌』の王の出仕途上の思いは、『悼亡詩』最終部分を拡大させ、反復させたものではないか。

紀皇女は、『泣血哀慟歌』の女のように、兄の弓削皇子と自分の「里」である軽で恋をし、石田王と結婚して泊瀬でくらし、王に先立って薨じ、泊瀬に葬られたが、石田王は、妻を深く愛した伊達男であり、山前王や人麻呂たちに潘岳のごとき男と考えられていた廷臣であった。弓削皇子の薨去は文武三年（六九九）七月二十一日であるが、紀皇女が薨じ、石田王が卒したのも、石田王に対する挽歌が、河内王と田口広麻呂に対する挽歌の間にあるので（河内王は持統八年四月五日に贈賻をうけたが、田口広麻呂は慶雲二年十二月二十七日に従五位下になったことがわかるのみで没年は未詳）、持統朝の末期か文武朝の初期と考えてよかろう。

持統朝の末から文武朝の初めにかけて、紀皇女、石田王、弓削皇子が相次いで没し、しばらくすると、弓削皇子と紀皇女の秘められた恋や、石田王と皇女とのはげしい恋や皇女に先立たれた王の愁嘆が人々に注目され、人麻呂が出入りを許されている忍壁皇子、山前王父子を中心とする人々の間では、弓削皇子は軽太子のようだ、石田王は潘岳に似ている、といったことが噂されたことであろう。人麻呂かともいわれる山前王の『石田王哀傷歌』は、山前王と人麻呂の合作といった形で制作されたものであろうか。

七　忍壁皇子・山前王のサロン

紀皇女をめぐる今様軽太子と和製潘岳ともいうべき対照的な男たちの愛と愁嘆は、『石見相聞歌』で発見した、二群がそれぞれ対照的な世界を描きつつ、第一群から第二群に場面を展開させる手法を実践する絶好の主題と思われ、『石見相聞歌』を発展させる形で『泣血哀慟歌』が制作されることとなったが、『石見相聞歌』の場合も、皇女をめぐる愛と死の物語とまったく無縁ではなかったかもしれない。

『石見相聞歌』の第二群で、男はみずからを「大夫」といい、「驄馬」に乗っていた。さきに『石見相聞歌』を論じた際に、みずからを「大夫」というのは、「高きに登りて能く賦せば以つて大夫と為すべし」（『漢書』芸文志）を典拠に、高津野山の山頂で妻と別れ、賦に相当する長歌を詠んだため、と考え、男が「驄馬」に乗るのも、多情な若い大夫の乗馬として詩文に描かれているのを「大夫」にあわせて選んだため、と考えた。作品の内部の論理にあわせて「大夫」「驄馬」を使用した理由を求めるとそうしたことになるが、『石見相聞歌』にもモデルがあって、主人公が「大夫」であり、愛馬が「驄馬」であったからかもしれない。

さきに、平群文屋益人が伝えたという紀皇女と高安王の恋愛事件は、皇女と石田王との結婚を誤り伝えたものか、と推測したが、皇女が結婚した相手は、皇女が勅勘をうけて心を痛めているのを、気にもとめないように、はでな「驄馬」に乗って皇女のもとに通い、皇女を「おのれゆゑ罵らえて居れば驄馬の面高夫駄に乗りて来べしや」と歎かせていた。『石見相聞歌』の若い多情な「大夫」は、あるいは石田王をモデルにし、『泣血哀慟歌』と同様に、忍壁皇子や山前王を中心とする人々を前にして発表された作品のように思われてならない。

『石田王哀傷歌』は、いうまでもなく石田王の葬儀に関わる席で発表することを目的として作られ、『泣血哀慟歌』は、紀皇女、弓削皇子、石田王の葬儀と直接関わることなく、忍壁皇子や山前王らの慫慂をうけて、特定な葬儀に奉仕する詞章といった形をとらない文学作品として制作された、と考えられるが、特定な葬儀に奉仕しない『泣血哀慟歌』は、かえってさまざまな人々のさまざまな葬儀の折に享受され、また、ロマンスとして葬儀とはまったく無縁な場においてもさまざに享受されたことであろう。

『泣血哀慟歌』には「一本」や「或本」があり、『石田王哀傷歌』にも「一本」や「或本」があり、異伝があるが、『泣血哀慟歌』が人々の称讃を博して続篇が求められ、『石田王哀傷歌』がその後日物語として添えられ、長編化したことも推測できないことではあるまい。『石田王哀傷歌』の長歌と或本の反歌は、反歌を反歌の左注「紀皇女の薨ぜし後に、山前王の石田王に代りて作りしなり」にあわせて読むと、石田王の死を悲しむ長歌とは矛盾し、分離してしまう。反歌二首の作者は、題詞、左注ともに山前王といい、人麻呂とする所伝はないが、表現や調べが長歌以上に人麻呂的であることは、真淵以来多くの人々が承認するところである。

『泣血哀慟歌』の第二群は、作者の愛する石田王をモデルにし、当時の人々に注目される新しい都市の愛と死を描いた。『石見相聞歌』ともモデルにおいて共通し、『石田王哀傷歌』を後続させるのも第二群である。長篇の核となり、さまざまな形においてしばしば歌われたために、種々に改変され、「或本」のように、火葬といったあらたな風俗を加えたり、「家に来て吾が屋を見れば玉床の外に向きけり妹が木枕」といったあらたな反歌を加えたりすることが行われたのであろう。『石田王哀傷歌』の「紀皇女の薨ぜし後に、山前王の石田王に代りて作りしなり」という二首の反歌は、『泣血哀慟歌』が忍壁皇子、山前王のサロンである時発表された折に、第二長歌に加えられ、真実の姿を明らかにした反歌と考えられないではない。

『泣血哀慟歌』は、人麻呂の妻が死に、その死を悲しんで詠んだ歌ではない。人麻呂は自己の生活体験を現実に即してうたう歌人ではなく、神となり、王となり、他者となってうたう古代の歌人であった。奈良時代に入って、自己の生活体験を現実に即してうたう抒情が和歌史の中心を占めるようになり、人麻呂の和歌も彼の実人生と直結させる形で読まれるようになったのであろう。『泣血哀慟歌』の題詞「柿本朝臣人麻呂の妻死して後に泣血哀慟して作りし歌二首」は、そうした理解にもとづいて加えられたものであり、作歌事情を正確に伝えている、とは考えられない。

注　「或本の歌」は第二長歌と三首の短歌を有する。『泣血哀慟歌』も第三短歌で長歌の世界から転じて長歌の歌わない秋月を歌い、第四短歌で長歌に関わらせて第二群を締めくくっているが、この本にはさらに第五短歌「家に来てわが屋を見れば玉床の外に向きけり妹が木枕」がある。山尋ねをして我が家に帰り、寝室をのぞいて見た情況を歌う。人麻呂の他の作品に見られないものので、なぜ添えられたか、理解に苦しむが、物語的関心から加えられたもので、詩としては不必要なもの、ということができる。

『古代研究』第八号（昭和五二年六月）に「泣血哀慟歌のモデルたち」として発表し、昭和五十九年三月九日に改稿した。

X 組歌

第十九章　留京三首

――留守歌の系譜と流離の歌枕――

伊勢国に幸したまひし時に、京に留まりし柿本朝臣人麻呂の作りし歌
網の浦に船乗りすらむをとめらが珠裳の裾に潮満つらむか（1―四〇）
釧つく答志の崎に今日もかも大宮人の玉藻刈るらむ（四一）
潮騒に伊良湖の島辺漕ぐ船に妹乗るらむか荒き島廻を（四二）

一　伊勢行幸の目的

持統天皇は、持統六年三月六日から二十日にかけて、伊賀・伊勢・志摩を巡行した。その時、都に留まった柿本人麻呂は『留京三首』を詠むが、その三首には地名が丁寧に詠み込まれている。

第一首の「網の浦」は、親しい地名ではなく、人麻呂がなぜ詠み込んだか、問題となるところだが、巻十五の遣新羅使が「所に当りて誦詠する古歌」中には、

安胡乃宇良に船乗りすらむをとめらが安可毛の裾に潮満つらむか（15―三六一〇）

とあるので、「網の浦」の原文「嗚呼見乃浦」の「見」は「児」の誤写とも考えられるが、巻十五の「古歌」には左

注があって、「柿本朝臣人麻呂の歌に曰はく、『安美能宇良』、又曰、『多麻母能須蘇爾』といへり」とあるので、誤写とすれば相当に古い時代のこととなり、誤写説を主張するのも困難となる。

沢瀉久孝は、『万葉集注釈』に、「網の浦」を鳥羽市小浜、「答志の崎」を答志島の崎、「伊良湖の島」を神島とし、次のようにいう。

> 私は過日その地に至り、その景観に接し、その浜に立つ海人をとめたちに聞いたのであるが、その小浜の北部をサトと呼び、南部をアミの浜と呼んでゐる事は確かであり、その浜に立つて沖を見ると、真正面に浜と相対したものが答志の崎であり、その答志の島のも一つ先に、私がいらごの島でないかと云つた神島が見え、その又彼方には三河の伊良湖岬が遠く霞んでゐる。次の作の答志とその次の作のいらごと、そして今の作のあみと、三首の歌枕が見はるかす一直線の上にあるといふあまりにも好都合な景観がそこに実在してゐる事を確めた。

「網の浦」が鳥羽市小浜に相当することを確認し、三首の歌枕が一直線上に存在することを発見した沢瀉の喜びは、快く読者の心に響き、今日多くの支持を受けているが、人麻呂はどうして「網の浦」という特殊な地名を出発点に選び、一直線にならぶ歌枕を歌い込むのであろう。持統四年九月の紀伊行幸の折に伊勢まで足を延ばしたりして曾遊の地であったので、三つの歌枕について深い知識を持っていた、というのも、なぜ、それを歌い込んだかを説明することにはなるまい。天皇や大宮人の動静は、都にいる人麻呂たちにも知らされていたかもしれないが、大宮人たちは『留京三首』に歌われたように、はたして網の浦を船出し、答志島に上陸して玉藻を刈り、さらに、神島・伊良湖岬に船を進めたであろうか。

> 壬午（一七日）に過ぎます神郡、及び伊賀・伊勢・志摩の国造等に冠位を賜ひ、并て今年の調役を免し、復、供奉《そのことにつかへまつ》れる騎士・諸司の荷丁・行宮造れる丁の今年の調役を免して、天下に大赦す。但し盗賊は赦例に在ら

ず。甲申（一九日）に、過ぎます志摩の百姓、男女の年八十より以上に、稲、人ごとに五十束賜ふ。乙酉（二〇日）に、東駕、宮に還りたまふ。到行します毎に、輒ち郡県の吏民を会《まうつど》へて、務《ことねむごろ》に労へ、賜ひて楽作《うたまひおこ》したまふ。甲午（二九日）に、詔して、近江・美濃・尾張・参河・遠江等の国の供奉れる騎士の戸、及び諸国の荷丁・行宮造れる丁の今年の調役を免す。詔して、天下の百姓の、困乏《まど》しくして窮れる者に稲たまはらしむ。男には三束、女には二束。

右に『日本書紀』持統六年三月の条を引用したが、三月二十九日の詔に、近江・美濃・尾張・参河・遠江等の東国の騎士や荷丁、行宮造営に奉仕した丁の今年の調役を免除する、とあるので、東国の人々の奉仕を受けたことは明らかだが、通過したのは、十七日の行賞の記事に見える伊賀・伊勢・志摩の三国である。十九日には、通過した志摩国の八十歳以上の老人に稲五十束を賜う、とあり、伊賀・伊勢を除外しているのは、志摩の滞在が長く、志摩に親しみを抱いた理由によろうか。五月六日の条には、「阿胡行宮に御《おはしま》しし時に、贄進《たてまつ》りし者紀伊国の牟婁郡の人阿古志海部河瀬麻呂等、兄弟三戸に、十年の調役・雑徭を服《ゆる》す。復、挟杪《かちとり》八人に、今年の調役を免す」とあるので、紀伊に近い志摩の阿胡にまで足をのばしたことがわかる。

持統の伊勢行幸は、実際には海景を楽しむ遊覧的要素の濃いものであったろうが、巡行の主目的は、政治的なものと考えなければなるまい。壬申の乱で天武天皇は、伊勢神宮を祭る東国の勢力を味方につけることで勝利を迎えたため、天皇は即位後伊勢神宮を庇護し、天武三年十月九日には大来皇女を斎王として伊勢神宮に奉仕させ、四年二月十三日には十市皇女・阿閉皇女を神宮に参赴させているが、天武は伊勢神宮に深い信仰を寄せたのであろう。朱鳥元年四月二十七日には、病気平癒を祈願させるため、伊勢に多紀皇女・山背姫王・石川夫人を派遣している。持統の伊勢行幸は、こうした天武の伊勢信仰を継承するものであろう。さきにあげた三月十七日の条においても、伊勢の度会・

多気の両郡を神郡として特別に待遇し、閏五月十三日には伊勢神宮の申請をいれて、神郡からの赤良曳荷前御調糸の献上を免除している。

『太神宮諸雑事記』は、持統四年と同六年に、内宮と外宮の遷宮祭の行われたことを、「即位四年庚寅、太神宮御遷宮。同六年壬辰、豊受太神宮遷宮」と記す。紀伊行幸の持統四年を内宮の遷宮祭の年、伊勢行幸の持統六年を外宮の遷宮祭の年とのちに考え、推定したものかもしれないが、持統六年が壬申の乱後二十一年目に相当するのも、なにか意味ありげである。『二所大神宮例文』は、持統四年の内宮遷宮に注して、「自二此御宇一、造替遷宮、被レ定二置廿年一。但大伴皇子謀反時、依二天武天皇之御宿願一也」というが、これは事実というより伝承であり、伝承というより後世の推測であろうが、この推測を外宮に及ぼすことも不可能ではあるまい。持統の行幸は、天武の伊勢信仰を継承し、しかも、外宮の第一回の遷宮（あるいは創設）に関連したものではなかったろうか。

伊勢行幸に際して、三輪朝臣高市麻呂の有名な諫止事件がある。「農時を妨げたまふこと」をその理由としているが、理由はただそれだけであろうか。古賀精一氏は「大神朝臣高市麻呂考」（石井庄司博士喜寿記念論集『上代文学考究』）に、北山茂夫の「持統天皇論」（『日本古代政治史の研究』）や守屋俊彦氏の『日本霊異記の研究』を引用しつつ、つぎのようにいう。

北山茂夫氏は、この行幸の意図を、藤原京造営を控えて、地方豪族に恩威を示すという政治的効果をねらったものと解釈し、一方、高市麻呂をかく行動させたものについては、「高市麻呂の単独の直諫の行為を内面から支えた思想は、儒教ふうな王者観であったとされていいであろう。」という。書紀の文章、懐風藻の関係作品などから推せば、そのとおりであろうが、三輪山の神を奉ずる大神朝臣という出自を考慮に入れるならば、「彼をして真にあのように熱情的に駆りたてたものは、実は田の神や水の神の子孫としての血の誇りであったとみた方がよいのではあるまいか。」とする守屋俊彦氏の見解も、高市麻呂の内面に一歩ふみこんだ解釈として、併せて考えるべきことであろう。さらに、伊勢の新しい神に対する三輪の古い神の側からの抵抗という解釈も、天武紀・持統紀にみるかぎり、伊勢・大倭・住吉・紀伊・竜田風神・広瀬大忌神などが重んじられているのに対して、三輪神はほとんど無視されているに近いという事実からして、一考すべきことであろう。

持統の伊勢行幸を外宮の祭礼に関連させれば、高市麻呂の諫止はさらに理解しやすいものになろう。外宮の祭神は豊受大神で、天照大御神の御饌都神だが、同時に五穀の生産や衣食住の守護神であり、神格においては、出雲系の神々である、大年神・宇迦御魂・御年神・大戸比売神等の農耕神・殖産神と共通する。大和において出雲系の神社を代表する三輪神社が新しい宗教政策に重大な関心を寄せ、三輪神社を代表する三輪高市麻呂がその政策に反対し、最後まで抵抗したのではないか。農耕・殖産の神を祭ろうとする天皇が、農作に重要な時期に行幸して、その妨げをするのは矛盾ではないか、と諫止するかたちで。

持統の伊勢行幸が、伊勢神宮と関連の深いものであり、聖地巡礼の意味あいを持つとすれば、志摩にも、伊雑宮・粟島大歳宮があるので両社への巡礼も考えられ、そこから、志摩の中心地である阿児の国府に向うことも不自然ではないが、答志島・神島・伊良湖岬はこうした巡礼をするべき聖地ではない。風光明媚な土地であり、遊覧し、磯遊び船遊びをした、と考えるべきであろうが、これらの海域は、潮の流れも速く、女帝が磯遊び、船遊びをする場としてかならずしもふさわしくはない。

二　留守歌の倒立

人麻呂は宮廷歌人でありながら、行幸に供奉せず、都に留まって『留京三首』を三首の短歌に詠んだ。この三首が、なぜ、特殊な歌枕を詠み込んだか、実際の行幸や人麻呂の体験とどのような関わりを持つか、といった問題はやはり、作品に直接尋ねるべきであろう。なぜ、天皇の行幸を長歌で歌わず、「をとめ」「大宮人」「妹」の船旅や海浜での姿を想像するか、ということも問題にしてよいであろう。人麻呂は、三首に等しく「らむ」を使用し、現在の彼女たちの姿を空想するが、こうしたことは、同じ行幸の折に、当麻真人麻呂妻の詠んだ歌にも見える。

(1)吾が背子はいづく行くらむ沖つ藻の名張の山を今日か越ゆらむ（1―四三）

海とは無縁な歌だが、このように、現在、夫はどこそこを旅していようか、という歌は集中に少なからず収められている。

(2)朝霧に濡れにし衣干さずしてひとりか君が山路越ゆらむ（9―一六六六）

(3)あさもよし紀へ行く君が真土山越ゆらむ今日ぞ雨な降りそね（一六八〇）

(4)おくれゐて我が恋ひをれば白雲のたなびく山を今日か越ゆらむ（一六八一）

(5)秋風の寒き朝明を佐農の岡越ゆらむ君に衣貸さましを（3―三六一）

(6)山科の石田の小野の柞原見つつか君が山道越ゆらむ（9―一七三〇）

(7)草陰の荒藺の崎の笠島を見つつか君が山路越ゆらむ（12―三一九二）

(8)玉かつま島熊山の夕暮れにひとりか君が山路越ゆらむ（三一九三）

(9)息の緒に我が思ふ君は鶏が鳴くあづまの坂を今日か越ゆらむ（三一九四）

(2)は斉明四年（六五八）紀伊行幸時の作者未詳歌、(3)(4)は大宝元年（七〇一）十月の持統・文武行幸時の後人歌、(5)は赤人、(6)は宇合の歌、(7)～(9)は巻十二「悲別歌」中の作者未詳歌である。(4)(6)には旅人を羨やむ心が歌われているが、他は山越えの難儀を思いやったもので、(2)の「朝露に濡れにし衣干さずして」、(5)「秋風の寒き朝明を」、(8)の「夕暮に」、(2)(8)の「ひとり」はさらに悪条件の重なったことを憂慮する形を採る。

山越えの歌ではないが、左の歌も同趣の歌と考えてよかろう。

(10)流らふる妾《われ》吹く風の寒き夜に吾が背の君はひとりか寝らむ (1―五九)

(11)神風の伊勢の浜荻折り伏せて旅寝やすらむ荒き浜辺に (4―五〇〇)

(12)梅の花散らす春雨いたく降る旅にや君が庵りせるらむ (10―一九一八)

(13)十月しぐれの雨に濡れつつか君が行くらむ宿か借るらむ (12―三二一三)

(14)葦辺には鶴がね鳴きて湊風寒く吹くらむ津乎の崎はも (3―三五二)

(10)は誉謝女王、(11)は碁檀越妻の歌。(12)は「春相聞」の「寄雨」中、(13)は巻十二の「問答歌」中の作者未詳歌。(14)は若湯座王の歌である。みな、悪天候のもとの旅や旅宿を案じる妻の歌であり、(14)の場合は異論もあろうが、旅人を思う留守の歌と考えてよかろう。こうした諸例は、夫が難所を越えたり、悪天候に見舞われたと推測される折に、留守の妻は旅の難儀を思いやる歌を詠む習慣が存在したことを推測させる。

(15)二人行けど行き過ぎかたき秋山をいかにか君がひとり越ゆらむ (2―一〇六)

(16)たまきはる宇智の大野に馬並めて朝踏ますらむその草深野 (1―四)

(17)風吹けば沖つ白波たつ田山夜半にや君がひとり越ゆらむ (『伊勢物語』)

(15)は悲劇を秘めた大伯皇女の歌、(16)は和歌史上初めての反歌として注目される中皇命の歌だが、ともに留守歌の発想を採用し、(16)の場合はその形式を借りつつ舒明天皇の朝狩への出発を賀する歌にしているのは、留守歌の成立の古さを推測させるし、『伊勢物語』「つつゐづつ」の(17)の存在も、留守歌の詠法が後世にまで広く行われていたことを物語っている。

「つつゐづつ」で女の詠む(17)の歌は、『古今集』(18―九九四)や『大和物語』(一四九)にも見え、『古今六帖』には物語はないが、一帖と二帖に「かぐ山の花の子」「かごの山の花子」の作として重出する。大和国で語られた民話系列の物語だが、『伊勢物語』ではこの歌を女は、「いとようけさうじて」詠んだといい、『古今集』では、「琴をかき鳴らしつつ」詠んだという。女が化粧し、琴に合わせて謡う歌であり、留守の妻が夫の安全を祈念する神事の折に詠む歌のごとくである。

人麻呂の『留京三首』もこうした留守歌の発想を承けて、「をとめ」「大宮人」「妹」の船旅や海浜での姿を想像する。『万葉集古義』が、第一首・第二首を、「女房はつねに簾中にこそ住むものなるに、たまたま御供奉りて、心もとなき海辺に月日経て、あらき島回に裳裾を潮にぬらしなど、なれぬ旅路やなに心地すらむ、と想ひやり憐れみて詠めるなるべし」、「海人こそ常に刈らめ、大宮人の刈らむは思ひがけぬわざなれば、いかにわびしくやあらむ、と思ひやりたる意なり」と、なれない旅路や思いがけない労働に同情した意と解するのは、極端に過ぎるとしても、作品に潜む憂慮をまったく無視してしまうのもどうであろう。

斎藤茂吉は『柿本人麿』(評釈篇・上)に、第一首を「この一首の気持は、楽しい朗かな声調で、さういふ若い美しい女等に対する親愛の情が充満ちてゐる」と評し、窪田空穂は『万葉集評釈』に、第二首を「行幸の路順を思うと、人麿も知っていたろうと思われる手節の崎が浮かんでくる。そこに想像されることは、大宮人の、海人の生業の一部である藻苅りをまねて興じている光景である。海に憧れている大宮人には、これはきわめて珍しく楽しい遊びで、人麿も、それを想像すると、心躍るものがあったとみえる」と評している。

茂吉や空穂のように、第一首・第二首に憂慮を認めず、供奉の女官が舟遊びをし、海藻を刈って遊んでいる姿を空想し、羨ましがる心を表現した、と考えるのが通説となっているが、第三首の不安は、突然にきざしたものではなく、第一・二首の明るい憧憬や羨望のなかにも一抹の不安を宿し、「をとめ」や「大宮人」を作者に強く引き付ける働きをしてはいないだろうか。

人麻呂は、伊勢行幸に供奉せず、都に留まって留守歌を詠むこととなった。当麻真人麻呂妻のように、女たちが夫の旅の安全を祈念するなかで彼も留守歌を歌おうとして、現代が女帝の時代であり、多数の女官たちが行幸に供奉したことを考えた時に、世界が逆転したように感じ、本来旅をするはずの男が留守をし、留守をするはずの女が旅にあるようにすべてが倒錯して見えたのをおもしろく思い、倒立した留守歌の制作を意図したのであろう。

旅にある夫を案じる留守の妻の歌は、旅にある妻を案じる留守の夫の歌に変化し、山越えに対する憂慮は、海浜や海路に対する憂慮に変えられ、その憂慮も単なる憂慮ではなく、風光明媚な志摩の船遊びや藻刈りに関する憂慮に置きかえられ、直接的には明るい憧憬や羨望に逆転していた。人麻呂は、行幸に供奉した美しい女官たちの姿を明るく具象的に描き、留守をする人麻呂の羨望を伝えながら、憂慮を伝える留守歌の文脈は、波に濡れはしないか、うまく玉藻が刈れるか、海は荒れていないか、という形で、一抹の不安を添えて作品に陰影を与え、行幸に供奉せずに留守をした官人たちの思いを自己に引き付けていた。この時、女官たちは彼の恋人や妻に等しいものに変身していたことはいうまでもない。実用的な留守歌が人麻呂によって文学作品として飛翔したことも説明を要するまい。

『万葉集』中には、左の六首のごとき歌もあるが、⒅⒆のように航海を思いやる歌や、さきにあげた⑷⑹や⒇〜㉓のように、旅に出られぬことを残念がり、旅人が美しい光景を見、楽しい体験をしていることを羨む歌は、人麻呂の『留京三首』がなくては、生まれなかった、と考えてよかろう。⒅は黒人、⒆は小弁、⒇は金村の歌、㉑〜㉓は旅人の「後人追和之詩三首」である。

⒅いづくにか船泊てすらむ安礼の崎漕ぎたみ行きし棚なし小舟（1―五八）
⒆高島の阿渡の湊を潜き過ぎて塩津菅浦今か漕ぐらむ（9―一七三四）
⒇……真土山　越ゆらむ君は　黄葉の　散り飛ぶ見つつ　にきびにし　我は思はず　草枕　旅をよろしと　思ひつつ　君はあらむと……（4―五四三）
(21)松浦川川の瀬速み紅の裳の裾濡れて鮎か釣るらむ（5―八六一）
(22)人皆の見らむ松浦の玉島を見ずてや我は恋ひつつをらむ（八六二）
(23)松浦川玉島の浦に若鮎釣る妹らを見らむ人のともしさ（八六三）

三　人麻呂の視線

答志島や神島・伊良湖岬にかりに行幸したとするならば、磯遊びや船遊びをする遊覧のために行幸した、ということになろうが、往復十八日という日程や『日本書紀』の記載から考え、伊良湖岬までは行かなかった、と考えるのが自然であろう。久松潜一も『万葉秀歌㈠』（講談社学術文庫）に「あみの浦や手節の崎からはやや距離があるが、この辺りまで船で行くものもあったであろう。ただこの行幸の時に行かれたかどうかはわからない」といい、犬養孝も『万葉の旅㈥』（現代教養文庫）に「京にいる人麻呂はすでに知っているこの海景を思いえがいて、三首目にはっきりと〝妹〟をあらわし、動的展開的な春の海上に場面を転じて、妹のいる遠い潮の音を思いやっているのだ。かならずしも一行が急潮の伊良湖水道を小舟で乗りきる危険を冒しているわけではない」といい、高安国世氏も『万葉のうた』（創元新書）につぎのようにいう。

伊良湖は志摩半島からは対岸にあたる渥美半島の先端で、答志の島から伊良湖までは近距離ではありますが、海流が早くて船遊びには適しないそうです。だから、重大な用件で東国へ渡ったのでなければ、これはただ人麿が空想で作ったということになります。実際に危険というほどでなくとも、相当荒い海潮を乗り切って漁夫らにこがせる船の中に、自分の思う女人も心細そうに乗っている様子を思いやる方が真実味があっていいようですが、この時の巡幸に、そこまで渡られたかどうかはわかりません。

「伊良湖の島」がかりに神島であったとしても、伊良湖岬に渡るのでなければ、どうして神島の海域に船を進める必要があったであろう。神島の周辺もなかなかの難所で、吉田東伍の『大日本地名辞書』は、『日本水路志』を引用して、神島の項に「四面険絶、泊船の地なし、又島の四周は海底険悪にして近づく可らず、北側に一小村あり、島北は即ち伊良湖水道にして、潮水奔流す」、菅島の項に「神島より菅島に至る間には、数多の岩礁列布し、且潮流強きを以て舟人甚之を恐る」という。

「伊良湖の島辺」に船を進めた、というのは人麻呂の空想で、実際にはそうしたことはなかった、となるようだが、同様なことは、「網の浦」での乗船や「答志の崎」での玉藻刈りについてもいえる。人麻呂は、なぜ、それぞれの土地でそうしたことをした、というのであろう。

「答志の崎」について、答志島のいずれかの岬と考えられ、とくに異説はないが、答志郷のいずれかの岬、答志郡のいずれかの岬、と考えることも不可能ではない。答志郷は、答志島・坂手島・神島・菅島等の鳥羽東海に羅列する島嶼の諸村をいい、答志郡は、答志郷をはじめとして、伊気郷・神戸郷・伊可郷・伊雑郷・磯部郷を含み、養老三年以前は、英虞郡をも含み、「答志」は志摩の別名であった感が深い。「答志の崎」は志摩東海の岬であり、答志郡答志郷の答志島の黒崎などと特定の岬をうたっているわけではあるまい。

「答志の崎」を答志島の岬と限定できなくなると、どこにでもありそうな「網の浦」を小浜に比定することもまた困難になろう。三つの歌枕が一直線に存在する、という説は魅力のあるものだが、視点を定める論拠を欠くようだ。

三つの歌枕がなぜ詠みこまれたか、の問題も『留京三首』の方法に即して考えるべきであろう。人麻呂は、伊勢行幸が遊覧的要素の濃いもので、志摩で磯遊びや船遊びが行われることを知っていたろう。彼が女官たちに対する羨望と一抹の不安を留守歌の形式を借りて歌おうとすれば、山越えの難所を歌う留守歌に合わせて、志摩の海の難所を歌わなければなるまい。伊勢志摩のはずれの最大の難所である「伊良湖の島辺」が第三首にうたわれたのは、そうした理由によるのであろう。「伊良湖の島」は、また、麻績王の物語によって、不安や旅愁とともに甘美なものを誘う流離の歌枕となっていた。

麻績王の伊勢国の伊良虞の島に流されし時に、人の哀傷して作りし歌

うちそを麻績王海人なれや伊良湖の島の玉藻刈ります（1—二三）

麻績王のこれを聞きて感傷して和せし歌

うつせみの命を惜しみ波に濡れ伊良湖の島の玉藻刈りをす（二四）

伊良湖岬に向う船の出る港は、われわれの常識では鳥羽がよく、「答志の浦」となるはずだが、志摩の中心地は、国府のある阿児であるので、阿児が起点となり、第一首で船は「阿児の浦」を出発するのであろう。第二首は、第一首の「阿児の浦」と第三首の「伊良湖の島」の中間、志摩国の東端がうたわれなければならず、「答志の崎」が選択されたのであろう。答志は、志摩の別名ともいえるほど広範囲の土地を指すが、主としてその東部の地をいう。

麻績王の物語について、いま深入りする気はないが、麻績部・神麻績部・若麻績部の諸氏が活躍する東国を流離する物語であったろうか。麻績王は、伊勢の麻績連と関連を持つ皇族であろう（注）から、その流離譚では伊勢を経由しよう

し、主人公に七難八苦を与えるために、通常の経路とはことなる嶮難な道が選ばれたかもしれない。伊勢から伊良湖岬へも陸路をとらずに水路が選ばれ、伊勢から志摩へ、志摩から伊良湖岬へと流離する物語であったかもしれない。

をとめらが　麻笥《をけ》に垂れたる　績麻なす　長門の浦に　朝なぎに　満ち来る潮の　夕なぎに　寄せ来る波の　その潮の　いやますますに　その波の　いやしくしくに　我妹子に　恋ひつつ来れば　阿胡の海の　荒磯の上に　浜菜摘む　海人をとめらが　うながせる　領巾《ひれ》も照るがに　手に巻ける　玉もゆららに　白たへの　袖振る見えつ　相思ふらしも（13―三二四三）

反歌

阿胡の海の荒磯の上のさざれ波我が恋ふらくはやむ時もなし（三二四四）

右に引用したのは、巻十三所収の詳細不明の「雑歌」だが、男は「長門の浦」の対岸に立って故郷の妻を思っていると、「阿胡の海」の荒磯の上では、浜菜を摘む海人の少女たちが、彼に向って袖を振り、領巾や手玉をゆらす、という。「長門」を長門国と結びつける解釈もあるので、伊良湖に流される麻績王流離譚と直結させることはためらわれるが、「をとめらが　麻笥に垂れたる　績麻なす」の序は、流離する男が麻績王であることを暗示するようでもある。いずれにしても、「阿胡」は流離の歌枕であった。答志も麻績王が水路をとれば通過する土地であり、流離の歌枕であったのだろう。

人麻呂は、留守歌のかたちを借りて、志摩の海浜で遊ぶ女官たちに対し、羨望とともに一抹の不安を美しく歌おうとした。留守歌の形式を採用したために、難所が歌い込まれなければならず、難所はたんなる難所ではなく、羨望を誘うものでなければならなかったために、甘美なイメージを読者に換起させる流離譚に登場する流離の歌枕が選択されたのであろう。第一首・第二首が明るい憧憬や羨望のなかで、かすかに伝えようとする「波に濡れはしないか」

「うまく玉藻が刈れるか」といった一沫の不安や、最大の不安をかもし出す伊良湖岬の地名は、麻績王の歌「うつせみの命を惜しみ波に濡れ伊良湖の島の玉藻刈りをす」がすでに所有するものであり、すべてはこの歌より再生産したものであった。

阿胡・答志・伊良湖の地名は、それぞれに添えられた「浦」「崎」「島」と呼応しながら、内から外に向い、次第に憂愁や不安を増す流離の歌枕であり、実際の所在とは無関係に、『留京三首』の世界においては、一直線上に置かれた地名であった。女官をうたいながら、彼女が「をとめ」「大宮人」「妹」と変化するのも、第一首が波に玉裳を濡らす女官の若さや美しさをいうために「をとめ」といい、玉藻刈る海人のしわざを盛装した女官が行ったことを表現するために「大宮人」といい、難所に来た女官たちへの憂慮をいい、彼女たちへの愛を表明するために、「妹」といったことを無視してはなるまい。人麻呂はこうした心遣いをする歌人である。

第一首の「網の浦」は、志摩の中心地でしかも流離の歌枕である「阿胡の浦」が正しい。なぜ、「網の浦」になったかは臆測するほかはないが、行幸に供奉して志摩の地理に詳しくなった文学を解さない高官などから、伊良湖には阿胡からは行かない、などとたびたびいわれ、第二首に使用しているので「答志の浦」ともいえず、苦しまぎれに、どこにでもありそうで、いずれの地方のひなびた海浜にも使用できる「網の浦」を、軍王が「網の浦の　海人をとめらが　焼く塩の　思ひぞ焼くる　わがした心」（1―五）と歌っているのを理由にして改め、地理に詳しい高官は、人麻呂の心も理解できずに、こんどは一直線になった、といって喜んだ、といったところか。

人麻呂は、行幸に供奉せず、女官たちの旅を羨望する留守の官人の心を歌った。留守歌の発想を採用したので、私的な抒情を獲得しているが、妻の旅を私的に歌ったわけではない。伊勢が曾遊の地であったか否か、妻が女官たちのなかにいたか否か、は明らかでない。読者を予想した作品で、文芸性はきわめて高く、直接的ではないが、歌い込まれた羨望により、行幸を讃美する歌ともなっている。

注　麻績連氏は伊勢に、神麻績連氏は左京・右京にもいたが、麻績部・神麻績部・若麻績部は遠江・美濃・下野・上総に分布していた。

『国文学研究』第七十五集（昭和五六年一〇月）に「留京三首における人麻呂の方法――留守歌の系譜と流離の歌枕――」として発表した。

第二十章　鴨山自傷歌

――人麻呂と河内・摂津の歌語り――

柿本朝臣人麻呂の石見国に在りて死に臨みし時に、自ら傷みて作りし歌一首
鴨山の磐根しまける吾《われ》をかも知らにと妹が待ちつつ有るらむ（2―二二三）
柿本朝臣人麻呂の死にし時に、妻の依羅娘子の作りし歌二首
今日今日と吾《あ》が待つ君は石川の峡《かひ》に 一に云ふ、谷に 交りて有りと言はずやも（二二四）
直《ただ》の相ひは相ひかつましじ石川に雲立ち渡れ見つつ偲はむ（二二五）
丹比真人 名欠く の柿本朝臣人麻呂の意《こころ》に擬《なずら》へて報へし歌
荒浪に寄り来る玉を枕に置き吾此間《われここ》に有りと誰れか告げなむ（二二六）
或る本の歌に曰く
天離る夷《ひな》の荒野に君を置きて念ひつつ有れば生けるともなし
右の一首の歌は、作者未だ詳らかならず。但し、古本此の歌を以て此の次に載す。
寧楽宮
和銅四年歳次辛亥、河辺宮人の姫嶋の松原に嬢子の屍を見て、悲歎して作りし歌二首
妹が名は千代に流れむ姫嶋の子松が末《うれ》に蘿生《む》すまでに（二二五）

難波がた塩干な有りそね沈みにし妹が光儀《すがた》を見まく苦しも（二二九）

一　鴨山自傷歌と鴨山

人麻呂の「鴨山の磐根しまける吾をかも知らにと妹が待ちつつ有るらむ」は、人麻呂の辞世の歌と考えられ、鴨山の岩を枕として死のうとする自分を知らずに、我が妻は自分の帰りを待ち続けていよう、と旅の途中で死を目前にし、家郷の妻を思う歌と考えられている。作者は、妻が自分の帰りを待ちかねている姿を推測するが、そうすることで一層妻への愛が高まり、その断ち切りがたい恩愛に苦しむ姿を歌っている、と理解してよかろう。

『狭岑島挽歌』（2―二二〇～二二二）で人麻呂は、狭岑島で死者を見て、その場に居ない死者の妻が、夫の帰りを待ち恋うている姿を推測していた。『石見相聞歌』の第一長歌（2―一三一）においても、現実においては妻の姿は見えないのであるが、自分をいつまでも見送るいじらしい妻の姿を思い浮かべることで一層高まる妻への愛を歌った。「鴨山の」の人麻呂歌は、辞世の歌がそのようにうまく作れるものか、辞世という特殊な情況下で作られた歌がどうして他者に知られて、『万葉集』に採録されるに到ったのか、という直ちに答えられない疑問を残すにしても、いかにも人麻呂らしい作品である、ということは出来よう。

この辞世の歌は、人麻呂の死の情況を子細に伝えており、一読すれば叙事性の高さにも気付くが、恐らくこれはこの作品の本質と密接な関わりを有することなのであろう。またこの歌の「鴨山の磐根しまける」の部分は、磐姫皇后の「（かくばかり恋ひつつ有らずは）高山の磐根しまきて（死なましものを）」（2―八六）と類似し、この歌を有する『磐姫皇后の天皇を思ひて作りたまひし歌四首』（八五～八八）が四首一組の形で歌物語を構成し、学界の一部で人麻呂創作説が主張されていることは広く知られている。

従来、この歌について、鴨山の所在をめぐる諸論があるが、題詞の「石見国に在りて」の記載をそのままに信じて鴨山を石見に求める説はいかがであろう。古くからある益田川河口の、現在では水没した鴨島説にしても、斎藤茂吉の主張する湯抱温泉の鴨山にしても、けっして人々に広く知られた地名ではない。世間の人々の知らない地名を、人麻呂は無造作に裸のままで歌に詠むであろうか。人麻呂は常に細心な注意をして地名を表現している。詠み込まれる地名は、多くは著名なものであり、しかも道行きの行程によってその所在を理解しやすく工夫し、分かりにくい地名には、「石見の海角の浦廻を」というように、大きな地名である国名を上に置いて角（津野）という分かりにくい地名を説明する配慮が見られるのである。枕詞等の修飾語も読者の理解を助けようとするのであろうし、しかも、地名の持つ音声は、作品の主題と絡みあって様々なイメージを放射し、自己の心を読者に伝えようとする。

人麻呂のようなすぐれた歌人が、読者の理解を無視して不可解な地名を歌に詠むことも考えにくいことであろう。辞世という特殊な情況下にあっても、彼が目にしたものには様々なものがあったはずである。彼が身を横たえている場所を表現する言葉も様々なものがあったはずである。人麻呂はなぜ「鴨山の」という地名を使用したのであろう。彼がその時たまたま鴨山にいたからであろう、という理由でこの問題を済ませるわけにはいかない。われわれは人麻呂が死に臨んだ時に、自分の帰りを待ちわびるいじらしい妻の姿を思い浮べるのを、いかにも人麻呂らしい行為と感じとるが、同時に、妻に看取られずに、不慮の死を迎えようとしていることも読み取ることが出来る。「鴨山」という地名は、この歌のこうした主題と密接な関連を有しているのである。

石見国の鴨山は知られていないが、大和国の南葛城郡（葛上郡）には上鴨・下鴨の二郷があり、高鴨神社（葛城村大字高鴨字神通寺）もある。山城国愛宕郡の上賀茂神社・下鴨神社も知られている。古代の読者は、まずこうした「鴨山」を考えるのではないか。また、鴨は普通、真鴨のあおくびを指すが、広義においては雁鴨科の水鳥を鴨と呼ぶ。『催馬楽』の『いかにせむ』（二二）に「いかにせむ　せむや　鴛鴦《をし》の鴨鳥や」とあるように、鴛鴦をも鴨と呼び、夫婦仲のよい鳥と考えられていた。鴨君足人の『香具山の歌』（3—二五七）に「奥《おき》辺には鴨妻喚ばひ」、大伴家持の『悲傷亡妻歌』中の長歌（3—四六六）には「愛《は》しきやし　妹が有りせば　水鴨《みかも》なす　二人双び居」、遣新羅使の誦詠した『古挽歌』（15—三六二五）にも「夕されば　葦辺に騒き　明け来れば　沖になづさふ　鴨すらも　妻とたぐひて」と歌われている。

「鴨山」には、夫婦仲のよい鴨の来る山という意味があるのであろう。『記』『紀』には火遠理命（彦火火出見尊）の左の歌謡がある。

沖つ鳥　鴨着《ど》く島に　我が率寝《ゐ》し　妹は忘れじ　世の尽《ことごと》に（記—八）
沖つ鳥　鴨づく島に　我が率寝し　妹は忘らじ　世の尽も（紀—五）

命（尊）は豊玉毘売命（豊玉姫）との別れに際して、かつて鴨の飛来する島で共寝をした懐かしい思い出を語り、永遠の愛を誓うが、「沖つ鳥鴨着く島」は、夫婦仲のよい鴨の寄り集まる島の意味であり、永遠に変らぬ妻への愛を表明するこの歌の主題と呼応しており、他の言葉と置き代えることは不可能であろう。人麻呂の歌の「鴨山」もこの「鴨着く島」に等しく、『鴨山自傷歌』の主題表現と密接に響き合うものとして特に選び択られたものであろう。

家持の『悲傷亡妻歌』や遣新羅使が誦詠した『古挽歌』に鴨が登場し、残された夫の悲傷表現を助けているのも、『孝徳紀』（大化五年三月）の野中川原史満の左の挽歌を継承する、と考えてよかろう。

山川に鴛鴦《をし》二つ居て偶《たぐ》ひよく偶へる妹を誰か率《ゐ》にけむ（紀—一一三）
本《もと》ごとに花は咲けども何《なに》とかも愛《うつく》し妹がまた咲き出来《でこ》ぬ（一一四）

右の二首は、造媛を失って悲しむ中大兄に代って満が詠んだ作であるが、人麻呂の挽歌中には、満の挽歌の影響を濃厚に受けた表現が見受けられる。例えば、『明日香皇女挽歌』（2―一九六）で、玉藻や川藻は絶えても枯れてもまた再生して繁茂するのに、皇女はなぜ蘇生し、復活しないのか、と歎き、夫君が立てば玉藻のように、横になれば川藻のように寄り添った皇女がなぜ夫君の宮殿を後にするのか、と歎くのも、満の「花」や「鴛鴦」を「玉藻」「川藻」に置き代えていることは明瞭であろう。『鴨山自傷歌』が「鴨山」をその作に取り込んでいるのは、満の献歌の影響と考えてよかろう。

ただし、『造媛挽歌』第二首において、初二句「本ごとに花は咲けども」に永却回帰の時間認識を配置し、下三句「何とかも愛し妹がまた咲き出来ぬ」に相対立する直進する時間認識を配置して悲しむ、というのは、孝徳朝の時間認識としては早すぎるようであり、問題を残している。また、大津皇子の『磐余池陂流涕歌』「百伝ふ磐余の池に鳴く鴨を今日のみ見てや雲隠りなむ」（3―四一六）の夫婦仲のよい鴨への注目と詠出は、皇子の賜死に続く妃山辺皇女の殉死を誘うごとくであり、論述したい誘惑に駆られるが、結句の「雲隠りなむ」は他人が皇子の刑死の様を見て詠んでいるようにも読めて問題を残しており、妻を恋いつつ死ぬ歌における鴨という点では該当するが、巻三の歌でもあり、人麻呂の「鴨山」の歌以前とは断定できない、と考えて、今回の考察からは除外して置く。

人麻呂は旅中において死を覚悟し、帰りを待ちわびているいじらしい妻の姿を脳中に描いて、断ち切りがたい妻への愛に苦しんでいるが、「鴨山の」の「鴨」は、人麻呂と「妹」との「偶ひよく偶へる」姿を暗示し、同時に妻に看取られずに妻を恋いながら一人寂しく死ぬ場所が、夫婦仲の良い鴨という名を持つ「鴨山」である、ということで、その死の理不尽さをいい、同時に旅中で死ぬ悲劇性を強調しようとするのであろう。「鴨山」という山名は、『鴨山自傷歌』の主題に合わせて選び取られたものであり、人麻呂が死に臨んだ時に実際に鴨山にいたというのは、偶然にしてはあまりに都合が良すぎるように思う。創作された歌であるという論理の道筋を辿ることを考えるべきであろう。

人麻呂の「鴨山の」の「鴨山」は、鴨のいる山といった意味が重視されて、いわば普通名詞化している。石見の「鴨山」で現実に臨終を迎えようとするならば、「鴨山」は人に知られた地名ではないので、その場所が石見であることが分かるように工夫をしたであろう。さらに作者は、僻陬の地に客死する悲しみをその主題に混じえようとしたことであろう。『鴨山自傷歌』には、そうした試みはまったくなく、しかも、創作された叙事性の高い歌語りの歌、といった特色を有するごとくであり、無造作に提示された。「鴨山」は、石見国の鴨山ではなく、最も著名な大和国の鴨山と見て推論を進めるべきであろう、と思う。

二 依羅娘子と石川

『鴨山自傷歌』は人麻呂自身の作のようであるが、人麻呂自身の死を歌っていると断定するには慎重である必要がある。依羅娘子の歌はどうであろうか。第一首「今日今日と吾が待つ君は石川の峡に交りて有りと言はずやも」は、今日帰って来るか、今日帰って来るか、と私が待っている夫は、石川の流れる峡《かい》に入り込んでいる、というではないか、と夫の死についての伝聞を歌い、第二首「直の相ひは相ひかつましじ石川に雲立ち渡れ見つつ偲はむ」は、直接逢うことはもはや願ったとて叶わぬことだが、せめて石川に雲よ立ち渡れ、それを見て夫を偲ぼう、と夫の亡骸にも対面することの困難な状況下で、石川に立つ雲に夫を偲ぼう、と歌う。

第一首は、人麻呂の訃報に接し、しかも石川の流れる山峡に紛れ込んだ、という伝聞に接した妻の驚きを歌う。山峡に紛れ込んだといっても遭難したわけではない。『泣血哀慟歌』の第一群の第一短歌においても、人麻呂は「秋山の黄葉を茂み迷《まと》ひぬる妹を求めむ山道知らずも」（2―二〇八）と死者が山道に迷い込んだことを歌っている。死者の所在を知った者は、――後世の往生伝等の記載では夢によって知ることになっている――死者の縁者に知らせる義務があったようである。『泣血哀慟歌』の第二群の長歌においても、「大鳥の　羽易の山に　汝が恋ふる　妹は座すと人の云へば」（二一〇）と歌われている。

依羅娘子は他人から夫の訃報を聞き、しかも石川の流れる渓谷にいる、と教えられてその地に向うが、夫の遺骸には逢えないという設定であろう。『泣血哀慟歌』の第二群の長歌は復活した妻の姿を求めたもので、夫の遺骸に逢えない依羅娘子の第二首の場合とは異なるが、「石根さくみて　なづみ来し　よけくもぞ無き　うつせみと　念ひし妹が　髣髴《ほのか》にだにも　見えなく思へば」（二〇七）と同様な表現をする。雲を見て亡夫を偲ぼう、という発想も、『人麻呂歌集』中に、「雲だにもしるしく発《た》たば意《こころ》やり見つつも居らむ直《ただ》に相《あ》ふまでに」（11―二四五二）と見えている。

人麻呂の一首と依羅娘子の二首との間に矛盾はないので、一組みの組み歌として構成されていることは承認してよかろう。人麻呂の山の歌を承けて依羅娘子が川の歌で応じているのも、合い言葉のように思われるし、緒方惟章氏は『万葉集作歌とその場』に「鴨山」と「石川」が一組みの形で各地に分布していることを指摘している。人麻呂は鴨山で死去し、妻は石川を遡上するが、妻の歌で「鴨山」を使用せずに、「石川」を敢て使用するのは、一つには「山」と「川」との対比を重視しているためであるが、おそらく、妻は人麻呂の死体に最後まで逢えない、という設定であったのであろう。伊藤博氏は『万葉集の表現と方法・下』に、「行き倒れの人麻呂とそれを知らぬ妻との間にはある程度の距離がなければならぬ」と推測しているが、この部分はそうした推測に従ってよかろう。

人麻呂と依羅娘子の歌は前述のごとく、密接な関連を有しているが、死者を山間に尋ねたり、空に浮ぶ雲を見て死者を偲ぶ、というのも、古代人の多くがしたことである。折口信夫は、『允恭記』の「君が行き　日《け》長くなりぬ　山

たづの　迎へを行かむ　待つには待たじ」（記—八七）を「葬儀の魂呼ばひ」の歌と呼び（『国文学』第二部・第二章上代歌謡、『全集』一四巻）、招魂の「山尋ね」が古代社会で広く行われたことを推測している。空に浮かぶ雲を見て死者を偲ぶことも、『斉明紀』（四年五月）に天皇が皇孫建王を追悼した左の歌謡に見えている。

今城なる　小山《をむれ》が上に　雲だにも　著《しる》くし立たば　何か嘆かむ（紀—一一六）

依羅娘子の歌の作者が、人麻呂か娘子か第三者か、決定することは困難であるが、人麻呂の歌と密接し、矛盾なく一組の歌になっている、という理由から、作者を人麻呂である、と断定することはやはり危険であろう。矛盾のない組み歌にすることは、娘子にも第三者にも出来たはずである。娘子の歌は確かに一途に夫を慕う、いじらしい人麻呂好みの女の心を見せているが、人麻呂の歌としては表現に無理があり、稚拙な感じがしないでもない。

恐らく、「石川」という地名を無理矢理に使用したために生じたことであろうが、「石川の峡に交りて」という表現はどう考えても不自然である。「峡」は山間《やまあい》の意味で使用しており、「川の峡」という接続は存在しないはずである。「石川の峡」は「鴨山の峡に」となるべき所であり、われわれ教員は、石川の流れる山の峡になどと言葉を補って口語訳をして、学生の質問をやり過ごしているはずである。この不自然な表現は当然研究者にも注目され、『竹取物語』の「野山にまじりて」や先に問題にした「山尋ね」を援用して説明することが試みられているが、「川の峡」の説明としては十分ではない。「一に云ふ、谷に」の異文を採用しても、石川の流れる山の谷間に迷い込んだ、と理解させるには、同様な工夫を不可欠としよう。第二首の「石川に雲立ち渡れ」も、雲の立つのは山であって、川に雲が立つという表現は一般的には使用しないであろう。この場合も、石川という谷川の流れる山（恐らく鴨山）に、の意味であろう。「鴨山」という言葉を使用することを依羅娘子はなぜか避けているのである。

こうした表現上の不自然さは、特異な作意を推測させ、依羅娘子は人麻呂の近くに行きながら、その死骸をなかなか発見出来ずにいる、という設定のためにそうした歌を歌って歎くのであろう、娘子の歎きの歌が契機となって人麻呂の遺体は発見されて、物語は新たな展開を見せるのであろう、といった物語の内部の論理を垣間見させてくれる。あまり先走るのはやめて推論の足元を固めることにしよう。

依羅娘子の歌の作者を推測することは困難であるが、人麻呂の歌と一組みの作として制作されたことは承認してよいであろう。人麻呂の『鴨山自傷歌』も叙事性は高く、歌語りの歌と見なし得るが、人麻呂の歌が歌語りの歌であるならば、娘子の二首も歌語りの歌として制作され、同様に語られた、と考えてよかろう。先に人麻呂の歌に野中川原史満の献歌の影響を見たが、娘子の二首に満の影響を見ることは出来ないであろうか。満の本貫である野中は、南河内の丹比郡内にその郷名を残しているが、依羅娘子が名に負う依羅も同郡内にその郷名を残している。娘子が大切な地名として二首の歌に詠み込んだ石川も、南河内を流れているが、娘子の歌が二首連作の形式であることも、満の献歌との類似や影響を考える材料になるように思われる。

難波宮で満の献歌に接した中大兄は、「慨然頽《な》歎《げ》き褒《ほ》美めて曰はく、『善きかな、悲しきかな』といふ。乃ち御琴を授けて唱はしめたまふ」（『孝徳紀』大化五年三月）と伝えられているが、二首連作は満の氏に関わる特異な歌唱形式であったはずである。天平六年二月に聖武天皇は朱雀門に出御して歌垣を叡覧したが、その折に長田王等とともに歌垣頭を務めた者に野中王がいた。

> 二月癸巳の朔、天皇、朱雀門に御《いでま》して歌垣を覧《みそなは》す。男女二百卌余人、五品已上風流有る者、皆その中に交雑《まじは》る。正四位下長田王、従四位下栗栖王・門部王、従五位下野中王等を頭とす。本末を以て唱和す。（『続紀』）

長田王と門部王は、『武智麻呂伝』に天平初年の「風流侍従」として記され、栗栖王は、天平五年十二月に雅楽頭に任じられていた。野中王の野中は、野中川原史満の野中と無縁であったとは思われない。南河内は、大喪を始めとして喪儀に奉仕する遊部の根拠地であり、遊部の仕事を「歌垣」が継承する時代になると、野中は古市とともに「歌垣」の中心地となっていた。本末の二手に分れた唱和は「歌垣」の基本的な歌唱形式であった。

『令集解』巻四十（喪葬令）は、「遊部」に注して「但此条遊部、謂野中古市人歌垣之類是」という。満・人麻呂・野中王と『令集解』の時代は、それぞれ時代を異にしている。『令集解』の「歌垣」と、野中王の参加した天平六年二月の「歌垣」とではその意味するものも異なっていようが、満の献歌が挽歌であり、琴に合わせて歌われた二首連作であったことは、奈良朝の「歌垣」や平安朝のものかも知れない遊部の「歌垣」と比較して、本末に別れる歌唱形式や葬歌や挽歌に関わる悲歌という内容等において、深い関わりを有していたことも推測出来ないことではなかろう。

歌謡は和歌と比較して叙事性が高く、物語を歌ったり、物語をおのずからに形成したりし、物語との関わりも、抒情詩である和歌と比較して密接である。依羅娘子の二首も人麻呂の『鴨山自傷歌』とともに歌われ、人麻呂の悲劇的な死の物語が語られていたのであろう。事柄の性質上、十分な論証は不可能であろうが、推論はある程度可能である。多角的に重層的に推論を進めることで、人麻呂や依羅娘子の歌が歌語りを形成していたことを重ねて主張しよう。

依羅が物語の盛んな土地であったことは、左の『人麻呂歌集』の旋頭歌からも推測できる。

青《あを》角髪《みづら》依網の原に人も相はぬかも石走《いは》る淡海県の物語為《せ》む（7―一二八七）

「依網の原」を三河国碧海郡依網郷とする説もあるが、この歌の依網が仮りに三河であるとしても、物語や芸能の盛んな河内や摂津の依羅が存在することを前提にしていよう。河内国丹比郡の依羅と摂津国住吉郡の大羅《おおよさみ》は国郡を異にしているが、両郷は距離も近く、本来無縁であったとは考えにくい。河内や摂津の依羅が物語や芸能の盛んな土地であり、作者は近江からの帰途に依羅を通り過ぎ、近江国の物語を語ろう、というのであろう。平安朝の初頭に、「昔、大和の国葛城の郡に住む男女ありけり」や、「昔、奈良の帝に仕うまつる采女《うねべ》ありけり」と語り出される歌語りが流行し、その冒頭形式から「大和物語」と呼ばれ、記録されて固有名詞化して『大和物語』となったように、「近江県の物語」は、今は県と呼ぶほかはない、さびれた近江の都の哀史を主題にした歌語りであったのであろう。

人麻呂と妻の物語も、間もなく依羅で語られるようになったのであろう。妻の名を依羅娘子と呼ぶのは、依羅が人麻呂と縁の深い土地で多くの歌語りの脚本を依羅の人々に与え続けており、依羅の人々はそれに答えて、人麻呂を彼ら自身に引き付けようとし、人麻呂の妻を彼らの同胞とし、依羅娘子と名付けもしたのであろうか。

三　伊藤博氏の石見劇

人麻呂の『鴨山自傷歌』と依羅娘子の『人麻呂挽歌』を歌語りとして創作された作品であろう、と推測したが、伊藤博氏の『万葉集の歌人と作品・上』に、さらに精細な考察がある。伊藤氏のこの説は、すでに多くの話題を提供している周知の説であるので、改めて紹介する必要もない、と思われるが、「人麻呂の自傷歌と妻依羅娘子の対応歌と」は、『石見相聞歌』（2―一三一～一三七）が宮廷人にもてはやされて、その「完結篇」が求められたために、「人麻呂の石見劇」を完成させるために、「歌俳優」である人麻呂が自ら「創作した歌劇（歌語り）の原曲」であり、依羅娘子が「妻」（女）を演じ、人麻呂が「夫」（男）を演じた、という秀抜な論である。

本書では、人麻呂の『鴨山自傷歌』は人麻呂の作と見てよいが、依羅娘子の『人麻呂挽歌』は、人麻呂作というにはいささか不出来であり、野中・古市の「歌垣」の強い影響を受けて依羅で形成された、と考えている。人麻呂と依羅娘子の歌が『石見相聞歌』と密接な関連を有することは、誰しも認めることであろうが、『石見相聞歌』の「完結篇」として、『鴨山自傷歌』や『人麻呂挽歌』が作られた、という『石見相聞歌』に重点を置いた考え方には異説を主張することも出来るように思う。

伊藤氏はまた、「石見相聞歌群（生）と石見挽歌群（死）とが形影相添うことによって、はじめて人麻呂の石見劇は完成される」というが、生と死の物語を自作自演することは、はたして同一の次元で考えることが出来るであろうか。人麻呂が伊藤氏のいう「歌俳優」であった、と仮定してもよい。「歌俳優」として自己の妻への愛を作品に形象化し、自演することも出来たかも知れない。しかし、自己の死は現実のこととしては歌えず、現実に即して演じることは出来ないし、そうした例をわれわれは知らないのである。

本書においては、『石見相聞歌』も人麻呂を主人公にした、人麻呂の立場の作である、とは考えていないが、仮りに人麻呂を主人公にした作と仮定しても、自己の愛を描く虚構と、自己の死を描く虚構とは次元を異にしよう。『伊勢物語』の主人公「昔男」も、さまざまな恋の遍歴の後に臨終の時を迎える。恋の冒険の中には虚構の物語も少くはないが、業平の実話めかして書かれており、作者も、業平の実話として読まれることを期待していたかも知れないが、最後の臨終の物語は、『伊勢物語』の主人公である「昔男」の物語であり、在原業平の臨終の物語ではない。「昔男」は最終段でいかにも「昔男」にふさわしく、「つひに行く道とはかねて聞きしかど昨日今日とは思はざりしを」の歌を詠み、突然に訪れた死をそのままに受け入れ、従容として死地に赴く感を与えているが、この死は業平ではない、「昔男」の死であろう。『伊勢物語』の作者を業平と仮定しても、作者は主人公を「昔男」として自己と一線を画し、最終段では「昔男」の理想とする死に方を描いているのである。『古今集』は業平の歌としているが、『伊勢物語』の最終段は業平の物語ではない。業平が舞台に立って死の物語を演じていないことは言うまでもない。

人麻呂の『鴨山自傷歌』は、人麻呂の実作と考えてよいが、その作品は物語性が強く、叙事性も高く、依羅娘子の『人麻呂挽歌』二首とともに一組みの作品となって享受された、と考えてよい作品であった。『石見相聞歌』の題詞に

「石見国より妻を別れて上り来る時の歌」とあり、しかも、その歌群に続いて「柿本朝臣人麻呂の妻依羅娘子の人麻呂と相別れし歌一首」（2—一四〇）がある所から、その帰途の物語が創作された、と考え、伊藤氏は『石見相聞歌』の完結篇として人麻呂の死の物語を自作自演した、とまで推論を進めてしまうのであるが、物語は事実を語るものと考えられ、虚構を用いながらも真実を語ろうとした古代の物語の一般性から見て、自らの死を仮構し、しかも自ら演じた、という伊藤氏の説には、即座に従うわけにはいかないのである。

人麻呂の歌には、人麻呂の立場の歌ではなく、他者の立場の歌、つまり他人の歌が多数あることを認める必要があるのであろう。題詞の記載は使用するべきであるが、その記載方法は、記載された時代の和歌史を反映している。中古や中世の和歌の研究者は、勅撰集の詞書はその撰者が書いたものと考えている。『万葉集』の題詞も編纂の種々の過程で関わった複数の撰者達の手が加わっているはずである。人麻呂の歌の題詞は、奈良朝以降の和歌は個人の抒情である、という人麻呂の時代とは異なる、確乎とした信念に基づく歌論によって記されているのである。『鴨山自傷歌』と関わらせざるを得ない『石見相聞歌』も、作中の「吾」は人麻呂ではあるまい。『石見相聞歌』と手法や構成の上で類似する『泣血哀慟歌』（2—二〇七〜二一六）も、人麻呂の身の上に発生した哀慟ではあるまい。

人麻呂の歌には、他人の立場で作った歌でありながら、和歌は個人の抒情である、という後世の歌論から、人麻呂の立場の歌と看做され、人麻呂の実人生と結び付けられた歌が少なからずあるのである。『鴨山自傷歌』もそうした一首と考え、依羅娘子の歌も、人麻呂の歌と矛盾のないところから、古くから一組みのものであった、と考え、『鴨山自傷歌』やその歌群が本来どのような作であったか、人麻呂はなぜこのような作品を制作したのか、を推測することにしたい。

神田秀夫は、本論と立場を異にし、人麻呂の生涯に興味深い推測を加えているが、この歌群についても、依羅娘子を依羅の遊女とし、人麻呂の最晩年の恋の相手と考え、彼女のもとに熱心に通う途中で病に倒れ、実際に鴨山で辞世の歌を詠んだ、と考え、そのルートを『人麻呂歌集と人麻呂伝』に次のように記す。

人麻呂は、役ノ小角が流罪になった後の、葛城山に登る。鴨の社に詣でる。さうして、竹内峠を河内へ越え、石川にそって下ると、大和川の下流に出る。その西は、即ち、依羅だ。このコースは人目につかなくて、よかったらう。葛城山は、弾圧された直後だから、参拝者も少い。

人麻呂は、葛城（鴨）から竹内峠へ出る、と神田秀夫はいう。人目を避ける理由があったとは言え、竹内峠を越えるために、なぜ、わざわざ七、八キロ南方の葛城山に登り、歩きにくい尾根伝いの道を歩くのであろう。竹内峠は藤原宮の真西にあって難波に向う官道が通っているが、二上山に近く、葛城山からは遠く、その間には岩橋山がある。土屋文明は『私注』に、人麻呂は死後に故郷の鴨山に「帰葬」されると予想した、と考え、「大和の鴨山は葛城の連山で、当時にあつては著名のものであつた」と記しているが、具体的には葛城連山の主峰の金剛山やその北の葛城山を指すことになろう。神田説に戻るならば、葛城山（鴨）に登った人麻呂は金剛山の間の水越峠を越えて水越川と共に下る設定になるはずである。水越川と石川の合流点に石川村があるが、もはや、神田説を発展させる必要はあるまい。人麻呂の歌は、都から南河内の依羅に向う途中で死に臨み、国境の目に立つ山として葛城の主峰の名を挙げ、妻を恋いつつ死ぬ男の悲劇性を強調しようとして、「葛城」の名を避けて、「鴨山」の名を選択した、と推測してよかろう。

妻の名前が依羅娘子であったことを考えると、主人公の家郷は丹比郡にあったのであろう。当時の物語の特性から考え、その主人公は人麻呂のような下級の官人ではなく、上流の貴族がふさわしい。その男の名は不明、と言う外はないが、依羅娘子の二首に続く歌を作った「丹比真人」などは、そうした物語の主人公にふさわしい、とも言える。

四　丹比真人と歌語り

丹比真人には「名欠く」の注記まであるが、『万葉集』は「柿本朝臣人麻呂の意に擬へて報ふる歌」の題詞を与えて、「荒浪に寄り来る玉を枕に置き吾此間にありと誰れか告げなむ」と、荒波に寄せられて来た玉を枕辺に置いて自分がこの海浜に倒れている、と誰が妻に告げてくれようか、と死んだ人麻呂の立場に立って海浜に死ぬ悲しみを歌う。結句の「誰れか告げなむ」は、原文には「誰将告」とあるので、「誰れか告げけむ」と訓むことも出来る。「告げなむ」は、人に知られずに海浜に死に、死後もその遺骸が発見されない悲しみを、死者自身が悲しむ表現であるが、「告げけむ」は、自分の遺骸の在り処を誰が妻に告げたのであろう、そんなことをするから却て妻は歎くではないか、と自己の死を妻に告げた人を詰る表現となろう。前者の「誰れか告げなむ」を採用し、死者が自分の遺骸が発見されないのを自ら悲しんでいる歌と読んだが、そうしたことが契機となって、人麻呂の遺骸は発見され、妻によって埋葬されたのであろう。

「或る本の歌」は、妻の立場の歌であり、「天離る夷の荒野に君を置きて念ひつつ有れば生けるともなし」と、都から遠く離れた荒野に君を埋葬して君を思い続けていると生きた心地もない、と人麻呂を荒野の墓地に埋葬し、その帰途に、寂しさにたえかねる心を歌う。

人麻呂の作った『鴨山自傷歌』は、依羅と地縁のある貴族、恐らく丹比真人に代って詠んだものであろうが、そうした作歌方法が忘れられ、叙事詩的なものがすべて抒情詩化される和歌史の中で、人麻呂の『鴨山自傷歌』となり、依羅娘子の『人麻呂挽歌』を添えてその理解は不動のものとなり、丹比真人の名は主役から転げ落ちて、脇役どころか、存在するのが迷惑な状態になり、「或本」の妻の歌などはその存在する意味すら、忘れられているのである。

丹比真人の「荒浪に寄り来る玉を枕に置き吾此間にありと誰れか告げなむ」は、何処がどう似ているということもないが、『狭岑島挽歌』（2―二二〇〜二二二）の死者の立場の歌のごとくであり、「或る本」の妻の立場の歌は、『泣血哀慟歌』第二群第二反歌、

衾道《ふすまぢ》を引手の山に妹を置きて山徑を往けば生けりともなし（2―二一二）

をそのまま使用したごとき歌である。左注「古本此の歌を以ちて此の次に載す」によれば、丹比真人の歌に続いて「或る本」の歌が収められていた、というであろう。すでに「古本」の時代に、人麻呂の『鴨山自傷歌』は、人麻呂自身の「臨死時自傷歌」として存在し、依羅娘子の『人麻呂挽歌』二首や丹比真人の『擬報歌』や「或る本」の妻の歌を所有していたことになるが、人麻呂の実像や人麻呂と歌語りとの関わりなどが分らなくなった時代になって、『万葉集』巻二の編纂に関わりを持った編者の中の一人が、たまたまそう考えた、というだけのことであろう。記載は分析して資料にするべきものであり、記載をそのままに信用する必要はあるまい、と思う。

ただし、依羅娘子の第一首に「石川の峡」にとあり、これに注して「一に云ふ、『谷に』」とあったことは、先に述べたが、「峡」は原文では「貝」とあって、原文のままに「貝」に訓読する説も行われている。丹比真人の歌が上句「荒波に寄り来る玉を枕に置き」に海浜の景を歌うのも、依羅娘子の「石川の峡」を「石川の貝」と解しているのであろう。人麻呂の『鴨山自傷歌』の「鴨山」は山と見るべきであるが、島を「山」と呼ぶ例も多く、「鴨島」の意味に解釈されることもあったであろう。歌そのものが、時代によって、丹比真人の作とも、人麻呂の作とも読み取られ、享受者によって、人麻呂は山で死んだとも、海で死んだとも理解されていたのである。人麻呂やそれ以前の歌は、同じ『万葉集』に収められていても奈良朝以降の歌と同一ではない。人麻呂以前の歌は題詞の記載すら信用してはなら

ないのである。

「丹比真人」とは誰であろう。『日本古代人名辞典(四)』は、「奈良初期の人物に、嶋の子に池守、県守、広成、広足があり、他に丹比真人笠麻呂もみえるから、その何れかであろう」という。丹比真人氏はかなりの名族で高位高官の者を出しているが、人麻呂との直接的な関わりを指摘することはできない。窪田空穂は『評釈』に後人追和歌の類と見て、「おそらく人麿夫妻の歌が京に伝えられ、それに刺激されて、そうした文芸的な遊びをしたものであろう。これは奈良宮時代になると珍しくないこととなったものである」というが、丹比氏の本貫である河内国丹比郡が歌語りの盛んな野中・依羅の二郷を有していたことも無視してはならないことであろう。

丹比真人氏の歌人としては、乙麻呂・笠麻呂・国人・鷹主・土作・屋主がいるが、彼らの外にその名を明らかにしない丹比真人の歌がある。

丹比真人の歌一首 名欠けたり

宇陀《うだ》の野の秋芽子しのぎ鳴く鹿も妻に恋ふらく我《あれ》には益さじ（8―一六〇九）

丹比真人の歌一首

難波がた塩干に出でて玉藻刈る海未通女等《ども》汝が名告らさね（9―一七二六）

和ふる歌一首

あさりする人とを見ませ草枕客去《たびゆ》く人に妾《わ》が名は教《のら》じ（一七二七）

古き挽歌一首 短歌を幷せたり

夕されば　葦辺に騒き　明け来れば　沖になづさふ　鴨すらも　妻とたぐひて　我が尾には　霜な降りそと　白妙の　羽さし交へて　打ち払ひ　さ寝《ぬ》とふものを　行く水の　帰らぬごとく　吹く風の　見えぬがごとく　跡も

なき　世の人にして　別れにし　妹が着せてし　なれ衣　袖片敷きて　独りかも寝む（15―三六二五）

反歌一首

鶴が鳴き葦辺を指して飛び渡るあなたづたづし独りさ寝《ぬ》れば（三六二六）

右、丹比大夫、亡き妻を悽愴する歌。

『宇陀の野の』の歌には、「名欠けたり」の注記があるが、巻八相聞歌において額田王と鏡王女の『秋風問答』（一六〇六・一六〇七）と、弓削皇子の巻十（二二五四）にも重出する恋の苦しみから死を考える物語的な歌（一六〇八）に連続しており、物語的な印象を与える歌である。『難波がた』と『あさりする』の贈答は、丹比真人氏には遣唐押使・遣唐大使・送高麗使・送渤海人使・送唐客使判官等の外交官的任務に就く者が多く、摂津・河内両国と地縁を有していたために、〈丹比の殿様〉と〈難波娘子〉の贈答歌として伝誦されたのであろう。遣新羅使が旅中に、丹比大夫の『亡妻悽愴歌』を誦詠するのも、丹比真人氏の職掌と丹比真人氏の本貫が歌語りの盛んな土地であったことが深い関わりを有していよう。

丹比真人氏の本貫である河内国丹比郡は、歌垣や歌語りの根拠地であり、彼ら自身も和歌を愛好して作歌しており、遊部や歌垣を助成したのであろう。遊部や歌垣の語り手、歌い手たちは、彼らの物語を語る際に、彼らの庇護者をその物語の主人公として、〈丹比の殿様が……〉と物語ったのであろう。しばしば、歌語りの主人公となったために、誦詠される古歌の作者になった、と考えて置きたい。

この一連の歌々は、本来は人麻呂を主人公とする物語ではなく、丹比真人を主人公にする行旅死人歌型の物語があり、人麻呂はその作詞を依頼されて、『鴨山自傷歌』を制作し、丹比郡等の歌語りを享受する場では、依羅娘子の『人麻呂挽歌』に相当する二首と組み合わされて語られていたのであろうが、次第に人麻呂が持統朝を代表する歌人として歌語りの主人公にふさわしい人物に成長してくると、人麻呂の辞世の物語として理解されるようになったのであろう。丹比真人の歌も、『鴨山自傷歌』や『人麻呂挽歌』が、丹比真人とその妻依羅娘子の歌であった折には存在しなかったであろうが、人麻呂の死の物語として語り出されたころに、人麻呂の『狭岑島挽歌』から採集される形で取り入れられ、後に死者が歌を作るはずはない、という理性が働いて、『鴨山自傷歌』や『人麻呂挽歌』の周辺にあり続けた、丹比真人を主人公とした歌語り的なものが、覚醒して、作者を丹比真人とし、「柿本朝臣人麻呂の意に擬へて報へし歌」という、いかにも後世的な作品にふさわしい装いを凝らして収められるに到ったのであろう。歌語りの世界では、死者が歌を詠んでも差し障りはなかろうから、人麻呂の死骸の所在が彼の歌によって判明した、と考えてよかろう。人麻呂の妻は人麻呂を発見して埋葬するが、「念ひつつ有れば生けるともなし」と歎いていた。人麻呂の妻は、人麻呂の死後、どうするのであろう。

五　依羅の歌語り

本田義憲氏は、「竹取翁歌拾遺」(『沢瀉博士喜寿記念万葉学論叢』)に、『人麻呂歌集』の旋頭歌「青角髪依網の原に人に相はぬかも石走る淡海県の物語為む」(7―一二八七)の「依網」を摂津国住吉郡の依網と見て(人麻呂の『鴨山自傷歌』をめぐる「伝説」も河内平野の依網で語られたとする)、その物語として、「住吉依網地方の『神奴意支奈』などいふ海人系神人団によつて演じられた、農事劇神事芸能における翁舞を想定」している。本田氏によれば、「淡海県の物語とは、丹波道主王家の系譜伝承にからみあふ近江息長氏の伝承、ないし、同じくそれにもつれあふ和邇氏の伝承の類をさしうべきもののやうに思はれる」といい、極めて広範囲の伝承を考えている。

河内国丹比郡依羅郷には、同郡にある野中郷や、古市郡古市郷の歌垣を通して遊部の伝承が流入していたことであろうし、摂津国住吉郡大羅郷も、河内の依羅郷と無縁であるはずもなく、種々の伝承を集積していたことであろう。今は、人麻呂の『鴨山自傷歌』とその関連歌が、遊部や野中・古市の歌垣と深い関わりを持つ、依羅の歌語として語り継がれて来た、と考えてよかろう。勿論、依羅の物語は「近江県の物語」であり、人麻呂の時代から数えて一世代前の物語になるが、人麻呂の作った時は「近江県の物語」として制作したが、伝承の過程で人麻呂の物語となり、依羅で「近江県の物語」を伝誦していた人々によって伝えられた、と考えて置きたい。

野中川原史満の『造媛挽歌』二首は先に引用したので、再度論じることはしないが、欽明二十三年七月条の烈婦大葉子と後人追和の二首や、『記』『紀』が共通して収める顕宗天皇の置目を詠んだ二首なども「近江県の物語」などと呼ぶことが出来よう。

韓国《から》の城《き》の上《へ》に立ちて大葉子は領巾《ひれ》振らすも日本《やまと》へ向きて（紀―一〇〇）
韓国の城の上に立たし大葉子は領巾振らす見ゆ難波へ向きて（一〇一）
浅茅原小谷《をだに》を過ぎて百伝ふ鐸《ぬて》ゆらくも置目来らしも（記―一一〇）
置目もや淡海の置目明日よりはみ山隠りて見えずかもあらむ（一一一）

大葉子は、新羅との戦いに忠義の死を遂げた調吉士伊企儺に殉じたが、調吉士氏は『姓氏録』には見えないが、調日佐は河内国諸蕃中に依羅連と共に百済国人の後として見え、調首・調連も左京諸蕃下に「百済国努理使主之後也」と見えている。『書紀』は大葉子と「或るひと」の唱和と記すが、後者が大きな異同を持たないながらも、「立たし」と敬語を使用し、「難波へ向きて」と特殊な地名を歌い込んでいるのは、この二首が摂津国の難波で歌われたりした理由によろう。

顕宗天皇は近飛鳥（河内国安宿郡）に都を営んだが、雄略天皇に近江国愛知郡蚊屋野におびき出されて射殺された、父市辺之忍歯王の遺骨についてその詳細を知っていた置目を厚遇し、置目を召す折には鐸を安殿の戸に懸けておいてそれを引いて鳴らしたという第一首と、置目がさらに年老いて近江に隠退するのを惜しんで詠んだという第二首から構成されているが、短歌形式の連作が顕宗朝にあるはずもない。この顕宗天皇の二首は、天平六年に野中王たちが歌垣のおり本末に別れて唱和した「難波曲・倭部曲・浅茅原曲・広瀬曲・八裳刺曲」五曲中の「浅茅原曲」に相当しよう。

依羅の物語である昔話は、けっして挽歌哀傷以外の主題を語らなかったわけではあるまい。五曲中の「倭部曲」は仁徳天皇が黒日売に贈った二首が考えられているが、

大和へに　西風吹き上げて　雲離れ　退き居りとも　我忘れめや（記―五五）

大和へに　行くは誰が夫　隠水の　下よ延へつつ　行くは誰が夫（五六）

難波の高津宮に都を作った仁徳天皇の歌なども、『記』『紀』に収められてはいるが、大歌として管理されたものではないので、河内の歌語りとして伝えられていたものが野中王によって朱雀門前の歌垣にもたらされたことも考えられないことではない。応神・仁徳・履中の河内大王家の物語には『記』『紀』に記載され、大歌として宮廷で管理されているもののなかにも、河内でかつて語られ、丹比の依羅や野中の歌語りとして人麻呂の時代はもとより、奈良時代に入ってもなお語りつがれたものは少くなかろう。磐姫の物語なども、人麻呂の死の物語とまったく無縁なものではなかったようだ。

話題を『万葉集』に移すならば大津皇子の死を悲しむ大来皇女が「大津皇子薨ぜし後に、大来皇女の伊勢斎宮より京に上る時に御作りたまひし歌二首」（2―一六三・一六四）やこれにつづく「大津皇子の屍を葛城の二上山に移し葬

りし時に、大来皇女の哀傷して御作りたまひし歌二首」（一六五・一六六）の二首の連作形式の歌を詠むのは偶然だろうか。大津皇子の歌は巻三に分離されているが、『流涕御作歌一首』には、人麻呂の『鴨山自傷作歌』の本質をとくキーワードであった「鴨山」の「鴨」がよみこまれている。

ももづたふ磐余の池に鳴く鴨を今日のみ見てや雲隠りなむ（3—四一六）

大津皇子の関連歌をすべて歌語りとして創作された、とする説があるようだが、成立・享受・伝誦の過程で河内丹比の野中・依羅の歌語りがなんらかの関わりを持ったことは考えられないことではない。この種の連作は、「有間皇子の自ら傷みて松の枝を結びし歌二首」（2—一四一・一四二）やこれにつづく、「長忌寸意吉麻呂の結松を見て哀咽せし二首」（一四三・一四四）にみられるが、さらに以上の四首につづく「山上臣憶良の追和せし歌一首」（一四五）と『人麻呂歌集』の「大宝元年辛丑、紀伊国に幸したまひし時に、結松を見し歌一首」（一四六）も連作を意識した配列のようだ。

意吉麻呂や憶良や『人麻呂歌集』の歌は、後人が第三者の立場で有馬皇子の事件を回想する形で詠まれており、人麻呂や依羅娘子の歌につづく丹比真人や「或る本の歌」とはことなるが、これも歌いつぎの一変形と見られないものでもない。『斉明紀』によると、有馬皇子は紀の湯に送られて中大兄の尋問をうけ、その帰途、藤白坂で丹比小沢連国襲によって絞首されるが、死刑執行官の名がどうして正史に記されたのだろう。

この事件には、『斉明紀』に「或本云」と別伝を記すように他にさまざまな記載があり、さらにその背後には種々の所伝があり、丹比小沢連国襲が重要な役割を演じる物語もあったのであろう。正史の記載がその物語に影響され、死刑執行官の名前を記録したことになるが、その物語を丹比の歌語り、と考えてはいけないだろうか。丹比に有馬皇子についての歌語りがあり、『万葉集』がそこから有馬皇子の関連歌を採択した、ということは現在のところまだ論証できないが、こうした推測が許されるならば、丹比の歌語りは、有馬皇子の歌に意吉麻呂や憶良や『人麻呂歌集』の歌が追和するように、都の文人たちと深い関わりを持ち、人麻呂が丹比の野中や依羅の歌語りに参与することもあった、と主張することができる。

六　角沙弥の役割

丹比郡の野中や依羅で語られていた時に、「鴨山」は大和の葛城であり、「石川」は河内の石川であったはずだが、丹比真人はなぜ人麻呂は海浜に倒れている、といい、「或る本の歌」では妻はなぜ人麻呂を都から遠い荒野に葬った、というのだろう。『石見相聞歌』と結合したからだ、という答えでほぼ答え得たようにも思うが、人麻呂の「鴨山の」の歌は人麻呂によって創作された歌であるにもせよ、他の歌とともに伝誦されていたのであり、こうした伝誦歌が『石見相聞歌』のような創作歌とどのように結合するのか、といったことはなお考えてみたい、と思うし、人麻呂の死に関する歌が地理的にも無縁な『石見相聞歌』と結合し、〈石見娘子〉とも〈角娘子〉ともよばれるはずの人麻呂の妻の名がなぜ依羅娘子でよいのか、といったことも問題を残すようだ。

推測を重ねると、人麻呂の死の物語には、さらに丹比真人や「或る本の歌」につづく物語があったように思う。丹比真人の歌によって依羅娘子は人麻呂の死体を発見し、埋葬するが、彼女はその帰途に「生けるともなし」といった。彼女は思慕にたえかね人麻呂のあとを追うのではないか。依羅娘子の後追心中を筆者に空想させるのは、「寧楽宮」の標目で人麻呂の歌と一線を画すようでありながらなにか意味ありげな次の二首の存在である。

和銅四年歳次辛亥、河辺宮人の、姫島の松原に嬢子の屍を見て悲嘆して作りし歌二首

妹が名は千代に流れむ姫島の子松が末《うれ》に蘿生すまでに（2―二二八）

難波潟潮干なありそね沈みにし妹が光儀《すがた》を見まく苦しも（二二九）

「寧楽宮」の歌は他に五首あって合計七首となるが、今日ではすべてのちに補入された、と考えられている。他の五首は『志貴親王挽歌』であり、巻一の巻末歌「長皇子と志貴皇子と佐紀宮に倶に宴せし歌」（1―八四）と呼応し、編者なり改編者なりが重視した歌であることがわかるが、河辺宮人の歌はなぜここにあるのだろう。巻三にはほぼ同じ詞書の「和銅四年辛亥、河辺宮人の姫島の松原に美人の屍を見て哀慟して作りし歌四首」（3―四三四〜四三七）がある。

他の推測も可能であろうが、河辺宮人の二首は人麻呂の死の物語に連続する、と考えられていたのではないか。即ち、依羅娘子が人麻呂のあとを追って摂津の姫島で入水し、河辺宮人がその「娘子」に鎮魂歌を手向ける、という後日譚が後続していたように思われてならない。

「河辺宮人」の「河辺」には姓がない。宮殿の名と見るべきだが、飛鳥の「川原宮」とも思われない。川原宮を「倭飛鳥河辺行宮」（白雉四年）と呼び、「川原」と「河辺」が通用されるにしても、斉明天皇の「川原宮」に仕えたものが、なぜ、和銅四年に摂津国の姫島にやってきてこの種の歌を詠むか理解できない。河辺宮は摂津国河辺郡にあった離宮を指すのではないか。河辺は河内の丹比氏とも深い関わりを有する土地であった。『記』『紀』の宣化天皇の条につぎの記載がある。

故、火穂王は、志比陀の祖。恵波王は韋那君、多治比君の祖なり。（『記』）

次を上殖葉皇子と曰す。亦の名は椀子。是丹比公・偉那公・凡て二姓の先なり。前の庶妃大河内稚子媛、一の男を生めり。是を火焔皇子と曰す。是椎田君の先なり。（『紀』）

丹比氏と同祖の氏族に韋那・椎田両氏があり、韋那氏は摂津国河辺郡為奈郷、椎田氏は同郡椎堂を本貫とする。丹比氏が臣籍に下ったのは宣化天皇の曾孫多治比王の男嶋（六二四〜七〇一）の時代だから韋那氏も宣化天皇三世の孫威奈真人鏡公（韋那公高見、天武元年薨）の時代に韋那氏を名乗ったはずである。河辺宮についての所伝はないが、河辺には火穂王や恵波王（上殖葉皇子）やその子孫が使用した「宮」があって、河辺の離宮といった意味で、「河辺宮」と呼ばれたことは想像できないことではない。河辺宮人はその宮に仕える「みこの宮人」であったのではないか。

天武六年十月に丹比公麻呂が摂津職大夫に任じられたが、奈良時代に入ってからも、占部・国人・長野が摂津大夫になり、一族に摂津の国司となったものは多いが、河内丹比と摂津河辺の豪族が同族であれば、両郡の間におのずからなる交流が生じよう。威奈真人鏡公を歌人の鏡王女や額田王の父とすることはむずかしいとしても、交流が密接であれば、河辺にも丹比の歌語りが流入しよう。

河辺宮人を人名とせずに河辺宮の宮人と考えたのは、『歌経標式』が「妹が名は」の歌を「角沙弥美人名誉歌」と注し、作者を「角沙弥」としていることを重視したためだが、同書は、また、

白波の浜松が枝の手向草幾代までにか年の経にけむ

を「角沙弥紀浜歌」という。『万葉集』巻一（三四）には、川島皇子の作とも山上憶良の作ともいわれ、歌詞にも異同があって「年の経ぬらむ」とあり、さらに「一に云ふ、年は経にけむ」と記されている歌である。さきに、有馬皇子の『自傷結松枝歌二首』やこれに添られた後人追和歌を、丹比の野中や依羅の歌語りと見、伝誦されたことを推測したが、「白波の」の歌もその一首であろう。『歌経標式』がその作者を角沙弥というのは、丹比の歌語りと河辺宮人、ひいては河辺の人々との密接さを物語るようだ。

巻三には摂津の海景をよんだ「角麻呂の歌四首」（二九二〜二九五）があるが、この角麻呂は角沙弥か彼の縁者であ

ろう。角朝臣の本貫は周防の都濃郡だが、角麻呂は摂津の海景のみを歌い、角沙弥も紀伊の磐代や三穂、摂津の難波潟や姫島を歌う。彼らが地縁を有したのは、摂津の川辺郡に隣接した武庫郡津門郷の角ではないか。角の松原は高市黒人や大伴旅人の傔従の歌（3―二七九、17―三八九九）にみえる歌枕である。

歌語りは、語られる時と所と語り手によってさまざまに変化しよう。河内丹比で語られたものも摂津河辺で角沙弥によって語られたならばどうなるであろう。人麻呂は河辺の奥の角に帰ろうとして病に倒れる。その場所は河辺に入る一歩手前、姫島がよかろう。姫島は『摂津風土記』逸文所伝の天之日矛にまつわる伝説に彩られ、歌語りの舞台にふさわしい。河辺で語られた時、「鴨山」は「鴨どく島」に、「石川」は四通八達ともいうべき多数の川のいずれかに、渓谷の「峡」は海岸の「貝」に変化し、人麻呂は海浜で倒れることになったのであろう。事実、姫島は雁が集る島として知られており、『古事記』には、仁徳天皇の姫島行幸時に雁が産卵した祥瑞が記されている。

人麻呂の死を聞いた依羅娘子は角から姫島に駆け付け、人麻呂にあえぬ悲しみの歌を歌い、丹比真人の助力によって死体を発見し埋葬するが、追慕にたえず姫島で入水する。角から角沙弥が続いて姫島を訪れ、娘子の行為を讃美する鎮魂歌を詠む――といったものであろうか。沙弥は姫島の「嬢子」を「妹が名は」「妹が光儀は」と「妹」とよび、彼の縁者であることを暗示しているが、姫島の「嬢子」が依羅娘子であるなら、彼女は沙弥の縁者〈角娘子〉と同一でなければならない。

角沙弥（河辺宮人）はあるいは、歌語りの語り手というよりも、歌語りの登場人物と見るべきかもしれない。沙弥の歌は、鴨山を〈鴨島〉である姫島に移し、河内の物語を海浜に運ぶが、彼の名は、角の物語である『石見相聞歌』と人麻呂の死の物語とを結合させる。河内の歌語りの時代にも、人麻呂と依羅娘子の歌は人麻呂の死の物語を形成し始め、丹比真人も物語の主役から脇役に変化し始めていたであろうが、摂津の歌語りになると人麻呂の死の物語として定着し、さらに長篇化して人麻呂の他の作品から丹比真人や「或る本の歌」に相当する人麻呂や妻の歌が加えられ、『石見相聞歌』も角の物語であるところから、摂津の風土に適合し、容易に人麻呂の死の物語に吸収されたのであろう。

人麻呂の死の物語は、『石見相聞歌』の完結篇として創作されたわけではなく、人麻呂の死の物語が摂津に運ばれ、摂津で語られる過程で、『石見相聞歌』は、はじめて角の物語としてそのなかに迎え取られたようだ。この死の物語は、角沙弥の後日譚を有するところから考えると、相当な長篇であり、プロローグとして『石見相聞歌』に相当する、角の妻との別れの場があったのかも知れない。丹比真人の歌や「或る本の歌」からみて、『石見相聞歌』の反歌をそのまま流用したような作品で、『万葉集』が採択するはずのない出来ばえだろうが、人麻呂の死の物語は、人麻呂以上に妻を重視しているので、この物語の語り手は依羅娘子の歌をあらたに創作する必要があった。『石見相聞歌』に連続する「柿本朝臣人麻呂の妻依羅娘子の人麻呂と相別れし歌一首」(2―一四〇)がこれであり、この歌は『石見相聞歌』とともに創作されたものではなく、摂津の河辺における人麻呂の死の物語の序章《角の妻との別れの場》から採集され、河辺宮人の歌が「挽歌」の最終部に補入されたように、「相聞」の最後に補入された、と考えてよかろう。

摂津の歌語りの採集者や巻二の補入者は不明だが、伊藤博氏の『万葉集の構造と成立・下』に巻一・二の追補者として風流侍従を重視する意見がある。風流侍従としてその名を伝える五名のなかに天平六年の歌垣に参加した長田王・門部王の二王のいたことはすでに述べたが、長田王は天平四年十月に摂津大夫となり、当時その任にあった。長田王を摂津の歌語りの庇護者と見、人麻呂の死の物語を採集したり、依羅娘子や河辺宮人の歌を『万葉集』に追補した人物をその周辺から捜し出すこともあるいは可能かもしれない。摂津の歌語りや人麻呂と摂津との関わりはなお考えたいが、後の機会を待つこととする。

人麻呂は和銅四年に姫島で没したようだが、これは摂津の歌語りの所伝である。人麻呂の死は天平のころにはすっかり分からなくなっていたらしい。「鴨山の」の歌の題詞「石見国に在りて死に臨みし時に」はこの歌語りを一方的に合理化したもので、さらに信用することはできない。

『古代研究』第九号（昭和五三年二月）に「人麻呂の死と河内・摂津の歌がたり」として発表し、平成十一年三月三十一日に改稿したが、「五　依羅の歌語り」の半ばからは旧稿を用いた。

第二十一章　羇旅歌八首

――水手と船君の旅情唱和――

柿本朝臣人麻呂の羇旅の歌八首

御津の崎波を恐《かしこ》み隠《こも》り江の舟なる公は奴島にと宣《の》る（一）（3―二四九）

珠藻刈る敏馬《みぬめ》を過ぎて夏草の野島の崎に舟近づきぬ（二）（二五〇）

一本に云く、処女を過ぎて夏草の野島が崎にいほりす吾は

淡路の野島の崎の浜風に妹が結びし紐吹き返す（三）（二五一）

荒妙の藤江の浦にすずき釣る泉郎《あま》とか見らむ旅行く吾を（四）（二五二）

一本に云く、白たへの藤江の浦にいざりする

稲日野も行き過ぎかてに思へれば心恋しき加古の島見ゆ（五）（二五三）

一に云ふ、水門見ゆ

ともしびの明石大門に入らむ日や漕ぎ別れなむ家のあたり見ず（六）（二五四）

天離る鄙の長道ゆ恋ひ来れば明石の門より大和島見ゆ（七）（二五五）

一本に云ふ、家のあたり見ゆ

飼《け》飯《ひ》の海のにはよくあらし刈り薦の乱れて出づ見ゆ海人の釣船（八）（二五六）

一本に云く、武庫の海にはよく有らしいざりする海部の釣船浪の上見ゆ

一　水手の出発待望と帰還への喜び

人麻呂の『羇旅歌八首』をひとまとまりの作品と見るかどうか、だが、これは作品に聞くほかはない。他に同様に瀬戸内海で詠んだ「柿本朝臣人麻呂が筑紫国に下りし時に、海路にて作りし歌二首」（3―三〇三・三〇四）もあるので、ひとまとまりの作品と見ることが可能ならば、そう見たほうがよい。この八首に関しては多くの議論があるが、都倉義孝氏のもの（「羇旅歌八首」山路平四郎・窪田章一郎編『柿本人麻呂』古代の文学2）がもっとも詳細である。都倉氏には迷惑なことと思うが、都倉氏の論旨に従いながら、いささか異見を加えることにしよう。

都倉氏は八首の問題点を左のように要約する。

羇旅歌八首には、およそ三つの問題点がある。まず訓みの問題として、二四九番歌の「舟公宣奴島に」の訓みが定説を見ないこと。二に解釈の問題として、二四九から二五三まではほぼ西行の航路順にそって地名が並んでいるのに、二五四では逆行して「明石大門」が出てくることと「飼飯の海」が航路から離れていることから、この八首の配列には一連の秩序があるのかないのかということ。これは、ひいては製作年代・作歌事情・筆録者の問題などに関ってこよう。三に文学史上にどのように位置づけられるかである。

まず、第一首の最近の訓みをみておくことにしよう。

(1)御津の崎波を恐み隠り江の舟公宣奴島に

沢瀉久孝『注釈』の「舟なる君は宿りぬ島に」（宣は宿の誤字とする）を支持する研究者も多いが、〈御津の崎の波を

恐れて入江にいた船君は、さらに波を恐れて島に上陸してしまった〉では歌になるまい。

稲岡耕二氏（「万葉びとにおける旅」『国文学』昭48・7）の「舟なる公は宿る美奴馬に」（宣を宿、島を馬の誤字とし、美を『古葉略類聚鈔』によって補う）は、一見、沢瀉のバリエーションのようだが、稲岡氏は東上説をとり、御津をめざして進んできた船は、岬の波が高くて港に入れず入り江に隠っていたが水神の祭られる美奴馬に上陸した、の意といい、「人麻呂は公が敏馬に宿りたまうことをそのまま歌いあげて水神の加護を歌いあげている」という。場面が敏馬に展開するので沢瀉説より理解しやすいが、「宿る美奴馬に」の「宿る」に水神の加護を読み取ろう、というのはむずかしいし、冒頭の一首が御津に到着する一歩手前の歌というのもいかがであろう。

桜井満の「フネナルキミハノラスノシマニ」（旺文社文庫）、中西進氏の「舟に公宣る美奴の島へに」（講談社文庫）は、「宣」を「祈《の》る」と訓む点で武田祐吉『全註釈』の「舟人公が宣りぬ、島べに」（三津の崎の浪がおそろしくて、かくれた江の船人である君は、無事を祈った。島のあたりで）のバリエーションと見ることができるが、武田説では、「舟人公」の所在をなぜこのように詳細にいわなければならないのか、その理由が判然としないのに対し、桜井の訓みでは、「入江の舟におられる君は無事を祈ったことだ。野島の神に」と穏当なものになっている（結句の「ノラス、ノシマニ」の句分れが問題だが）。中西氏の「入江の舟で君は祈っている。美奴の島に」の解釈は、「美奴の島に」を『全註釈』のごとく船君の所在とするか、桜井満のごとく祈願をこめる対象とするか、「美奴の島」そのものの所在が不明のため、どうも判然としない。

意味のわかるものとしては、桜井満のほかに、井手至氏の「舟なる君は奴島にと宣る」（「柿本人麻呂の羈旅歌八首をめぐって」『万葉集研究』第一集）がある。「奴島」の「奴」はノとはよめないが、「奴《ヌ》」と「努《ノ》」「怒《ノ》」「弩《ノ》」とは誤まられやすいし、ノとヌは混同されて、シノハムとあるべきところを「見つつし奴はむ」（2―二三二）と記載されたりする。野島はノシマともヌシマともよばれていたか、とする井手説も理解しにくいものではない。

なぜ、井手氏の説にしたがうか、は、井手氏のように訓むことが、八首の冒頭の歌としてふさわしい、と考えためであり、詳細は徐々に述べることになるが、「御津の崎波を恐み隠り江の舟なる君は奴島にと宣る」という歌は、一体なにを詠んでいようか。都倉氏は「出発してまもなく、風波のために内海航路へ着くことができないで、島陰に仮泊していた船上の一行の、やっと風波もおさまって出港できるようになった喜びと前途への意気込みが、一行中の長らしき人物の言動を通してよくとらえられていると見るべきであろう」という。従うべき意見だが、作者と船君の心とは、かならずしも一体ではないようだ。作者は御津の崎の波を恐れて隠り江に仮泊したまま、出航を延ばしている船君に業を煮やしていたようであり、小心な船君がようよう出発せよ、と宣言したことに喜びの声をあげているようだ。

(2)珠藻刈る敏馬を過ぎて夏草の野島の崎に舟近づきぬ

右の歌について、中西進氏は『柿本人麻呂』（日本詩人選）で、「珠藻刈る敏馬」は敏馬の海岸で海人少女たちが美しい藻を刈っていた光景を表現したもの、といい、それに対して「野島は、やさしい少女の玉藻刈る風景とかわって、人影もない岩石の自然の中にある。このやさしさを〈過ぎ〉、荒涼に〈近づき〉といったところに、人麻呂の旅愁があった」といい、《新潮日本古典集成》もこの歌に旅愁を認め、村田正博氏も「柿本朝臣人麻呂が羈旅の歌八首」（『和歌文学研究』昭51・3）で中西説をうけて、鄙への進行を指摘しているが、この歌の主題は旅愁であろうか。

すでに山田孝雄は『講義』に、「かくてやう〳〵航路も進みたりといふ感じをあらはせり」といい、窪田空穂も『評釈』に、「一首の味では、明るく躍る気分そのものである」といっている。珠藻を刈る敏馬の泊をはやくも過ぎて夏草の繁茂する野島の崎にわれわれの船は近づいた、という軽快な船旅を楽しむ歌とは取れないだろうか。井手至氏は『万葉集』中の「近づく」の用例から、「希望がもうすぐ達せられるという期待感や安堵感を歌いあげた」といい、野島が人麻呂らの乗った船の一応の目的地であったことがわかる、という。

都倉氏の見解をきこう。

「珠藻刈る敏馬」の属目的表現の背後には、処女墓の伝説から故郷大和の恋しい我妹が思い起され、会えない苦しみに思い沈むといったが如き感慨が隠されている。それ故に、「夏草」が喚び出されてくるのである。この一首、前歌を受けて、目的地を眼前にした喜び、充足感を叙景歌風に詠じてはいるが、その内部に家郷に残した妻への懐い、旅愁が胚胎してきていることも、またみごとに表現しているのである。この内在する妻への懐い、旅愁が顕在化したものが次の三首ではなかろうか。

都倉氏は、矛盾する旅愁と喜びを総合しようとするが、「目的地を眼前にした喜び、充足感」と「家郷に残した妻への懐い、旅愁」は、同次元で同時に表現し得るものではない。都倉氏も「妻への懐い、旅愁」を大きく扱いながら、それは「背後」に隠された感慨であり、「内部」に「胚胎」しつつあるもの、という。旅愁の要素をさらに減少させ、第二首は、第一首の出発の喜びを承け、軽快な船旅を続け、早くも野島を眼前にした喜びの歌、と見るべきではないか。

二　船君の旅愁と矜持

(3)淡路の野島の崎の浜風に妹が結びし紐吹き返す
(4)荒妙の藤江の浦にすずき釣る泉郎とか見らむ旅行く吾を

第三首は、野島が崎にたたずみ、浜風に襟の紐を吹き翻させながら、その紐を結んでくれた妻をなつかしむ思いを歌い、第四首は、すずきを釣る漁船の散在する藤江の浦に船を進め、官命を帯びて旅をする自分を、陸から見る人々は、すずきを釣る海人とみるだろうか、と見知るものとてない鄙を旅する旅愁を歌う。都倉氏が第四首に、落魄の物語的情緒を認め、「もちろん人麻呂を含めて一行は、丈夫の誇り高き官人であり、その旅は官命を帯びたもので、流浪の旅などではない。しかし、その丈夫がひなの人々と見まちがえられるような旅をしている。そこに政治的失脚、晴の世界からの追放といったが如き物語を仮想し、落ちぶれの美学に酔っているのである」というが、すべて承認してよかろう。

第一・二首と第三・四首との関連について、中西進氏は、「第三首は、第二首に引きついで歌われたものと思われる」といい、井手至氏も、第三首を「野島行の第三作」とみ、「旅先での夜を明かした人麻呂にしてはじめて」この歌ができた、という。村田正博氏も「前半四首は鄙への進行をうたう」連作と見ているし、都倉氏もすでに述べたように、第二首に胚胎した旅愁は、第三・四首で顕在化し、成長した、という。第一・二首と第三・四首、特に第二首と第三首は連続する、と見るのが一般だが、筆者には、第三・四首の旅愁は、第一・二首の喜びと区別されるべきもの、と思われる。

第一首には、風波を恐れて隠り江に引きこもり、なかなか出発の決断をしない小心な船君の姿や、そうした船君にいらだつ作者の心を暗示していたが、第三・四首の旅愁はむしろ、第一首の船君の心を継承しているのではないか。第一・二首に、第三・四首の旅愁を先取りさせた、として無理やり不安や旅愁の胚胎を見、第三・四首にそれらが顕在化した、とみるより、第三・四首は、第一・二首の喜びに対し、旅愁で答え、対照のおもしろさを見せている、と読めるのだが、いかがであろうか。

三　海人の世界への帰還と別離

(5)稲日野も行き過ぎかてに思へれば心恋しき加古の島見ゆ
(6)ともしびの明石大門に入らむ日や漕ぎ別れなむ家のあたり見ず

この第五首を、往きか帰りか、つまり西下の作とみるか、東上の作とみるか、について現在なお議論が行われている。《新潮日本古典集成》や、吉永登（『万葉、通説を疑う』）・村田正博両氏が東上説を採るが、「稲日野」は、沢瀉久孝が『注釈』にいうように「明石から加古川にわたる平野」とみるべきだろう。土屋文明（『私注』）・井手至・都倉義孝・神野志隆光（『万葉集を学ぶ』第三集）四氏の説に従い、西下説を採ろう。

しかし、印南野は何ゆえに「行き過ぎかて」に思われ、加古島は何をもって「心恋しき」と歌われるのであろう。契沖は『代匠記』に、「印南野の面白くて過ぎうきに、又かこの島も見ゆれば、彼へも早く行きて見まくほしければ、彼方此方に引かるる心をよめり」と風光の美しさに基づく、とし、沢瀉久孝もこの説を継承するが、土屋文明は、印南野の広さゆえに〈行き過ぎがたく〉、「一日の舟行の終りに世に聞こえた加古の泊地を望見」して安堵した気持を「心恋しき」といった、といい、中西進氏は、印南野も加古島も物語や神話に色どられた土地であるために、行き過ぎがたく、心恋しく思った、という。井手至氏は、「行き過ぎかてに」の実例から見て、行き過ぎがたいのは、「心理的な要因によって行き過ぎかねている例ばかりで、物理的な要因で行き過ぎかねたという例は見ない」といい、「これを稲日野の風光と稲日野にまつわる伝説」にもとめ、「心恋しき」については、「伝説の隠妻から〈可古〉の〈こ〉に子《こ》（女）の意をからませて女を連想し」ていった、という。

西下の歌である第五首は、第三・四首を受け継ぐと見られるが、第三・四首の主題である旅愁を継承し、これを深めた、と見ることははたして可能であろうか。契沖のように風光の歌と見ては、第三・四首とは切れる。中西氏のように文学遺跡へのなつかしさを主題にすると見ても、土屋氏のように屈託からの解放感を詠んだ、と見ても、第三・四首の旅愁とは続かない。井手氏の印南野の風光と伝説とに心引かれ、隠妻伝説から女を連想した、というのも、一首としてなにを詠んだというのか判然としないし、第三・四首との関係はたどれない。

都倉氏の場合は、「行き過ぎかてに」については、「家郷の妻への懐いに、宮廷人によく知られた隠妻伝説のひたすらに恋妻を求める主人公の心情が通じてか……稲日野の地が一行の視界からなかなか消えない」ことを詠んだ、という、妻への思いと物語的情緒はからみあって、「伝説の女主人公が隠れたという南毘都麻島、別名〈かの子〉(いとしい彼女)の意が重なる〈可古〉の島が、行手に見えて」来たことを歌う、という。家郷の妻への思いと物語的情緒のからみあった思いにひたる作者の心と眼に映じた光景として歌った、として第三・四の旅愁との関わりを主張するようだが、都倉氏はさらに、「この〈見ゆ〉という一語には、まだまだ呪歌としての国見歌の保有していた、古代人の実存をかけた希求と幻視のエネルギーが宿っていたようだ」と解説する。

また、神野志隆光氏は、「行き過ぎかてに」を、「家郷大和を離れて西へ行くことをわびしむこころ」と取り、「稲日野も心ひかれて行きがたく(可古の島もそうだが)、見たいと恋しく思っていた(ここからさらに鄙へと離れると思えばなお恋しい)その可古の島が見える」と歌った、といい、そう歌うことは、「土地に対するほめことばとして慟」く、という。

都倉・神野志両氏の作品に対する配慮は行届いたもので、傾聴に価するが、「行き過ぎかてに」は、その土地への強い執着をさし、心恋しきは、以前から見たい、と思っていたことを意味するので、印南野への強い執着、加古島

（港）を見た強い喜びを歌った、と考えなければならない。家郷の妻への思いが背後に揺曳していることは認めても、それを正面にすえて考える必要はあるまいし、人麻呂歌の発想や表現に、仮に呪詞や呪歌の影響が認められるにしても、それをもってただちに人麻呂歌を呪的なもの、とはいってはなるまい。その理由は徐々に述べるが、この八首の場合は、呪歌の対極に位置する優れた文学作品である。

武田祐吉は『全註釈』に、「表現が不十分の感があって、明快な印象を与えない。心恋シキの一句に、作者の意図するところが十分にあらわれていないのである。従て結句の可古ノ島見ユが、強く浮び出して来ないのが遺憾である」といい、窪田空穂も『評釈』に「心恋しき」の不明確さをいう。都倉義孝・吉永登・井手至・神野志隆光の四氏は、加古より「彼の子」、妻が暗示されるというが、『応神紀』（一三年三月）をあげるまでもなく、『万葉集』中の用例をみても、カコという音声の暗示するものは、まず「水手」、ついで「鹿子」であり、妻を意味する「子」ではあるまい。播磨の加古は『続日本紀』延暦八年十二月、同十年十一月の条に「水児船瀬」と見え、「水手」（水夫）を連想させる地名であった。

西下の歌である以上、旅愁が詠まれているはずだ、という「常識」にとらわれてはなるまい。第一・二首で作者は船君とは異なり、出発を喜び、野島への軽快な船旅を楽しんでいた。第五首はこの第一・二首の喜びを継承し、印南野・加古島（港）を見て心を躍らしているのではないか。これらの三首の作者は、誰と見るべきであろう。人麻呂が作者であることは動かせないというなら、彼は誰の立場で制作した、と考えたらよいであろうか。第一・二・五首の主人公は誰か、誰の歌なのか。やはり、それは水手（水夫）なのではないか。

都倉氏も、「飼飯の海」が航路から離れていることを問題点の一つに数えているが、第一・二・三首に「野島」、第八首に「飼飯の海」というように八首中四首に淡路島の地名が詠こまれ、淡路島が重視されているのは不思議なことといわなければなるまい。

瀬戸内海を航海するおりに、淡路島がおのずから注目され、通過点の北端の野島崎がしばしば歌にうたわれるのも不自然なことではない。『丹比真人笠麻呂の筑紫国に下りし時に作りし歌一首』（4―五〇九）にも、御津―淡路―粟島―稲日都麻、遣新羅使の歌中『物に属きて思を発す歌一首』（15―三六二七）にも、御津―敏馬―淡路島―明石―家島―多麻浦、『辛荷の島を過ぐる時に、山部宿祢赤人の作る歌一首』（6―九四二）にも、淡路の野島―印南野―辛荷島、という順序で淡路島や野島が登場するが、藤江・印南・加古を旅行する折には、淡路島の野島は常にその側面を通過する土地であり、第一・二首のようにまず直行し、第二首の或本歌や第三首のように上陸するのは異例に属する。

しかし、『古事記』において、仁徳天皇は、石之日売の嫉妬を恐れて吉備に逃げ帰った吉備の海部直の女、黒日売に恋して、石之日売を欺き、「淡路島を見むと欲ふ」といって淡路島に幸し、「その島より伝ひて、吉備国に」幸しており、『日本書紀』応神二十二年の条においても、応神天皇は、妃兄媛（吉備臣の祖御友別の妹）が父母を恋うているのを知って、「淡路の御原の海人八十人を喚して水手として、吉備に送り」帰すが、兄媛を見送って「淡路島　いや二並び　小豆島　いや二並び　宜ろしき島々　誰かた去れ放《あら》ちし　吉備なる妹を　相見つるもの」（紀―四〇）の歌をよみ、ついに淡路島に狩をし、「淡路より転りて、吉備に幸して小豆島に遊び」、さらに葉田の葦守宮（岡山県吉備郡足守町）に移居したことを記す。

阿波や土佐に行くのでなくては、淡路島を経由する必要はなかったはずで、『記』『紀』の吉備行幸で淡路島を経由したのは不思議なことといわねばならない。おそらく吉備の物語が海人によって伝承されたために、海人のなかで力のあった淡路島の海人が物語のなかに登場するようになり、物語を淡路島に引き付けたのであろう。『仁徳即位前紀』

は淤宇に命じて韓国にいる吾子籠を召還したことを記し、あまり必要とも思われない水手に言及して、「淡路の海人八十を差して水手とす」という。

人麻呂の『羈旅歌八首』が淡路島を重視したのは、水手を主人公とする物語歌を制作したためだが、こうした海人の重視は、彼のうけた文学伝統や八首の文学作品としての特色を語るようだ。船君の名も任務も明らかにしがたいが、彼は多数の水手を率いて吉備に向っているのかもしれない。水手は海人であり、彼らのゆかりの地の野島、根拠地の加古、本貫の吉備に帰りたがっている。

第一・二首は、水手の立場の歌で、船君がようよう野島に向けて出発を宣言し、軽快な船旅のうちに早くも野島に近づいたことを喜ぶ設定である。野島は赤人の歌（6—九三三・九三四）に「淡路の野島の海人の」と歌われた海人の土地であり、現実の旅では傍らに見る土地であっても、吉備に向う海人の物語では、直行し、停泊する土地であり、淡路経由は迂回ではなく直進を意味した。しかし、出発をためらう船君にとっては、海人の土地はたんなる鄙の地にすぎず、第三首で船君は、野島における旅愁を歌い、第四首では、水手である海人の喜びをよそに、自分も海人と見られるのではないか、と流離の愁いを嘆くのである。

第五首は、第一・二首を承けて水手が彼らの根拠地に向う喜びを歌う。「稲日野も行き過ぎかてに」は、確かに少々わかりにくいが、印南野も、野島や加古同様に海人には親しい思い出を秘めた土地であり、水手は停まって感傷にひたりたい、というのであろう。そして、そうこうしていた間に加古島（港）に近づいた喜びを、かねてより見たいと思っていた加古島（港）が見えた、と表現したのである。「心恋しき」について、何が恋しいのか、その実体が明らかでない、という批判があるが、水手の歌として水手が歌う場合は、自明のことで述べるまでもあるまい。

(6)ともしびの明石大門に入らむ日や漕ぎ別れなむ家のあたり見ず
(7)天離る鄙の長道ゆ恋ひ来れば明石の門より大和島見ゆ
(8)飼飯の海のにはよくあらし刈り薦の乱れて出づ見ゆ海人の釣船

井手至氏は、第一首から第五首までをひとまとまりの歌群と見たが、第六・七首を「明石海峡作歌」、第八首を「笥飯作歌」と呼び、八首を三群に区分してそれぞれは別の折に制作された、と考えている。こうした考えもなりたたないわけではないが、八首をひとまとまりの作品として読むことも努力して見る必要があろう。八首をひとまとまりの作品と見るうえでの最大の問題は、第六首の「ともしびの」の歌が、西行の航路の順序から外れ、後戻りをすることである。

村田正博氏は、前半を「鄙へ旅行く荒寥」、後半を「家郷大和へ上る喜び」と見るので、その後者中に第六首があるのは明らかに矛盾する。村田氏はこれを説明して、第六首と第七首は一対の作品であり、中心となる第七首の前に第六首を置くことで、第七首は「映発」されている、といって矛盾を解決した、というが、神野志隆光氏も批判しているように、この説明は、「いかにも苦しい」。

都倉義孝氏は、「〈起〉に当る二四九（第一首）を受けて、〈承〉に当る二五〇～三（第二～五首）の四首は、心理劇風な展開を内蔵した、旅における相聞的歌語りを構成している」とし（第六・七首を「転」、第八首を「結」とする）、往路の配列・構成に関しては、「往路の地名順という外的な枠ではなく、内的なもの、地名によって喚起され、展開されていく心情の推移の必然性」に基づく、と見て、「異境の地に決定的に入」る第六首は、「一首は、西航の旅路の前途を覆う旅愁を収斂した存在であり、それ故に地名の順による配列をこの一首のみ破って往路の結尾に位置づけたもの」である、と考えている。

八首を一連の歌語りとする都倉氏のよみは魅力のあるものだが、本書では、第一・二・五首に旅の喜びを見たので、妻への恋慕の情を主とする都倉氏の読み方には、全面的には賛成しないこととなった。また、八首における淡路島の重視や、起を一首、承を四首、転を二首、結を一首とする構成上のアンバランスについての都倉氏の説明は、かならずしも十分でないように思う。

本書では、第一・二首を水手、第三・四は船君、第五首は水手の立場の作とみた。以下第六・七・八首も、二首一組の形を採り、第六首は第五首に連続して水手、第七・八首は船君の歌と考えたい、と思う。起承転結の構成をあてはめることはかならずしも適切ではないが、第一・二首が起、第三・四首が承、第五・六首が転、第七・八首が結に相当する。第五首で船は加古を眼前にしていた。終着は加古ではなく、国府のある姫路を経て吉備に向ったものと推測するが、第六首は、その帰途に故郷の地を傍らに見ながら、明石海峡に入る日のことを考えている歌である。

第六首は人麻呂の代表作として名高い歌で、「家のあたり」は大和をさす、として異論がない。独立した歌としては、そのように見るより他はないが、二首一組の八首の組歌として、水手の立場の作とみると、「家のあたり」は水手の本貫の吉備か、根拠地の加古を指す、と考えなければならない。海岸線は、明石を過ぎると垂水のところで大きく曲がり、須磨に至ると、もはや印南の海岸は見えない。東上の作とすると、作品の自立性を減じて名歌の完成度を損なうようだが、第六首に西下の歌が混る不可解さは解消する。第五首で故郷を眼前にした喜びは、帰途に転じては悲しみに変化するのであり、第五・六首は、西下から東上に転換し、喜びと悲しみが逆転する意味において、四部構成の転部に相当する、と見ることができる。

四　船君の帰京の安堵と喜び

(7)天離る鄙の長道ゆ恋ひ来れば明石の門より大和島見ゆ
(8)飼飯の海のにはよくあらし刈り薦の乱れて出づ見ゆ海人の釣船

第七・八首は船君の歌である。第七首については説明を要するまい。一行の船はいよいよ明石海峡にさしかかり、わずかに大和の山々を望む地点に来た。船君は、今度は水手の悲しみをよそに大和の見えた喜びに歓声をあげる。八首は、第一・二首に喜び、第三・四首に悲しみ、転部の第五・六首には、第五首に喜びと第六首に悲しみ、第七・八首に喜びをそれぞれ配して、水手と船君という立場の相違が、対照的な喜びと悲しみの旅情を生じしめ、さらには航路の進行とともに変化し、逆転するおもしろさを主題とするようだ。

第八首の作歌事情について、井手至氏は、「船でやって来た人麻呂の一行が朝方船出しようとする時、浜辺から笥飯の海の漁場を見渡して詠んだ歌で、そこに隠やかな航海を予祝し期待する気持があったに違いない」と推測し、都倉氏は「この平安な海上の景は、作者が最後の帰郷の航路につき、故郷を眼前にして、二五五の魂ふりでやすらいだ魂が選び取った、今日一日の最後の航路の平穏無事を予感させるものだったのである」と解説する。本書では、人麻呂が現実に行った旅とは考えないし、第七首で大和島をみて「魂ふり」をした、という見解には従えないが、両氏の作歌事情の推測や評価は承認してよかろう。

都倉氏はさらに、第七首によって得られた「帰郷の喜びを基盤に」、第八首が「心情的に結びとして位置づけられた」ことをいい、第一首と第八首に「往復それぞれの船出歌」を配し、「首尾照応するよう構成されている」ことを指摘している。これらの指摘も承認してよいが、なぜ第八首で「飼飯の海」が詠まれたか、は説明を必要としよう。飼飯は、明石海峡を往来する船の航路から南に大きく外れている。井手至氏が、この「飼飯の海」の位置から、第八首を他の歌とは別の機会に作られた歌だ、というのももっともなことであり、連作を主張して八首ひとまとまりを主張する以上は、第八首が「飼飯の海」を詠んだ必然をいわねばなるまい。

村田正博氏は、明石海峡から東に「大和島根」をみた作者は、南を眺望して淡路島の西の海を見た、といい、遺称地「慶野」は現在よりも北に及んでいたのではないか、と推測し、「御食つ国」である「御食向ふ淡路の島」の海として、「飼飯の海」の名称をふさわしい、という。『記』『紀』の海人の物語を継承したこの八首は、淡路島を経由し、上陸するが、往路で野島に上陸したのは、第一・二首を水手の歌とし、はじめに船君に旅愁を感じさせるためであったが、帰途は船君を主にしており、国府のある三原に向わせる設定であろう。国府の海岸が「飼飯の海」である。また、この名称は村田氏のいうように、「御食国」の海にふさわしい、といった配慮もあったかもしれない。

さきに筆者は『鴨山自傷歌』を河内・摂津の歌がたりに関連させて考察したが、この水手と船君の旅情を問答歌のごとくに、対照させ唱和させる組歌の形式は、人麻呂の時代の歌垣の歌唱形式や、歌垣で歌われる物語歌の構成を学んだものであろう。この『羈旅歌八首』は鴨山の歌のように、人麻呂があらたな組歌による物語歌を創作し、河内や摂津で歌垣を行う芸能集団に与えたものであろう。当時の物語の一般から考え、水手と船君には（とくに船君には）モデルがあろうが、こうした推測は、また、後の機会に譲ることとしたい。

『古代研究』第十号（昭和五四年九月）に「人麻呂の羈旅歌八首の構成——水手と船君の旅情唱和——」として発表した。

XI 研究史

第二十二章　人麻呂と漢文学

一　漢文学との関わり方

人麻呂が生活した壬申の乱後の天武・持統朝は、中国を手本に古代国家が形成された時代である。国家は律令制に基づいて運営されたが、律令制の背後には、儒教に基づく礼楽の思想があった。当時の文学が礼楽の思想の強い影響を受けたことは十分推測されることである。官人であった人麻呂も、そうした時代の思想にあわせて作歌活動を行っていようし、作歌活動に際しては、中国的・儒教的なつまりは漢文学的な世界観に立って、漢文学的なものの考え方をしているであろう。人麻呂と漢文学との関わりは、人麻呂という歌人のあり方や彼の作歌活動のあり方においても、彼の世界観や認識の仕方においても、注目する必要があろう。和歌と漢文学との関わりを検討する和漢比較を歌語と詩語との問題に限定するべきではなかろう。

人麻呂は、持統天皇を讃美する心から『吉野讃歌』を制作し、軽・長・新田部の各皇子を讃美して『安騎野遊猟歌』『猟路池遊猟歌』『矢釣山雪朝歌』を制作した。こうした讃歌において人麻呂は、中皇命の『宇智野遊猟歌』を継承して朝狩りへの出発を歌い、『推古紀』所載の蘇我馬子の『上寿歌』を継承して永遠の忠誠を歌った。狩猟歌の背後には、巡狩之銘や游覧詩があり、上寿歌の背後には、王公上寿酒歌や王公上寿詩があると考えてよかろう。人麻呂はそうした漢文学に等しいものとして讃歌を制作し、当時の人々も同様に理解していたことであろう。

大野実之助は「初唐の応制詩と人麿」（『国文学研究』昭48・6）に、「人麿の歌の名篇には公的性格を帯びたものが少なくなく、しかもそれ等公的の歌の内容には想像（理想）の世界が多分に内包されている」といい、次田潤の『万葉集新講』の所説を紹介して、「人麿の長歌は次田氏の語っておられるように、中国の応詔詩乃至は応制詩の影響を蒙っていることが、その内容から考察して容易に推想され」、「単に六朝時代の応詔詩だけでなく、初唐時代の応制詩の影響をも受けているであろう」と推測している。

応制は、六朝では応詔と呼ばれ、『文選』では、巻二十の献詩・公讌、巻二十二の游覧に見える。人麻呂の讃歌が游覧詩や上寿歌（燕射歌辞）の影響を受け、同時に応詔・応制詩の影響を受けていることとは矛盾しないので、ともに承認してよかろう。皇太子の命に応じることを「応令」、諸王の命に応じることを「応教」というが、『文選』（巻二二游覧）も応教詩を収めている。人麻呂の作歌は求められての作歌であり、讃歌は応制・応教と考えてよいが、天子や皇子の作品に応じて作歌する唐詩型の応制・応教ではない。初唐の応制詩との関わりを重視する大野実之助の指摘は傾聴に価するが、六朝の応詔・応教の影響も否定する必要はなかろう。

『魏志』（倭人伝）は殯の折に歌舞が行われたことを記すが、この歌舞は、天岩戸神話から推測して、死者を蘇らせる歌舞であろう。殯の歌舞が悲歌となり、思慕と悔恨を主題とするようになるのも、中国の葬儀や挽歌の影響を受けていようが、人麻呂の時代になると、殯の儀礼が完成し、また仏教の影響下に葬後の儀礼が加わり、新たな挽歌が求められ、中国においては、文学作品としての誄・哀や挽歌詩が葬後に制作されるのに倣い、死直後・殯・葬送の挽歌の外に、葬送の朝・のちのわざ・はての挽歌が制作されるようになる。

人麻呂の挽歌は中国の誄の影響を受けていようという推測は多くの研究者が抱いており、西郷信綱氏の『詩の発生』（昭35・6）や中西進氏の『万葉集の比較文学的研究』所収「人麿と海彼」（昭37・7初出）等にも見えるが、人麻呂の全挽歌に同一レベルの同質の影響が等しく認められるわけではない。影響を受けているのは葬後の挽歌と限定してよかろう。いわゆる「殯宮挽歌」は、内容から見て殯の間の挽歌ではなく、『日並皇子挽歌』ははて、『高市皇子挽歌』は葬送の朝、『明日香皇女挽歌』はのちのわざの挽歌と考えられるが、他の挽歌と異なり、思慕や悔恨を歌わず、世系・行迹を讃美して諡号を定める誄本来の機能を継承して一首を構成する。また、『泣血哀慟歌』は挽歌詩、『吉備津釆女挽歌』は国風の誄に相当する恩詔に倣った構成・表現をする。

『記』『紀』の歌謡や初期万葉や巻十三所収の作品のなかには、人麻呂の時代に宮廷歌謡であったものも少くはなかろう。中国の楽府に相当するものとして制作・享受され、種々の面で楽府の影響を受けたことであろう。宮廷歌謡として享受される際には、歌謡は近代の宮廷史と結びついて物語を形成し、『記』『紀』の物語に近づくが、そうした歌謡や物語を史書に取り込もうとする各段階の作者（編者）たちは、『史記』や『漢書』が『麦秀歌』『垓下歌』『大風歌』や童謡等の歌謡を歴史を語る重要な素材としていることに十分考慮したことであろう。

人麻呂の『近江荒都歌』『吉備津釆女挽歌』『狭岑島挽歌』は、人麻呂が人麻呂の立場で詠んだと題詞にも記され、そのように読まれているが、歴史上の人物の立場で詠んだ物語歌として読むことも試みてよいであろうし、『石見相聞歌』『泣血哀慟歌』は、上述の歌が時代物であるのに対して、世話物にもなるであろう。こうした物語歌に対して人麻呂は、史書に採択された歌謡や詠史に相当する物語歌として作歌していたかもしれないので、史書の歌謡や詠史の影響を受けたことも考えなくてはなるまい。

人麻呂には、『留京三首』『鳴山自傷歌』および関連歌、『覊旅八首』等の短歌による組歌がある。歌垣が芸能化して踏歌と習合していたし、宮廷内外の芸能集団には帰化人を主とするものもあった。当然、大陸の芸能の影響も受けていようが、現在のところ、直接的な関わりは指摘されていない。

人麻呂の作歌活動について黒川洋一氏は「わが人麻呂」（『文学』昭63・11）に、わずか二、三十年間にしかすぎない人麻呂の作歌活動の中に、中国文学史が数百年間をかけて展開させたものが凝縮して現われる」というが、人麻呂が激動の時代を生きたことは事実であろう。持統八年十二月に藤原に遷都するが、この遷都は死のけがれを怖れての遷都ではなく、浄御原令が発布されて官僚組織が整備され、政治機構としての都が手狭になったためであり、藤原京は律令制が造った都市であった。

『日並皇子挽歌』と『高市皇子挽歌』、『河島皇子葬歌』と『明日香皇女挽歌』を比較すると、天皇の崩御にあっても遷都しない都市の論理によって、死のけがれ＝信仰を克服し、すでに存在する神話に代って創作した神話を歌い込み、循環する永却回帰の時間に代って直進する時間を記録し、母系制・共同体的な男女の愛に代って父系制・都市的・核家族的な夫婦の愛を描く。藤原京への遷都は、人麻呂に神や時間や、愛や死の認識に対して大きな変革を迫ったのである。新しい認識は律令国家の認識であり、漢文学の認識と通底するものであることはいうまでもない。人麻呂は社会の様々な面におこる変化に関心を寄せ、『石見相聞歌』『泣血哀慟歌』の一群と二群に、愛と別れ、愛と死のそれぞれの新旧を歌い分けている。

人麻呂が詩語を翻訳して新しい歌語を創造したり、典拠を有する漢語を歌語の表記に使用したりしていることは、すでに多くの指摘がある。また、反覆に始まる口誦文学の対句から、詩文の影響を受けた記載文学の対句に変化しつつある人麻呂の句構成についても、大畑幸恵氏の「対句論序説」（『国語と国文学』昭53・4）、中西進氏の『万葉と海彼』所収「人麻呂長歌の修辞」（昭60・3初出）、稲岡耕二氏の「万葉集と中国文学」（和漢比較文学会編『上代文学と漢文学』昭61・9）をはじめ、多くの指摘がある。人麻呂と漢文学との関わりは多方面に及んでいる。

二 巻一と巻二相聞

近江荒都歌（二九〜三一） 山田孝雄は『講義』に、箕子の『麦秀歌』を想起させるといい、金子元臣は『評釈』に、杜甫の『春望』と軌を一にするという。西郷信綱氏は『万葉私記』（昭34）に、大陸風の文化的宮廷であった大津宮が戦乱のために一挙に滅びたことが、中国における荒都を悲しむ詩文をわが国の歌人に想起させたといい、神野志隆光氏も「近江荒都歌論」（『論集上代文学・九』昭54・4）に、天武・持統朝の中国風都城を目指した宮都造営の気運が底流となって、荒都悲傷が可能になったと説く。

中西進氏も『万葉の歌びとたち』所収「御用歌人でなかった柿本人麻呂」（昭53・10初出）に、荒都歌のモチーフを中国詩から得たとするが、杜甫の『春望』や鮑照の『蕪城賦』（『文選』巻一一）等の同類の詩賦は、すべて反逆の軍事によって荒廃したことへの嘆きであるので、人麻呂の荒都歌にも天武批判を認める必要があると主張するが、荒都歌の典拠は、やはり『麦秀歌』と『詩経』（王風）の『黍離』であろう。長歌は、『麦秀』『黍離』に倣って、夏草の繁茂する廃墟を眺めて行ってはならない遷都が荒廃を招いたことを悲しみ、第一反歌は、不変の自然に対して人事のはかなさを嘆く詩想に倣って、不変の辛崎に対して大宮人の船遊びが見られないことを嘆き、第二反歌は、『論語』の「川上之歎」に倣いながらもそれを反転させて、流れを止めた湖水に昔の人を偲ぶ（本書第一四章）。

林古渓は『万葉集外来文学考』（一五頁、昭7・7）に、この歌の題詞を漢風の題詞の一例とするが、「過近江荒都時」の「過」について『万葉集・一』（完訳日本の古典）は、漢語「過訪」との関わりを指摘する。辰巳正明氏は『万葉集と中国文学』所収「近江荒都歌と荒都悲傷詩」（昭59・2初出）に、日中の詩に「過」の使用例を検討し、荒都歌が荒都詩を継承していることを主張する。

遷都を非難した例として『代匠記』は、『天智紀』（六年三月）と『史記』（殷本紀）をあげ、辰巳氏は前掲論文に、荒廃のために建物の所在が判明しないといったり、廃墟が田畑となったとせずに原野になったといったりするのも、六朝や隋の荒都詩に見えるといい、長歌の結句「見れば悲しも」も、『史記』（司馬相如列伝）の宜春宮の荒廃を悲しむ賦の「嗚呼哀哉」に類似するという。

「日知の御代」「天の下」「天《そら》に満つ」の歌語が、聖代・天下・満天の漢語と関わりを持つことは予測されるが、「日知」聖説は山田孝雄の『講義』に、「天の下」天下説は『古事記伝』（巻一八）に見える。「天に満つ」満天説も特別な説ではなく、「天に満つ」を空に満てる意と解すれば、その支持者になろう。「樛木《つがのき》」の表記が『詩経』（周南）に出ることは仙覚の『註釈』が指摘するが、「此間《ここ》」の表記が中国の俗語的用法であることを伊藤博氏が『全注』に指摘する。

吉野讃歌（三六〜三九）第一群は天皇に対する忠誠心を表明し、第二群は天皇の朝狩りへの出発を讃美する。国見歌の影響も指摘されているが、行幸を巡狩、国見を巡狩の山川望祀と考え、狩猟歌の型を借りて忠誠心と朝狩りへの出発を歌い、内部に国見歌を取り入れている。種々の面に漢文学の影響が見受けられるが、顔延年の游覧詩『車駕京口に幸し、三月三日、侍して曲阿の後湖に遊ぶ作』（『文選』巻二二）の影響は特に深く、構想の面にも及ぶ。人麻呂は、顔延年が巡狩に際して山川の神々が道中を守護し、多数の侍臣が供奉したことや、天子の徳礼が人民や魚鳥にあまねく及び、山川の神々を懐柔するに至ったことを歌い、帝徳を讃美するのを、ほぼ全面的に継承し、人事と自然の二面から、しかも人事は供奉者の多さ、自然は山川の神々が服従する視点までをも継承している（本書第七章）。

天皇の神性や絶対性の主張も漢文学の世界に連続するが、他の作品にも関連するので除外する。『懐風藻』の吉野詩にも同様な構成法が見られることを土田杏村が『国文学の哲学的考察』（昭4）に指摘する。山川対比の表現について、伊藤博氏は『万葉集の表現と方法・下』所収「短歌の語り」（昭50・9初出）に、『礼記』（王制）の山川望祀、『論語』（雍也篇）の「智水仁山」に代表される中国人の精神を受け入れているといい、辰巳正明氏は前掲書所収「人麻呂の吉野讃歌と中国遊覧詩」（昭56・11〜昭57・4初出）に、謝霊運らの山水詩の傾向を継承するという。国見で見るのは国であるはずであり、山川を見るのは望祀の影響を考えるべきであろう。また、山川（山河）を永久不変・安泰堅固の比喩とするのも中国的であり、金子元臣は『評釈』に、「厲山帯河」から出るかと推測する。

山川の神々の奉仕については、『代匠記』が班固の『東都賦』（『文選』巻一）、楊雄の『甘泉賦』（同七巻）、顔延年の前掲詩をあげるが、漢文学の影響の濃厚な部分である。春秋の対比についても、中西進氏は『万葉集の比較文学的研究』所収「額田王論」（昭37・2初出）に対句の初例という。山神が花を髪に刺すことについて、『代匠記』は『晏氏春秋』（内篇諫上）の「夫霊山固《まこと》に石を以て身と為し草木を以て髪と為す」をあげる。「舟競《ふなぎほ》ひ」「秋立てば」について、『代匠記』は『荆楚歳時記』五月五日の「南方競渡」、山田孝雄は『講義』に「立秋」との関わりを指摘する。

安騎野遊猟歌（四五〜四九）　辰巳正明氏は、前掲書所収「安騎野の郊祀歌」（昭59・5初出）に、この歌を帝王が国都の郊外で壇を築いてみずから祭る郊祀の歌と見なす論を展開するが、この歌は軽皇子の遊猟を讃美する歌であり、祭天が主題ではなく、祭天を行う天皇も登場しない。四首の反歌（短歌）の構成が絶句に類似することを那珂通高が「倭文読法」（『洋々社談』明8・12）に指摘しているが、漢文学との関係は直接的なものではない。第二反歌の「過ぎにし君」の「過」が死去を意味することを山田孝雄は『講義』に仏典語・漢語に基づくという。

石見相聞歌（一三一〜一三九）　妻と別れて都に向う二群の構成が注目されて、谷馨が「万葉集における羈旅歌」

(『国文学』昭31・8)に、中西進氏が『万葉集の比較文学的研究』に、稲岡耕二氏が、『万葉集の作品と方法』所収「石見相聞歌と人麻呂伝」(昭55・3初出)に、陸機の『赴洛二首』『赴洛道中作二首』(『文選』巻二六)の影響を推測する。吉田とよ子氏は「人麻呂の時間・空間意識」(『上代文学』昭54・4)に、『玉台新詠』の秦嘉『贈婦詩三首』との類似をいい、渡瀬昌忠氏も「人麻呂と漢文学」(和漢比較文学会編『上代文学と漢文学』昭61・9)に、諸説に検討を加えている。

第一群が先行する種々の歌謡を集成し、国風の悲劇的な古典的な別れを歌うのに対し、第二群は漢風の優雅で当世的な別れを詩文を踏まえて構成する。秋の木の葉の散る中で登山臨水の地である「渡の山」で別れるのは、潘岳の『秋興賦』や宋玉の『九弁』を典拠とする。月を妻と観賞するというのも我が国の伝統にはない中国的な発想であり、山頂にいる自分を「大夫《ますらを》」というのも『漢書』(芸文志)の「高きに登りて能く賦せば以て大夫と為すべし」に基づく。二群の構成は、楽府に対して楽府体、擬古体の詩を作ったのに倣うと考えるべきであろう(本書第一七章)。

三　巻二挽歌

日並皇子挽歌(一六七〜一七〇)　冒頭部で父天武の事蹟を述べることについて、林古渓は前掲書(三〇頁)に漢籍の影響をいって史孝山の『出師頌』、陸士衡の『漢高祖功臣頌』(『文選』巻四七)をあげ、中西進氏は『万葉集の比較文学的研究』に、誄・哀が先祖の叙述に始まり、中心に生前の業績・功徳の賞讃を置き、終尾に自らの哀傷を添えるのに倣うという。

はて(退散時)の歌であり、葬後に制作される死の文学としての誄・哀の影響を受けているが、世系・行迹を讃美し、諡号を記す機能的な誄の構成をとる。散文である誄は徳目を累列するが、歌では不可能であり、世系・行迹の讃美を単純化して統一し、哀悼の意まで加える必要があった。天地開闢時の神々の協議によって皇位に即くことが求められ、天孫瓊瓊杵尊の子孫である天武の後を承けて皇位に即くべきであった皇太子が薨じたのが悲しいと歌うのは誄に倣ったものであり、第二反歌に日月が登場するのは、「日並知」の諡号を歌い込んだものである（本書第一〇章）。

神々の協議を承けて天武が天降り、飛鳥に都を作ったことについて、辰巳正明氏は前掲書所収の「高市皇子殯宮挽歌と漢文学」（昭62・2）に、天命思想が読みとれるという。「かむあがり」について、『拾穂抄』は「殂落」の殂が魂の升上を意味するのに等しいといい、津田左右吉は『日本古典の研究』に、中国で死せる帝王の霊は天にあると考えるのに倣って天の原に上るという主張する。「春花の」「望月の」の比喩について、斎藤茂吉は『柿本人麿・評釈篇』に、阮嗣宗の『詠懐詩』（『文選』巻二三）の「夭夭たる桃李の花のごと、灼灼として輝光有り」や何平叔の『景福殿賦』（同巻一一）の「灼として明月の光を流すが若し」を連想させるといい、中西進氏は『万葉と海彼』に、春花と望月が対句になるのは「花月」や「花朝月夕」という漢語の存在が前提になるといい、『万葉集の比較文学的研究』（一七一頁）に、「望月の」の比喩は『法華経』（讃嘆品）の「面は満月の如く、眉目は青蓮の如く」のごとき仏典の形容という。「天つ水仰ぎて待つに」について、『代匠記』は司馬長卿の『難蜀父老』（『文選』巻四四）の「踵を挙げて思慕すること、枯旱の雨を望むが若し」をあげるが、『史記』（晉世家）の「孤臣の君を仰ぐこと、百穀の時雨を望むが如し」の類似例もある。第二反歌で天皇と皇太子を日月が輝く様に譬えるが、類例を『芸文類聚』（巻一六儲宮）は多数収める。

河島皇子葬歌（一九四・一九五）　中西進氏は『万葉集の比較文学的研究』に哀の影響をいい、辰巳正明氏は前掲書所収「人麻呂の挽歌と哀傷詩文」（昭61・4初出）に、『芸文類聚』（巻三四哀傷）の丁廙妻『寡婦賦』の影響をいうが、古来の葬送歌の伝統を承けて、長歌では葬送の参加者が遺族に対して歌いかけ、反歌では遺族が死者に対して歌いかける構成をとる（本書第一二章）。初期の作品でもあり、漢文学との関わりはあまりないが、朝露と夕霧の対について、中西氏は『万葉と海彼』に漢語「霧露」の影響を見る。

明日香皇女挽歌（一九六〜一九八）中西進氏が『万葉集の比較文学的研究』に、謝希逸の『宋孝武宣貴妃誄』（『文選』巻五七）との類似をいい、門倉浩氏が「明日香皇女殯宮挽歌考」（『国文学研究』昭58・10）に、女性に対する誄・哀に倣って皇女の婦徳を讃美し、「川上之歎」にあわせて明日香川を前にして皇女の死を悲しむ構成をとるという。

出棺・埋葬・葬儀後の墓参という次第を追う構成も、夫婦仲のよさを婦徳としてとらえ、婦徳を具えた皇女の死を嘆くというのも、中国の死の文学を継承している。また、循環する時間の中にある自然物や不可逆といわれながらも止めることができる川の流れに対して、直進する時間の中にある皇女の死を厳しく見据え、死者は蘇生も転生も示現もせず、生者の心中にのみ生きるという新しい時間認識に基づく新しい抒情＝永遠の思慕を歌う。長歌や反歌で皇女の明日香の名前にこだわるのも、この挽歌が諡号を定める誄の機能を継承している理由によろう（本書第一三章）。

「橋渡す」「ぬえ鳥の」「夕つつ」「片恋」等の七夕歌の歌語が使用されていることを升田淑子氏が「明日香皇女挽歌考」（『学苑』昭60・1）に指摘する。「朝宮を　忘れ賜ふや　夕宮を　背き賜ふや」の「背く」について井上通泰は『万葉集雑攷』に、顔延年の『宋文皇帝元皇后哀策文』（『文選』巻五八）中の「背」に拠るかといい、小島憲之も『上代日本文学と中国文学』（九〇〇頁）に「背く」を翻訳語、「忘る」を同様な用法とする。辰巳正明氏も前掲論文に、貴女の死をその姿が住居から見えなくなったと記すのは、哀策文の表現であるという。「三五月《もち》の益《いや》めづらしみ」について、林古渓は前掲書（一四五頁）に、仏典の「面は満月の如く、眼は青蓮の如し」（『法華経』讃嘆品）等の影響を推測する。辰巳氏は前掲書に、墓所を死者の常住の所としたり、墓参に通う夫君の姿を叙したりするのも、哀傷の詩文に見えることを指摘し、「ぬえ鳥の片恋ひ嬬」は、潘岳の『悼亡詩』（『文選』巻二三）の「彼の翰林の鳥双栖して一朝に隻なるが如く」に拠るかといい、「天地の　彌《いや》遠長く　偲ひ往かむ……万代までに」には、背後に「天地長久」や「万代不変」といった漢文の寿詞が存在するかと推測する。

「鏡なす」と「三五月の」が対句となることについて、中西氏は『万葉と海彼』に、月を鏡と見做す漢籍の発想が前提となるという。金子元臣は『評釈』に、「三五月」「彼往此去」「猶預不定」「往来」「遣悶」「及万代」等が漢語的表記であることをいい、小島憲之も前掲書（八〇八・九〇三頁）に、「三五月」「遣悶」の用字に考察を加える。

高市皇子挽歌（一九九～二〇二）『日並皇子挽歌』と同様に誄や哀の影響を受けたことは、林古渓や中西進氏がそれぞれ前掲書に記す。誄の世系と行迹の讃美を、人麻呂は、皇子が天武の命を受けて大将軍となって壬申の乱で活躍し、天武を助けて太政大臣として国家を繁栄させたと讃美する形で表現し、諡号に関しては、後皇子尊（第二の皇太子）の諡号を贈られ、皇太子と追尊されたことを、居所を「御門」、宮人を「舎人」と皇子が皇太子であることを明示する言葉を使用することで表現する。

藤原京を造り、新時代を開いた皇子の挽歌であり、神々の制約を逃れた新しい表現を所々に見せる。神話はすでに存在し、創作するものではないが、神である天武が神風を吹かせたという神話を創作し、古い神の退場は新しい神の登場と不可分であるはずであるのに、神である皇子の死が単独に記され、死のけがれを恐れて解体されるはずの香具山宮が、万代まで滅びまいと歌われ、明日香皇女の場合と同様に永遠の思慕を誓っている（本書第一一章）。

壬申の乱の戦闘描写について、『詞林采葉抄』（巻五）をはじめとして多数の研究書が漢籍の影響を推測する。具体的な指摘は困難であるが、『代匠記』が、「敵《あた》見たる虎か吼《ほ》ゆると」に『詩経』（蕩之什）の『常武』の「王厥の武を奮ふ、震の如く怒るが如し、厥の虎臣を進むる、闞として虓虎の如し」、「冬の林に　飃《つむじ》かも　い巻き渡ると」に顔延年の『秋胡詩』（『文選』巻二一）の「回颷高樹を巻く」、神風が吹いたことに『史記』（項羽本紀）の漢の高祖が睢水の負け戦に突風に助けられて脱出した例をあげる。

第一反歌の「日月も知らず」について、金子元臣は『評釈』に、日月を「漢熟語」という。たしかに、漢籍では「日月逝く、歳我と与ならず」（『論語』陽貨篇）というが、『万葉集』で時間の謂に用いるのは『日並皇子挽歌』とこの例の二例のみである。

泣血哀慟歌（二〇七～二一六）『代匠記』が「潘安仁が悼亡詩三篇は、これらの歌に心わたれる所おほし」といい、林古渓も前掲書（一三二頁）に、潘岳の『悼亡詩』、『哀永逝文』（『文選』巻五七）、謝希逸の『宋孝武宣貴妃誄』を粉本としたといい、中西進氏も『万葉集の比較文学的研究』に、妻の死という題材によって『悼亡詩』と『哀永逝文』を念頭に置いたといい、稲岡耕二氏も「万葉集と中国文学」（和漢比較文学会編『上代文学と漢文学』）に、『悼亡詩』の三首構成を後代の詩人たちが踏襲したように、人麻呂も形式上の示唆を受けたという。

第一群は、忍び妻の訃報に接して驚き、しばしば通わなかったことを後悔し、葬儀にも参列できずに、ひそかに逢っていた軽の市に妻の姿を求めて思慕する、軽太子を想わせる男の伝統的な妻の死の悲しみを歌い、第二群は、中国の死の文学に倣い、第一群を承ける形で葬儀から一周忌の墓参に到る夫の悲しみを歌うが、第一群の男とは対照的な潘岳を想わせる男が、妻の死後幼な児を抱いて孀屋で妻を恋い、妻の姿を見たという人の言葉を聞いて墓地に詣でても、妻の姿を現実には見ることはできないと歌う。第二群には、夫婦が白昼堂々と手に手を取って外出し、夫が幼な児の世話をし、夫の家に孀屋を構え、夫婦で月見をする、新しい風俗や、人間は死ぬものという世の道理や、かつては夫には見えて逢えないものであった亡妻がまったく見えなくなり、時間に譬えられる月は循環するが、人の死は過去に向って直進するという、死や時間に対する新しい認識が歌い込まれている（本書第一八章及び第一三章）。

「世間《よのなか》を背きし得ねば」について、金子元臣は『評釈』に、当時流行の無常思想を認め、中西氏も前掲書に、誄の表現に倣ったという。「白妙の天領巾《あまひれ》隠《がく》り」も、天界へ帰る天女の姿を想い描くとすれば、漢籍に典拠を求めることができる。形見の緑子について、『代匠記』は潘岳の『寡婦賦』（『文選』巻一六）の「稚子を懐抱に鞠《やしな》ひ、羌《ああ》低徊して忍びず」をあげるが、夫に殉死するのを思い止まる文脈であるので距離がある。辰巳正明氏も前掲書所収の「潘岳の『寡婦賦』と泣血哀慟歌」（昭59・3初出）に、『寡婦賦』との深い関わりを論じているが、直接的なものではない。

孀屋で妻を慕い、羽易の山を再度訪れる部分に、中西氏は『悼亡詩』や『哀永逝文』の影響を認め、橋本達雄氏も『万葉宮廷歌人の研究』所収「万葉悼亡歌の諸相」（昭45・7初出）に、「うつせみと　念ひし妹が　たまかぎる　髣髴《ほのか》にだにも　見えなく思へば」に『悼亡詩』の「独り李氏の霊のごとく、髣髴として爾の容を観ること無し」、第三反歌「去年《こぞ》見てし秋の月夜は照らせれど相見し妹は彌《いや》年放《さか》る」に「皎皎たる窓中の月、我が室の南端を照らす」や「荏苒として冬春謝《さ》り、寒暑は忽ちに流易す、之《こ》の子窮泉に帰し、重壌は永く幽隔す」の影響をいう。第三反歌については、林古渓が前掲書（一三五頁）に、『玉台新詠』（巻五）の沈約の『悼亡』との類似を指摘している。「或本歌」第三反歌「家に来て吾が屋を見れば玉床の外《ほか》に向きけり妹が木枕」に、『代匠記』は『悼亡詩』の「展転して枕席を眄《かへりみ》れば、長簟は牀の空しきに竟れり」、金子元臣は『評釈』に『詩経』（唐風）の『葛生』の「角枕粲たり、錦衾爛たり、予が美は此《ここ》に亡し。誰と共にか独り旦《あか》さん」、林古渓は沈約の『悼亡』をあげる。

吉備津釆女挽歌（二一七～二一九）天智天皇の立場の物語歌で、恩詔に倣って、長歌では、訃報に接した驚き、もっと愛してやればよかったという後悔、遺族である夫への配慮、釆女への思慕を歌い、反歌では、吉備津釆女を近江の地名で呼びかえて贈諡を行ったことを暗示する（本書第一五章）。「秋山のしたへる妹」は漢語「紅顔」と関係を持とうし、朝露をはかないものの比喩とするのも林古渓が前掲書（一三六頁）に指摘するように漢籍の影響を受けていよう。

辰巳正明氏は前掲書所収「人麻呂の挽歌と哀傷詩文」（昭61・4初出）に、薤露行と潘岳の『悼亡賦』（『芸文類聚』巻三四哀傷）の影響をいう。詩人たちが『薤露歌』に対して薤露行を作るように人麻呂はこの挽歌を作ったという主張は傾聴に価するが、『悼亡賦』との関係は直接的なものではない。中西進氏が『万葉と海彼』に、露と霧が対となるのは漢籍の知識を前提にするといい、稲岡耕二氏も「万葉集と中国文学」（前掲）に、対偶の鮮かな長対でかつ一句の中に各々朝夕の対を有するのは、謝霊運の当句対などに見られる高度な技法を継承するという。

狭岑島挽歌（二二〇〜二二二）　先行する行旅死人歌を集成した感のある作品であるが、調の徴収を仕事とした調使氏の伝承を継承していよう。中国の枯骨報恩譚とも遠い所で関わりを有していようし、中央集権下で多数の人々が旅をし、行旅死したりする時代に注目されたモチーフであろう。遺族を妻に限定したり、繁茂する嫁菜に死者を配したりする新時代の傾向を見せる（本書第一六章）。金子元臣が『評釈』に、陳陶の『隴西行』の「憐むべし無定河辺の骨、猶是春閨夢裏の人なるべし」の類似をいい、吉田とよ子氏は「人麻呂の空間・時間意識」（『上代文学』昭54・4）に、行旅死人に語りかけるのは張衡の『髑髏賦』（『芸文類聚』巻一七髑髏）に共通するという。

鴨山自傷歌（二二三）　中西進氏は「万葉と海彼」（前掲、『万葉集の比較文学的研究』所収）に、陸士衡や陶淵明の挽歌詩（『文選』巻二八）が自らの死の状を叙しているのに倣うというが、人麻呂は妻に看取られずに山中横死する悲しみを歌っており、直接的なものではなかろう。

四　巻三・巻四

雷岳御遊歌（二三五）「皇《おほきみ》は神にし座せば」の天皇即神の現神思想が、中国の思想と深い関わりを有することは、すでに多くの指摘があり、中西進氏の「万葉と海彼」（前掲）や辰巳正明氏の前掲書所収の「人麻呂と天皇即神」（昭61・6初出）も詳述している。

小島憲之は前掲書（九〇五頁）に、「神」に「雷《かみ》」を懸けているとすれば、『周易』等の君子（或は先王）と雷との関係が思い出されるといい、辰巳氏は前掲論文に、持統の雷岳御遊を皇祖天神の祭祀を目的としたものと推測し、「天雲の雷の上」を郊廟歌辞で祭壇を雲が覆うと表現するのに倣ったというが、「神」に「雷」を懸けたとすると下句の「雷の上に廬らせるかも」と矛盾し、「天雲の」は機智的表現を効果あらしめるための修飾語であり、直接的な関わりはないように思う。

猟路池遊猟歌（二三九〜二四一）辰巳正明氏が前掲書（昭62）所収「遊猟の讃歌」に、畋猟賦の狩猟観を継承していることや、揚雄の『羽猟賦』（『文選』巻八）との構成上の類似を指摘する。傾聴に価するが、政治性を除去し、即事的な機智的な表現に特色を見せる即興的な狩猟歌であり、礼楽や現神思想がむしろ揶揄の対象とされ、座興に供されている有様であり、直接的な影響はないと考えてよかろう（本書第九章）。

反歌が月を蓋《きぬがさ》にしたと歌うことについて、『代匠記』は『楚辞』（惜誓）の「日月を建てて以て蓋と為す」をあげ、林古渓が前掲書（一四三頁）に、太田青丘が「上代歌学に及ぼせる中国詩学」（昭13・4初出、『日本歌学と中国詩学』所収）に、小島憲之が前掲書（九〇五頁）に、漢籍に類似表現が見られることを指摘し、或本反歌で、大君を讃美して荒山中に海を造ったと歌うことについても、『代匠記』は、揚雄の『羽猟賦序』に「昆明池を穿ちて滇河に象る」、鮑明遠の『代君子有所思』（『文選』巻三一）に「山を築いては蓬壺に擬し、池を穿ちては溟渤に類す」とあることを指摘する。

羈旅歌八首（二四九〜二五六）第三首の「浜風に妹が結びし紐吹きかへす」について、林古渓は前掲書（一二〇頁）に、謝希逸の『月賦』（『文選』巻一三）の「風に臨んで歎くことを将焉《はたいづく》にか歇まん」を思い出すといい、稲岡耕二氏は『万葉集』（鑑賞日本の古典、昭55）に、旅愁の表現に風を描写することが潘安仁や陸士衡等の行旅詩にしばしば見られることを指摘し、中国詩のヒントによる文学的な旅愁表現であるという。第七首一本の結句「家門《いへ》のあたり見ゆ」の家門の表記について、土屋文明は『私注』に、漢籍では郷里の意に用いるので使用したという。

宇治河悲傷歌（二六四）「いさよふ浪の去《い》くへ知らずも」について『代匠記』が「川上之歎」をあげ、「此の心なり」という。『童蒙抄』等の批判もあるが、従ってよかろう。

土形娘子挽歌（四二八）山間にたなびく雲を妹かと歌うのは、火葬の煙であるが、太田青丘は前掲論文に、『高唐賦』（『文選』巻一九）の巫山仙女の故事を念頭に置いたという。

出雲娘子挽歌（四二九・四三〇）第二首に娘子の黒髪が歌われるが、中西進氏は『万葉集の比較文学的研究』（昭38）所収「黒髪考」に、大陸の文化や文学の影響下に結髪令が出され、黒髪の美意識が醸成されるといい、人麻呂によってこの歌が詠まれたことを重視している。第一首の結句「嶺に霏霺《たなび》く」の表記について、山田孝雄は『講義』、小島憲之は前掲書（八〇七頁）に、六朝には少いが、唐代に使用される詩語「霏微」の微に雨を冠して用いたという。霏微は雨や雪が細やかに降るさまをいうが、霏は雲の飛ぶさまをもいい、『類聚名義抄』が霏霺に「タナビク」の訓を付していることは知られている。

み熊野の歌四首（四九六〜四九九）　第三首は、第二首の昔の人も自分のように妹を恋うて寝ることができなかったであろうか、を承けて、妹を恋うのは今の世だけのことではない、昔の人の方がまさっていて声まであげて泣いたと歌うが、『代匠記』は嵆叔夜の『養生論』（『文選』巻五三）の「多を以て自ら証し、同を以て自ら慰む」をあげ、「よくかなへり」という。同趣の論法を用いているが、直接的な影響はなかろう。

相聞三首（五〇一〜五〇三）　三首の結句「憶ひき吾は」「忘れて念へや」「思ひかねつも」に憶・念・思が使用されていることに注目して、伊藤博氏は「三思」（『万葉集研究・一九』平3・5）に、張衡の『四愁詩』（『文選』巻二九）や沈約の『六憶詩』（『玉台新詠』巻五）が四首構成であるのに倣い、漢詩「三思」より着想を得たかという。第三首の「家の妹にもの語《い》はず来て思ひかねつも」について、『代匠記』は鮑照の『行路難』の「心木石に非ざれば豈に感無からんや、声を呑んで躑躅して敢て言はず」をあげる。

『万葉集と漢文学』（和漢比較文学叢書第九巻、平成五年一月、汲古書院）に「人麻呂と漢文学」として髙松寿夫氏との共著のかたちで発表した。個々の作品に対する諸説の調査を髙松氏に担当してもらい、それに基づき上野が文章化し、冒頭に総論を付した。

上野理の万葉研究
――あとがきにかえて――

髙松寿夫

本書は、上野理氏が昭和五十年代から約二十年にわたって執筆してきた上代和歌関連の論文によって構成されている。いささかの新稿をも含み、ほとんど全章にわたって大幅な加筆・改稿が施され、研究書としての統一的な構成が図られている。書名に掲げられるとおり、柿本人麻呂の作歌活動を究明することに主題があり、また著者の配慮から掲載を見送った若干の関連文章も存するが、本書の内容によって、著者上野氏の上代和歌研究はほぼその全貌が窺える、と言ってよい。著者の研究を集大成したかかる著書の出版を心待ちにしてきた者としては、本書の隅々に至るまでを味読すればそれで良いのであるが、今回、著者からの誂えで、掲げたとおりの所与の表題で一文をものするようにとの要請が筆者（髙松）にあった。本書で展開されている著者の万葉研究が概観できるような内容のものを、という要望である。しかし、実は本書の序章「人麻呂の作歌活動」および第六章「柿本人麻呂とその時代」を合わせ読むと、本書の主張の要旨を窺うことができるようになっている。そこにこのような文章を加えることは、蛇足以外の何物でもないのであるが、著者以外の第三者の観点から本書の構想や構成を捉え直してみることは、ある意味でユニークと評することもできる著者の上代和歌研究に、これまであまり馴染みがなかった読者などには、多少なりとも資するところがあるかとも思い、この文章を認めるものである。

以下、本書の掲載順に従い、論の要旨とともに、いささかのコメントを付してゆくかたちで、本書の内容を概観することにしてみたい。なお序章「人麻呂の作歌活動」は記したとおり、本書全体の総論的な位置にある章なので、あえて要旨をとることはせず、それ以降の各章についてみてゆくことにする。

Ⅱ　宴と狩の歌

記紀歌謡を対象とした二つの論から構成される。本書で考察の対象となる作品としては、もっとも古い時代のものを対象とするが、いずれも日本の宮廷が中国大陸や朝鮮半島の影響を強く受け、新興の政治勢力が重きをなすようになった革新の時代を背景に形成される作品を扱い、やがて訪れる人麻呂の時代の状況につながる、新たな時代の、歌をめぐる状況を検証しようとする。

第一章　記・紀の酒宴の歌――酒楽の歌をめぐって――

記紀ともに掲載し、琴歌譜によって平安朝にいたっても宮廷の宴席で演奏されたことが明らかな酒楽の歌を中心に、上代宮廷の酒宴と歌の関わりについて論じる。

酒宴における伝統的な女の役割を窺わせる古事記の酒宴関係歌の女歌は、日本書紀ではことごとく無視されるが、酒楽の歌は掲載されることを指摘、同歌の本来の酒宴歌とは異なる性格に注目する。酒楽の歌が他の酒宴の女歌と異なる第一の点は、詠者が天皇の母親であることにあるが、酒の由来を説いて酒を勧める点で、国栖の歌や三輪神宴歌との共通を認め、特に三輪神宴歌については、類似の発想・表現を有する民謡が、近代の朝鮮半島で採集されていることに注目し、上代日本の酒宴での歌謡は、やはり当時の朝鮮半島の酒宴歌謡の影響下で成立したことを想定する。

翻って酒楽の歌を分析するに、第一首は宴の主催者たる天皇の立場からの廷臣への勧酒歌、第二首は廷臣の立場からの謝酒歌であったのが本来の機能であったと考える。以上から、酒楽の歌は、国栖の歌・三輪神宴歌とともに、中国大陸・朝鮮半島から新たな酒の醸造法や酒宴の作法が伝来し、宮廷の酒宴も旧来の形式から新時代の節会として再構成される中で、古く女たちが担っていた役割も、男性官人の活躍に移行する状況を背景にした、新たな酒宴の歌であると結論する。

資料に乏しい上代の酒宴のあり方について、後代の史資料や民俗学の成果なども駆使して考察する。中で酒楽の歌の表現について実際の演奏者である伶人が、それぞれの形式上の表現主体との一体化を図りながらも、第二首で謡い舞う醸造者の姿を言うのは、現在歌謡を演奏している自分たちに引きつけた表現をするためであると説く。そのような方法は「作者の抒情への強い欲求」に由来すると述べられるが、近年、上代和歌の研究でしばしば話題となる表現主体のあり方をめぐる議論に関わる言及として興味深い。

第二章　雄略天皇の阿岐豆野の歌

これも記紀ともに雄略天皇の詠として掲載する阿岐豆野の歌を対象に、その伝来の問題や表現から窺える歌人たちの営為をあとづけようとする。

当該の阿岐豆野の歌を、物語から分離しても歌謡のみで国号の起源を語ることのできる、自立性の高い叙事的で歌劇的な作品であることから、本来物語とは無縁に歌謡として創作され伝承されたものと推測する。その上で、記紀の他の記事にみえる固有名詞「秋津」が、大和の南葛城とその周辺が本貫の氏族に関連した箇所に集中することに注目し、当該歌謡の冒頭も、紀では「大和の嗚武羅の岳」とあることから、本来は南葛城の地名である秋津島の起源を語る叙事歌謡だったかとする。あわせて、「やすみしし我が大君」の称辞も尾張・葛城・蘇我など南葛城ゆかりの人物や物語の歌謡にみえることを指摘、「やすみしし」の語源は不明としながらも、万葉集で「八隅知之」などと表記されることに照らせば、日本を「大八洲」と命名する認識に通じ、その大八洲生成の神話に本州を「大倭豊秋津島」などと呼ぶことから、そのようなかたちで神話をあらしめた背景に、南葛城ゆかりの人々、就中、宣化朝以降の宮廷に大きな影響力を有した蘇我氏の関与を推測する。特に蘇我馬子が聖徳太子とともに国史の編纂に携わった時点で取り入れられた南葛城関連の伝承が、記紀にも相当数採用されたかとする。やはり南葛城に地縁を有する尾張氏は、後世の記録によれば歌舞の技能に関わりの深い氏族として知られる。これは、新興の蘇我氏が、有力な旧勢力の伝統的な神事・芸能に対抗し、自らの政治的立場を主張するための新たな芸能の実現を、近しい尾張氏に担わせたことに由来するかとする。新たな歌舞の創出には帰化人系の人々の助力も想定できるとし、当該歌謡も、かかる蘇我氏全盛の状況のなかで、始祖的な天皇による聖地葛城での国号制定の叙事歌謡として、宮廷の「郊廟歌辞」「燕射歌辞」的な新たな歌謡としてもてはやされたのが本来で、後に、持統朝以降に吉野が注目される中で、歌謡の舞台も吉野へ移動したと考える。

Ⅲ　女　歌

記紀歌謡について考察した次には、人麻呂のちょうど一世代前に活躍した歌人である、中皇命と額田王の作品への分析をとおして、歌人としての役割・性格について論じる。

歌の場として重視される「宴」であるが、宴が神事との関係を希薄にし、歓楽的要素を持ちはじめ、遊宴的性格を強めた時代に、新たな宴のあり方にふさわしい新たな作品が求められたところに、中皇命・額田王が登場するとみる。そこで重視されたのは、恋愛情緒を主とする抒情的な歌であったとする。したがって、中皇命・額田王の作歌活動に宗教的な性格を考えたり、天皇の意思を代弁する役割を認めたりする、巫女説・御言持ち歌人説には不賛成の立場が表明される。中皇命・額田王の地位や遊宴での役割などは、人麻呂のそれとは大きく異なり、双方は直接的な継承関係にはないとするが、中皇命・額田王たちの時代に確立する和歌の抒情性重視の原理は、人麻呂の作歌原理としても確実に継承される、という流れは、本書の読者であれば自ずと読み取るところであろう。〈和歌の抒情性〉は、本書を貫く主題的観点でもある。

第三章　中皇命と遊宴の歌

中皇命について、二つの歌群への分析をとおし、その作歌活動の和歌史上への位置付けを試みる。

まず宇智野遊猟歌の性格を論じる。長歌の表現が継承する古事記歌謡・志都歌の天皇への憧憬の表明という主題を、天皇が鳴らす弓弭の音に聞き入り胸高鳴らせる心の表出によって、よく継承するとともにより抒情性の高いものとしているとし、反歌も、理想的な環境の中で狩猟する天皇の堂々たる姿を思いやり讃美するものとして、長反歌に一貫した主題を認める。当該歌は狩猟の場で発表されたが、そのことは女性である詠者と讃美の対象である天皇との距離として表現に反映されることを指摘し、狩猟歌は、男の世界に属するものとして、外来の鼓吹の演奏に合わせて発表され、その実現のために大陸の文化に通暁した人物の協力のもとに成立した可能性が考えられ、大陸や半島との繋がりの深い氏族出身の間人老は、いわば制作協力者として、殊更に題詞にも名を留めることになったとする。

一方の紀温泉往路三首は、神事予祝歌といった解釈を批判し、いずれも典型的な旅の一場面を舞台とした、親しい一組の男女の睦び合いを妻からの愛の表明のかたちで表現した作品であるとする。行幸での宴が、神事性の強い密室的なものではなく、多数の人々が集う開放的なものとなったゆえに、歌われた女の抒情もそこに集うすべての男たちに向けられ、特定の個人に帰属する性格の抒情でないことが、後世の万葉集編纂の段階で作者についての所伝の揺れ

（中皇命の作か、斉明の作か）をきたす結果になったと言う。

当該歌の作者の問題について、神野志隆光氏の提唱した〈歌の共有〉なる概念に著者は共感を示しつつも、神野志氏とは異なる〈共有〉のあり様を主張するが、神野志氏は後に所論を著書『柿本人麻呂研究』（塙書房）に吸収するに際して、〈歌の共有〉の概念を著者の論により近いかたちに改めて展開している。中皇命・額田王といった初期万葉の女流歌人を論じるにあたり、〈歌の共有〉の概念は、現在、伊藤博氏の〈御言持ち歌人〉論とともに賛否こもごもの議論を誘発しているが、その〈歌の共有〉に関する現在の議論の基礎となる歌のあり方をもっとも早く打ち出した論としても、重要な意義をもつ一章である。

第四章　額田王と遊宴の歌

蒲生野贈答歌・春秋競憐判歌・三輪山惜別歌・宇治回想歌・熟田津船乗歌といった額田王の作品について、列挙の順に検討し、王の和歌史上への位置付けを試みる。

蒲生野贈答歌は、開放的な屋外での行楽である薬狩りを歌垣に類似したものと捉えた王が、その後宴で、道ならぬ恋をしよう、道ならぬ恋を仕掛けてくれと宴席のすべての男を挑発し、それにふさわしい答歌を一座の男を代表するかたちで大海人皇子が歌ったものとする。つまり前章の中皇命の紀温泉往路三首と同様の宴の女歌としての性格をこの作にも認めようとする。同様の性格は恋情を主題とした民謡の類型を襲うと思われる宇治回想歌にも認め、作者についての混乱も中皇命歌と同様の理解ができるとする。歌の作者の混乱という点では、三輪山惜別歌・熟田津船乗歌――西征進発時説を否定して船遊び説を主張する――も同様であるが、これらいずれも、発表の場である遊宴に集う人々に共通した抒情を歌ったもので、実作者である王と座を代表する人物としての天皇らとのそれぞれを作者とする所伝が存在したことによるとみて、単純な代作説を退ける。以上、王の作品をめぐって著者が強調するのは、歌の抒情性の重視ということである。これは春秋競憐判歌にもあてはまり、春秋いずれが美しいかの判定という、とかく論理の勝りがちな主題を、「近寄って、手に折り取って、しみじみと賞美しうる」か否かの一点に拘って、所与の主題を自己に引きつけ抒情化しているとする。宴が神事と結びついた秘儀性の強いものから、開放的な遊宴性を強めるかで新たな宴の歌が求められ、その需要に答えるかたちで、伝統的な歌謡の発想を取り込みつつ、集団のこころを歌う王らの歌が作られたものと捉える。

Ⅳ　人麻呂の時代

人麻呂の作歌活動を論じるにあたって、彼の活躍した時代の状況を総合的に把握しておくために設けられた部分である。第五章では、歌の場としてもっとも重要な宴のあり方の変化を時代の思想的背景に関わらせて分析したものであり、第六章は、さらに広く時代状況と人麻呂の諸々の営為との関係を俯瞰的に捉えようとしたものと言える。

第五章　天武・持統朝の宴と歌

日本書紀の天武・持統朝に、宴や饗、行幸や楽に関する記事が他の時代に比して多いことに注目し、天武・持統朝は漢風政治思想に基づく礼楽重視の時代であったとし、かつ天武朝から持統朝の間の変化についても明らかにする。

礼楽記事の多さにすでにこの時代のそれへの関心の高さが窺えるが、それらの記事の内容から、旧来の制度が着実に整理され、変化を来しているとする。とりわけ饗宴に関する記事には、後々宮廷の年中行事として定着する節会がほぼこの頃に出揃い、殊に持統朝に至っては、それまで饗宴の対象が王卿に限られていたのに対し、公卿大夫または百官といった広く宮廷人全般を対象とするようになり、礼楽を国家のすみずみにまで行きわたらせ、実習の徹底を意図するという、顕著な変化が指摘できると言う。天武朝と持統朝との違いは行幸についても指摘でき、天武朝が、軍事上の拠点の視察を目的に実施したり、諸皇子の盟約を取りつけ内の結束を図るのに対し、持統朝では、周辺諸地域の民に儒教的聖天子の姿を誇示したり、礼楽実践の催事としての性格が濃厚になるといった違いが存し、行幸の政治性にも、規模や性格において著しい変化を認めるべきであるとする。

古代宮廷の歌の場として宴の存在を一貫して重視する本書であるが、以下いよいよ人麻呂の作歌活動を論じるにあたり、その主たる活躍の場となる持統朝を、律令制の達成度の高まりに伴い、礼楽の実践がより広い階層を対象に徹底化した時代と捉え、論の前提を確認する意味を込めた一章と言える。本書では数少ない純書き下ろしの、比較的短い一章であるが、古代和歌史にとって重要な時代の持統朝という状況を的確に指摘した一章である。

第六章　柿本人麻呂とその時代

人麻呂の作歌活動を、人麻呂が活躍した時代相と絡ませて総合的に概説する。

人麻呂の各作品については、以後の各章で詳しく展開されるので、ここでその要旨を記すことは避けるが、本章では人麻呂歌集に関するまとまった発言がみられる。人麻呂歌集の歌うたを人麻呂の実人生に関わらせる立場を批判し、歌集歌のなかには、歌劇的な物語歌とでも呼ぶべき作が多いと思われるとする。また、持統朝後期になって藤原京の時代に入ると、人々の生活も都市型のそれへと変化をきたし、そのあらわれの一つとして、恋や結婚のあり方にも変化が生じ、相聞歌のやりとりの活発化を招くとする。人麻呂歌集の相聞の歌うたは、いわば新時代の〈褻の歌〉の規範集的な意味合いを有すると言う。これに関連して、人麻呂歌集の略体歌を天武八年以前の成立とする稲岡耕二氏の説に疑義を表明し、むしろ、これらは類型性の高い褻の歌で、人々もそれらの歌語や歌語の接続に習熟していた時代の記録であったからこそ、あのような特殊な表記が可能であったとする。

〈褻の歌〉は、平安朝の和歌史を論ずる述語として、現在の学界に広く定着した概念であるが、著者は、初期の研究の成果を集成した『後拾遺集前後』（笠間書院）の序章「平安朝和歌史における褻と晴」において、広く古代和歌史を褻と晴の観点から論じる視点を打ち出している。すでにその中で奈良時代以前の和歌の状況への言及があるのだが、その点をより具体的に論じる本章からは、著者の和歌史の構想が一貫して広い視野に立ってなされていることが窺える。

Ⅴ　狩猟歌

「狩猟歌」というのは、今日の上代文学研究において一般的な術語とは言えないが、著者の人麻呂研究では、重要な位置を占める視点である。本書第二章で扱ったごとく、狩猟は記紀においても歌の場として設定されたりするが、狩猟の歌は、第三章の宇智野遊猟歌への考察で指摘するように、外来楽と関わりつつ展開した新たな範疇であったと本書は捉えている。人麻呂に至って狩猟歌は、出猟の光景にことよせて献呈の対象を讃美し永遠の忠誠を誓うという内容を基本として、献呈の対象や作品に求められる主題などによって、様々な変相をみせるとする。

第七章　吉野讃歌——巡狩に歓呼し跳躍する自然——

吉野讃歌をとりあげ、従来の国見歌や宮廷寿歌を総合し、さらに中国の政教思想など新たな要素を加えて作りあげたものとする。

当該作が伝統的な国見歌謡や寿歌の発想・表現を吸収するとの指摘はすでになされ、本論も基本的に支持するが、加えて、狩猟歌の系譜へ連なるものを認め、献歌の対象への永遠の忠誠を誓う狩猟歌の主題が当該作の第一歌群の主題を導くとする。当該歌の主人公である持統は女帝であるゆえ、狩猟も女性のするものとして漁猟に替えられているが、人麻呂はこの作の狩猟（漁猟）を、中国の皇帝が行う巡狩に相当するものと捉え、また、第二歌群に言う「国見」とは、実は中国帝王の山川望祀に相当する儀礼で、当該作は中国の帝王観に基づき、「巡狩の銘」や「遊覧詩」の影響を取り入れつつ構想されたと言う。とりわけ、顔延年「車駕京口に幸し、三月三日、侍して曲阿の後湖に遊ぶの作」(『文選』所収)とは、直接の影響が考えられるとする。持統の吉野行幸については、とかく天武との関わりで捉えられるが、この作品は持統を巡狩する聖天子として、吉野を舞台に英雄的活躍をした過去のあらゆる天皇と重ね合わせ、(歴史的事実はともあれ)山深い吉野に離宮を創始し、山川を弾圧する神性を具えた存在として称揚するために、永劫回帰の神話的時空として吉野を捉え、その自然の動態にことよせて讃美しているとする。

人麻呂の吉野讃歌と顔延年詩をはじめとする六朝遊覧詩との関わりを指摘する論として、辰巳正明氏「人麻呂の吉野讃歌と中国遊覧詩」(『万葉集と中国文学』笠間書院)があるが、初出は本章初出の直後であり、ほぼ同時期に当該作品の中国文学・思想との深い関係を指摘する論が二つ発表されたことになる。万葉集の作品と漢文学との関わりは、古くは本章も示唆を受ける『代匠記』にまとまった指摘をみるが、近くは小島憲之・中西進両氏が先鞭をつけて本格化し、本章や辰巳氏論文が世に問われた一九八〇年代前半までにピークの様相を呈し、その後ややマンネリズムの傾向を有しつつ今日に至っているように思われる。著者は、和漢比較文学的方法が新鮮な方法としてさまざまに試みられた時期に、もっとも旺盛に成果を発表していた論客の一人である。その著者が、比較文学的方法が単なる出典研究に終ってしまうことの不毛さを言い、作品の時代状況といかに関わり、作家の思考にどのような影響を与えたかを問題にする必要性を強調する場面に、筆者じしんも度々接することがあった。その著者の、もっとも豊かな成果が本章に現れている。

なお、本章の末尾には、持統の度重なる吉野行幸の目的について、その滞在日の干支の偏りから、人麻呂の表現や当時の時代状況とはうらはらに、多分に宗教的意味合いも存したであろうとする考証が付される。

安騎野遊猟歌を論じ、本来詩とはなりにくい政治的な主張を、狩猟歌の形式に沿いつつ日並皇子再生の奇跡を構成することで表現化したものとする。

作品の主人公の草壁皇太子の遺子軽皇子は、未だ十一歳ばかりの少年であるが、本来は天皇に用いられる「やすみしし我ご大君高照らす日の皇子」と呼ばれ、荒山道をものともせず、威風堂々と終日馬を進め、雪の降りつもる広漠たる原野に野営するとうたわれる。この長歌の道行き描写は、皇子を言葉をつくして讃美するものと読む。皇子の安騎野行きの目的について、橘守部『檜嬬手』にはじまり、折口信夫とその学統によって唱えられた「魂呼ばひ」説を批判し、ここで狩猟に向かう皇子を詠むのは、記紀の神話・伝説にみる狩猟のイニシエーション的性格に言及するまでもなく、立派に成人した皇子が多数の武人を従える威容を歌うことで、皇子やその支持者たちの力を世間に示し、新たな時代の到来を世に知らしめるためとする。当該歌は、他の狩猟歌のように献呈の対象者への永遠の忠誠の表明を欠き、皇子が「古思ひて」旅の宿りに就くことをうたって唐突に長歌を収束してしまう。続く反歌によって、思慕される「古」の内実が「過ぎにし君」＝草壁皇太子へのそれであることが示されるが、これは、年少の軽皇子の皇位継承資格の優位性が、草壁の嫡子であることただ一点に存したことにより設定されたとする。反歌の前半二首では、追慕の悲傷に沈むことを言うが、それは第三首で沈み行く月に代ってきざした曙光に、まもなくさし昇る太陽を期待させ、続く第四首で皇子の出猟が亡父「日並知」の再来と見紛うばかりであった、とする軽皇子讃美を印象づけるための前提であったと説く。太子再生の奇跡劇を日の出の狩り場を舞台に繰りひろげることで、本来詩にはなりにくい政治的主張を抒情的に表現することに成功したものと評価する。また、特殊な主題を表現するために、異例の反歌四首の体裁をとるが、長歌と反歌の関係は緊密であり、「短歌」と記されることを根拠に長歌と反歌をそれぞれ独立性の高いものと捉える意見には従えないとする。

第九章　猟路池遊猟歌――即興的狩猟歌の表現――

長皇子の遊猟に伴って詠作された「猟路池遊猟歌」について論じる。

当該歌が、狩猟歌の例にならい長皇子への忠誠は表明するが、朝狩への出立を歌わないのは、作品の発表が猟後の宴であったからで、そのように定型から外れ、制作・享受の場の論理に従うところに、この作品の特色が窺えるとする。長歌では、皇子の狩猟を一貫して讃美するが、その叙述は政教的な視点に結びつかず、理想的な皇子の姿や君臣の関係を描いても、それは美と愛の世界における理想で、私的で非政治的な作品であるとする。「猟路池」の狩猟で「猪鹿」や「鶉」が詠まれるのも、本来予期しなかった意外な獲物が獲れたことが当日最大の話題となったことによるとし、その意外性を誇張し、一座の明るい笑いを誘うために、空行く月を蓋にしたとか、皇子が荒山中に海を出現させたという反歌の表現が出来し、「猪鹿」や「鶉」のごとく匍匐礼によって皇子を拝礼すると言うのも、当時の新礼に反するもので、笑いの要素を持つとする。当該作品の献呈対象である長皇子の歌を万葉集に探ると、それぞれ歌が詠まれた状況に密着した、それゆえに背景に通じない現代の読者には意味の充分に取りかねるものが多く、独特の即興的詠風を持つことが指摘でき、ときにパロディー的な手法も認められるとする。そのような皇子に捧げる作として、人麻呂も即興的かつ大袈裟な表現で、新たな礼制を揶揄するかのような表現まで含んだ、かかる機智的な作品を創作したと言う。このことは、人麻呂がその当時の体制の単純な心酔者であったのではない、彼の詩人としての心的情態をも窺わせるものと指摘する。

本章末尾には、もう一つの人麻呂の狩猟歌である矢釣山雪朝歌についての指摘が付せられる。題詞により新田部皇子に献じられたことが判るが、長歌で皇子への永遠の忠誠を言い、反歌では供奉者を主体に据えて抒情的に朝狩への出立をうたい、小品ながら政治性にも機智性にも偏らない狩猟歌の姿を有するとする。

VI－VII　挽　歌　一－二

ここでは人麻呂の挽歌作品を対照とした考察が四章にわたって展開する。実際に皇子・皇女の死にともなう何らかの葬喪儀礼を期して制作された作品だけを対象としており、万葉集で挽歌に分類はされても、吉備津采女挽歌や狭岑島挽歌などは、おのずから別扱いとなっている。ここで対象となる四つの挽歌は、背景となっている葬喪の段階がすべて異なるという見方を示す。日並皇子挽歌・高市皇子挽歌・明日香皇女挽歌はいずれも題詞で殯宮時挽歌であるとされるが、著者は題詞の情報を絶対視はせず、あくまでも表現の分析から作品の実態を究めようとする。人麻呂作歌・歌集歌については、題詞も含めて表記は人麻呂のそれを忠実に継承するというところから出発する近年の研究の動向からすると、かなり大胆な姿勢に映ろうが、題詞や表記を相対化してみる態度を無反省に放棄することの危険性は言うまでもない。本書が指摘する題詞と内容との「齟齬」をいかに理解するかは、題詞を是とする立場からも問われ続けなくてはならない課題であろう。

前半二章は公的な悲しみといったものを主題とする挽歌を、後半二章は妻や夫を介した私の情を強く打ち出す挽歌を、それぞれ取り上げるが、いずれの作品の分析からも著者が共通して読み取るのは、漢文の誄や伝統歌謡の葬歌などから着想を得つつも、いかに抒情詩としての統一を作品に実現せしめようとしたかという、人麻呂の方法意識である。

第十章　日並皇子挽歌――はての歌舎人慟傷歌の序歌か――

従来の挽歌や国風の誄である「しのひごと」は、死者への思慕を主題とするが、本作品はその伝統とは異なり、日並皇子の即位以前の早世を残念がり、公的な悲しみともいうべき「皇子の宮人」の心まどいをうたっており、中国の誄との関わりを想定する。誄は、死者の世系の讃美・生前の徳行の列挙・哀傷の意の表明・贈諡から構成されるが、父天武についての叙述から始まり、皇子の最大の徳行とも目される即位への期待を述べ、それが叶わぬままに皇子が早世したための宮人の心まどいを言い、反歌に諡号「日並」を踏まえた表現が配される当該作品の構成も、誄の構成に重なるとする。しかしそれは、新しい挽歌の創出を意図した人麻呂が、中国の誄に構想を得つつ、あくまでも詩の論理によって表現化したものであると言う。続紀の記事にはしばしば誄が部局や階層別に奉られる例がみられ、それに倣うならば、この挽歌も皇子の宮人のある部分を代表したかたちの表現になっているとするが、長歌の表現から、詠作の時点はすでに皇子が陵墓に鎮まった後の段階であることが判明するため、一般に誄が披露される啓殯時の作ではなく、一周忌や喪あけの時点を想定するのが相応しいと言い、誄が実際には葬後に作られる例も中国の文学作品にはみられるとする。この挽歌の後には引き続き舎人慟傷歌群が配されるが、二十四首の歌うたのほとんどが、皇子への思慕や悲しみよりは舎人自らの寄るべを失った悲しみをうたう点が、日並皇子挽歌の傾向に一致することに注目する。舎人歌群では皇子の宮の荒廃をうたうものが混じり、おそらく皇子薨後一周忌をひかえた頃の作と思われ、日並皇子挽歌と制作時期を同じうすると言う。また、現在日並皇子挽歌の反歌とされる二首は、長歌の時間と齟齬が認められ、後世高市皇子の殯宮儀礼などで当挽歌が歌謡として演奏される際に増補されたものかとし、むしろ人麻呂の二首反歌が共通して有する、一首目で長歌の主題を転じ二首目で長歌の主題に回帰するという形式にも合致するのは、或本の反歌と舎人慟傷歌の第一首であるとする。つまり日並皇子挽歌は、舎人慟傷歌との関わりでは、中国の誄の形式で言えばその序に相当する位置にあり、また宮廷の葬送儀礼で誄を奉るときに中心人物が多くの誄人を率いる形式と関わるものかと言う。

当挽歌にも、中国の誄の影響を指摘する論があり、前半で皇子の父である天武を描き、続いて皇子の最大の功績と言える壬申の乱での活躍を叙するのは、前章でみた誄の構成にかなうとも言えるとする。しかし、同じ天武を描くにも、日並皇子挽歌に比較すると、天武をより神性の強いものとして表現する一方で、その領域を天上に置くことなく、あくまでも地上に執着する傾向を有すると言う。持統の夢裏御製には、天武は死後伊勢に神として鎮まったとの考えが持統周辺で主張されたことを窺うが、そのような考えに通底する、天武は地上の神であり、その天武が起こした神風が壬申の乱の決定的な勝利を導いたとする神話を、中国の史書をも下敷きにして新たに創出し、前半のクライマックスとすると説く。戦闘描写では、実際の戦闘が六月〜七月であったのに対し、冬から早春を喚起する修辞が多用されるが、これは七月に薨去した皇子の殯の期間を終え、葬送の日を迎えて制作された当挽歌の享受の時期を反映したもので、同じく戦闘描写にみえる鼓・小角・幡などが葬具でもあることとともに、葬送の場に集った聴衆に、自らも壬申の乱に皇子とともに参加したかのごとき幻想を抱かせる仕掛けであるとする。聴衆は続く乱平定後の皇子担当下での政治の安定をも、自らの参与するところと受け止め、さらなる展開を期待するところで突然の皇子の死によって暗転させられる、という構成を長歌に読み取る。皇子の薨去を「神宮」「神葬り」「神ながら」などの語で表現するが、実際の神話的観念を伴うことはなく、戦闘描写で自在に「神話」を創作する姿勢とともに、古代性を脱却しつつある状況が窺え、皇子生前居所の「万代」の不変を強調するのが、皇子薨去の前に藤原京への遷都が挙行され、都市の論理が根付きつつあることと深く関わると言う。当挽歌よりわずか数年前に成った日並皇子挽歌との発想の違いに、この時代の意識変革の切迫をみるが、皇子を〈神〉と呼び、その居所を〈保存〉することをうたうのは、当時の体制の主張に沿うものではある一方、その革新性ゆえに議論もあるところで、それゆえに皇子の生前の功績の顕彰においては持統との関わりに触れず、巧みに持統かくしが図られていると言う。

第十二章　河島皇子葬歌――葬歌の生成と消滅――

当該作品には、異例な題詞をはじめとして、解釈の面で問題が多いが、この作品を正しく理解するには、左注に言うとおり「葬」の折に成ったことを重視すべきで、他の挽歌とは異なり、〈葬歌〉の伝統に連なるものであると言う。景行記の大御葬歌や允恭記の読歌、武烈紀の鮪臣葬歌、万葉集巻十三の泊瀬葬歌などを〈葬歌〉の実例に挙げ、それらに共通する性格や傾向から、河島皇子葬歌の解読を試みる。結論的に、当該作品の長歌は、葬歌前半部の基本が葬送・葬儀に参加した第三者が遺族にうたいかけるのに倣い、忍壁皇子から泊瀬部皇女にうたいかける表現で、反歌は、葬歌後半部で遺族たちが死者との永別を嘆いたりするのに倣い、長歌とは表現主体を変えて泊瀬部皇女の立場で表現するとみる。忍壁皇子が制作を依頼し、遺族が皇子の妹の泊瀬部皇女であったことから、彼らに馴染み深い泊瀬葬歌の発想や表現を当該作品は積極的に受容するが、先行歌謡より高い抒情性を有すると言う。たとえば冒頭部の景物描写と主想部を緊密に関連させるのをはじめ、修辞や表現の統一性にそれが窺えるとするが、一方で漢籍の影響が全く認められず、夫婦仲の良さを性愛的な面だけから捉え、反歌で天翔ける亡夫の魂を目の当たり皇女が見ているかのごとく表現するあたりに、人麻呂にとって初期の作品であるゆえの、発想の古層を露呈すると言う。河島皇子葬歌に先行する葬歌が、記紀の物語に組み込まれる際に、すべて遺族の歌とされるのは、歌謡を抒情詩的に受容することが常識となったことによるが、成立時には歌謡的性格を濃厚に有した当該作品も例外ではなく、左注中の題詞や歌の異伝はそのような構成の享受に由来する変化であろうとする。あるいは、実際の成立年代を無視するかたちで当該作品の直後に明日香皇女挽歌が配列されるのは、後に広く葬喪の歌の場でこの二作品を組み合わせて伶人たちが歌いついでいたことによるか、との想定をする。

第十三章　明日香皇女挽歌――のちのわざの歌の達成――

「御食向かふ　木瓲の宮を　常宮と　定め賜ひて　あぢさはふ　目辞も絶えぬ」の表現から、すでに遺体が陵墓に埋葬された後の時点――おそらく「のちのわざ」といったものに相当する折――の作であるとし、当挽歌は、それまでの種々の葬喪や死に関わる表現や発想をとりこんで形成され、さながら死の文学の集大成の観を呈すると言う。人麻呂の長歌は、主題の統一性を重視して一文から構成されることが多いが、当該長歌は異例の五段構成をとるとして注目し、葬儀の次第を叙事的に追ったり、夫君を登場させて物語的な展開をみせたりと、散文的なものへの傾斜を強めているとする。その理由として、国風の誄＝「しのひごと」の摂取などが考えられるとしつつ、特に夫君との関わりを大きく扱うのは、中国の女性の死者を対象とした誄では死者の婦徳の高さを記述することに想を得、夫婦仲がよかったと記すことが、皇女が婦道に基づく行動をしたという行迹の讃美に相当すると考え、主題を婦徳を備えた皇女が薨じ夫君は悲嘆にくれる、という点に絞ろうとしたためとする。人麻呂の構想は散文的な内容を目指すが、詩としての統一を図るために全体を貫く相聞的情調、皇女と表現主体の親近を強調する主情的なもの言いといった、独特の方法が採用されていると指摘し、当挽歌を、相対立する叙事と抒情を調和させ、双方をともに遂げようとした、人麻呂の表現的試みのひとつの達成を示す作品として位置付ける。この作品に描かれる夫婦のあり方は、河島皇子葬歌などのそれとは対照的に、夫婦の同居や携手同伴しての逍遥を扱うなど、きわめて近代的なもので、また、皇女の死を明日香川の藻の継続性・永遠性とは対比される取りかえしのつかないことと嘆くのも、永遠回帰する自然の時間と直線的で不可逆な人間の時間とを対立的に捉える中国の詩文に学んだ新たな認識であると言う。このような当挽歌に強くにじむ〈近代性〉は、律令制の整備とそれに伴う藤原京という近代都市の成立によって、その中に生きる人々に新たな政治を体得させ、生活慣習や認識の変革が迫られていた当時の時代状況を色濃く反映するものと捉える。

都合五作品がこの項目のもとで考察の対象となっており、著者が人麻呂の作歌活動のなかでも重要なジャンルとして「物語歌」を捉えていることが窺える。人麻呂の作品のいくつかを虚構性の強いものとして捉えることは、今日の研究では比較的一般に行われるものであるが、著者の「物語歌」論はまた独特の質を有する。物語歌は歌物語に所属するが、その歌物語は歌語りとも言うべき口頭の伝承を原型とする、と著者は考える。そのあたりの歌語り・歌物語について総論的に触れるのが第十五章の第四節「近江県の物語」である。天武紀四年二月九日の条に諸国の「能く歌う男女、及び侏儒・伎人」を献上させた旨の記事をみるが、すでに第五章で指摘されるごとき礼楽思想を重視する天武・持統朝では、諸国・諸氏族の伝承していた歌謡や芸能が宮廷に吸収され、宮廷化されると考えられるが、本来の所属を離れて歌謡などが宮廷に伝えられると、それまでは自明であった歌謡の性格や由来を説明する物語が必要とされ、王権の歴史と結びつけるかたちで様々に行われたことを想定し、それを歌語りと呼ぶ。記紀編纂の機運に乗じて、それらの歌語りもあるものは完成度の高い歌物語として文芸化することが考えられるが、その歌物語の創作に人麻呂も関わった、と言う。特別な権威化が必要な場合を除いて、物語は近代の出来事に設定されるとし、人麻呂の物語歌も近代史や現代の出来事に取材したものが多い、とも言う。歌語り・歌物語を時代状況と関わらせて文学史上に位置付けた指摘である。資料の絶対的な不足を、著者の豊かな想像力で補う部分もあり、所論への評価は読者によって様々であろうが、筆者などにとっては非常に魅力的な指摘であり、著者の和歌史への構想力が遺憾なく発揮されている箇所であると思われる。

第十四章　近江荒都歌――神話と歴史の相剋――

長歌前半の近江遷都の叙述は、それを神武以来の恒例に反する異例のこととして不審を表明する内容であり、後半はひたすら旧都の荒廃を悲傷し、反歌でも再び近江朝の大宮人たちに逢うことのない悲しみをうたうのに照らして、この作品を天智天皇の霊や天智を統領とする土地の精霊を慰撫し鎮魂する挽歌とする説を退け、近江朝の大宮人たちの死を悲しむ挽歌であるとする。人麻呂には同じく近江朝の大宮人を偲ぶと思しい短歌が夕浪千鳥の歌・八十うぢ河の歌と他に二作品存在し、前者が漢詩文でしばしば廃墟の野鳥がうたわれることに関わり、後者は『論語』の「川上之歎」を踏まえると思われ、漢詩文との親密な関係を窺わせるが、当該作品も、第二反歌が「川上之歎」を反転させたかのごとき趣向を詠み、第一反歌でも自然と人事とを対比させるのは漢詩文的な発想に着想していようし、地名「辛崎」が詠まれるのも、天智挽歌群中の舎人吉年の表現を踏まえつつも、近江朝のもっとも華やかな部分を担った帰化人の根拠地として選択されたかと推定し、やはり漢詩文との関わりの深さを読む。長歌も、「麦秀」や「黍離」といった作に源を発する中国の荒都詩の影響を受けて構想されたとみる。日本で初めて中国風に大々的に営まれた宮都が戦乱により一挙に滅びるという劇的な出来事が、人々に強い衝撃を与え、かつそれが中国における帝都の壊滅とそれに伴う荒都を悲しむ詩文が多く存在することを想起させたのが、この作品が創作される根本であったとする。近江遷都への不審の表明も「麦秀」「黍離」が帝都の荒廃を招いた失政を批判する例に倣ったと考えるが、批判は異例の遷都という一点に絞られ微温的であると言う。冒頭の叙述は歴代の天皇を一神格と見なす神話的思考であるが、そのような連続への強い志向が、打ち破られ取りかえしのつかない変化を来したために悲劇が生じたとして、自己の心中にある相剋の本質を正確に捉え、抒情化し形象化した作品と位置付けるが、「麦秀」「黍離」における箕子や周の大夫のように、かつて近江朝に仕えた旧臣の立場から表現された作品であろうとする。

第十五章　吉備津采女挽歌――天智天皇悔恨の歌――

いずれも一定の完成度の高さを有する人麻呂の挽歌にあって、当挽歌は歌の内容からは、死者が吉備津の出身であることも釆女であったことも読み取れぬものであることへの不審から稿を起こし、当挽歌が、釆女の死に対する悔恨の情の表明を抒情の中心に据えるのは、国風の誄である「しのひごと」の発想に倣うかとする。「しのひごと」では、あわせて死者への思慕の情を述べるのを型とするが、表現主体は生前の釆女を「おほに見」たにすぎないので、「夫の子」を登場させ、彼の亡き釆女への恋慕を思いやるかたちで、思慕の表明に充てたか、とする。そもそも釆女に夫があることは重い処罰の対象となるものであるが、その夫への同情をうたうのも、天皇による「しのひごと」である恩詔が遺族を恵むことを約束する文言を含むのに対応するかとし、当挽歌の表現主体が天皇に設定されている可能性を指摘する。「罷り道」も死者への恩詔にしばしばみえる語であり、反歌で釆女を「楽浪の志我津の子」「天数ふ大津の子」と呼ぶのも、諡号に相当するものかとする。死者の罷り道に立ってゆかりの者が歌を詠むかたちは、万葉集巻十六冒頭の縵子の歌群などにみえ、物語歌の採用する発想形式であったとし、当挽歌については、後世の大和物語に掲載される猿沢の池の物語と符合させて理解できると言う。すなわち、天皇は一度だけ釆女を召すが、後に釆女は臣下へ与えられ、一方、釆女じしんは天皇への愛を貫くために入水し、それを聞いた天皇が深い後悔をするという物語に基づき、表現主体を天皇に設定した恩詔の発想にのっとる挽歌を構想した、というものである。冒頭に指摘した完成度の低さとも印象される特色も、本来あった物語部分を欠くためで、長歌の五七七七という特殊な結末形式も、物語歌・歌語り歌であったためとする。

第十六章　狭岑島挽歌――行旅死人歌の集積と抒情化――

行旅死人歌（一般には行路死人歌と呼ばれることが多い）の一つであるが、他の同種の作にはない、土地讃美の表現から始まる。これは、讃岐国を愛と豊饒の国と規定するもので、そこに期待する光景とは全く違う行旅死人を発見してしまった、という展開で、死者発見の衝撃と悲劇性を表現すると言う。また、讃岐を愛と豊饒の国と讃美するのは、行旅死人歌の妻の不在と飢えのモチーフをもっとも効果的に抒情的に表現するためであったともする。しかし、抒情は眼前の死者への哀傷に終始せず、むしろ詩としての破綻をも恐れず、後半では死者の妻への推測や同情にこだわる展開を示すとし、これは、それまでの行旅死人歌の中で死者の主君や家族に言及する伝統に根ざしつつ、抒情への要求や妻への愛を重視する新時代の気風が盛り込まれたものであるとする。行旅死人歌の一例を含む聖徳太子の片岡山の飢者説話や万葉集の神島挽歌はともに調使首氏の人物が関わるが、調使首氏はその名に照らして、日本が中央集権体制を整えるにあたり、税制の根幹である調や庸を各地方から中央へ運搬する役割を負っていたものと考え、日本で最初の職業的行旅集団であったとし、彼らが行旅死人に関する伝承を有し、また行旅死人歌の作者とも目されたのだと言い、人麻呂は、それら調使首氏らの伝えた歌などを踏まえ、時代の要求にあわせた新たな趣向を盛り込んで物語歌を制作している、とする。

第十七章　石見相聞歌――航行不能の辺境の船歌より登山臨水の離別歌へ――

石見国は、負のイメージを一手に引き受ける出雲国のその奥にあり、海路が使用できずに陸路を行くしかない、大和からみてもっとも遠い地のはての国であり、当作品は、そのような最果ての地でのあいにくの別れの悲劇性を主題とするとすると言う。そのような主題を作品化するにあたり、第一歌群では、伝統的な別離・羈旅の歌の発想や表現を総合し集大成して描き、一方、第二歌群は、第一歌群と同様の場面を、より細叙し美化する内容であるが、その際に下敷きとするのは、中国の詩文の発想や表現であったと言う。第二歌群の秋という季節の限定も、『楚辞』「九弁」や潘岳「秋興賦」などを典型とする悲秋のモチーフであり、別れの場を「渡の山」とするのも、中国詩文の別れの類型である登山臨水の別れに相応しい地名との構想によると言う。当作品には、本文・一本・或本の三種のテキストの存在が窺えるが、或本→一本（ここで第二歌群が加わる）→本文という成稿過程を想定する通説に概ねの賛意を表し、本来第一歌群で完結していた古典的かつ悲劇的な別れの主題を、あたかも漢詩の世界で楽府に対して擬古体の楽府詩を作り出すかのように、第二歌群を詠み、漢風の優雅で当世風な別れを展開させたとする。第二歌群の創出によって、それが第一歌群の反覆であることを明確にするため、第一歌群の詞句にも手が加えられ、或本段階ではなかった登山臨水のモチーフを第一歌群にも持ち込むこととなり、第一反歌の時制の変更で、絶望的な別れが美的情趣を獲得するに至るなど、定稿に至る改訂は抒情の自然な展開、ひいては物語的な展開を来すことになったと指摘する。航行不能の辺境の別れを人麻呂に構想させた津野以外は、地名も作品の構想に密着して創作されたもので、作品全体に虚構性が強く、人麻呂の実人生に重ねて理解できるものではない、とも言う。

第十八章　泣血哀慟歌——今様軽太子と和製潘岳の慟哭——

石見相聞歌に同じく二歌群構成から成るが、二つの歌群で悼まれている亡妻が同人か否かなど、当作品の連作性については議論がある。この点について、両歌群間の愛や悲嘆の姿は対照的といってよいほど相違し、別人説が成り立つようでありながら、また、両歌群間には連作であることの否定しがたい密接な関係があり、同人説も同時に主張し得るものである、とする。第一歌群では、軽を舞台として軽太子・軽大郎女兄妹の悲劇を背景に、亡妻が忍び妻であったことを暗示させつつ、悔恨や激しい心惑いを国風の誄「しのひごと」の発想や表現によって叙する、と言う。一方の第二歌群は、冒頭部に泊瀬関連の歌謡などを踏まえた表現を施し、舞台が泊瀬に移動したことを窺わせ、生前の夫婦は携手同行し、一つ嬬屋に住み、妻の死後も夫が乳呑児の世話をし続けるといった、この時代にあって特異な夫婦のあり様を示すことを指摘する。当挽歌に潘岳の哀傷詩文の影響を指摘する説は古くから行われるが、漢詩文の影響は特に第二歌群に強く直接的に現れているとし、第二歌群での特殊な夫婦のあり様も、中国的な風俗を模した現代的で都会的なものと考える。第一歌群を先行する歌謡や挽歌や「しのひごと」をもとに、忍び妻の訃報に接した驚愕を伝統に従って古典的にうたい、第二歌群は潘岳の詩賦をもとに葬儀後の妻への思慕を精細に描いたものと分析する。石見相聞歌で獲得した二歌群構成の方法を再び試みたことになるが、当作では、二歌群の連作性・緊密性はいよいよ高まっており、つまり、一人の女——軽を実家どし結婚して泊瀬に住まう——の死を二人の男——女と密かな関係を結ぶ男と女の夫と——がそれぞれの立場から嘆き思慕するという体裁の作品であるとする。そして、それは紀皇女の死をめぐる、その兄で忍ぶ恋の関係にあったと思しい弓削皇子と、皇女の夫であった石田王とをモデルとしており、石見相聞歌などと同様に、忍壁皇子・山前王父子のサロンで発表されたものかと言う。

X　組　歌

数首の短歌を組み合わせて成り立つ作品を対象とした論三章が収められる。中で第二十・二十一章は、先の物語歌に関する諸章との関わりが深い。先の物語歌の論考では主に宮廷内部での歌語り・歌物語が問題となったが、ここで取り上げる諸作品については、宮廷の外側で活動していた芸能集団の存在との関わりを想定している。

第十九章　留京三首——留守歌の系譜と流離の歌枕——

留守の者が旅先の家人の身の上を「らむ」を用いて思いやる「留守歌」の類型を指摘し、当該三首はいずれもその形式によって詠まれるが、類型が女の立場で詠むのを例とするに対し、男である人麻呂がうたう立場となり、現代が女帝の時代であり、多数の女官たちが行幸に供奉したことを考え、すべての状況が倒錯したかの感に興じ、倒立した留守歌の制作を意図したのが本作であるとする。人麻呂以前の留守歌は山路を行く夫への憂慮をうたうが、当該三首は海路を思い、それぞれに一抹の不安を込めつつも、直接の抒情は明るい憧憬や羨望に転じており、この作品によって実用的な留守歌は文学作品へと飛翔したと言い、当該三首を継承する後代の作品のいくつかを指摘する。三首に詠まれる地名は、麻績王の流離譚を想起させるもので、これは留守歌の類型に当てはめて難所を詠み込むことを期しつつも、羨望のこころも込めて美化するために、甘美なイメージを喚起させる流離譚の歌枕を選択したものと捉える。人麻呂の私意をうたったものではなく、文芸性の高いもので、間接的ではあるが行幸讃美の歌ともなっているとする。

第二十章　鴨山自傷歌——人麻呂と河内・摂津の歌語り——

鴨山自傷歌およびその関連歌群について論ずる。

人麻呂自傷歌に鴨山が詠まれるのは、鴨が夫婦仲の良い鳥とされ、人麻呂が妻に離れて死を迎えようとしている嘆きを述べる歌の主題に呼応する選択であると指摘し、人麻呂の時代の人々にとって馴染み深い鴨山といえば、まず大和の鴨山が想起されたであろうとする。叙事性の高い歌で、おそらく歌語りの歌であろうと言う。続く依羅娘子の歌では二首ともに石川を詠み込むが、依羅・石川はともに南河内の地名であり、その地方との結びつきを強く窺わせるとし、『令集解』に「野中古市人歌垣」とみえる歌垣などの芸能を担う集団との関わりを想定する。歌謡的・物語的歌群であり、人麻呂個人の生活には関わらない作品であるとする。依羅娘子の歌に続いて丹比真人某の詠が掲げられるが、丹比真人氏はやはり南河内に本貫を有する名族であり、一連の歌語りの主人公の男にもっとも相応しい存在であると言う。名を詳らかにしない丹比氏の作品は万葉集に散見し、南河内の芸能集団たちの伝誦する物語の主人公として、彼らの庇護者である土地の名族が登場することがしばしばあったことを反映するかと考え、当該歌群もその範疇のものとし、丹比真人を主人公とする行旅死人歌型の物語にともなう歌として理解しようとする。人麻呂の終焉の地を石見とする現在の所伝は、当該歌群の主人公が丹比真人から人麻呂本人に変化した後、石見相聞歌と結合したためとみるが、あるいは、南河内を離れて摂津の川辺郡で角沙弥らの歌語りで当該歌群が享受されるようになることがあり、角（川辺郡に隣接する武庫郡津門郷の地名でもある）の歌語りとされたときに、同じ角（津野）の物語として石見相聞歌と結合することになり、人麻呂の死を臨海の地とする表現も加わったか、と想像する。

第二十一章　羇旅歌八首——水手と船君の旅情唱和——

八首に連作性は認められるか否かさまざまな議論のある歌群であるが、本書では、第五首までを西下時の詠、第六首以降を東上時の詠とし、また表現主体については、冒頭二首を水手の立場とし、以下、二首一組で水手と船君とのそれぞれの立場の詠が交互に配列されているとみられると指摘する。すなわち、第一・二首は出港の喜びと軽快な船旅への喜びを水手の立場からうたい、第三・四首は船旅を喜ぶ水手たちとは対照的に旅愁にひたる船君の抒情であり、第五首は水手たちの本拠ともいうべき加古島への接近を喜ぶ歌で、第六首は同じく水手の詠ではあるが、一転、復路に就いて本拠から次第に遠ざかる悲しみを述べ、第七・八首で大和への帰還が近づいた喜びと安堵を船君の立場でうたう、と指摘する。それぞれの歌に詠まれる地名は、記紀の物語やそれらとの関わりが想像される歌謡や和歌で馴染み深いものが選択されており、二首一組の唱和という形式も、歌垣などの芸能的あり方に通じるもので、当該八首も前章で扱った鴨山自傷歌同様、人麻呂が組歌による物語歌を創作し、河内や摂津の芸能集団に提供したもの、と考える。

XI　研究史

第二十二章　人麻呂と漢文学

人麻呂の作品と漢詩文の関係を総合的に取り上げた論。

本書に所収される他の論においても、繰り返し人麻呂の漢詩文からの享受が言及され、そのような観点の必要が説かれるが、本章でも冒頭で、人麻呂が活動した時代は積極的に中国の思想や制度を導入しつつあった時代であり、

「人麻呂と漢文学との関わりは、人麻呂という歌人のあり方や彼の作歌活動のあり方においても、彼の世界観や認識の仕方においても、注目する必要があろう」と主張する。総論に続いて、人麻呂作歌で漢文学との関わりが指摘されるものは全作品について、古注釈から現代の諸論に至るまで網羅的に紹介し、かつ多少の新見を指摘する。

章末にも記されるとおり、初出は著者が創立時の主要メンバーでもある和漢比較文学会が編じた叢書の一巻に収められたもので、筆者との共著のかたちで掲載されたが、筆者は資料収集と整理を行ったもので、限られた紙幅に収めるための取捨選択、各説に対する判断そして冒頭に記される総論など、文章は全く著者のものである。作品ごとの諸説紹介は、この方面に興味を持つ研究者に重宝な便覧としての機能をも有するが、著者の意図は単にそこにとどまらず、一つの論文の形式として模索するところがあったようである。本章初出当時、筆者は大学院の学生であったが、同じく著者の指導を仰ぐ院生数人が、初期万葉・伊勢物語・古今和歌集などのテーマのもと、同様の資料収集にあたっていたことを記憶する。そのうち、伊勢物語については、著者と宮谷聡美氏との共著で「伊勢物語と漢文学」（和漢比較文学叢書第一二巻『源氏物語と漢文学』汲古書院）として発表されている。

以上、本書の内容の梗概をやや丁寧に紹介し、とりとめもないコメントをいささか付した。作品の綿密な読解と独創的な構想力からなる、著者の上代和歌研究への案内に多少はなり得たかと思わなくもない。しかし本書には、要旨をとるだけでは汲み尽くせぬ様々な指摘が各論に鏤められており、やはり、本文を読むに如くことはないのである。本書で初めて著者の研究に触れる読者はもとより、これまでも雑誌掲載などの諸論に接することがあった諸氏も、本書によって著者の上代和歌研究の全貌に触れ、人麻呂を主人公としたスケールの大きい和歌史の構想の叙述を読む醍醐味を堪能していただきたいと思う次第である。

なお、著者には、伊勢物語・古今和歌集・枕草子などを対象とした平安前・中期の文学についても多数の論文が存在する。現在、それらの諸論についても著書にまとめる作業が行われつつあると聞く。一日も早くそれが実現し、著者のより壮大な和歌史・文学史の構想が我々の前に明らかになることを、願ってやまない。

本書は、早稲田大学の学術出版補助費の交付を受けて出版されるものである。なお、出版に際しては、斡旋の労をおとり下さった矢作武先生、並びにご高配を賜った汲古書院相談役坂本健彦氏・同社社長石坂叡志氏・同社編集部大江英夫氏に御礼申し上げる。また、実務にあたっては、同社編集部の飯塚美和子氏に終始お世話になった。心より感謝申し上げる。

著者略歴

上野　理（うえの　おさむ）

1935年 東京都に生まれる

早稲田大学教育学部卒業

現在　早稲田大学文学部教授（文学博士）

著書 『後拾遺集前後』（笠間書院）、『和歌文学講座4　古今集』（責任編集　勉誠社）、『同5　王朝の和歌』（同）、『古今和歌集入門』（共著　有斐閣）、『枕草子入門』（同）など。

人麻呂の作歌活動

平成十二年三月十五日

著者　上野　理

発行者　石坂叡志

整版　株式会社中台整版

印刷　モリモト印刷株式会社

発行　汲古書院

東京都千代田区飯田橋二-五-四

電話〇三(三二六五)九七六四

FAX〇三(三二二二)一八四五

ISBN4-7629-3429-1　C3092

和歌・歌謡索引

本書で引用または言及する万葉集・古事記・日本書紀の和歌・歌謡の索引である。万葉集歌は旧国歌大観番号で、記紀歌謡は日本古典文学大系『古代歌謡集』の番号で表示してある。

本索引の作成は、井実充史・遠藤耕太郎・髙松寿夫・中島賢輝・中田幸司・松田聡の６名が担当した。この６名は、本書の校正にも携わった。

万　葉　集

古　事　記

日本書紀